U0046153

龍票 上集

王躍文◎著

高寶書版集團

戲非戲　DN061

龍票(上)

作　　者：王躍文
總 編 輯：林秀禎
特約編輯：顏少鵬
校　　對：顏少鵬、葉昌明
出 版 者：英屬維京群島商高寶國際有限公司台灣分公司
Global Group Holdings, Ltd.
地　　址：台北市內湖區洲子街88號3樓
網　　址：gobooks.com.tw
電　　話：(02) 27992788
E-mail：readers@gobooks.com.tw（讀者服務部）
pr@gobooks.com.tw（公關諮詢部）
電　　傳：出版部(02) 27990909　行銷部（02）27993088
郵政劃撥：19394552
戶　　名：英屬維京群島商高寶國際有限公司台灣分公司
發　　行：希代多媒體書版股份有限公司/Printed in Taiwan
初版日期：2008年12月
本書由長江文藝出版社授權出版繁體中文版

◎凡本著作任何圖片、文字及其他內容，未經本公司同意授權者，均不得擅自重製、仿製或以其他方法加以侵害，如一經查獲，必定追究到底，絕不寬貸。
◎版權所有　翻印必究◎

國家圖書館出版品預行編目資料

龍票（上）/ 王躍文著. -- 初版. -- 臺北市：
高寶國際出版：希代多媒體發行, 2008.12
面；公分. --（戲非戲；DN061）

ISBN 978-986-185-255-3（上集：平裝）

857.7　　　97021273

第一章

道光皇帝這幾天睡不著也吃不香，外頭沒人知道。人們該幹什麼照幹著什麼。北京城往西老遠老遠，山西一個叫祁縣的地方，義成信票號財東祁伯群家的帳房裡，燈亮到深夜。又是一個帳期，義成信各處分號的掌櫃都回總號結帳。祁府外街的車馬絡繹不絕。從北京城往南騎上快馬，衣服一層層減掉，到了廣州，就得穿褂子了。廣州城裡有很多賣花的攤子，那些肩上挎（注）槍的洋人喜歡買上幾束鮮花送給他們的情人。西洋小伙子看上去文質彬彬的，幾乎都像紳士。他們看見漂亮的中國女人，會取下帽子，恭恭敬敬地行個禮。中國女人卻會嚇著，膽怯地躲閃。正是這些洋紳士鬧得道光皇帝頭痛。

道光皇帝把自己關在紫禁城內絞盡腦汁，皇兄瑞王爺府上卻是夜夜笙歌。瑞王爺沒別的嗜好，就好吆喝幾句崑曲。今日夜裡，瑞王爺又粉墨登場了，唱的是崑劇《長生殿·小宴驚變》。瑞王爺扮作唐明皇，唱道：「天淡雲閒，列長空數行新雁……」

瑞王爺家的戲樓華美而不失雅緻。臺下坐的都是皇親國戚、家人及攀附王爺的官僚。瑞王爺的唱腔更加渲染著祥和氣氛。好一派太平景象。一位英俊少年引人注目，此乃道光皇帝的六阿哥奕昕；他身邊坐著的是九妹小格格玉麟。玉麟輕聲說道：「我就喜歡聽五王叔的戲，他府上的瑞祥班，也是別人家比不上的。」

奕昕的手和著瑞王爺的唱腔，緩緩地拍著扶手，並不答話。身後侍候著的是瑞王爺府上的管

注　挎（音跨）通常指胳膊彎起來鉤住東西，或身上掛著東西。如：「他的肩上挎著皮包。」

家陳寶蓮，只見他輕聲奉承：「六貝勒志存高遠，哪會在意這戲臺乾坤。」

奕昕輕輕拍手的動作稍停，復又悠然地拍打著。陳寶蓮立馬意識到自己語出唐突，想要迴旋幾句，卻見奕昕有種不言自威的氣度，只好噤口不言了。

忽聽得一聲高喊：「瑞王旻宓聽旨！」

大內太監吳公公領著兩個小太監站在王府正門影壁一側的迴廊邊。侍立一旁的王府家僕手足無措，不知如何是好。吳公公面帶慍色，手揚拂塵，繼續往王府深處走。越往裡走，戲聲越隆。瑞王爺的唱腔有板有眼：「柳添黃，萍減綠，紅蓮脫瓣……」

吳公公快走近戲樓了，生氣喊道：「這幫奴才，叫你們王爺別唱戲了，快快聽旨！」復又嚷道：「都什麼時候了，還有心思唱戲！」「一抹雕欄，噴清香桂花初綻。」瑞王爺正端著一派帝王氣象，忽然見了吳公公，唬了一跳，神態立馬從戲臺皇帝變回個瑞王爺。吳公公唱喊道：「瑞王旻宓聽旨！」瑞王爺慌得在戲臺上就要跪下，忽覺自己高高在上，怕失儀範，連忙跑了下來，刷袖撩襟，俯身而拜：「臣旻宓聽旨。恕臣不敬之罪！」臺下早已跪倒一片。吳公公見瑞王爺刷的袖子並不是馬蹄袖，而是黃蟒戲服，忍俊不禁。終究不是兒戲，吳公公馬上換了副肅穆臉孔，宣道：「皇上口諭：傳瑞王旻宓著速入宮！」「臣遵旨！」瑞王起身，臉上早已汗漬斑斑。

玉麟起身，噘了小嘴，朝哥哥撒氣：「皇阿瑪真是的，都深更半夜了……」話沒說完，奕昕拉了拉她的袖子。眾人都顯得慌亂，只有奕昕面目從容，作旁觀狀。

瑞王爺叫過管家陳寶蓮：「快快把吳公公和二位公公招呼好囉！」回頭又同吳公公說道：「吳公公稍候，本王更衣就來。」吳公公微笑道：「奴才等著便是，王爺您請。」奕昕上前：「小姪同玉麟辭過五王叔。」玉麟也上前施禮：「謝五王叔。」

「本王領旨惶恐，六貝勒、九格格就請自便了！」瑞王還了禮，匆匆離去。吳公公忙叩首道：「原來六貝勒、九格格也在這兒哪，奴才給您二位請安！」

奕昕客氣回道：「免了吧。」說著就帶了玉麟，轉身離去。他那背影讓吳公公覺出某種孤高和傲慢。

吳公公在客堂裡入座。一丫鬟捧上熱毛巾：「請公公淨把臉吧。」毛巾依次遞上。吳公公翹了蘭花指，接了熱毛巾，斯斯文文地擦臉，揩手。一丫鬟早已托了茶盤，侍立在側了。吳公公端了茶，抿了一口，道：「瑞王爺府上的龍井，可是比皇上的要好啊！」

陳寶蓮正從裡屋出來，慌忙道：「吳公公，您老快別這麼說，別把咱們家主子嚇死去。」說著，忙掏出早已準備好的銀子，遞上，說：「王爺說了，公公您日夜侍候咱皇上，辛苦著哪。」吳公公並不推辭，袖了銀子，道：「奴才謝王爺的賞。」

瑞王爺在臥房裡慢條斯理地換衣服，下人們張羅著，進進出出，亂著一團。瑞王爺罵道：「慌什麼？沒見世面的東西！」

瑞王爺的福晉站在一旁，雙手不由自主地絞著白絲巾，皺了眉頭問：「皇上星夜召您入宮，會是什麼急事？」瑞王爺搖頭嘆道：「八成是英吉利折騰得皇上睡不著覺了。」福晉道：「那洋鬼子怎麼就不講理？平白無故地打到人家門上來。打也打了，咱錢也賞了，還賞了地方讓他們住下，還沒個完。」瑞王爺生氣道：「化外生番，如狼似虎啊！」「您猜得著咱皇上心思嗎？」福晉問道。

瑞王爺整理著衣袖，說：「聖心仁厚，體恤萬邦。老百姓都知道一個道理，叫大人不記小人過。可是這幫洋國小人，實在刁蠻，在廣東鬧事還嫌不夠，又在閩浙各地屢造事端。趕明兒，要鬧到咱北京來了。」

「王爺您的意思呢？」福晉問道。瑞王爺嘆道：「我不樂意同洋人打。這也正是聖意所在。」陳寶蓮進來報道：「王爺，吳公公他著急哩。」瑞王爺淡然道：「你下去吧，我即刻就來。」福晉道：「王爺，對宮裡這幫奴才，您就是太客氣了。他們只要上門了，您就得賞銀子。」瑞王爺笑道：「這幫奴才，我得哄著他們，又不要讓他們太上臉了。本王不指望他們的好，別在皇上面前給我使壞，就得了。」瑞王爺更衣來到客堂，見了吳公公，臉色就顯得急切了，忙說：「我們趕快起身吧，別讓咱皇上著急了。」

吳公公領著瑞王爺，步履匆匆來到養心殿外。透過窗紙，殿內燈火如晝。朱門輕啟，瑞王爺快步而入。遠在山西的老祁家怎麼也想不到，道光皇帝今晚的決斷會令他們面臨滅頂之災。

正是正月，老祁家一派祥和。

道光皇帝夜召瑞王爺的次日，老祁家正在恭恭敬敬地拜財神。神壇中央供奉著財神關公，左右供奉文財神比干、范蠡，武財神趙公明。祁伯群手捧高香，插進香爐。眾夥計惟祁伯群是瞻，一齊跪拜。

忽有夥計報道：「老爺，有龍燈來了。」祁伯群忙起身道：「快去快去，好好兒招呼著。」祁伯群快步來到正堂門口，但見龍燈舞得正歡。班頭：「給祁老爺拜年啦！祝義成信生意興隆，財通四海！」

祁伯群喜笑顏開，拱手還禮。夥計拿盤子托著個紅包走了過來。祁伯群拿起紅包，笑道：「各位辛苦了，祁某不成敬意！」班頭接過紅包，叩頭致謝。

拜罷財神，打發走了龍燈，祁伯群想起該去看看孫子世禎的師塾先生蘇文瑞，便往世禎的書房去。祁老夫人、媳婦素梅並家人寶珠姑娘都隨了去。老遠聽見世禎正讀著《論語》：「暮春者，春服既成，冠者五六人，童子六七人，浴乎沂，風乎舞雩，詠而歸……」

蘇文瑞忽見老爺祁伯群領著夫人、素梅、寶珠過來了，忙起身道：「伯群兄！祁夫人！少奶奶、寶珠姑娘！」祁伯群拱手道：「文瑞兄！」祁夫人、素梅和寶珠也回了禮。蘇文瑞道：「今日正月初二，敬財神啊。」祁伯群笑道：「敬過了，還迎了幾撥龍燈！街上熱鬧著啦。」世禎放下書本，叫道：「爺爺！奶奶！媽！寶珠姐姐！別人家小孩還在鬧新年哪，我在這裡讀書！」

祁伯群笑笑，愛憐地摸摸世禎的頭：「好好，放你去玩玩吧，爺爺同你先生說會兒話。」祁伯群回頭望著蘇文瑞，「今年又遇秋闈，文瑞兄也該做些準備才是。我想，世禎的功課，暫停些日子也無妨。」

蘇文瑞搖頭說：「考了這麼多年，不見起色，我也有些心懶了。」

祁伯群道：「只是機緣未到。依文瑞兄的學問才情，有朝一日會名震天下！」

蘇文瑞苦笑：「都是伯群兄錯愛，才這麼說啊！」

祁伯群說：「哪裡！人生就講究個機緣啊！您該知道，貴本家蘇洵蘇老泉，一筆錦繡文章，卻屢試不第。他也是到了您這個年紀，帶著兒子蘇軾、蘇轍再游京師，拿自己的文章請教歐陽脩。歐陽脩讀了蘇洵的策論，如醍醐灌頂，拍案驚起。歐陽脩把蘇洵的文章呈給宋仁宗御覽，龍顏大悅。從此以後，蘇洵文章，江河萬古！」

蘇文瑞仍是搖頭：「我是碰不著歐陽脩，更遇不著宋仁宗啊！」

寶珠帶著世禎在一旁玩，耳朵卻注意聽著蘇文瑞講話，忍不住往這邊回望。素梅輕輕交代寶珠：「寶珠，待會兒送些紅棗到蘇先生房裡去。」

寶珠應道：「好哩！」這邊祁伯群正同蘇文瑞說：「哪裡哪裡，得有機緣，機緣啊！」

蘇文瑞岔開話題說：「伯群兄這孫子可是塊讀書的料啊！天資聰穎，一點即通！」祁伯群道：「就怕越是長大，越沒長進。世禎他爹，小時候也會讀書，到底同功名無緣，只好收拾起祖上衣缽，做點小生意。」蘇文瑞道：「伯群兄可是過謙了。義成信到您手上已是蒸蒸日上。北京義成信沒幾年，就已如日中天，名滿京師。」

「過譽了。」祁伯群謙虛過後，又說，「不過，借用曹孟德的話誇句口，我倒是老驥伏櫪，志在千里。我打算在我有生之年，要讓江南、嶺南、大漠，都有義成信的名號。凡有商旅處，就有義成信。」

蘇文瑞道：「這可是積功德的大好事啊！莫說別的，光是晉商，遍布海內，他們需要票號。」祁伯群嘆道：「我就擔心兩個兒子，不成器啊。子彥儉樸敦厚，也還發奮，只是誠篤有餘，不諳機巧。如此做人，自是不錯，但做人同做生意，畢竟是兩回事。」祁夫人嘆道：「子彥就是太老實，太厚道，做生意只怕會吃虧的。」蘇文瑞說：「伯群兄和祁夫人所言極是。我看您家二少爺子俊倒很機靈。」

祁夫人皺眉嘆息。祁伯群說：「說起子俊我就來氣。他自小比子彥聰明，可就是不務正業。說起讀書，他盡讀些閒書雜書。十八九歲的人了，肚子裡沒裝幾句聖賢文章，可說起天文地理、陰陽八卦、戲文話本、玩古遛鳥，他樣樣精！」

蘇文瑞說：「哪裡，二少爺讀的書，很多也算是五經六藝啊。不過孔聖人也講究因材施教。您指望子俊考功名，自然不行。但要他做生意，我看是塊料子。只是年紀尚輕，不知天命，還需歷練啊。」世禎跑到爺爺跟前來頑皮，素梅過來拖世禎，隨口說道：「蘇先生說得在理，子俊人活泛，只要他懂事了，幹什麼成什麼的。」

祁伯群望望兒媳，回頭同蘇先生說：「我這回讓他去京城，就是想讓他跟著袁天寶袁掌櫃學學，天知道他在那裡又會闖出什麼禍來！」

祁伯群算是說準了，子俊正在北京玩得瘋。大清早，北京街頭還沒怎麼有人氣，只見些賣水的忙乎著。沿街鋪門前有些夜裡沒收拾的攤板，散亂著。極少幾家早起的，夥計懶洋洋下著鋪門板。一家賭場陸續有人打著呵欠出來，那是些通宵狂賭的主兒。祁子俊又是一宿沒睡，卻是精神抖擻。他身後跟著的家童三寶，不停地打呵欠。賭場老闆送出門來，一迭聲說著：「少爺您走好，高興了再來玩玩。」

祁子俊拱手施禮：「老闆請回。」三寶說：「二少爺，您可是鐵打的身子哩。兩天兩夜沒闔眼了，還勁頭兒十足。小的我可是像吃了蒙汗藥，眼皮子都抬不起了。」祁子俊回頭問：「輸了多少？」三寶不答，伸出四個指頭。

「四千兩？」祁子俊面呈恨色，「去，好好兒吃一頓，另外找個地方扳本去。」三寶苦了臉：「二少爺，我看您這幾天手氣都不太好，您就認輸算了。」祁子俊橫了一眼：「你這張臭嘴。」

三寶說：「三寶嘴臭，說的話未必不在理。您出來兩天了，也不回去瞅一眼。袁掌櫃不要急得像猴子？」祁子俊說：「他喜歡急，就讓他急去。」

三寶說：「我們下人不好做。老爺說是讓我跟著二少爺，遇事幫撐著。二少爺又哪肯聽我半句話？趕明兒二少爺有出息了，自是您少年老成，聰明幹練；哪天若是有了什麼事兒了，那就盡是小的在背後使壞。」祁子俊笑笑，戳了三寶的頭，說：「你就盤算著怎樣讓自己脫干係。告訴你，天大事，本少爺頂著，到不了你頭上。」

說話間便到了另一家賭場，祁子俊合掌而擊，說：「就這家了，走，扳本去！」三寶拉了祁子俊：「二少爺，您還是別去了。」祁子俊拂袖道：「那你就在外站著等吧。」三寶無奈，只好跟了進去。

也許就在祁子俊領著三寶進賭場的那會兒，戶部尚書黃玉昆在瑞王府正門匆匆落轎。管家陳寶蓮早迎了出來，輕聲道：「黃大人，王爺著急著哩。」黃玉昆臉色慌張，隨了陳寶蓮小跑入內。

黃玉昆小聲道：「在下給王爺帶了個小玩意兒。」陳寶蓮笑道：「待會兒您親自獻上吧。咱王爺瞧著就不是一般人物。哪怕天要塌下來了，他老人家戲照唱，玩意兒照玩！」

黃玉昆忽見瑞王爺正悠遊自在地坐在花廳裡品茶，忙把自己的神態也放從容了。瑞王爺懶懶地靠在椅子上，接過黃玉昆奉上的古董，玩賞著，點點頭。他說起話來像是自言自語：「我不想打，皇上也不想打。」

黃玉昆垂手而立：「王爺……」瑞王爺抬起頭來，手裡仍在摩挲著古董，說：「哪兒弄來的？是個玩意兒。玉昆，你坐吧。」黃玉昆叩首道：「謝王爺。下官沒事愛逛逛琉璃廠，知道王爺您就愛個小玩意兒。下官尋思著，我自個兒喜歡的，王爺必是喜歡。」

瑞王爺點點頭，語調仍是平淡：「不光是本王，穆彰阿大人不樂意打，琦善大人也不樂意打。只有僧格林沁幾個人，天天在皇上面前攛掇。林則徐已經弄得朝廷很沒面子，我看僧格林沁也是存心要叫朝廷丟臉！」

黃玉昆道：「依下官看，皇上對這位蒙古王爺可是青眼有加啊。」瑞王爺略有妒意。黃玉昆竟看出些意思，臉上尷尬。沉默片刻，黃玉昆問道：「王爺您猜這局勢……」瑞王爺嘆道：「昨日個都老半夜了，皇上召我入宮覲見，就為這事。」黃玉昆小心問道：「聖意如何？」瑞王爺搖頭道：「皇上說他還得細加審度。不過我猜八成會打起來的，只是個遲早。」黃玉昆額上早冒了汗：「一旦打起來來，那銀子……」瑞王爺整個兒就不怎麼抬眼，這會兒望著黃玉昆說：「玉昆哪，本王找你來，就為這事兒。」

黃玉昆揩著汗，說：「往義成信存了三百萬兩，戶部現銀不多。」瑞王爺只當沒聽見，半閉著眼睛。黃玉昆忙說：「下官這就辦去。下官辭過王爺。」「玉昆，」黃玉昆才要轉身，瑞王爺叫住他，目光有些意味深長：「你們戶部都有哪些人知道這事？」

黃玉昆回道：「從戶部出銀子，去義成信存銀子，都是侍郎范其良一手操辦的。范其良給我看過票據，上面也只是范其良自己的名字。此人辦事滴水不露，沒別的人知道。」

瑞王爺說：「讓范其良一人把事情弄熨帖，有把握嗎？」黃玉昆道：「票號那邊只有范其良一人的存單，同別人沒有關係。只是萬一時間太緊……」瑞王爺打斷黃玉昆的話，道：「不管什麼情況，只能是范其良一人擔著。我知道，你同范其良關係非同一般！」黃玉昆道：「同事多年，公誼私交，自是不錯。但我倆在聽王爺差遣這一節上，可是同心同德。」「這個我明白。」瑞王爺點點頭，忽又說道：「我倒想問問您這位戶部尚書：我就不明白，堂堂天朝大國，怎麼就窮得只剩下幾百萬兩銀子了？」黃玉昆擦著汗，回道：「又是賠款，又是賑災，這個瑞王爺是知道的。」

黃玉昆出了瑞王府，急急忙忙趕到范其良家。正欲敲門，忽聽裡面有人唱戲。原來是范其良閨女潤玉正同丫鬟雪燕在玩票唱戲，唱的是《牡丹亭．驚夢》，潤玉正唱著杜麗娘：「沒亂裡春情難遣，驀地裡懷人幽怨……」

潤玉忽聽敲門聲，停下不唱了，說：「雪燕，去看看是誰。」雪燕開了門，忙低頭施禮：「黃大人您好！」黃玉昆並不搭理雪燕，只朝潤玉笑道：「玉兒，高興著哪！」潤玉忙紅了臉，施禮道：「黃伯伯，您來啦？爹正在屋裡讀書哪！」說著便領黃玉昆去了范其良書房。范其良正在書房讀書。書桌的背後是遒勁有力的「慎獨」二字，正是黃玉昆的手筆。范其良拱手拜道：「下官不知尚書大人造訪寒舍……」

不等范其良客氣完，黃玉昆早已坐了下來，笑道：「其良兄，我倆就沒那麼多規矩了。」范其良女兒潤玉招呼著丫鬟雪燕過來上茶。范其良叫過女兒：「見過黃伯伯。」潤玉上前施禮：「給黃伯伯請安。」

黃玉昆端詳著潤玉，笑道：「剛才見過了，見過了。其良兄，潤玉可是個懂事的孩子，不像我那兒子，不成器！」

范其良道：「在下疏於管教，這孩子，野著哪，成日個唱曲哼戲！」

「這倒同我那兒子一樣。也沒什麼，年輕人，喜歡哼就哼幾句。」雪燕還在上茶，黃玉昆不說正事兒，拿過范其良剛才讀著的書，道：「原來其良兄正在讀《春秋》啊。」

范其良搖頭而笑：「一部《春秋》，我可是讀了三十年了。」「佩服，佩服！」黃玉昆道。

潤玉帶著雪燕辭過：「黃伯伯，您請坐，潤玉出去了。」

黃玉昆點點頭，望著潤玉出門，回頭對范其良說：「潤玉這孩子真懂事，日後過了門，真怕我那不爭氣的兒子虧待了她啊！」范其良道：「黃大人別這麼說。貴公子天資聰穎，一表人才，我就怕自己閨女配不上啊。看樣子，黃大人定是有什麼急事吧？」黃玉昆低了聲音說，「只怕皇上要下旨懲戒英吉利人。」范其良聞言大驚：「那豈不要動戶部的銀子？」黃玉昆點頭道：「我正是為這事而來。此事衙門裡可說不得啊！」范其良急得離座而起，來回走著：「三百萬兩銀子，存期又沒到，哪是說拿出來就能拿出來的？」「光急沒用，得想法子。這可是天大的事啊！」黃玉昆說著，比畫了個砍頭的意思。范其良走了幾個來回，忽然駐足，望著黃玉昆說：

「黃大人，下官當初就說過，拿戶部銀子去票號生利，使不得的。」黃玉昆聽著並不生氣，只道：「其良兄，別忘了，你我都是替主子做事的。」范其良說：「瑞王爺……」話才出口，黃玉昆一擺手，擋了回去：「記住了，這裡沒王爺的事！」范其良手足無措，忙說：「是是是，都是我范其良一人經手。」黃玉昆手在《春秋》上點了點，冷冷說道：「經手二字怎麼說？這可是《春秋》筆法？」范其良稍一愣，立即改口道：「不不，是我范其良私自將戶部的銀子存到義成信票號生利去了。」黃玉昆說：「瑞王爺行走軍機處多年，深得皇上信任；如今他老人家又掌管咱戶部，事必躬親，殫精竭慮。」范其良道：「黃大人您老也辛苦。」黃玉昆笑道：「其良兄，您我是兒女親家，可不能皮裡《春秋》啊！」范其良忙低了頭，道：「下官豈敢。我范某能有今日，多虧了黃大人栽培。」

黃玉昆朗聲而笑，說：「其良兄，你跟我就不必客氣了。跟你說呀，瑞王爺昨日間忽然問起，說你們戶部有個姓范的侍郎，聽說學問不錯，好讀《春秋》。」「真的？」范其良聞言兩眼放光，滿心感激，「難得他老人家惦記。」黃玉昆說：「瑞王爺那裡，我會替你說話。只是這件事兒，你可千萬要辦好。哪天聖旨一下，瑞王爺就得發令從戶部支銀子。」范其良急得團團轉，說：「沒個十天半個月，三百萬兩銀子，只怕湊不齊。」黃玉昆搖搖頭：「最多三天。」「三天？」范其良本是站著的，這會兒嚇得跌落在椅子上。黃玉昆說：「其良兄，萬萬不可亂了方寸。就說這三天時間，還得我在瑞王爺那裡周旋著。說不定皇上今兒夜裡就下了聖旨，明天就得要銀子。」

范其良額上汗流如豆，手不由自主地哆嗦。黃玉昆站了起來，準備告辭。他隨手拿起范其良的《春秋》，仍放回桌上，道：「辦這差事，千萬別忘了《春秋》神韻，含蓄些啊！」黃玉昆面帶微笑，目光卻是咄咄逼人。

好不容易等到天黑，范其良微服裝束去了義成信。票號早已關門，范其良走向偏門，急叩門環。開門的是票號夥計阿城，問道：「請問客官有何要事？票號規矩，夜不待客。」

范其良形容神祕，小聲道：「通報你們大掌櫃，就說大前門那邊有位姓范的先生想見他。」

阿城說：「先生稍候。」

范其良急得來回踱步，雙手搓了幾下，又恐顯得委瑣，便往後倒背著，終究脫不了官態。不多時，袁天寶出來，連連拱手：「原來是范先生，快快請進！」

袁天寶請范其良去客堂入座。范其良接過夥計遞上的茶，沒心思喝，只是顧盼左右。袁天寶會意，叫道阿城：「阿城，您先出去吧。」范其良說：「我存的那三百萬兩銀子，得馬上提出來。」袁天寶並不知道范其良的身分，也不明白這銀子的來頭，只道：「存期未到，可不好辦啊！什麼時候要？」范其良伸出三個指頭說：「三天之內。」袁天寶臉色驟變：「范先生不是開玩笑吧？三天時間，哪家票號也湊不上三百萬兩頭寸啊。」范其良打量著袁天寶，嘆息搖頭半天，只好說：「請袁掌櫃附耳過去。」袁天寶聽范其良耳語幾句，頓時張口結舌。他猛地推開客堂門，急聲喊道：「阿城，快快把少東家找回來！」

袁天寶坐在椅子裡，面呈死色，垂頭道：「天哪！我只知道這筆大買賣是老爺去年春上專門從山西趕來親自辦上的，哪知道這是宮裡的銀子？」

范其良壓低嗓子說：「袁掌櫃，您還真不能知道這是宮裡的銀子。若非情不得已，我也不能同你說了實話。」袁天寶馬上低頭回道：「范大人，不不，范先生，我只知道是位姓范的先生往我們義成信存了銀子。」

直等到三更天，阿城悄悄地回到票號。范其良已靠在椅子上睡著了。袁天寶神色凝重，在一旁提筆寫著什麼。看他運筆，就知情勢急切。忽聽阿城他們回來了，范其良驚醒。

阿城說：「哪兒也沒二少爺的影子。戲園子、賭場、澡堂子，都找了。」阿城遲疑道，「就連窯子我們都找了。」袁天寶仰天一嘆，說：「阿城，煩你辛苦一趟。我已給老爺寫了封信，你即刻上路，明兒天黑之前，飛也要飛回祁縣！」阿城接信，愣住了。袁天寶說：「您不必知曉詳情，只需把信交給老爺就是了。阿城，您得記住，這可是天大的事啊！」袁天寶回頭對范其良說：「范先生，如今只好這樣了。天亮我就吩咐下去，這邊先湊湊。餘下的，就得看我們家老爺拿辦法了。」范其良哪裡放心得下？小聲問道：「袁掌櫃，三天期限，沒問題吧？」袁天寶推開門，抬頭望著淡淡曙色，輕聲說道：「我早想過了，實言相告，三天時間，三百萬兩銀子，只怕做不到。要看老爺他有什麼高招。」范其良一聽更是急了，一騰而起，又生怕外面有人聽著，忙關了門說：「袁掌櫃，這可不是兒戲！到時候見不到銀子，我的腦袋得搬家，你們家老爺腦袋也得搬家，義成信就得完蛋！」袁天寶嘆道：「只怕我們老爺家劫數到了。就算宮裡的銀子湊上了，義成信也完了。您范先生存的銀子不是來睡大覺的，得放出去。那可是三百萬兩啊，哪裡去拆這麼大的頭寸？」范其良面色如灰，壓著嗓子嚷道：「如今要緊的是保命，保命！」

天要塌下來了，祁子俊並不知道，他正領著三寶逛琉璃廠。琉璃廠人頭攢動，熙熙攘攘。三寶心裡著急，說：「二少爺，您今兒個說什麼也得回去看看。三天不歸家門，改天袁掌櫃告訴了老爺，可不是好玩的。」「老爺只會打我的屁股，你怕什麼？」祁子俊說著便蹲下身去，看人家鬥蛐蛐兒。

祁子俊拿過人家的蛐蛐兒探子，忍不住就要伸手撥弄蛐蛐兒。蟲主猛地捉了他的手，圓睜雙眼：「這位爺，您可別動手。我這頭紅牙青，可值一千兩銀子。您要是把它弄壞了，我要您賠現成的，你沒地方找去！」

祁子俊笑道：「別誇口了。就憑你這蛐蛐兒，一千兩銀子？」蟲主急了：「你懂嗎你？」祁子俊道：「您這蛐蛐兒，身段還算不錯，也還驍勇。只可惜叫聲次了些。上好的蛐蛐兒，叫聲得粗頂些，就跟那唐琴一弦的散音一個味兒！」祁子俊只說上幾句，就讓眾人驚服。可他卻淡然一笑，走了。

琉璃廠另一街角，六阿哥奕昕微服裝扮，領著九格格玉麟閒逛。玉麟男孩裝束，滿臉淘氣。四個隨從，也是百姓衣服，只遠遠跟著，外人看不出來。見有人在玩竹圈套小玩意的遊戲，玉麟拉住奕昕：「哥，我想要那隻老虎，你給我套去。」

奕昕背著手，放不下天生的架子。無奈玉麟央求，奕昕只好指指一個隨從。隨從會意，拿了竹圈擲了過去。卻沒投中。

玉麟急得直跳，直嚷道：「你真笨！」那隨從諂臉笑笑，聳聳肩，再將竹圈套去。套了好幾次，還是套不著。玉麟忽然手指一處叫道：「幹什麼？想偷東西？」

攤主忙去招呼自己的攤擔。攤主再回過身來，見奕昕他們已套了好幾個小玩物。既驚且疑，有些心痛，也只好認了。玉麟飛快地拿起那些玩物，拉著奕昕跑開。

攤主被人點醒，追了過來：「你們幾個小偷，回來！」玉麟拉著奕昕，一溜煙跑進了人群中。攤主追了幾步，又怕攤上東西丟了，只好作罷。玉麟回頭，調皮地一拱手：「多謝啦！回見了您哪！」奕昕輕輕敲了敲玉麟的頭，說：「別學著奴才腔！皇阿瑪要是知道我帶你出來胡鬧，又該罰我了。」「好吧，皇阿瑪要是知道了，我全認了，沒你的事。」說罷欣賞著手中幾個玩物，很是得意，「怎麼樣哥？好看嗎？」奕昕不屑道：「有什麼好稀罕的？再說了，依你性子，過不了一時半刻，就膩了。」

這邊祁子俊正帶著三寶閒逛，路過一古玩店，忽聽裡面有人說什麼寶物，神乎其神，不由得湊上去看熱鬧。這是琉璃廠最有名的一家店，牌號博雅堂。

三寶進店一看，只見幾個人圍在櫃前，仔細琢磨一口黃玉碗。那位手托水煙袋的一看便知是掌櫃。他眯著眼睛，咕嚕咕嚕吸了幾口水煙，神情有些傲慢：「真是懂行的，您先別急著出價，把貨看好囉！」

想買玉的是一胖一瘦兩個人。胖子說：「李大人您好好看，您自己做主。」瘦子說：「周先生，您也得替我看看。這玩意兒，您比我內行。」原來瘦子想買玉，胖子只是個中人。掌櫃說：「李大人不急，您細細看。價格合不合適，不用我說，周先生一聽準明白。」祁子俊見了玉碗，眼睛一亮，倒抽一口氣，伸手就要拿玉碗來看。掌櫃忙抬手擋住祁子俊，說：「這位公子，這可不是尋常東西，莫亂動。」三寶說：「什麼稀罕玩意？不就是破碗嘛。」掌櫃冷笑道：「破碗？不是我寒磣你，量你家祖宗八代的家產，也抵不上這只破碗！」

正在這時，奕昕、玉麟循聲而入。「什麼寶貝？說得這麼邪乎！」玉麟問。

掌櫃見是兩位毛頭小孩，並不搭理。玉麟有些生氣，抿嘴做臉的。剛才掌櫃寒磣三寶的話，倒讓那位被稱作李大人的瘦子吃了一驚，問：「朱掌櫃，您說這價格……」原來這位掌櫃姓朱。

祁子俊插言道：「這位爺，聽我一句，您別忙著問價格，先得明白這是什麼寶貝。」朱掌櫃打量著祁子俊：「看樣子，這位公子是行家？」祁子俊道：「不敢誇口。這麼著老闆，哦，朱掌櫃，您能讓我細細看看這寶貝玩意兒嗎？」朱掌櫃說：「您請！可要小心囉！」

祁子俊小心翼翼，拿起玉碗，翻來覆去看了半天，又是點頭，又是搖頭，嘖嘖個不停，嘴裡只吐出兩個字：「老天！」朱掌櫃認真起來：「貴公子真是行家？」祁子俊說：「不敢說是行家，只是喜歡玩些個古靈精怪的東西。您先別說，聽我瞎掰乎。我若是說錯了，平生再不踏進這琉璃廠一步！」朱掌櫃點頭而笑，示意祁子俊說下去。祁子俊臉轉向那瘦子：「這位大人，這玉碗來歷不凡。」祁子俊說話間就望望朱掌櫃。朱掌櫃故作城府。「怎麼個說法？」瘦子問。祁子俊又拿起玉碗說：「先別急，您仔細瞧，瞧這……」「這黑斑？」瘦子問。

祁子俊說：「這不叫黑斑，叫沁色。玉的表面被汞水所沁，就是這個顏色。玉埋在地下，天長日久，有些東西就會浸染玉的表面。你看這裡暗褐色，叫土沁。再看這裡暗紅的，叫血沁。」

瘦子若有所悟的樣子：「如此說，這是古墓裡的東西？」祁子俊說：「先生所言極是。這是大坑出土的。帝后王侯墓穴，謂之大坑。」

三寶聽著不感興趣，沒精打采的樣子。瘦子、胖子聽入神，眼睛在玉碗和祁子俊的臉上睃來睃去。朱掌櫃仍是緘口不言，聽憑祁子俊說下去。玉麟只愛新鮮，事事聽著有趣。她悄悄兒說：「哥，這人還真懂哎！」奕昕卻是一臉漠然。瘦子問：「是什麼年代的？」

祁子俊長舒一口氣，說：「我憑口說，您不相信。其實我見眼就猜著，知道我今天可是有眼福了。這件寶貝，經過了歷代大玩家之手，早琢磨透了。只要是夠派兒的玩家，說起這玉碗，沒誰不知道的。」瘦子催道：「公子，您就說說，我也長長見識。」

祁子俊把玉碗放在手裡輕輕轉了一圈，說：「既是古玉，自然越老越好。看古玉的年代，要緊的是兩條，看飾紋，看雕工。比方漢玉多雕龍、鳳和蟠螭，唐玉好雕花卉、飛禽走獸和三歧雲朵。漢人刀法最顯眼的是跳刀，線條很細，時斷時續。唐人刀法流暢、豪放，有大唐氣象，通常在花紋圖案邊緣刻有長長的線條，您看，就像這樣……」

瘦子問道：「如此說來，這可是唐代古玉了？」「您可說對了。」祁子俊擊掌說道，復又故作神祕，「但光是唐代古玉，還顯不出它的身價。」

眾人都不說話。朱掌櫃忙把水煙袋遞給夥計，朝祁子俊點頭而笑。祁子俊又是感嘆，說：

「它被歷代玩家奉若神器，卻無緣得見，抱恨終身！」

玉麟急了：「別賣關子了，這是什麼寶貝？」祁子俊朝玉麟笑笑，復又望著朱掌櫃：「這就是那只文成公主玉碗！」朱掌櫃雙拳一抱，連連打拱：「阿呀呀！公子好眼力呀！在下吃這碗飯幾十年了，見過不少玩家。公子年紀輕輕，見識如此高深，佩服佩服！」玉麟兩眼放光，想同祁子俊搭話，叫奕昕暗暗拉住了。朱掌櫃問祁子俊：「敢問公子尊姓大名？」祁子俊搪塞道：「在下只是個玩主，不煩相問。」朱掌櫃笑道：「真人不露相，露相不真人。好好，不問，不問。」

祁子俊自有幾分得意，又說道：「這是文成公主入藏所帶之物，後來又隨公主下葬。民間最早見到它是南宋，必定是盜墓的人挖了出來。後來，它就在那些有錢有勢又懂風雅的主兒那裡轉來轉去。可近一百年，坊間沒了它的音訊，都以為它失傳了。」

玉麟忍不住喊道：「這位公子，您可神啦！」祁子俊朝這位小「兄弟」淡淡一笑。奕昕橫了玉麟一眼。他也暗自注意祁子俊了，只是不動聲色。三寶懵裡懵懂問道：「既然是這麼件寶貝，如何又到了您的手裡呢？」玉麟拍手道：「是啊，看您這樣子，不過就是收羅了些破盆爛罐，不見得是個有錢有勢又風雅的主兒呀？」

朱掌櫃並不生氣，只是笑道：「這位小兄弟說得極是，在下不過是個生意人，哪有福氣守著這等寶物過日子？剛才這位公子，說起這玉碗一千多年的經歷，如數家珍。可是它最近幾天發生的事兒，我就是不能告訴你們。天機不可洩露。這玉碗到寒店才幾天，我是睡不著吃不香。好在等到李大人，總算是物有所歸。」瘦子又急著問價格了：「這得值多少錢？」

朱掌櫃不曾開口，祁子俊早伸出兩個指頭：「依在下看，至少得這個數。」瘦子試探道：「兩千？」祁子俊大搖其頭，仍舉著兩個指頭。瘦子傻了眼，壯著膽說道：「兩——萬？」祁子俊含笑點頭。眾皆驚愕。

朱掌櫃點頭道：「公子連行價也是門兒清！」瘦子望著祁子俊，疑惑道：「您是托兒吧？」

祁子俊笑道：「反正我說的不算數，您自己問掌櫃得了。」朱掌櫃說：「李大人，這是哪兒話？您我又不是頭一回交道了。」瘦子回頭望望胖子，胖子點頭道：「真值這個價。」瘦子倒抽一口涼氣，說：「我就不明白，一隻舊玉碗，就算它是文成公主的……唉，拿兩萬兩銀子打成碗，得多少個？」

祁子俊道：「別說它本來就是稀世之寶，單是它上千年的塵世歷練，就了不得啦。」

「所謂黃金有價玉無價，這只是平常說法。遇著這等稀世珍寶，它身上的掌故樁樁件件，可都是值錢的！」朱掌櫃指指胖子，「周先生也是行家，您同他合計合計。」

祁子俊見瘦子並不是個懂古玩的風雅主兒，故意拿瘦子開涮：「這等寶貝，懂它的就價值連城，不懂它的是分文不值。光是有錢，還真不行！」

一言激怒了瘦子。瘦子道：「本大人還真是除了錢，窮得什麼也沒有！」祁子俊也起了性子，譏諷道：「敢情這位李大人家是開金山的？」瘦子斜眼瞟著祁子俊，說：「本大人就是開金山的，長眼了嗎？咱大清的江山，就是金山銀山，開不盡，挖不完！」奕昕不由得打量這位瘦子。祁子俊笑道：「如此說來，這位爺是朝廷命官？而且是位貪官？小的真沒長眼。」瘦子聽著就要發作，胖子拉了拉他。朱掌櫃也打了圓場：「好了好了，都是在下的不是。都少說兩句，咱們生意人，講究和氣生財。」奕昕袖手一旁，冷眼相看。玉麟只想湊熱鬧，奕昕總是攔著她。瘦子回頭望望胖子，胖子暗自點頭。瘦子一拍胸脯，說：「好，兩萬就兩萬，我要了。」殊不知祁子俊突然一揚手，說：「加兩千兩，我要了。」瘦子張口結舌：「你這是……」胖子也急了：「這位公子，奪人所愛，非君子所為啊。」

眾人都傻了眼。不料朱掌櫃卻說：「這位公子，按說您是行家，又讓我多賺兩千兩銀子，我得朝您作揖叩頭才是。可是這玉碗還真不能賣給您。」

祁子俊的神氣是不容二話，說：「哪有這個道理？我多出銀子，就得賣給我！」三寶早嚇壞了，忙拉住祁子俊：「二少爺，別胡鬧了，您花一大堆銀子買個破碗幹嗎？」朱掌櫃說：「這位公子，您往後常來走走，不嫌棄的，交個朋友。可今日這玉碗，人家李大人先說好了的。我們生意人，得講個規矩。」祁子俊說：「這玉碗，我是真喜歡。可我更見不得誰手裡有幾個錢就充大爺！」

玉麟早在一邊暗自央求奕昕：「哥，我要這碗，買下吧，買下吧。」奕昕小聲說道：「哥哪有這麼多錢？」玉麟哪管那麼多？連忙把手舉得高高的：「我要了，兩萬五千兩銀子。」

瘦子更急了：「又多了個起哄的。本大人不同你們胡鬧，兩萬兩！」胖子看上去比瘦子更著急，簡直有些慌張：「朱掌櫃，您……您……您可得說話算數，這可開不得玩笑啊。」祁子俊可樂了，又舉手道：「我再加兩千兩，兩萬七！」玉麟：「兩萬八！」祁子俊笑道：「三萬！」「四萬！」奕昕突然開了腔，話不高聲，卻把在場的人都愣住了。

店裡再無一人出聲。沉默片刻，玉麟拍手而笑：「好啊，好啊，哥你真行！」

祁子俊早把奕昕兄妹私下言語聽在耳裡，壞笑道：「我認輸了。這位爺，玉碗歸您了！您點銀子吧。」奇怪的是朱掌櫃嚇得臉無人色，朝奕昕和祁子俊連連打拱：「兩位爺，你們就別鬥了，我這玉碗，真不能賣給你們。」奕昕問：「你是怕我遭踐了好東西？」「豈敢豈敢？這……」朱掌櫃不知如何是好。瘦子又在一旁蠻橫道：「老闆，玉碗，我要！銀子，兩萬！」胖子急得團團轉，使勁兒同朱掌櫃殺雞抹脖子似的做臉。朱掌櫃急得不知如何是好。

奕昕示意玉麟上前，聽他耳語一聲。玉麟點點頭，然後高聲說道：「等著，本公子取銀子去！」祁子俊可真的納悶兒了，問：「朱掌櫃，我可是糊塗了，平白無故地多得兩萬兩銀子，這生意您竟然不想做！好玩！好玩！」

玉麟領著隨從悄悄兒進了宮，跑進奕昕房內，四下打量，指著個青花穿花鳳紋鳳尾尊，問：「這個值錢嗎？」

太監說：「值錢，值錢。這可是宋朝汝瓷，寶貝啊！」玉麟一揮手：「搬走。」隨從才要動手，太監慌忙攔住：「九格格，您這是……」玉麟說：「哥等著錢買個寶貝，讓我拿些值錢的東西去當了。」

太監搖頭不迭：「使不得，使不得！這可是皇上賜的，不能動啊。您要使錢這兒有，貝勒爺的錢都在奴才這兒哪！」

太監捧出個匣子。玉麟接過匣子，翻了半天，只見著幾張小額銀票，直嚷道：「不夠，不夠！」太監丈二和尚摸不著頭腦：「九格格，貝勒爺買個什麼金菩薩？要多少銀子？」

玉麟不搭理，繼續翻弄。忽然見著一張大大的銀票樣的玩意兒，眼睛一亮：「這張大！霍哥可夠闊綽啊！」太監想要看個明白，玉麟早飛跑而去。

琉璃廠這裡早急壞了朱掌櫃：「這位公子，您兄弟還回不回來？都老半天了。」奕昕只一個指頭在桌上輕輕敲著，煞是沉著。瘦子同胖子面目狠狠的，想看事情有什麼轉機。朱掌櫃又想說什麼，卻見店外兩個人晃來晃去，猜著是奕昕帶來的人，就噤口不言了。祁子俊故意叫了那瘦子：「這位大人，您放心，玉碗還是您的。我早說了，我不要了。」突然，玉麟跑了進來，氣喘吁吁：「哥，銀子來了。」奕昕接過「銀票」，大驚，輕聲說：「你怎麼拿了這個？」

「這麼大的銀票，讓咱也開開眼！」祁子俊一手搶過奕昕手中的玩意兒。原來是張從未見識過的古舊票據，雙龍圖案，蓋著玉璽，面值一百萬兩白銀。

三寶湊過來看了看，樂了：「唱戲用的吧？」朱掌櫃覺得稀奇，從櫃檯裡面轉了出來，看了這張「銀票」，臉一白，刷地跪下了：「草民有罪！」瘦子、胖子、店小二、三寶都跪下了。只有祁子俊仍是站著，吃驚地望望眾人，又望望手頭的古怪玩意兒，嘴巴張得老大。奕昕緩緩問道朱掌櫃：「你有什麼罪？」

朱掌櫃惶恐道：「草民見了皇上玉璽，自然是要下跪，自然要說有罪。草民打小長在天子腳下，就學了這點兒規矩。」

奕昕道：「你起來吧。你們都起來吧。」朱掌櫃並眾人起身，垂手而立。祁子俊問：「這位公子，莫非您是位王爺……」玉麟忙喝道：「不許亂說！」奕昕瞟了眼祁子俊，問朱掌櫃：「這玉碗，賣給誰？」朱掌櫃忙說：「自然是賣給您！」玉麟聽著樂了：「這就對了，算你識相。」朱掌櫃囁嚅道：「只是這張銀票……」奕昕沉了臉：「嫌少嗎？」「不不不，只是……」朱掌櫃說不出話來。「只是什麼?你剛才不是見著就跪下了嗎？」玉麟道。

祁子俊突然望了奕昕說道：「這位公子，您把這張票典給我，四萬兩銀子。」三寶急了：「使不得，二少爺！」玉麟卻拍了祁子俊的肩，笑道：「您可真夠朋友！」

奕昕臉上露出不易察覺的笑意，說：「我得告訴您，這張大『銀票』可是變不了錢的。」祁子俊略加遲疑，笑道：「沒事兒！我喜歡玩古，只當收藏個古董吧。要是有緣，若蒙公子不棄，交個朋友。我就算是急朋友之難……」

玉麟聞言，點頭而笑。奕昕卻面無表情。祁子俊見奕昕並無半絲謝意，話說到半路就打住了，掏出銀票遞上。奕昕背著雙手，並不去接銀票，只道：「交給掌櫃的就是了。」瘦子急得不行，忙叫道：「朱掌櫃！」胖子周先生也叫道：「朱掌櫃！」

那瘦子又叫道：「周先生！」朱掌櫃一臉無奈。

奕昕再沒吐半個字，轉身就走。玉麟朝祁子俊拱了手：「這位大哥，謝過了。」奕昕走到門口，忽回身道：「你可要把這寶貝仔細收著，哪天本公子還得把它贖回來。」祁子俊問：「敢問您是……」奕昕不等祁子俊說完，便道：「我要找你，不怕你在天涯海角！你要找我，就不必了！」

祁子俊愣住了。朱掌櫃望著胖子和瘦子，很是無奈。胖子和瘦子瞪了祁子俊一眼，氣呼呼地走了。祁子俊拿著龍票，半天回不過神。他忽聽朱掌櫃唉聲嘆氣，就問：「老闆，你今日個可是做成了大買賣，幹嗎不樂意？」朱掌櫃搖頭道：「叫我怎麼給您說喲！」祁子俊又問：「剛才這兩位公子，什麼來頭？」朱掌櫃哭笑不得：「您侃起古董來聰明絕頂，剛才做事怎麼就沒長腦子？您連他們是誰都不知道，就白白送上四萬兩銀子。還來問我！」祁子俊說：「我見您啪的就跪下了，覺得這玩意兒神！他們可是宮裡什麼人？」

朱掌櫃說：「算你還有些眼力。他們不是個貝勒爺就是個王爺。您瞧，您瞧，跟著他們的那幾個人，遠遠的圍成一圈隨著，硬不敢靠近主子！他們低著頭，不敢朝主子抬眼，可主子在哪兒，他們都瞅得見！您再瞧他們那肩，直往兩邊梭，就像沒長骨頭！您再看他們那腰，就是直不起來。看宮裡的人，用不著看主子，單看看他們奴才，就猜著個八九成！」

祁子俊順著朱掌櫃手指的方向，望見奕昕他們漸漸遠去。回頭道：「老闆，您把宮裡的人可是琢磨透了啊。」朱掌櫃拿了根萬事不求人撓背，說：「林子大鳥多，京城大官多。您一抬手，說不定就碰上個王爺。」三寶說：「二少爺，您膽子也太大了。四萬兩銀子啊！」朱掌櫃說：「公子手中這玩意兒，也算個神器。但畢竟出自皇宮，到了百姓手裡，禍福難測啊！」

第二章

天近黃昏，瑞王府的氣氛驟然緊張起來。瑞王爺雷霆大怒：「那隻玉碗可是我的愛物！」管家陳寶蓮大氣不敢出，小心地給瑞王爺遞上茶來。白天在博雅堂賣玉碗的那個胖子原是瑞王府上的家人周二，他垂手站在一旁，眼皮子都不敢抬。大冷的天，瑞王爺氣得額上冒汗，直掀衣領。

陳寶蓮低頭道：「原是太原知府楊松林派了師爺李然之進京，想孝敬王爺。奴才們都知道，王爺您平生清廉，見不得銀子，只是喜歡些個玩意兒。可那琉璃廠哪有幾件像樣的東西？奴才就像平日，吩咐周二，隨便拿件寶貝，送到博雅堂去，也算替楊松林做個面子。」

瑞王爺沒好氣：「家裡那麼多玩意兒不拿，偏要拿那隻玉碗！」陳寶蓮說：「這等小事，奴才怕驚動王爺，沒有秉明王爺，就讓周二去辦了。」周二渾身發抖，不敢言語半句。他偷偷兒瞟了王爺，見王爺正生氣都不朝他看一眼。陳寶蓮說：「奴才心想，這事周二經常辦著，又有李然之在場，還有博雅堂朱掌櫃也在中間迴旋，熟門熟路，本不該有什麼閃失。不曾想，冒出三個人打岔。」瑞王爺問：「什麼人，這麼大的來頭？」陳寶蓮道：「聽周二說起，奴才猜著有兩個人像是六貝勒和九格格。」瑞王爺聽著，橫了陳寶蓮一眼。

陳寶蓮忙又說道：「奴才非親眼所見，不敢亂說。還有個人，出手大方，不知何方神仙。」瑞王爺問：「什麼人物？居然一擲千金！」周二望望陳寶蓮，不敢言語。陳寶蓮說：「聽周二講，像個富家子弟，鬼得很！」瑞王爺心痛至極：「我那是什麼寶貝，你們知道嗎？」陳寶蓮不敢回話，掏出張銀票，說：「銀票，朱掌櫃已送來了。四萬兩。」瑞王爺惱怒道：「銀子，滿世界都有！那玉碗，世上沒第二個！」

瑞王爺瞟了眼陳寶蓮手中的銀票，見是義成信的，臉露驚色：「義成信的？」「回王爺，是義成信的。」陳寶蓮說。瑞王爺立即吩咐道：「明天一早就提了現銀，萬萬不可遲緩！」「是！」陳寶蓮回道。

忽有家僕來報：「稟王爺，戶部尚書黃玉昆大人求見。」瑞王爺說：「叫他過來吧。」陳寶蓮又說：「還有件事秉王爺。楊松林在山西挑了幾個角兒，叫李然之帶了來，說是嗓眼兒、身段兒、臉蛋兒都好，今兒晚上就送過來。」瑞王爺點頭說：「難得他一片孝心。你下去張羅了，今夜個就讓新來的角唱幾段，請六貝勒、九格格過來瞧瞧。」陳寶蓮面有難色，說：「王爺您知道，六貝勒不太愛走動。」瑞王爺說：「九格格愛看戲，六貝勒自然就會來的。」陳寶蓮會意，回道：「奴才明白了。」

陳寶蓮退下，把周二叫進房間，厲聲訓斥：「銀子要進來，玩意兒也要回來。這是咱王爺的規矩！你辦這事不是頭一遭了，未必不知道？」周二低頭回道：「遇著宮裡的人，奴才也沒辦法。後來我琢磨著，那人愣像是六貝勒。」陳寶蓮說：「既然是六貝勒跟九格格，你該眼熟呀？」周二說：「我們做奴才的，平日哪裡敢正眼瞅他們一眼？」陳寶蓮說：「今夜個六貝勒、九格格來看戲，你給我瞧仔細了。」「是！」周二回道。陳寶蓮又說：「記住了，千萬別讓六貝勒跟九格格瞅見你了。」

天黑之後，奕昕同玉麟進了瑞王府，兩人邊走邊說。玉麟問：「哥，這碗您也喜歡，您真捨得？」

奕昕輕聲道：「我告訴你吧，這隻玉碗我在五王叔書房裡見過。」玉麟疑惑道：「你見過？

這寶貝還有兩個？」奕昕笑笑：「只有一個。」玉麟說：「哥，我聽不懂了！」奕昕說：「你真笨！這隻玉碗就是五王叔的！」玉麟莫名其妙：「啊！」奕昕說：「我倆只把玉碗還給五王叔，多話不要說！」玉麟說：「我可真捨不得！」

說話間，兩人便到了瑞王府花廳。玉麟高聲叫道：「五王叔，您看我給您帶什麼來了？」瑞王爺接過玉碗，十分驚愕的樣子：「哪裡來的？」奕昕說：「姪兒同玉麟在琉璃廠玩，看到這個，想必五王叔一定喜歡，就買下了，想孝敬您老人家。」「你們兩個又出去野了？」瑞王爺慈祥地笑笑，然後故意說，「來，我看看是什麼寶貝！唔，這哪是什麼好東西？你們兩個啊，不識貨！」奕昕說：「姪兒哪能同五王叔的眼力比？」瑞王爺笑笑，說：「真是件好東西，你們小孩家的也出不起那麼多銀子。好吧，難得你們一片孝心。陳寶蓮，把玉碗拿進去吧！」陳寶蓮：「是！」玉麟突然喊道：「五王叔，既然不是件好玩意兒，放在您這裡也寒磣。您不如賞給九兒玩吧！」瑞王爺愣了，只好吃了啞巴虧：「好吧，你拿去玩吧！」玉麟道：「謝五王叔！」

奕昕望著玉麟手中的玉碗，一臉沉著。瑞王爺望望玉碗，又望望奕昕，表情複雜。

家僕們開始掌燈。有家僕過來請王爺用膳。瑞王爺沒好聲氣，家僕低頭退下。黃玉昆進來，見瑞王爺黑著臉，早嚇壞了。他以為是自己回復遲了，小心道：「王爺，這件事還得請王爺裁奪。」

「說吧。」瑞王緩緩說道，半閉著眼睛。「這……」黃玉昆支吾著。瑞王爺睜開眼睛，屏退左右：「你們都下去吧。」丫鬟們應聲而退。奕昕同玉麟也趁機跑到別處逍遙去了。黃玉昆說：「范其良回復說，三天時間，三百萬兩銀子，無論如何湊不齊。」瑞王爺驚起：「他范其良的腦袋還要不要？」黃玉昆說：「義成信已派人飛馬傳信，往山西總號去了。」

瑞王爺起身踱步，突然駐足：「讓范其良馬上趕赴山西祁縣！你關照沿路驛站，換馬不換人，明天晌午以前務必趕到。同祁伯群把話挑白了，曉以利害，必須快快把現銀湊齊！」黃玉昆低頭應道：「下官馬上吩咐去。」

「慢！」瑞王爺叫住黃玉昆，「范其良靠得住嗎？」黃玉昆道：「范其良對瑞王爺也是忠心耿耿啊。」瑞王爺想了想，說：「范其良是個書生，獨自出門，多有不便。衙門裡的人就不要用了，我派兩個靠得住的人跟他去。」黃玉昆聞言驚恐，卻只道：「下官明白。」瑞王爺嘆道：「聖意已決，仗是要打囉！」黃玉昆擦著汗，問：「王爺，萬一，萬一湊不齊銀子怎麼辦？」

「沒有萬一！范其良的腦袋抵不了三百萬兩銀子！」瑞王爺望望黃玉昆的腦袋，「你黃玉昆的腦袋也抵不了三百萬兩銀子！」

黃玉昆雙腿哆嗦著，不敢抬頭。瑞王爺急促地走了幾步，面壁而立，背著黃玉昆，低沉著聲音問：「玉昆，真的湊不齊銀子怎麼辦，你想過嗎？」

黃玉昆惶恐道：「下官不敢想。」瑞王爺回過頭來：「玉昆，你沒聽明白我的意思。」黃玉昆道：「請王爺明示。」瑞王爺說：「真的湊不齊銀子，無非是要范其良掉腦袋。」黃玉昆驚恐萬狀：「啊！」瑞王爺瞪了黃玉昆一眼：「你難道要我掉腦袋不成？你先摸摸自己腦袋！」黃玉昆嚇得雙腿哆嗦。瑞王爺說：「萬一追不回銀子，肯定有人要掉腦袋的。可是義成信呢？」黃玉昆說：「抄了它。」瑞王爺瞇起眼睛望著黃玉昆：「書獃子！」「那……王爺意思……」黃玉昆試探道。

瑞王爺說：「抄肯定是要抄的。但抄與不抄，現銀都弄不了多少。你再往下想想。」黃玉昆說：「對對，義成信的銀子都放出去了。」瑞王爺臉上掠過一絲冷笑：「義成信生意做得很大，放出的銀子何止三百萬兩！」黃玉昆眼睛一亮：「下官明白了。」瑞王爺問：「你知道怎麼辦了嗎？」黃玉昆點頭回道：「銀子湊齊了也就罷了，真湊不齊，得把義成信的帳冊繳了。」

瑞王爺倒背雙手，道：「是啊，真抄了義成信，往裡面存了錢的百姓怎麼辦？那都是千家萬戶的血汗錢啊。朝廷終究還得替百姓著想不是？我們可以將義成信更換門庭，重新開張。如此以來，百姓存的銀子跑不了，朝廷的銀子也不愁回不來。百姓知道是朝廷把這事辦利索了，豈不要圍著紫禁城山呼萬歲？」

黃玉昆笑臉奉承：「王爺可是菩薩心腸，心裡總裝著百姓。」瑞王爺道：「皇上時刻訓諭本王，大清江山是大家的江山。我們只有心裡時刻裝著百姓，才能把這江山坐穩了。」黃玉昆道：「聆聽王爺教誨，下官更覺責任重大。下官這就下去安排。」

黃玉昆告退出去，陳寶蓮進來，說：「王爺您請用膳。王爺，奴才瞅您今兒個身子不舒坦，那戲……」瑞王爺擺手道：「哪怕天要塌下來了，本王戲還是要看的！」

瑞王爺用過餐，奴才們遞上茶漱口，遞上銀牙籤剔牙，遞上熱毛巾淨臉。一應如儀。陳寶蓮進來：「王爺，奴才都安排妥了，請王爺看戲去。六貝勒、九格格也都在那邊候著您哪！」

瑞王爺抬起手，兩個丫鬟忙慘了，慢慢兒往戲樓去。陳寶蓮吆喝一聲，弦歌大作。臺上唱戲的是楊松林送來的新角兒，唱的是《西廂記》中的一折。紅娘唱道：「小姐小姐多手采，君瑞君瑞濟川才，一雙才貌世無雙。堪愛，愛他兩意和諧。一個半推半就，一個又驚又愛……」

李然之同周二站在暗處，打量著奕昕和玉麟，臉色驚駭。

陳寶蓮哈腰站在瑞王爺身邊，朝臺上的角兒指指點點：「楊松林說他不懂戲，專門從京城請了師傅去，才挑中了這麼幾個。」瑞王爺點著頭，一臉沉醉。奕昕的座位同瑞王爺並排，玉麟緊靠哥哥坐著。陳寶蓮低頭過來，在瑞王爺身後附耳嘀咕幾句。

玉麟見陳寶蓮居然可以同王爺附耳說話，瞟了一眼，說：「五王叔家規矩真新鮮，也太讓奴才上臉了。」瑞王爺岔開話題，笑道：「玉麟是個乖孩子。」玉麟說：「我打小喜歡聽五王爺唱戲。」奕昕道：「是呀，五王叔戲臺上的功夫，真叫小姪佩服。您是臺前自己能唱，臺後又能調教奴才們唱。」瑞王爺聽出些弦外之音，笑道：「六貝勒想跟本王學唱戲嗎？」奕昕笑道：「小姪愚鈍，學不來！」

這會兒臺上唱的是《玉簪記·偷詩兒》一折。陳妙常唱道：「難提起，把十二個時辰付慘淒，沉沉病染相思。恨無眠，殘月窗西，更能聽孤雁嘹嚦……」

奕昕若無其事，專心看戲。瑞王爺突然想起什麼似的，招呼陳寶蓮側過頭來。陳寶蓮問：「王爺有何吩咐？」瑞王爺問：「楊松林師爺還在這裡嗎？」陳寶蓮說：「他站在一邊看戲啦，不敢上來見王爺。」瑞王爺輕聲說：「我就不見他了。有件急差要楊松林辦。待我寫封信，你讓他馬上趕回太原。」

阿城趕到祁府已是深夜。祁伯群讀著袁天寶的信，呼地站了起來，復又重重跌落在椅子裡。雙手發抖，信飄落在地。阿城臉上且驚且疑，想替老爺撿起那信。

祁伯群擺手道：「阿城，你一路辛苦了，快去把肚子填飽。」阿城才要離開，祁伯群又囑咐道：「吃完飯，你馬上睡上一覺！」祁子彥驚恐地問道：「爹，出什麼事了？」祁伯群神情頹然，靠在椅子裡，半天不說話。祁子彥問：「爹，是不是子俊出什麼事了？」祁伯群怒言：「那畜生，幾天不見人影了！」祁子彥問：「莫不是被人綁票了？」

祁伯群不答，只道：「你快請蘇先生來一下。叫你娘也來。」祁子彥才要出門，祁伯群又囑咐：「沒我的話，誰也不許進這個屋子。」

祁夫人和蘇文瑞不知出了什麼事，進屋只望著祁伯群。待祁伯群說完事情原委，蘇文瑞嘆道：「伯群兄做過這麼筆買賣，怎麼從來不聽您說起？」

祁伯群嘆道：「祁家上下，也沒有第二個人知道啊！你我相知多年，才想著向您討主意。」蘇文瑞道：「有道是，小戶怕匪，大戶怕官。凡事同官府沾上，凶多吉少。」祁伯群道：「我也是一時糊塗啊！本想著不過是筆生意，那范侍郎人也忠厚……唉！」蘇文瑞說：「伯群兄也不必著急，盡快想辦法湊銀子就是了。」祁伯群說：「怎麼不著急？我是大難來日，脣焦口燥啊！」祁夫人說：「是不是請親家公來商量商量？」祁伯群搖手道：「近儒兄為人方正，最忌同官府交道。我怎麼好向他提及？」蘇文瑞問：「伯群兄，兩邊統共能湊多少？」祁伯群說：「最多一百多萬兩。這邊有六十多萬兩，北京那邊只有四十多萬兩。」蘇文瑞說：「票號現銀不可盡數提完啊。」祁伯群說：「我何曾不知道？提盡現銀，一旦擠兌，非垮攤子不可。但官府相逼，洪水猛獸，可是要取身家性命的啊！」蘇文瑞說：「只好向同行拆借了。」祁伯群點頭道：「我也有這個打算，只是利息太高，背負不起啊！」蘇文瑞說：「伯群兄，說句不吉利的話，我想這事要做最好的努力，最壞的打算。」祁伯群問：「您是說，萬一期限之內湊不上三百萬兩銀子……」蘇文瑞說：「正是。三天期限，只剩兩天了。」

祁伯群搖頭嘆息片刻，只得提起筆來給袁天寶寫信。蘇文瑞在旁邊踱著步，說：「我猜想，如果萬一湊不齊銀子，義成信放出去的銀子，他們會惦記著。」祁伯群停筆道：「放出去的銀子，我會讓他們連影子都見不著。只要還能保住那些放出去的銀子，祁家或許還有翻身之日。」蘇文瑞說：「所以說，湊銀子同保住帳冊，都是性命攸關的事。」祁伯群點頭不語，繼續寫信。阿城進來，道：「老爺！」祁伯群把信交給阿城，囑咐道：「只好又辛苦你了。你馬上趕回京城，把信交給天寶。如何處置，我都在信裡講清楚了，你聽袁掌櫃安排就是。」

范其良在書房裡來回走著。窗外黑漆漆的，寒風吹得正猛。他突然駐足，注視著女兒潤玉。

潤玉跟雪燕正在替范其良準備行囊。潤玉問：「爹，什麼事，這麼急?明天動身也不遲。」

范其良拍拍女兒肩頭，道：「爹的事，你不必過問。」潤玉道：「女兒著急嘛。哎，要是娘還在就好了。」范其良望著女兒，說：「你娘同我是貧賤夫妻啊。不曾想，我范其良剛有出頭之日，她竟撒手去了。」潤玉悲切欲哭，說：「爹，女兒替咱娘侍候您一輩子。」

范其良強作歡顏道：「好了好了，我知道女兒孝順。你自小由爹帶著，不諳女紅，卻飽讀詩書。畢竟不是那尋常人家孩子，倒也無妨。只是聽爹一句話，守著些女兒家本分，性子別太野了。」潤玉噘了嘴說：「人家哪裡野嘛，不過就是愛唱幾句曲兒，還泡過幾次戲園子。還不是爹您自己寵壞的!」

范其良道：「我擔心的就是這個!我不在家，你千萬別又跑到戲園子去。」潤玉回道：「好了，女兒聽爹的就是了。」范其良笑道：「潤玉，你平日咿咿呀呀地唱，爹也沒心思聽。今兒唱幾句，讓爹好好聽聽?」潤玉道：「爹您今天怎麼啦?您可是最煩我唱曲的啊!」范其良道：「爹會有幾天見不著你，捨不得嘛。」潤玉說：「爹捨不得，就帶上我。我打小就沒離開過京城啊!」范其良說：「那哪行?你又不會騎馬。好好在家呆著吧，爹很快就回來了。」潤玉往爹身上撒嬌，說：「爹從來不肯帶我出門!您到底去哪裡?連這個也不肯告訴我!」范其良說：「這是公差，不可隨便說的。」潤玉道：「女兒不問了。可您要給我帶些好玩的好吃的回來!」「行，行，只要見著女兒喜歡的，我就買下來!」范其良回頭招呼雪燕，「雪燕，行了，別帶多了東西，幾件換洗衣服就行了。」

潤玉說：「爹，您可要快快回來啊!」范其良故作輕鬆：「爹就是出去辦件差事，不幾天就回來了。」復又囑咐雪燕，「小姐就託付給你了。」雪燕拜道：「老爺儘管放心。」潤玉起身，幫著雪燕忙乎。范其良的目光隨著女兒打轉兒。潤玉似乎看出些異樣，問：「爹，您今天是怎麼了？」范其良淡然笑道：「爹沒怎麼啦？只是想，你還從來沒有獨自在家呆過，爹這次出去，只怕……只怕有些日子，放心不下啊！」潤玉說：「爹您就放心去吧，我一定聽您的話，不出家門半步。您出門這幾天，我專門跟雪燕學幾道菜，等爹回來，女兒自己下廚，孝敬您！」范其良說：「好，真是爹的好女兒。潤玉，爹要是在外多呆些日子，你千萬別著急，啊？」潤玉眼顯驚色：「爹，您到底要去多長時間？」范其良說：「很快就回來的。爹只是怕萬一事兒多，一時回不來。」

聽得外面家僕報道：「老爺，黃大人來了。」范其良聞道，臉上微露一絲驚恐。潤玉如見不祥，憂心忡忡地望著父親。范其良環顧書房，目光落在案頭《春秋》上。他拿起書，囑咐女兒：「爹官場聽差幾十年，心無旁騖。平生所願，一是效忠皇上，光宗耀祖；二是研習《春秋》，備收前賢所見，想加上自己心得，集註刊印。這本《春秋》有爹多年的批註，你替我好生收著。」潤玉接過書本，抱在胸前，依依不捨地望著父親。黃玉昆掀簾而入。范其良對女兒說：「潤玉，你同雪燕出去一下，我同黃伯伯說幾句話。」黃玉昆搖頭道：「唉，難為你了。其良兄，忙過這陣子，我想接潤玉過門。兩個孩子也都大了。潤玉她娘三年孝服已滿，你也該替自己找個伴兒了。」范其良道：「潤玉也是該過門了。我自己的事，暫且不說吧。玉昆兄，潤玉就託付給您了。」黃玉昆道：「潤玉打小在我跟前就像自家孩子一樣，這閨女很親人哪！」

潤玉隔簾聽著父親同黃玉昆說話，臉色緋紅。黃玉昆握住范其良的手，道：「其良兄，保重啊！瑞王爺怕您獨自出門沒個照應，派衙門裡的人跟著也不方便，就叫了兩個靠得住的人隨您一道去。」范其良聞言微驚，道：「感謝瑞王爺！」

祁家上下正在灑掃庭除。祁家正堂，祁夫人手拿拂塵，正輕輕掃著一個青花瓷瓶。寶珠拿了擦布擦桌子。素梅過來說：「娘，您別動手，讓我來吧。」祁夫人道：「灑掃庭除，自己動手，這是祁家祖上傳下來的規矩啊。」

家人黑娃飛跑而入，逕直跑到祁伯群臥房前。祁伯群正背著雙手，急得團團轉。黑娃說：「老爺，有位姓范的先生，從京城趕來了。」祁伯群驚道：「他好快啊！」說罷匆匆出門。祁伯群做夢也想不到，范侍郎這麼快就趕到祁縣來了。他心裡更是不安，面子上卻看不出，客客氣氣地請范其良往客堂喝茶。范其良笑道：「范某不速而來，多有打擾，失敬失敬啊！」祁伯群道：「哪裡哪裡，范大人太客氣了。敢問這兩位……」周二說：「侍候范大人的，不勞相問。」范其良說：「萬萬沒想到會是這種局面，范某對不住了。」祁伯群道：「也是祁某我料事不周，合該如此啊！」「十萬火急，形同索命。范某我腦袋已經提在手裡了。祁先生，如何了？」范其良言語急切，神態卻盡量從容著。「我正在想辦法，可是這麼多銀子，叫我一時怎麼拿得出來？」

范其良把茶杯往桌上一放，站了起來，說：「祁老闆，袁天寶已派人往你這裡送信了，我原想應備著些銀子了。你怎麼還是束手無策？」祁伯群道：「阿城昨日天黑才到，您今日一早就到了。一個通宵，我哪裡去弄銀子？」范其良問：「可你總該想著什麼法子呀？告訴我，你有法子了沒有？」祁伯群道：「只有一條辦法，不用說您也知道，就是向同行拆借。」范其良著急道：「那就快去借呀！」祁伯群道：「銀子哪是說借就能借的？一則利息太高，我背負不起；二是拆借太多，同行未免就肯借！我正在權衡啊！」范其良黑了臉，說：「祁老闆，這可是要命的事啊！不可這麼優柔寡斷！你得想清楚！湊不齊銀子，我的腦袋保不住，你全家身家性命也保不住！」祁伯群這下也顧不得主人身分了，很不客氣道：「這銀子對我祁家說來，不過就是樁生意，犯不犯法，是您范侍郎的事。范侍郎，您可得講道理！」范其良怒道：「我可以同你講道理，王法不同你講道理！」祁伯群搖頭道：「范侍郎，我祁家可讓您害慘了！」范其良道：「祁老闆，你怎麼這麼說話？這事我也後悔。可說起存銀子，可是兩廂情願啊！你要是自己不饞著這筆生意，我可以把銀子存到別的票號去！」祁伯群嘆了口氣，說：「我倆這麼吵著也無益。您一路也辛苦了，先歇著，等我想辦法吧。」范其良道：「好吧。你得明白，人命關天！」

祁伯群叫人安頓了范其良一行，忙同祁夫人、蘇文瑞商量著拆借銀子。祁伯群道：「祁縣這邊，我自己上門去賣老臉，請朋友們施以援手。平遙、太谷那邊就讓子彥帶著我的信去。」蘇文瑞說：「怕只怕子彥辦事太過謹慎，要是子俊在家就好了。」祁夫人說：「子俊更加不行，他花錢不算帳，事情辦妥了，只怕家業也完了。」蘇文瑞說：「嫂夫人，現在是身家性命第一，家業次之。伯群兄應該知道范蠡救子的故事。」祁伯群點頭不語，祁夫人卻問：「怎麼說？」

蘇文瑞道：「范蠡有三個兒子，老二在楚國犯了事，眼看著就要問斬。范蠡知道這事只有花錢才能疏通，就想讓三兒子去。因三兒子從小養尊處優，花錢如水。西施卻愣要讓大兒子去，說是大兒子辦事沉穩。結果，大兒子帶著銀錢去了楚國。他依父親說的，拿錢去賄賂掌刑官員。掌刑官員收了好處，滿口答應網開一面。第二天，忽聞楚王大赦天下。這大兒子是過苦日子長大的，眼看著白白花了錢，就後悔了。便找人家要回了行賄的錢。結果，所有人都赦免了罪，只有范蠡的二兒子被殺了。」

祁伯群聽罷，若有所悟：「現在沒有辦法，只好讓子彥去了。」祁子彥來到客堂，問：「爹，您找我？」祁伯群說：「子彥，你帶著我的信，速速去平遙、太谷。這些人都是我的朋友、故舊，我們也多有生意往來。你一一上門，請他們出手相援。記住，不惜血本！」祁子彥告辭出去，祁夫人憂心忡忡，問丈夫：「有幾成把握？」祁伯群仰天長嘆：「盡人事，順天命吧！」祁夫人嘆道：「不知道袁天寶找著子俊沒有？這孩子，太不爭氣了！」

祁伯群打發走了子彥，自己便在祁縣城裡挨個兒上別的票號去求人。他在外頭整整跑了一天一夜，天快亮了才歸家。他剛走到正門，門吱地開了。開門的是管家喬先明，忙問：「老爺您回來啦。」

祁伯群問：「喬管家，你這麼早？」喬管家說：「您深夜一個人出門，又不讓我們跟著，叫人不放心啊。」祁伯群擺手道：「沒事，忙你的去吧。」

祁伯群推開房門，疲憊地坐下。祁夫人望著丈夫，欲言又止，不敢相問。關素梅聞聲進來，倒上茶來，遞給公公。祁伯群說：「素梅，你帶著世禎回娘家住上一段，別嚇著了孩子。」

關素梅說：「世禎有我帶著，沒事的。孩兒我雖是不懂，留在家裡，也多個人手。」祁夫人拍拍素梅的手，道：「祁家有你這樣的好媳婦，都是祖宗保佑啊。」關素梅說：「我盡不了力，正心裡著急哩。」祁夫人說：「素梅，你也一宿沒闔眼了，去睡會兒。」關素梅說：「我沒事的。」祁夫人問丈夫：「怎麼樣？」

祁伯群說：「還算認我這張老臉。要看明天了，如今都還是句話。我頭一家去了永泰源，余先誠二話沒說就答應了。」祁夫人說：「余掌櫃人好，他在東家面前說起得話。你折騰了個通宵，快快睡會兒吧。千萬別把身子弄垮了。」祁伯群憂心如焚：「就是不知子彥辦得如何啊！」祁夫人說：「子彥老成，懂事，又帶著你的信，會辦妥的。」

祁伯群沒有半點心思睡覺。他只洗了把臉，就去陪范其良用早餐。席間，范其良說：「早就聽說，祁家花園聞名山西，下官想見識見識。」

祁伯群笑道：「范大人笑話了。不怕寒磣，呆會兒祁某陪您轉轉？」用罷早餐，祁伯群陪范其良遊園。兩個隨從稍後跟著。范其良問：「怎麼樣了？」祁伯群道：「祁縣這邊可湊八十萬兩，加上我自己總號和京城分號，共一百八十萬兩。現在就等子彥的消息了，估計還是有些把握的。」范其良道：「如此甚好，范某稍可安心了。萬一差些零頭，我這裡加以迴旋，暫緩幾日倒也無妨。」祁伯群嘆道：「只是如此以來，我義成信可是舉步維艱啊！」范其良俯首致歉：「祁先生，范某有愧於您啊！您可算救我一命，恩同再造。來日倘若有緣，范某定當報答。」祁伯群說：「范大人別客氣，我這也是救自己啊！」

范其良對祁家花園讚嘆不已：「非必絲與竹，山水有清音哪！祁先生，依范某愚見，您家這個園子，妙在一個清字。所謂郊園多野趣，宅園貴清新啊。」祁伯群道：「范大人不僅滿腹經綸，對造園也頗有見地。」范其良謙虛道：「哪裡哪裡。依我看來，造園同書法、作畫，乃至作文章，都是靈犀相通，精髓一貫，一概講究大膽落墨，小心收拾。」祁伯群道：「范大人所見極是，佩服佩服。祁某到底是個俗人。」范其良道：「哪裡哪裡，祁先生過謙了。懂得品園，才會造園。看人家園子，就是看他主人。」祁伯群道：「范先生如此抬舉，實不敢當。」

范其良搖搖手，又道：「前人論畫，說是為厚重易，為淺淡難。造園也是這個道理。而且依我愚見，造園子，厚重、淺淡二者都難。厚重太過，不免俗氣；淺淡不當，又失寒酸。像祁先生這個園子，華麗而不失雅淡，簡約而更添清逸，園中上品啊！」祁伯群道：「過譽了，過譽了。」

范其良又道：「私家造園，自是富貴門第，最易誇富顯俗。溫庭筠同晏殊都是詩詞大家，但同是說富貴，晏殊的『梨花院落溶溶月，柳絮池塘淡淡風』，比溫庭筠的『鳳凰相對盤金縷，牡丹一夜經微雨』更有富貴氣象，卻沒用一個金呀玉呀等字眼兒。你們祁家可是深得造園雅趣啊。」

轉過一假山，忽聞世禎讀書聲：「葉公問孔子於子路，子路不對。子曰：汝奚不曰，其為人也，發憤忘食，樂以忘憂，不知老之將至云爾……」范其良駐足神往：「這等清雅之園，又聞童子書聲，豈不快哉！」祁伯良說：「是祁某小孫，讀書也還發憤。」范其良道：「哦。授業誰人門下？」祁伯群說：「我的一個故交，蘇文瑞蘇先生。這位先生學問才情都不錯，只是科場不順。」說話間，走近了蘇文瑞和世禎。蘇文瑞起身：「伯群兄。」祁伯群說：「這位是京城裡來的范先生。」蘇文瑞說：「范先生。」范其良說：「蘇先生。」祁伯群說：「世禎，見過范爺爺。」世禎說：「給范爺爺請安。」范其良摸了摸世禎的頭，誇道：「是個聰明孩子。」

祁伯群、范其良別過蘇文瑞，繼續遊園。忽見喬管家過來，叫道：「老爺……」

祁伯群見狀，移步問話：「什麼事？」喬管家輕聲說：「大少爺回來了，老夫人請您去一下。」祁伯群見情勢似有不妙，卻不驚動范其良，轉身笑道：「范大人請隨意，祁某失敬了。」原來，正是蘇文瑞擔心的，子彥吝惜利息，一兩銀子都沒借著。

范其良聞言，大驚失色：「怎麼會這樣？祁先生，您萬萬救我！」祁伯群道：「我也想救自己啊！祁家身家性命，祖宗基業，毀於一旦！」范其良仰天長嘆：「天要絕人，奈何奈何！」

祁伯群痛心疾首：「早知如此，悔不當初！祁某倘能有苟且之日，一定發下毒誓：子子孫孫，不通官府，如有相違，絕滅煙火！」

范其良道：「祁先生，范某我羞愧難當啊！祁家之難，禍由我起。您已經盡力了，下面的事，就由我承擔吧。我盡力周旋，看是否有回天之機。」

「我也在想最後的辦法。」祁伯群突然問道，「范大人，問句冒昧的話。我看您書生本色，方正檢行，往票號裡存官銀，不像您的作為啊。」范其良望望周二，言有不便，只含蓄道：「人在官場，身不由己。」

次日凌晨，一家丁從范其良住的客房慌忙跑出，喊道：「不好了，不好了，范大人被人殺死了。」祁伯群正坐在花廳裡喝茶，聞言茶杯跌破在地。周二聞訊，飛身跑進范其良房間，叫喊道：「范大人！范大人！」周二見范其良已死，回身喝道：「祁家上下，一個也不准出門！」

第二章

祁伯群呆坐在客堂裡，驚恐萬狀。祁夫人已癱軟在椅子裡。關素梅替婆婆捶著背，寶珠在旁侍候著。祁家上下亂紛紛沒了個頭緒。蘇文瑞急匆匆趕來：「天哪，怎麼會這樣？」祁伯群只是搖頭，答不出半句話。

蘇文瑞問：「報官了嗎？」關素梅說：「爹已讓喬管家和范大人的一個隨從往縣衙去了。」蘇文瑞道：「伯群兄，嫂夫人，這事出得蹊蹺，您二位且莫慌張，要從容應對才是。」祁伯群搖頭道：「天要絕我祁家啊！」蘇文瑞道：「伯群兄萬萬不可這樣想。」祁伯群嘆道：「災禍一件接著一件，件件都是要命的啊！」蘇文瑞道：「伯群兄，急也於事無補，千萬鎮定才是。」

寶珠望著蘇文瑞，眼露欽佩之意。祁世禎緊緊地抱著他媽媽的腿，目光怯生生的。一個老媽子要將他抱走，硬是拉他不動。這時，祁子彥領著岳父關近儒進來了。

關素梅也道：「爹……」關近儒道：「伯群兄，家裡出了這麼大的事，您怎麼不早讓子彥來報個信呢？」祁伯群搖頭道：「我做的這件事，是您平日最不贊同的。如今出了事，我怎好向您說起啊。」祁夫人勉強撐起來，招呼子彥：「子彥，還不快快請你岳父坐下。」關近儒坐下，說：「伯群兄，親家母，你們這樣就見外了。」祁子彥問：「大門外面遠遠的擠了好多人，朝我們家指指戳戳。我家的事，外人怎麼知道得這麼快？」家傭們面面相覷，沒人敢回他的話。祁伯群道：「近儒兄，現在不用再勞您出手相援了，祁家此劫看來是逃不過了。」關近儒道：「伯群兄何出此言？仔細商量一下，或許會有轉機。」祁伯群道：「您不知道，范大人昨夜被人殺了！」關近儒同祁子彥異口同聲：「啊？」祁伯群道：「祁家難脫干係啊！」

忽有家丁報道：「太原知府楊松林楊大老爺到！」祁伯群驚問：「他怎麼來了？」早有兵丁亂哄哄衝了進來。楊松林背了手，道：「祁老闆不必驚慌，本府奉命捉拿朝廷欽犯范其良！」祁伯群張口結舌：「范大人他……」忽聽身後亂哄哄一片，又衝進些兵丁，有一人叫道：「祁家上下，都站好了！」

馬上就見祁縣知縣左公超身著官服，在眾衙役的擁簇下，大模大樣地進來了。楊松林回身驚問：「你們這是怎麼回事？」李然之厲聲叫道：「太原知府楊松林楊大老爺在此，誰敢放肆！」左知縣見了，馬上拜道：「祁縣知縣左公超拜見知府大老爺。」楊松林問道：「你們這是幹什麼？」左知縣道：「回知府大老爺，戶部侍郎范其良范大人昨夜在祁家被人殺害！」楊松林吃了一驚，轉身問祁伯群：「可有此事！」周二跑上前，跪拜道：「小的兩個是侍候范大人的，請知府大老爺盡快問案，查出真凶！沒想到他們祁家徒有清白家風之譽，竟做出這等膽大包天的事來！」祁伯群恐慌道：「事出突然，但我敢擔保此事同祁家並無干係。請楊大老爺、左大老爺明察！」楊松林對左公超說：「左知縣，待我同祁老闆一旁說幾句話如何？」左公超道：「下官但憑知府大老爺吩咐。」

兩人進了客堂，關上門談話。祁伯群先說了事情經過，哀嘆道：「……不曾想，今日一早，家丁發現范大人已經被人殺了。」楊松林問：「范大人造訪貴府，有何要事？」祁伯群語塞：「這……」楊松林笑道：「祁老闆，你我是老朋友了，不必繞彎子。事情我已知道了。」祁伯群道：「楊大老爺既然已經知道……」

楊松林詐道：「我剛剛在京城面見過聖上。聖上曉諭本府——海內富商，多在山西，山西富商，盡在晉中，為你太原治下。你身為知府，對他們要多加照應，體現朝廷仁德。民富尚能國泰，國泰方有民安哪。」

祁伯群感念道：「皇上賢明，草民自知報效。」楊松林又道：「聖上還說，富紳豪門，掌一方教化，為百姓典範，朝廷對他們向來是恩寵有加。但也有個別的發了財，就忘了朝廷，忘了王法，飛揚跋扈！」祁伯群額上冒汗。楊松林故意沉默片刻，才接著說道：「有的還做出對不起朝廷的事來。」祁伯群低著頭，不敢出聲。楊松林復又笑道：「祁老闆，你的事情，皇上已經知道了。皇上說，票商想多拉些存銀，放貸生利，倒也是生意人的算盤，無可厚非。但是存的到底是官銀，有違大清律例。然而細究此案，罪責還在朝廷官員。犯法的官員，朝廷另行追究。票商只要限期歸還銀子，可以寬貸。」

祁伯群問：「皇上真是這麼說的？」楊松林忽然變臉，怒道：「放肆，你敢說我假傳聖旨不成？」祁伯群忙說：「祁某不敢。但三天期限已到，三百萬兩銀子，萬萬湊不齊。」楊松林笑道：「我們追的可是官銀。那些銀子未必飛到天上去了不成？」祁伯群說：「自然是放出去了。」楊松林說：「這不容易了？放到誰的手裡，就到誰的手裡去收，這不完事了？」祁伯群道：「哪裡是楊大老爺說的這麼輕巧？如此一來，我祁家上百年的信譽可就完了。」楊松林道：「是你祁家信譽重要，還是朝廷安危重要？那銀子可是拿去做軍餉的！」祁伯群道：「自然是朝廷安危重要。」楊松林道：「那就好，你把義成信的帳冊拿出來，本府自己去收銀子。」祁伯群道：「祁某實難從命！」楊松林道：「可別忘了，祁老闆，你是官銀未還，命案又起啊！」

楊松林找祁伯群單獨說話的時候，祁子彥正把一張銀票往信封裡裝，母親進來，問道：「給他多少兩銀子？」祁子彥道：「楊大老爺每次來，都封五百兩銀票。」祁母說：「你封一千兩吧。」祁子彥有些心痛，道：「媽，他一個知府，一年俸祿才一百多兩銀子啊！五百兩銀子，夠多的了。」祁母說：「聽媽的，一千兩吧。」祁子彥猶豫著，又加了張銀票進去。

子彥來到祁家客堂外面，見李然之和兩個隨從正坐在一處喝茶。祁子彥遞上信封，說：「李先生，這是我們具結的文書，情由都在裡面了。待會兒煩請交給楊大老爺。」李然之接了，道：「好吶！」祁子彥又掏出幾個元寶道：「幾位爺辛苦了。」李然之接了元寶，點頭道謝。

看來祁夫人交代子彥做的這些人情都是白搭，客堂裡面，楊松林同祁伯群的談話慢慢陷入僵局。楊松林說：「范其良不管是怎麼死的，終究是死有餘辜。朝廷少幾個這樣的貪官，是大清的福分！」祁伯群道：「我看范大人可不像個貪官啊。」

楊松林笑道：「貪官還有個相貌不成？大清開國以來的頭號巨貪和珅，可是儀表堂堂，滿腹經綸哪。」

楊松林笑吟吟地望著祁伯群，半天不說話。祁伯群不敢正視他的笑眼，低頭不語。楊松林顯出很體諒的樣子：「祁老闆，作為老朋友，我替你著急啊。光是私存官銀，耽誤軍國大事，就夠得上抄家、殺頭了。我幫你想好了一條路，就是交出帳冊，你又不聽。如今又有殺害朝廷命官一案。范其良完全有可能畏罪自殺，但誰又能擔保不是他殺呢？」

祁伯群道：「楊大老爺意思，范其良是不是自殺，就看我交不交出帳冊了？」楊松林乾笑一聲，說：「祁老闆怎麼可以這樣說呢？本府不敢吹噓自己何等能耐，為官端正倒不是自詡。」祁伯群道：「我顧及的不光是自家百年信譽，更有千萬客戶家財。」楊松林道：「祁老闆，范其良命案我本可不管，把你闔府上下幾百號人交給縣衙就行了。那左公超官聲頗好，就是有點兒火暴脾氣，斷獄太嚴酷了些。唉！有什麼辦法呢？我一則要替朝廷庫銀負責，二則也念你我多年交情。所以哪，你的事我管定了。」

祁伯群道：「楊大老爺，范其良命案請您明察。殺害范大人，我祁家犯不著。我想范大人膽子再大，私存庫銀，他一個人是不敢做的，只怕中間必有更深的隱情。庫銀的事，該我的罪責，我祁某認了。但這事全是我一人所為，我聽憑您發落，請別驚擾了我的家人。」

楊松林笑道：「你也是讀書人出身，怎麼就不懂王法？庫銀一案，按照聖諭，如果事情妥帖了，可以不予追究；一旦追究起來，可是滿門抄斬的罪啊！」

祁伯群分辯道：「王法自然是王法，總還得問明事由，查清原委。」楊松林冷笑道：「祁老闆，算你說對了。但是，誰來問，誰來查？皇上嗎？是我楊某楊大老爺！可是你不聽我的！」祁伯群終於忍無可忍，憤然道：「皇上是聖明的，就是你們這些人遮天蔽日，昏暗天下。如果我能上達天聽，細奏詳情……」

楊松林變了臉，突然又哈哈大笑起來，道：「沒想到老朋友面前，你這麼說得出口！你既如此，我就說句不給面子的話：你祁伯群也想上達天聽？痴人說夢！」

楊松林忽然低了嗓子，說：「祁老闆，我們就是遮天蔽日！皇上在哪裡？他在雲的上面，我們不讓他露臉，他就露不了臉。我說哪句話是皇上說的，就是皇上說的！」祁伯群咬牙切齒道：「楊松林，你大逆不道！」

楊松林忽又哈哈大笑道：「大逆不道？你推開這扇門，問問大家，他們會說誰大逆不道？是我知府大老爺？還是你祁伯群？」楊松林偏著腦袋望了祁伯群半晌，大笑起來，說：「你剛才叫我什麼來著？楊松林？好！好！自打我當了這官兒，就沒人叫過我的名諱了，我自個兒都忘了自個兒姓什名誰了。皇上、王爺面前，我自稱奴才；回到太原，我是知府大老爺；往家裡坐著，我是老爺。今日個忽然聽你叫我楊松林，覺著新鮮，好！好哇！哈哈哈！」

楊松林說罷，推開客堂的大門。外面遠遠的擁簇著好多人。楊松林一臉嚴肅站在門口，叫道左公超：「左知縣，你把疑犯祁伯群帶到縣衙去，本府就在你那裡問案！派人把守祁家大門、後門、偏門，上下人等，一律不得外出！」

左公超道：「下官遵命！」祁夫人哭喊道：「知府大老爺，你不能帶走伯群啊！」關素梅扶著婆婆，悲憤而泣。祁子彥叫喊著，挺身上前，卻被衙役們攔住了。祁伯群囑咐家人：「你們放心吧，我祁某相信王法，相信天理。」關近儒上前朝楊松林拱手道：「知府大老爺，可否聽小民關近儒說幾句話！」楊松林望望關近儒：「這位就是大名鼎鼎的商界領袖關近儒先生？楊某久仰了。」

關近儒道：「不敢！只是——正如知府大老爺所言，祁伯群先生在商界頗具聲望，他的事會引起整個商界的關注。所以，還望知府大老爺明察秋毫，審慎裁斷。」

楊松林剛想答話，蘇文瑞亦上前拱手道：「三晉士子也會關注此案！」楊松林睥眼問道：「這位是誰？」蘇文瑞不卑不亢道：「生員蘇文瑞！」楊松林笑道：「哦，讀書人！你可真是家事國事天下事事事關心哪！好！」蘇文瑞耿介不阿，又道：「這是讀書人的本分！」寶珠望著蘇文瑞，眼含溫存。楊松林吐了口氣，環視眾人，道：「本府依著大清律例，想讓祁老闆隨我往縣衙裡走走，沒想到會有這麼多人關注。我楊某也就不得不備加關注囉！」楊松林走過祁夫人身邊，和顏悅色地說：「夫人，伯群是我的老朋友，我楊某自會關照他的。」祁夫人收住眼淚，道：「我們祁家有楊大老爺這樣的朋友，蒼天有眼啊！」祁夫人望著祁伯群的背影遠去，回身對關近儒說：「親家，您老回去歇著吧，別累壞了身子。」

關近儒搖搖頭，說：「親家母，我先行辭過，有事讓子彥報個信兒。」祁夫人又朝蘇文瑞道：「蘇先生，您也請回吧。世禎的課，暫時停了。伯群也交代過，讓你自己也要預備著應考才是。」寶珠急了，說：「老夫人，世禎的課怎麼能停呢？」蘇文瑞道：「寶珠姑娘說得是，世禎學業荒廢不得啊！」祁夫人說：「還是先停停再說吧。」蘇文瑞道：「好吧，用得著我的，煩請告我一聲。」

這時，喬管家揪了個人進來，說：「老夫人，這傢伙真不像話，眼看著府裡要出事了，就開始偷東西。我罵他幾句，他還嘴硬。」祁子彥怒道：「忘恩負義的東西，我們家平日對不住你不成？」祁夫人擺手道：「喬管家，子彥，不要難為他。常言道，樹倒猢猻散啊。他們想拿什麼，就讓他們拿吧。」祁子彥急道：「媽，怎麼能讓他們這樣呢？我們家還沒到這個時候哩！」那人卻撲通跪了下來，哭道：「老夫人，我曹富不是人，忘了老爺和老夫人的恩德，我不敢這樣了……」喬管家道：「老夫人饒了你，還不快快下去！」

曹富叩頭萬謝地走了。祁夫人說：「喬管家，你同大夥兒說聲，祁家這會兒遭了難，用不著這麼多人了。大夥兒各自回家去吧。這月工錢暫時欠著，日後沒事了定會補上。他們想拿什麼，就讓他們拿吧。」

喬管家說：「老夫人，您就是太仁德了。老天會保佑您祁家的。好，我這就按您意思吩咐下去。」一票號夥計跑來報道：「老夫人，義成信被抄了。」

祁夫人聽著，無動於衷，只道：「知道了。待會兒他們就會上家裡來的。素梅，你快快去收拾些細軟，只管要緊的、值錢的。喬管家，請你安排件事兒，讓大夥兒再幫個忙。」喬管家道：「老夫人儘管吩咐。」

祁夫人道：「我們祁家規矩，灑掃庭除，洗衣漿衫，一應平常家務，女眷們自己都得動手。你隨伯群幾十年了，可曾見我平日裡擺過老夫人的架子？」喬管家道：「老夫人和祁家上下儉樸之德我們都看得明白，這也是祁家百年昌盛之根本。」祁夫人說：「可是這次，我要把老夫人架子擺足了！喬管家，你去叫寶珠來給我把頭髮好好收拾了，讓夥計們替我壯壯威風！」

祁夫人收拾好了，來到正門照壁後的天井裡。祁家闔府上下百多號人，分作幾層，雁陣排開。正中間，祁夫人穿著貴氣，梳裝整齊，端坐高椅。祁夫人後面站著的，前一排是女眷，後兩排是男丁。寶珠同另一丫鬟輕輕地替夫人打著扇子。祁夫人右首邊侍候著的是素梅，左首站著的是喬管家。

祁府大門敞開著，從外面看去，只見得著影壁(注)。忽聽外面人聲喧嘩，果然是左公超帶著衙役們來了。左公超本是耀武揚威的樣子，轉過影壁，見著這等陣勢，竟吃了一驚。他一駐足，眾衙役也都不敢上前。

祁夫人語調不高，卻字字擲地有聲：「左大老爺，可否先聽民婦問你幾款！」左公超道：「祁夫人請講。」祁夫人道：「你是來沒收祁家家產，還是來找什麼東西？」左公超道：「本縣奉命查封祁家家產，查找義成信帳冊！」

祁夫人道：「你們既然是來沒收家財的，那麼從現在起，這裡的一草一木，都是官府財產，你們小心別弄壞了。這些個雕花兒、磚刻兒，哪怕是這些作擺樣兒的石頭，可都是值錢的。」左公超道：「祁夫人說得在理。我們只管找帳冊，然後封存你家家產，聽候上面發落！」祁夫人又說道：「左大老爺，都說你是清官，就請你讓我們老百姓看看清官是什麼樣子！你是官府，就得讓老百姓知道官府畢竟不是強盜！」左公超尷尬道：「祁夫人，你這話越說越難聽了……」

祁夫人道：「我知道自己的話上得了檯面。還有，你們這些聽差的，雖說是公差在身，畢竟也是有家有室，我們又是同喝一條汾河水。這裡站著的，只有左大老爺千里為官，是個外鄉人。你們呢？不是隔壁李家的二順子，就是東村張家的大柱子。論輩分，你們有的說不定還得叫我聲奶奶。都是鄉里鄉親的，日後抬頭不見低頭見。哪怕就是穿著這套官差衣服，張三還是張三，李四還是李四，做事就得有些分寸。好了，你們進去吧！」

衙役們早沒了來時的氣勢，望著左知縣。左公超揮手道：「你們去吧，搜仔細些！小心別弄壞了東西！手腳放乾淨些，如果私藏金銀細軟，本縣饒不了你們！」

祁夫人慈目善眼地笑道：「老百姓都說左大老爺是清官，果然名不虛傳。喬管家，叫人搬把椅子，別讓左大老爺老站著。」祁夫人像是拉家常似的，說：「左大老爺，我不知道你們封了我家房子，怎麼處置？恐怕一時半會兒找不到這麼大的買主。給你們作縣衙嗎？嫌大了些。」左公超賠笑道：「豈止大了些，做十個縣衙都嫌大了！」祁夫人說：「你們楊大老爺太性急了，這麼快就抄了我家票號。」左公超笑道：「楊大老爺意思，事已至此，銀子湊多少是多少，主要是想找到票號帳冊。」祁夫人笑道：「伯群不開口，帳冊是不會出來的。」左公超說：「楊大老爺有辦法讓祁大財東開口的。正是俗話說的，叫殺豬由不得豬！」祁夫人臉色驟變：「你們真敢濫殺無辜？」左公超笑道：「我們只按大清王法辦事。」

祁夫人道：「如果真按王法，多給我們些時日，萬事大吉，為何如此相逼！我不妨告訴你，本來你可以拿到一百八十萬兩現銀的，可你拿不了那麼多了。」

左公超吃了一驚，忙問：「怎麼了？」祁夫人說：「同行們已經答應我家湊八十萬兩銀子，可在京城和天津提現。可你辦事操切，著急去義成信搶銀子。同行們見我家出事了，必定飛馬傳信，不予兌付。」

忽有衙役過來報道：「搜了幾處，沒有大人要找的東西。按大人吩咐，我們搜一間，封一間。只是……房子太多，只怕三天三夜都搜不完。」祁夫人笑道：「不急，慢慢兒搜吧！」

眼看著日頭偏西，衙役們還在搜查。祁夫人不急不躁，左公超卻顯得有些耐不住了。他看看

注　北京四合院建置於大門內與主建築外之間的壁面，主要作用在於裝飾與保護隱私，另亦有風水作用的說法。

天色已晚，吩咐身邊人說：「去，叫他們先把房子封了，夜裡派人守著，明天再搜。」

忽然聽得外面一陣喧嘩，眾人抬眼望去，見人抬進血糊糊的兩個人來。祁夫人馬上認出是祁伯群和子彥，頓時魂飛天外。「伯群！」「子彥！」祁夫人起身撲過去。素梅也跑了過去。原來兩人身子早已涼了。祁夫人哭昏過去，被人抬進了屋裡。只有喬先明清白些，忙招呼人料理喪事。祁家宗祠很快就布置成了靈堂。祁家上下盡著孝服，哭聲震天。眾人正忙碌著，祁夫人渾身素白地出來了。素梅扶棺長哭，狀不忍睹。祁夫人過去，撫著素梅的背，說：「兒哪，越是這樣子，咱娘兒倆越是要挺住。現在子俊不知生死，官府肯定也要拿他。世禎還小，一切都得靠咱娘兒倆。」

素梅點頭收淚，道：「娘，孩兒不哭！」說著越發痛哭起來。祁夫人一把摟住素梅，拍著她的肩背。祁夫人的淚水無聲而湧。寶珠也哭得淚人兒似的。

喬管家過來，安慰道：「老夫人，少奶奶，請你們節哀順變。」關近儒和蘇文瑞聞得了信，張張惶惶地趕來了，祭拜如儀。這時，喬管家俯身告訴祁夫人：「楊松林來了。」

祁夫人像是沒聽見，頭也沒抬。楊松林面色肅穆，走近祁夫人，低頭道：「祁夫人，楊某我深感愧疚，不知從何說起。沒想到事情會弄到這步田地。我同祁老闆朋友多年，有話好好說，哪想到他會尋短見？可是……可是畢竟國有國法，家有家規……」

祁夫人冷冷道：「國有國法，家有家規。你們的人在我家翻箱倒櫃，我並不阻攔，我知道國有國法。可你楊大老爺踏進我的家門，也得遵循個家有家規！」楊松林聽著不由得一愣，不知祁夫人語出何意。祁夫人道：「死者為尊，請你跪下！」祁夫人說著，自己緩緩跪下。闔府上下一齊跪下。楊松林望望身著孝服的人跪得滿地，只好跪了下來。

祁家的事很快傳到北京。瑞王爺把黃玉昆找了來，罵道：「這就是你信任的范其良！他畏罪自殺，一死了之，讓本王在皇上面前如何交代！幸好我已事先吩咐楊松林那邊早早動手，不然會更加被動。快快查封京城義成信分號，捉拿有關人犯！」

黃玉昆道：「下官馬上辦去。」瑞王爺道：「慢！去范其良家看看。存了那麼多銀子在義成信，我怕他留了一手。」

黃玉昆問：「瑞王爺是擔心范其良私下留著在義成信存款的名單？」瑞王爺很不耐煩：「你去找就是了，問什麼？」黃玉昆道：「下官明白。」

黃玉昆拱手告辭。瑞王爺又喊道：「你忙什麼？這會兒你知道忙了？還有，傳令太原知府楊松林，查封祁家家產，挖地三尺也要找到義成信帳冊！周二著人密報，私存庫銀的事，范其良肯定同祁伯群露了底，可祁伯群死也不吐一個字。這個祁伯群，倒是個義氣人哪！」

黃玉昆說：「我想他是不敢說。如果范其良說了詳情，不論哪個人的名字都會嚇死祁伯群，他敢說？」瑞王爺嘆道：「如果六貝勒去了山西，祁伯群只怕就敢說了！」黃玉昆問：「怎麼？六貝勒要去山西？」瑞王爺輕聲說：「六貝勒正同四貝勒爭寵哪！他想好好兒幹一場，出出風頭。皇上已經准奏了。」黃玉昆不安起來：「六貝勒去山西，只怕就麻煩了！」瑞王爺說：「我已派人飛赴祁縣報信，讓楊松林同周二趕在六貝勒到達之前，幹掉祁伯群！」黃玉昆擦著額上的汗，仍是緊張，說：「六貝勒平日裡很孝敬您，我看他也不敢難為您的。」「六貝勒著實孝順，可如今他要爭的可是……」瑞王爺說著便噤口，無奈而神祕地搖搖手。

正說著六貝勒，陳寶蓮上前報道：「瑞王爺，六貝勒來了！」奕昕上前拜道：「五王叔，姪兒明兒一早就趕山西去，特意來聽您老人家的吩咐！」瑞王爺慈祥地笑著，說：「坐吧。」奕昕坐下：「謝五王叔！」瑞王爺說：「看著你們幾個貝勒一天天長大了，五叔我高興哪！這不，能幫著我做事了。」

奕昕說：「皇阿瑪著我協助五王叔，我就一心想著把事情辦好。案子在山西，我人在京城，就無從辦案。五王叔諸事繁忙，動不了身，姪兒就替您老跑一趟。」

瑞王爺很高興的樣子，說：「好！好哇！你去山西之後，要緊的是留住人犯活口。只要人犯還能開口說話，案子就好辦了。范其良畏罪自殺，就讓我們不好查案呀！」奕昕應道：「姪兒明白！」

瑞王爺在家時急得跟猴子似的，在外頭場面上卻是波瀾不驚的樣子。次日上朝畢，瑞王爺隨眾官員蜂擁而出。僧格林沁故意追上瑞王爺，同他並肩而行，問道：「我彈劾黃玉昆，為什麼有那麼多人替他求情？就連瑞王爺您也替他說話。本王真是弄不明白。」

瑞王爺憤然道：「黃玉昆真的該殺！他玩忽職守，失察屬下，致使范其良在他眼皮底下幹出私存朝廷庫銀的事來。可是，他黃玉昆的腦袋能值多少銀子？皇上聖明，暫且留住黃玉昆花翎頂戴，著他繼續追查范其良私存庫銀案。」

僧格林沁道：「我納悶兒，說句大膽的話，我懷疑很多人只怕同此案有所關聯！」瑞王爺正色道：「王爺，我可不敢這麼想。您想，成天在皇上面前山呼(注)萬歲的人都是貪官，那咱皇上……」僧格林沁忙拱手道：「小王萬萬不是這個意思。皇上聖明，直追堯舜。」瑞王爺道：「既然皇上已經讓我督辦此案，我自然會對黃玉昆嚴加敦促，爭取盡早查清案由，追回庫銀。僧王爺，皇上著您回蒙古整頓旗政，茲事體大，你就放心去吧。」僧格林沁話中有話：「有瑞王爺看著這個案子，皇上可以放心了。」

雪燕正在廊簷下教潤玉繡花。雪燕說：「小姐，您畫這些個花兒、鳥兒，手那麼巧，怎麼讓你自己來繡，針腳總是不好。」潤玉笑道：「我哪有你手巧？你手巧好啊，日後可以找個好婆家。」

雪燕臉刷地紅了，抬手就要追打潤玉。兩個女孩鬧成一團。忽聽有人炸雷一樣厲聲叫喊：「開門開門！」繼而是猛烈的擂門聲。潤玉給嚇住了，吩咐道：「雪燕快去看看，什麼人如此大膽？」門卻砰地被撞開了。一隊官兵蜂擁而入。見是官軍，潤玉反倒不怕了，質問道：「你們這是幹什麼？你們知道這是誰的家嗎？」無人理會，只聽一官兵喝道：「都不許動，你們都站好了！」原來這些人是黃玉昆帶來的。他身著朝服，坐在轎內，不敢進范家的門。聽得裡面潤玉的叫喊聲，黃玉昆面色沉重起來，叫過身邊人說：「你去說說，讓他們別嚇著了孩子，別弄壞了人家東西！」

潤玉根本不知道屋外官轎裡正坐著她將來的公公黃玉昆，只傻傻地問道官兵：「你們這是幹什麼？我爹回來饒不了你們！」士兵嘲笑道：「你爹？」潤玉嚇著了：「我爹他怎麼了？」士兵說：「你爹怎麼了我們不知道，我們只管找東西。」潤玉問：「找什麼東西？」

再也沒人答應，只見士兵們翻箱倒櫃的。倒騰了老半天，也沒見找著什麼東西。官兵出門，隔著轎簾回復黃玉昆：「回黃大人，都翻遍了，什麼也沒找著。」

黃玉昆沉吟片刻，嘆道：「算了吧。留兩個人守在這裡。」潤玉追到門口，哭喊道：「你們告訴我，我爹他出什麼事了……」兵丁很不客氣，叫道：「進去進去，不許亂跑！」潤玉哭喊道：「你們說句話呀！誰能告訴我……」黃玉昆透過轎簾縫兒，看見潤玉站在門口哭喊的樣子，長長地嘆了口聲。

祁子俊無意間知道北京義成信被官府查封了。家裡出了天大的事，他仍是渾然不覺。他還想

注　出處：漢武帝登嵩山，群臣三呼萬歲。（漢書・卷六・武帝紀）後大都用以臣民祝頌天子，又作「呼嵩」、「三呼」、「嵩呼」。

找上官府問個明白，卻被三寶攔住了。兩人合計，只有回山西老家去。出城的路上，見滿街都是通緝祁子俊的告示，告示上說祁家私藏朝廷庫銀。祁子俊這才發現自己的性命已貼在刀口子上了。可他還是不清楚到底禍從何來，所謂私存官銀的事他從未聽說過。

祁子俊同三寶逃出城外，走了幾日，早已是灰頭土臉了。兩人餓得不行了，見有路邊小店，便坐下來叫吃的。三寶叫道：「老闆，有什麼吃的？」老闆出來，望望三寶和祁子俊，奚落道：「聽吆喝聲，我以為是位爺；看二位這模樣，怎麼髒得像個叫花子。」

祁子俊聽著就要發作，三寶拉拉他的袖子。祁子俊哪裡肯聽？他指指正低頭吃飯的眾人，高聲道：「各位朋友，你們儘管吃，本少爺請客！」

眾人一愣，哄堂大笑。有人笑道：「這位少爺，我想加碗紅燒牛肉，你請嗎？」祁子俊道：「請了！」那人便朝店家喊道：「店家，一碗紅燒牛肉，分量要足！」有人抹了嘴巴，匆匆就要走人，拱手道：「謝過了。」店老闆指著祁子俊：「客倌，你玩笑開大了。」祁子俊伸手問三寶：「銀子！」

三寶苦著臉，掏出些碎銀。祁子俊一把奪過，往桌上一丟。老闆馬上露出笑臉，拱手拜道：「小的沒長眼，還真是位爺！我這雞毛小店還從沒收過銀子。想吃什麼？小的這就侍候您！」

祁子俊擺手道：「大魚大肉的不想吃，就幾個白饅頭，一碗好湯！」老闆高聲喊道：「好吶！」

有人道：「真是遇著怪事兒了。未必真像戲裡唱的，逢著公子落難，要麼是太子私訪？」三寶低聲道：「你不想吃肉，我可是肚裡沒油了！」店家很快上了饅頭和熱騰騰的湯：「二位慢用，還要什麼，只管使喚！」

忽聽遠處人吼馬嘶。祁子俊驚起，拉著三寶就跑。三寶跑了幾步，回頭抓起沒吃完的饅頭，匆匆說：「店家，謝了。」

一隊官軍吆喝而來，塵土彌天。一位長官模樣的人高坐馬背，手裡拿著緝拿祁子俊的告示：「你們見過這個人嗎？二十歲上下，山西口音。這是朝廷欽犯，若有匿藏、包庇、知情不報，一併治罪！」

祁子俊同三寶躲在草坐裡，把這一切都看得真切。等官軍遠去，祁子俊長舒一口氣，翻身癱在地上。三寶很害怕，壓著嗓子說：「二少爺，這下可完啦，到處都是抓您的官軍！」祁子俊道：「我家到底出什麼事了？我可從來沒聽說過什麼私存官銀的事哪！」三寶說：「我說了您又要罵我。這些天，除了您手裡多了張古怪銀票，該沒什麼事呀？二少爺您什麼稀奇玩意兒都懂，怎麼就不知道那是什麼東西呢？」祁子俊打開盒子，掏出那張大銀票，仔細看了會兒，道：「未必這就是龍票？」三寶說：「什麼龍票？」

祁子俊說：「清太祖努爾哈赤入關之前，早有雄心圖霸中原。苦於軍費不足，派人同關內富商暗中連絡。有些大戶識時務，順天運，慷慨相助。清太祖就向這些大戶出具收銀憑據，約定朝廷入關之後償還銀子。因為票據上印有黃龍，蓋有清皇玉璽，被人稱作龍票。我自小聽父親說過龍票，卻從未見過。山西很多商富家裡都藏有龍票，並沒有去找朝廷兌銀子。朝廷對這些大戶也很恩寵。」三寶說：「您家可有龍票？」祁子俊說：「我家沒有，那會兒我家祖上還在推板車哪！」三寶說：「您家沒有這玩意兒，拿著只怕就是個禍害！」祁子俊發火了：「你別再嚇我好不好？」三寶覺得委屈，說：「平時不聽我半句話，出事了找我發火！」祁子俊自知無理，道：「好好，我不發火。起來，我們逃命吧。」三寶說：「怎麼逃呀，哪兒都會碰上官軍的！」祁子俊咬咬牙說：「我們逢城繞道，遇兵便藏，見官就躲。不走大路，只行小道，哪怕往地底下鑽，也要回山西去！」三寶說：「二少爺，我可說了，像您剛才在雞毛野店那樣，擺少爺的闊氣，會送命的啊！」

第四章

黃玉昆跪在瑞王爺面前：「黃玉昆感謝瑞王爺再造之恩。若不是王爺您全力搭救，我黃玉昆腦袋早已不在肩上扛著了。我黃玉昆將一如既往，替王爺您當牛做馬。」

瑞王爺哈哈笑道：「玉昆起來，別當牛做馬的了，還是好好做你的官吧。好了，起來，坐下說話。」瑞王爺抿了茶，又說：「范其良可惜呀！他學問好，人品好，只是辦事太迂了些。好好兒把銀子弄回來就得了，何必尋死呢？他一死，倒弄得本王被動啊！」黃玉昆道：「王爺的拳拳顧愛之心，范侍郎九泉有知，也會感念不盡的！」陳寶蓮在旁插話：「王爺在家念叨過好幾次，說范侍郎真是可惜了。」

瑞王爺肥厚的手掌在椅子扶手上悠閒地拍了幾下，又道：「我知道，你很器重范其良；我還聽說你們兩家孩子自小就訂了娃娃親。」黃玉昆臉色尷尬，支吾道：「這個……」

瑞王爺並不理會黃玉昆的難堪，接著說：「可是，本王也有難處啊！攤上桌面來說，范其良犯的什麼罪？那可是要誅九族的！把他女兒潤玉發配大漠，已經是法外開恩了，你還想替她求情。你去求情，就顯得你理虧！僧格林沁他們就更會起疑心！」

黃玉昆立馬緊張起來，低頭不言。黃玉昆囁嚅半晌，問：「我們抓了義成信幾個夥計，看樣子他們真的不知道北京義成信的帳冊下落。王爺您看……」瑞王爺有些不耐煩：「這事還用問我？」陳寶蓮道：「依我看，打他一頓，放了。你不打，他不知道自己有罪。」瑞王爺瞇眼而笑：「玉昆，寶蓮先生悟性很高！現在要緊的是盡快抓住祁家二少爺祁子俊！」黃玉昆笑起來有些不是滋味，道：「下官馬上照王爺您的旨意吩咐下去，告訴楊松林山西那邊也看緊些。」

祁家正門懸掛著一副對聯：思親總覺汾水冷，念祖常懷駝道難。家祠神龕上供奉著祁家列祖列宗牌位。香爐裡香煙繚繞。祁老夫人重新點了三炷香，插進香爐裡，雙手合十，跪下叩拜。素梅和寶珠侍立在後。待母親祭拜完，素梅點了三炷香，插進香爐裡，雙手合十，跪下，叩頭而拜。

祁家家祠裡有個遠近聞名的五寶堂，供奉有祁家先祖創業的五件寶貝：推車、沙鍋、打狗棍、扁擔、石磨。五寶堂的對聯也是四鄉有名的：雙肩挑日月，一手轉乾坤。拜畢祖宗牌位，祁老夫人帶著素梅，祭拜五寶堂。

祁老夫人道：「想我祁家先祖，一根打狗棍，四鄉乞討，流落到此，做苦力，磨豆腐，闖關東，走西口，一勺土一勺土，掙來這個家業。我們不能眼看著這個家就毀在我們手裡。大不了把祖宗吃過的苦再吃一回。我同喬管家帶著大家磨豆腐去。」

素梅說：「娘，能行嗎？」祁老夫人道：「先祖就是這麼白手起家的，我們好歹還有個祠堂遮風避雨。先祖能做的，我們怎麼不能做？我們本來就是窮人家出身，還怕丟了臉面不成？素梅，你好好兒帶著世禎，他是祁家香火啊。家裡這個樣子，不好再請蘇先生來講學了。你自己也是識文斷字的人，領著兒子讀書吧。」素梅說：「昨日蘇先生來過，他說世禎是個讀書種子，輟學太可惜了。我尋思娘的意思，就辭謝了。」祁老夫人說道：「蘇先生可是位好讀書人哪！我們開不了月俸，別誤了人家生計。他一家子，就指望著他那點月俸吃飯啊。」寶珠急著說：「其實蘇先生說了，月俸的事先不必講，世禎的學業要緊，還說他反正是歇著。」

祁老夫人慈祥地望著寶珠，搖頭嘆息。寶珠臉紅了，低了頭。祁老夫人像是自言自語地說道：「也不知子俊在哪裡？我是盼著他回來，又怕他回來。院子被官府圍得跟水桶似的。」

夜裡，素梅在燈下縫衣服，兒子世禎已經熟睡。祁老夫人輕輕進來了，說：「世禎睡著了？」「娘，您坐吧。」素梅招呼祁老夫人坐下，又說：「我想著，子俊要是哪天突然回來了，連件換洗的衣服都沒有。那天縣衙的人來得太急，子俊的衣服全封在他屋裡了。」祁老夫人望望素梅，點頭道：「孩子，娘沒想到的事，你都替娘想到了。唉，子俊他，也該有個消息了……」素梅望著婆婆，說：「娘，我掐指算過，子俊若是從京城逃回來，也只在這一兩天就能到了。」祁老夫人說：「素梅，子俊要是回來，別告訴他爹和哥是怎麼過世的。子俊年輕氣盛，怕他闖禍。爹最後交代的話，也別急著告訴子俊。還沒到時候。」

祁老夫人嘆息著，說：「也不知道袁掌櫃和阿城他們怎麼樣了。他們要是出什麼事，可都是我們害了人家啊。」素梅勸道：「娘，您別這麼說。天意弄人，誰料得到呢？」

籌備好了，祁家豆腐坊開工了。夜裡，祁家家祠，燈火通明。祁老夫人身腰間繫著圍裙，像個尋常村婦，也同大家一起做工。喬管家過來說：「祁老夫人，您早些兒歇著吧，您都忙了一整天了。」

祁老夫人笑道：「喬管家，你別管我。我又不是沒做過事的人。你是管總的，你忙你的去。」素梅進來幫忙，卻讓祁老夫人叫住了：「素梅，這裡沒你的事，你招呼世禎讀書要緊。」素梅說：「世禎自己在溫習，我來幹幹活，也多個人手。」有人叫道：「老夫人，過來看哪，這是頭桌豆腐，又白又嫩！」祁老夫人過去，拿刀切下小塊，嚐嚐，說：「不錯，不錯，應該是這個味兒。喬管家，你嚐嚐。」喬管家嚐嚐，道：「好！還是祁家老手藝！」祁老夫人道：「喬管家，大家磨的豆腐沒讓老祁家丟臉！改用祖傳的豆腐模子，這麼好的豆腐上面，就該有個堂堂正正的祁字！」喬管家應道：「好吶！」

祁老夫人吩咐道：「老模子不夠，也舊了，馬上照老樣兒，趕置些新的。」夥計福貴慢慢地推著石磨，笑問道：「有誰知道老爺家五寶堂對子是什麼意思嗎？雙肩挑日月，這日頭和月亮，誰挑得動？」黑娃笑著答道：「老爺家祖宗就挑得動。告訴你吧，那日月，講的是兩個籮筐！老爺家祖宗一擔籮筐走天下！」

福貴又問道：「那乾坤呢？」大夥兒都笑了起來。黑娃笑道：「你自個兒正轉著乾坤，還問誰呀？」福貴樂了：「呵！那我可有福氣，正學祖宗樣兒，轉著乾坤哩！」說著推磨的動作不由得快了起來。喬管家樂了，說：「要不你叫福貴！」

祁老夫人低頭忙著，聽夥計們叨著祖宗掌故，面帶微笑。她見福貴動作快了，叫道：「福貴，你別一高興，就把磨子推得飛快。碓要快，磨要慢！慢磨出好漿！」福貴復又放慢動作，不好意思起來：「我說著話兒就忘了。」祁老夫人說：「這磨豆腐呀，裡頭有我祁家發家的學問！當年祖宗每天只磨十桌豆腐，不准多。有回磨出十一桌來，老祖宗硬是買十送一地送出去。」「為什麼呢？」寶珠問。祁老夫人道：「同樣多的黃豆，多出一桌豆腐來，就不行。俗話說，豆腐多了是碗水。我們祁家不做這種事。」寶珠道：「老祖宗做事真實在。」

祁老夫人道：「還有這推磨，就得慢慢的推，想快也不行。這也像我們祁家發家的道理。我們祁家家業，就像這推磨，慢慢兒起來的。想發橫財，發昧心財，我們祁家腦子裡，沒那根筋！」一桌一桌的豆腐依次打開，熱氣騰騰。每塊豆腐上都有個方方正正的「祁」字。

素梅進來，叫道：「娘，我爹和我弟看您來了。」說話間關近儒進來了。他看看熱熱鬧鬧的豆腐作坊，向祁老夫人欽佩地點點頭。關近儒問：「親家母，您還沒歇著？」祁老夫人忙說：「親家，這麼晚了，您老怎麼來了？哦，家驥，你也來了。」關家驥問候道：「伯母好！」關家驥說話間忍不住拿眼睛溜寶珠。祁老夫人道：「好！好！素梅，快招呼你爹和你弟去坐坐。」素梅端上茶來：「爹，您喝口茶吧。」關近儒說：「親家母，我同素梅她娘商量著，想接您老和素梅娘兒倆到我家去住。您老萬萬不要推辭。」祁老夫人道：「親家公，我領您的情，可就是不能離開這個家啊！」關近儒道：「親家母，您不必見外。素梅她娘說，您去住著，正好也同她做個伴兒。我經常出門在外，素梅她娘也總嫌沒個人拉家常。」祁老夫人說：「真的萬分感謝。家裡還有這麼多人，有的是幾代人同我祁家一塊兒過，我不能說丟開就丟開。」關近儒說：「親家母，都是親戚道理，您就不要見外了。我不能看著你們這麼過啊。您把家裡託付給喬管家，哪怕先搬過去住上陣子，再回來住，我和素梅她娘也心安些。」

關家驥說：「伯母，您老就答應了吧。我娘在家老是哭，說我姐姐她命苦。」關近儒聽著這話難堪，望了眼兒子，示意他別多嘴。祁老夫人說：「素梅是個好媳婦，我們祁家對不住她啊。」素梅聽著就淚眼汪汪的，說：「娘，你快別這麼說。我帶著孩子，侍候您，會很好的。」關家驥忍不住又說：「我娘說，我姐姐年紀輕輕的，一個人帶著孩子，她家裡又是這個樣子了，將來怎麼辦？」關近儒臉露慍色，朝家驥橫眼道：「家驥！」祁老夫人笑道：「親家別生氣，家驥這孩子講的也都是實話。這麼著吧，您讓素梅帶著世禎跟您老回去，等我家裡沒災沒難了，再接她回來。」素梅忙說：「娘，我不會離開您！這裡是我的家，這家祠裡供奉著子彥的牌位，我哪裡也不去！」說著又哭了起來。祁老夫人拍拍素梅的手，說：「孩子，聽娘的話，跟您爹回去吧。別讓世禎隔三岔五的看著家裡官進兵出的，也好。」素梅大哭起來，跪在祁老夫人面前，說：「娘，您老別再說了。我只想好好兒帶著世禎，天天侍候著您老。您老再別說了，子彥他會聽見的，別讓他難過！」素梅望著子彥牌位，痛哭道：「子彥，你就開口說句話吧，別讓娘趕我回去，我不走，我不走！我要天天為你燒香，天天看著你，守著你，替你盡孝……」祁老夫人終於忍不住淚水，望著祁伯群的牌位，哭喊道：「他爹，你看見了嗎，你有個好兒媳，我們娘兒幾個會好的，你就放心吧……」關近儒眼睛溼潤了，點頭道：「好吧，你們一家子，就抱在一起，好好兒過吧。親家母，有什麼事，萬萬著人報個信兒。」祁老夫人道：「謝謝了，萬謝了，親家公！」關近儒道：「親家母，還有件事，萬望您老准許。」祁老夫人說：「不客氣，親家公，什麼事？」關近儒道：「世禎是祁家血脈，也是我關家骨肉啊。我不能看著他學業就這麼荒廢了，想替他再請個先生。」祁老夫人說：「蘇先生原先也說過，要繼續給世禎講學，我辭了。我想先讓素梅自己教著，等家裡稍安妥些再請也不遲。」

關近儒說：「蘇先生學問好，這是自然。但他遊學京師，早不在祁縣了。我有個同窗好友，汪龍眠汪先生，道光十三年進士，候補十六七年了，一直賦閒。這個人不但學問好，孝賢之名更是聲聞萬家。他老娘三年前沒了，他守了三年孝。如今他三年孝行已滿，我尋思著請他替世禎授業，望親家母答應才是。」

祁老夫人道：「汪先生的名聲我也是早有所聞，能請這麼好的先生，自是世禎的福氣。只是讓親家公操心，我心有不忍呀！」關近儒說：「親家母如此說，就見外了。」祁老夫人說：「好吧，親家公，這事就依您了。我若再是推脫，這個老太婆也太不近情理。」關近儒說：「這樣就好，只在這兩日我就請汪先生過來。」

北京城的賭場、澡堂、窯子都被弄得雞犬不寧。店家們雲裡霧裡，只知道官府在抓什麼欽犯。山西這邊，楊松林馬上派了李然之去祁家。李然之本是師爺身分，而瑞王爺吩咐的事可謂亦公亦私，李然之便叫上左公超，一併上祁家去。

迎面碰著管家喬先明。喬管家倒茶，低頭賠笑，說：「兩位大老爺，我去請祁夫人。」李然之坐下，環顧祁家家祠，眼露羨意，輕聲道：「左大老爺，真是俗話說的，瘦死的駱駝比馬大。這祁家宅院封了，就算住進這家祠，也比平常人家闊氣。」左公超道：「唉，反正比我老家房子可大多了，闊多了。」「未必祁家要流落街頭，兩位大老爺才省心？」祁老夫人走來時已聽見了他們的說話。左公超忙回頭起身，道：「祁老夫人，哦，本縣不是這個意思。」李然之見左公超起來了，也站了起來，道：「祁老夫人好。」「好，好得很哪。」祁老夫人道。祁老夫人自己坐下，說：「兩位大人請坐呀。」左公超同李然之坐下。左公超說：「我同李先生來，是轉達知府大老爺意思……」左公超話沒說完，祁老夫人語帶譏諷，道：「楊大老爺同我祁家是多年朋友，難得他時常惦記。」左公超接著說：「知府大老爺讓我告訴祁老夫人，讓你們安心住在這裡。只是封了的房子，還得等上頭裁奪，他做不了主。」祁老夫人說：「我以為有什麼新鮮話兒同我說。這不是上回就說好的嗎？我們正照辦著哪。」

李然之插言道：「知府大老爺意思，他會向上面盡量陳情，看有無寬貸之策。只是上面沒有裁奪之前，祁家萬萬不可動了家裡東西，免得到時候說不清楚。」祁老夫人道：「明白了，你們是怕我家偷了自己東西。放心，我們祁家落戶祁縣上百年，家史雖是貧寒，倒也出過文武狀元，戴過花翎頂戴，就是還沒出過小偷！」李然之笑道：「祁老夫人，楊大老爺苦心安排，怕有差池，都是想著好替祁家說話。」祁老夫人道：「我家最要感謝的就是你那位楊大老爺！」

李然之道：「看來，祁老夫人對楊大老爺多有誤會。祁先生是吞食毒心牡丹尋了短見，祁少爺是同范其良的隨從廝打，被誤傷致死。都是意外，誰也不願看到這種事。知府大老爺想著這事就愧疚不已哪。」

祁老夫人道：「是嗎？人死如燈滅，我沒有再多的眼淚流了。人已作古，既登神位。我們活著的人，只有天天香火侍候，願他們保佑祁家早早度過此難。只是你兩位剛才說的話，伯群和子彥會聽見的。他們的牌位在這裡哪！」

左公超和李然之望望神龕上的牌位，臉上微露驚恐。李然之道：「祁老夫人，還有件事，你家二少爺可有消息？」祁老夫人怒道：「滿世界都是捉拿我子俊的告示，祁家大院被圍得水洩不通，家祠門口也有人守著，他還敢回來？兩位大人要是不放心，這就去搜搜！」李然之緩緩道：「這倒不必。若是他回來了，請他去趟縣衙，讓左知縣問問，就行了。知府大老爺把這事兒都託付給左知縣了。」左公超道：「左某會謹遵上頭意思，不敢專擅，更不會刁難他的。」祁老夫人道：「我子俊才二十出頭，就被逼得東躲西藏，至今生死不明。是不是早已被你們害死了也說不定。再過一月，若沒有我子俊的消息，我問你們官府要人！」左公超道：「祁老夫人別動怒，你家二少爺不會有事的。」祁老夫人起身：「兩位大人，話說完了沒有？我得歇著去了。」祁老夫人轉身就走。左公超和李然之衝著祁老夫人背影道：「我們就告辭了。」祁老夫人頭也不回，反手一揚：「不送！」

祠堂大門吱的一開，左公超同李然之並肩出來。門口把守著兩名衙役。李然之長長舒了口氣，不由得拍拍衣服，像是要拍掉身上的晦氣。

左公超指指把門衙役：「你們兩個，仔細看好囉！」兩衙役應道：「是！」左公超說：「李先生，祁縣雖小，也是商家雲集，好不繁華啊。李先生，我倆隨便走走，看看如何？」李然之道：「如此甚好！」兩人並肩而行。轎夫抬著兩頂空轎子，跟在後面。

左公超搖頭苦笑道：「祁家老夫人，可真厲害啊！」李然之道：「我就奇怪了，早聽說左大老爺處事嚴厲，人稱鐵面左，那些刁民歹人聞之喪膽。怎麼到祁老夫人面前，您那麼好的脾氣？」左公超笑道：「人家又不是胡攪蠻纏，說話句句在理，水潑不進，我能怎樣？我這七品小吏，民間謂之芝麻官。官職雖低，到底也是皇帝欽點的，算是天子門生。一言一行，總得顧著皇上跟朝廷面子不是？」李然之拱手道：「左大老爺考慮的，就是比我高一著。是啊，當官的不能依著自己性子來，維護皇上和朝廷面子，頂頂重要。」左公超謙虛道：「李先生過獎了。」李然之說：「如此看，對付刁民歹人，要緊是先把他抓了再說。只要把他關起來，就沒他說話的地方了。」

左公超不言，只是微笑地望望李然之，意味深長的樣子。李然之見左公超面有讚許之意，更加得意起來，又說：「道理在民間，權力在官府！」「精闢，精闢！」左公超點點頭，笑道：「李先生雖沒當官，道行很深！覺悟！覺悟呀！知府大老爺有您這樣的高參，難怪政績卓著！」李然之駐足回望，又瞻盼前面，但見街巷深長，便道：「走了老半天，還是祁家內街。算了，我們還是上轎吧。」左公超微笑著，拿手指指李然之，玩笑道：「整日個跟著知府大老爺，出有車，食有魚，嬌貴慣了不是！」

李然之快馬趕回太原，回復了楊松林。楊松林面色倦怠，沒精打采。李然之說：「楊大老爺，您這些天太辛苦了，不如隨我出去走走？」楊松林問：「哪裡去走？老地方？」李然之神祕而笑：「然之自有安排。」

楊松林身著便服，乘轎而出。畢竟是官轎，見著打眼，只在半路上就打發轎夫們抬著空轎回去了。楊松林只帶著李然之在街上逛著。街兩旁都是青樓，紅燈高照，一派弦歌。不停地有妓女招客。

李然之道：「我同左知縣上祁家祠堂看了，他家正熱火朝天磨豆腐哪！」楊松林道：「祁老夫人還是那麼威風？」李然之道：「她可是死豬不怕開水燙啊！」楊松林道：「這說明她心裡有底氣！帳冊，沒準她知道。」李然之問：「是不是把她抓了？」楊松林搖頭道：「抓她是沒用的，無非是多死個人。我們要的是帳冊，不是人頭！」李然之說：「我明白了，只有讓祁老夫人同兒子碰面了，帳冊才能出來。」楊松林道：「也許是這個道理。但是，既然祁家已經因為帳冊死了兩個人，他們就更不會輕易把帳冊交出來。不然人就白死了。」李然之問：「那楊大老爺意思是……」楊松林道：「按瑞王爺旨意，我們得變變法子了。」

說話間便來到一家叫楊柳岸的春樓前，李然之停了下來，說：「老爺，這家新開的，有幾個蘇州姑娘，剛到的，都是十三四歲的。進去看看？」楊松林笑道：「你都來過？」李然之笑道：「我總得先看看行不行不是？老爺您忙，難得出來散散心，可不能隨便啊！」楊松林瞇眼一笑，點點李然之，說：「好事你總做在前頭！」

奕昕不事張揚，輕騎簡從，很快到了山西。他在太原沒做停留，直接去了祁縣。楊松林聞知，甚是惶恐，連忙趕到祁縣，往奕昕行轅請安：「下官楊松林拜見六貝勒！」

奕昕大怒：「人犯都讓你整死了，還辦什麼案？」楊松林說：「下官自知辦事不力，願聽六貝勒責罰。但祁伯群是自殺的，他兒子是行刺本官時被周……被下官手下殺死的。」周二站在人後，躲閃而出。奕昕頓時生疑：「你說話怎麼吞吞吐吐？周什麼？咦！剛才出去的那個人好眼熟呀！」楊松林略顯慌張，說：「是……下官手下衙役。」奕昕說：「叫他進來！」周二低頭進來。奕昕喊道：「抬起頭來！你叫什麼名字？」周二說：「小的叫周二！」

楊松林嚇得臉色大變。奕昕說：「我怎麼越看越覺著你好眼熟呀！」周二哆嗦著。奕昕又問：「你是跟著楊知府當差的？」周二回道：「小的正是！」奕昕一拍桌子，說：「還正是！瞧你京腔京韻的就不是山西人！快說，哪裡來的！」周二慌張不敢答話。楊松林道：「六貝勒，可否屏退左右。」奕昕道：「你們都下去吧。」眾人都退下了。奕昕說：「周二，你留下。」

楊松林有恃無恐，說了實話：「周二是瑞王爺府上的人。」奕昕內心微驚，卻只平淡地說道：「五王叔府上的？難怪眼熟！」周二忙跪下，說：「奴才不是故意相欺，實在是……」奕昕問：「實在是什麼？」周二說：「奴才領的是瑞王爺的旨意，只能回去向他老人家回復！」奕昕發火道：「大膽奴才，你敢不聽我的？」楊松林說：「六貝勒，可否讓周二出去，聽下官私下說幾句話？」奕昕點頭應允，周二低頭離去。楊松林說：「六貝勒，瑞王爺愛才心切，才會如此行事啊！」奕昕問：「此話怎講？」

楊松林說：「瑞王爺平日很賞識范其良。沒想到他一時糊塗，辜負了瑞王爺，做出私存庫銀的事來。瑞王爺知道他私赴山西，便派周二趕來協助他，本想讓他追回庫銀，從輕發落。哪知道，范其良眼看著銀子不能及時追回，自知死路一條，就畏罪自殺了。」

奕昕說：「既然范其良已死，周二如何還呆在這裡？」楊松林支吾說：「這個……瑞王爺想知道案情的進展，讓周二在這裡再呆幾天。」奕昕說：「這裡上有山西巡撫，下有祁縣知縣，中間還有你這知府，哪裡用得著個奴才？」楊松林軟頂奕昕：「六貝勒這話，下官答不上來。您是協助瑞王爺查案子的，不妨回去問問瑞王爺！」「我會問的！」奕昕語氣有些生硬，他突然站起來，「走，去祁家看看。」

楊松林領著奕昕來到祁家大院，把守祁家大門的衙役慌忙揭開封條，打開大門。奕昕環視著祁家大院，但見門上都貼著封條，問：「每個屋子都仔細查過了？」楊松林說：「只差沒把院子翻過來了。」奕昕說：「光是翻箱倒櫃，肯定找不著的。帳冊，一定藏在哪個人的嘴裡！」楊松林問：「嘴裡？」奕昕說：「這麼大的院子，隨便往哪裡一藏，怎麼也找不著的！」楊松林說：「依下官愚見，抓了祁老夫人同她兒媳。」奕昕說：「你說的的確是愚蠢之見！我只要帳冊，不想再看見死人了！」

楊松林俯身點頭，唯唯諾諾。上了祁家觀稼樓，奕昕很是感嘆：「我是頭一回來山西。往日只聽人說起山西富商如何闊，沒想到他們富成這樣了！這哪像老百姓的房子？比皇宮差不多少了！」楊松林說：「像祁家這樣的富商，山西可多哪！」奕昕意味深長地說：「五王叔保你來太原做知府，美差哪！」楊松林說：「我無日不念著聖上的恩典，無日不記著瑞王爺的栽培！」奕昕笑道：「那周二，哪天五王叔也會保他做個官的。」楊松林顯出窘態，卻不敢言語。奕昕說：「楊松林，周二隨我回去。」楊松林面有難色，卻只好說：「這……聽六貝勒吩咐！」

奕昕望著氣勢恢宏、鱗次櫛比的祁家大院，陷入沉思。奕昕忽然說道：「楊松林，我改主意了。」楊松林道：「六貝勒請明示！」奕昕說：「見著祁子俊，先不抓他，只盯著他。」楊松林說：「下官不明白六貝勒的意思。」奕昕說：「你只照我說的做。」楊松林說：「瑞王爺可是囑咐我早早抓了祁子俊。」奕昕說：「我就是協助瑞王爺查案子的。」楊松林只得說：「下官照辦！」

祁縣城外，祁子俊同三寶吃力地向小山丘爬著，兩人都已精疲力竭。祁子俊往山丘上一站，遠處就是祁家大院。落日染紅了祁家成片的屋頂。祁子俊雙淚直流，長跪不起。祁子俊滿嘴鬍鬚，形容憔悴。晚風吹拂著，祁子俊亂髮狂飛。

三寶說：「二少爺，好了，我們就到家了。」祁子俊流著淚說：「風餐露宿十多天，眼看著到家了，卻不敢進家門！」三寶問：「二少爺，您猜家裡會不會有官兵候著我們哪？」祁子俊突然站起來，說：「我顧不得那麼多了，這就回家去！」三寶拉住他，勸道：「二少爺，我們辛辛苦苦，東躲西藏的跑回來，不是向官府投案的。您先等著，我去探探風聲。」

三寶一溜煙跑下山去。天很快就黑了。祁子俊躺在一棵樹下，焦急地等待著。他不時站起來，朝家的方向望去，但見往日燈火通明的祁家大院一片漆黑。

忽聽有人輕輕叫喊：「二少爺！」祁子俊急切地問：「三寶，怎麼了！」三寶從黑暗處鑽了出來，氣喘吁吁的，說：「不好，好多兵丁，把大院圍得死死的。」祁子俊驚道：「啊！」三寶問：「二少爺，這可怎麼辦呢？」祁子俊來回走了幾步，突然駐足說：「走，回去！」三寶說：「這不是自投羅網嗎？」

祁子俊說：「我有辦法進院裡去。」祁子俊同三寶悄悄潛入城裡，挨著牆跟走著。祁子俊猛然回頭，見牆上貼著捉拿他的告示。很快，兩人偷偷兒來到祁家大院對面的拐角，但見大門被貼了封條，幾名兵丁把守著。兩人轉到後門對面，見後面也貼了封條，也有人把守。

三寶說：「二少爺，我倆飛都飛不進去了。算了，我們先找個地方躲著吧。」祁子俊說：「大院裡好像沒人了，我爹娘他們到哪裡去了呢？」三寶說：「二少爺，我們還是先躲著吧，等我明天探探消息再說。」次日，祁子俊同三寶悄悄兒上了街。祁子俊一副落魄相，也沒人在意他是誰。他突然見母親領著夥計在賣豆腐。只見母親手扶推車，高聲叫喊：「豆腐豆腐！祁家豆腐！」寶珠走在車的另一邊，也叫道：「祁家豆腐！」街上只有人駐足回望，卻沒人上前買豆腐。有人朝祁老夫人指指點點：「祁家老夫人賣豆腐了，真新鮮！百年老財東，怎麼說倒就倒了？」

「俗話說，起家好比針挑土，敗家如同水推沙！」「作孽啊，祁家夫人，哪吃過這種苦？人家可是衣來伸手，飯來張口！」「他家作孽？還有更作孽的哩！人家存在他家的銀子，都打水漂了！」「豆腐豆腐，祁家豆腐！祖傳手藝。」祁老夫人不理會，落落大方，繼續叫喊著。

祁子俊混在人群裡，望著母親，眼裡含著淚水。忽然，一男人橫身一攔，嚷道：「祁老太太，賣豆腐哪！我存的銀子，什麼時候能取呀？」祁老夫人笑道：「這位兄弟，你放心，我們祁家不會賴帳。」那人凶狠道：「不賴帳？好，我今天就要取銀子！」祁老夫人仍是笑著，說：「今天？今天可不行。義成信被官府封了，四鄉八里的都知道。」那人說：「這不是廢話？義成信若好好的，我急著問你要銀子幹什麼？」祁老夫人正色道：「這位兄弟，你這麼說可不中聽。

我開頭就說了，我們祁家不會賴你的帳，可你也得容我們家喘口氣不是？」

慢慢已圍過很多人來。那人怒目圓睜，一捋袖子，吼道：「喘氣？我讓你喘氣！」那人說著就要掀推車。

祁子俊閃身就要衝出去，叫三寶拉住了。那人未曾出手，背後一人緊緊地抓住他的胳膊。回頭看時，見是個黑壯漢子，武行打扮。此乃關家商號的駝隊領房人劉鐵山。此人功夫了得，人又俠義。「年輕人，取錢便是取錢，如何這般性急？」人牆閃處，關近儒倒背雙手，鎮立如松。

那人軟了下來，道：「關老爺，劉師傅，二位都是祁縣地面上說得起話的人。我何五也不是不講理，只是銀子存進義成信，如今票號讓官府封了，我們往哪裡取銀子去？」祁老夫人忙說：「親家公，劉師傅，不勞二位費心。」關近儒朝祁老夫人搖搖手，又向何五道：「何五老弟，祁家取得出銀子，自然有銀子給你。取不出銀子，你掀了這豆腐攤子，地上就會變出銀來？」何五道：「關老爺，那您說我的銀子怎麼辦？」旁邊也有人起哄：「是啊，我們本來就沒什麼閒錢，都存在義成信了。」

關近儒舉手往下壓壓，待場面安靜了，才說：「不著急。你們存在義成信的銀子，好比種在地裡的莊稼，日裡夜裡都在長！」

何五道：「地裡種莊稼，我們好歹看得見那塊地。可是義成信，只有封條了。」關近儒淡淡一笑，道：「封條？官府哪天不在貼封條？可你們見過哪張封條封得住人的活路？哪張封條又能封它個猴年馬月？」有人點頭讚許：「是啊，有理，有理。」

關近儒高聲道：「各位鄉親、街坊，我關某人今天在這裡說句話，拜託大家看我個薄面。往義成信存了銀子的，沒到期的不要著急；到了期的，要是手頭不急著花，也別忙著取出來，我替祁老夫人做個主，延期加利；如果真是手頭很緊的，去我關家錢莊借個三五兩、七八兩的，不收利息！」何五道：「好，我信關老爺的。」

眾人都點頭讚道關老爺義氣，祁老夫人卻急了，忙說：「親家公，這如此使得？萬萬不可，祁家對不住大家，自然由祁家全力承當。」關近儒道：「親家母，我倆就別站在這地方講客氣。」關近儒又抬頭道：「說句得罪人的話，這兒站著的，說不定也有在義成信借了銀子的。怎麼就不見有人說他要還銀子？我說哪，為人處世，將心比心。落井下石的事，君子不為！」

關近儒轉身指著沉默不語的劉鐵山，說：「這位劉師傅，大家都是認得的。他一身好武藝，上山能打虎，下水會擒龍！可他行走江湖幾十年，刀不見血，拳不傷人。好人敬他三分，歹人怕他三分。為什麼？人家就是六個字：不欺軟，不怕硬！也不在他身上功夫，在他做人！」

劉鐵山終於說話了：「我劉某是個粗人，識人只問好與壞，問事只管對與錯。我眼裡容不得的事，就得管！祁家是上百年的老財東，世世代代行善積德。如今人家有難，大家就得照顧些才是。劉某拜託了！」祁老夫人躬身謝道：「謝謝劉師傅，謝謝各位街坊、鄉親！」

關近儒故意想讓大家都聽見，便向著祁老夫人高聲說道：「親家母，我出個主意。明天開始，您的豆腐攤子就背靠官府封條，擺在義成信門口！各位街坊、鄉親，你們就照顧些，買祁家豆腐，就等於幫了祁家。幫了祁家，沒準就是幫了自己！」

祁老夫人接了腔：「我祁家會記住大家的好。義成信的門關著，我請你們買我家豆腐吃；義成信的門開了，我家敲鑼打鼓的請你們進去取銀子，存銀子。」

慢慢的開始有人過來買豆腐了。一個，兩個，三個。人越來越多。關近儒拱手而別，鑽進馬車。劉鐵山飛身上馬，仍在馬背上抱拳打拱。祁子俊眼裡噙著淚，幾次要向母親撲去，卻叫三寶拉住了。三寶惟恐祁子俊莽撞，乾脆拉著他離開了。

第二天，祁子俊又來到義成信票號對面的街角。義成信記的牌匾已讓一塊紅布遮上了，紅布上赫然寫著：祁家豆腐。祁老夫人一邊打著扇子趕蟲蠅，一邊高聲叫賣。攤前擠著些買豆腐的街坊。祁老夫人不停地朝人道謝。

有人過來，問：「祁老夫人，義成信什麼時候重新開張？」祁老夫人說：「要是開張呀，我們事先要把招貼貼得滿城，再請兩臺大戲！」那人說：「可我家等著銀子用啊！」祁老夫人說：「請您一定寬貸些，謝謝了，謝謝了！」

那人嘟嚕幾句，一哼鼻子走了。祁子俊遠遠的望著母親。祁老夫人繼續高聲叫喊：「豆腐豆腐，祁家豆腐！」

祁子俊突然飛跑著過去，喊道：「娘！」祁老夫人驚愕道：「子俊，你！你！你快快躲起來呀！」祁子俊不聽，高聲叫道：「祁家豆腐！祁家豆腐！」有人回頭，驚道：「祁家二少爺！」很多人圍了過來，有人喊：「二少爺，您回來啦？」祁老夫人急得臉色發青：「子俊，你不能站在這裡。」祁子俊哪裡管？高聲喊道：「祁家豆腐，快來買呀！」正好有衙役走過，喝道：「祁子俊！」祁老夫人推了兒子一把，大喊道：「快跑！」祁子俊回頭喊了聲娘，飛跑而去。衙役叫喊著，緊追上去。祁老夫人有些支撐不住，差點兒跌倒。寶珠忙扶了祁老夫人。

祁夫人強撐著賣完豆腐，回到祁家祠堂就癱軟下來了。她擔心子俊出事。素梅說：「娘，沒事的，喬管家去衙門探信兒去了。」

沒多時，喬管家回來了，說：「老夫人，我託人打聽了，衙門沒抓住二少爺。」祁老夫人道：「這孩子，膽子太大了。他是萬萬不能讓官府抓住啊！」素梅說：「怎麼辦呢？要想辦法找到他，交代他別再魯莽了。」祁老夫人說：「有什麼辦法想？我們沒處找他呀！」素梅說：「我有個笨辦法。」祁老夫人忙問：「快說，什麼辦法？」素梅說：「明天叫福貴什麼事也別做，就在街上來回的轉。子俊要是看見福貴，準會上來悄悄搭話。福貴別人不會注意的。」祁老夫人說：「你這笨辦法好。」

次日一早，福貴就上街轉悠去了。他轉了沒多時，果然有人上前打了招呼：「福貴！」福貴回頭一看，正是三寶。他使了個眼色，繼續往前走。走到個小巷裡，福貴停下來，問：「你怎麼不跟二少爺在一起？」三寶說：「二少爺昨天差點兒讓衙門抓了，我不讓他出來，自己獨自出來想想辦法。」福貴說：「你告訴二少爺，讓他晚上悄悄兒去關老爺家。」三寶問：「去關老爺家幹什麼？」福貴說：「你別多問，只讓他去關老爺家就是了。」兩人不再多說什麼，匆匆分手了。

晚上，祁子俊同三寶去了關家。祁夫人同素梅、寶珠早等在那裡了。母子倆見了面，免不了相抱大哭。祁子俊誠惶誠恐地掏出那個黃色錦盒，細說了它的來歷。祁夫人大怒，把那黃色錦盒砰地摔在地上，怒道：「你對得起你爹和你哥嗎？你四萬兩銀子換了個什麼玩意兒！」

三寶低著頭，拿眼睛偷偷兒瞟祁子俊。祁子俊跪在母親膝前，哭喊道：「兒子不孝，娘，您打我罵我都行，您自己別氣壞了身子！我不知道家裡出了這麼大的事啊！」祁老夫人訓道：「人家喬管家、福貴、黑娃、寶珠，誰不同心同德為著我祁家？你哪？你還是個東家！」祁子俊依然跪著，低著頭，流淚不語。祁老夫人訓斥道：「叫你去跟袁掌櫃學生意，你成天游手好閒！」祁子俊哭道：「娘，我真不知道出了什麼事啊，沿路貼滿了抓我的告示，走到哪裡都是抓我的官兵。」祁老夫人怒道：「你就該讓官兵抓去！我祁家留你何用！祁家祖上闖關東時多大？十五歲！你哪？你今年多大了？你從小正事兒沒幹過一件！你想想，你長這麼大，有哪件事讓娘高興過？」關近儒道：「親家母，您老就別生氣了。子俊沒讓官府抓住，就是萬幸了。」關老夫人也勸道：「只要子俊好好的，就是菩薩保佑了。」祁子俊使勁兒把頭往地上磕，哭道：「兒子不孝！」

祁老夫人道：「我平日裡同你爹只要坐下來，就會說到你。為了教你學好，想盡了法子。我知道，越是有錢人子弟，壞起來更壞。我原想著，有你爹跟你哥撐著這個家，再慢慢兒讓你學好，也不遲。如今，家門不幸，千斤擔子該放在你肩上了。你看看你自己，娘能指望你嗎？」素梅勸道：「老夫人，您別再罵子俊了。快快讓他同三寶吃點東西，洗澡換衣吧。」祁老夫人繼續數落著：「四萬兩銀子是多少，你知道嗎？四萬兩銀子換成大白麵，可以堆滿整個兒祁縣城！四萬兩銀子能做多少事，你知道嗎？四萬兩銀子可以開家票號！」

祁老夫人突然站了起來，叫道：「你別跪在我面前，你站起來，你給我滾！你去大街上溜躂，去當你的二少爺，去遛鳥、逗蛐蛐兒、賭錢，還可以去抽大煙！」祁子俊抱著母親的腿，哭喊著：「娘，您狠狠兒打我吧，兒子我知錯了！」

素梅擦著淚水，說：「娘，您別生氣了。凡事想著是命，是天意，心就平了，氣就沒了。您想想，爹偏是這個時候打發子俊去京城，子俊去了京城偏又同袁掌櫃耍小性子，正好就躲過了災禍。興許呀，這正是老天爺有意安排的啊！」祁老夫人眼裡噙滿淚水，一把抱住子俊，道：「兒哪，你怎麼這麼不爭氣！」

關家丫鬟過來說：「水好了，請二少爺洗澡。」祁子俊便同三寶洗浴去了。關近儒問：「親家母，子俊的事，你想做何打算？」祁夫人嘆道：「讓他亡命天涯吧。興許躲過些日子，就沒事了。」關近儒搖頭道：「看來也只有這個辦法。親家母，你從我這裡支些銀兩讓子俊帶著吧。」祁夫人說：「萬謝了。我這裡還有五千兩銀票，昨日永泰源掌櫃余先誠還上的。」關近儒說：「親家母，有事儘管開口，千萬不要客氣。」

祁夫人同關近儒正商量著，子俊已洗浴完畢，吃了些東西，過來了。祁老夫人說：「子俊，你不能再呆在祁縣，躲出去，越遠越好。讓三寶跟著你，兩人好有個照應。隔些日子就打發三寶回來聽聽消息。」

祁子俊說：「娘，我不能離開您啊！您同嫂子撐著這個家，我躲到外面去，我還像人嗎？」祁老夫人說：「讓你出去躲著，就是為了這個家！我掐準了，你要是被抓住了，你完了，這個家也完了！」祁子俊問：「娘，爹交代過什麼話嗎？外頭都說官府在找義成信的帳冊，他藏在哪兒了？」祁老夫人說：「娘不知道！你現在也不要想這事兒，只管逃命！走吧，趁天黑可以趕段路。」祁老夫人掏出張銀票，說：「這是家裡最後一些銀子了，你帶著上路。」祁子俊忙搖頭：「不！我不能要！我自己有雙手，在外餓不著凍不著的。」關老夫人說：「子俊聽話，你得東躲西藏，身上沒錢是不行的。」素梅接過銀票，說：「子俊，拿著吧。」祁子俊仍是搖頭：「不，我不要！」素梅叫過三寶：「三寶，包袱怎麼到你手裡就像要散了似的。來，我再整一下。」素梅整理著包袱，說：「娘，子俊不肯帶著銀票，就由他吧。」祁老夫人只好嘆息，說：「子俊，你可要受苦啊！」關近儒道：「子俊，家裡的事你放心，我會照應著的。你聽娘的話，只管逃命。」

第五章

黃玉昆往瑞王府上請安，問道：「王爺，祁家帳冊怎麼也找不出，這范其良案……」瑞王爺道：「哪裡還有什麼范其良案？范其良人已經死了，一了百了！」

黃玉昆聞言驚慌，一時不敢接腔，只張嘴望著瑞王爺。他怎麼也猜不透瑞王爺的心思，只試探道：「可是皇上降有嚴旨，著令下官繼續追查……」瑞王爺微笑道：「玉昆哪，你殿前行走這麼多年，怎麼就不開竅？」黃玉昆一頭霧水：「這……」瑞王爺突然低了聲，道：「本王告訴你一個字：拖！」「拖？」黃玉昆點點頭，若有所悟。瑞王爺點頭道：「對，就是個拖字。」

瑞王爺慢條斯理地喝著茶，半天再不說一句話。黃玉昆望著瑞王爺如此從容，有些佩服，又有些害怕，臉上表情極是複雜。瑞王爺輕輕放下茶杯，道：「他們要打仗，就讓他們打去！三百萬兩銀子讓他們折騰，一百萬兩銀子也是讓他們折騰。急著湊那麼多銀子幹嗎？」黃玉昆道：「下官明白。」瑞王爺道：「義成信的帳冊還是要追的，只是得講究些手段。銀子，僧格林沁也關心著哪。」黃玉昆問：「王爺意思，若是僧格林沁拿到了帳冊，庫銀就得馬上追回來，白白充作軍餉……」

瑞王爺道：「玉昆，你飽讀詩書，卻還得學學說話啊。話是不可以這麼說的。我們可不能故意耽誤軍國大事啊。」黃玉昆道：「只是皇上著令戶部查辦此案，朝廷文帖遍布四海，玉昆不敢拖呀！」瑞王爺只顧喝茶，沒有吭聲。陳寶蓮察言觀色，插話道：「依我之見，黃大人雷聲可以大些，雨點可以小些。」瑞王爺望望陳寶蓮，哈哈大笑，說：「玉昆呀，你這個大才子，腦子可不如我家奴才好使呀！我估計祁子俊早已潛回山西。你把我的意思告訴楊松林，讓他見機行事。」

瑞王爺這裡正說得好不熱鬧，有下人報道六貝勒來了。瑞王爺臉色立馬莊重起來。他見奕昕身後竟然跟著周二，微微有些吃驚，卻打著哈哈掩飾住了：「六貝勒，辛苦了！」奕昕說：「五王叔，我把周二給您帶回來了。」瑞王爺頓時語塞：「這是……」

奕昕只作沒事似的，說：「范其良和祁伯群父子死的時候，周二都在現場。他沒能按您的吩咐看住人犯，叫姪兒我無從查案。五王叔，他是您府上的人，交給您處置！」瑞王爺怒道：「來人，把周二帶下去。」周二只喊了聲「王爺！」就被人拖出去了。奕昕說：「五王叔，姪兒想把這回去山西的事單獨回復給您。」瑞王爺便道：「你們都下去吧。」

黃玉昆和陳寶蓮等家奴立即退下。奕昕說：「五王叔，僧王叔、鄭王叔他們原本就疑心您同范其良案有牽連；姪兒這回跑趟山西，所見所聞，也不由得別人不瞎猜啊！」瑞王爺生氣道：「六阿哥，你也懷疑五王叔？」奕昕說：「五王叔誤會姪兒了。您事先沒有告訴我周二在祁縣，我便猜想五王叔也許有難處。於是，我就著令楊松林，祁家的人，暫時不要抓他們，就連祁子俊也不要抓。」瑞王爺本來早打好這個算盤了，卻故意說：「皇上可是催得急啊！」奕昕說：「皇阿瑪那裡，我自會去說的。」瑞王爺便說：「難得你一片孝心，可你五王叔沒什麼難處。」

奕昕又說：「依姪兒之見，范其良私存庫銀案，本有公了、私了兩種辦法處理。若是公了，不用對祁家以三日期限相逼，范其良不會自殺，朝廷按律處置他就是了；祁家也不會死人，只要交回銀子，受些責罰也就了案了。問題都出在私了。」瑞王爺略顯不快，說：「依六阿哥意思，五王叔我有私心了？」奕昕說：「五王叔的確有私心！」瑞王爺發火了：「六阿哥，你皇阿瑪可是讓你幫著我查案子的，不是讓你給我添亂子的！」奕昕又笑笑，說：「五王叔又誤會姪兒了。您愛護部下，想讓他們私自了結庫銀案，不是私心？您的仁慈寬厚，姪兒我能理解，別人不一定能理解！」瑞王爺這才知道，奕昕原來是想著他的，便嘆道：「我是想，朝廷栽培一個從二品的侍郎，也不容易，不忍心就這麼毀了他。唉，都怪我心慈手軟呀！」

奕昕說：「五王叔，您老是一片苦心，別人卻會妄自猜測。所以，我想這個案子暫時按下，拖些日子再說。」瑞王爺再次試探，說：「可是，皇上卻是下有嚴旨啊！」奕昕說：「皇上很信任您五王叔，姪兒我也會到皇阿瑪那裡去說的。只需周旋些時日，等大家差不多忘了這事，再去查也不遲！」瑞王爺笑笑，說：「看來，六阿哥真長大了。」奕昕說：「還要五王叔多多教導！」瑞王爺含蓄道：「你皇阿瑪可是常問起你跟四阿哥！」奕昕也聽出瑞王爺的意思了，便說：「姪兒知道五王叔最疼我了！」瑞王爺點頭而笑。

快馬傳信，很快就到了太原府。李然之抖著北京來的密信，問道：「楊大老爺，我跟您也這麼多年了，官場上的事見得也多。今日個卻有些不明白了。」楊松林說：「你李先生還有不明白的事？」李然之說：「這祁子俊到底是抓還是不抓？」楊松林說：「誰說不抓了？但是，抓人是為了帳冊，為了銀子！」李然之說：「可是瑞王爺的意思，我有些琢磨不透。我以為六貝勒做不了主的，瑞王爺仍會讓我們抓人。」楊松林道：「朝廷裡的事情，你就少琢磨，會給你惹麻煩的。好了，不說這事了，我今天有些煩！」

楊松林來回踱步，突然停下來，坐在椅子裡，神情先是頹然，然後焦躁起來，說：「吳大人點了巡撫，向大人擢升軍機大臣，殿前行走。我同他們都是經常走動的朋友，桌上攤燒餅，誰比誰厚，彼此都清楚。他們上去了，為什麼就沒我楊松林的分呢？」李然之道：「瑞王爺對知府大人向來很是器重，我想只是如今出了庫銀的案子……」

李然之話還沒說完，楊松林目光嚴厲地望著他。李然之忙轉了話頭，說：「瑞王爺平生清廉，最見不得的是銀子。可是，畢竟戶部是他老人家掌管著的，他老人家偏又是個自律很嚴的人，在皇上面前自會更加小心。如此一來，就不方便多替您說話了。」楊松林道：「照你這麼說，我楊松林豈不要老死太原？」李然之道：「說來也怪，在京城的那些官，鑽山打洞的想放下來任個知府、巡撫什麼的，大小是個方面大員，自掌一方，威風自在；呆在下面日子久了又膩了，老惦記著回到京城，去做京官，殿前行走，日睹天顏。」楊松林不耐煩了，說：「你沒事瞎琢磨什麼呀？替我好好兒想想法子。」李然之道：「我剛才說的，正是替大人想法子來著。」「怎麼說？」楊松林問道。李然之道：「要想進京城，就得把京城的那些官兒琢磨透了。那些個京官，最不樂意知府、巡撫的往京城去做官。」

楊松林目光疑惑，又示意李然之講下去。李然之說：「您想，他們憑著篇文章，由一個窮讀書人，一夜間就變成了京官。他們別的不會，只懂些個文牘功夫。開口孔聖亞聖，言必太祖聖祖，作些官樣文章，都是些百無一用的迂腐書生。」

楊松林點頭贊同，臉露傲氣。李然之接著說道：「不像您，打小在瑞王爺面前當差，放下來又主政一方，文又文得，武又武得，可謂文韜武略。您這樣的人若是進了京，哪有那幫讀書人的風頭？」楊大人先被奉承得渾身酥軟，後又垂頭喪氣，道：「我楊某就聽憑這幫酸不溜秋的讀書人擋了門檻不成？」李然之說：「未必！但得運籌運籌。」楊松林問：「然之有何高見？」李然之說：「說句直話，知府大人行走官場這些年，依李某看來，您最叫我敬佩的是忠，最叫我不以為然的還是忠。」楊松林大為不解，問：「此話怎講？」李然之說：「您只效忠瑞王爺一人，肯定不行的。」楊松林道：「楊某是瑞王爺包衣，瑞王爺對我是恩同再造，我若再聽命於別人，豈不是背叛了瑞王爺？」李然之說：「您效忠瑞王爺，不錯。但別的王爺，您也要顧及著不是？那些個軍機大臣、尚書您也得顧及不是？」楊松林道：「言之有理！」

李然之說：「就說上回在瑞王府看戲，我偷偷兒瞧那位六貝勒，沉默寡言，目不斜視，往那兒一坐，就有龍盤虎踞之相。」李然之突然壓低了嗓子，「說不定改天他就是皇上。」楊松林張口結舌。李然之笑道：「像這主兒，您就得先拜著。瑞王爺歲數也大了，哪天皇上著他歇著了，您楊大人可不能歇著不是？」楊松林站了起來，來回走著，步子有些焦躁。他突然立定，指著李然之說道：「好吧，我聽你的。此事你就替我籌劃著。」李然之問：「楊大人，您知道現在京城裡走門子，最時興的是什麼嗎？」楊松林很不以為然的樣子，說：「那還用說？不是銀子，就是變了花樣的銀子。」

李然之搖頭道：「楊大人公務繁忙，不太注意情勢的變化。我私下裡看得明白，京城時興的玩意兒，除開銀子是不變的，其他的都在變。就說這幾年，先是時興灰，接著時興紅，這會兒時興黑！」楊松林搖頭道：「本府聽不明白。」李然之說：「灰的是說古董，紅的是說女人，黑的是說大煙！」楊松林說：「大煙可是大清嚴令禁止的啊！誰敢拿去送禮？」

李然之笑道：「越是朝廷禁止的，就越是大家喜歡的。早先朝廷不是還說過要禁娼嗎？玩就要玩朝廷禁止的，那才叫氣派！不然，當官跟做百姓不一回事了？就說那齣戲，《長生殿》可是乾隆爺手上就禁了的，如今哪位王爺家裡不照樣唱著？」楊松林沉吟道：「可我總覺得明明昭昭的往京城王爺、軍機大臣、尚書家裡送大煙，怎麼送得出去？」李然之狡黠一笑，道：「我們不送大煙，我們送戒煙丸！」楊松林會意，指著李然之哈哈大笑：「然之啊，我可叫你調唆壞了！」李然之像是領了賞，得意地笑了起來。楊松林臉色突然凝重起來，點頭道：「然之，此事非同小可，你替我安排得周密些，千萬不可有半點閃失啊。」

太原街頭，祁子俊低著頭，走在大街上。三寶背著包袱，跟在後面。祁子俊左右望望，把瓜皮帽壓低了。三寶說：「我們該躲到深山老林裡去，怎麼敢往太原跑啊。您看看，到處貼著告示，都是要抓您的。」

祁子俊說：「要說最安心的，就是躲到知府大人家裡去。」祁子俊在一酒家門口停下。三寶輕聲說：「二少爺，您可不能再喝酒了。」祁子俊並不答話，猶豫片刻，鑽了進去。三寶只得跟了進去。祁子俊叫了壺酒，幾碟菜，狂飲起來。三寶看著乾著急，拿他沒半點辦法。三寶只草草吃了些東西，坐在一旁整理包袱。沒多時，祁子俊已醉得不省人事。三寶打開包袱清理東西，突然見了幾張銀票，眼睛一亮，搖著祁子俊，喊道：「二少爺，銀票！」祁子俊迷迷糊糊睜開眼，木了會兒，忽然騰了起來：「怎麼？銀票？」祁子俊立時酒醒大半，手捧著幾張銀票，淚流滿面。三寶說：「哦，對了，肯定是少奶奶偷偷兒塞進來的。」祁子俊把銀票緊緊攥在手裡，說：「娘，我一定要讓祁家重新興旺起來！」

突然，一隻大手搭在祁子俊肩上。祁子俊嚇了一跳，拔腿就要走人。陌生人說道：「別怕，是個朋友！」祁子俊回頭望望，便說：「兄弟，你認錯人了吧。」陌生人神祕道：「此處不便，換個地方說話。」三寶早已上前，拉住陌生人的手：「好漢，你要幹什麼？」陌生人說：「別說多話，跟我走便是！」

陌生人丟下些碎銀，拉著祁子俊就往外走。怕招人注意，兩人只好跟著陌生人出門。三人直走到城外一個小山頭，方才停了下來。已是黃昏，夕陽收起最後一絲餘暉。祁子俊醉眼矇矓，靠在一棵樹下。陌生人笑道：「祁縣老鄉，您不認識我，我卻認識您啊！」祁子俊一臉漠然，不停地打著酒嗝。陌生人說：「在下牛家富，住祁縣城裡南門拐角邊。」祁子俊抬起沉重的眼皮，瞟他一眼，並不說話。陌生人笑道：「我的賤名沒幾人知道，我的諢名祁少爺說不定聽說過。」祁子俊還是不說話。陌生人又笑道：「我叫水蝸牛！」祁子俊仍不抬眼，淡然道：「水蝸牛？好像聽說過。」三寶問道：「你就是水蝸牛？」

水蝸牛笑著說：「我知道，水蝸牛三個字，官府人聽著是刁民，富家人聽著是無賴，江湖人聽著可是義氣！哈哈哈，我看您眼神就知道，您瞧不起我！」

祁子俊閉上眼睛，就像身邊沒水蝸牛這個人。三寶問道：「水蝸牛，我家少爺同你素無往來，你怎麼……」

水蝸牛涎臉笑道：「我說句不怕寒磣自己的話。平日在祁縣街上，祁少爺要麼是騎著高頭大馬，要麼坐在馬車裡，就算是走在街上也是前呼後擁。見著那派頭，我想巴結您祁少爺，也不敢上前去。今兒個見您喝悶酒，又是在外地，我才敢斗膽過去打個招呼。」

祁子俊仍是冷冷的，說：「總算是遇著老鄉，來，牛家富，喝酒。」祁子俊舉著空手比畫著，以為自己手裡仍拿著酒壺。水蝸牛道：「祁少爺您別客氣，就叫我水蝸牛好了。聽人叫我的大名，我還真不習慣。再說了，我那牛家富三個字，值個屁！我在江湖上走動，靠的就是水蝸牛這名號。」水蝸牛問道：「您可是碰著不順心的事了？」祁子俊把眼睛往別處望，不答話。水蝸牛卻瞪著祁子俊的臉看，說道：「我來太原混了幾年了，沒回祁縣去。最近聽說，祁縣有個大戶出了點事，您可曾聽說？」祁子俊望望水蝸牛，道：「看樣子你是知道的，還問什麼？」水蝸牛道：「不好意思，我拿不準，怕問錯了。這可是天大的事，怎敢亂說。」祁子俊嘆了口氣。水蝸牛故意壓低了嗓子道：「如此說，祁少爺可是在逃命？」祁子俊橫了他一眼，說：「你都知道，何必還問！」水蝸牛說：「我不識字，外頭貼著很多告示，聽人家說是捉拿祁縣祁家二少爺的。我見了您，怕您出事，才把您拉到這兒來。」祁子俊冷笑道：「那我該謝謝你啦？你什麼人，救得了我？」水蝸牛道：「說到底，您祁少爺還是瞧不起我。」祁子俊冷冷道：「我眼睛有那麼高嗎？」

水蝸牛道：「祁少爺，我水蝸牛書沒讀一句，但一個義字還是認得的。想您生下來就是做少爺的，早晚都是大夥兒圍著您，只怕身邊沒一個貼心的朋友。」三寶說：「水蝸牛，我家二少爺可不稀罕你這樣的朋友。」水蝸牛望望三寶只是笑笑，回頭對祁子俊說：「祁少爺，我這話說得不錯是不是？」祁子俊仍是冷眼望著水蝸牛。水蝸牛說：「我們在道上跑的就知道，人生難得的是患難之交。如蒙不棄，您可以把我當朋友。」祁子俊冷笑道：「不敢高攀。」水蝸牛笑道：「您這不是挖苦我嗎？您落難了，也是落難的少爺；我再風光，也是耗子爬秤桿——怎麼著也沒有九斤半！」祁子俊依然是冷如冰霜。

水蝸牛說：「敢問祁少爺今後怎麼打算？」祁子俊道：「我從來就是想怎麼著就怎麼著，還勞你相問？」水蝸牛笑笑，說：「好好，不問，不問，算我多管閒事！可我聽說您家老爺、大哥都出事了，家裡只有老母跟嫂子帶著姪子，你躲在外邊好生自在，他們怎麼辦？我水蝸牛再怎麼混蛋，我對老娘可是孝敬的。」這話戳著了祁子俊的痛處，他搖頭嘆息：「不瞞你說，我本已跑回祁縣了，可老娘怕我出事，又讓我出來躲著。」水蝸牛道：「兄弟我說句衝撞您的話，您的確是不該躲到外面來。」祁子俊愧莫難當的樣子，突然喊道：「你別說了！」水蝸牛笑道：「好好，我不說了，不說了。我不說了，您就好過些？」祁子俊長嘆道：「我從小到大，只知道花錢、花錢，什麼最花錢我就玩什麼。爹娘的話，我是一句也聽不進。等到家裡出了事，我卻只有逃命一條路，不能替娘分半點憂！」祁子俊說著說著口齒不清，酒性發作，又醉睡過去了。水蝸牛自己背起祁子俊，說：「兄弟，信得過，就跟我走。」

三寶遲疑片刻，只好跟著水蝸牛走。摸著黑，分不清東南西北，轉過好些巷子，來到一處宅院外。水蝸牛敲了聲門，門開了。有人叫水蝸牛一聲大哥，接過去將祁子俊背了。侍候著祁子俊躺下了，三寶這才問道：「水蝸牛，你把我們二少爺帶到這裡來幹什麼？」水蝸牛道：「小兄弟，你是在有錢人家裡呆慣了，聽到的都是我的壞話。我帶他來幹什麼？綁架他嗎？他家敗了。想去官府領賞嗎？我何不直接送他去衙門？」這時，祁子俊迷迷糊糊地醒來，頭痛欲裂。睜眼一看，卻見水蝸牛站在床邊。祁子俊看看四周，驚問：「我……我這是……」三寶忙說：「水蝸牛把我們帶到他的賊窩子來了。一路上怕碰著官兵，我不敢同他拉扯。」水蝸牛指指房間還算講究陳設，笑道：「小兄弟說得好，賊窩子。」祁子俊說：「水蝸牛，你我素無交情，不值得你如此客氣。」水蝸牛道：「祁少爺，你們有錢人家的毛病，就是不相信道上跑的真有好人。您先別管我是什麼人，就在這裡住上一晚再說。覺著還安心，明天我讓人去瑞來客棧把房退了。」

水蝸牛囑咐祁子俊好好歇息，告辭出去了。三寶忙上前同祁子俊輕聲說話：「二少爺，這可怎麼辦？水蝸牛幹嗎要幫我們？」祁子俊搖頭嘆道：「我也不知這是凶是吉啊！就怪我只顧喝酒！」下半夜，祁子俊沒法再睡下去，推門出來。卻見這是個四合院，不算太大，卻也精緻。祁子俊走到天井裡，抬頭望望夜空。有位操刀人過來說話：「二位進屋歇著吧。我家大哥交代了，叫你們不要隨便走動，怕出事。」

三寶問：「你家大哥可就是水蝸牛？他是什麼人物？」操刀人道：「什麼人物？在這太原地面上，提起我大哥名號，沒有擺不平的事！」祁子俊拉拉三寶：「我們進去吧。」

祁子俊再沒睡著。眼看著天亮了，聽得水蝸牛在外輕輕囑咐兄弟：「輕些，讓客人多睡會，不可吵了他們。」祁子俊琢磨這話是故意說給他聽的，挨了會兒，便起床出門了。水蝸牛忙迎過來，說：「急著起床幹嗎？多睡會兒嘛。」

吃過早餐，水蝸牛請祁子俊喝茶。水蝸牛推開窗戶，可以望見汾河。河面上商船往來，白帆點點。祁子俊喝了口茶，一臉沮喪，道：「商船、馬隊、馬車都同我祁家沒緣了！」水蝸牛道：「祁少爺，您可不能這麼沒志氣。我打小就聽爹娘說您祁家發家的故事。我小時候不懂事，聽著就煩。還激我爹，說他只知道拿祁家來教育我，自己怎麼不學祁家也把家裡弄得家財萬貫！現在我懂了，只要有機會發財，我就削尖了腦袋去鑽！」祁子俊望望水蝸牛，說：「你都做些什麼買賣？」水蝸牛神祕道：「我是什麼賺錢做什麼！」祁子俊問：「說得這麼玄乎？」

水蝸牛笑而不答。他喝著茶，半天才說：「祁少爺，您這會兒別的不要想，只好好兒歇著。等風聲過了，再想辦法重振家業。我不相信，風風光光上百年的老祁家，就這麼敗了。」喝完茶，水蝸牛道：「祁少爺，我有事出去一下。您呢？信得過我，就呆在這裡，不要出這個大門。外頭，危險！」

祁子俊只好點頭答應了。水蝸牛帶著兩個兄弟，朝祁子俊拱手施禮，出門而去。祁子俊獨自坐了會兒，便心煩氣躁。他在天井裡來回走著，形同困獸。幾位操刀人叉腿站在旁邊，神情漠然。祁子俊看著這些人不舒服，便進了房間。他在房間裡還是走來走去，弄得三寶煩了，說：「二少爺，您這樣走了老半天了，累不累？」

祁子俊停下來，輕聲說：「三寶，我們得想法子出去才是啊。」三寶說：「這水蝸牛是什麼人？平白無故地請您來，只是陪您喝酒吃肉，天上地上的亂扯一氣。也不知道他想幹什麼！」祁子俊問：「你覺得他像什麼人？」三寶說：「我看他像黑道老大。昨兒夜裡，這院裡的人都出門了，快天亮了才悄悄兒回來。老百姓說，過去土匪在山林，現在土匪在城裡啊！」

說話間，門吱地開了，進來的是水蝸牛。水蝸牛拱手笑道：「祁少爺，可把您憋壞了吧？來來來，坐坐吧。」祁子俊說：「牛兄弟，我不能老在你這裡住下去。」水蝸牛道：「祁少爺，您還是見外不是？我水蝸牛別無所求，只是想高攀您這個朋友。」祁子俊道：「我已是這步田地，蒙牛兄弟不棄，很是感激。」

水蝸牛道：「我琢磨著，戲裡面唱的，總是沉冤得雪，時來運轉，好人好報。這幾日聽您說起家裡遭的難，原本事出有因。只是機緣未到，沒能水落石出。我是個粗人，不懂得生意。但我憑空瞎想，也知道您祁家絕不會就此完了。您想想，您家是做銀子生意的，人家往您家存了那麼多銀子，哪裡去了？借出去了。只要哪天您家沒事了，人家就得把借的銀子還上！」祁子俊搖頭嘆道：「這個道理誰不清楚？可是，官府哪天才放過祁家？再說了，票號帳冊讓我爹藏了，沒人知道！」水蝸牛道：「我想，這麼大的事，您爹不會半個字也不說，就拍手去了。」祁子俊道：「我娘說，我爹真的什麼話也沒留下。」

水蝸牛只成天陪著祁子俊喝酒，談天說地。如此過了十多天。一日，又是祁子俊同水蝸牛對酌，三寶袖手一旁。祁子俊舉了杯，說：「牛兄弟，天天睡完了喝酒，喝醉了睡覺，我不安心啊！」水蝸牛道：「祁少爺別客氣，您只安心呆在這裡，飯有的吃，酒有的喝。哪天街上告示沒了，您就出門發財去。」祁子俊嘆道：「發財，談何容易！錢越多越好發財，門路越通越好發財。我可是窮途末路，束手無策啊！」水蝸牛問：「祁少爺知道什麼生意最好發財嗎？」祁子俊說：「依我說，世上最好賺錢的生意，二白一黑。」水蝸牛問：「怎麼說？」祁子俊說：「二白，一是做銀子生意，就是開票號，辦錢莊；二是做鹽生意。」水蝸牛問：「一黑呢？」祁子俊瞟著水蝸牛：「未必牛兄不知道？大煙啊！」水蝸牛笑道：「祁少爺果然精明。」祁少爺道：「只可惜，我什麼生意都做不成。我家票號封了，鹽生意本是民間就不許做的，做大煙生意可是殺頭的罪！」水蝸牛摸摸自己的腦袋，笑笑說：「祁少爺，我這肩上扛著的是什麼？」三寶接腔：「還問，不就是個豬頭嗎？」

祁子俊瞪了三寶一眼。水蝸牛笑道：「祁少爺，您這位兄弟，我是怎麼也養不親啊！」三寶說：「誰養誰啊！你記上帳吧，改天老子把銀子加倍還上！」水蝸牛笑道：「祁少爺，別理小孩家。唉，我說我是走大煙的您相信嗎？」祁子俊驚道：「你真是走大煙的嗎？」水蝸牛道：「我早說過了，我是什麼賺錢做什麼。只是票號我沒開，我手頭留不住錢；鹽生意我也沒做，那是官府才能做的；大煙嘛，官府自然不會做，民間又不敢做，總得有人做不是？」三寶說：「有時還做些無本生意吧？比方打家劫舍？」水蝸牛笑道：「祁少爺，您這位兄弟有意思，老是說真話。」「三寶，你少說幾句行不行？」祁子俊回頭問水蝸牛，「做大煙生意，怎麼個賺頭？」水蝸牛說：「肯定比銀子生意還賺得多，不然誰還提著腦袋去幹？唉，我也好長時間沒做這生意了。」祁子俊問：「怎麼不做了呢？」

水蝸牛道：「說來話長。這生意，誰想一個人做，都做不了的。我的上線是個雲南人，江湖上人稱雲南豹；下線是這邊的，我不便說出他的名號。我是一手接貨，一手下貨。沒想到，雲南豹辦事不小心，露了尾巴，去年秋天在祁縣被左公超抓了，砍了腦袋。」祁子俊說：「這事我聽說過，原來你在中間也有分啊！既然這麼賺錢，你不知道直接往雲南去拿貨？」

水蝸牛道：「不瞞祁少爺，我是江湖上走的人，只重義氣，不聚家財。賺多賺少，兄弟們三下五除二，分了喝酒吃肉。況且按原來套路，我只在中間轉手，也不需自己墊上本錢。現在上線沒了，我也就做不成了。下線隔三岔五的問我要貨，我哪來的貨？眼前擺著銀子，就是賺不進來。算了算了，大煙生意不做也罷，畢竟出不得事，那可是要掉腦袋的啊！」祁子俊問：「牛兄弟，要是有人出本錢，你還想做嗎？」三寶急著喊道：「二少爺！」水蝸牛道：「大煙生意，粗心不得。就算有人出本錢，也得看看這人是誰。」三寶又喊道：「二少爺！」祁子俊說：「是我呢？」水蝸牛吃驚地望著祁子俊，說：「不行不行，我不能把您拉上這條路！何況，您現在也拿不出錢啊！」祁子俊說：「我如果拿得出呢？」水蝸牛說：「那也不行。您老祁家可是做正經生意的，您又是個少爺，怎可做大煙生意？」祁子俊說：「牛兄弟，有道是，馬無夜草不肥，人無橫財不富。我也是走投無路，你就算幫我一把吧。」水蝸牛正色道：「祁少爺！此話休要再提！您祖上可是磨豆腐、推板車起家的，沒發過什麼橫財啊！我水蝸牛混蛋，也不能拖著您祁少爺一塊兒混蛋！」

水蝸牛把酒杯一放，拂袖而去。祁子俊回到房間，坐立不安。三寶勸道：「二少爺，水蝸牛說得對，您不能做大煙生意。看來水蝸牛還是個好人，我看錯他了。」祁子俊說：「我也正是看他像條漢子，才想著要同他一道去走大煙。你想想，我們還有別的發財路子嗎？不行，我得去找牛兄弟說說。」三寶說：「二少爺，那可是五千兩銀子啊！萬一有所閃失，怎麼向老夫人交代？」祁子俊說：「你的腦子就是不開竅，五千兩銀子翻個個兒，就是一萬兩你知道嗎？」祁子俊敲開水蝸牛房門。水蝸牛黑了臉說：「二少爺，你再說做大煙生意的事，就不要進這個門！」

祁子俊道：「牛兄弟，你先聽我說說道理。我們神不知鬼不覺地往雲南跑一趟，沒人知道的。你既然顧著我的面子，你不說出去就得了呀？正好，我東躲西藏的難受，悶在你這裡也難受。雲南山高皇帝遠，我何不就便去散散心？」水蝸牛沉吟道：「祁少爺如此說，也有道理。好，讓我再想想吧。」祁子俊急了：「牛兄弟，我見你辦事風風火火的，這事兒怎麼婆婆媽媽的？」水蝸牛一拍桌子，說：「行，我就依您的。去雲南跑個來回，至少半年。等我們一回來，說不定您家就時來運轉了。」祁子俊笑道：「託牛兄弟吉言，我祁家翻身就從這樁生意開始！牛兄弟，我沒白結識，你夠朋友！」

祁子俊回到客房，喜滋滋地告訴三寶。三寶臉都嚇白了，說：「二少爺，我勸也勸不住，就由您自己吧。我怕老夫人罵，我就回去了。」祁子俊說：「好吧，你就回去吧。」三寶說：「那我真的回去了？」祁子俊說：「你回去千萬別說我去雲南走大煙去了，會把我娘嚇死的。」

三寶說：「那我怎麼交代？」祁子俊說：「那不容易？你就說同我走散了。」三寶說：「好仗義，可以交朋友。退萬步講，我也只是同他一道做椿生意。」

吧。那您可要處處小心啊！這水蝸牛，我是有些不相信。」祁子俊道：「我看水蝸牛這個人豪爽

第二天，祁子俊就同水蝸牛上路去雲南。官道上，兩匹棗紅馬飛奔著。祁子俊好久沒有如此自在了，顯得神采飛揚。祁子俊說：「牛兄弟，我們這麼跑，來回哪要半年？」

水蝸牛說：「祁少爺，您不知道啊！這是官道，路好走些。到了深山馬道，馬就跑不起來了。並不是沿路都有店住，有時得露宿，還得停下來牧馬。」祁子俊哈哈大笑，道：「如此甚好，自在自在！」

風餐露宿兩個多月，兩人到了雲南。水蝸牛依著往日雲南豹斷斷續續說過的印象，趕往他們要去的豹子溝。估摸著豹子溝快到了，卻是天色漸黑。迎面見有客棧，客棧屋角上飄著旗子，藉著月光，隱隱可見「黃龍客棧」四字。有店小二出來，招呼道：「客倌，住店嗎？」水蝸牛不答，只問道：「請問這裡離豹子溝還有多遠？」店小二道：「你們要去豹子溝？溝裡不留宿，得在這裡住下。」水蝸牛道：「祁少爺，我們就住下？」祁子俊說：「好吧。」

店小二過來牽馬。水蝸牛道：「店家，勞你把我們的馬好好喂些吃的，說不定明天一早得往回趕。」店小二回道：「好哩！」店家上了酒菜上來。水蝸牛拿了酒壺，替祁子俊倒了酒，也給自己滿上。祁子俊舉了杯說：「我們終於走到豹子溝了，來，乾一杯吧。」

兩人正喝著酒，忽聽有人過來問：「你們要進豹子溝？」抬頭看時，是位矮黑漢子，腰裡橫著刀。水蝸牛道：「是呀！」黑漢子說：「請先生這邊說話。」

水蝸牛示意祁子俊一道兒去。黑漢子引著兩位進了店後小屋，瞪著眼睛問：「兩位可知道豹子溝是什麼地方？」水蝸牛笑道：「我不知道。我只是走朋友的老關係，來做生意。」黑漢

子問：「你朋友是誰？」水蝸牛道：「雲南豹！」黑漢子匡地亮了刀：「你可曾有雲南豹的消息？」

祁子俊沒見過這種場面，唬了一跳。水蝸牛倒是從容，拍拍祁子俊肩膀：「祁少爺別怕，道上行走，難免刀刀槍槍！」黑漢催促道：「快說！雲南豹北上大半年了，一個音信兒都沒有，我們大哥惦記著他。」水蝸牛嘆道：「唉，雲南豹行事不慎，被官府拿了，問了斬！」黑漢呼地抽出了刀：「說個仔細！」聽水蝸牛說罷事情原委，黑漢子唰地一刀劈在桌上：「豹大哥！」水蝸牛勸道：「兄弟，雲南豹可是條漢子，任官府怎麼逼，愣是沒有把我供出來。唉，他也是我的救命恩人啊！」黑漢子說：「好吧，既然都是兄弟，隨我進溝吧。」

祁子俊同水蝸牛隨著黑漢子進了豹子溝山寨內。寨主蕭長天，在雲南江湖上一呼百應。黑漢子依水蝸牛所說，向寨主稟明雲南豹被殺經過。蕭長天背對眾人，站在帥椅邊，沉默不語。帥椅上方是塊大匾，上書四字：橫刀問天。蕭長天長髮披拂，並不蓄辮。祁子俊再回頭看看兩邊站著的眾嘍囉，都是沒留辮子的。蕭長天突然聲音低沉地問道：「牛先生，你說的話句句是實？」水蝸牛說：「句句是實。」

蕭長天突然轉身過來，撩衣坐下。蕭長天白面美髯，像位書生。蕭長天道：「好吧，我暫且相信你。牛先生，我把話說在前頭。我雖然人在深山，卻是耳目千里。日後要是知道豹兄之死同你有什麼關涉……」水蝸牛忙說：「如果您發現我有對不住豹兄之處，全憑蕭先生發落就是！」「此話暫且放下，我們談生意吧。」蕭長天說話間轉眼望著祁子俊，「這位祁先生看上去可不像道上跑的人。」水蝸牛說：「他是……」

祁子俊忙搶過話頭，半真半假的編著說：「兄弟祖上是經商的，世代經營，原本薄有家貲。不曾想，爺爺手上家裡遭了場官司，眼看著就不行了。到了家父手上，就完全破落了。父親原打算讓我讀書，取個功名。可我不想讀書，只想做做生意，發點財過日子。正好牛兄弟有這麼樁生意，兩人一合計，就奔雲南來了。」剛才在客棧接應的那位黑漢哈哈大笑：「考功名？考功名你得拜我們蕭大哥做師傅！」祁子俊拱手道：「我私下裡正想著，蕭先生一看就是個讀書人。」

蕭長天笑道：「我十年寒窗，中了個舉人，卻終究與仕途無緣。一生氣，不考了！拉上些兄弟，進山過自在日子。」祁子俊笑道：「蕭先生倒是灑脫，說不考就不考了！有道是，八股文章臺閣體，消磨百代英雄氣啊！想那些久試不第，白髮登科的迂腐子，幾個是有真學問的？我沒讀幾句書，可我閉眼一想，自古至今寫出錦繡文章的，竟沒有一個是狀元！」蕭長天撫掌大笑：「哈哈哈，祁兄弟，我好久沒聽過如此痛快的話了！什麼家國功名，全都是他媽騙人的把戲！我若不是早早看透，打破樊籠，哪有這般自在天地！您可真是我的知音哪！真所謂白髮如新，傾蓋如故啊！」

祁子俊拱手道：「承蒙蕭先生抬愛！如今讀書，必作八股文章，我偏偏討厭這個。八股取士，明朝成為定例，大清盡悉沿用。想那秦皇焚書，使天下人無書可讀；朱元璋開創八股取士，卻使天下人有書不讀。讀書人只搖頭晃腦地讀四書五經，不把人讀蠢才怪。要知道，好文章盡在四書五經之外！」蕭長天撫掌而笑，道：「祁兄弟英氣逼人，談吐不凡，果然不是等閒之輩！」祁子俊道：「蕭先生過獎了。說到這上頭，讀書和焚書，其實是一回事。」蕭長天道：「在下還不明白，願聞其詳！」祁子俊道：「焚書在於愚民，教人只讀聖賢也是愚民。不過朱元璋手段比秦皇更高明些。」

蕭長天一驚而起，握了祁子俊的手：「兄弟此言，讓我茅塞頓開哪！我只看見讀書人越是讀書，越是愚蠢，卻不明白其中道理！今日讓兄弟一語點破了！可惜我手下沒您這樣的材料啊！」祁子俊道：「蕭先生實在謬誇了。您這裡山清水秀，四季花香，正是神仙呆的地方，應是廣出才俊啊！」蕭長天道：「祁兄弟若是喜歡這個地方，留下來如何？」祁子俊道：「能在這麼好的地方呆下來如何不好？只是家有老母，不敢不孝啊！」蕭先生豪爽道：「祁兄弟，我是個爽快人，確有留您之意。但您有難處，我也不勉強。我認您這個朋友了！此去山西，雖說水隔百渡，山隔千重，說不定哪天我也會去那邊看您去！您要是樂意，常來走走，生意是生意，朋友是朋友！」祁子俊說：「老弟萬分感謝！」蕭長天手一揮，說：「去，我們看看貨去，邊看邊談。」

祁子俊、水蝸牛同蕭長天並肩而行，去了藏貨的山洞。水蝸牛拿了些大煙朝鼻孔裡嗅嗅，放嘴裡咬咬，眼睛不由得瞇了起來。蕭長天說：「貨是沒說的。」水蝸牛放下大煙，拍了拍了手，說：「貨好！貨好！」蕭長天說：「價錢還是老行情，怎麼樣？」祁子俊說：「蕭先生，價格您只怕得再讓讓。原先是山西交貨，如今我們可是跑到雲南來了。」蕭長天笑笑，說：「行，就依祁兄弟的吧！」

當夜，蕭長天好酒好肉招待了祁子俊和水蝸牛。蕭長天有意留他二人多住幾日，無奈祁子俊發財心切，第二天就要上路。蕭長天不好強留，用最隆重的儀仗為祁子俊和水蝸牛送行。一大早，山寨門口號角吹響，鼓樂齊鳴。有人牽了四匹馬來，往馬背上裝貨。蕭長天道：「這幾匹馬，是我送祁兄弟的，不成敬意。」祁子俊拱手說：「恭敬不如從命，謝謝了！」蕭長天握著祁子俊的手，說：「祁兄弟，一路小心啊。朋友越走越親，多多走動才是。」祁子俊道：「蕭兄弟，我會來看您的。多謝了，多謝了！」

第六章

正是俗話說的，春風得意馬蹄疾。回來時，兩人雖是趕著六匹馬，但日子過得似乎更快些。很快就回了山西。進入太原境內，正是深夜。他們恰好需要夜裡入城。城外是片樹林，水蝸牛熟悉，摸黑也走得順。祁子俊掩飾不了高興勁兒，說：「牛兄弟，我倆消閒些日子，再跑一趟。」水蝸牛說：「好哩！只要能發財，再累也值得！」

不料兩人正說著，四周突然亮起了火把。但見火把閃閃處，圍的竟是官軍。祁子俊嚇著了，慌張地望著水蝸牛。水蝸牛佯裝沒事，手卻微微發抖。

水蝸牛說：「你們既然是官軍，如何幹這打劫的事？」一軍官發話了：「你別裝了！我們接到探子報信，你們走的是大煙！人贓俱在，無可抵賴，快快下馬，束手就擒吧。」軍官一揮手：「上！」

兩人沒來得及反抗，士兵們一擁而上，逮住了他們。祁子俊剛想起要叫罵幾句，卻被人用布堵了嘴巴，塞進了馬車裡。黑咕隆咚的，只是感覺著耳邊匡當匡當的車轂轆聲。待耳邊清淨了，兩人便被拉了出來，關進了大牢。

水蝸牛叫罵了好一陣子，沒人理會，便蜷伏在破被裡呼呼大睡。祁子俊越想越不對勁，猛地踢了水蝸牛一腳，道：「起來！你還有心思睡大覺！」水蝸牛揉揉眼睛，說：「祁少爺，您坐著不睡覺，我們就能逃出去？」祁子俊怒目圓睜：「我越想越奇怪。你說，是不是你事先同官府串通好了的？」水蝸牛說：「我自己也關在這裡，怎麼同他們串通好了？」祁子俊猛撲過去，抓著水蝸牛的衣領，怒道：「再沒別的人知道這事，哪來什麼探子報信？」水蝸牛捽開祁子俊，說：

「你自己死纏活纏要我同你走大煙，反來怨我！我做這生意又不是頭一遭了，偏是這回就出了麻煩。我還怪你的晦氣連累了我哩！」

忽聽得牢門匡當響，一人打著火把，一人叉腰站著，指指水蝸牛，說：「你，出來！」水蝸牛嚇了跳，問：「你們幹什麼？」叉腰人說道：「別囉嗦，跟我走！」水蝸牛望望祁子俊，說：「兄弟，兩個時辰我還沒回來，肯定死了。」祁子俊冷冷說道：「我倆會同時砍頭，不會讓你一個人先死的，你放心去吧。」

水蝸牛被押往一間祕室。他見裡面有個人面壁而立，眼睛不由得一亮。那人突然轉身，笑道：「辛苦你了，水蝸牛！」水蝸牛怒道：「李然之，你他媽的也太黑了！」李然之臉一沉，故作威嚴：「唔！」

水蝸牛哪裡理會？繼續叫道：「你們做事太不夠朋友！我替你們辛辛苦苦跑了幾個月，人都掉了幾層皮！你們倒好，把貨黑了，還把我關進了牢裡！」李然之想鎮住水蝸牛，大聲喝道：「水蝸牛！」水蝸牛一驚，語氣軟了下來，卻仍是氣憤，說：「你們穩賺，卻不知足，還想做無本生意。」李然之笑道：「販賣大煙，這可是殺頭的罪啊！」水蝸牛驚恐道：「姓李的，你不能要我呀！我這可是替你們做事啊！」李然之笑道：「水蝸牛，我們是老朋友，不會對不起你的。」水蝸牛道：「李先生，祁少爺也請您放他一馬。」李然之故意賣弄關子，說：「祁少爺嘛，本來就是朝廷欽犯，我可做不了主。」水蝸牛拱手求道：「難道你還要他的命不成？這回就放過祁少爺吧。」李然之問：「怎麼，你水蝸牛倒成了好人了？」水蝸牛道：「我們道上走的，多少講究個義字。」李然之點頭說：「你說得對，我們要的也不是祁少爺的命。行，我會看著辦的。水蝸牛，你可要記住，你又欠我一個人情了。這回人情可不小，是條人命啊！」

水蝸牛忙拱手低頭，說：「水蝸牛一定加倍替李大人效命！」李然之囑咐道：「等會兒我會讓人提審祁少爺。你要交代他，別讓他說出自己是誰。我們若是知道他是祁子俊，就得馬上抓了他。」水蝸牛說：「謝謝李先生、李大人！」李然之陰險地笑道：「既然審了你，就不能讓你原模原樣的回去。那祁子俊鬼得很!別怕，你就讓兄弟們做做樣子吧。」

水蝸牛還沒明白怎麼回事，就被眾獄卒拖了出去，按倒在地。水蝸牛回頭一看，見人舉著棍子，嚇得渾身發顫，問：「你們還真打？」沒人理會，一陣亂棍打得水蝸牛鬼哭狼嚎。「行了！」李然之背著手進來了。水蝸牛叫喚著，說：「李然之，我水蝸牛悔不該同你這種人做什麼狗屁朋友！」李然之蹲下身來，笑道：「我這種朋友，你交上了，就摔不掉了！」水蝸牛罵道：「你他媽太狠了！」

李然之說：「好了，別哼哼了。你就傷著些皮肉，沒什麼大不了的。這些吃棍子飯的，手上都是有絕活的。人家拿棉絮包著石頭，幾十棍下去，把裡面石頭打個粉碎，外面的棉絮還是原樣兒。拿棉絮包著麵團，把外面棉絮打得稀巴爛，裡頭麵團還是原樣兒。你呀，只是打爛了外頭棉絮，還喊什麼？」水蝸牛叫喊道：「哎喲，痛死我了，你他媽的還在這裡給我上課！」

幾個手操木棍的衙役站在一旁得意地笑著。李然之抬手示意，兩個衙役扔掉手中長棍，去拖水蝸牛。水蝸牛雙腳已挪不動半步，任憑衙役拖著往監牢裡去。

祁子俊已朦朧睡著，聽得水蝸牛被扔了進來，忽地驚醒，忙過去招呼水蝸牛，喊道：「水蝸牛，水蝸牛！」水蝸牛睜開眼睛，罵道：「操他媽的八輩子祖宗！」

祁子俊把水蝸牛平放在鋪上，替他蓋上破被。水蝸牛輕聲說：「祁少爺，我沒力氣多說話了，只交代您一句。他們還會提您去問話，您千萬別說自己是祁家少爺。」祁子俊說：「反正是死，還有什麼怕說的？」水蝸牛吃力地笑道：「祁少爺，您相信我的話，人不到最後關頭，就不要洩氣。我是鬼門關上闖過好多回的人了。」祁子俊問：「你是說，我們還有可能出去？」水蝸牛點頭道：「只要腦袋還在肩上扛著，我就相信自己不會死！告訴您，我說您姓齊，齊天大聖的齊……」

沒多時，聽得一陣吆喝聲，進來兩個大漢，架走了祁子俊。他們並不多問，只是放倒祁子俊，胡亂打了十幾棍，仍送了回來。水蝸牛爬過去，搖著祁子俊：「兄弟，您怎麼了？」祁子俊連叫喚的力氣都沒有了，只剩半口氣吊著。水蝸牛掀開祁子俊的衣服，見皮肉並沒怎麼傷著，心裡就明白了，輕聲罵道：「他媽的！真狠！」祁子俊這才慢慢睜開眼睛，說：「他們要我交代生意的下家，我不知道。」水蝸牛聽著這話，臉上露出痛苦的表情，說：「下家……您怎麼知道啊……他們……他們可真不是東西啊！」祁子俊想翻身，渾身痛得難受，忍不住哎喲一聲，癱了回去。水蝸牛說：「兄弟，您躺好了，睡一覺，會好些的。我……我害了您啊！」「牛兄弟，你……你別這麼說。你想發財，我也想發財啊！」祁子俊說著說著，昏了過去。

兩人吃了棍子，便再沒人過問，任他們哎喲哎喲地叫喚。過了幾日，晚飯時分，送飯人喊道：「吃飯了，吃飯了！好酒好肉，二位可要吃飽了喝足了！」祁子俊嚇著了，猛地想坐起來，哎喲一聲，又躺下去了。祁子俊躺在地上，輕輕說：「完了！牛兄弟，聽人家說，牢裡邊讓你喝酒吃肉，就是要殺頭了。」水蝸牛輕聲說：「別怕，只要刀還沒到脖子來，就還沒有到頭。管他的，我倆喝酒吧。」水蝸牛讓祁子俊勉強靠著牆壁。祁子俊手哆嗦著，酒灑了出來，說：「牛兄弟，就這麼死了，我真不甘心啊！」獄卒冷笑道：「坐牢的人只要見著酒肉，就嚇得喊爹喊娘。瞧你倆倒像過大年似的。」水蝸牛笑道：「有酒有肉還哭什麼？」祁子俊輕聲問道：「牛兄，只怕真的是凶多吉少啊！」水蝸牛道：「祁少爺別擔心，好好喝酒吧。喝醉了，睡著了，什麼都用不著想了。」祁子俊搖頭嘆道：「看來，我祁子俊是必死無疑了！我死倒無所謂，只可憐我娘！」祁子俊見水蝸牛身上血跡斑斑，說：「牛兄弟，他們對你下手更重啊！」水蝸牛掩飾道：

「只怪我嘴巴不饒人，忍不住臭罵他們這幫王八蛋！」

夜裡，油燈微弱的燈火一跳一跳的，快要熄滅的樣子。兩個獄卒坐在牢房外打瞌睡。水蝸牛已經睡著，打著呼嚕。祁子俊靠在牆角，雙手抱著肩。他只盼著這長夜快快過去，太難熬了；又怕白天過早來臨，那將是他的死期。突然，牢門外閃過一道黑影。只見四個蒙面人飛身上前，拿布堵了兩個獄卒的嘴。獄卒迷迷糊糊醒來，已被綁了。獄卒甕聲甕氣地叫著。蒙面人抽出刀，低聲嚇唬道：「再叫就殺了你！」

牢門被打開了，進來兩個蒙面人，背著水蝸牛和祁子俊飛奔出去。另兩個蒙面人橫刀斷後。到了一座破廟。蒙面人將祁子俊和水蝸牛放下，坐在地上。蒙面人刷地撕下臉上黑布，叫道：「牛大哥！」水蝸牛驚道：「響尾蛇，是你們呀！」祁子俊驚疑地望著這些人。水蝸牛叫道：「祁少爺，別害怕，這幾位是我的兄弟。」響尾蛇道：「牛大哥，您可吃苦了。這回的買賣，您怎麼不讓我們兄弟知道？」水蝸牛道：「該讓你們知道的，我自然會告訴你們。」響尾蛇說：「要不是李師爺找來，兄弟們真不知道您出什麼事了。」水蝸牛問：「李然之找了你？」響尾蛇說：「是的。李師爺昨夜獨自上門，說你同一位朋友走大煙，被官府拿了，明天就要殺頭。他念著舊交，報個信兒，叫我們去救人。」水蝸牛臉上露著不可捉摸的笑意，說：「李然之，可真夠朋友。」祁子俊問：「李然之是誰？」水蝸牛說：「知府大老爺楊松林的師爺。」祁子俊吃驚地問：「楊松林的師爺？」水蝸牛笑道：「祁少爺真是大家子弟，弄不清這世道是怎麼回事。我做的那些生意，怎能離開官府？」響尾蛇說：「離開三教九流，男盜女娼，還叫什麼官府？祁少爺，您可欠我三千兩銀子啊！」祁子俊又吃了一驚。水蝸牛也糊塗了，問道：「怎麼回事？」響尾蛇說：「李師爺說，大牢裡面，他安排妥當，我們兄弟只管救人就是了。但畢竟是兩條人命，還得打點打點。」水蝸牛狠狠問道：「總共多少？」響尾蛇說：「李師爺說，每條人命三千兩。

人命關天，我哪能同他計較？只好把銀子給他了。祁少爺的贖命錢，我們先墊上了。」

水蝸牛一拳捶在地上，氣憤道：「他媽的李然之，真是吃人不吐骨頭！」祁子俊急道：「我哪有銀子！牛兄弟，讓你兄弟們送我回監牢，我寧願去死！」水蝸牛拉著祁子俊說：「祁少爺，別傻了，命到底比銀子要緊。」祁子俊說：「可我哪裡有銀子還你兄弟？」水蝸牛說：「有錢再給也無妨。」

祁子俊不想再麻煩水蝸牛，執意要回家去。水蝸牛只得悄悄帶著他回了祁縣。祁子俊說：「我反正是廢人了，你就把我扔在祠堂門口吧。」

祁子俊是黑娃發現的。天還沒怎麼亮，黑娃出門，不小心踢著個什麼，差點兒絆倒。黑娃低頭一看，地上竟躺著個人。黑娃嚇了一大跳。再仔細看時，見是祁子俊。「二少爺，二少爺！您這是怎麼啦？」黑娃背起祁子俊就往院裡跑。

祁老夫人掀起祁子俊衣服，見滿是青紫，頓時哭了起來：「這是怎麼回事？子俊，子俊，你聽見娘叫你嗎？你說句話呀！三寶呢，怎麼不見三寶呢？」祁老夫人摸摸兒子，說：「啊，燙得像火！素梅，快讓喬管家去請郎中。」喬管家已進屋來了，說：「老夫人，哪裡敢去請郎中？我已打發黑娃去藥鋪，只按棒瘡和高熱的病症抓藥就行了。」寶珠已打來熱水，祁老夫人擰了把毛巾。「娘，還是我來吧。」素梅說著就接過毛巾。素梅替祁子俊細細擦著身子。碰著了傷口，祁子俊哎喲一聲。素梅手抖了一下，縮回來，不由得護住自己胸口。素梅再擰了把毛巾，更加小心地擦著，一邊囑咐寶珠：「快去換盆水來。」祁子俊猛地抓住素梅的手，喊道：「娘，娘，我只是想發財啊！」祁老夫人答道：「子俊，娘在這裡哪。」「娘，娘！」祁子俊抓住素梅的手不肯放。「子俊，子俊！」祁老夫人喊著。素梅輕聲說：「娘，別叫他。他這是說胡話，讓他好好兒躺著吧。」

祁老夫人突然想起什麼似的，問：「咦，不對呀？外頭不是有衙門裡人守著嗎？」素梅說：「我去看看。」素梅從祠堂裡出來，見祠堂兩邊沒了衙門裡的人。再望望斜對面祁家大院門口，也沒人守著。她裝著沒事似的，走到內街，往兩頭望望，也沒見著衙門裡的人。素梅回去告訴祁夫人：「娘，外頭不見一個衙門裡的人了。」祁老夫人低頭想了會兒，說：「不知楊松林、左公超他們葫蘆裡賣的什麼藥啊！」素梅道：「猜也沒用，我們自己小心些吧。」

祁子俊昏睡過去了。祁老夫人、素梅、寶珠圍坐在床前，不再說話。忽聽黑娃回來了，寶珠忙回頭，示意他輕聲些。黑娃進來，輕聲說：「這藥煮水洗身子，怕生膿瘡；這藥拿酒磨了搽傷處；這藥熬著喝。」沒多時，黑娃扛了個大木盆進來，放在床前。福貴提了藥水進來。祁老夫人說：「黑娃、福貴，辛苦你倆給子俊洗洗吧。」黑娃說：「好哩！」素梅才要隨祁老夫人出門，略作遲疑，站住了，說：「娘，還是我來洗吧。」祁老夫人驚道：「素梅，你……行嗎？」素梅說：「我怕他倆粗手粗腳，弄痛了子俊。娘，人都這個樣子了，哪管那麼多？」祁老夫人點頭說：「行吧。素梅，難為你了。」

大家都出去了，關了門。素梅試試水溫，回頭脫光子俊的衣服。素梅見祁子俊身上滿是傷痕，眼淚又流下來了。素梅拚盡力氣，摟著祁子俊，放進盆裡。祁子俊沾著熱水，啊了一聲。素梅忙問：「子俊，水不燙，傷處有些痛，你忍忍。」祁子俊並沒有醒過來，頭耷拉在素梅肩上。素梅仔細擦洗著祁子俊的傷處。

祁夫人囑咐家人，不要在外頭露出半點兒二少爺的風聲。一家人反覆商量了，還是不敢請郎中，只是悄悄地買藥替祁子俊療傷。如此幾日，祁子俊都沒睜開眼睛。祁老夫人嘆道：「回來都五天了，還是這個樣子。」素梅說：「娘，別擔心，會好的。」祁老夫人過去扶子俊，力不從心，說：「唉，兒大了，娘就老了。」素梅說：「娘，還是我來吧。」

素梅把藥遞給祁老夫人，自己扶起子俊，攬在懷裡斜靠著。祁老夫人把藥盅送到子俊嘴邊。祁子俊慢慢有了反應，嘴噏動著，喝著藥。突然，祁子俊咳了聲，藥水噴在素梅身上。祁老夫人忙抽出手絹來。素梅搖頭說：「娘您先別管我，餵藥吧。」祁子俊慢慢睜開眼睛，喊道：「娘，娘……嫂子？我這是……」素梅放下手中的活，笑道：「子俊，你醒了？」祁子俊想坐起來，手一撐，沒有力氣，又躺下了。素梅說：「好好兒躺著，別動。」祁子俊環顧房間：「我這是……」

素梅說：「你病了，躺倒在家門口。你已昏睡好些天了，可把我們嚇壞了。好好，醒了就好。」祁子俊問：「娘呢？」祁夫人早已泣不成聲，哽咽道：「兒哪，娘在這裡哩！」

祁子俊偏過頭去，看見了娘，頓時淚下如雨。他想爬起來，祁夫人俯身按住了他的肩頭：「子俊，你還不能動！」「兒哪，你這是怎麼了？」祁夫人問道。祁子俊不曾說話，失聲痛哭起來。素梅說：「子俊，你先養著吧，不要多說話。」祁子俊流著淚，慢慢睡去。祁夫人說：「素梅，你去睡吧，我來守著子俊。」素梅說：「娘，您老去睡，我挺得住。」祁夫人便把子俊託付給素梅，回房歇息去了。

待祁夫人一走，祁子俊睜開眼睛，說：「嫂子，我真不是東西啊！」素梅驚問：「子俊，你這是說的什麼話？」祁子俊便把自己販鴉片被官府拿了的事細細說了。素梅聞知，如五雷轟頂。她拿手絹揩著淚，說：「子俊，你怎麼這麼糊塗？」

祁子俊說：「我原想跑上一趟，可以好好兒賺上一把的，哪想到出事呢？」素梅說：「還好，你人好好兒回來就行了。再別幹這種賭命的事了。」祁子俊搖頭長嘆：「我怎麼向娘交代呢？」素梅說：「子俊，千萬不要向娘說出實情啊！」祁子俊說：「我怎麼說呢？我自小頑皮，卻從來沒在娘面前撒過謊啊！」素梅說：「這事你必須撒謊！」

過了些日子，祁子俊傷勢稍好，自己實在忍不住了，向娘說了實情。祁老夫人氣蒙了，舉起雞毛撣子，朝祁子俊打去。素梅橫擋著，祁老夫人來不及收回手，雞毛撣子重重地打在素梅背上。素梅承受著疼痛，說：「娘，你消消氣，別打子俊。他遇著歹人打劫，有什麼辦法呢？只要人好好兒回來就行了。」祁老夫人指著祁子俊罵道：「叫你出去逃命，你也不安分，哪裡熱鬧往哪裡跑，哪有不出事的？」素梅說：「娘，銀子沒了，掙得回來，要緊的是人沒事就行了。子俊病還沒好利索哪！」祁老夫人說：「娘哪是心痛銀子？恨他不爭氣！」

祁老夫人說著，舉起雞毛撣子又要打人。素梅撲通跪了下來，說：「娘，素梅求您了！您不能再打子俊啊！他的傷還沒復原，打不得啊！祁家就他這根頂梁柱了，全家老小都指望著他啊！娘，您消消氣吧！」祁老夫人手中的雞毛撣子跌落在地。她一把抱住素梅，哭道：「素梅啊，您可是時時刻刻都想著祁家啊！」

素梅勸娘回了房，自己也回房去了。寶珠跟了進來，說：「少奶奶，讓我看看，打傷了沒有。」

素梅說：「沒事的，我哪有那麼嬌貴？」寶珠說：「您別硬挺著，傷了就得搽藥。」寶珠掀起素梅的衣，見背上一道紫紅的傷痕。寶珠說：「少奶奶，傷得厲害，得搽藥才行啊。」素梅噓道：「別大驚小怪，讓娘知道了，會傷心的。」

這時，祁子俊手裡拿著藥，推門進來。見素梅正敞衣露背，忙退了回去。素梅慌忙掀下衣服，臊得臉通紅。寶珠追了出來，問：「二少爺，什麼事？」祁子俊不敢抬頭，只道：「郎中給我開的傷藥，你讓嫂子搽些吧。」寶珠接了傷藥，回房，替素梅搽藥，說：「少奶奶，二少爺可心痛您哪！」素梅羞得面色發燒，說：「你這死丫頭！」

祁夫人見素梅如此賢慧，待子俊體貼入微，心中有了打算。這天，她獨自上關家去，叩響了關家門環。裡面答話是關家張管家，問：「請問找誰？」

祁老夫人說：「請通報一聲，我找關近儒老爺。」張管家探頭出來，忙道：「哦，是祁老夫人，快請進。」祁老夫人道：「張管家，謝謝了。」張管家說：「關老爺同老夫人都在家哪。」

張管家領著祁夫人去了客堂。關老夫人拉著祁老夫人，兩人坐在一塊兒，說：「快快請坐，親家母。子俊的事，我們都知道了。怎麼樣了？近儒還說要去看看哪。」

祁老夫人說：「他的病好了，身上的傷還要養些日子。唉，人一倒楣，喝水都磣牙喲！」關近儒說：「別這麼說，會好的。親家母，您是沒事不會上門的。快說，有用得著我的地方嗎？」關老夫人說：「看你急的，也讓親家母喝口茶吧。」祁老夫人喝了口茶，說：「我有個想法，不知怎麼開口啊！」關近儒說：「親家母，但說無妨。」祁老夫人說：「素梅可真是個好孩子呀，這次若不是她細心照料著，子俊只怕命都沒了。」關近儒說：「這也是她做嫂子的本分。」祁老夫人說：「我想讓素梅移房，同子俊結為百年之好，看您二老應允不？」「這個……」關近儒說著就站了起來，不知怎麼回答，望著關夫人。關夫人說：「子俊倒是個好孩子，只是不知他倆自己意思如何。」關近儒點頭說：「讓素梅終身有個靠，倒是個好事。不過……」關夫人說：「素梅我把得住，這孩子孝順，只要大人定下了，她沒什麼多話說的。可子俊還年輕哪！」祁老夫人說：「這事如果成了，世禎也有個爹。子俊性子不踏實，也正好讓素梅穩著他。素梅沉著、賢慧、遇事又顧大局，難得的好媳婦啊！」關夫人說：「如果成了，是樁好事，素梅和世禎，我也就放心了。近儒，我看這事成。」關近儒說：「好吧，你們兩個做娘的看著辦吧。」祁老夫人說：「只怕還得勞親家母過去一趟。這事，我老覺得同素梅開不了口。」關夫人望望關近儒。關近儒說：「你就隨親家母去看看吧。女兒家的，我也不好怎麼同她說。」

祁夫人同關夫人一路上說著子俊同素梅的事兒，自是歡喜。這會兒祁子俊悶得慌，想出門去。素梅剛好撞見了，問：「子俊，你要去哪裡？」祁子俊說：「悶死了，想到院裡走走。」素梅說：「就在祠堂裡面走走吧，別跑遠了。來，外頭有些涼，加件衣吧。」

忽聽得外面世禎在讀書，子俊問：「嫂子，世禎又請了先生？」素梅說：「他外公請的，汪龍眠汪先生。」祁子俊說：「汪先生？早聽說過，老進士了。」素梅說：「家裡沒地方住，汪先生每日得趕回家去，難為他了。」祁子俊說：「我看看世禎去。這孩子，好久沒見了。」

汪龍眠正帶著世禎讀書：「曾子曰：『士不可以不弘毅，任重而道遠。仁以為己任，不亦重乎？死而後已，不亦遠乎？』」汪龍眠讀一句，世禎隨著讀一句。世禎有些沒精打采。世禎見了祁子俊，拋書而起：「叔叔！」祁子俊忙說：「世禎，來，叔叔看看，哦，又長高了。去吧，先聽先生講學，叔叔待會兒陪你玩。」素梅在遠處望著，欣慰地笑著。汪龍眠忙說：「哦，是二少爺！」祁子俊拱手施禮：「汪先生，久仰了。」

這時，祁老夫人同關夫人從外面進來。祁老夫人說：「子俊，你怎麼出來了？」祁子俊回頭，忙喊道：「媽，關伯母！」祁老夫人說：「你還在養傷哪，快回去歇著。汪先生，辛苦您了。」汪龍眠道：「祁老夫人、關夫人，你們回屋吧。」「汪先生，我們告辭了。」祁夫人別過汪龍眠，朝素梅說，「素梅，你過來，你媽有話同你說。」

三人進了素梅房間。坐了下來，卻不知從何說起。祁夫人誇素梅賢慧，關夫人卻說素梅年輕不懂事。素梅卻聽得出婆婆和娘都疼自己，越發一副溫良賢淑的女兒態。祁夫人自己不好說，老拿眼睛望關夫人。關夫人會意，便把意思說了：「素梅，我同你婆婆商量好了，就看你的意思了。」

祁老夫人說：「素梅，娘太喜歡你了。子俊性子不踏實，正好要你這麼個媳婦掌著他。世禎也小，他也要個爹啊！我這當娘的求你了。」素梅低頭無語，垂淚不止。過了老半天，她才說：「我不是子俊要娶的媳婦，他應該娶個年輕的，如花似玉的大家閨秀，不應娶個寡嫂過日子！」祁老夫人說：「子俊能娶你做媳婦，是他的福分！素梅，你就答應吧。我是替祁家著想，也是替你同世禎著想啊！」關夫人說：「孩子，你爹、你婆婆、還有我，我們幾個仔細商量了，覺得你們合適。」素梅使勁兒搖頭：「這事萬萬不可！」

祁老夫人說：「祁家到了這個地步，得靠你同子俊一起撐起來啊！素梅，娘就求你了！娘替祁家列祖列宗求你了！」素梅搖頭道：「娘，您老千萬別這麼說，素梅承受不起啊！」素梅到底拗不過兩位娘親，只好點頭應承了。祁夫人歡天喜地，拍手笑道：「好好，素梅是娘的好媳婦！我就知道你是個聽話的孩子！」關夫人便告辭回去。祁夫人說：「親家母，子俊那邊我包了，您老放心！」

不料祁子俊說什麼也不答應。他跪在祁老夫人面前：「娘，這樁婚事，兒死也不從！」祁老夫人說：「子俊，娘這麼做，都是為著祁家，為著你爹你哥九泉瞑目！沒有個良妻賢母幫著你，這個家你是擔不起的！」祁子俊只是搖頭：「不不，絕不！」

祁老夫人怒道：「你良心哪裡去了？這回不是素梅日裡夜裡照顧你，你命都沒了！你不在家的日子，誰替你盡孝？是素梅！你在外不知生死，娘眼淚都哭乾了，是誰天天陪著娘，勸著娘？是素梅！要是沒有素梅，你也見不到我這把老骨頭了！素梅這麼好的女人，你哪裡去找？」

祁子俊道：「素梅是我的嫂子，她善良、賢慧、寬厚，我敬重她，也會關心她。但要我同她成親，我實在做不到啊！娘，您就別逼我了！」祁老夫人道：「依娘說，你還不配有素梅這樣的好媳婦！我同你關伯母磨破了嘴皮子，開導了素梅一整天，好不容易讓她點了頭，你卻不知好歹！」祁子俊驚道：「啊！嫂子……她答應了？天哪，這可怎麼辦哪！」「你從也得從，不從也得從！我這是為了祁家家業，為了列祖列宗！」祁夫人扔下這句話，氣呼呼地走了。

祁夫人氣壞了，回房便躺下了。老人家不想吃飯，一家人晚飯都吃得沒滋味。任素梅怎麼勸，祁夫人只是搖頭，不停地罵祁子俊「孽障」。夜深了，素梅同寶珠侍候祁老夫人睡覺。祁老夫人說：「素梅，你去歇著吧。世禎睡了嗎？」素梅說：「沒事的，世禎睡下了。」

忽然聽得黑娃在外喊道：「老夫人，二少爺他跑出去了！」「啊！」祁老夫人目瞪口呆。素梅衝到門口，推開門：「怎麼不拉住他？出去危險啊！」黑娃說：「二少爺像瘋了一樣，幾個人都拉不住。」祁老夫人搖頭說：「算了吧，他要走，讓他走吧。他不把苦頭吃盡，不會回頭的。素梅，你寬宏大量，別往心裡去。」

第二天，祁夫人起床後覺得身子輕飄飄的。素梅說：「娘，您躺著吧，不要起來。」祁夫人搖搖頭，仍領著寶珠和幾個夥計上街賣豆腐。站在豆腐攤前，祁夫人好像立馬就開朗了，高聲吆喝：「豆腐豆腐，祁家豆腐！」

祁老夫人吆喝幾聲，卻突然住口了。她看見了祁子俊。她只是稍作停頓，又繼續吆喝：「豆腐豆腐，祁家豆腐！」

祁子俊扭頭走開了。祁老夫人繼續吆喝著，眼睛溼潤起來。老人家忙拿帕子揩著眼睛掩飾。寶珠看出異常，問：「老夫人，怎麼了？」祁老夫人說：「沒事兒，眼裡進沙子了。」

夜裡，素梅同寶珠陪著祁夫人說話。大家都擔心著子俊，卻誰都沒有提起。素梅怕祁夫人難過，祁夫人怕素梅傷心。素梅像是無話找話，說：「娘，您說怪不怪？幾個月了，房子讓官府封著，又不聞不問。」祁老夫人說：「他們明擺著是要義成信的帳冊。我家宅院太大，沒誰買得下。不然，官府早把房子變賣了。」寶珠卻說：「二少爺還在外面晃著，怎麼辦呢？」祁老夫人嘆道：「認命吧！」

這時，聽得敲門聲。祁老夫人問：「誰呀？」沒人應，門卻推開了。祁子俊站在門口。祁老夫人說：「怎麼，回來了？」素梅低了頭，出去了。祁老夫人說：「官府的銀子還不上，還是要抓你的。你跑，身無分文，跑到哪裡去？」祁子俊低著頭，輕聲說：「娘，我都聽您的。」祁老夫人問：「子俊，你真答應了？」祁子俊說：「只要能讓娘您高興，我什麼都答應。」

祁老夫人點頭道：「答應就好。子俊，雖說是順為孝，娘卻是為你著想啊。有素梅這樣的好媳婦幫著你，你才能撐起這個家啊。還沒吃飯吧？寶珠，快去弄些吃的。」寶珠高興地應道：「好吶！」寶珠先不忙著去弄飯菜，卻推開了素梅房門，悄悄兒說：「少奶奶，二少爺答應了。」素梅吃了一驚，臉馬上紅了，卻故意問道：「答應什麼呀？」寶珠貼著素梅的耳朵，悄悄兒說：「答應娶您做老婆！」素梅拍了寶珠一板，說：「女兒家的，說話沒個羞！」寶珠說：「二少爺還沒吃飯，我去弄去。」素梅說：「你去招呼我娘，我去做飯吧。」

次日一早，祁夫人兩腳生風，跑去關家報了信。關夫人笑道：「兩個孩子願意就好啊！親家母，難為您想到這麼好的主意。他們倆百年好合，大家都放心了。」祁老夫人說：「只是子俊太不懂事，怕讓素梅受委屈啊。既然多了這層親，子俊也是您二老的孩子，望您二老多加管束才是。」

關近儒說：「親家母太客氣了。子俊人聰明，是塊好料子啊。只是的確還應吃些苦，經些事。我想好了，最近有樁同俄國人的茶葉和藥品生意，綏芬關外交貨。如果親家母同意，我想讓子俊去押這趟貨。」祁老夫人還未答話，關夫人說話了：「近儒，去綏芬關，太遠了。子俊還從沒跑過這麼遠的路，我可不放心啊。」關近儒笑了起來：「親家母您看，做岳母娘的，都一個毛病，心疼女婿。」祁老夫人說：「親家母，還是親家公想得周全，子俊是應該出去闖一下。祁家今後就指望他了。」關近儒嘆道：「再說了，讓子俊呆在家裡，我們也不安心。案子還沒完哪！哪天官府如果聽到風聲，知道子俊回來了，會找麻煩的。」關夫人說：「既然如此，只好讓子俊吃些苦吧。近儒，你要安排仔細些啊。」關近儒說：「我打算請劉鐵山師傅押貨，保證萬無一失。」祁老夫人說：「也好。等子俊去綏芬關回來，就讓兩個孩子完婚。您二老看怎麼樣？」關夫人道：「我看行。」

關近儒上祁家敘話，祁老夫人招呼寶珠上茶。祁子俊出來，叫道：「關伯伯！」祁老夫人道：「子俊，要叫岳父了。」祁子俊道：「岳父！」素梅也來了，叫道：「爹，您來了？」關近儒沒吭聲，點點頭，道：「親家母，我想同子俊單獨說幾句話。」祁老夫人笑道：「行啊，您是他岳父大人，理該調教他啊！」

祁老夫人同寶珠退下去。關近儒道：「子俊，我是看著你長大的。你自小聰明，但也調皮。我不知道你是否真的懂事了，能否擔得起重振祁家的重擔。」祁子俊道：「家裡遭了這麼大的難，不由得我不懂事。」關近儒道：「那也未必，自甘墮落的破落子弟我也見得多了。我答應你同素梅的親事，是可憐你娘的一片苦心，也是替你祁家著想。」祁子俊卻道：「您老就不替素梅著想？她未必就心甘情願。」關近儒生氣道：「子俊，你怎麼說出這種話來？」祁子俊道：「我只是將心比心。」關近儒臉色慍怒：「媒妁之言，說一不二！既然答應了，就不能有三心二意的想法！」祁子俊道：「我沒有說反悔。」

關近儒道：「既然如此，望你們相敬如賓，白頭到老。我今天想說的，是你今後怎麼在商場上出頭。你父親已經作古，對他品頭論足很是不敬。但是，他老人家的生意經，我是不敢苟同的。聽他說臨死前發過毒誓：子子孫孫，不通官府，如有違背，斷子絕孫。我希望你今後以父親為殷鑒，老老實實做生意，不要同官府有生意往來。」

祁子俊說：「家裡還是這個樣子，我離出頭做生意還遠得很哪。到了那天，我知道怎麼做的。」關近儒嘆道：「話我說了，你仔細斟酌吧。」祁子俊道：「謝謝岳父大人教誨！」關近儒說：「話就說到這裡。你明天啟程，去綏芬關跑趟生意。」

次日天還沒亮，祁子俊領著十幾峰駱駝出城了。早些動身，免得大白天的招人眼目。臨行，關近儒囑咐說：「子俊，此去綏芬關，不僅路途遙遠，還會遇著沙暴、烈日、風雪，你要準備吃苦才是。」祁子俊答：「子俊記住了。」祁老夫人說：「遇事多同劉師傅商量，不要逞能，不要擅做主張。」祁子俊點頭：「知道了。」素梅站在一邊，欲言又止。祁老夫人望著素梅，說：「素梅，你有話同子俊說嗎？」素梅說：「家裡你放心。自己在外面吃飯、喝水多留神，別壞了肚子。」祁子俊說：「家裡就要辛苦你了。」關近儒囑咐完了，朝劉鐵山拱手：「劉師傅，子俊就拜託您了。」劉鐵山拱手回道：「關老爺您放心吧。」

第七章

駝隊逶迤而行。駝鈴叮噹，商旗獵獵。劉師傅唱著晉中民歌：「半截甕，栽綠苔，綠綠生生長上來。兒出門，娘在哭，俺隔門縫看媳婦。白白臉，黑頭髮，越看越愛捨不下。做生意，遠離家，不如在家種莊稼。」

突然，狂風大作，黃沙彌天。劉師傅駐馬四顧，喊道：「祁少爺，不好，沙暴來了。」祁子俊從沒見過沙暴，慌了起來：「怎麼辦？」劉師傅說：「不能停下來，會有危險的。前面應該有家客棧，不知是否還在那兒。」祁子俊不明白，問：「客棧未必天天搬家？」劉師傅說：「這駝道上的客棧，說不準的。今年有，明年說不定就沒了。不是強盜劫了，就是風沙埋了。」

駝隊爬上沙丘，黃沙彌漫中，隱約可見遠處有高高低低殘破不全的土牆。劉師傅喊道：「祁少爺，老天有眼，客棧還在那裡！」

祁子俊叫開客棧門，狂風挾帶著黃沙，席捲而入。他們進了屋，連忙頂上門。回頭看時，滿屋子的人，坐著的，躺著的，沒人理會他們。大堂中央燃著火堆，剝剝作響。裡面的人安靜片刻，重新喧鬧起來。有人叫道：「姑娘，這邊來。」原來，有位姑娘，手抱琵琶，站在桌上，躲閃著眾人。有個腮幫子很大的男人邪淫地叫道：「到大爺這裡來，大爺的銀子比他的白！」那女子邊躲邊喊：「滾！混蛋！敢碰一下本小姐，砸爛他的狗頭！」

大腮幫站起來，動手去拉那姑娘。忽然，大腮幫哎喲一聲，忙拿手護住肩膀。只見另一女子手揚長鞭，也跳上了桌子，喊道：「我家小姐誰的銀子也不稀罕。你們都聽好了，誰再敢動手動腳，本姑娘鞭子不認人！」

大腮幫惱了，向揮鞭打人的姑娘撲去。祁子俊飛身上前，擋住大腮幫。大腮幫怒道：「哪來的好漢？逞英雄呀？」說著就要動手。劉鐵山猛地抓住大腮幫的手，只一擰，那人就軟了。

祁子俊說：「你們還算不算人？大漠野店，兩位姑娘，大家都該照顧些才是！」手抱琵琶的姑娘只看了眼祁子俊，表情有些冷漠。祁子俊卻眼睛一亮，注視著這位姑娘，感覺似曾相識。那手揚長鞭的女子叫道：「這位大哥說話還像個男人。你們這些人，也不看看自己是誰！我家小姐，可是金枝玉葉！說好了，你們想聽曲兒，就規規矩矩坐著，不然，我們歇著去了！」有位黑漢子猛地站了起來，把刀往桌上一插，說：「哪個王八羔子再動歪心思，我把他花花腸子揪出來！姑娘，你只放心唱曲兒！」店家過來招呼祁子俊一行：「幾位，打哪兒來？」祁子俊道：「山西祁縣。」店家笑道：「哦，那一定是大財東。」

店小二從外面進來，說：「關家駝隊，照樣是祁縣鏢局押鏢！」店家忙拱手：「快快入座。關家駝隊，每年要從這裡過幾次的，老主顧了。小二，快快準備酒菜！」大腮幫黑臉坐著，手摸著腰間的匕首。祁子俊目不轉睛，望著兩個女子。抱琵琶的姑娘正低頭調弦。店家端上酒菜，祁子俊問：「這兩位姑娘是什麼人？」店家嘆了口氣，道：「兩個苦命孩子啊！那唱曲的，名叫潤玉，她爹原在朝中做官，犯了官司，人沒了，女兒發配到這裡。那位拿鞭子的姑娘，是她的丫鬟，喚作雪燕。」

潤玉彈著琵琶，唱了起來。歌聲淒切哀婉。男人們都沉默著，有的喝悶酒，有的低頭沉思。只有那位大腮幫的男子眼珠子四處瞟著。火堆不時發出陣陣炸響，白色的灰塵輕輕揚起。祁子俊沉醉在潤玉的歌聲裡，端著酒碗，忘了喝酒。歌聲戛然而止，眾人情不自禁地舒了口氣。雪燕拿了盤子，在人群中穿行。眾人都往盤子裡放銅板。雪燕到了祁子俊面前，感激地望了眼祁子俊。祁子俊掏出枚銀元寶，放在盤子裡。眾人不由得「哦」了一聲。潤玉卻在一邊喊道：「雪燕，我們只收銅板，銀元寶，受不起！」大腮幫有些得意，奚落道：「想充大爺，人家不領情！」

此人說著便上下打量祁子俊，眼睛老往祁子俊口袋盯。祁子俊笑道：「姑娘，我也不是有錢人，顯什麼闊氣，一時手頭沒銅板。再說了，姑娘的歌聲好比昔日韓娥，餘音繞梁，令人忘情，哪裡是用銀子銅板可以酬答的？」潤玉道：「我只是賣唱討口飯吃，哪敢讓先生如此抬舉！你沒有銅板，那就免了吧。」祁子俊回頭問劉鐵山：「劉師傅，借幾個銅板。」劉鐵山掏出幾個銅板放在盤子裡。雪燕點頭致謝。潤玉微微屈腿施禮，轉身往裡屋走。雪燕學著男人樣子，拱手道：「謝了，我們小姐累了。」大家望著潤玉的背影，意猶未盡，很是不捨。有人嘆道：「兩個姑娘，在這裡討生活，不容易啊！」「來來來，喝酒喝酒！」男人們說道。

祁子俊不停地往潤玉消失的方向回望，神情怏怏的。大腮幫也回頭望著潤玉房間，眼神有些陰險。祁子俊見剛才仗義執言的那位黑漢子獨自坐在一旁，有些落寞，就湊過去搭話：「這位大哥，敢問怎麼稱呼？」黑漢子冷冷道：「萍水相逢，問了也是白問。」祁子俊笑道：「大哥可是有什麼傷心的事？」黑子漢道：「你又不是算命先生，瞎猜什麼？」祁子俊道：「別說，我還真會看相算命。」

黑漢子並不搭理，闔上了眼睛。祁子俊有些無聊，很想找人說話，便道：「大哥顴頭豐滿，鼻梁端正，下巴方圓，言語清朗，目光炯炯，不怒自威，此乃嚴明方正之相。具此相者，必是正直無私，正大光明之人。」

黑漢仍是閉著眼睛，好像睡著了。旁邊卻有人笑道：「看相沒別的竅門，多講好話就得了。」祁子俊回頭看時，正是大腮幫，便說：「未必，你若想看看，我說不定沒什麼好話。」

祁子俊又看看黑漢子，不由得嘆了聲，說：「不過……大哥，我可以說直話嗎？」黑漢子睜開眼睛，望望祁子俊，將信將疑，說：「你說吧。」祁子俊說：「大哥孤峰獨聳，四尾低垂，只怕……」「只怕什麼？」黑漢問。祁子俊說：「不敢說。」黑漢說：「直說就是，我不介意。」

祁子俊說：「大哥只怕夫妻緣不太好啊！」「啊？兄弟說個仔細！」黑漢說。

祁子俊說：「兩個眉角、兩個眼角，謂之四尾。有道是，四尾低垂，夫妻相離。大哥恐怕中年喪妻啊！」黑漢突然失聲痛哭，說：「兄弟，我娘子正是上個月沒的啊！」祁子俊聽著不安起來，說：「大哥，我本不想說的，怕你傷心。」黑漢說：「不怪你啊，這是我命中注定的。」

大家見祁子俊居然如此神算，慢慢圍了過來。祁子俊說：「大哥，你也不必太過傷心，你是個後福不淺的人。我觀你面相，雖說天倉不足，地庫卻是豐盛，中年以後運情慢慢亨通，晚年富足有餘。有道是，樹怕幼經霜，人怕老來窮。晚景好，比什麼都好啊！」

祁子俊道：「在下姓……關，單名一個俊字。大哥可否報個名號？」黑漢道：「小姓楊，在太谷吳家鏢局討口飯吃。」祁子俊道：「果然是條漢子。這位是祁縣鏢局劉師傅。」

劉鐵山同楊鏢師拱手致禮。有人議論道：「這位兄弟，還真是個神算子。」祁子俊故作謙虛，笑道：「豈敢豈敢，知道些皮毛，瞎說而已。信則靈，不信則妄！」

大腮幫涎著臉皮湊了過來，說：「給我看看如何？」祁子俊望他一眼，說：「你這面相，我不敢看。」大腮幫說：「如何不敢看？」祁子俊問：「你想聽真話，還是想聽假話？」大腮幫聞言緊張，說：「自然想聽真話。」祁子俊說：「我照直說來，你可不要氣惱哦。」大腮幫說：「直說無妨。」祁子俊說：「你是個奸詐凶狠之人。」大腮幫一聽火了，怒道：「你看什麼相？你這不是罵人嗎？」

祁子俊說：「你的面相就是這樣，誰罵你了？我說不看，你自己要看的。我還只說一句哩！像你這種面相，腦後見腮，雙目暴露，鼻低顴高，蛇頭鼠眼，口大無收，必是自私損人之輩。有福不能同享，有難不能共當，一言不合，反目成仇，忘恩負義，謀財害命……」祁子俊還沒說完，大腮幫一怒而起，抽出匕首就朝祁子俊捅去。祁子俊卻是不躲不閃，鎮定自如。劉鐵山眼快手疾，抓住那人胳膊，匕首當地落地。劉鐵山說：「兄弟，你這手再要揚起來，我就把它擰斷了。」

黑漢楊鏢師說：「這位大哥，你發什麼火？就憑你這個，這位小兄弟還真算準了你——一言不和，反目成仇！」

眾人哄地笑了起來。祁子俊忽然看見雪燕，眼睛一亮。朝她身後再看，卻不見潤玉。祁子俊眼裡顯出若有所失的神情。這時，有人叫道：「兄弟，給我看看。」祁子俊這才回過神來，望著大腮幫笑道：「這位兄弟還沒看完哩。你還看嗎？」

大腮幫很是沒趣，嘴裡咕嚕著。祁子俊笑道：「我說這位大哥，你何必生氣呢？我先就說了，我是瞎說，你就當我沒看準好了。我若真是神算子，你還得付我幾個銅板哩！老天是公平的，沒有好到頭的吉相，也沒有壞到頭的凶相。就說你吧，身短腰長，眉毛疏薄，耳輪不顯，雖說是好吃懶做之相，畢竟還算口福有靠，輕鬆自在。」

祁子俊正說著，潤玉悄悄兒出來了，同雪燕站在一旁看熱鬧。眾人見祁子俊明裡誇那人，實則又是罵了，哄堂大笑。大腮幫見了潤玉，冷冷笑著。這時，祁子俊忽然見潤玉，便朝她微微笑了一下。祁子俊見著潤玉，竟有些不敢多說話了，只道：「這會兒不看了不看了，肚子餓得咕咕叫了。」有一小伙卻硬纏著祁子俊：「兄弟，吃飯還要些時候，再給我看看吧。」祁子俊無奈，只好問道：「時間不早了，你只說想問什麼？」小伙子說：「千里走大漠，自然想發財。你就看看我的財運吧。」祁子俊朝小伙子端詳片刻，說：「小伙子，你別小看了自己，你可是財運亨通之相啊！」小伙子笑道：「我自己怎麼還看不到半點發財的影子？」

祁子俊說：「發財不發財，全在命中注定。該窮的，命裡只有一碗米，走遍天下不滿升。該富的，雪落門前成白銀，手摸石頭變黃金。小老弟，相人財運，不看別的，只看鼻頭。你鼻準豐盈，鼻頭圓大，蘭臺厚拱，廷尉飽滿，哪怕不享千鍾粟，也是世上一富翁。」小伙子扯扯身上衣服，笑道：「我這樣子，像個富翁嗎？」祁子俊笑道：「你是說我算得不準是嗎？有道是，昨日窮得叮噹，今朝裘馬揚揚。時運時運，時來轉運。時候到了，自有分曉。」小伙子相信起來，問：「大哥，給我好好看看，我什麼時候才能發財？」祁子俊說：「人的時運，都在印堂之上。你印堂寬闊平滿，潤澤光亮，只是眉毛稍嫌疏薄。估計你二十八歲左右開始轉運，中年以後漸成大富。」小伙子笑道：「天哪，我還得熬上十年？」祁子俊道：「看你面相，該不是個心急性躁之人。你應是少年老成，胸襟開闊，識事透澈的人，能夠厚積薄發，終成大業。」小伙子拱手笑道：「託大哥吉言，小弟謝謝了。」

眾人都興致勃勃聽著祁子俊相面，潤玉突然面色沉重起來，回屋去了。雪燕不知道潤玉怎麼突然不高興了，跟了進去。祁子俊就像自己做錯了什麼似的，望著潤玉背影，有些慌亂。還有人想請祁子俊看相，祁子俊站了起來，說：「今天再不看了！」

大腮幫突然起身，叫道：「店家，外頭安靜了，我得走了。結帳！」店家吃驚道：「天都快黑了，說不定過會兒還有沙暴，兄弟你怎麼走？」大腮幫道：「我走我的，你只管結帳就是。」大腮幫付了帳，叫道：「小二，牽馬！」說著推門出去了。

祁子俊望著大腮幫出門，問店家：「他是什麼人？怎麼獨來獨往？」店家搖頭道：「從未見過，今兒一早來的。」劉師傅說：「這條道上走的，要麼就是商家駝隊跟馬隊，要麼就是響馬土匪，不會有落單的過客。」店家點頭道：「正是這位師傅說的。按說，經常在這帶行走的好漢，我都是認得的，每年有例錢奉上，他們也不怎麼來打攪小店。這人面生，不知何方神仙。」劉鐵山說：「此事蹊蹺，只怕要小心些才是。」

天早黑下來了，幾盞油燈高高掛在梁上。男人們三三兩兩的圍著桌子吃飯喝酒，吹著大牛。外面傳來沙石撞擊屋子的聲響。祁子俊問店家：「不知這沙暴什麼時候停下來？」店家說：「說不準的。唉！早些停下來才是啊！草料不夠，這馬呀，駱駝呀，會餓死的。」劉鐵山說：「這條路我跑過好些次了，這麼大的沙暴，可是頭回碰上。」祁子俊憂心忡忡的。店家走了，劉鐵山輕聲問道：「二少爺，您真會看相？」祁子俊狡黠道：「我哪會看相？知道些皮毛，再察言觀色，半看半猜，總有幾成準的。閒著沒事，打發時間。」劉鐵山笑道：「真有您的。反正是玩，多講些好話人家聽。您看相再看出麻煩來，我可不出手了。」

祁子俊朝劉鐵山詭裡詭氣地笑笑。聽得有人在神侃(注)，聲音越來越高：「西去包頭，必過殺虎口。那裡地勢險惡，匪盜凶悍，商家聞之膽寒哪！有民謠說：殺虎口，殺虎口，沒捨錢財休想走，不是丟錢財，就是砍了頭，過了殺虎口，手腳還在抖！」

祁子俊問劉鐵山：「劉師傅，殺虎口你走過嗎？」劉鐵山說：「我鏢局行走天下，哪條商道沒走過？殺虎口實是凶險，有年我也是押著關家駝隊的鏢，正好同夥強人碰上了。為頭的江湖上喚作馬上飛，殺人無數。我們一交手，原來發現他徒有虛名。自此，凡見著劉字旗，他都拱手放讓。」「劉師傅，你可真英雄啊！」祁子俊道。劉鐵山說：「江湖上行走，只須有幾手真功夫，自己底氣足些，就沒什麼怕的。強盜畢竟是強盜，你認真起來，他們就怕了。」祁子俊點頭說：「到底還是邪不壓正啊！」劉鐵山說：「二少爺，我看您命該是成大器的人。」祁子俊搖頭笑道：「劉師傅也會看相？」劉鐵山說：「剛才那人抽出匕首來，要不是我手快，早捅著您了。您卻眼睛都不眨一下。我看著都佩服。」祁子俊笑道：「我身邊有你劉師傅啊！」

祁子俊老往潤玉客房方向張望，總不見兩位姑娘身影。店家招呼著客人，四下忙乎。路過祁子俊身邊，祁子俊問道：「怎麼不見兩位姑娘吃飯？」

店家道：「兩位姑娘從來都在自己客房吃飯。人家到底是大家閨秀，賣唱不賣笑，也不陪人吃飯。潤玉那姑娘，你沒招她惹她，心性好得跟仙女似的；若是讓她惱了，凶得大老爺們見了也怕。」

祁子俊點頭道：「如花似玉的兩位姑娘，這種場合討生活，就得是這個性子。」店家道：「人啊，就像這沙漠裡的胡楊樹，長在這地方，就得想辦法活下來啊！」

男人們喝著酒，聊著天，慢慢的就在大堂裡橫七豎八地躺下，一片鼾聲。祁子俊也睡著了。劉鐵山坐著睡覺，手按著腰間的刀。

忽聽得外面有響聲，劉鐵山猛地睜開眼睛，然後拍拍祁子俊。祁子俊醒了，也不出聲，靜耳傾聽。劉鐵山輕聲說：「有馬隊來了，不太對頭。」忽然，門被撞開，進來幾個蒙面大漢，手裡操著馬刀。

眾人驚醒，叫聲一片。劉鐵山和他的鏢師匡地亮出刀。

劉鐵山說：「哪方好漢，如何不敢露出面目！」有人刷地扯下黑布，笑道：「那位看相的看得準，謀財害命的來了！」說話的正是晚飯間匆匆離去的那個大腮幫。祁子俊說：「原來是你啊！就你那功夫，還謀財害命？」

店家跑了出來，打拱作揖的：「各位好漢，有話好說，不要動手！」大腮幫說：「各位好漢，我們今天不要錢財，只要兩個姑娘！」祁子俊道：「你們劫掠良家女子，比劫財更是可恨！有我們在，你們別想動兩位姑娘一根頭髮！」大腮幫陰陽怪氣地笑道：「那兩位姑娘是你大姑還

注　神侃為北京土話，即「侃大山」，有閒扯、吹牛的意思。另有「胡侃」、「亂侃」等說法。

是你大姨？關你什麼事？」祁子俊說：「這事不光我會管，在場的各位兄弟都會管。兄弟們，這龍門客棧，我們每年都要過往幾次的。只要讓這些人得意一回，今後我們再來就休想安寧！我們各個駝隊、馬隊都有鏢師，功夫自是不在話下。只要我們聯起手來，還怕這幾個小毛賊！」

大腮幫笑道：「算命先生，休得放肆！我報出我大哥名號來，嚇死你！」祁子俊笑道：「本少爺還從未見過被嚇死的人。你說出你大哥的名號來，看能嚇死幾個人！」大腮幫道：「殺虎口馬上飛！」

劉鐵山略顯驚疑，馬上笑道：「哦，馬上飛的嘍囉！他自己沒來？我們可是故人啊！放下殺虎口那麼好的地盤不要了，大老遠的跑到這邊來混飯吃，想必你大哥沒有往日威風了吧？」大腮幫說：「休得廢話！大哥著我們來，本來只要女人。若是你們惹得老子煩了，錢財、馬匹我們都要了。我大哥愛死兩位姑娘了，要娶她們做老婆。你們乾脆就湊些彩禮吧！」祁子俊道：「兄弟們，聽見了沒有？他們是誰也不想放過。怕死的，馬上交銀子。不怕死的，把傢伙抽出來！」

有人說道：「算命先生，別把我們往裡面扯。人家只要姑娘，不關我們的事。」大腮幫說：「這位兄弟還算識相。」劉鐵山朝大腮幫笑道：「我倒想看你識不識相，你是馬上飛的兄弟，就沒聽他說過祁縣鏢局？」大腮幫冷笑道：「我們不管！我們只管帶走兩位姑娘。」祁子俊匡地抽出別人腰間的刀，說：「你不想動手，借我一用！」劉鐵山瞟了眼黑漢楊鏢師，罵了起來：「你們還有臉吃鏢局這碗飯？」

店家惟恐生事，央求道：「都是道上跑的人，不必動怒，有話好說。」劉鐵山高聲喊道：「馬上飛的人，我在殺虎口見識過的，是我手下敗將！兄弟們，上！」

劉鐵山一騰而起，手起刀落，就把大腮幫的人嚇退幾步。劉鐵山手下幾位鏢師也飛身上前。只見刀光閃閃，打作一團。祁子俊沒有武功，只是憑著年輕人的盛氣，亂砍一氣，殺聲震天。畢竟大腮幫人多勢眾，眼看著劉師傅幾位且戰且退，只顧得著防守了。祁子俊被大腮幫踢了一腳，摔倒在地。他剛要爬起來，刷地刀已點著他的脖子了。

「英雄，還管閒事？」大腮幫冷笑道。「休得動手！」聽得一聲斷喝，潤玉挺身而出。眾人回頭，都吃了一驚！潤玉道：「你那大哥算什麼人物？怎麼自己不敢前來？」大腮幫笑道：「我大哥可是真英雄，手下有百十號兄弟，叫喊一聲，飛沙走石。姑娘可願意跟我們去？保你享不盡的榮華富貴。」潤玉冷冷道：「百十號兄弟？我當他統領千軍萬馬哪！敢情這幾日的沙暴就是你大哥喊來的？你先把刀拿開，再同我說話。」祁子俊道：「姑娘，你進屋去，這裡沒你的事！」

潤玉沒理會祁子俊，只對大腮幫道：「你不是只要我們兩個姑娘嗎？不干這位公子的事。你那大哥馬上飛，我們素昧平生，為何要娶我為妻？我就是跟你們去了，他就不怕我哪天給他下蒙汗藥？」

突然，黑漢楊鏢師趁人不備，飛起一腳，打退大腮幫，救起祁子俊。楊鏢師的幾位兄弟也匡地亮了刀，跳到陣前。一時間，雙方僵持，誰也不敢妄動。

楊鏢師道：「各路鏢師，我們連個弱女子都不如，有何面目做男人！」鏢師們交換了眼色，一齊抽刀。大腮幫怕了，回頭想溜。劉鐵山閃身上前，斷了大腮幫後路，說：「別急著走，再說句話。」大腮幫既羞且怒：「好漢，別把人逼急了！」

劉鐵山說：「我不會殺你。我祁縣鏢局，行走天下，雖然刀不沾血，拳不傷人，可天下豪傑對我們都會敬重三分。你大哥馬上飛我們也是交過手的，說好凡是祁縣鏢局關照過的，他絕不相擾。你回去告訴馬上飛，這兩位姑娘，還有這龍門客棧，請他高抬貴手！」大腮幫低頭恨恨道：「既然真是大哥故舊，我們回去也好交差。兄弟們，我們走！」大腮幫率眾離去。店家忙過來朝劉鐵山叩首：「感謝各位好漢！」

劉鐵山指著楊鏢師說：「感謝這位好漢吧。」楊鏢師搖頭道：「兄弟，你就別寒磣我了。」祁子俊說：「楊鏢師，你的功夫真是了得。」楊鏢師說：「我更佩服的還是您啊！您是有膽有識，俠義過人哪！」潤玉過來，微笑道：「感謝各位師傅救命之恩。」劉鐵山笑道：「小姐，您還是先感謝我們少東家吧。」

潤玉轉身望著祁子俊，不由得含情脈脈，道：「今日蒙公子相救，潤玉和雪燕不知何以為報！」祁子俊笑道：「姑娘不要客氣。都是出門在外的人，就得相互照顧著才是。唉！我身無寸功，自不量力，在姑娘面前丟醜了！」雪燕笑道：「正因公子沒武功，我們小姐才更加敬佩您哪！」劉鐵山戳戳楊鏢師，調侃道：「這下好了，我們這些有武功的，都白忙乎了。」眾鏢師哈哈大笑。潤玉和雪燕都低了頭，不好意思起來。祁子俊道：「兩位姑娘受驚了，快去歇著吧，別聽他們瞎胡鬧！」

店家高興道：「全仗各位好漢，小店逃過一難。明天我殺幾隻羊，拿幾缸好酒，感謝大家！」

忽聽得外面沙暴又起。劉鐵山道：「二少爺，明天只怕又走不成了。」祁子俊望著潤玉的背影，笑著說：「天要留人，誰奈得何？」

次日早上，祁子俊正埋頭喝粥，忽見潤玉帶著雪燕朝他走來，忙起身打招呼：「潤玉姑娘，睡得可好？」潤玉只是笑笑，問：「我同雪燕可以在這裡借個坐嗎？」潤玉便同雪燕在祁子俊對面坐下，大家都朝這邊張望。店家送上早點過來，笑道：「人就得共些患難才是。你瞧，昨夜那麼一鬧，潤玉姑娘破天荒地出來陪大夥兒一塊吃飯了。」遠遠的有人笑道：「潤玉姑娘哪是陪大夥兒吃飯？人家是陪那位年輕俊朗的公子吃飯！」眾人大笑起來。祁子俊倒不好意思了，忙把目光從潤玉臉上移開。潤玉卻站了起來，也不氣惱，反而落落大方，笑道：「各位都是我的恩人。

店家不是要殺羊擺酒酬勞大夥嗎？我潤玉待會兒敬大家一杯！」眾人連連叫道：「好！好！」潤玉望著祁子俊問道：「我還沒請教公子尊姓大名哩！」祁子俊說：「我……」

他話未出口，劉師傅忙搶著說了：「公子姓關，山西祁縣關家，百年老財東。」潤玉問：「祁縣？」祁子俊問：「怎麼？潤玉姑娘在祁縣可有親故？」潤玉忙搖頭道：「沒有啊！我到這龍門客棧也有些日子了，還沒見過大財東自己跟著駝隊跑生意的。」劉師傅說：「我們關老爺家教可嚴啦！他就是不想讓少東家成為飯來張口衣來伸手的闊少爺！」

祁子俊笑道：「出門跑跑，也知道外頭生意是怎麼成的，也好心裡有個底。只顧坐在家裡收銀子，哪天銀子怎麼沒了都不知道。」雪燕道：「公子是不放心下面的人吧？」潤玉道：「雪燕，哪有你這麼說話的？」

幾個人坐在一起聊著，日子就過得很快，沒多時竟然吃午飯了。店家擺宴犒勞客倌，說：「各位客倌，我也沒什麼好酒，儘管敞開肚皮喝！」客人笑道：「酒沒什麼好壞，能醉人就行！」潤玉果真端了碗，挨桌兒敬酒。她連連敬了幾碗，有些醉意了，玉柳扶風，站立不穩。祁子俊叫過雪燕，說：「雪燕，叫潤玉姑娘悠著點，別喝醉了。」雪燕輕聲笑道：「我們家小姐是您什麼人？勞您這麼關心！」

祁子俊半真半假惱道：「雪燕！哪有你這麼做姐妹的？快去快去！」雪燕過去招呼道：「各位大恩人，我們小姐從不喝酒的，今日她可是命都不要了。挨個兒敬一輪，肯定不行。大家同飲一碗，就隨意喝吧。」有人不依，道：「不行不行，怎麼輪到我們就隨意了？我們昨夜裡就算沒動手，也幫著喊了幾聲不是？」潤玉卻說：「我沒事，沒事！我今天就算醉死了，也心甘！」說著就一仰脖子，灌了碗酒下去。

祁子俊急了，忙站起來，走到潤玉身邊，說：「我看潤玉姑娘已經醉了，放她一馬吧！」眾人起哄：「怎麼啦，只有關公子知道憐香惜玉？」

潤玉醉意越加明顯了，朝祁子俊憨笑道：「關公子，我再敬您一碗！」說著身子就往祁子俊倒過來。祁子俊扶了潤玉，叫道：「雪燕，快快扶著潤玉姑娘！」潤玉推了把雪燕，又站穩了，說：「各位，喝！」祁子俊忙搶了潤玉的碗，朝大夥兒說：「各位，潤玉姑娘這碗酒，我代了！」有人叫道：「好啊，關公子要代酒，就代到底！」祁子俊道：「我也正要感謝各位，你們也救了我啊！我敬各位！」

祁子俊敬著酒，示意雪燕扶潤玉回房。潤玉卻不肯回房，依在雪燕懷裡坐著，嬌憨可人。祁子俊挨個兒敬酒，卻忍不住不時回頭望望潤玉。潤玉醉眼朦朧地望著祁子俊，痴醉之態更是惹人可愛。

外頭風沙不斷，客棧裡酒也就不斷。直喝到天黑，男人們大半都醉倒了。祁子俊也醉了，倒在桌子邊大睡。他長到二十多歲，頭一次喝這麼多酒。

半夜裡，祁子俊朦朧間覺得有人正望著自己，猛然醒了。潤玉跟雪燕已重新梳妝過了，站在祁子俊面前，望著他。一見祁子俊醒來，潤玉忙把目光移開。

雪燕問：「關公子，您沒事嗎？我們小姐擔心您哩。」祁子俊笑道：「沒事，我剛才睡著了？」潤玉笑道：「還說沒事？睡著了都不知道。您是醉了！」祁子俊問：「潤玉姑娘，您酒醒了嗎？」潤玉道：「我又沒醉！」祁子俊笑道：「是啊，喝醉了的人都說自己沒醉！」潤玉望望那些醉睡的客人，道：「他們只怕明天都醒不了。關公子，我想請您看看相。」祁子俊道：「我是瞎說的，哪會看相啊！」

雪燕道：「您看得可準哪！就說那個大腮幫子強盜吧，您就把他算死了！」祁子俊道：「潤玉姑娘，您就別為難我了，我真的不會看相。」潤玉道：「您是看我命相太苦，不忍心看吧？」祁子俊忙說：「怎麼會呢？其實我只是喜歡看閒書，什麼都是只知道些皮毛。替人相命，可是大事，豈敢亂說！」潤玉道：「正因為是大事，我才巴巴兒站在這裡等著您看哪。」祁子俊端詳著潤玉，又是點頭，又是搖頭，說：「姑娘，我不能說。」潤玉說：「既然是命，但說無妨。」祁子俊說：「那姑娘您就別當真，只當我是背書吧。」

場面很是吵鬧，祁子俊同潤玉、雪燕的談話，沒人聽見。祁子俊道：「潤玉姑娘面相很好。您眉長目秀，額型飽滿，面如瑩玉，必是冰雪聰明，性情高雅之人。嘴如仰月，脣紅齒白，神清氣和，音清如水，這都是上善之相，能成大事，留傳聲望，令人敬重。」

潤玉道：「既然是上善之相，我如何落到這步田地呢？」祁子俊嘆道：「只可惜，您雙眼上方，左右宅田，微見亂紋啊！」潤玉問：「怎麼個說法？」祁子俊說：「這是少小孤苦，父母雙亡之兆！」

潤玉頓時淚下如雨。祁子俊慌了，忙說：「潤玉姑娘，信不得的，我說了您只當我是背書。」潤玉哽咽道：「關公子沒說錯，我父母早不在人世了。」祁子俊驚道：「啊？」潤玉道：「我母親四年前就沒了。最可憐是我爹，為官清廉，被奸人陷害，反落了個貪名，死都不能瞑目！」祁子俊問：「我本不該相問。潤玉姑娘，您爹遭了什麼冤？」潤玉道：「說又何用？我爹只怕要沉冤千古了！」祁子俊道：「不會不會！您耳白過面，雙耳垂珠，是有大福氣的人。我看您的命相，您爹遲早有昭雪的一天。」

潤玉擦著眼淚，說：「關公子，我也為了那一天才撐到現在啊！」雪燕哭道：「我們小姐受了多少苦啊！」祁子俊說：「小姐不要難過，雖是命中有此一劫，終會過去的。如蒙不棄，您就把我當朋友吧。有什麼為難的事，只管來找我。」雪燕笑道：「關公子真好，難怪我們小姐對您另眼相看。我們小姐還從來沒有同哪個男人說過這麼多話哩！」潤玉道：「雪燕！」雪燕道：「我又沒說錯！」祁子俊說：「能讓潤玉姑娘和雪燕看得起，我關某萬分榮幸！」雪燕道：「別把我扯進去好不好？我就知道您只想對我們家小姐說這話，硬要把我帶上！」潤玉又道：「雪燕！」祁子俊笑道：「雪燕姑娘也是冰雪聰明！」

雪燕道：「什麼叫『也』是冰雪聰明？就像我們小姐讀《春秋》時說的，您那個『也』字，叫《春秋》筆法，微言大義。是啊，我知道自己不如我們小姐，不用您提醒！」

祁子俊同潤玉都笑了起來。祁子俊說：「潤玉姑娘還讀《春秋》，那可是男人才讀的書啊。」潤玉道：「父親留給我一本《春秋》，是他平生最愛讀的書，我一直帶在身邊。」祁子俊道：「哦，原來如此。」

潤玉傾耳聽聽外面，說：「外面很安靜。從今天下午起，風沙就停了。關公子，明天……您……就可以走了。」祁子俊禁不住嘆了一聲。潤玉低了頭。雪燕望望祁子俊，又望望潤玉，抿嘴而笑。潤玉見雪燕笑了，忍不住紅了臉，問：「瘋姑娘，你笑什麼呀？」雪燕道：「我沒笑什麼呀？您自己在笑，還說我笑！」

祁子俊望望潤玉，笑而不語。潤玉問：「您又看見什麼了？是福是禍？」祁子俊說：「自然是福。」潤玉道：「既然是福，說來聽聽。」祁子俊說：「怕您罵我。」潤玉道：「您說的是好話，我怎麼罵您？」祁子俊道：「您保證不准罵我啊！」潤玉點頭而笑。祁子俊笑道：「姑娘肩圓髮黑脖子長，命中定許富貴郎！」

不料潤玉聽罷，低頭而嘆。祁子俊慌了，不知自己怎麼衝撞了潤玉。祁子俊望望雪燕，雪燕不語，只拿眼睛瞪他。潤玉低頭站了起來，說：「關公子，您歇著吧。」說著就轉身離開。雪燕也只好起來，避著潤玉，伸出一個指頭點了點祁子俊。祁子俊莫名其妙，不知如何是好。潤玉回到房間，坐在床上飲泣。雪燕問：「好好的，怎麼哭了？是不是想起黃公子了？」潤玉道：「哪來的什麼黃公子？我從來就不喜歡他，你是知道的。」雪燕道：「但終究你們是父母之命，媒妁之言啊！」潤玉道：「父母之命又怎麼了？我如今在這狐狼出沒之地受苦，他姓黃的在幹什麼？他在京城裡享受著榮華富貴哩！」雪燕道：「小姐真是命苦，要不是出這官司，你早就是黃家少奶奶了。」

潤玉惱了，道：「雪燕！誰稀罕做什麼黃家少奶奶？那黃公子算什麼男人？打小我就看不起他。我喜歡什麼，他就跟著玩什麼，像個跟屁蟲。長大了，我喜歡唱戲，他也咿咿呀呀地唱起來。見著他的蘭花指我就嘔心！那也算個男人呀！」

雪燕笑道：「我早看出來了，你眼裡啊，像關公子這樣的才算男人！」

潤玉使勁兒拍了雪燕，說：「你胡說什麼呀！」雪燕說：「小姐，我看自從來了這位關公子，您是一會兒笑了，一會兒又哭了。我是看得明明白白。正像關公子說的，我也是冰雪聰明啊！」雪燕故意把「也是」二字說得重重的。

潤玉噗地笑了，怯怯兒問：「雪燕，你猜關公子到底是什麼樣的人？」

雪燕說：「他是什麼樣的人，您不看得清清楚楚，還來問我？」潤玉說：「我是……我是說，他是否早成家了？」雪燕道：「這個容易，我去問問他就是了。」雪燕說著便裝著要出門的樣子。潤玉忙拉住雪燕，道：「你這個死丫頭！」

三天的沙暴終於過去了，天高雲淡。客商們在整理行囊，準備重新上路。祁子俊心不在焉，邊打理著行囊，邊往客棧門口張望。

潤玉藏在房間裡，托腮靜坐，一動不動。雪燕說：「小姐，您老坐著幹什麼呀？關公子他要走了！」潤玉故意道：「他走他的，關我什麼事！」雪燕道：「小姐，您心裡難受，又不願承認。何苦呢？」潤玉嘆道：「萍水相逢，只怕此生此世再無見面的時候，這會兒去見了，又有何用！」雪燕道：「怎麼會呢？他生意交結了，還得回來不是？」潤玉道：「回來又怎麼樣？」雪燕道：「您不出去，我就去叫他。」潤玉忙拉住雪燕，說：「你呀，就是事兒多！」話雖如此說，自己便拉著雪燕出門了。

祁子俊看見潤玉出來了，朝她笑笑。潤玉微笑著，邊同眾人打招呼，邊朝祁子俊走去。劉鐵山正忙乎著，見潤玉來了，悄悄兒同祁子俊說：「二少爺，看來這姑娘是喜歡上您了。」祁子俊輕聲道：「哪裡的話。」祁子俊同潤玉相望而立，半天都不知說什麼才好。祁子俊好不容易憋出句話來：「潤玉姑娘，昨晚睡得可好？」潤玉噗地笑了，說：「關公子，您只會問這句話？」祁子俊臉紅了，笑道：「感謝姑娘這幾天照顧。」潤玉又是笑道：「誰照顧誰？要說感謝，也是我感謝您才是啊。」

兩人邊說就往外走，微風吹在臉上，甚是清爽。極目望去，座座渾圓的沙丘在朝陽映照下呈現著金黃色。祁子俊說：「這些沙丘躺著不動了，倒也滿有情致。」

潤玉說：「這些沙丘千變萬化。一場風暴過後，它又是另外一副模樣了。」祁子俊感嘆道：「就像人的命運啊，一陣風過後，也許就物是人非了。」潤玉面露悲涼之色，強笑道：「關公子少年才俊，沒經歷什麼坎坷，怎會有這番感慨？」祁子俊搖搖頭，嘆息不語。潤玉兩眼含淚，望著祁子俊，問：「關公子，您大概多久能回來？」祁子俊道：「快的話，四個月就能回到龍門客棧。我再來時，一定請姑娘安安好好的還在這裡，我要聽您唱崑曲。」潤玉驚訝道：「關公子怎麼知道我會唱崑曲？」祁子俊道：「我聽您唱歌，總感覺有些崑曲的意味。我在京城呆過些日子，也喜歡崑曲。」潤玉道：「咦，您什麼時候在京城呆過？」祁子俊自知失言，忙說：「幾年前了。」潤玉問：「您家在京城有商號？」祁子俊望著潤玉好半天，嘆道：「潤玉姑娘，您我可算同是天涯淪落人啊！」

潤玉很吃驚，問：「關公子哪裡算是淪落人？」祁子俊道：「我家也遭了官司，我本不姓關，官府還在抓我，只好隱姓埋名！我姓祁，京城義成信……」潤玉目瞪口呆：「啊！」祁子俊話沒說完，潤玉轉身跑了進去。祁子俊衝著她的背影喊道：「潤玉……」

潤玉跑回房間，從枕頭下抽出一把匕首，攥在手裡，淚如雨下：「怎麼是他，怎麼是他！怎麼是祁家人！」說罷撲倒在床上失聲痛哭：「爹呀，孩兒要替您報仇了！」雪燕手裡操著鞭子，說：「小姐，我就不相信老爺是自尋短見。老爺不貪不占，憑什麼要自殺？老爺疼愛您這寶貝女兒，又怎麼捨得自殺？」

此話說得潤玉更加傷心起來，哭喊道：「爹，爹，女兒該怎麼辦？」雪燕咬牙切齒的，說：「肯定是祁家殺人滅口。等我去收拾那小子！」潤玉拉住雪燕，說：「別傻了，你哪是他們的對手？我們得想個法子。」雪燕道：「我去把那小子哄到屋裡來再收拾他！」潤玉搖搖頭，又哭道：「關公子，祁公子！你到底是誰！」雪燕道：「可是小姐，他又是我們的恩人哪！」潤玉道：「但他分明又是我的仇家！」潤玉從床上爬起來，坐著，說：「我有辦法了！是恩人是仇人，由老天做主吧！雪燕，我倆出去！」

兩位姑娘再次出門，潤玉臉上隱約有淚痕。祁子俊忙迎了過去，說：「潤玉，雪燕，一會兒我們就走了。雪燕，你一定要照顧好你的小姐。」潤玉說：「不勞關公子費心。說起去綏芬關，我想起來了。前晌有客商要去綏芬關，中途又回來了。說是山崩，路斷了。」祁子俊驚了，問：「真的？」雪燕道：「關公子真是的，我們小姐未必還騙您？」祁子俊馬上叫道劉鐵山：「劉師傅，潤玉姑娘說我們去不了綏芬關，路斷了。」劉鐵山吃驚道：「真的？那該如何是好？」潤玉道：「我有個主意，你們這趟生意就不去綏芬關了，不如往東，去黑河關。只要貨好，哪裡都是賺錢。」劉鐵山道：「只怕不行，我們只有去綏芬關的通關手續。」潤玉道：「只是擔心手續，那倒沒問題，拿銀子打點就是了。」祁子俊道：「還怕失信於人啊。綏芬關的俄國商人，關家老主顧，我們年年都給他們供貨的。」潤玉道：「又不是故意爽約，實在是走不成啊。你們回頭再跑一趟，與許路就通了，再去綏芬關也不遲。」祁子俊問劉鐵山：「劉師傅，我們恐怕只好如此了。」劉鐵山道：「只好這樣了。只是關防手續，我仍是擔心啊。」祁子俊道：「打點打點就成的，沒有不收銀子的官兒。」

潤玉望著祁子俊，突然兩眼淚流。祁子俊的眼中也閃著淚光，安慰道：「潤玉姑娘，過不了多久，我們就回來了。我們還有相見之日，您要多多保重。」潤玉笑笑，又搖搖頭，突然捂著臉，哭著跑回屋裡。雪燕叫著「小姐」，追回屋去。祁子俊戀戀不捨地望著潤玉的背影消失了才打馬離去。

第八章

大漠古道，烈日當空；沙丘連綿，駝鈴叮噹。祁子俊一路上沉默寡言。劉鐵山看出祁子俊的心思，抿嘴而笑。祁子俊見劉鐵山在笑他，便故作沒事，目光望著前方。他們翻過一帶沙丘，便是望不見邊的戈壁灘。

祁子俊問：「劉師傅，這條路你走過嗎？」劉鐵山說：「我沒走過。」祁子俊說：「怎麼走著走著就沒有路了？」劉鐵山勒住馬，停下說：「沙漠裡的路是這麼回事。再往前走走看吧。」

祁子俊憂心忡忡的，說：「我擔心迷路啊！」劉鐵山說：「沒別的辦法，只有徑直往東走。」祁子俊說：「劉師傅，這時如果突然來了沙暴，我們就只有死路一條。」劉鐵山抬頭看看天象，道：「快些走吧，天黑之前，我們一定要走出這片戈壁灘。」

太陽高高地掛在天上，熾熱而炫目。馬鼻子急劇地張闔著，熱得不行了。兩條衛犬吐著紅紅的舌頭，肥幫一鼓一鼓的。幾個人早已大汗淋漓，脣焦口燥。祁子俊手裡拿著水袋，不停地喝水。

祁子俊說：「劉師傅，這天上不見一隻飛鳥，地上不見一隻螞蟻。我們肯定是走錯路了。」劉鐵山四顧荒原，想了想，說：「我們方向沒錯，只是不知什麼時候才能走出這戈壁灘。二少爺，我們只要背著日頭往東走，碰著人煙就好了。」祁子俊大口大口喘著氣，說：「鬼都碰不上一個，哪來的人煙？」

戈壁灘在太陽照射下，四處閃著刺眼的光芒。祁子俊眼睛慢慢睜不開了，感到眩暈，突然倒在馬上。他想勉強撐起來，卻滾下馬來。劉鐵山同眾師傅翻身下馬，扶起祁子俊。祁子俊雙眼緊閉，嘴唇上結著厚厚的乾殼，臉上滿是沙塵。

劉鐵山搖著祁子俊喊道：「二少爺，您醒醒！」祁子俊紋絲不動，沒了知覺。「水，快拿水來！」劉鐵山喊道。

祁子俊眼睛慢慢睜開，卻被強烈的太陽光刺得兩眼發黑，又閉上了。漸漸西斜的太陽，依然熾熱烤人。祁子俊歇息會兒，強撐著爬起來：「我們走吧。」黃昏時分，駝隊進入一片土原，高大的黃土堆猶如古城堡的廢墟。

劉鐵山突然一擺手，說：「停！」祁子俊望著劉鐵山，不知他要做什麼。劉鐵山說：「二少爺，你們等等，我去看看。」劉鐵山縱馬飛奔，躍上一個高高的土臺。極目四望，皆是荒涼的沙漠和戈壁灘。劉鐵山回馬原地，說：「二少爺，我們不能再走了，得在這裡住一宿。」祁子俊疑惑道：「這裡？」劉鐵山點頭說：「我看過了，還望不到沙漠的邊。天黑下來，我們就得在沙漠裡逗圈子了。」祁子俊問：「沙暴來了怎麼辦？」「也只有這裡可以擋擋沙暴。」劉鐵山望望天色，「我們運氣不會這麼差吧？放心，像前幾日那麼大的沙暴，一年也就一兩回。」

天慢慢黑了下來。火堆熊熊燃燒著。駝隊趴在地上，圍成橢圓形，行包都放在圈內。人靠著行包躺著。幾匹馬站在一旁，不停地打著響鼻。兩條衛犬警覺地趴在地上。夜空晴朗，繁星點點。祁子俊仰望夜空，顯得心事重重。

突然，衛犬狂吠起來。祁子俊側耳一聽，驚道：「狼！」回頭望去，高高的土坎上，青色的夜幕下，幾匹狼仰天長號。劉鐵山冷靜些，說：「幾匹狼不怕的，多了就麻煩。」

又聽到幾聲狼嚎。循聲望去，另一處土坡上，又有幾匹狼。狼越來越多，跳下土坡，慢慢近前。衛犬狂吠，左右跳著。一匹馬驚了，揚蹄長嘶。「怎麼辦？」祁子俊害怕地問道。劉鐵山說：「狼怕火，就是怕柴火不夠。」祁子俊站起來，四處一望，見狼群已將他們團團圍住了。群狼仰天長號，不敢近前。狼眼放著幽暗的藍光。劉鐵山也急了，說：「過會兒火堆一滅，我們就完了。」

師傅們都把刀握在了手裡。劉鐵山說：「都是些餓狼，很凶猛的。千萬別亂動，惹得它們性急，就危險了。」大夥兒同狼群緊張地僵持著。火越來越小，狼群慢慢近前。劉鐵山說：「完了，已沒有什麼可燒的了。千萬不能讓馬和駱駝驚了，不然狼群會撲過來的。」

正說著這話，一峰駱駝猛地站了起來。幾匹狼朝那駱駝猛撲過來。兩條衛犬撲過去，同狼咬成一團。幾位師傅揮刀上前，亂砍一氣。狼越來越多，情勢非常緊急。

劉鐵山說：「不行，這樣不行，我們硬鬥是鬥不過狼群的。」祁子俊急中生智，說：「劉師傅，我看只好拿匹駱駝去餵它們。」劉鐵山說：「只好這樣了。」祁子俊揮刀捅破個茶葉包，抓了把茶葉往火堆裡撒，火勢驟然猛烈起來。狼群一驚，回頭退去。祁子俊不停地往火堆裡撒茶葉，急道：「快，做個火把，把這匹咬傷了的駱駝牽出去！」

劉鐵山說：「你們都別動，讓我來！」劉鐵山拿起那個破了包的茶葉袋，纏在馬刀上，點燃了，牽了駱駝往黑暗中走去。祁子俊不停地往火堆裡撒茶葉，火光高高地跳躍著。慢慢地便不見了劉鐵山的身影。「劉師傅，快回來！」祁子俊高喊著。劉鐵山從黑暗中走了過來，滿身血汙。祁子俊問：「劉師傅，傷著了嗎？」「我沒事！」劉鐵山抬頭望望天空，「過會兒天就亮了。」

天光漸青，斷壁殘垣般的黃土堆漸漸清晰了。狼群早已散去。不遠處，一具血淋淋的駱駝骨骸。大家都不說話，低頭整理行囊。

太陽慢慢冒出地平線，土原一片金黃。駝隊繼續艱難地行進。沒人說話，只有駝鈴枯燥地響著。祁子俊顯得疲憊，身子無力地晃動著。

直走到太陽西斜，仍是不見人煙。祁子俊軟沓沓地伏身馬背上，雙手無力地耷拉著。這時，劉鐵山突然高聲喊道：「敖包！二少爺，敖包！」祁子俊吃力地抬起頭，使勁睜開眼睛，望見遠遠的地平線上有個若隱若現的石堆。祁子俊立即有了精神，雙眼開始放亮。劉鐵山說：「有了敖包，很快就會有人煙了。」

駝隊走近了敖包，劉鐵山笑道：「二少爺，我們終於走出沙漠了！看，草原！」

祁子俊低頭看看，腳下已見點點青草。往東望去，草色漸濃。起了風，祁子俊的頭髮被風吹拂著。祁子俊禁不住朗聲大笑：「草色遙看近卻無！走，我們往那草深的地方走！」

劉鐵山笑道：「二少爺居然詩興大發啊！剛才我還擔心您挺不過了哩！我們再往前走走，趁天還沒黑，先讓駱駝和馬吃吃草！」駱駝和馬悠閒地吃著草。「附近肯定有水源。」劉鐵山說罷，吩咐一位師傅去找水。那師傅策馬而去。

祁子俊仰天躺在草地上，問：「劉師傅，古人說，天蒼蒼，野茫茫，風吹草低見牛羊。可這草原不像那麼回事啊！」劉鐵山說：「您是頭回見著草原吧？這只是草原的邊緣！得往大草原的裡邊走，那裡草深過人，裡面兔子、黃鼠狼什麼都有，也有狼、狐狸，還有各種鳥，各種奇花異草。」找水的師傅回來了，大夥忙拿了水袋，拚命喝水。祁子俊喝了幾口水，頓覺神清氣爽，說：「劉師傅，我們可以上路了嗎？」「行啊，上路吧。」劉鐵山翻身上馬，忽見遠處有馬隊飛奔而來，驚道，「有人來了。」祁子俊道：「現在好了，終於看見人了。」劉鐵山臉色沉重起來，說：「看樣子，不見得是好事。」

馬隊漸漸近，原來是蒙古兵。只聽得一片吆喝聲，蒙古兵將駝隊團團圍住。師傅們開始摸刀。劉師傅說：「千萬不能抽刀，看看是怎麼回事。」一軍官模樣人手揚馬鞭，咿哩哇啦說著什麼。祁子俊喊道：「朋友，你們有會說漢話的嗎？」不見有人回應，卻見些蒙古兵下馬，開始牽駱駝。祁子俊急了，問劉鐵山：「劉師傅，怎麼辦？」劉鐵山說：「我們不能同他們硬拚。還好，只要不是土匪，就說得清的。」那軍官又咿哩哇啦，面色凶狠。祁子俊說：「劉師傅，我看他手勢，好像是要我們跟他們走。」祁子俊道：「好，我們跟你們走！」

夜幕之下，草原靜謐無聲。遠遠望去，眾多蒙古包就像巨大的蘑菇。蒙古兵圍著這些蘑菇巡邏著。一個華貴的蒙古包內燈火通明。鼓弦切切，蒙古姑娘們翩翩起舞。蒙古各旗王公貴族們環坐在蒙古包裡，喝酒吃肉。

僧格林沁端坐在正中央，表情嚴肅，注意力似乎不在歌舞上。緊挨僧格林沁右邊坐著的是此地東道主——科爾沁草原左翼後旗布赫鐵木爾王爺，人稱布王。僧格林沁偏頭同布王耳語幾句。布王拍了下手掌，歌舞停下，舞女們退下。

僧格林沁端起酒杯，說：「各位王爺，我們乾了這杯！」眾人端了酒杯，齊聲喊道：「恭祝僧王爺安康！」

僧格林沁說：「我此次奉旨整頓旗政，各位王爺都出了大力。滿蒙一家，源遠流長。當今皇上，乃曠世英主，對我蒙古人恩寵有加。只是英夷屢相挑釁，危我社稷。皇上著我操辦一支馬隊，為朝廷效力，為蒙古爭光。來，我再敬各位一杯，請各位鼎力相助！」

王公貴族們七嘴八舌：「我們聽憑王爺發話！」「僧王爺，要人要馬，您就說吧！」「誰不聽王爺的，亂蹄踏死！」

忽見一士兵過來，朝布王耳語一句。布王同僧王招個招呼，起身離去。布王隨那士兵進了另一個蒙古包。見了幾位五花大綁的漢人，站在蒙古包中間。正是祁子俊同劉鐵山他們。

布王用漢話問道：「你們的關防手續是去綏芬關的，怎麼到這裡來了？」祁子俊道：「回王爺話。我們的確是要去綏芬關的。中途聽說去那裡的路斷了，我們只好改走黑河關。」布王道：「不管你們是什麼理由，關防手續不符，就是走私。況且擅闖本王領地，罪加一等。」祁子俊從容道：「王爺，我們只是商人，被迫無奈才改道走這裡來了。沒有故意冒犯王爺的意思，萬望王爺明察！」布王道：「還明察個屁！貨物沒收！你們幾個，小心腦袋！」劉鐵山道：「回王爺，關公子是山西祁縣關家商號的二少爺，關家商號四海聞名，說不定王爺也聽說過。」布王冷笑道：「一個做生意的，本王也得記著？」劉鐵山道：「王爺您誤會了……」布王打斷劉鐵山的話，怒道：「休得多嘴！」劉鐵山臉不改色，道：「我劉鐵山行走天下，四海英雄無不禮讓，哪受過這等窩囊氣……」

祁子俊急了，示意劉鐵山別太魯莽。布王逼視著劉鐵山，然後環顧左右，哈哈大笑：「劉鐵山，你們哪位聽說過？」左右哄堂大笑。布王突然板了臉，說：「懶得囉嗦，推出去，斬了！」十幾個蒙古大漢一哄而上。祁子俊掙扎著，大喊：「你們也是大清子民，不能如此無法無天！你王八蛋！」

正在這時，剛才押回祁子俊一行的那位軍官飛跑進來，用蒙古話說了幾句，遞上一個黃色錦盒。布王打開一看，立即喊道：「慢！」眾蒙古兵已將祁子俊幾人推到蒙古包帳門口了，停了下來。布王說：「我去稟僧王，好好看著他們！」

僧格林沁正在同諸位王爺議事，布王匆匆進帳，把那黃色錦盒遞給僧格林沁。僧格林沁打開錦盒，大駭，只問：「他們人呢？」布王疑惑道：「僧王，這是……」僧格林沁顧不上多說，只道：「快快有請！」布王忙高聲叫道：「快快有請！」

僧格林沁這才同各位王爺說：「這是龍票，乃太祖努爾哈赤賜予關內豪門大戶的。凡是手中執有龍票的關內大戶，都為大清立過大功，我們應當禮遇！」布王「啊」了一聲，臉色鐵青，道：「僧王爺，剛才小王險些兒砍了他們頭！」僧格林沁驚道：「啊？」

正說話間，祁子俊幾人被五花大綁著進來了。僧格林沁大手一揮，叫道：「快快鬆綁！你們真是糊塗！」眾兵丁飛快地替他們鬆了綁。僧格林沁忙招呼道：「快快請客人入座！」劉鐵山傻了眼，弄不明白是怎麼回事。祁子俊卻早看見了僧格林沁几上擺著的黃色錦盒，心裡有了底。他鎮定自如，私下已有了應答之策。僧格林沁道：「本王僧格林沁，御前大臣、領侍衛內大臣、欽差大臣。請問幾位客人從哪裡來？」

祁子俊忙起身上前，跪拜道：「拜見欽差大人！在下關俊，忝為關聖帝四十六代孫，山西祁縣人氏，世代經商。此次往綏芬關貿易茶葉，因道路中斷，無法前往，便改走黑河關。不意擅闖寶地，萬望恕罪！」

僧格林沁哈哈笑道：「果然是山西商家啊！關公子起來！快快入座！」祁子俊拱手：「謝欽差大人！」起身歸座。僧格林沁問：「關公子，龍票是何等神聖貴重之物，為何隨身帶著？」

祁子俊道：「這張龍票是我關家祖傳之物。我關家雖說對大清效過微力，卻從來不敢邀功。我自小從未聽家父說起過龍票的事。直到最近，家父見我已漸可自立，方才同我說了龍票來歷，把它交我保存。既然是太祖親賜之物，我把它看得比命還重要，就隨身帶著。」

僧格林沁讚道：「不愧是關聖之後，忠義可嘉啊！」祁子俊回道：「謝王爺誇獎！」「關公子，你把龍票好好兒收著吧。」僧格林沁喊道，「來，給客人上酒！」

早有人接過龍票，恭恭敬敬送到祁子俊幾前。劉鐵山見祁子俊如此靈活，只知眼睛睃來睃去，說不出半句話來。

祁子俊又對僧格林沁道：「這幾位是我家駝隊領房劉鐵山師傅。」僧格林沁微笑著朝劉鐵山幾位點頭，嘴上說著「好」。熱熱鬧鬧地喝了三杯之後，僧格林沁對布王道：「這是我的客人，你們可要好好招待！」布王端了酒杯，道：「關公子，各位師傅，剛才本王冒犯了！賠罪！賠罪！」祁子俊忙笑道：「王爺秉公辦事，哪裡說得上冒犯！不過在下若是不明不白掉了腦袋，倒是沒臉面去見關聖帝。」布王略顯尷尬，哈哈一笑。僧格林沁讚道：「關公子剛從生死關上走過來，仍是談笑自如，佩服佩服！」祁子俊笑道：「我也該向布王賠罪，我剛才罵您王八蛋哩！」

僧格林沁望著布王哈哈大笑。布王亦是大笑。布王同僧格林沁耳語一句，拍了拍手。立即鼓樂齊鳴，十幾個蒙古姑娘跳著舞，翩然而入。僧格林沁同各位王爺朝祁子俊不停地舉杯。祁子俊落落大方，應答自如。

這酒直喝到夜半方才罷席。祁子俊、劉鐵山及幾位師傅都被灌醉了，在蒙古兵的攙扶下，進入一個蒙古包。早有幾位蒙古姑娘在裡面候著。蒙古兵退下，蒙古姑娘上來侍候。

劉鐵山一臉醉意，指著祁子俊哈哈大笑，道：「你……你……真有你的……」祁子俊搖搖頭，笑而不語。祁子俊這一覺睡得很沉。他慢慢睜開眼睛，見榻前坐著兩位如花似玉的蒙古姑娘，朝他嫣然而笑。祁子俊不好意思，忙坐了起來。姑娘道：「關公子，您醒了？僧王爺去打獵，請您也去哪！」祁子俊驚道：「啊？姑娘，您該早些叫醒我啊！」姑娘道：「關公子不著急，還早著哪。」祁子俊忙叫道，「劉師傅，劉師傅，快快醒來！」

用罷早餐，祁子俊隨僧格林沁去打獵。草原湖泊邊，蘆葦一望無際。僧格林沁騎著匹棗紅馬，威風凜凜。僧格林沁的右手邊是位騎白馬的蒙古美人。僧格林沁朝祁子俊道：「這是本王二側福晉金格日樂。」祁子俊低頭道：「在下關俊，見過二側福晉。」金格日樂手握馬鞭，微笑著點頭還禮。僧格林沁道：「本王長年呆在京城，好久沒有跑馬射箭了。今日天氣好，我正想散散心。」

祁子俊道：「在下騎馬勉強還行，打獵卻不在行。僧王，我在京城早就聽說，您是科爾沁草原上的雄鷹，九歲徒手擒牛，十三歲就贏得巴特爾美名，您臨危救駕，手刃金錢豹，更是名動朝野。今日能夠目睹僧王神威，在下真是三生有幸！」

僧格林沁哈哈大笑，說：「闞公子，你知道得很多嘛！京城老百姓還把我說成三頭六臂哩！」

僧格林沁沿著湖泊縱馬如飛，笑聲響遏行雲。眾王公貴族飛馬隨後。祁子俊同劉師傅幾位騎馬稍後。僧格林沁飛馬狂奔，雙眼炯炯有神，仰望著藍天。幾隻大雕掠天而過。這時，僧格林沁反手拿起弓箭，拉成滿月，朝天射去。一隻大雕中箭落地。眾人勒馬，拍手叫好。

金格日樂歡快地拍著手，說：「恭喜王爺！」金格日樂剛說著這話，突然雙眉微皺，一手捫胸。僧格林沁回頭見了，忙問：「福晉，怎麼了？」金格日樂馬鞭落地，雙手捫胸，說：「王爺，我胸口痛得要命！」僧格林沁左右望望，慌了，說：「啊，又沒有大夫，如何是好？快快回營！」金格日樂痛苦已極，彎倒在馬背上。僧格林沁翻身下馬，扶著金格日樂。眾人下馬，都圍了過來。

祁子俊上前，急道：「王爺，慢！萬萬動不得！」僧格林沁驚疑道：「未必闞公子會看病？」祁子俊道：「我家開著藥廠，把脈看病也略知些皮毛。回營再看大夫來不及了，我冒死一試吧。」僧格林沁將信將疑，望著祁子俊。祁子俊果斷道：「快把二福晉抬下來躺著，要輕些，慢慢的。」

幾位侍女忙跑過來，在草地上鋪下氈子，抬著金格日樂輕輕放下。祁子俊單腿跪下，把了金格日樂手脈，片刻，道：「稟王爺，這病二側福晉平日犯過嗎？」

僧王爺道：「她有時講過胸悶，從未如此痛過。」祁子俊道：「二側福晉胸口絞痛，面色先是泛紅，這會兒慘白，身冒虛汗，脈象懸弱。依在下看來，八成是心痛病，乃氣虛血滯所致。王爺，此病發作，定須急治，又不能讓病人翻身動彈。不然……」僧格林沁急問：「不然如何？」祁子俊道：「不然……不然恐有性命之虞。」「啊？這可怎麼辦哪！」僧格林沁急得額上冒汗。眾皆驚恐，大呼小叫。祁子俊忙揚手道：「各位不要說話，此病最怕吵鬧。」眾人都不說話了。僧格林沁手一揮，眾皆悄然退下。僧格林沁也不敢多話，只望著祁子俊。

祁子俊輕聲說：「僧王爺，我運往俄羅斯的藥物中正好有種西子丹，專治此病。真是吉人天相啊！」僧格林沁：「果真？」祁子俊說：「王爺，事不宜遲，您守著福晉別動，我速速回去取藥。」僧格林沁忙喊：「來人，快隨關公子回去！」

祁子俊隨人策馬而去，飛快地取了藥來，雙手捧著遞給僧格林沁：「王爺，您親自給福晉喂吧。」僧格林沁仍是不太相信，望著祁子俊。祁子俊焦急道：「王爺，快，怕來不及了。」僧格林沁倒出藥丸，塞進金格日樂嘴裡。慢慢的，金格日樂呼吸粗重起來，眼皮顫抖著，緩緩睜開眼睛，望著僧格林沁。僧格林沁小聲喊道：「福晉，你好點兒了嗎？」金格日樂無力地點點頭，說：「王爺，我胸口還梗著哪。」祁子俊道：「僧王爺，緩過來就沒事了，再喂些藥吧。這會兒還不能動。」

晚上，僧格林沁再次召見了祁子俊，道：「關公子，多虧了你，不然本王這二側福晉就沒命了。那是什麼仙藥，如此神奇？」祁子俊拱手朝天，道：「王爺還是感謝皇天吧，這都是您同二側福晉的福氣！」僧格林沁問：「關公子，你說這二側福晉的病有無大礙？」

「無甚大礙。」祁子俊笑道，「說起來，這心痛病自古就是美人病。西施捧心顰眉，原來犯的正是心痛病。我家祖上把這藥喚作西子丹，正是這個意思。」

僧格林沁哈哈大笑，道：「關公子倒是什麼都懂啊！」祁子俊道：「不過，僧王爺，認真說起來，等您回京之後，還是得請太醫好好兒替二側福晉看看。這病就怕沒信兒就發了。西子丹正好對症，我留下些送給僧王爺。還有，婦人家血閉、不孕，也可用此藥。」僧格林沁驚問：「真的？此藥還可治婦人不孕？二側福晉溫柔賢慧，本王最是寵愛，只是多年一直沒有生育，這也是她的心病啊！」祁子俊道：「啊？恭喜僧王爺，這藥不光能治好二側福晉的心痛病，說不定改天二側福晉就為您生下位小王爺哩！西子丹老方子，很是靈驗。」僧格林沁道：「果真如此，本王可不知如何謝你啊！」祁子俊道：「在下能得到僧王爺厚愛，已是萬分榮幸了！」

次日一早，僧格林沁要離開草原趕往京城去。太陽剛剛露出地平線，蘆葦蕩盡披金色。僧格林沁握住祁子俊的手道：「關公子，本王肩負皇命，不敢久留。你就多住些日子，別急著走！」祁子俊道：「王爺您日理萬機，不用為在下勞神費心。」僧格林沁道：「這裡是布王世襲封地，你是我的客人，也就是他的客人。布王，關公子我就交給您了！」布王道：「布赫鐵木爾謹遵僧王爺之命，一定好好款待客人！」

僧格林沁招招手，一位姑娘手捧漆盤上來，裡面是把精緻的蒙古匕首。刀背邊緣銘有蒙文，匕首柄包著黃金，嵌著個粗大的綠寶石。僧格林沁雙手把匕首放在祁子俊手裡，說：「你今後踏入蒙古大草原，只要拿出這把匕首，任何一個蒙古人都會把你當做親人，接進自己的蒙古包。」「這可是把寶刀啊！」祁子俊頗為感動，俯首而拜，「在下感謝王爺如此厚愛！關俊此生無以為報！」僧格林沁笑道：「關公子不必多禮，你是我們蒙古人的朋友，還是我二側福晉的救命恩人哪！」祁子俊道：「僧王爺萬萬不可這麼說，在下不勝惶恐！」

僧格林沁拍拍祁子俊的肩頭，哈哈大笑。一位奴僕伏下身來。僧格林沁踩在奴僕背上，緩緩上馬。僧格林沁往馬背上一坐，立即就像換了個人，顯得驍勇強悍。

「關公子，少陪了！」僧格林沁又朝送行的各位王爺告辭，「拜託各位了！」眾王爺拱手送別僧格林沁。瞬間就不見了僧格林沁，但見旌旗如林，漸漸遠去。其他各王爺方才辭別布王，各自上馬而去。

這時，祁子俊拱手道：「布王大人，給您添麻煩了。我們也得趕緊上路，怕誤了生意。」布王道：「關公子別見外，多住幾日無妨。你可是我的貴客啊！」祁子俊道：「布王如此抬愛，在下萬分感謝，只是手頭生意耽擱不得。我回來時再來探望您！」布王道：「生意？哈哈哈！你還去黑河關幹什麼？你的茶葉，藥物，我全要了！」祁子俊微驚，道：「我這茶葉和藥物本是出俄國的，都是最好貨……」

沒等祁子俊講完，布王又是哈哈一笑，道：「你不用操心了！俄國人什麼價？我再加些，全要了！關公子，我們蒙古人，只要是朋友來了，就是送上黃金白銀都不吝惜，何況你還有茶葉和藥物給我呢。」祁子俊倒有些不好意思了，支吾道：「這個……」

布王說：「僧王爺身上流著的可是成吉思汗的血液，蒙古人對他萬分景仰。他當你是恩人，是朋友，我們每個蒙古人都會當你是恩人，是朋友。僧王爺送你那把刀，你可要好好收著，它會給你帶來福氣的。」

祁子俊執意要走，布王便為他設宴餞行。祁子俊坐在布王的右首方。劉鐵山和幾位師傅靠祁子俊坐著。舞女翩躚，酒杯頻舉。祁子俊舉了酒杯，道：「布王，在下叨擾太久了。我祝布王永遠勇猛如雄鷹，矯健如駿馬！」布王也舉了杯：「好吧，本王也留你不住了。我祝你關家的財富，就像這草原上的青草無邊無際，就像藍天上的白雲籠蓋四方！」

率兵禮送祁子俊的正是那天捉拿他們的那位軍官。他不會漢語，只是不停地朝祁子俊憨笑。祁子俊發現走的路同來時的不同，就大聲地問：「怎麼同我來時的路不一樣？」

軍官朝後邊喊了幾句蒙語。一士兵飛馬上前，說：「朋友，我們送你們走條近路。你們來時走的是條死路，那裡路途遠，夜裡狼狐成群，還常遇沙暴。你們能從那裡走過來，真是福大命大。」祁子俊聞言一驚：「啊！」

祁子俊臉色凝重起來，忽又搖了搖頭，笑著問：「朋友，怎麼稱呼你？你們這裡會說漢話的人多嗎？」士兵答道：「我叫巴特爾。這裡會說漢話的人不多。我的母親是漢人，我從小就會說漢話。」祁子俊問：「這位長官怎麼稱呼？」巴特爾笑道：「他也叫巴特爾。」祁子俊朝那軍官笑道：「巴特爾，謝謝你。」

敖包邊，蒙古兵停了下來。軍官巴特爾叫過那位會說漢語的士兵巴特爾。士兵巴特爾說：「這裡是科爾沁草原的邊界。這裡有條馬道，是你們回家的路。從這裡走，每半天路程，都會遇上些小綠洲，有水有草有人家，比你們來時的路近多了。」祁子俊朝那軍官巴特爾拱手：「謝謝您，巴特爾！」軍官巴特爾也拱手，用生硬的漢話說：「不謝，朋友！」蒙古兵掉轉馬頭，回身拱手，飛奔而去。

目送蒙古兵遠去，劉鐵山高聲笑道：「二少爺，這一路下來，比戲臺上唱的還要精采！要不是您那什麼寶貝龍票，我們早被砍了腦袋餵了狼啦！您居然還會看病！二少爺，您身上到底還有多少祕密？」

祁子俊笑道：「我哪有什麼祕密？都是老天保佑啊！」劉鐵山道：「我可算是開眼界了，祁家有您這樣的才俊，還怕沒興旺的一天？外頭人都說，祁家家業可不是說沒就沒了。放出去那麼多銀子，總得回來呀！」祁子俊嘆道：「銀子是放出去了，可就是不知道放到哪裡去了。帳冊被爹藏起來了，官府在找，我們自己也想找到。官府要抓我，就是想找帳冊！」劉鐵山道：「祁老爺走得倉促，要不然總得留句話啊！」祁子俊點頭道：「是啊，我爹他是半句話也沒留下。」抄著近路，十幾天工夫，就進入了祁縣地界。劉鐵山說：「二少爺，這條路果然近多了，明天我們就可以回家了。」祁子俊嘆道：「我們走這條路錯過了龍門客棧。我同潤玉姑娘說好回去見她的，卻爽約了。她會怪我是個薄情寡義的人哪！」劉鐵山說：「商旅之上，萍水相逢，又永不相見，這也是常事。二少爺，您也別太放在心上了。」祁子俊聽罷，只是嘆息。

第九章

祁子俊回到祁縣，不敢貿然回祁家去，先去了關家。關家上下好不歡喜。祁老夫人、素梅和寶珠也趕到了關家。大家都在客堂裡說話。

關近儒請劉鐵山喝茶，甚是客氣：「劉師傅，來回幾個月，可真辛苦您了。」劉鐵山說：「這一路啊，多虧了二少爺！我往來商道幾十年，這回算是最為凶險。若不是二少爺機靈，還真怕出麻煩。」祁子俊忙說：「哪裡啊，多虧了劉師傅！」

素梅總是不由自主地偷偷兒望祁子俊，含情脈脈。祁子俊卻有意無意間迴避著素梅的目光。關夫人望了眼女兒素梅，對祁夫人說：「親家母，子俊是塊做生意的料子。他這一趟下來，比去綏芬關還多賺了兩成，又早一個月回家了。」

關近儒卻站了起來，走了幾步，微微嘆道：「只是綏芬關外的俄國人，是我關家多年的老顧主，年年等著我們供貨。今年就這麼斷了，又如何是好？」祁夫人望著祁子俊說：「子俊，做生意，先講信用，再講賺錢。我們祁家跟關家，都是聲名在外的老商號。你這次雖說是多賺了錢，可是丟了同俄國人的信用哪！」祁子俊道：「我這次是迫不得已啊！」

劉鐵山出面打圓場：「關老爺，祁夫人，這事怪不得二少爺。我們是去不了綏芬關，才改道去黑河關的。要不是二少爺腦子活，這趟生意就耽擱了。俄國人那邊，橫豎是會誤掉的。」關夫人道：「有驚無險，人回來就好了。」關近儒嘆道：「唉！也只好如此了。」

挨到天黑，祁子俊偷偷兒回到祁家家祠。祁夫人說：「子俊，我同你岳父、岳母商量好了，你同素梅的婚事辦了算了。家道不幸，就簡單些吧。」祁子俊低了頭，對母親說：「娘，這婚事可否往後推推?現在家裡是這個樣子。」祁夫人斷然道:「不行!我同你岳父、岳母都商量好了。等你成了親,這個家就交給你了。娘老了,撐一天算一天,終究要靠你啊!」祁子俊說:「我是想,我現在沒能力把婚事辦得像樣些,怕委屈了嫂子。」「子俊!」祁夫人沉了臉,「你不能再叫素梅嫂子了。你剛才說的是真心話,還是推脫之辭?」祁子俊梗著脖子說:「我心裡有事!」祁夫人問:「有什麼?跟娘說說。」祁子俊說:「我不能說!」祁夫人說:「這樁婚事,關係到祁家興旺,你要明白事理。婚事不在如何熱鬧,要緊的是你倆和和美美,同心同德。」

這時,正好素梅手裡捧著祁子俊的衣服,進來了,說:「娘,子俊。」祁子俊下意識喊道:「嫂子!」素梅不由得渾身輕輕一顫。祁夫人瞪了祁子俊一眼。素梅把衣服往祁夫人床上輕輕放好,低頭出去了。祁夫人這才說道:「子俊,你不能再傷素梅的心哪!」「娘,兒子我……」祁子俊欲言又止。祁夫人怕素梅聽見,壓低了嗓子罵道:「子俊!你要知足!素梅多好的女人!你事先答應得好好的,萬萬不可三心二意!」「娘!」祁子俊說。祁夫人說:「子俊,你必須同素梅一塊兒撐起這個家!你不能辜負你爹同你哥!我相信祁家總會等到義成信重新開張的那天!」「娘,爹在天之靈會保佑祁家的。可這同我的婚事有什麼關係?」祁子俊說。祁夫人道:「你糊塗!家裡沒有個好女人,家業是興旺不了的!」

祁子俊回到自己屋裡,關上門蒙頭睡覺。枕邊放著那把蒙古匕首。祁家和關家早就在悄悄兒準備著祁子俊和素梅的婚事了。素梅強作歡顏,同寶珠忙著剪窗花。寶珠笑道:「少奶奶,您跟二少爺的婚事,可把老夫人高興壞了。她一天到晚忙這忙那,笑得嘴都闔不攏。」素梅微笑著,卻不由得嘆了聲。

關夫人帶著家人,趁著黑夜,送了八擔嫁妝過來。素梅道:「娘,辛苦您夜裡跑來。」關夫人拍拍素梅的手,笑道:「娘高興跑!」祁夫人表情很是歉疚,說:「親家母,孩子的婚事都得悄悄兒辦，真過意不去啊。寶珠，去叫二少爺來。」關夫人笑道：「只要他倆自己好，比什麼都好。」祁老夫人說：「也不請客了，就家裡幾個，喝杯喜酒算了。」關夫人道：「近儒同我商量著，不要那些虛禮了，免得驚動官府。」祁夫人道：「親家跟親家母能夠體諒，我心裡也就安了。」祁夫人見祁子俊來了，忙說：「見過你岳母娘。」祁子俊望著關夫人，嘴囁嚅半天，叫道：「娘……」關夫人歡喜地應了聲。祁夫人見祁子俊喊了岳母娘，舒了口氣，像是千斤石頭落了地。祁子俊同素梅兩人的目光總是迴避著。

日子到了，祠堂門緊閉著，婚事悄無聲息地辦著。祁子俊同素梅的房門上貼了喜聯。天井裡擺開兩桌酒席。祁子俊挨個兒敬酒，沒多時就有了幾分醉意。祁夫人示意黑娃。黑娃走到祁子俊面前，說：「二少爺，您不能再喝了。」祁子俊嘿嘿一笑，舉了杯說：「黑娃兄，我還沒有敬你的。」黑娃扶著祁子俊，說：「二少爺，我送您去歇著吧。」祁子俊步履不穩，一個踉蹌。寶珠忙過來幫忙。黑娃同寶珠半扶半拉，把祁子俊送進新房去了。祁夫人舉了杯，高興道：「今天是我子俊同素梅的大好日子，辛苦各位了。來，我敬大家一杯酒！」大家都舉了杯，道：「祝老夫人身體健康，祝二少爺少奶奶早生貴子！」祁子俊進了洞房，站立不穩，傻笑著。素梅自己掀掉喜帕，過去招呼祁子俊。祁子俊搖搖晃晃，走到床邊，倒了下來。素梅拿來手帕，給祁子俊擦臉。祁子俊反手摟著素梅，嘴裡含混地說著什麼。

祁子俊還在趕往山西祁縣的路上，僧格林沁早回到了京城。面見聖上，龍顏大悅。這邊就急壞了瑞王爺，連忙召見黃玉昆。

瑞王府花廳裡，瑞王爺嗅著鼻煙，朝黃玉昆說：「坐呀！」瑞王爺遇著再急的事，面子上總是水波不驚的。黃玉昆坐下來，仍望著瑞王爺嗅鼻煙。瑞王爺打了個響亮的噴嚏，方才緩緩說道：「僧格林沁已從蒙古回來。他此次整頓旗政有功，龍顏大悅呀！」瑞王爺喝了口茶，又說：「皇上一高興，身子骨都好多了。」黃玉昆說：「這是我們做臣子的福分！」瑞王爺說：「僧格林沁受命操辦馬隊，人、馬、銀子，都從蒙古那邊出，皇上更是高興。」黃玉昆說：「僧王爺不更加出風頭了？」瑞王爺說：「僧王爺對朝廷一片忠心，你不要亂說。只是僧格林沁銀子到底不夠，皇上著我加緊籌銀，幫襯著他。」黃玉昆說：「瑞王爺，戶部可拿不出銀子啊！」瑞王爺說：「玉昆，你是裝糊塗吧？有人記性比你好，重提范其良案！」黃玉昆驚道：「啊？！」瑞王爺說：「皇上黑了臉，一個字兒也不說。玉昆，咱們這皇上，他不說話了，比他雷霆大怒更嚇人啊！」黃玉昆嚇著了，問：「是不是抓了祁子俊？」瑞王爺說：「還用問？馬上抓了祁子俊，拿鐵棍兒撬都要把帳冊從他嘴裡撬出來！」

瑞王爺的旨意到了太原，楊松林慌了神。他只好找李然之撒氣：「然之，你那水蝸牛怎麼回事？讓他盯著祁子俊，怎麼沒消息了。我說過的，祁子俊是說要抓就得抓的，得盯緊些。瑞王爺已送了信來，讓我們馬上抓了祁子俊。」

李然之道：「祁子俊去綏芬闢，我已回過楊大人。沒想到瑞王爺突然就要人了。」楊松林道：「瑞王爺肯定是有難處了。然之，你吩咐水蝸牛，務必盡快找到祁子俊！」突然，有家丁來報：「楊大人，祁縣知縣左公超左大人派了人來，說有要事稟報。」楊松林道：「叫他進來吧。」進來一人，官差打扮，跪地而拜：「拜見楊大人。」楊松林問：「什麼事，說吧。」祁縣官差道：「楊大人，左大人派我報信，祁子俊早從綏芬闢回來了，今夜正同他的寡嫂結婚。左大人問楊大人這事如何處置。」

楊松林冷笑道：「這個祁子俊，真是膽大包天了。他們家未必真以為官司沒了？你連夜回去傳我的話，馬上抓了祁子俊！」

祁子俊還在酣睡，頭枕著素梅的胳膊。素梅雙眼未闔，卻怕驚醒了祁子俊，望著紅帳一動不動。蠟淚已乾，紅帳低垂。突然，聽得有人敲門，輕聲喊道，語氣急促：「二少爺，少奶奶，官府抓人來了！」

素梅一聽，是寶珠聲音。她忙推了祁子俊：「子俊，快醒醒！」祁子俊醒來，聽得外頭粗暴地擂門聲：「快快開門！」

祁子俊知道大事不好了，慌張地穿著衣服。祁夫人早趕過來了，鎮定道：「子俊，別慌。你一定要逃出去，千萬別讓他們抓住了。家裡天塌下來，有娘頂著，你別擔心。」素梅同寶珠飛快地整理好了一個包袱。素梅特意找出那個黃色錦盒，放在包袱裡。素梅把包袱交給祁子俊，說：「子俊，你別怕，先去找我爹。」祁子俊拿起蒙古匕首，塞進包袱裡。祁夫人說：「前後門都有人堵著，你從西邊爬牆出去。」

祁子俊自小在祠堂裡玩慣了的，悄無聲響就爬出去了。祁縣大街小巷也都裝在他肚子裡，沒多少工夫，就到了關家大門前。祁子俊急促地敲門。裡面有人問道：「誰呀？」祁子俊不答，只道：「請快快開門。」門開了，祁子俊閃身而入。關近儒出來了，邊穿衣服邊問道：「子俊，怎麼了？」祁子俊說：「縣衙來人把我家院子圍了，要抓我。」「啊！」關近儒很是吃驚。說話間關夫人也出來了。她早聽見了關近儒同祁子俊的對話，急道：「近儒，快快想個法子吧。」

關近儒來回走了幾步，思索道：「我在想，這麼長時間官府好像不聞不問，突然間說捉人就捉人。只怕朝廷有人在打祁家這張牌。這是驚動朝廷的案子，子俊除了逃命，沒有別的辦法。」關夫人道：「皇天后土，往哪裡逃？」「別急別急，容我想想。」關近儒急得團團轉。祁子俊道：「我在雲南結識了一個朋友，原是個落第舉人，人很義氣，自己帶著幫兄弟在山裡做生意。

那裡天高皇帝遠，我不如往那裡去躲些日子。」關近儒問：「他做什麼生意？」祁子俊搪塞道：「他做白藥生意，別的生意也做。」關近儒警覺道：「什麼別的生意也做？我聽起來你這位朋友怎麼像是山大王?未必你想落草為寇不成？」祁子俊辯解道：「這個人不是什麼山大王啊。」關近儒道：「你不能往南邊去，那裡出了個洪秀全造反，兵荒馬亂。兩廣、雲貴都很動盪，戰事直逼兩湖。朝廷出兵清剿，局勢尚無緩和跡象。」

關夫人催道：「近儒，你得快點想辦法，說不定官府馬上就會尋到我們家裡來啊。」關近儒道：「子俊，你到關家外地商號去躲些日子吧。」關夫人問：「躲到哪裡可靠些？」關近儒道：「北京是不能去的，南邊又亂，西北太遠，最近的就只有江寧了。可是江寧不知還能安穩多久。」祁子俊道：「爹，我就往江寧去吧。其實哪裡亂，哪裡最安全。」關近儒點頭道：「也好，你就去江寧吧。那裡有我關家恆盛錢莊，掌櫃霍運昌人很穩重。我寫封信給他。」

關家驥聞聲也起床了，同祁子俊打過招呼，便嘆道：「我姐姐的命怎麼這麼苦？新婚燕爾的……」關夫人叫住兒子：「家驥，都什麼時候了，你還說這種話！」關夫人對祁子俊說：「子俊，家驥就是口無遮攔，你別在意。你一路小心，千萬別讓官府盯上了。家裡我同你岳父會照顧著的，你就放心。」祁子俊道：「娘，子俊對不住素梅啊！」關夫人道：「別這麼說，挺過這段日子就好了。」關近儒把信交給祁子俊，說：「子俊，再無萬全之策，只好這樣了。你安心上路吧。夫人，給子俊帶些銀兩在身上。」祁子俊說：「我手頭還有些銀子，不用了。」關夫人早已拿過一張銀票，說：「怕萬一手頭急，你拿著吧。」

沒有抓著祁子俊，楊松林親赴祁縣看個究竟。他指著左公超罵道：「都說你辦事幹練，怎麼讓祁子俊跑了?瑞王爺問我要人，你讓我怎麼交代?祁子俊，那可是朝廷欽犯!」

左公超低頭道：「此事我也覺得蹊蹺。我們已把祁家圍得跟水桶似的，他不會從地裡鑽出去啊！」「他人已跑了，你還同我說這個有屁用！」楊松林回頭問李然之，「然之，你估計祁子俊會往哪裡跑？」李然之回道：「我想只有兩種可能，要麼投親靠友，要麼四處漂流。他知道自己是朝廷欽犯，恐怕不敢投親靠友，只會帶著銀兩東躲西藏。如此一來，反倒更難抓到他了。」楊松林道：「他一個富家公子，幹不了粗活，就算帶著銀兩跑，總有坐吃山空的時候。最後還是會投親靠友的，比方躲到關家在外地的商號、錢莊去。」李然之沉吟道：「按說不太可能，可是祁子俊鬼得很，他說不定反其道而行之，就往關家外地商號、錢莊裡躲。」楊松林道：「寧可信其有，不可信其無。左大人，你速速弄清關家在哪些地方開有商號、錢莊，我們行個公文，請有關方面協同捉拿祁子俊。」左公超低頭領命：「是！」

李然之道：「楊大人，乾脆把祁老夫人也抓了。一來祁老夫人說不定就知道帳冊下落，二來抓了祁老夫人，祁子俊只怕自己會送上門來。」楊松林道：「好！左大人，這事也由你去辦吧。」左公超道：「遵命！」

左公超不敢延誤，立馬帶著眾衙役，來到家祠，要帶走祁夫人。素梅拿身子護著祁夫人，說：「你們不能帶走我娘。她年紀大了，身子骨又不好……」祁夫人道：「素梅，我跟他們去就是！」素梅仍是攔著祁夫人。左公超笑道：「我們奉命辦事，請您不要阻攔。」素梅道：「你們要抓人，就抓我吧。」祁夫人道：「素梅，你要好好帶著世禎，看著這個家！」左公超道：「祁家少夫人倒是孝順。不過，我們只想請祁老夫人。」素梅道：「你們要帶我娘走，我就跟著去。」左公超笑道：「那好呀，請吧。」祁夫人厲聲喊道：「素梅！」素梅道：「娘，我去可以照顧著您！」寶珠哭喊道：「老夫人，少奶奶！」衙役一擁而上，帶走了祁夫人和素梅。

寶珠馬上跑去關家報信兒：「關老爺快快救人，老夫人同少奶奶被縣衙抓走了！」關近儒二話沒說，坐了馬車直奔縣衙。左公超礙著關老爺是遠近有名的鄉紳，請他進了自己私室。關近儒嚴辭道：「敢問左大人，您為何抓了祁老夫人和我女兒關素梅？」左公超道：「關老爺不必發火。祁家私吞朝廷庫銀，至今拒不交出，您不是不知道。」

關近儒道：「庫銀私存，違背大清律例，有罪的是朝廷貪官，而此事對於祁家不過就是一樁生意。存期未到，逼著祁家限期歸還庫銀，本無道理。但祁家已經盡力，可官府不容分說，查封了義成信。票號封了，貸出去的銀子如何回來？又哪有銀子償還？祁家為此已經命送兩人，你們還想如何？」

左公超沉了臉，說：「關老先生，您是商界首領，德高望重，本縣向來敬您三尺。可是，我左某今日秉公辦案，您說話也別太放肆了！」關近儒正色道：「您秉公辦案？我倒要問您秉的是什麼公！我見到的公文是捉拿祁子俊的告示，你們抓了祁老夫人同我女兒，又是憑的什麼？」左公超道：「關老先生，您別忘了，王法本來就是朝廷訂的。朝廷要抓人，還怕沒個說法？」關近儒道：「依左大人意思，就真正是欲加之罪，何患無辭哇！」「你！」左公超怒極語塞。關近儒道：「左大人向來清廉自守，您如此說話，可是辱沒了朝廷清譽啊！」左公超臉上忽然堆上笑容，說：「關老先生，請您放心。我們不會為難祁老夫人跟您女兒。我們只是問問話。」關近儒道：「我權且相信左大老爺。還請左大老爺給個面子，讓我看看她們婆媳。」左公超笑道：「這個好辦，請吧。」

關近儒走過長長的監牢走廊，來到祁夫人和素梅的牢房門口。「爹！」素梅見了關近儒，撲過門口來。祁夫人也站起來，走近牢門，說：「親家，您來幹什麼？」關近儒道：「親家母，您受苦了。我在外頭再想想辦法，盡快救你們出去。素梅，你一定要好好兒侍候著你婆婆。親家母，您一定要挺住啊！」祁夫人道：「親家公，我這把老骨頭沒事的。」素梅點頭道：「爹，您放心吧。」

關近儒回到家裡，拿張銀票，遞給關家驥：「家驥，你去趟縣衙，找找左公超吧。」關家驥遲疑道：「爹，您可是從來不向官府送禮的啊！」關近儒說：「你祁伯母同你姐姐落在他手裡，很危險！左公超號稱鐵面左，說是清官，其實是個酷吏。打點一下，省得她們吃皮肉之苦。你祁伯母年紀大了，哪受得了衙役們的棍棒？」關夫人道：「近儒，你是不是自己上門去一趟？」關近儒搖頭道：「我怕自己忍不住就會同他爭吵起來。我見不得左公超那張嘴臉！」關家驥說：「行，我去一趟吧。」關家驥跑了縣衙，進了左公超客廳，拱手道：「關家驥特意來拜訪左大人，打擾了。」左公超指指並排的座位，笑道：「關公子，快快請坐。」關家驥忙道：「關某一介布衣，怎敢往那裡坐？我還是站著吧。」左公超笑道：「這是我家裡，又不是公堂之上，不必拘禮。請坐吧。」

關家驥坐下，把銀票不經意地放在茶几上，說：「左大人，祁家的案子，我家不敢過問。只是我們兩家畢竟是親戚，祁老夫人年老多病，我們看著也過意不去，想請左大人給予關照。」左公超只作沒看見銀票，笑道：「上頭要我抓人，我不敢不抓。你請放心，只要祁老夫人同你姐姐在我這裡，就不會讓她們吃苦頭的。」關家驥說：「我全家老小都感謝您！」

祁子俊趕到江寧恆盛錢莊正是晚上。門房見了關老爺的信，忙將他請了進去。大掌櫃霍運昌看完信，笑道：「祁公子，到了這裡，您就放心吧。」

祁子俊道：「霍掌櫃，給您添麻煩了。」霍運昌道：「祁少爺別客氣。我還得先祝賀您新婚大喜啊！」祁子俊苦笑道：「新婚之夜，亡命天涯，也算是稀罕事啊！」霍運昌勸慰道：「您家的事，我有所耳聞。我想事出有因，遲早會有個說法的。祁少爺來了，這邊生意上的事，您可要多做主啊！」「霍掌櫃您這就太客氣了。」祁子俊壓低了嗓子，「我可是來躲官司的啊！」霍運昌道：「霍某知道了。關老爺在信中說了，想讓您熟悉一下關家生意。」祁子俊道：「既然他老人家有交代，我就聽您吩咐吧。」霍運昌道：「祁少爺別客氣，您可是東家啊！」

祁子俊道：「霍掌櫃，一路上來，我見這裡市面上很熱鬧，同北京城比都不遜色。這邊生意還好做嗎？」霍運昌道：「江寧本是故都，財豐物阜，商賈雲集，不光錢莊生意，別的生意也好做。只是近些日子，市面有些動盪。」祁子俊道：「是否同洪楊起事有關？」霍運昌點頭道：「正是！現在謠言四起，人心浮動，只見取錢的，少見存錢的。」祁子俊輕聲問：「頭寸不會有問題吧？」霍運昌道：「頭寸倒不擔心，只是怕時局不穩，生意清淡下來。日子長了，恐難支撐啊。」祁子俊憂心忡忡道：「是否要派人把這邊情勢告訴老爺？」霍運昌道：「我也正是這麼想的。再看幾日吧。祁少爺，您風塵僕僕，先歇著？」祁子俊起身道：「謝謝了，您忙著吧。對了，霍掌櫃，我不宜暴露真實身分。您只對夥計們說，我是關家大公子關家駒。」霍運昌道：「我知道了。夥計中間山西老鄉居多，但知道老爺家底細的只有幾個人，我私下關照一下就是了。」

第二天一早，祁子俊洗漱畢，出門來，見夥計們正在灑掃。霍運昌過來，道：「少東家，這邊坐著喝茶吧。」祁子俊隨了霍運昌往客堂去。二掌櫃錢廣生也來了，同祁子俊寒暄著。待夥計倒了茶，出去了，霍運昌說：「等夥計們灑掃完了，我叫大夥兒都過來見個面。」祁子俊道：「好吧。霍掌櫃，昨夜我通宵沒睡，想這江寧的確是個做生意的好地方啊。」霍運昌道：「江寧碼頭確實好。」

祁子俊輕聲道：「霍掌櫃，您隨老爺多年，您說說，他老人家錢莊辦得紅紅火火，為什麼就是不肯往票號那邊做呢？錢莊改票號，易如反掌，利潤可大得多啊！」

霍運昌搖頭道：「關老爺為人方正，凡事都講規矩。他以為票號近乎異端，不想染指。二掌櫃錢廣生原是在別人家票號做過的，深知票號利豐，多次勸關老爺改弦易張，都被關老爺嚴辭駁回。」錢廣生點點頭。

祁子俊道：「原來如此啊！」霍運昌道：「我更不明白的是，關老爺平素不屑同官府往來，而辦事卻又總是以官府規矩為規矩。就說這票號，雖然官府沒有倡導，但也沒有下過禁令。關老爺卻說，票號朝廷也不主張，關家世代正當經營，絕不做有違例制之事。」祁子俊笑道：「難得他老人家對朝廷一片忠誠啊！」霍運昌笑而不語，道：「廣生，去叫夥計們都到天井裡來吧。」錢廣生出門喊道：「各位夥計，東家大少爺關家駒先生昨日專程趕來江寧，大家進來見個面吧。」

祁子俊忙站了起來，出門來到天井，拱手道：「各位辛苦了。」霍運昌道：「少東家是個讀書人，滿腹經綸。今後大家有什麼不明白的地方，可多多請教少東家。」

祁子俊道：「霍掌櫃謬誇了。家父原本要我好好讀書，取個功名。可我對功名沒什麼興趣，很讓家父失望。他只好讓我到江寧來，隨霍掌櫃學學生意。開句玩笑，山西老鄉都知道，我們老家有句俗話說，讀書人進店鋪，改邪歸正。我如今可是改邪歸正了。」

眾夥計大笑。祁子俊道：「我來之後，大掌櫃仍是霍先生，二掌櫃仍是錢廣生先生。錢莊大小事務，全聽霍掌櫃跟錢掌櫃吩咐。」錢廣生道：「有少東家親自坐鎮，錢莊生意會更加紅火！」祁子俊卻笑道：「大清早的，多說幾句吉利話好。但是，最近江寧市面有些動盪，取錢的人多，存錢的人少。夥計們千萬別自己先亂了方寸。」

祁子俊正說著話，忽聽得一片吆喝聲。抬眼望去，進來十幾個衙役。錢廣生忙跑上前去招呼，見著位熟識的官兒，問：「哦，劉通判，有何貴幹？」劉通判道：「我奉江寧知府之命，緝拿朝廷欽犯，要進店搜查。」錢廣生笑道：「劉通判，我們這錢莊裡，哪來的朝廷欽犯？」霍運昌緊張地望著祁子俊。祁子俊卻沒事似的，笑道：「各位官爺，你們別為難夥計們。我是東家，有什麼話就同我說吧。」劉通判打量著祁子俊，問：「你是東家，叫什麼名字？」祁子俊從容道：「關家駒！」「關家駒？」劉通判道。錢廣生上前介紹：「東家，這位是江寧府劉通判。」祁子俊笑道：「劉通判，幸會幸會。錢莊上下幾十號人都在這裡，我讓他們呆著就是。您進來喝杯茶如何？」劉通判略作遲疑，回頭道：「你們好好看著。」祁子俊給霍運昌遞了個眼色。霍運昌會意，吩咐著上茶，出門而去。

祁子俊問：「劉通判，不知您要拿的是什麼人？」劉通判道：「朝廷欽犯祁子俊，聽說是你關家親戚。」祁子俊道：「祁子俊是我妹夫。他知道自己官司在身，怎麼敢往這裡來？」霍運昌進來，遞過一包銀子，說：「劉通判，給兄弟們買酒喝吧。」「這……」劉通判假做推辭。祁子俊道：「劉通判，您要是不放心，讓兄弟們四處看看吧。」「算了吧，我們都看了。」劉通判說罷起身，袖了銀子。祁子俊起身送客，道：「有空常來坐坐。」劉通判道：「好好，不客氣。」劉通判出了客廳，朝眾兵丁喊道：「沒事了，走吧！」祁子俊送到錢莊門口，拱手道：「各位好走！各位好走！」

這時，陸續有顧客進店，七嘴八舌，甚是慌張：「到底出了什麼事？」祁子俊笑道：「誤會，誤會，一場誤會！」祁子俊回到房間，頹然坐下。霍運昌進來，擦著額上汗珠，說：「我可是嚇出一身冷汗來了。我猜想，各地關家商號、錢莊都會被搜查的。」祁子俊道：「我們這裡既然查過了，應該就沒事了。」

兩人正說著話，聽得外頭有人來了，就岔開話題說些別的。原來進來的是錢廣生。他長舒一口氣，不解地問道：「官府怎麼突然到錢莊裡捉人來了？」

霍運昌含混道：「誰知道呢？」錢廣生道：「少東家，您一來就忙開了，也沒時間散散心。今兒晚上，我陪您去秦淮河走走？」祁子俊點頭道：「好吧。」錢廣生道：「霍掌櫃也一道去吧。」霍掌櫃笑道：「那是你們年輕人去的地方，我就不去湊熱鬧了。」祁子俊問：「錢掌櫃，這位劉通判你們認識？」錢廣生道：「僅僅認識而已。」祁子俊點點頭，若有所思。

晚上，秦淮河畔，青樓紅燈，一派弦歌。祁子俊同錢廣生並肩走著，不時有妓女招客。錢廣生一路只是拱手，並不搭話。祁子俊道：「都說金陵六朝故都，乃溫柔富貴之鄉，果然名不虛傳。」

錢廣生嘆道：「天地就是亭子，誰都只是過客！在這裡臨風吟詩，對月弦歌的有過多少才子佳人？他們都已風流雲散。舊客去了，新客又來，依然是秦淮畫船，青樓粉閣。」祁子俊笑問：「錢掌櫃常來嗎？」錢廣生說：「多是陪朋友來消閒。」祁子俊問：「錢掌櫃，您原來在票號裡幹過？」錢廣生說：「我原在上海永泰源票號做過，東家也是你們山西祁縣人。後來因為家父過世，就回了金陵。」祁子俊道：「原來如此。」錢廣生說：「您家老爺若是願意做票號，生意會更好。他老人家，強啊！」祁子俊道：「我以後若是能做票號，定請錢先生幫忙。」錢廣生問：「少東家有此興趣？」祁子俊道：「自然還得說通家父。」

迎面是家叫怡春園的青樓，錢廣生說：「我們進去看看？這裡頭牌花魁姓虞，花名水仙子，色藝雙全，頗有文才。她唱曲、吹簫號稱秦淮雙絕。」

祁子俊道：「好，看看去。」早有媽媽迎了出來：「錢掌櫃，您可是多日沒來了。今兒個什麼日子？喲，這位公子面生，卻是氣宇不凡，肯定是位財東吧！」錢廣生調笑道：「做媽媽的，只認得錢，見人就是財東！」媽媽笑道：「看您說的，來這裡的，認得的便是錢掌櫃，有掌櫃，面生的都是錢老闆！」錢廣生笑道：「還真讓您說中了。今日來的，是我們少東家，還真是錢老闆。我們想見見您家水仙子姑娘，在嗎？」

媽媽笑道：「喲，就像知道您二位要來似的，我們水仙子今兒個耍脾氣，不肯見人哪！我去看看，說不定她就專等著您二位哪！二位先請坐吧。春梅，上茶！」

春梅笑吟吟的，端茶上來。媽媽出來，說：「就您二位面子大，我們姑娘答應了。她問二位是去船上聽呢？還是就上樓去聽。」

錢廣生望著祁子俊問：「少東家您看……」祁子俊說：「領略秦淮風月，還是去船上吧。」錢廣生說：「那就勞煩水仙子姑娘上船。」媽媽拍手道：「一看這公子就是個懂風雅的人。劉二，您領著兩位公子上船去，水仙子同春梅、秋娥隨後就來！」劉二提著燈籠，走在前面。祁子俊同錢廣生並肩在後。祁子俊悄悄兒問道：「有了水仙子姑娘，怎麼還有春梅、秋娥？」錢廣生笑道：「少東家有所不知。這頭牌花魁，叫客人們寵得像公主似的，派兒大得很哪！春梅就是剛才倒茶那位，也是滿肚子曲兒呀、文章呀，只是相貌兒稍稍次些。」祁子俊道：「我看這春梅姑娘長得已是不錯了。」錢廣生說：「這煙花巷裡的姑娘，一個比一個好看，都跟花兒似的。」祁子俊道：「那麼水仙子不真是仙子一樣了？」錢廣生說：「您待會兒看看就知道了。這春梅同水仙子跟姐妹似的，兩人總是同時陪客。那秋娥是粗使丫頭，送酒送菜什麼的。」

走近河邊，劉二上前，扶了船，道：「二位請上船，小心些。」錢廣生同祁子俊上船。劉二將燈籠往船頭掛了，道：「二位稍等，姑娘馬上就到。」祁子俊說：「今兒個月亮好，不如吹了燈籠吧。」劉二吹熄燈籠，立時月光如水，照進船來。劉二說：「二位公子，姑娘來了。」祁子俊抬眼看時，見月光之下，三位姑娘碎步走來。祁子俊道：「我猜中間那位就是水仙子？」錢廣生笑道：「少東家果然好眼力。」三位姑娘近了，錢廣生起身道：「三位姑娘小心些。」先是春梅上了船，再牽著水仙子上船。秋娥提著食盒，自個兒上了船。祁子俊忙起身道：「見過水仙子姑娘。」水仙子並不抬眼，只低頭道：「謝二位公子。」錢廣生道：「水仙子姑娘，我們少東家頭次來，久仰姑娘芳名。」水仙子笑道：「錢掌櫃我們是熟人，怎麼也哄起人來了？」錢廣生說：「我如何又哄姑娘了？」水仙子說：「您說這位公子頭回來，怎麼就久仰我的芳名了？」祁子俊笑道：「水仙子姑娘藝冠群芳，貌似天仙，關某真的傾慕已久。」水仙子笑道：「那麼是我媽媽哄我了。她說這位公子姓錢，原來姓關。其實不用問，來這裡開心的爺們，不是姓錢，就是姓官。」祁子俊笑道：「我們不用聽水仙姑娘唱曲兒，只聽您說話，就已樂死人了。」秋娥已把酒菜擺好，杯裡酒也滿上了。槳聲欸乃，不覺已到河心。水仙子笑道：「真樂死了人，我可賠不了命。來，相見總是緣分，喝杯水酒吧。」祁子俊同錢廣生舉了杯。錢廣生說：「春梅、秋娥，您二位也來吧。」春梅同秋娥都搖頭推辭。三人一飲而盡。春梅手裡捧著琵琶，桌上放著把簫。春梅道：「錢掌櫃是知道的，我們水仙子姐姐唱曲、吹簫可是秦淮雙絕，不知二位喜歡哪樣？」祁子俊道：「自然都喜歡。今兒個月白風清，聽簫只怕更有情致。水仙子姑娘，您看如何？」水仙子不語，拿起桌上的簫，低眉斂首，沉靜片刻，吹了起來。月光之下，秦淮河波光粼粼。祁子俊凝望著河水，早已沉醉。錢廣生喝了杯酒，把酒杯輕輕放下，惟恐弄出聲來。

一曲終了，祁子俊感嘆唏噓。錢廣生說：「姑娘簫聲真好，只是每次聽著，覺著背脊發涼，我就有些不忍聽。」春梅笑道：「錢掌櫃還說是個風雅人啦，您只配去聽人家紅白喜事吹嗩吶。」水仙子笑道：「春梅，你怎麼可以這麼說錢掌櫃呢？得罪了他，人家今後不帶錢老闆、官老闆來，我們吃什麼呀！」錢廣生說：「我就怕您二位兩張厲嘴！」祁子俊笑著說：「我聽錢掌櫃說水仙子姑娘好文才。我胡謅了一句話，能否請姑娘對個下聯？」春梅接腔道：「真是胡謅的就免了。水仙子姐姐看不上的對聯，她是不對的。」祁子俊道：「我就獻醜吧。虞美人，繡花鞋，月下行來步步嬌。」

春梅偏頭想想，說：「這並不算什麼好句，連我都不敢恭維。只是虞美人、繡花鞋、步步嬌，都是詞牌、曲牌，倒也有些巧，還把我們姐姐的姓也嵌進去了。呵，虞美人，關公子可會拍馬屁啊！」春梅說著，就望著水仙子。

水仙子低頭凝思片刻，緩緩說道：「水仙子，碧玉簫，風前吹出聲聲慢！」祁子俊大驚，道：「姑娘真是天人啊！水仙子、碧玉簫、聲聲慢，也都是詞牌跟曲牌。水仙子正是姑娘芳名，恰好對上虞美人。絕妙啊！」水仙子笑道：「自然是關公子上聯出得好。我只是不知道關公子這妙聯在幾位姐姐那裡出過了。趕明日碰上位姓臨的姐姐，您該說，臨江仙，繡花鞋，月下行來步步嬌。」祁子俊笑道：「姑娘眼裡，男人總是薄倖漢。可我的眼裡，什麼好的美的，都是姑娘。就說這臨江仙，可不就是姑娘？您可就是秦淮河邊水仙子啊！」錢廣生笑道：「少東家同水仙子姑娘就是有緣，兩人說起話來，套得嚴絲合縫。」祁子俊朗聲而笑。正說笑著，忽聽有人喊道：「劉二，快把船停下來。」抬眼望去，一隻小船飛快地搖了過來。劉二問：「什麼事？」小船上的人道：「有人找錢掌櫃二位有急事。」錢廣生說：「什麼事，這麼著急？」祁子俊料有不祥，強作鎮定：「我們回去吧。水仙子姑娘，實在不好意思啊！」

第十章

祁子俊匆匆趕回錢莊，見來的竟是劉鐵山，驚道：「劉師傅，你怎麼來了？」劉鐵山還沒答話，霍運昌搖頭嘆道：「眼看著這邊戰事日緊，老爺派劉師傅過來，讓我們撤莊走人。」

祁子俊大驚，道：「這麼好的碼頭，就白白丟了？」霍運昌道：「有什麼辦法呢？我想同您商量著，是不是明天貼了告示出去，限期顧客三天內取走存銀。」祁子俊搖頭道：「我想還是暫緩。這些天取銀子的人本來就多，要是貼了告示，大門不要擠破？劉師傅，你一路辛苦，先歇下吧。」祁子俊同霍運昌商量會兒撤莊的事，獨自去了劉鐵山客房，悄悄問：「劉師傅，你可有我家裡消息？」劉鐵山說：「你家裡很好。你娘囑咐，沒她老人家發話來，你千萬不要回去。」祁子俊問：「我娘還說了什麼嗎？」劉鐵山低頭整理著床鋪，說：「你娘說，只要你躲些日子，就會沒事的。」祁子俊說：「劉師傅，你早些休息吧。我去找他們商量商量怎麼辦。」

祁子俊敲開錢廣生的房門，閉口不談撤莊的事，只是天上地下的聊天。錢廣生也是很能侃的，說了很多江寧掌故。可是突然，祁子俊眼睛直直地瞪著錢廣生說：「我想將錢莊改票號，請錢掌櫃幫忙！」

「改票號？」錢廣生大驚。「是的，改票號！」祁子俊說。錢廣生搖頭道：「這怎麼可能？老爺都要搞通莊走人了，怎麼改法？」「只要你願意幫我，我自有辦法！」祁子俊便把自己的算盤一五一十說了，最後咬咬牙，「我還可以告訴您，我並不是關公子，而是關家女婿祁子俊！」錢廣生驚道：「原來您就是祁家二少爺啊！佩服，佩服！」祁子俊道：「我已和盤托出，就看您的了。」錢廣生一拍桌子，道：「我同祁少爺還真投緣。行，我同您一道幹！」祁子俊握了錢廣生的手，道：「錢掌櫃，我祁某不枉同您相識一場！」錢廣生道：「我聽說很多票號都準備撤莊走人，您祁公子逆流而上，必能在金陵票號行獨領風騷啊！」

祁子俊這邊同錢廣生說好了，立馬去找霍運昌。霍掌櫃沒等祁子俊講完，連連搖手：「祁少爺，我佩服您的膽識，但我不敢幫您。擅開票號，一則有違國法，二則有違行規。祁少爺，我不敢幫，我也勸您不要冒險。」

祁子俊道：「我相信義成信遲早會重新開張，暫借恆盛名號，只是權宜之計。」霍運昌道：「即便如此，這也是著險棋啊！我這邊把銀子運走了，您那邊把錢莊改作票號攬生意。萬一戰事更急了，您頭寸不夠，怎麼辦呢？」祁子俊從容道：「車到山前必有路！」霍運昌說：「別的大票號都準備著撤莊了，您卻重新開張。您呀，匪夷所思啊！」祁子俊道：「別人都撤了，這正是老天賜予我的良機。我祁家遭此大難，元氣大傷。我如果還是按部就班，祁家幾時才能興旺？再說了，我冒名開票號，越是戰亂越安全。」霍運昌說：「您重振家業的雄心我敬佩，但是，我實在幫不了您。」祁子俊道：「霍掌櫃，我也不要您做什麼，只是我做我的，您做您的就行了。」霍運昌道：「什麼叫你做你的，我做我的？」祁子俊道：「您只管帶著現銀上路，我留下來換牌開票號。」霍運昌驚道：「您這是鋌而走險啊！」祁子俊笑道：「我在滿金陵城看到的就只有四個字：財源滾滾！有錢不賺，辜負財神，後悔莫及啊！」霍運昌道：「我回去又怎麼向關老爺交代？」祁子俊道：「暫時不要告訴老爺，不然必壞我大事。」霍運昌道：「還有一點，您得想清楚。」祁子俊道：「請霍掌櫃明示。」霍運昌道：「金陵的票號，八成以上是山西人辦的，他們對各家生意可謂知根知柢。我估計，您的票號一掛牌，官府還未察覺，票號同行就會找上門來。」

祁子俊笑道：「我雖涉世不深，但對山西商家的脾性還是了解的。山西商人，講究信義二字。信是對顧客講信用，義是商家之間講義道。我一沒傷著同鄉的生意，二又不是成心哄騙顧客。此事風險自然是有的，我也管不了那麼多了，到時候相機行事。」

霍運昌嘆了聲，道：「好吧，祁少爺，我勸也勸了，出事可不怨我。我也只有四個字，袖手旁觀。」祁子俊笑道：「好吧。霍掌櫃，能否再請您給四個字？」霍運昌問：「請講！」祁子俊道：「守口如瓶！」霍運昌道：「這是做人的本分，我答應您。」祁子俊又道：「如能請霍掌櫃在這裡多旁觀兩三日，我會感謝不盡。」霍運昌道：「斷斷不可。只等劉師傅準備好了，我們立即動身。」祁子俊笑道：「也用不著這麼急。劉師傅他們鞍馬勞頓，總得休整一天。現銀裝鞘，也得一天。這兩日顧客取錢是否取得完，也說不定。」霍運昌道：「拜託祁公子說些吉利話吧。長毛一到，銀子就沒了！」「霍掌櫃就是性急。」祁子俊笑笑，退身而去。

兩天後的早晨，恆盛錢莊門口鞭炮齊鳴，鑼鼓喧天。紮著紅綢的「大恆盛票號」被徐徐吊上去，替換了「恆盛錢莊」招牌。

很多人圍著，觀看一張大大的啟事。有人高聲念道：「洪逆起事，人心浮動。本有官軍護衛，金陵固若金湯。然則流言塞巷，人或憂懼。大恆盛票號應此緊急時務，隆重開張。本票號總號設山西祁縣，阜外多有分號……」「怪不怪？別的錢莊、票號都要走人了，關家重新開票號？」「關家錢莊在金陵開鋪五十多年了，最信得過的。人家走人，他們開張，這就是信譽哪！」「那我存在錢莊的銀子取還是不取？」「你問我，我問誰去？我還敢替你當家？」「我說，你可以取了，也可以轉成票號存單。萬一有事，你帶著銀子還跑不了。票號存單可是一紙風行，匯通天下！」

錢莊大堂新設了票號窗口。有人取了錢莊裡的銀子，將信將疑往票號櫃檯打聽。票號櫃檯前早排了長長的隊。有人笑話取了銀子又來票號排隊的人：「你真是沒事找事，取什麼銀子？就拿錢莊裡的單子過來換票號單子不得了？」錢莊櫃前面排隊的人，有的搖頭，有的猶豫，有的木然。有的卻是左右看看，跑到票號櫃檯前來排隊。

霍運昌在房裡打轉轉，急得像熱鍋上的螞蟻。夥計進來說：「霍掌櫃，劉師傅來了。」霍運昌忙站起來，說：「快快有請。」劉鐵山道：「霍掌櫃，我看你急也沒用。」霍運昌道：「他這是在賭命啊！」劉鐵山笑了起來。霍運昌問：「劉師傅，你還笑得起來？」劉鐵山道：「我領駝隊隨他跑過趟生意，可算見識他了。這個二少爺，盡是怪招啊！」霍運昌搖頭道：「我可看著急啊！他們都不准我出去，怕我的臉色嚇了他的生意。他要我也笑，我笑得起來嗎？」

祁子俊卻是應付自如。他找來錢廣生，說：「錢掌櫃，我們只能成功，不能失敗。你馬上暗地裡吩咐金陵本地夥計，請他們拉些親戚來票號存錢。沒銀子存的，我們自己拿銀子給他們，只請他們排排隊，造造市氣。讓他們隔天就來排次隊，我們開工錢就是了。」

錢廣生點頭道：「我這就交代下去。」祁子俊道：「還有，你是本地人，方方面面都熟。鼓動當地商家上票號存錢，也拜託你了。」錢廣生道：「祁少爺，您放心，您只管在後面出點子，前面由我去辦。」

祁子俊道：「謝謝了！」「二少爺！」忽聽有人在外喊道。祁子俊透過窗戶一看，見是劉鐵山。「先這麼辦著吧。」祁子俊說罷，開門迎了劉鐵山，「劉師傅，辛苦你了。快快，喝茶去。」

祁子俊領著劉鐵山來到客堂。夥計上茶畢，退去。劉鐵山笑道：「祁少爺，您可要把霍掌櫃嚇出病來啊！」祁子俊道：「霍掌櫃是個好人哪，東家請這種人當夥計，絕對放心。」劉鐵山道：「好像二少爺話中有話？」祁子俊道：「哪裡哪裡，我對霍掌櫃很是敬重。他忠誠，穩重，按東家意思辦事，一是一，二是二，絕不會誤事。」劉鐵山道：「是啊，這也是做夥計的本分。只是遇事應變，就難了。」祁子俊道：「我們不說這個了。劉師傅，如果我有難處，可否請你幫忙？」劉鐵山道：「我也只能按東家意思辦啊。」祁子俊道：「我不會讓你為難的。」

夜裡，霍運昌正同劉鐵山說事兒，夥計進來說：「霍掌櫃，有人找您。」霍運昌問：「什麼人？」

夥計說：「來的是兩個人，他們不肯說姓名，也不肯說有什麼事，只說要找霍掌櫃。」霍運昌驚道：「劉師傅，八成是二少爺要出事了。」霍運昌吩咐夥計：「快快招呼他們在客堂喝茶，我馬上就來。」霍運昌趕去客堂，見了客人，早嚇著了，忙拱手施禮：「哦，原來是向掌櫃跟舒掌櫃！」向掌櫃道：「敢問霍掌櫃，恆盛錢莊什麼時候改票號了？」「我……」霍運昌語塞。向掌櫃道：「聽別人說我還不相信，我白天讓舒掌櫃特意跑來看了，真是大開眼界啊！」舒掌櫃說：「關家商號可是金字招牌，怎麼也如此胡來？」

霍運昌輕輕拍了桌子，道：「唉！我是一言難盡啊！二位稍坐，我去去就來。」向掌櫃道：「好吧，我們等著，看您如何向同行交代！」霍運昌跑去找祁子俊，他正同錢廣生算著帳。錢廣生說：「從錢莊取銀子的，七成半轉存到了票號。外頭來票號存銀子的占到三成。」祁子俊問：「同平日比呢？」錢廣生說：「同平日比，存錢的要多出十倍以上。平日沒這麼多人取錢，自然也沒這麼多人存錢。」祁子俊點頭道：「好，就看明天了。」錢廣生說：「我跑了些商家，他們都答應到時候再看。」祁子俊道：「行，有他們這句話就行了。他們不到萬不得已，不會輕易往哪裡存錢的。」霍運昌早急了，說：「二少爺，您出去一下。」

霍運昌拉著祁子俊出門，走到天井一角，輕輕說：「平遙日昇昌金陵分號的大掌櫃向老闆同二掌櫃舒老闆來了。」祁子俊驚問：「他們說什麼了？」霍運昌道：「他們很生氣，我不知怎麼說呀！您看怎麼辦？要不您自己去見見他們？」祁子俊低頭想想，猛地抬起頭：「好吧，反正要見面的。」

霍運昌領著祁子俊來到客堂，介紹道：「這位是日昇昌金陵分號大掌櫃向老闆，這位是二掌櫃舒老闆。」霍運昌回頭介紹祁子俊，遲疑著，「這位是……」祁子俊拱手道：「在下祁子俊！」向掌櫃大吃一驚，瞪眼道：「您就是祁家二少爺祁子俊！」祁子俊道：「在下正是，願聽兩位前輩指教。」向掌櫃望望霍運昌，疑惑道：「這是怎麼回事？」祁子俊問：「兩位前輩是否想知道大恆盛票號的事？」舒掌櫃甚是冷漠，一字一頓道：「我可從沒聽說過大恆盛票號啊！」祁子俊道：「這票號是我才開的。」向掌櫃也不望祁子俊，聲音拉得長長的，問：「到底是祁家開的，還是關家開的？」祁子俊道：「面子是關家的，裡子是祁家的。」向掌櫃回過眼來，逼視著祁子俊：「什麼面子裡子？我聽不明白！」祁子俊道：「實際上是我祁家開的票號，而外面人以為是關家的。我不是有意哄騙顧客，只是沒必要挨個兒同人說清楚。」向掌櫃冷冷一笑，道：「你說得倒也直爽。只是你知道自己在做什麼嗎？」祁子俊笑道：「我在做生意呀！」

向掌櫃一拍桌子，怒道：「祁少爺，你說得輕巧！滿世界都知道官府在抓你！令尊伯群先生，我們十分敬重。沒想到，他老人家屍骨未寒，祁家舊官司尚未了斷，你又想惹新官司上身！」祁子俊撲通長跪而拜，道：「既然說到家父，請兩位叔伯看在他老人家分上，先受晚輩一拜！」向掌櫃道：「祁少爺不必如此，我們受不起啊！」舒掌櫃見祁子俊長跪在地，倒有些不忍，過來扶起祁子俊，說：「祁少爺起來說話。」向掌櫃目光冷峻，道：「開票號，得由多家票號開具連環擔保，最後經戶部許可，豈可瞞天過海？上頭知道了，可是要治罪的啊！」祁子俊道：「這個晚輩自然知道。我相信義成信自會重見天日，現在只是權宜之計。」「義成信可是官府明令封了的，你可有把握？」向掌櫃問道，望望霍運昌。霍運昌茫然地搖搖頭。祁子俊道：「晚輩自知義成信被封事出有因，豈能沉冤千古！」向掌櫃點頭道：「義成信能夠重新開張，同行自是高興。但是，你現在的做法，畢竟有違朝廷例制！」祁子俊說：「我這也是無奈之舉。祁家平白無故被官府的人坑了，我只想早早重振家業，以慰父兄在天之靈。生意來時便做生意，官司來時再了官司！」向掌櫃苦著臉，搖頭道：「你這是孩子氣啊！說得輕鬆，官司來時再了官司！退萬步講，官司是官府的事，不關我們的事。可是，你壞了商家行規，損害票商聲譽，該如何了斷呢？」祁子俊道：「該如何處置，請前輩先記著帳！」向掌櫃威嚴道：「你是商戶世家子弟，該知道晉商規矩。就連擅用新秤、新斗、新尺，都得處罰啊！」祁子俊答道：「晚輩知道，舊秤換新秤、舊斗換新斗、舊尺換新尺，都得由多家商號做中，不得私自更換，不然罰戲三臺。」舒掌櫃搖頭道：「你是什麼規矩都懂，什麼規矩都破！說到規矩，真還不知道按哪條規矩處罰你啊！祖宗立規矩時，哪裡想到誰會如此大膽！」

祁子俊道：「兩位前輩，我就算現在知錯了，也是開弓沒有回頭箭。日昇昌是票商龍頭，您兩位是商界前賢。就請您二位成全我這一次。都說你們要撤莊，你們就好好走。我呢？不管上刀山下火海，只好留下來。等我義成信重開了，我將大恆盛的帳轉成義成信，就萬事大吉。我緩過這口氣，一定回祁縣負荊請罪！」

向掌櫃突然站了起來，在客堂裡來回走了幾步，站定，嘆道：「事已至此，也只好這樣了。不然，外界若是知道真相，那些存了銀子的百姓，不要將你生吃了才怪！二少爺，紙是包不住火的，你先燒燒香，求菩薩保佑吧！」祁子俊道：「求神不如求人。兩位前輩，還有幾家山西老鄉開的票號，拜託你們說句話吧。只要同行不說，不會有人知道的。」向舒二人對視一下，沒有說話。祁子俊再拱手：「求兩位了！」霍運昌道：「兩位仁兄，就請你們看在伯群先生面上，看在山西老鄉情分上，把人情做全吧。」向掌櫃很無奈的樣子，道：「好吧！但是，官府遲早也會知道的。祁少爺，你好自為之吧！」祁子俊道：「晚輩萬分感謝！」向掌櫃同舒掌櫃起身告辭，神色仍是不悅。

次日，票號還沒開門，早早的就有人排隊了。顧客們議論紛紛的。「我昨日把存在錢莊裡的錢存在了這票號裡，晚上就是睡不著。您想，就連日昇昌都撤莊了，他們關家反過來錢莊改票號。不放心，我還是取了銀子。」

「是呀，有人說押銀子的師傅都來了。就怕他們哄著我們不取銀子，他們把銀子運走了，關了門！」「我看不會吧？關家在金陵開錢莊幾十年了，應該是靠得住的。」

「誰說得清？過去幾十年怎麼著？太平盛世！現如今，眼看著天下大亂，人心不古啊！」有位戴瓜皮帽的顧客說：「你們別信別人胡說八道。關家做生意最講信用。告訴你們，我昨天把原來存在這錢莊裡的銀子轉存在了票號裡，今天我還要把存在別的票號裡的也轉過來。改天金陵住不成了，拍屁股走人，到京城，上海，哪裡都可以取銀子。」票號門突然開了，人們一擁而入。人們紛紛往錢莊前面排隊，而票號前面排隊的人少了許多。那位戴瓜皮帽顧客趁人不注意，偷偷兒溜進了裡屋。戴瓜皮帽的人原來是票號夥計，他跑進祁子俊房間，把外頭的話一一告訴了東家，說：「外頭說什麼的都有，東家，只怕得再想些辦法。」祁子俊說：「好，我知道了。辛苦你了，你去吧。」祁子俊回頭問錢廣生：「錢掌櫃，有沒有同你交往特別深的大老闆？幾位就行了。」錢廣生說：「生意場上的朋友，多以利交，很難說了。」祁子俊道：「他們若是不放心，也不用他們真把錢存進來，就勞駕他們到我票號現個身就行了。來，我告訴你……」錢廣生附耳過去，連連點頭。錢廣生說：「行，我馬上就去。」祁子俊說：「要快！」錢廣生剛出門，霍運昌進來，說：

「祁少爺，我去前面看了看，情況不太好啊！」祁子俊苦笑道：「霍掌櫃，拜託您就別到處晃悠了。您那張臉上是什麼都藏不住，別人一看就知道裡面有名堂！」霍運昌搖頭道：「我也是替您著急嘛。好好，我不去轉悠了。二少爺，我來告訴您，我得吩咐夥計們開始裝銀子了。」

祁子俊拱手深拜，道：「霍掌櫃，我就叫您一聲祖宗了！您說什麼也不能這會兒裝銀子。您就麻煩夥計們辛苦些，今日夜裡裝行不行？萬一有人看見裡面在裝銀子，我就完了！」霍運昌無奈道：「您叫我如何是好呢？關老爺的意思是十萬火急，要我們馬不停蹄，越快越好。老爺的信您也看了，他說是流寇猛如蝗蟲，所到之處，寸草不留！」祁子俊道：「官軍兵勇幾十萬，長毛哪是說來就來的？您往外頭看看，別的商家不照樣在做生意？遲早也不在一天半天。霍掌櫃，我祁子俊求您了！」霍運昌只好點頭：「好吧，晚上再說。」

錢廣生出門遊說半日，下午就有位穿著體面的顧客進了票號，手裡提著個棗紅色木盒子，惹得排隊的人張望。這位爺們徑直走到票號櫃前排隊。沒多時，又一位顧客進來，手裡提著個銅盒子，也往票號櫃前排隊。戴瓜皮帽那位還在排隊，不經意回頭看見剛才進來的兩位爺，便打了招呼：「哦，劉老闆，李老闆！您二位這是……」劉老闆說：「我們萬泰商號的銀子，原是存在日昇昌的。如今日昇昌要撤莊了，只好把帳轉到大恆盛來。」瓜皮帽說：「哦，是這樣。幸虧有大恆盛，不然我們生意就沒法做了。」李老闆說：「我們金鑫祥的銀子平日都是存在瑞豐源，現在也只好存到這裡來了。大恆盛想得周到，只要我們拿別的票號的單子到這裡來換換，別的我們就不管了。」瓜皮帽說：「大恆盛辦事就是通達。他們票號之間自己過帳去，不麻煩我們顧客。」

說話間，輪到瓜皮帽存錢了，他忙回頭對劉老闆說：「劉老闆，您先請，您生意大，別耽擱您了。」劉老闆客氣幾句，湊到櫃檯前面去了。裡面夥計點頭微笑，很快就辦好手續，說：「劉老闆，我們東家吩咐了，照顧我們生意的大老闆，我們得特意招呼著。您要是不忙著走，不妨到裡面喝杯淡茶。」劉老闆把換過來的存單放進木盒裡，說：「你們東家太客氣了，恭敬不如從命！」祁子俊同錢廣生雙雙迎到客堂門口。錢廣生拱手道：「劉老闆，吳某萬分感謝。這位是我們東家，關家大少爺，關家駒！」祁子俊連連拱手：「劉老闆，久仰了。勞您親自出面，關某非常感謝。」劉老闆說：「廣生兄我們多年朋友了。令尊關老先生我們也有過交往，很讓我敬重。您暫有難處，我這也是應該的。」祁子俊道：「萬分感謝，喝口茶吧。」

說話間，夥計送來了劉老闆原先日盛昌的票據。錢廣生接了，遞給劉老闆。劉老闆點了點票據，又打開木盒，把剛才換出的大恆盛票據拿出來，笑道：「這個，就璧還了。」祁子俊臉上微有訕色，道：「我是被逼無奈，方出此下策啊！」劉老闆說：「都說商場如戰場。既然是戰場，也就講究個兵不厭詐。這與商道無損，不妨，不妨。」祁子俊道：「劉老闆如此體諒，我就放心了。今後我的票號生意正常了，還真要拜託劉老闆往我們這裡存銀子啊！」劉老闆點頭道：「一定，一定！我就不打擾了，您二位忙吧。」送走劉老闆，李老闆進來了。李老闆笑道：「廣生兄，這是您出的怪招吧？」錢廣生說：「這位是我們東家關家駒，這是他的點子。」李老闆道：「哦，廣生兄同我說過了，關家大少爺，幸會！」

寒暄罷，祁子俊送李老闆出門，去大堂看看。見票號櫃前排隊的人漸漸多了，有人說：「萬泰商號跟金鑫祥商號的銀子都往這裡存，我們還不放心？」「是啊，我們小門小戶的有幾個銀子？人家可是日進萬金啊！」祁子俊見這景況，心中竊喜。回身往裡走，正好碰上霍運昌。霍運昌拉拉祁子俊，進了裡屋：「二少爺，我不能再等了。」祁子俊惟恐外人聽見，逃也似的往自己房間方向跑。霍運昌緊跟在後面，直到進了房間，才說：「二少爺，我今天晚上就叫人裝箱子，明天出城。」祁子俊央求道：「霍掌櫃，您就不能再寬限我一兩日？」霍掌櫃說：「我已拖了三日了，不敢再耽擱了。我替人做事，只有惟命是從的理啊！」祁子俊長嘆一聲：「好吧，只好如此了。」

夜裡，夥計們在天井裡忙著將銀子裝鞘入箱。祁子俊透過窗格望著天井，十分焦急。他見錢廣生穿過天井匆匆趕來，忙開了門，問：「帳算出來了嗎？」錢廣生說：「算出來了。原來錢莊老主顧，六成轉到票號裡來了。往票號裡存銀子的新客戶，戶頭不算少，可多是小戶，共計銀子一萬三千兩。明日霍掌櫃把錢莊現銀運走了，這一萬三千兩銀子就是我們的頭寸。」「啊！」祁子俊吃驚道，「這就有些懸哪！」錢廣生說：「不擠兌沒事，如果擠兌，就有麻煩。」祁子俊道：「我們要碰運氣，但不能只靠運氣。錢掌櫃，你辛苦了，歇著吧。」

一大早，票號櫃前擠了很多人，亂作一團。夥計在裡面招呼著，說：「請各位排好隊，一個一個來。告訴你們，我們票號裡有的是銀子，你們就是不信。銀子是你們的，存也由你們，取也由你們。」

夥計從裡面搬銀子出來，櫃檯裡面的桌上壘得高高的。大家仍是不相信，說：「我們該相信誰？才把錢存進票號裡，有人說他們原來是家空門面，自己沒一兩銀子。」

「我們相信自己。這年頭，把銀子取回去，放在枕頭底下壓著最保險。」忽然聽人喊道：「關家運銀子來了。」只見好幾駕馬車，篤篤篤地來到恆盛票號前面。馬車放慢速度，挨次兒從側門進去了。不一時，見櫃檯裡有人抬進一個箱子，打開，滿滿的銀子。霍運昌背著褡褳袋，剛從裡面跑出來，見了馬車，大驚，問：「怎麼了？」劉鐵山示意霍運昌別出聲，拉他去了房內，道：「霍掌櫃，麻煩了。」霍運昌更是吃驚：「快說，怎麼了？」「城外很亂，根本不知怎麼走哇！」劉鐵山說。霍運昌臉色鐵青：「那可怎麼辦？」劉鐵山道：「不急。您先歇著，我帶人先去探探路，看看怎麼走。情勢危急，得萬無一失啊！」霍運昌道：「劉師傅，全拜託您了。」

大堂裡排隊取銀子的人漸漸散去，剩下些排隊的，都是來存銀子的。錢廣生從裡屋出來，沒事似的走進櫃檯。有人說：「這位就是錢掌櫃，我認得。東家還是老東家，掌櫃還是老掌櫃，沒問題的！」

錢廣生只當沒聽見，故意大聲吩咐夥計：「取銀子這邊多派個人手過來，人家取錢總是急用，別讓人家久等了。」夥計笑答道：「存銀子的多，取銀子的沒幾位，忙得過來。錢掌櫃，您忙您的去吧，這兒沒您的事。」

原來，祁子俊暗中請劉鐵山幫了忙。但畢竟不能再作耽擱，勉強挨了一日，恆盛錢莊終於撤莊了。霍運昌、劉鐵山同祁子俊、錢廣生告別。祁子俊握著霍運昌的手，說：「霍掌櫃，您一路順風。我給岳父大人、我娘各寫了封信，煩請帶到。我這邊的事，您方圓幾句，萬萬不可實言相告。一切都等我自己回來當面說清楚。」

霍運昌道：「好吧，您請珍重！」祁子俊又握了劉鐵山手，道：「辛苦您了，劉師傅！我倆可是共過生死的啊！」劉鐵山道：「日後有用得著的地方，但請吩咐！」

望著馬車魚貫而去，祁子俊神情有些淡淡的傷感和憂慮，說：「錢掌櫃，現在天塌下來，也只有靠我倆自己了！」錢廣生說：「祁少爺，看來最危險的時候過去了。現在是差不多只有來存錢的，不見來取錢的。」祁子俊問：「有借錢的嗎？」錢廣生說：「借錢的暫時也沒有。」祁子俊道：「光是有存錢的，沒有借錢的，也是不行的。但也無妨，暫時是存錢要緊。」

錢廣生道：「祁少爺，我在錢莊、票號做了幾十年了，大風大浪見過不少。像您這樣會出險招、怪招的從沒見過。我實在佩服！您想想，自打票號招牌掛上去那天起，您就沒出大門半步，也沒去前臺看一眼，只坐在後面出主意。可樁樁件件都讓您玩得溜溜兒轉。您可真是奇才啊！」

祁子俊道：「哪裡啊，都虧得你在前面應付著。沒有你，我什麼也做不成。」錢廣生笑道：

「祁少爺過獎了。我都是按您的意思辦的哪。」祁子俊長舒一口氣，說：「看上去，現在是風平浪靜了。可是，說不定更大的風浪正等著我們啊！」正說話間，有夥計跑來說：「東家，錢掌櫃，城裡出亂子了。」祁子俊問：「什麼亂子？」夥計說：「吃糧的在街上搶東西，見鋪子就搶，就砸，見女人就拉。」錢廣生問：「是在哪一塊兒？」夥計道：「聽說是在城南那邊。」錢廣生說：「城南？離這裡倒有些路程。」祁子俊說：「兵禍猛如水火。你馬上去打聽清楚，看是怎麼回事。」

夥計出門，叫了黃包車，朝城南方向飛奔而去。沿路只聽得人們大呼小叫的，像是哪裡著了火。夥計正想下車問個究竟，但見眾多旗營和綠營兵勇衝進一家珠寶行搶劫。老闆上前阻攔，兵勇們朝他拳打腳踢。

老闆哭喊著：「光天化日之下，你們吃著皇糧的官軍，怎麼成了土匪啊！」兵勇惡狠狠地喝道：「放你媽的狗屁！老子就是斷了皇糧，才向你借些錢財！」

夥計不敢再往前去，叫車伕往回走。黃包車才要掉頭，卻見另一夥兵勇猶如洪水猛獸，洶湧而來。兵勇們路過飲食鋪，上前將包子、饅頭一搶而光。他們遇著沒東西可搶的鋪面，就揮刀亂砍亂砸。「強盜啊，強盜啊，兵匪一家啊！」「放著城外的強盜你們不去打，跑到城裡來欺壓百姓啊！」

夥計正不知所措，忽的又見另一夥兵勇們趕來制止亂局。夥計分不清官員的品級，只見有位漢子像個當官的，上前喝令：「住手！你們這些旗軍、綠營是來除暴安良的，怎能搶掠百姓！」旗軍兵勇怒道：「你是什麼東西？敢對老子嚷嚷？砍了你！」

頓時，刀刀槍槍的殺作一團。好幾位兵勇應聲而倒，血流如注。夥計哪敢再看下去？急匆匆往回趕。沿路所見，鬼哭狼嚎。

正望見大恆盛門首，見一隊軍人飛馬而來。夥計嚇著了，剛要回頭，被人喝住。此人正是上次來錢莊捉拿祁子俊的劉通判。劉通判道：「站住，你是票號夥計嗎？」夥計慌忙點頭，道：「是是是！」劉通判道：「有旗軍跟綠營軍人鬧事，專搶票號、錢莊、金行、珠寶行。你們自己要加強警戒！如有情況，速速報告知府！」夥計這才舒了口氣，點頭稱謝，飛跑著進了票號，把外頭的事兒說了：「聽說是朝廷的餉銀下不來，兵勇們領不到銀子，這才鬧的事。」錢廣生急道：「這可怎麼辦呢？兵勇一到，銀子會被搶光的。」

祁子俊低頭沉思，半天不說話。夥計望著祁子俊，又道：「最凶的是旗軍那些滿人，橫蠻無理！見東西就搶，見女人就拉。」祁子俊突然立定，說：「錢掌櫃，我們的生意來了！」錢廣生問：「什麼生意？」祁子俊問：「錢掌櫃，江寧知府裡面你有朋友嗎？」錢廣生說：「上次來過的那位劉通判，打過交道，算不上朋友。」祁子俊道：「只讓他引見一下知府就行了。」錢廣生不明白，問：「東家，您的意思是……」祁子俊道：「我想見見知府大人，我們借銀子給旗軍跟綠營暫充軍餉！」錢廣生吃驚道：「這怎麼行？」祁子俊道：「等著他們來搶，不如先借給他們。」錢廣生說：「銀子怎敢借給旗軍和綠營？您看他們，同強盜沒什麼兩樣啊！」

祁子俊道：「所以，我才要找知府。我想知府更希望平息兵禍，就讓他做個擔保。旗軍跟綠營打到哪裡住在哪裡，知府可是跑不了的。兵勇們只要有了餉銀，就不會鬧事了。」錢廣生道：「我同那位劉通判談不上交往，不知他肯不肯引見啊！」祁子俊笑道：「上次來時，他不是收了銀子嗎？」錢廣生道：「那又如何？」

祁子俊胸有成竹，笑道：「當官的，只要他肯收銀子，事情就好辦！」當晚，祁子俊讓錢廣生牽了線，請劉通判喝酒。祁子俊舉了酒杯，道：「劉通判，這杯酒，我單敬您！」劉通判舉了杯，說：「關先生太客氣了，同飲同飲！」祁子俊道：「錢掌櫃同我說過多次，說劉通判很夠朋友。我是有意高攀，特備小酌。您能賞臉，我關某感激不盡啊！」錢廣生笑道：「劉通判很忙，平日裡最煩的就是人家請他吃飯。」

劉通判道：「朋友多了，沒辦法。官場應酬，千古同例啊！當年蘇東坡在杭州，也是當通判，天天被朋友們拉著喝酒，苦不堪言，說杭州是酒肉地獄。」

錢廣生笑道：「我往日在鄉下，遇著縣太爺出行，嚇得要尿褲子。現在想來，縣太爺算個麼官？像劉通判這般，才算得上夠品的官兒。劉通判，您可是給足了我錢某面子。來來，劉通判，我也要敬您一杯！」

劉通判笑道：「我劉某哪那麼大的架子？朋友嘛，得五湖四海啊！來，乾了！」祁子俊笑道：「說起蘇東坡，我常聽錢掌櫃說，劉通判的詩文可是風流得很呀！蘇東坡當年也只知道自己是個通判，哪知道自己的詩文會傳誦千古啊！」

劉通判搖手道：「關先生如此說，我就慚愧了！我怎敢跟東坡先生比？不是我寒磣自己，讀書人是一代不如一代，做官的也是一代不如一代。東坡先生那會兒的通判是幾品官，我沒考究。這江寧知府我知道，早先是四品，打朝乾隆爺手上起就是從四品了。我這通判呢？更在知府之下。算了算了，朋友相聚，只管喝酒！」

祁子俊道：「劉通判能同我關某朋友相待，實在是抬舉啊！來，再敬您一杯！」劉通判端了酒杯，笑道：「關先生，您猜我最看重的是什麼？錢嗎？金陵街上任何一個小鋪老闆錢都比我多；官嗎？我這正六品的官在大清朝可是多如牛毛。我最看重的是朋友！來，這杯酒，我回敬您！」祁子俊忙伸過酒杯來同劉通判碰了，一飲而盡，感嘆道：「劉通判可是個豪爽人哪！」

劉通判頗為得意的樣子，道：「我是個讀書人，在官場上混了這些年，發現很多道理，光靠讀聖賢書，是悟不出來的。就說這錢、這官吧，常言道，陞官發財，可是官大了，錢多了，有朝一日會竹籃打水一場空。只有這朋友不怕多。來來，關先生，錢掌櫃，我們仨同飲一杯。」

祁子俊問：「劉通判這兩天可忙壞了吧？」劉通判搖頭道：「您該聽說了，旗軍跟綠營兵勇為餉銀的事鬧上了，城南那邊可是亂成一鍋粥啊！知府郭大老爺派防軍彈壓，鬧出了人命！事情還沒完哪！」祁子俊問：「餉銀到底是怎麼回事？」

劉通判左右望望，低了嗓子，故作神祕，道：「這幾年，朝廷日子可不好過啊！同英吉利打仗打輸了，賠銀子；連年災荒，賑濟災民，也得花銀子；如今洪楊造反，還是得花銀子。庫銀空虛，從京城裡根本就沒法解銀子下來。沒法子，只好直接從南方各省往綠營解稅銀。戰局很亂，運輸困難；加上各省都有自己的小算盤，解銀也不及時。這不，就接濟不上了。此乃天機，不要往外頭說啊！」

祁子俊道：「劉通判，我倒願意為朝廷效些微力。」劉通判問：「關先生有何高見？」祁子俊道：「我願意把票號裡的銀子先借給旗軍跟綠營，等朝廷餉到了，再還上就是。」劉通判眼睛一亮，說：「這倒是個辦法。」祁子俊道：「這樣一來，兵禍平息了，貴府也去了心病，金陵百姓也安寧了。」劉通判道：「如此甚好！我幫您同綠營那邊連絡一下吧。」祁子俊道：「我想先同綠營談談。但綠營那邊，我暫時不敢貿然往來。能否請劉通判引見一下知府大人，讓金陵府做個擔保。」

劉通判道：「郭知府同江守備擰上了，不想趟這趟渾水。今天下午，我陪郭知府去了趟綠營，見了守備江明祥。兩人沒說上幾句就吵開了。郭知府說綠營吃著皇糧，肩負皇命，卻在江寧打家劫舍。江守備就說旗營比綠營鬧得更凶，還說郭知府臨事迂腐，不思變通，見急不救，招致兵禍！兩個人都說我要參你！」

祁子俊道：「郭知府該不會意氣用事吧。事情真鬧大了，郭大老爺也不好辦。」劉通判嘴裡

「這個這個」，半天不說話。

祁子俊道：「劉通判，我是個直爽人，說話不繞彎子。我如此做，您官府要是認可，定會視為義舉加以表彰。可我也是為自己著想。一則，此事不平息，遲早也會殃及我大恆盛；二則，我借銀子給綠營，就得按規矩收取利息，畢竟也是筆生意。既然是生意，我賺了錢，豈會忘了朋友？」

錢廣生馬上遞上銀票，說：「劉通判，這是關先生的意思，難得朋友一場。」劉通判接了銀票，說：「到底也是您替我官府解難，還這麼客氣。好吧，事不宜遲，我們馬上見郭大老爺去！」

情勢急迫，三人乾了杯，立馬去了知府。知府郭景很有些架子，端坐高椅，眼睛半睜半開的。劉通判見郭景這副模樣，自覺在祁子俊跟前沒有面子，卻硬著頭皮把事情說了。誰知郭景突然睜大了眼睛，黑了臉，吼道：「好哇！真是大膽，做生意做到我這裡來了！我這裡可是堂堂正正的清水衙門，豈能同生意人蠅營狗苟！」

劉通判放開了膽子，道：「郭知府，下官以為您言重了。關先生願意替朝廷效力，實乃義舉，應該褒獎才是。餉銀未到，兵禍難平；兵禍不平，金陵危急呀！」郭景道：「關先生，你願意借銀子給綠營，好啊？你自己去綠營找江守備，他會馬上派馬車到你大恆盛拉銀子！」祁子俊道：「我正是不敢直接同綠營往來，才想著找您郭大老爺。我票號開在金陵，您也就是我的父母官。此事一定請您做主！」郭景道：「說來說去，你這還是在做生意。既然是生意，我身為大清命官，不便插手。」祁子俊道：「自然是做生意。可這樁生意，有賺頭的不光是我，大家都有賺頭。」「唔！」郭景回頭冷眼道，「你敢公然賄賂本府？」

祁子俊笑道：「知府大人誤會了。我說的賺頭，只是個比方。綠營解了餉銀之難，江守備豈不賺了？金陵解了兵禍之危，您知府大人豈不賺了？還有，金陵的百姓也賺了，免得破家捨財，生靈塗炭啊！」

郭景沉吟片刻，點頭道：「既然如此，我就破例一回吧。本府明天就陪你去往江南大營，同江守備切磋此事！」祁子俊掏出個信封，道：「郭大老爺，這是我大恆盛銀兩借貸不同期限的利息目錄，請您過目。」郭景接了信封，捏了捏，點點頭，說：「好吧，我會看的。」祁子俊道：「謝知府大人。我們告辭了！」郭景背著手，說：「好，我就不送了。劉通判，你送送二位吧。」劉通判朝郭景點點頭，再往門口伸手道：「二位請！」郭景背手而立，手拿信封，一個手指在信封上悠然地彈著。

次日一早，郭景便領了祁子俊一行往江南大營去。江明祥倒是頗有軍人風範，見了郭景，就跟沒事兒似的，依然是拱手寒暄，一派豪氣。聽祁子俊講完自己的打算，江明祥忽地站了起來，雙手往祁子俊肩上一拍，哈哈大笑，說：「關先生，你可救了火啊！我江某替眾兵勇感謝你了！」

祁子俊道：「能為朝廷效力，這是關某的榮幸！」郭景道：「關先生識大體，明大義，令人敬佩！這事鬧得我同江守備差點吵了架啊！」江明祥笑道：「已經吵了嘛！哈哈哈！」郭景道：「失敬失敬！」

江明祥道：「哪裡哪裡，怪我脾氣不好啊！郭大老爺，既然關先生想請貴府擔保，我這裡也就拜託您了。放心，只要朝廷餉銀一到，我立即本息奉還。」

郭景道：「好，既然關先生信任本府，我郭某也就簽了這個字！」祁子俊道：「其實君子之約，未必定要簽字。」郭景望望江明祥，支吾道：「這……」江明祥笑道：「我說句實在話，郭大老爺簽個字，你心裡也踏實些。」祁子俊道：「那我就依兩位大人的。」錢廣生在一旁早準備好了文書，說：「郭大老爺這邊請。」郭景提了筆，簽字。一式三份。郭景擱了筆，朝江明祥道：「江守備，您請。」江明祥抬手提了袖子，揮筆簽字。最後祁子俊簽字。錢廣生將貸款文書給江明祥、郭景各送一份，自己一份疊好，交給祁子俊。祁子俊道：「旗軍那邊，還請江守備幫我牽牽線。」江明祥道：「這個好說，他們會感激不盡的！」事情妥了，江明祥想請各位在軍帳小酌幾杯。祁子俊沒心思喝酒，就婉拒了。

回來的路上，祁子俊問：「錢掌櫃，這兩個人，你覺得如何？」錢廣生明白祁子俊問的是誰，便說：「郭大老爺肚子裡的彎彎兒多些，江守備直爽些。」祁子俊點頭道：「多同江守備往來，看情況，以後就直接走江守備這邊關係。郭大老爺那裡，敷衍敷衍就行了。倒是劉通判，可以多交道些。有些事情，用不著驚動他郭大老爺，就讓劉通判去辦就行了。」錢廣生道：「祁少爺見事精明，我看就這樣行。」

祁子俊臉色神祕，輕聲吩咐：「錢掌櫃，你把大恆盛貸銀子發軍餉的事悄悄兒透風出去。」錢廣生問：「這樣妥嗎？事關軍機啊！」祁子俊笑道：「不妨。俗話說，沒有不透風的牆，可到底是哪堵牆透的風，就說不準了！」

不出幾日，外頭都知道大恆盛票號的義舉。這一早，忽聽得大恆盛票號前的街口鞭炮齊鳴，鑼鼓喧天。眾人高高地抬著一塊匾，上書四個大字：上善厚德。人群直擁往大恆盛門口。聽得夥計通報，錢廣生馬上出來了，連連拱手。

一商人模樣的人朝錢廣生拱手道：「我們得知是您大恆盛慷慨解囊，方使兵禍平息。眾商家、街坊感激不盡啊！」「這都是我們東家的主意。」錢廣生回頭朝一夥計說，「快快去請東家。」

說話間，祁子俊早出來了。錢廣生忙介紹道：「這位就是我們東家，關家駒先生。」祁子俊拱手笑道：「各位太客氣了，我大恆盛受不起啊！我們都要感謝江寧知府竭力安撫，感謝綠營守備嚴肅軍紀啊！」商人道：「關先生年紀輕輕，膽識過人，老朽佩服！要是指望官府，我們店鋪早被搶了！」錢廣生介紹這位商人：「這位是萬盛珠寶行的馬老闆。」祁子俊道：「馬老前輩，您過獎了。我不把銀子借給他們，遲早也要被搶的。」另一位商人道：「關先生這就謙虛了。金陵能借出銀子的商家不止您一家，可誰有您這般大氣？我們合計著，送塊匾給您大恆盛，表個心意。」錢廣生又介紹道：「這位是德昌金行的張老闆。」祁子俊道：「張老闆，關某受之有愧啊。既然是大家的美意，我也只好受了。謝謝了，謝謝了。」張老闆道：「往後啊，我的銀子，別的地方不存了，就存你們大恆盛！」祁子俊道：「謝謝謝謝！」馬老闆道：「我同張老闆也合計好了，也往你們這裡存銀子。」張老闆道：「正是正是！」

夜裡，郭知府召見了祁子俊。祁子俊滿心歡喜，心想自己協助知府解了餉銀之危，郭景必定會看重他了。不料見了面，郭景冷冷的，只顧低頭斯文地喝茶，眼皮子都不抬。半晌，郭景才陰陽怪氣地說：「關先生，您可是出盡風頭啊！」

祁子俊瞟了眼劉通判，道：「關某不敢！關某知道，不是郭大老爺玉成，此事是辦不成的，金陵也是安寧不了的。」郭景道：「可百姓都說，江寧知府辦不到的事，大恆盛辦到了。平息兵禍，都多虧了大恆盛！」祁子俊很是驚恐，忙說：「我大恆盛不敢貪天之功！」郭景冷笑道：「可是，你已經貪了功！」

劉通判從中打圓場：「郭大老爺，我私下查訪了，商戶和百姓是自發地送匾給大恆盛，關先生也甚是為難。他也一再地說，自己受之有愧！」

錢廣生敷衍說：「關先生還說，要讓商戶和百姓們感謝金陵府，感謝郭大老爺。立馬就有人高呼郭青天哪！」郭景的面色這才緩和些：「算了吧。我找你們來，也不是要嚴加責問。只是想告訴你們，在這金陵，凡事都有金陵府管著，你們只顧安心做生意就是了。你們真做得好，自有朝廷表彰。」祁子俊道：「感謝郭大老爺教誨！」告辭出來，錢廣生問劉通判：「郭大老爺幹嗎發那麼大的火？」

劉通判笑道：「郭大老爺才向朝廷上了折子，稟報此次平息兵禍的經過，自然是替自己表功的。他上次為這事同江守備吵過，江守備說要參他，說不定已經參了。如此一來，你們搶了風頭，他當然不高興了。」

祁子俊笑道：「原來如此啊！劉通判，我們不說這些了。大恆盛的事，往後還要請您多關照啊！」劉通判道：「自然自然，朋友嘛！我倒想起今日個商家們給你送的那塊匾，很是吉利，大恆盛肯定會大發的。」祁子俊道：「託劉通判吉言。上善若水，厚德載物，倒是兩句好話。只是我怕承受不起啊！」劉通判道：「我想這兩句話本意大家都知道，並不稀罕。轉個彎兒去想，就更有意思了。」祁子俊問：「如何轉彎？」劉通判道：「上善跟厚德，是這兩句話的面子，若水跟載物是裡子。面子已經很好了，可裡子更好。你想想，水是什麼？水就是錢哪？官府鑄錢的地方叫什麼？叫寶泉局！錢眼兒不就叫泉眼兒嗎？載物就更不用說了，吉祥！」祁子俊笑道：「劉通判學問就是做得活！」劉通判道：「不光做學問，做事、做人更要活。做活了，什麼都好辦。」祁子俊笑道：「多謝劉通判指點。朋友活了，大家都活！」劉通判手朝祁子俊點了點，哈哈大笑。祁子俊道：「劉通判，不早了，您請回吧。」劉通判站住了，說：「好吧，我就不遠送了。」

上了馬車，錢廣生說：「祁少爺看人果然準，這郭大老爺不是個好東西。」祁子俊笑道：

「他雖不是個好東西，但畢竟還是個東西，自然還是要敷衍的。」錢廣生說：「這個自然。剛才他發火的時候，看您嚇得那個樣子，我也有些害怕了。」祁子俊哈哈大笑，道：「錢掌櫃，你以為我是真嚇著了？我顯出害怕的樣子，是給他面子啊！」錢廣生張著嘴巴，圓瞪雙眼，愣了會兒才笑道：「祁少爺啊，您可總是高我一著啊！我見您都嚇著了，心裡就害怕了。哪知您是假害怕，我是真害怕！」祁子俊笑道：「都說官場如戲場，我們要同他們打交道，就陪著他們演戲吧！」

祁子俊坐仔細地翻閱著帳冊，錢廣生同幾位夥計望著祁子俊，都不出聲。好一會兒，祁子俊慢慢闔上帳冊，說：「比預料的好些，但頭寸還是有些緊。」錢廣生說：「綠營餉銀要是老不下來，只怕有些麻煩。要不是馬老闆、張老闆他們存了銀子來，早出事了。」祁子俊說：「還是大戶不夠。錢掌櫃，同大戶連絡，還得拜託您啊。」錢廣生點頭道：「行，都是些熟人。待會兒我把裡邊事情交代一下，就出去走動走動。」祁子俊囑咐錢廣生快快出門走動，自己來到店堂，想看看生意如何。夥計們見了祁子俊，忙招呼道：「東家您好！」「您就是東家？我們弟兄們可謝謝您啦！」忽聽外面有人說道。祁子俊抬眼望去，見幾位綠營兵勇在排隊存錢，忙招呼：「軍爺，你們辛苦了。」子俊說話間就走了出來，到了大堂。兵勇說：「我們弟兄們在外賣命，家裡人就等著我們的銀子活命啊！老闆，您可是救了我們啊！」祁子俊問：「你們怎麼不把銀子捎回去？」兵勇道：「現在怎麼捎回去？亂著哪！帶在身上又不方便，存在您這裡我們放心！」祁子俊說：「你們放心存吧。上頭銀子要是又趕不上，我還給你們借！」兵勇道：「謝謝了，謝謝您，好老闆！」祁子俊拱手道：「各位，感謝你們信任大恆盛。回頭見！」

祁子俊從票號大堂急匆匆走到天井，碰著位夥計，道：「錢掌櫃還沒出門嗎？快請他到客堂裡來。」

祁子俊簡直有些激動，不停地走著，右拳頻頻往左手裡輕輕砸著。他想同江南大營連絡，讓兵勇們把錢都存到大恆盛來。只要江守備點頭，大恆盛就沒必要拿那麼多現銀去軍營，借給軍營的，兵勇存進來的，過過帳就行了。這一著成了，頭寸也就輕鬆些。

錢廣生急急地跑來：「我才要出門哩。祁少爺，什麼事？」祁子俊笑著，輕道：「關公子。」錢廣生忙改口道：「對對，關公子。什麼事？」祁子俊道：「你慢些去找商戶，我倆一塊兒去趟綠營，找找江守備。」錢廣生說：「江守備才來過信，要我們再等幾天呀？」祁子俊拉著錢廣生往外走：「我們邊走邊說。」

兩人備車出城，直奔江南大營。江明祥親自迎出帳來：「關先生，錢掌櫃，二位請進！我已將關公子的義舉上奏朝廷，朝廷自會對您加以表彰。」

祁子俊笑道：「區區小事，不值得驚動朝廷。」江明祥道：「哪裡，不是您出手相援，會出大亂子啊！餉銀已有消息，最多再過三五日就到了。到時候我們一定讓兵勇們敲鑼打鼓，把餉銀還上。」祁子俊道：「受不起，受不起。江守備，我倒有個想法，請您裁奪。」江明祥道：「不客氣，關先生請講。」

祁子俊道：「我今日見幾位綠營兵勇在我大恆盛存銀子，便有了這個想法。兵勇們隨身帶著銀子自是不便，存往票號，日後方便支取。我票號匯通天下，哪裡都可以取的。但兵勇們三三兩兩往票號去，都得告假，難免鬆弛軍紀。不妨這樣，願意把銀子存在大恆盛，由綠營統一造冊，一併存去。」江明祥想想，說：「這個辦法自然好，只是手續過繁，頗費人事。」祁子俊道：「謝「勞煩之處，我們自會付些酬勞。」江明祥道：「好吧，我就吩咐下邊辦去。」祁子俊道：「謝謝了。」

第十一章

黃玉昆坐在案前，心神不定。江南大營奏報，江寧有關姓票商，協助朝廷緩解軍餉之危，使得鬧餉之亂得以平息，奏請皇上予以嘉賞。解餉本是戶部之責，卻因庫藏空虛，黃玉昆為這事兒傷透了腦筋。可這會兒知道有民間商人辦成了朝廷都難辦的事兒，黃玉昆心裡很不是味道。他便吩咐下面，查查這關姓票號是何等來歷。

丁主事來報：「回黃大人，查遍歷年檔案，山西並無大恆盛票號。」黃玉昆驚問：「確實嗎？」丁主事道：「我們二十幾個人手，查了三遍，應該沒錯。」「知道了。」黃玉昆道。丁主事才要告退，黃玉昆道：「慢！」丁主事問：「黃大人還有何吩咐？」黃玉昆道：「叮囑山西司所有人，此事不得往外說。」丁主事道：「屬下明白！」

黃玉昆端正官帽，撣撣朝服，出門而去，直奔瑞王府，稟道：「王爺，我們查過了，山西並沒有什麼大恆盛票號。」瑞王爺猛地睜開了半瞇著的眼睛，說：「真的？」黃玉昆道：「仔細查過了。」瑞王爺站了起來，說：「幸好我沒有馬上啟奏皇上。皇上這一向身子不太好，他老人家要是知道解救軍餉之急的是位招搖撞騙的奸商，龍體豈不雪上加霜啊！」黃玉昆頓時臉上冒汗，說：「下官魯莽，聽信江明祥的話，急急的就起草了奏請表彰關家駒的折子。幸好瑞王爺明察，不然就出亂子了。」黃玉昆嚴厲道：「傳令下去，速速查封金陵大恆盛票號，捉拿奸商關家駒，押往京城！」黃玉昆應道：「遵王爺旨意！」

江寧大街上，幾十位兵勇敲鑼打鼓，擁簇著兩輛馬車，在大街上行走。街道兩旁站滿了看熱鬧的人。

「稀罕了，兵勇們吹吹打打幹什麼去？」「聽說是綠營來大恆盛還銀子。要不是大恆盛，這些兵勇可不是吹吹打打地上街，早進我們家搶東西了。」

兵勇並馬車果然直往大恆盛而來。錢廣生拱手道：「辛苦了，辛苦了，各位進去喝杯水吧。」鼓樂停了下來，把總領著兵勇們魚貫而入。天井裡已擺好了茶水。

祁子俊道：「各位軍爺，勞煩你們了，喝口茶吧。」把總道：「關先生，兄弟們坐著喝茶。我們快快點了銀子，對了帳。軍務緊急，不敢耽擱啊！」祁子俊道：「好吧！」

錢掌櫃親自過來點銀子。祁子俊坐著同把總說話：「把總，沒事往城裡來，就來坐坐。出門打仗，辛苦啊！」把總道：「光是辛苦倒不怕，弄不好就掉腦袋。長毛洪秀全，太厲害了。」祁子俊道：「哪裡，把總您洪福齊天，又有江守備這等將帥，一定會克敵制勝。」把總說：「江守備意思，下次如果餉仍未能按時解到，還要請關先生幫忙。發給兵勇個人的部分，願存過來的，我們先就造了冊。也就省得把銀子拉來拉去，過過帳就行了。這次，我們把兵勇們要存的銀子也一併帶過來了。」祁子俊道：「如此甚好！大概有多少人願意存銀子？」把總道：「八成以上。」祁子俊道：「好，謝謝了。」把總嘆了聲，輕聲道：「只是這些人存了錢，能否活著回來取，就說不定了！」祁子俊忙搖頭道：「把總，不會的不會的，弟兄們福大命大。」錢掌櫃過來說道：「東家，把總，銀子點了，帳也對了。」把總起身道：「二位，差事交了，我們就走了。」祁子俊道：「那我們就不敢留了。」祁子俊說話時示意錢廣生。錢廣生會意，遞過一小包銀子，說：「把總，既然領著弟兄們進城了，您就帶著他們喝杯酒去吧。」把總接了，說：「弟兄們謝謝二位了。」

祁子俊同錢廣生送兵勇們出門，正要回身，見遠處有馬隊過來。祁子俊說：「那不是劉通判嗎？」錢廣生道：「不知哪裡又出事了。劉通判這些日子可忙壞了！」祁子俊道：「同他打個招呼再進去吧。」劉通判的馬隊徑直朝大恆盛票號而來。祁子俊拱手道：「劉通判，忙哪？」劉通判並不答話，也不望祁子俊，自顧下了馬，道：「念！」司獄早展出公文，高聲念道：「戶部有令，查金陵大恆盛票號，係奸商關家駒擅自私開，有違大清律例。著令金陵府查封票號，拘捕人犯關家駒，押解進京！」祁子俊臉色慘白，喊道：「劉通判，劉通判。」錢廣生嚇得雙腿直哆嗦。劉通判背過身去。丁勇上前，扭住祁子俊。

票號裡亂作一團。整箱的銀子被抬了出來。丁勇們忙著給票號貼封條。夥計們被吆喝著，惶恐不安。祁子俊說：「我會隨你們走的，請容我稍作收拾。」丁勇們望望劉通判，便鬆開祁子俊。祁子俊回房間去，沒多時便提著個包袱出來了。

司獄喝道：「包袱拿過來。」丁勇上前，搶過包袱，用力一抖，裡面衣服散落一地。匣的一聲響，正是那把蒙古匕首。那個黃色錦盒滾到一邊，在太陽下格外扎眼。司獄道：「你好大膽子，還帶著匕首！」祁子俊望著劉通判說：「劉通判，我只求您一件事，請允許我帶著這把匕首和那個盒子進京。」劉通判沒吭聲，從司獄手裡接過匕首，抽出一看，傻了眼，問：「這不是僧……」祁子俊搖搖頭，示意劉通判不要說出來，只道：「劉通判，這位貴人的名號，此處不便說。」司獄被弄得雲裡霧裡，撿起那個黃色錦盒。劉通判接了過來，剛要打開，祁子俊忙說：「劉通判，那東西您不能打開。」劉通判驚疑道：「為什麼不能打開？」祁子俊笑道：「打開那個錦盒，你們都得當場跪下。」劉通判冷冷一笑，道：「有這麼神？」劉通判說著，就打開了錦盒。他還沒看清那是什麼玩意兒，只是見了上面的玉璽印，雙手一抖，立馬跪下了。眾人不明白是怎麼回事，忙都跪下。劉通判回頭道：「司獄，叫大夥兒把銀子並一切財物好好的造冊登記，不准亂來！」錢廣生吃驚地望著祁子俊，不知發生什麼事了。祁子俊道：「劉通判快快請起。您只讓我帶著這兩樣東西進京，我保證會回到金陵城來。今後你們有用得著我的地方，我定會效勞。」劉通判輕聲道：「關先生，你把我弄糊塗了。我真不知你是何方神仙，身上怎會有這兩樣東西？朋友一場，我是個講義氣的人。我會派人沿路好好的照顧著你。」祁子俊神祕地點點頭，道：「謝謝了。」

劉通判關照著，祁子俊去京城的路上並不怎麼吃苦。可是到了京城，境況就大不一樣了。刑部大牢可是什麼大人物都關過的，祁子俊又算得了老幾？何況祁子俊暫時既不想說出自己的真實身分，也不想驚擾了僧格林沁。他腦子裡也沒什麼九拿十穩的算盤，只打算相機行事。夜裡，祁子俊剛關進刑部大牢，就被人叭地按倒在地，跪在地上。

端坐在他面前的是戶部李司務，問道：「說，人犯哪裡人氏，姓什名誰！」祁子俊道：「我姓關，叫關家駒，山西祁縣人氏。」李司務問：「江寧府報稱，你家原是開錢莊的，在各地多有分號，聲譽很好。為何趁長毛為患，金陵民心浮動之際私開票號？」任李司務如何聲色俱厲，祁子俊只是低頭不言。李司務火了，道：「難道要吃幾棍子你才開口？」聽說吃棍子，祁子俊屁股上不由得發麻。太原府的棍子他想起來就害怕。沉默片刻，祁子俊說：「我幫朝廷緩解兵勇鬧餉之困，救民於水火，不僅無罪，實乃有功。」李司務冷笑道：「有功？你家各地分號是否也是想改票號就改票號了？」祁子俊道：「沒有！」李司務道：「戶部將傳令各地，暫且查封關家所有錢莊，聽憑發落！」祁子俊怕連累了關家，忙道：「大人，您不能這樣做！」李司務怒道：「你還敢頂嘴！如果不速速查封關家各地錢莊，各州府要被你家弄得雞犬不寧！你這是趁火打劫，助紂為虐！」祁子俊說：「金陵大恆盛票號同關家沒有關係。我……我也不姓關！」李司務滿腹狐疑，問道：「你到底什麼人！」祁子俊囁嚅不言。李司務招呼手下：「打！」一棍子下來，打得祁子俊趴在地上。李司務道：「再不說實話，打碎你的賤骨頭！」祁子俊只好供認：「我是義成信少東家祁子俊！」李司務驚道：「啊？你果真是祁子俊？」

這時，一獄卒遞上匕首和錦盒。李司務一看，驚疑道：「這可是你的東西？」祁子俊道：「我隨身帶著的。」李司務站了起來，囑咐獄卒：「這個人，沒有瑞王爺跟戶部黃大人的手令，誰也不准接近！」獄卒應道：「是！」李司務急忙趕到黃玉昆家，報道：「黃大人，我遵您的意思，草草問了人犯，卻問出個石破天驚！」黃玉昆道：「石破天驚？」李司務說：「此人就是我們要捉拿的祁子俊！」黃玉昆驚道：「什麼？祁子俊！」李司務說：「是，他自己供認的。這是我們從人犯隨身所帶包袱裡搜出的，您看。」黃玉昆從李司務手裡接過那把蒙古匕首，抽出一看，驚道：「啊！上面刻著的蒙古文，可是僧王爺的名字。」李司務問：「這又如何？」黃玉昆道：「難道祁子俊同僧王爺……」李司務又呈上黃色錦盒：「還有這個！」黃玉昆打開一看，更是吃驚：「他手裡怎麼會有這個？」李司務疑惑，問：「黃大人，這……」黃玉昆道：「這是龍票，太祖努爾哈赤所賜。太祖遺命在先，凡家藏龍票的商家大戶，都是早年為朝廷效過力的，對他們要多加體恤。」李司務問：「是否速速報告瑞王爺？」黃玉昆擺手道：「慢，讓我想想。」李司務望著黃玉昆來回走著，神情也是不安。黃玉昆突然立定，道：「李司務，我黃某平日待你如何？」李司務道：「我李某能有今日，全憑黃大人栽培。黃大人，您今日如何突然問起這話？」黃玉昆道：「有件事想交給你去辦。」李司務道：「請黃大人吩咐！」黃玉昆道：「這件事非同小可。你真與我同心同德，也就罷了。不然，你可以拿這件事要我腦袋！」李司務忙低頭拱手，道：「黃大人，我李某對您可是俯首帖耳，死心塌地啊！如果信任我，就請快快吩咐！」黃玉昆道：「這事不能馬上告訴瑞王爺，而是要趕快告訴另外一個人。」「誰？」李司務問。黃玉昆輕聲道：「僧王爺！」「啊！」李司務大吃一驚。黃玉昆道：「皇上龍體欠安已有些日子了，只怕……唉！現在各位王爺、阿哥、大臣，都忙得很哪！一朝天子一朝臣，改天我們又聽命於哪位王爺，可說不定啊！手裡多抓著位王爺，就多條活路啊！」李司務道：「黃大人深謀遠略。」黃玉昆道：「我出門不方便，會引人注意的。你悄悄兒上門去，帶上這把匕首和龍票。」

李司務領了命，星夜奔僧王府而去。家丞開了門，將李司務讓進府內。李司務道：「我奉戶部黃大人之命，請求面見僧王爺。」家丞道：「僧王爺今兒個一大早就進宮去了，深夜還沒回來，八成是宮裡有急事給拖住了。」李司務焦急道：「這可如何是好？我這裡事關重大。」李司務直等到天快亮了，仍不見僧格林沁回府。他怕生出變故，便趕回黃玉昆那裡覆命。卻把匕首和龍票留在僧王府了。

黃玉昆聽下人報說李司務來了，慌忙從臥室出來，胡亂扣著衣扣，問：「快說，僧王爺如何說？」李司務說：「我沒見著僧王爺。我在僧王府等到天快亮了，僧王爺還沒回來，說是皇上急召他入宮了。」黃玉昆沉吟道：「僧王爺進宮，一夜未回，一定是皇上有事留住他了。是不是咱皇上……」黃玉昆不敢說出口，只是搖搖頭，又道：「只是不知道瑞王爺是在他府上，還是也在宮裡？如果瑞王爺昨夜不在宮裡，恐怕現在皇上更加寵信僧王爺了。我只好去瑞王府看看。事已至此，瑞王爺那裡是萬萬不能瞞了。祁子俊，就只能聽天由命了。」李司務問：「黃大人，我要不要再去趟僧王府？」黃玉昆道：「已是大白天了，你就不要再去僧王府。你去戶部衙門吧，等我消息。」

黃玉昆吩咐備轎，早飯都顧不上吃，就趕往瑞王府。王府守衛見黃玉昆落了轎，道：「黃大人您可真早！王爺正在舞劍哪！」黃玉昆裝作很隨意的樣子，說：「哦，舞劍。咱王爺昨日夜裡沒出門吧？」守衛道：「沒有。王爺夜裡不出門的，除非皇上召見。我替您通報？」黃玉昆正猶豫著是否見瑞王爺，抬手說：「慢！」守衛疑惑道：「怎麼了？」黃玉昆掩飾說：「太早了，我怕打擾了王爺。」守衛說：「那黃大人就在這兒等等？」黃玉昆遲疑會兒，說：「還是煩請通報吧。」

瑞王爺在花園裡慢悠悠地舞著劍，陳寶蓮過來來報道：「戶部黃大人求見。」瑞王爺微微一皺眉：「這麼早？叫他進來吧。」黃玉昆低頭上前，施禮：「見過瑞王爺。」瑞王爺並不答話，依舊不急不慢把一套劍舞完。侍女遞過熱手巾，瑞王爺擦臉，這才抬眼望一眼黃玉昆：「玉昆，這麼早，什麼事啊？」黃玉昆：「瑞王爺，有件事得速向您稟報，金陵私開票號的關家駒已押回京城，暫押刑部大牢。」瑞王爺：「我當是什麼大事哩！辦他個違反大清律例，私開票號，非法斂財，治罪就是了。」黃玉昆：「瑞王爺，此關家駒，正是山西祁縣的祁子俊！」「哦？祁子俊？」瑞王爺愣了一下，哈哈大笑，「好，好，我正愁找他不著，他自己找上門來了。真是緣分不淺哪。」黃玉昆道：「玉昆等王爺示下！」瑞王爺大笑幾聲，沉了臉說：「審出帳冊下落，馬上殺了他！」黃玉昆道：「萬一祁子俊也像他老爹跟哥哥，死不開口呢？」瑞王爺道：「殺了他！」

黃玉昆且驚且懼，不敢答話。瑞王爺說：「怎麼？手軟了？祁家的人，不交帳冊是死，交出帳冊也是死！」黃玉昆臉上冒汗，掏出手絹擦著。瑞王爺瞟了眼黃玉昆，說：「范其良固然死了，天知道庫銀一案祁家人清楚幾成？寧可錯殺，也不能留把柄！」

黃玉昆望著瑞王爺，大氣不出。瑞王爺壓低嗓子，眯著眼睛道：「皇上病重，朝廷裡亂得很哪。各位王爺、阿哥、大臣，都在打自己的算盤。有幾個人正盯著庫銀案不放，說什麼不但要追回銀子，還得查出范其良的後臺。此事大意不得！」

黃玉昆擦了一把汗：「瑞王爺英明。」瑞王爺冷冷地道：「玉昆，你熱嗎？這可是大清早啊。」黃玉昆又擦了擦汗。瑞王爺說：「不殺祁子俊，萬一庫銀案帶出個什麼事來，還輪不到我頭上，你就先完了。」黃玉昆道：「好，我聽瑞王爺的，您請吩咐！」瑞王爺道：「你速去刑部大牢，提審祁子俊，然後殺了他。此事越快越好，免得夜長夢多。」黃玉昆道：「此案是驚動過皇上的，最後處置，是否要……」

瑞王爺不讓黃玉昆把話講出口，搶著說道：「你殺的是擅開票號，違法斂財的關家駒！」黃玉昆冷汗涔涔：「瑞王爺，我明白了。我即刻趕去刑部大牢。只是這事恐怕還得經過刑部……」瑞王爺沉吟道：「殺個奸商，也得驚天動地的？」黃玉昆道：「好吧，瑞王爺放心，玉昆想辦法吧。」

這個時候，黃玉昆已沒有半點主張了，只好按瑞王爺的旨意辦。他匆匆回了戶部，同李司務帶著幾個兵勇，匆匆來到刑部大牢。李司務高聲叫道：「提關家駒！」典獄慌忙跑出，應道：「關家駒？可就是山西祁縣祁子俊？」李司務道：「我們要的是在金陵私開大恆盛票號的奸商，關家駒！」典獄道：「這關家駒同祁子俊實是一人，剛讓僧王爺提走了！」

黃玉昆大驚失色。李司務罵道：「我交代過的，沒有瑞王爺跟黃大人手令，誰也不准提審關家駒！」典獄道：「可是僧王爺的人說，我們關著的不是關家駒，而是山西祁縣祁子俊。他們說祁家這個案子，皇上已著令僧王爺管了。我們就……」黃玉昆雙手發抖，不知如何是好。他暗自狠狠地罵自己：「我這可是弄巧成拙，自作自受啊！」原來，李司務剛離開僧王府，僧格林沁就回來了。他見了李司務留下的兩樣東西，問了問家丞，知道祁子俊下了刑部大牢。他先著人去刑部大牢劫了祁子俊，再親自往瑞王府去。

瑞王爺聽說僧格林沁來訪，忙迎了出來，朗聲大笑：「哈哈哈，僧王爺，您可是稀客呀！」

僧格林沁笑道：「怎麼？瑞王爺不歡迎？」瑞王爺笑道：「哪裡的話？今日舍下可是蓬蓽生輝啊！僧王爺，您這邊請。」僧王爺同瑞王爺並肩而行，去往花廳喝茶。瑞王爺笑道：「我同僧王爺同朝事君十幾年，您可是頭一回到府上來坐坐啊。我就猜著，您是無事不登三寶殿。」僧格林沁笑道：「我就說了，瑞王爺還是不樂意我上門拜訪不是？沒事就不能來看看您？」瑞王爺仍是笑著，道：「僧王爺如此說，我倒真不好意思了。」僧格林沁笑道：「皇上總是說，您同本王是他老人家的左右手。可是，您猜下面人怎麼說？」瑞王爺問：「怎麼說？」僧格林沁正色道：「有人就是不像話，說這兩位王爺誰是皇上左手，誰是皇上右手呢？」瑞王爺陰笑道：「自然僧王爺是皇上右手。右手力氣大些，用著又順些。」僧格林沁雖然也是笑著，話卻說得認真：「可不，瑞王爺不留神就中了小人的離間計不是？您猜我是怎麼同這些人說的？」瑞王爺道：「願聞高見。」僧格林沁道：「我只開了個玩笑，他們就啞口無言了。我說，瑞王爺喜歡舞劍，右手力氣比左手大些。皇上喜歡彎弓射箭，左右手力氣都大。」瑞王爺臉露訕色，笑道：「僧王爺您也喜歡彎弓射箭啊！」僧格林沁笑道：「瑞王爺謬誇了！」

丫鬟們上了茶，侍候在側。陳寶蓮也垂手站在一旁。兩位王爺禮讓著，各自抿了口茶。僧王爺點頭道：「唔，好茶！」瑞王爺道：「茶是粗些，僧王爺您將就著吧。」僧格林沁笑道：「瑞王爺過謙了。誰不知道瑞王爺可是最風雅的王爺，品茶呀，玩古呀，樣樣在行！」瑞王爺笑道：「老啦，老啦，人老了就這樣！」僧王爺道：「哪裡，瑞王爺您硬朗著哪！」

瑞王爺端正了一下坐姿，拿腔拿調的說：「皇上聖明。作為他老人家的左右手，您我一向同心同德，同僚們也是沒有半個字兒說的。」僧格林沁笑道：「這都得感謝瑞王爺向來幫著本王。」瑞王爺道：「僧王爺不必客氣，都是為皇上當差，應該的。」僧格林沁道：「瑞王爺，本王正好有樁事要同瑞王爺商量來著。」瑞王爺道：「僧王爺請講。」僧格林沁道：「那山西祁縣祁子俊已讓我抓到了。」

瑞王爺大驚，茶差點兒灑了，卻又故作從容，長長地舒了口氣，道：「感謝僧王爺，這個祁子俊，已讓我頭疼大半年了。好，我馬上著令黃玉昆，速速提審祁子俊，盡快查清庫銀私存案。」僧王爺笑道：「瑞王爺，我已將此案稟明了皇上。皇上旨意，著我向祁家追繳庫銀，貼補蒙古馬隊。皇上原本著我追銀，還要勞您追人。我向皇上奏明，案犯范其良已死，就不必再追了。皇上英明，准了我的奏請，只追回銀子就行了。」瑞王爺又驚又疑，道：「果真是皇上旨意？」

僧格林沁笑道：「瑞王爺，我未必還敢假傳聖旨？我也想了，瑞王爺向來對部下管束嚴厲，但難免有人陽奉陰違。真查出幾個人同此案有關，也不太好。並非我有意袒護，只是目下外憂內患，不宜弄得朝野震動。」瑞王爺內心十分惱怒，卻只得說：「難得僧王爺處處為我著想。本王謝謝您了。」僧格林沁道：「瑞王爺不必客氣。同朝事君，就得相互體諒著嘛。本王就不打擾了，告辭！」瑞王爺硬著頭皮拱手道：「僧王爺您請。」僧格林沁起身，瑞王爺心有不甘，說：「僧王爺，這案子畢竟事關戶部，還請您隨時知會一聲。我會讓黃玉昆全力協助。」僧格林沁回頭道：「我自然不敢專斷！」

僧王爺剛要走，黃玉昆跑了來。黃玉昆見了僧王爺，大驚。僧格林沁也收住了腳步。瑞王爺怒視著黃玉昆。黃玉昆道：「瑞王爺，僧王爺！」瑞王爺道：「我讓你速速提審私開票號的奸商關家駒，你怎麼又來了？」黃玉昆硬著頭皮說：「人犯，已讓僧王爺提走了。」瑞王爺回頭道：「僧王爺，您可能弄錯了。關家駒私開票號，這是戶部管的案子。」僧格林沁道：「我忘了告訴瑞王爺，關家駒就是祁子俊！」瑞王爺笑道：「原來是這樣啊！那好吧！我先審了關家駒，您再去審祁子俊。」僧格林沁道：「您怎麼個審法？」瑞王爺道：「金陵人心浮動，很多錢莊、票號都已撤莊。趁機私開票號斂取錢財者，擾亂民心，居心叵測，其罪當殺！」僧格林沁道：「但是，私開票號的是祁子俊，只怕就殺不得了。」瑞王爺道：「這是何道理？」僧格林沁道：「祁子俊私開票號有罪，解救兵禍有功。功過相抵，可不予追究。更何況，他還欠著朝廷銀子。殺了他，問誰要銀子去？」瑞王爺說：「僧王爺怎能為了區區一百多萬兩銀子，就不要了大清王法？」僧格林沁笑道：「瑞王爺是管戶部的，銀子見得多了，口氣果然大些。一百七十多萬兩銀子，在您這裡只是區區二字。」瑞王爺道：「依您僧王爺意思，王法跟銀子，哪個更重要？」僧格林沁笑道：「王法重要，銀子也重要。」瑞王爺道：「可是，不能為了銀子而壞了王法！不管他是關家駒還是祁子俊，都該殺！」僧格林沁道：「瑞王爺，是皇上著我向祁家追銀子，所以這祁子俊是絕不能殺的。」瑞王爺冷笑道：「僧王爺，我讓戶部查辦奸商私開票號，您別老是抬出皇上來壓我！」

僧格林沁道：「戶部？我就同你說說戶部！庫銀私存，責任在戶部；庫銀案追查不得力，責任在戶部；解餉不及時招致兵禍，責任在戶部；處置義成信方略欠周，延誤朝廷庫銀追繳，以致祁子俊鋌而走險私開票號，責任也在戶部！如果殺了祁子俊，朝廷庫銀再也追不回來，責任更在戶部！瑞王爺，這戶部可是您老人家管的！」

黃玉昆嚇得臉色鐵青。瑞王爺故作鎮定，說：「僧王爺，您嚇唬我？」僧格林沁道：「我只是說了幾句實話！」瑞王爺拍了桌子，說：「您把這實話說到皇上那裡去我都不怕！」

僧格林沁沉著道：「我用不著去見皇上。我請怡親王、鄭親王並幾位內閣大臣一道來商量就行了。昨日皇上深夜召我們幾個進宮，專門囑咐，遇著大事，我們幾個人商量著辦。」

瑞王爺臉色驚駭，問：「您……昨夜……進了宮？」僧格林沁道：「哦，對了。我提醒皇上，是否請瑞王爺也來一下。皇上說，瑞皇兄年紀大了，深更半夜的，就別勞動他了。」瑞王爺突然跪了下來，仰天喊道：「皇上！」僧格林沁道：「瑞王爺，這件事我可不想驚動皇上，也不想勞煩幾位王爺和內閣大臣。咱們還是好好兒商量著辦吧。」瑞王爺垂頭喪氣，嘆道：「嗨！」僧格林沁道：「瑞王爺，您是明白的，有人生怕祁家人多嘴，恨不得他馬上就死。我怕人關在刑部大牢不妥，已把他押到一個安全的地方去了。您就放心好了。」望著僧格林沁離去，瑞王爺把手中的茶杯往地上一摔，罵道：「僧格林沁！」

陳寶蓮忙朝侍女使了眼色。侍女忙上前打掃。黃玉昆站著，進退不是。瑞王爺罵道：「黃玉昆，你飯桶！」瑞王爺暴跳如雷：「還有那楊松林，也是飯桶！」黃玉昆低頭，使勁兒擦汗。瑞王爺怒視著黃玉昆：「你只知道出汗！出什麼汗？告訴你，皇上說了，只追銀子不追人，你一時還死不了！」黃玉昆說：「瑞王爺息怒。既然這樣，就讓他僧格林沁去追銀子好了。」瑞王爺嚷道：「你這腦袋裡只有幾句屁文章！皇上是說只追銀子不追人，可是僧格林沁追不追人，要看他高興不高興！」瑞王爺喘著粗氣，補充道：「說白了，就是看我聽不聽話！」

黃玉昆惴惴然挨了一整天，好不容易熬到天黑了，悄悄兒去了僧王府。僧格林沁叫人沏了好茶，道：「玉昆，你是個聰明人呀！」

黃玉昆道：「僧王爺過獎了。」僧格林沁道：「我奏請皇上只追銀子不追人，實屬無奈啊！依我性子，恨不得把貪官汙吏們斬盡殺絕。」

僧格林沁說到此處，故作停頓。黃玉昆內心緊張，卻賠笑著望著僧格林沁。僧格林沁並不望黃玉昆，低頭抿了口茶，接著說：「可是，大清這幾年是內憂外患，再不能弄得朝廷人心浮動。要緊的是文武百官自知警醒，把自己手上的事情辦好！」

黃玉昆忙說：「僧王爺深諳治國之道啊！下官聽了，如醍醐灌頂！」僧格林沁道：「瑞王爺畢竟還是王爺，戶部仍是他管的，你在他面前要仔細當差。」黃玉昆道：「這個自然。」僧格林沁道：「雖說皇上把這案子交給了我，仍需戶部協同。銀子追回來了，還是瑞王爺同你戶部的功勞。」黃玉昆道：「都是僧王爺英明。今後只要是僧王爺的吩咐，我黃玉昆定會全力以赴，肝腦塗地，在所不惜！」僧格林沁笑道：「好好，玉昆，你的孝心，我明白了。好了，你忙去吧！」

黃玉昆一走，金格日樂進來，問：「王爺，您把祁子俊帶到哪裡去了？」僧格林沁道：「關在我大沽軍營！」金格日樂道：「大沽？」僧格林沁道：「我不把他帶走，他只怕人頭落地了！」金格日樂說：「王爺，您可要救救祁子俊啊！」僧格林沁道：「這件案子震驚朝野，我怎敢隨便放了他？」金格日樂道：「可您總得想想法子。」

僧格林沁道：「祁子俊到了我手裡，我就收放自如了。我同瑞王爺向來不和，朝廷上下都是知道的。正是如此，瑞王爺那邊我就做得他無話可說。」金格日樂問：「真是這樣嗎？」僧格林沁道：「真是這樣。各方面我已大體辦妥，我得想個法子，最好是奏請皇上格外開恩，允許重開義成信。只有這樣，祁家欠朝廷的銀子才能出來。」金格日樂道：「既然如此，您何不把您的打算告訴祁子俊？」僧格林沁笑道：「福晉如此見事，就糊塗了。就得讓祁子俊蒙在鼓裡，此事才能做得跟真的似的。不能讓人看出我們是故舊！」

僧格林沁喝了口茶，突然臉帶慍色，說：「祁子俊畢竟欺罔了本王啊！我明天趕去大沽軍營，看他有何面目見我！」金格日樂：「他也是有隱情，王爺就不要計較了。不早了，您歇著吧。」

金格日樂侍候著僧格林沁就寢。僧格林沁往床上一躺，道：「這件案子，還得往深一層看。瑞王爺他們在這裡面肯定不會是乾淨的。但要澈底弄清楚，恐非易事。皇上也未必就下得了這個心。我順水推舟，奏請皇上，只追銀子不追人。一來給皇上一個臺階下，二來在瑞王爺那裡反而做了個人情。瑞王爺心裡記恨我，嘴上還得感謝我。如果真要查人，無非走走過場，瑞王爺同他的親信們就乾淨了；如今不查了，等於他們的把柄還捏在我手裡。」

金格日樂點點頭，豁然開朗的樣子，說：「王爺到底想得深遠。唉！只是這殿前行走，未免太凶險了！」僧格林沁道：「福晉也不必過於擔心。我這手段，還是跟咱皇上學的啊！」金格日樂驚問：「此話怎講？」

僧格林沁嘆道：「早有民謠說，三年清知府，十萬雪花銀。大清的官，上自王侯，下至知縣，有幾個是對得起大清這個清字的？皇上心裡也是清楚的，可也沒有辦法。你猜只能怎麼著？皇上想要誰的腦袋，就查誰的貪汙！」金格日樂說：「咱皇上可是聖明的皇上啊！」僧格林沁道：「再聖明的皇上，他也只看重一個字。」金格日樂問：「哪個字？」僧格林沁道：「忠！」「忠？」金格日樂問。僧格林沁點頭道：「對，就是個忠字。高宗皇帝難道不知道和珅貪？可是和珅忠哪！身為人臣，忠是大節，其他都是小節。不然，瑞王爺這班人早歇著了！」

僧格林沁回到大沽軍營，祁子俊被人押到他跟前，跪著。僧格林沁臉色鐵青，祁子俊嚇了一跳，低頭道：「求僧王爺恕我欺罔之罪！」

僧格林沁冷笑道：「你身上哪裡只有欺罔之罪？你藏匿義成信帳冊，以至朝廷庫銀無法追回！又私開票號，非法斂財，使金陵民心浮動雪上加霜！你負罪逃匿，對抗朝廷，又是罪加一等！祁子俊，依你犯的罪，足可抄你滿門！」

祁子俊低頭道：「我欺罔之罪實屬無奈，義成信帳冊我真的不知下落，我私開票號有違例律，卻並無騙取錢財之念。如果我只想著騙錢，就不會自願替旗軍跟綠營墊付軍餉了。」

僧格林沁既像是專注地聽祁子俊申訴，又突然像什麼也沒聽見，避頭問道：「義成信帳冊到底藏在哪裡！」祁子俊抬起頭，說：「我真的不知道！」僧格林沁說：「祁子俊，你要說實話！」祁子俊說：「王爺，我說的是實話。」

僧格林沁嘆道：「我掌管兵部，前方將士的飢寒，我無時無刻不掛在心頭。怎奈長毛作亂，兵火阻隔，以至軍餉解運困難。我正是念你還算識大體，明大義，替朝廷解了軍餉之急，才不追究你欺罔本王的罪過，想救救你。你先起來吧。」

祁子俊站起來，說：「謝僧王爺。」僧格林沁道：「你這次替朝廷墊付軍餉，的確立了大功。不然，兵禍為患，猛於長毛，金陵百姓就不會再罵長毛，而要罵朝廷了。我是掌管兵部的，也難脫干係。」祁子俊道：「請僧王爺看在我墊付軍餉尚有寸功的分上，恕我私開票號之罪。」僧格林沁道：「但是你的假票號被封了，必定引起民心浮動，你又罪上加罪！」祁子俊說：「只要允許我重開義成信，再將大恆盛換成義成信的牌子，堂堂正正，就萬事大吉。更重要的是，義成信不重新開張，朝廷存進去的銀子是出不來的。」僧格林沁道：「你不是說不知道義成信帳冊的下落嗎？沒有帳冊，你怎麼開張呀！」祁子俊道：「僧王爺，我說不知道帳冊下落，這是實話。我說只要重開義成信，帳冊早晚會出來，這也是實話。」

僧格林沁道：「說來說去，又繞到老地方了。好吧，我就相信你的實話。但是，義成信是朝廷明令封了的，不是說重開就可重開的，得皇上格外開恩，由戶部出具許可公文。我會盡快奏明皇上的。你先呆在我軍營裡，哪裡也不准去！」祁子俊說：「僧王爺意思，是把我放在這裡關著？」僧格林沁說：「就算是吧。」祁子俊道：「那就謝僧王爺了。」

第十二章

左公超登門拜訪關近儒。侍女上了茶，退身而下。關近儒說：「左大老爺，您有什麼吩咐，叫人傳過話就得了，何必勞您自己來呢？」

左公超道：「關老爺在商界聲望卓著，左某對您可是十分敬重啊！」關近儒說：「關某只是個本分的生意人，蒙同行抬舉，主持商會。每逢朝廷派捐派稅，我們生意人都是體諒朝廷的。也請左大老爺多多為民做主，有機會也替我們生意人說說話。」左公超道：「關老爺的意思左某明白。只是楊知府那邊壓得緊，我有些頂不住了。如果令婿能夠出來，讓我們問問話，就沒事了。不然，祁老夫人跟令愛老關在縣衙裡，難免要受苦啊。」關家驥拿了張銀票出來，放在茶几上。關近儒把銀票推到左公超面前，說：「左大老爺，祁老夫人跟我女兒，請您繼續關照。我這裡著人去打聽子俊下落。我們也不知道他躲到哪裡去了啊！」左公超把銀票往自己身邊拉一下，不好意思馬上揣到口袋裡，說：「我就同楊知府說幾句好話吧。」關近儒說：「關某謝謝了。」左公超喝口茶，迅速抓起銀票，只捏在手裡，沒有往口袋裡揣，起身道：「左某就告辭了。」關近儒送左公超出了門，回到客堂，唉聲嘆氣的。夫人問：「左公超怎麼又來打秋風了？」關近儒說：「我弄明白了，五百兩銀子，只管半個月。超過半個月不再送銀子，親家母跟素梅就得吃棍子。」關家驥說：「要是他們老抓不著祁子俊，我們家的銀子不要讓左公超詐光？」

關夫人嗔怪兒子：「家驥，自家人，你不要這麼說。」關近儒說：「長此以往，自然不是個辦法。我是一籌莫展啊！」關家驥道：「我在裡面瞧著，左公超還假斯文，見了銀票還不好意思馬上收了，還忸忸怩怩的。」關近儒嘆道：「外頭不都說左公超是清官嗎？他這樣已經是好官了！」

家裡的事情，祁子俊半點風聲都沒聽見。他心裡著急，也只好徒嘆奈何。他仍在大沽，獨自呆在間黑屋子裡。他好幾天再也沒見著僧格林沁。吃的用的，都有人送來。侍候他的人，不肯說半句話。任祁子俊怎麼問，他們只是搖頭。

一日，忽然來人帶他去見僧格林沁。祁子俊猜不準凶吉，心裡怦怦兒跳。進了軍帳，卻見僧格林沁身著喪服，頓時嚇著了。

「皇上聖明，正有對義成信格外開恩之意，便騰龍西去了。本王同幾位顧命大臣體會聖意，大赦天下。你家的案子，也就不追究了。義成信你家可以重開，朝廷的銀子也要還上。」僧格林沁說道，臉帶戚容。原來是道光爺駕崩了，僧格林沁赴京城哭靈，今日才回大沽。天崩地裂之日，拱衛京師，責任更重。

祁子俊叩謝：「謝聖皇恩典，謝王爺垂憐！」僧格林沁道：「我同黃玉昆已說好了，戶部已經許可，你就把義成信開起來吧！」祁子俊道：「我不會辜負王爺的。」僧格林沁道：「祁公子，我們還是朋友。這把匕首，還有這龍票，你還是拿著吧。」祁子俊道：「謝僧王爺！」

當日，祁子俊辭過僧格林沁，離開大沽，去了京城。他立馬著人送信回山西，讓老家派人手過來，準備重開義成信。他打算先開了京城的，再去開了江寧的，最後回老家開總店。

這天，祁子俊閒得無事，獨自往琉璃廠去。他覺得自己同這琉璃廠有某種說不清的機緣。他在這裡遇著了不同凡響的兩兄弟，又在這裡拿四萬兩銀子換了張法力無邊的龍票。也是在這裡玩的時候，家裡遭了大難。

祁子俊路過蛐蛐兒攤，仍是那位攤主。很多人圍觀著，吆喝聲一片。祁子俊站住，望了一會兒，但心不在焉。攤主望著祁子俊笑道：「這位公子，賭賭運氣？」祁子俊笑笑，搖搖頭，淡然走開。他想去博雅堂古玩店看看。掀簾進店，祁子俊見朱掌櫃正手持拂塵，拂拭著古董。朱掌櫃不曾認出祁子俊，笑迎道：「客官，來看看？」祁子俊拱手笑道：「朱掌櫃，生意可好？」朱掌櫃定眼一看，驚愕道：「哦哦哦，原來是祁少爺！貴人貴人。您家的事，我後來才聽說啊。」祁子俊笑道：「終於雨過天晴，雲淡風清了。」朱掌櫃忙道：「可喜可賀！祁少爺，裡邊喝杯茶吧。」祁子俊同朱掌櫃客左主右，坐在南宮帽椅上。夥計倒茶上來，祁子俊拱手道：「謝謝了。」朱掌櫃：「這些日子，祁少爺想必經過些事吧！」

祁子俊嘆道：「別提啦！可以說是家破人亡啊！家父、家兄就在這事上喪了命哪！現在總算熬出頭了，義成信馬上可以重開。我已著人回老家報信兒，只等那邊人手一到，就鳴鑼開張。」

朱掌櫃陪著嘆息幾聲，道：「我在這天子腳下活了大半輩子了，道光爺手上這幾十年，真是一年不如一年，眼看著就是亂世來了。人逢亂世，命如草芥。您祁家總算見了青天，到底還是祖宗保佑得好啊！祁少爺您也是吉人天相！」

祁子俊說：「我心頭可亂著哪！千頭萬緒，都得從頭做起！想當初，我少不更事，什麼都由著性子來，真是對不起家父家兄啊！」朱掌櫃道：「都過去了，別多想了。祁少爺，上次您身邊的那小伙子，挺機靈的，怎麼不見跟著來？」祁子俊長嘆一聲，說：「他叫三寶，我也不知他現在哪裡，失散多時了。」朱掌櫃安慰道：「唉，那麼機靈的小伙子，不會有事的。來來，祁少爺，看看我這兒有什麼新玩意兒。」

兩人起身，往店堂去。祁子俊的目光漫無目的掃視著櫃上的古玩，見著感興趣的，便拿起來欣賞會兒。朱掌櫃問：「祁少爺，上回您四萬兩銀子押了張龍票，可有後話？」

祁子俊笑道：「那張龍票還真成了我的一件寶物。起初還有些後悔，現在不了。」朱掌櫃笑道：「祁少爺可想知道那位爺是誰？」祁子俊問：「誰？」朱掌櫃附耳道：「後來我知道，那正是道光爺的六阿哥。」祁子俊微微一驚：「真的？那可是兩位爺呀？」朱掌櫃搖頭而笑，說：「那位小公子，原是九格格玉麟，女扮男裝！」祁子俊又是一驚，道：「原來是位格格！」

沒幾日，袁天寶同阿城便帶著些人手來了。祁子俊先不說別的，只問：「我娘她好嗎？」袁天寶便把他娘同媳婦下獄的事說了。祁子俊聞之大哭，道：「沒想到我娘這把年紀了，還要受牢獄之災，皮肉之苦！」袁天寶說：「有您岳父關老爺打點照應著，在裡面倒也不怎麼吃苦。她老人家只是擔心您，知道您沒事了，她老人家就好了。」祁子俊很是慚愧，說：「袁叔，我過去太不懂事了，還望您大人不計小人過。」袁天寶笑道：「誰沒有過少年荒唐！」祁子俊道：「我們祁家連累您同阿城哥了，害得你們東躲西藏的。」

袁天寶說：「老爺有交代，京城這邊要是情況危急，就讓阿城帶著帳冊回老家躲著，我跟您應付官府。不曾想，我同您碰不著面。官府把我同幾個夥計抓了去，問不出東西，打一頓，糊里糊塗又把我放了。」

阿城道：「我背著帳冊，晝伏夜行，個把月才跑回介休老家。我偷偷兒跑到祁縣好幾次，只盼著祁家早些平安。總算等到這一天了。」人手都是些老夥計，又是熟門熟路，忙了幾日，京城義成信重新開張。

這天，義成信門前張燈結彩，喜氣洋洋，鑼鼓喧天，鞭炮齊鳴，賀客如雲。義成信的招牌被重刷新過了，亮鋥鋥的。晚上，祁子俊、袁天寶、阿城並幾位夥計坐著敘話。祁子俊道：「袁叔，京城這邊的生意，就全拜託您、阿城同各位夥計了。」袁天寶說：「我們都會盡力的。二少爺，現在祁家靠您撐著，義成信的大事，全得靠您拿主意。您肩上擔子重啊！」祁子俊說：「有您袁叔同各位幫忙，義成信會越來越紅火的。只是經此一難，外頭多少會有些說法，對生意會有影響。袁叔，我得馬上趕到江寧去，把那邊的生意重新盤活，再回老家重開總號。您同夥計們就辛苦些，該走動的走動走動，該拜訪的拜訪拜訪。」袁天寶說：「二少爺放心！」祁子俊說：「袁叔，您這裡差個人回祁縣去，告訴我娘，讓那邊先張羅著，我去江寧那邊打點完了，馬上回去重開總號。」阿城說：「還是我去跑一趟，先好給老夫人出出主意。」祁子俊說：「那就辛苦您了。」祁子俊說：「義成信當初被封，可是驚動了整個京城。這會重新開張了，也得響動大些，讓人家都知道。」袁天寶問：「二少爺可是想到什麼好招了？」祁子俊道：「我想了個招，看行不行。到了晚上，這街上就黑燈瞎火的，老有人不小心就掉進明溝裡。我們義成信不妨到燈局裡去訂做些燈籠，號上義成信的字，沿明溝放著。做了善事，也替義成信揚個名。」

阿城拍手道：「這個法子好，不出幾天，全京城都會知道義成信又開張了。」

第二天袁天寶就派人去燈局做了幾百個燈籠。一到晚上，義成信前街的明溝旁一溜兒擺著號有「義成信」字樣的紅燈籠。逛街的，趕路的，看著燈籠，都說義成信這著可真絕了。做了好事，還替自己揚了名。有天夜裡，祁子俊坐了黃包車回票號，車伕說：「義成信可做了件好事。我都老京城了，夜裡拉車不知掉進溝裡多少回。我自己栽了認栽，把客人往臭水溝裡泡可得罪不起。」

祁子俊再回到江寧，就是知府大人的座上客了。過去的不愉快，祁子俊全然不放在心上。真的當是老朋友似的，他宴請了郭景、江明祥、通判劉子文，錢廣生作陪。郭景舉著酒杯，笑道：「原來關公子正是朝廷著我們捉拿的祁少爺！劉通判，你是不是得了他什麼好處？哈哈哈！」劉子文笑道：「不敢不敢！祁少爺何等聰明之人啊！上次我去捉拿他，霍掌櫃嚇著了，他卻是談笑風生，又是請坐，又是上茶，我就讓他糊弄過去了。我第二次去捉他，他也是從容不迫，還說保證再回到江寧來同我做朋友！這不，真回來了！」祁子俊道：「兩位大老爺過獎了。只是敝家所涉之案，我自知來龍去脈，相信總有昭雪的一天，便不怎麼害怕。只需躲過那些日子，一切都好了。說到底還是一句話，我相信朝廷，相信你們父母官！」郭景很感慨的樣子，說：「祁少爺對朝廷如此忠誠信賴，真是百姓楷模，商家榜樣哪！」江明祥舉了酒杯，道：「祁少爺，您上次解救兵勇鬧餉之亂，僧王爺和兵部大加讚賞。僧王爺專門寫信囑咐我關照祁家票號。來，我替綠營兄弟們敬您一杯！」祁子俊忙搖手道：「江守備，這杯酒我祁某萬萬受不起。來，我再敬您一杯吧！」江明祥道：「祁少爺客氣，我們就同飲吧！」

祁子俊又舉了杯，道：「託各位大老爺洪福，我義成信京城分號已經開張，生意還算不錯。我馬上還得趕回老家重開總號。江寧大恆盛照常開門了，但這牌子最終還是應該換成義成信。此事還得仰仗各位大老爺啊！」劉子文笑著說：「祁少爺，我有個主意。郭大老爺的書法可是譽滿江寧，你就求郭大老爺題個匾，保證生意興隆！」祁子俊忙拱手朝郭景道：「祁某正有這個想法，只是不敢開口。」郭景笑道：「子文兄總是在人前拿我的字來笑話。好吧，我就獻醜吧。子文兄你也別想跑，你就擬副對聯吧。子文可是文章高手啊！」錢廣生起身出去，招呼店家準備紙筆。江明祥道：「你們都是文曲星，我可是一介武夫，別的忙幫不上，我讓兄弟們領了餉銀照樣存到義成信來！」祁子俊道：「謝謝了，江守備。」錢廣生剛回座，店家就滿臉堆笑，拿盤子托了文房四寶進來了。郭景笑道：「錢掌櫃腦瓜子可轉得真快啊！祁少爺有這麼個好掌櫃，生意不怕不紅火。」錢廣生笑道：「郭大老爺過獎了。我們做夥計的，就是要手勤腳勤，如此而已。」

一邊案上，店家準備好了紙筆，站在一邊。祁子俊拱手道：「郭大老爺，就勞動您了。」郭景起身，道：「好，先寫了吧。待會兒多喝幾杯，就得寫狂草了。」郭景走到案前，提筆蘸墨，凝神半天，並不下筆。眾人圍著，也是大氣不出。郭景緩緩抬手，筆走龍蛇。書畢，眾皆鼓掌。

郭景放下筆，接過店家遞過的帕子，擦擦手，道：「不要笑話就是了。」劉子文道：「郭大老爺的字顏筋柳骨，厚重大氣！可是郭大老爺，您還得題上官品官名才行。您這字可是要傳世的啊！」郭景抬手點著劉子文笑笑，又提筆補上「江寧知府郭景題道光三十年冬月」。郭景道：「劉通判，我的匾是題了，你的對聯呢？」劉子文推辭幾句，就提了筆，半天也不落筆，只道：「歐陽脩說：『觀人題壁，而可知其文章。』讓郭大老爺這麼一激，我更不知寫什麼好了。」祁子俊笑道：「各位大人都是詩書滿腹，又都這麼謙虛！」劉子文像是突然來了靈感，奮筆疾書：「義然後取，人不厭其取，復從而招之；誠以為寶，或信以為寶，則財恆足矣」。劉子文擱筆，道：「不甚工整，寬對總算可以。慚愧慚愧，我肚子裡就這幾滴墨水了。」郭景道：「子文兄，你就別假謙虛了，很好嘛！你也真來得快，義成信三字都嵌進去了。」劉子文說：「獻醜獻醜！我這字不好，還是請郭大老爺題上吧。」郭景道：「你的字很見功力，就這樣，很好很好！」祁子俊道：「劉通判，也請您把品銜尊名寫上。」劉子文笑道：「我這正六品官是傳不得世的，免了吧。」郭景笑道：「子文兄，你就喜歡假斯文！」劉子文笑道：「郭大老爺教訓得是，我只好遵命！」劉子文這才提筆題道「江寧通判劉子文敬題道光三十年冬日」。祁子俊笑道：「有兩位大人的墨寶往票號一掛，定會財源滾滾啊！」

眾皆大笑。郭景神祕地問：「祁少爺，聽子文兄說，你身上有兩件寶物，能否讓我開開眼界？」祁子俊笑道：「一件是僧王爺親送的蒙古寶刀，一件是家傳的龍票。正好帶在身邊，請郭大老爺過目。」祁子俊先掏出蒙古匕首。郭景接過匕首，抽出一看，只見刀葉雪亮，嘴裡不禁嘆道：「真是寶刀啊！」江明祥伸手接過匕首，看了看，說：「上面還刻有僧王爺的名字。僧王爺親贈寶刀，非同小可啊！」

祁子俊道：「我做生意遊歷蒙古，有緣結識了僧王爺，蒙他老人家錯愛，待我以朋友。僧王爺囑我有事只管找他，不必在外張揚同他的交往。也是各位大人問起，我只好從實說來。」江明祥道：「僧王爺可是位了不得的王爺啊！」祁子俊又拿出個黃色錦盒，雙手捧給郭景。郭景打開盒子，展開龍票，頓時傻了眼：「天哪，蓋著皇帝玉璽啊！」劉子文說：「按儀禮，我們都得跪下啊！」郭景說：「誰敢不相信你祁家沒銀子？光是朝廷就欠你家白銀一百萬兩！」錢廣生說：「這銀子可是欠了兩百多年了。本息加在一起，該有多少？」江明祥說：「難怪僧王爺信中說，祁家世代有功於朝廷哪！」祁子俊舉了酒杯，道：「這都是做子民的本分！人嘛，相識相知都是機緣，我同六阿哥的相識，純屬偶然。」郭景很是驚羨，問：「六阿哥你們也是朋友？」祁子俊笑道：「認識而已。」郭景搖頭道：「祁少爺就是不肯張揚！」祁子俊故作神祕，悄悄兒說道：「這回六阿哥可差點兒就是皇上了！」

郭景、江明祥、劉子文唬得面無人色，沒人敢應和半句，只望著祁子俊發呆。祁子俊說這話可是要殺頭的。他們弄不明白，這位富家公子怎麼會有如此神通，又敢說出這等大逆不道的話來。

酒喝得差不多了，郭景說：「喝好了，吃好了，江守備您看，今兒個就散了吧。」錢廣生說：「今夜一定是秦淮月冷，畫船燈紅，別樣情致。請幾位大人夜遊秦淮如何？」郭景道：「國喪期間，我們身著官服的，不便去那種地方。改天吧。」江明祥道：「郭大老爺說得在理。我們朝服在身，總不同於老百姓啊！」祁子俊笑道：「我們做百姓的也有做百姓的好處。朝廷說了，這次國喪，朝服官員，嫁娶喜宴，盡悉停辦，百姓卻可以免禮。要不然啊，我這票號都開張不成。朝廷總是替老百姓著想。」

都起身離座，謙讓著出門。祁子俊請各位走，而郭景同江明祥都想同祁子俊說話，便左右相隨。劉子文同錢廣生走在後面。郭景道：「日後僧王爺、六阿哥那裡，可要拜託祁少爺美言哪！」江明祥也道：「是啊，是啊，我們都要拜託祁少爺幫撐著啊！」祁子俊忙低頭謙恭道：

「哪裡哪裡，我祁某要拜託各位大老爺啊！」劉子文道：「好說好說，朋友一場！」

過了兩日，郭景題寫的「義成信記」的紫檀木招牌做好了，掛了上去。劉子文書寫的對聯也刻在橡木板上，掛在義成信門柱兩邊。街坊們都來看熱鬧，有人說：「郭大老爺的字可是一字千金啊！」「一字千金？我來數數，一二三四……呵，加上題款，共二十四個字。郭大老爺題這匾得收一萬四千兩銀子？」有人就真的數起字來。「你們在說笑話了。人家祁少爺有功於朝廷，郭大老爺親題招牌，意在表彰！」「劉大老爺的對聯湊得真絕，義成信三字都在裡邊。」祁子俊微笑著出來，朝大家拱手施禮：「我義成信蒙郭知府、江守備、劉通判和諸位商家抬愛，開張大吉。我祁某在這裡感謝大家了！」

江寧的事兒安排妥了，都交與錢廣生打點，祁子俊快馬單騎，一陣風地趕回了祁縣。祁子俊騎著馬才進城門，有人認出他了，說：「那不是祁家二少爺嗎？」

祁子俊聽見了，拱手致意。「二少爺，您回來啦！」有人喊道。祁子俊高聲回道：「回來啦！感謝各位街坊了！」「祁家票號還開嗎？」有人又問。

祁子俊道：「開，怎麼不開？京城分號已開了，我在江寧新開了家分號，這就專門回來開總號。開張那天，都來喝杯酒吧！」有人說：「行啊，這酒該喝，我們可盼著多時了。」祁子俊道：「我還要請十日大戲！」「好啊，好啊！」眾人喝采。

到了祁家大院正門外，祁子俊翻身下馬。黑娃見了，驚喜道：「二少爺！」子俊應了聲，顧不得多話，將行李朝黑娃一甩，飛奔而入，連聲喊道：「娘，娘，娘，我回來了！」祁子俊一路喊著娘，穿過一個一個天井。沿路遇著的家人，都驚喜地同他打招呼。祁子俊只覺得兩耳作響，聽不清大家的招呼聲，只顧往娘的臥房跑去。終於跑到了娘的房前。祁老夫人聽見了兒的喊聲，迎出門來。素梅同寶珠隨侍在後。素梅神情激動，眼巴巴兒望著祁子俊。祁子俊大喊一聲：「娘！兒回來了！」祁子俊說著就跪了下來，淚流滿面。祁老夫人一把抱住祁子俊的頭，說：「兒哪，回來了就好，回來了就好。快快起來，讓娘看看你！」祁子俊站起來，擦著臉上的淚水，說：「娘，您受苦了！」祁老夫人說：「娘不苦，有你媳婦照顧著，很好哪！告訴你，素梅有喜了，你等著做爹吧！」祁子俊這才望了素梅，內心感激，喊道：「素梅！你辛苦了。」素梅紅了臉，回頭叫著躲在一邊的兒子世禎：「快來，叫爹！」

世禎忸怩會兒，轉身飛快地跑了。祁老夫人說：「世禎這孩子，越來越不愛說話。男孩子開始長大了，都是這個樣子。」祁子俊道：「這孩子又長高了。」素梅敷衍道：「世禎跑到先生那裡去了，汪先生等著他去讀書哩。進去坐著說話吧。」祁夫人領著子俊去茶廳坐下說話。祁子俊問：「娘，這位汪先生怎麼樣？」祁老夫人說：「汪先生學問、人品應是不錯的，老進士了。寶珠好像不喜歡這老先生。」素梅笑道：「寶珠眼裡只有蘇先生！」寶珠嗔道：「少奶奶！」祁老夫人笑了起來，說：「多日沒有蘇先生的音信了。」素梅笑道：「肯定像書上說的，蘇先生定是要中了狀元，再回來尋寶珠姑娘！」寶珠惱道：「再說，我真要生氣了！」

祁子俊笑笑，說起了正事：「娘，京城分號已經開了，江寧新開的分號這回也掛招牌了。只等娘吩咐，就把總號開起來。」祁老夫人說：「阿城回來都說了。說起江寧分號，你趁早去拜訪一下你岳父。他老人家知道你開大恆盛票號的事，有些生氣。」祁子俊說：「好的。娘，只是爹藏的帳冊至今沒有下落，這……」素梅笑道：「帳冊你不要擔心了。」祁子俊望望素梅，又望望娘，問：「怎麼回事？」祁夫人笑道：「帳冊在你岳父手裡！」祁子俊驚道：「娘，這是……」

祁夫人嘆道：「可憐你爹，拚了老命保住了這帳冊啊！他自知凶多吉少，就把帳冊託給你岳父了。都是祖宗保佑，正好你岳父去縣衙探望了你爹。萬萬沒有想到你爹和你哥會在這上頭喪命啊！」說到此處，祁夫人痛哭不已。祁子俊哭道：「娘，您別傷心了，現在家裡開始好起來了，爹和哥九泉之下也會安心的。」素梅也哭道：「娘，您老別哭了。有子俊撐著這個家，爹和子彥會放心的。」祁夫人對祁子俊說：「你總算長大成人了，能夠撐起這個家了，你爹你哥九泉之下也該安心了。子俊，隨娘來，我把帳冊交給你。」祁夫人進了臥室，打開櫃子，從裡面取出個小木箱，說：「子俊，帳冊都在這裡。」祁子俊鄭重地跪下，雙手接過小木箱，小心打開。木箱裡整齊地放了滿滿一箱帳冊。祁子俊打開一本帳冊，看了起來。祁夫人望望素梅，說：「子俊，把帳冊都抱回你房裡去。不忙著看，好好陪你媳婦說說話吧。」素梅紅了臉，低頭過來幫著清理帳冊。寶珠也過來幫忙，卻叫祁夫人叫住了：「寶珠，讓他們自己弄吧，你隨我去廚房看看。」

第二天，祁子俊攜素梅看望岳父岳母。祁子俊拱手拜道：「子俊能躲過災禍，遇難呈祥，全仰仗岳父大人。」關近儒道：「祁家總算熬過大難，令人欣慰。但是，子俊，你在江寧的作為，很令同鄉傷心啊！這事我不想多說，你自己好好想想，總得向同行有個交代。」祁子俊道：「岳父，您老是商會首領，還是您發個話吧。」關近儒說：「可我更是你的岳父！我怎麼做，別人都會說我偏袒你的。你還是自己同商會說吧。」祁子俊說：「我願意請戲十日，向同行和鄉親們謝罪。」關近儒搖頭道：「罰戲十日，輕了。你可是犯了眾怒啊！要不是大家體諒你家遭了大難，只怕早找上門來了。」關夫人道：「近儒，商家同行都很敬重你，你就向大家求個情吧。」祁子俊道：「岳母，我做事出格，自該受到處罰。岳父，您說句話，我聽您的。」關近儒道：「除了請戲十天，還得罰銀三千兩，重塑關帝金身！」素梅叫道：「爹，您怎麼能這樣？」關夫人道：「近儒，太重了吧？」關近儒道：「你問問子俊，讓他自己說，重還是不重！」祁子俊低頭說：「不重，不重。只要能讓商家和鄉親們相信我祁子俊不是無信無義之人，這銀子花得值。」

祁夫人說好久沒有正經逛過園子了，也不知裡面花兒草兒怎麼樣了。祁子俊便同素梅陪母親去園子走走，寶珠自然隨著。依然是個清新的園子，只是沒人打理，眼見著就顯出荒蕪的樣子來。

祁子俊說：「等忙過這陣子，這園子還是得收拾一下。房子也得修整修整。」祁夫人說：「這些事先都放著，你只一心一意把重開總號的事張羅好。房子馬馬虎虎收拾過一次了，不著急。」

祁子俊說：「重開總號的事，娘不要操心，我正吩咐人辦著。夥計都是現成的，只是把帳冊理理，存款到期的，超期的，分別算帳，不能讓人家利息上吃了虧。貸款到期的，著人報個信去，也別讓有的人以為我們帳冊失落了，心裡沒底了，就想賴著。」

祁夫人道：「你辦事有條理，娘就放心了。」忽聽有人喊道：「世禎，世禎，你回來！」素梅忙說：「這孩子，不太聽汪先生的話。」寶珠忙說：「蘇先生可把世禎教得好好的。」祁夫人說：「我們去看看。世禎這孩子，該好好管教了。」卻見世禎爬上了假山，汪龍眠在下面喊道：「世禎，快下來，會摔著的！」素梅喊道：「世禎！」世禎見娘同奶奶、爹爹來了，忙往下爬。汪龍眠忙回頭打招呼：「老夫人您好！二少爺、少奶奶！」祁老夫人搖頭嘆道：「汪先生，世禎這孩子越來越淘氣，難為您了。」汪龍眠面有愧色，說：「也是我沒教好啊！」素梅說：「不怪汪先生，世禎自己不聽話。」寶珠說：「原先蘇先生在這兒時，世禎可聽話了。」祁老夫人責怪地望了寶珠一眼。素梅在一旁，壓著嗓子，厲聲教訓世禎。世禎噘著嘴巴，低頭不語。

汪龍眠紅了臉，轉了話題，說：「二少爺可真有本事。外頭可把二少爺傳神了！說您自個兒跑到京城裡告御狀，道光皇帝升天之前親自下詔，為祁家昭雪！說得真是同戲文上唱的一樣。」寶珠奚落說：「都說讀書人兩耳不聞窗外事，汪先生對外頭的話可關心啦！」祁子俊笑道：「寶珠！人家汪先生逗我們說笑話，你別插嘴！」

汪龍眠笑笑，說：「外頭說的自是敷衍，可二少爺的神通真不比一般啊！這世道，就講究神通，要懂得往官府裡走動。我原先是不懂得，等懂得了，人也老了。冤枉中了進士，仍是個白衣書生。」

寶珠又風涼道：「汪先生原來嫌白衣服不好看啊！您老可以去唱戲呀！花花綠綠的衣服，想穿什麼就穿什麼！」「寶珠！你越來越不像話了！」祁老夫人說了寶珠，回頭望汪龍眠笑道，「汪先生別在意，這寶珠姑娘，口無遮攔，讓我慣壞了。」

喬先明跑了過來，說道：「老夫人，二少爺，知府楊大老爺跟知縣左大老爺來了，說是來看望看望。他們在客堂裡等著哪！」祁老夫人皺了眉說：「他們可真客氣！」祁子俊輕聲道：「娘，您老只把臉色放平和些，看他們如何說話。我來對付吧。」祁老夫人說：「汪先生，您忙著吧。」幾位才走幾步，就見楊松林一行到了：「老夫人、二少爺、少奶奶！」祁子俊拱手道：「祁子俊見過楊大老爺、左大老爺！這位是……」李然之笑道：「李然之，在楊大人跟前當差。」祁子俊同李然之對望一眼，都心照不宣。

左公超道：「楊大老爺說，在客堂裡說著，不如來看看您家園子。」祁老夫人說：「我家園子寒磣，哪有什麼值得看的。勞駕兩位大老爺了！」祁子俊道：「就在這邊亭子裡將就著坐坐如何？」楊松林道：「好啊，這麼清雅的園子，比坐在哪裡都好。今日我們來，一來是看看老夫人跟祁少爺，二來是公超兄辭行。」祁子俊問：「左大老爺高昇了？」左公超說：「蒙楊大老爺抬愛，我到太原府當差去了。」楊松林道：「公超兄擢升正六品職銜，去山西鹽道手下行走。」祁老夫人笑道：「左大老爺這樣的清官，就該平步青雲。」左公超道：「老夫人過獎了。過去有輕慢得罪之處，還望老夫人海涵。」祁老夫人道：「左大老爺秉公辦事，老身沒什麼話說。你們聊著吧，我們走走去。」

祁老夫人、素梅、寶珠帶著世禎離去。汪龍眠站在一邊，微笑著，望著楊松林和左公超。祁子俊見了，忙介紹道：「這位是汪龍眠先生……」楊松林未曾開口，左公超忙說道：「原來汪先生在這裡，不好意思，剛才沒看見您。楊大老爺，這位是汪龍眠先生，道光十幾年的進士……」「哦，好！好！」楊松林邊說邊往涼亭裡走。汪龍眠忙隨在後面，道：「道光十三年！」寶珠回頭望著汪龍眠，噘嘴斜眼的，很看不慣。祁子俊望著寶珠，搖搖頭，示意她不得無禮。祁子俊對汪龍眠的趨迎之態也不以為然，卻只放在心裡。

楊松林在涼亭裡坐下，道：「道光十三年，哦，候補十七年了。平日裡聽左知縣說起過，祁縣有位老進士，學問品行都好。」汪龍眠說：「還望楊大老爺、左大老爺關照著。」楊松林笑道：「用人可是朝廷裡的事，我楊某人微言輕啊！當然囉，只要有機會，我會替汪先生美言的。」汪龍眠道：「謝謝楊大人！」楊松林哈哈大笑：「按規矩，四品大員才可稱大人。我楊某只是從四品，豈敢冒稱大人！」汪龍眠道：「知府原本就是四品官的大人，只是到了乾隆爺手上才改從四品的。楊大老爺政績卓著，人心所向，遲早會是楊大人的！」楊松林笑道：「汪先生人在士林，對官場卻是瞭如指掌啊！」汪龍眠笑笑，頗為自得。傭人送了茶來，祁子俊道：「楊大老爺、左大老爺、李先生，請喝茶！汪先生，請喝茶！」

楊松林喝了口茶，說：「現在好了，一切都過去了。祁家快快把總號開起來，把生意做好。還是我平日老說的一句話，大清朗朗乾坤，皇上無比英明，冤獄總會有昭雪的一天。」祁子俊道：「感謝楊大老爺、感謝左大老爺。」楊松林道：「我有對不住的地方，還請老夫人、二少爺見諒。我也有苦衷啊！您祁家百年老財東，規規矩矩做生意，我心裡是有底的。可是上頭旨意一下來，我又不能頂著不辦。如何是好？我只好邊辦著，邊搪塞著，就等到水落石出這一天。這不，終於等到了不是？」左公超說：「楊大老爺正是這麼吩咐我辦事的。」祁子俊道：「義成信的生意，今後還要拜託楊大老爺、左大老爺關照。京城分號、江寧分號，蒙瑞王爺、僧王爺親自過問，都開起來了，生意不錯。現在只等著重開總號。」楊松林道：「瑞王爺也吩咐過我，多多關照祁家義成信。聽說祁少爺同恭親王也很熟？」祁子俊望了眼李然之，說：「我凡是見過的王爺，都是愛民如子的，我不敢在外張揚同他們的往來。」楊松林道：「祁少爺自是不顯山也不顯水，可是你的神奇經歷在外頭可傳得很快啊！」祁子俊道：「我只有好好把義成信生意做紅火了，以此感謝各位王爺、大人、大老爺的關心。各方面準備大體就緒，擇日就可重新開張了！」

吉日到了，「義成信記」的招牌漆刷一新，紮著紅綢，很是招眼。屋簷下掛著大紅燈籠。鞭炮齊鳴，鑼鼓喧天。余先誠率眾票號同行致賀。

祁子俊依照行規，接受商會的處置。這天，雖說是祁子俊的謝罪儀式，商會裡卻裝點得一派喜慶。祁子俊重塑了關帝神像，拿紅綢遮蓋了，只等著商界先輩揭幕。關近儒率各商號東家、大掌櫃佇立神像前，表情肅穆。

祁子俊上前，拿起幾炷香，點燃，栽進香爐裡，雙手合十，緩緩跪下，拜了三拜，說：「我祁子俊因義成信遭遇不測，急於重振家業，私開票號，上違朝廷例制，下損商家聲譽，讓同行蒙羞。朝廷憐恤祁家，寬貸不究。然子俊自知有罪，愧對同行幫撐，有負顧客信賴。自願罰銀三千兩，重塑關帝金身，修葺商會會所，祈求關帝保佑祁家生意興隆，財源廣進！罰戲十日，以求父老鄉親諒解！」祁子俊話音剛落，鞭炮齊鳴，吆喝喧天。關近儒同各商號東家謙讓著，替關帝神像揭開紅綢。眾商人連圍觀的百姓統統鞠躬而拜。

第十三章

淡淡的陽光照在潤玉家老宅屋脊上，很蒼茫。兩扇油漆斑駁的大門，上面的封條還沒有完全撕乾淨。大門兩旁的對聯經過多年的風吹雨打，已經辨認不出上面的字跡了。潤玉拿出鑰匙，正準備開門，身邊的雪燕將她攔住。

雪燕：「等等。」雪燕大喝一聲：「開！」然後對潤玉說：「好了，現在您開鎖吧。」潤玉不解地問：「這是什麼意思？」雪燕說：「聽老輩子的人說，長久不住人的房子，裡面保不齊有狐狸、長蟲什麼的，得先驚動驚動，別跟人碰上。」潤玉笑道：「你的講究還真多。」雪燕說：「講究多點沒壞處，寧可信其有，不可信其無。」

潤玉打開鎖，輕輕推開大門。她覺得心曠神怡，連開門時發出的「吱吱呀呀」的聲音都讓她感到高興。院子裡野草叢生，一片荒蕪的景象，廊前屋後，栽在盆裡的花早已經枯萎了，但在院子的一個角落裡，卻奇跡般地生長著一株枝繁葉茂的蘭花。潤玉充滿感情地走過去，撫摸著蘭花，心中感慨萬千。

潤玉走進自家宅院，輕輕地推開一扇房門，像是怕驚動了什麼人似的。陽光清晰地照出她的身影。她又推開一扇房門，一扇一扇，最後，她把所有的房門都打開了。家具上都積了一層厚厚的灰塵，牆角結著很大的蜘蛛網，地上滿是老鼠屎、蝙蝠屎。

潤玉呆呆地注視著眼前牆上寫著「慎獨」兩個字的條幅。

雪燕拎著一桶水走進屋裡，涮了涮抹布，開始擦拭家具。潤玉轉過身來，與她一起收拾屋子。雪燕輕輕哼唱著：「前面跑的王寶釧……」潤玉也情不自禁地接著哼唱：「後面跟著薛平男

（注）……」

兩人在屋裡走了幾下臺步，相視而笑，都有說不出的高興。

第二天，潤玉往黃玉昆府上去。但見黃府屋簷刹天，十分氣派。庭院裡更是花木蔥蘢。黃公子扮成《八大錘》裡的陸文龍，嘴裡念叨著鑼鼓點，在庭院中舞著雙槍。他耍得興高采烈，不小心長槍脫手，直直地朝門口飛了出去。

潤玉剛剛隨著黃府的僕人走進垂花門，僕人「哎呀」一聲跑開了，眼見長槍飛到眼前，潤玉躲閃不及，本能地翩然閃身，伸腿踢飛了長槍。黃公子吐吐舌頭：「真懸！」猛然聽見一聲斷喝：「混帳，這麼沒輕沒重的！」只見黃玉昆背著手出現在堂屋門口。他關切地望著潤玉。黃玉昆問：「沒碰著吧，玉兒？」潤玉輕輕一笑：「沒事兒。這就是世兄？」黃玉昆答道：「就是我那個不成器的東西。過來，見見你潤玉妹妹。」黃公子說：「嘿，真沒想到我還有這麼個如花似玉的妹妹。妹妹，你可得好好教教我。就你這一手，夠我學三年的。」黃玉昆斥道：「不務正業。回去，把《中庸》抄十遍，明天早晨交來。」黃公子答應一聲，轉身一溜煙地跑開了。黃玉昆望著黃公子的背影喝道：「回來再讓我瞧見學戲，打斷你的狗腿！」

黃玉昆深深地嘆了一口氣，搖頭對潤玉說：「操不完的心，有你一半懂事就好了。」潤玉寬解道：「世兄年紀還輕。」黃玉昆說：「我年幼的時候，家裡一貧如洗。我怎麼樣，發憤苦讀，頭懸梁，錐刺股，才能有今天。可他呢，就知道吃老子。不說了，今天過中秋節，請你來，家裡人一起團聚團聚。」

注　薛平男即薛平貴，戲曲中的另名稱呼。

一輪圓月高掛在夜空中。月光皎潔晶瑩。黃玉昆在庭院裡安排好了賞月的家宴，桌上擺著月餅和幾樣菜肴，算不上豐盛，倒也十分精緻。只是潤玉略略顯得有些拘謹。

「都是自家人，隨便用。」黃夫人邊說邊給潤玉夾菜。黃公子也慇勤地給潤玉夾菜，說：「這個我愛吃，妹妹也一定愛吃。」可是潤玉剛舉起筷子，眼淚便撲簌簌地流下來。黃夫人說：「孩子，大過節的，別盡琢磨傷心事。」潤玉哽咽著說：「我想我爹，死得不明不白，不知有多大的冤屈。」黃玉昆拍拍潤玉的肩膀：「事已如此，別再多想了，你好好的，你爹在天之靈就安心了。玉兒，你爹的忌日是哪一天？」潤玉說：「七月初二。」黃玉昆說：「明年你爹忌日的時候，好好修修墳，我再到瑞王爺那裡求求情，看能不能討個謚號。這幾年對你照顧不周，實在是無顏見老友於地下啊。」

潤玉擦乾了眼淚，說：「世伯說的哪裡話，要不是您照應，法外加恩，潤玉現在還不知在哪裡漂泊呢。」黃玉昆忙說：「慚愧，慚愧。你伯母說，你孤身一人，不如搬到家裡來住。」潤玉說：「我能靠自己謀生，就不給您添麻煩了。有幾個要好的姐妹推我挑頭搭班子，想盤個戲園子下來。」黃玉昆點頭說：「我看行，崑班兒在別處都有了，在京城還是個新鮮事，準能紅起來。」潤玉又說：「看了幾處現成的戲園子，都不合適，動不動就要上萬兩，我們幾個姐妹商量著分頭去借。」黃玉昆說：「我們這些在皇上跟前當差的，真真是清水衙門，家業大，應酬多，麻煩事也多。」潤玉說：「昨天我去了趟梨園公所，辦入行的事。可那兒的人欺生，別人入行都收二十兩，跟我獅子大開口要四十兩，還要一分額外的孝敬。」黃玉昆罵道：「這班該死的奴才，真是膽大包天。」黃公子逞能說：「明天我帶妹妹去，嚇死他們也不敢要錢。」黃玉昆瞪了他一眼：「又有你！」他轉過頭對潤玉說：「明天你照舊過去，看他們怎麼說。」

次日大早，潤玉就帶著雪燕來到精忠廟。梨園公所設在精忠廟裡。雪燕好奇地打量著「精忠廟」的牌匾。梨園公所司理一見潤玉、雪燕，就謙卑地迎上來，臉上掛著笑容。司理道：「是潤玉姑娘啊，這邊請。」潤玉不卑不亢：「我來交入行的錢。」司理連連作揖：「哎喲，快別這麼說，八抬大轎能把您請來，就算賞我們臉，還能跟您要錢？笑話。」潤玉問：「那分孝敬呢？還要不要？」司理忙說：「您就別臊我了，潤玉姑娘，我只有孝敬您的分兒。虧了廟首程長庚程老闆交代下來，我才知道您跟黃大人……」潤玉說：「入行的錢，該交還是要交的。」潤玉心情複雜地站在精忠廟老郎神像前，神情凝重。這時，梨園公所司理從旁遞上三炷香。

司理說：「這是咱們梨園行的祖師爺，拜了老郎神，就算入行了。」潤玉莊重地拈香跪拜，很快便站起身。雪燕也跟在後面拜了三拜，顯得十分虔誠。司理討好地說：「潤玉姑娘，我手裡有個現成的戲園子，一直攥著沒盤出去，您願不願意去看看？價錢好說。」潤玉眼睛一亮，說：「好吧，去看看。」

梨園公所司理帶著潤玉和雪燕來到一座荒廢了的戲園子，打開生鏽的鐵鎖，帶著潤玉走進戲園。戲園已經年久失修，一片殘破的景象。

潤玉四處查看著戲園的設施，臉上露出滿意的神色。司理說：「上個月有人開價一萬兩，我沒吐口，您要是中意，給八千就成。」潤玉正要說話，雪燕拉了拉潤玉的衣裳。潤玉果斷地說：「八千兩，我要了。」雪燕欲言又止：「小姐……」

夜深了。義成信北京分號裡燈火通明。票號的學徒給祁子俊端上茶，然後小心地退了出去。只有袁天寶站在一旁。

袁天寶問：「少東家，您這回來，多住些日子吧？」祁子俊說：「看情形再說。」袁天寶關切地說：「您早點歇著，房子都給您收拾好了。」

祁子俊搖搖頭：「不，您讓夥計去給我找一家最好的客棧，要最好的房子。」袁天寶不解地說：「老東家來京城，一向都是住在票號裡。」祁子俊說：「還是外邊住著方便。協餉的事有眉目了嗎？」袁天寶答道：「該打點的都打點了，現在就看黃大人的意思了，託人送過禮，可是一點消息都沒有。聽說，京城其他幾家大票號也在活動。」祁子俊沉吟起來。

祁子俊並不知道黃玉昆喜歡什麼玩意兒，但第二天一早他就直奔琉璃廠而去了。琉璃廠人來人往，熱鬧非凡。祁子俊東走走，西望望，最後踱進了先前爭買玉碗的那家古玩店。掌櫃朱文魁一眼就認出了他。祁子俊道：「掌櫃的，生意可好？」朱文魁道：「咳，小本經營，將就著過日子。小兄弟來淘換什麼？」祁子俊說：「沒定準，只要東西好就行。」朱文魁問：「看上哪一件了？」祁子俊的目光很快掃過櫃檯，搖搖頭，表示一件都沒看上。朱文魁又問道：「小兄弟是要送禮？」祁子俊點點頭：「是。」朱文魁道：「要是沒說錯，還是給有頭有臉的人送禮。送禮這種事，一定要送人家正想要的東西，送不好不如不送。」祁子俊忙拱拱手：「請大哥指點。」朱文魁故弄玄虛：「隨口說說而已，別當回事。」祁子俊瞟了瞟朱文魁，揣摩著他的心思，隨手摘下身上佩帶的金懷表，托在手心。祁子俊說：「這個小玩意兒是祖上傳下來的，送給大哥，不成敬意。」朱文魁接過懷表，放在耳邊聽了聽，愛不釋手地擺弄了一會兒。朱文魁連連點頭：「好東西，夠意思。請隨我來。」

朱文魁帶祁子俊走進一間光線昏暗的房間。屋裡擺滿了古董、字畫，令人眼花繚亂。祁子俊大開眼界：「大哥，你可真讓我開了眼了，只是這麼多寶物，怎麼能斷定該給誰送什麼？」

朱文魁說：「小兄弟，我認準交你這個朋友了。這些算不了什麼，真正值錢的東西你還沒見到。」他從懷裡摸索出鑰匙，小心地打開一個鎖得緊緊的櫃子。祁子俊本來以為裡面藏著什麼價值連城的寶物，一見之下卻大失所望。朱文魁從裡面捧出來的是一本破舊的《論語》。祁子俊不屑一顧：「這有什麼稀罕的？我小時候翻爛過好幾本。」

朱文魁莫測高深地笑笑，輕輕拂去封面上的灰塵，說：「小兄弟怕是沒翻過這本。請問，是要給哪位大人送禮？」祁子俊稍稍猶豫了一下，坦言道：「戶部黃玉昆黃大人。」

朱掌櫃用指尖蘸了些口水，信手翻到了要找的部分，念道：「黃玉昆，蘇州錢縣人，乾隆五十九年六月初五日生，道光四年甲科進士第二十六名，選庶吉士，道光二十三年戶部尚書，工書法，酷愛字畫，尤嗜宋人山水。夫人周氏，嘉慶三年九月十二日生，育有一子……小兄弟，你還想知道哪位大人的事？」

祁子俊驚訝得張大了嘴巴。朱文魁取出一個畫軸，徐徐展開，說：「真人面前不說假話。送給黃大人最好的禮物，就是這幅有萬曆皇帝藏印的《雪景寒林圖》，三萬兩收來的，讓給你，一文錢不加。」祁子俊毫不猶豫地從懷裡掏出三張各一萬兩的銀票，放在桌上，然後讓朱文魁捲好畫，包好。祁子俊感激地說：「多謝了。」他拿著畫正要離開，朱掌櫃忽然叫住他。朱文魁說：「小兄弟，你真這麼信任我？」祁子俊真切地：「我拿大哥做朋友。」朱文魁說：「好，我告訴你，這畫是假的。」祁子俊看著朱文魁，不動聲色。朱文魁又說：「我還得告訴你，賣給我畫的就是黃玉昆，你把畫送過去，過幾天他還會再賣回來。你花三萬兩銀子買這幅假畫，物有所值。」祁子俊感動地向朱文魁深深一揖：「大哥，後會有期。」

夜晚，祁子俊來到黃玉昆府上。祁子俊不經意地把那幅《雪景寒林圖》放在黃玉昆手裡，黃玉昆也不經意地把畫放在桌子上。黃玉昆在太師椅上坐下，指指身旁的座位。黃玉昆說：「祁公子，坐。」祁子俊像是沒有聽見，仍然恭恭敬敬地站著，黃玉昆也就不再讓了。祁子俊恭恭敬敬地說：「黃大人多年來對義成信格外關照，這個，我心裡有數。」黃玉昆面無表情地說：「交給義成信辦的事，一向都很牢靠。不過，協餉這事關係重大，不是我一個人能說了算的。」祁子俊說：「黃大人，我只有靠您了。」黃玉昆緩緩地說：「恐怕還得再議一議，最後要看瑞王爺的意思。」祁子俊忙說：「瑞王爺那裡，自然有一分孝敬。」黃玉昆擺擺手：「先不忙驚動王爺。我給你透個底，想接這個差事的，不止義成信一家。」祁子俊自信地說：「但有件事情，只有義成信能做到。」黃玉昆眉毛一挑，顯出很感興趣的樣子。黃玉昆：「說說。」祁子俊說：「先給旗營兵丁發餉，後跟戶部結算，一個月壓一個月。」黃玉昆沉吟道：「這倒解決了庫裡現銀不足的問題。只是一動就得上百萬，義成信拿得出這麼多現銀嗎？」祁子俊：「拿不出。但是我有辦法。」黃玉昆：「京城幾家最大的票號聯起手來，恐怕還差不多。」

祁子俊小心地說：「我想請黃大人幫忙，先在各處拆借拆借，同行拆借的規矩，八厘利，我再加一厘，三個月之後，奉還本利。」黃玉昆面部肌肉一動：「拿什麼做抵押？」祁子俊：「義成信北京分號和山西總號。」黃玉昆心裡迅速盤算著，並不急於表態，直到祁子俊等得快要失望的時候才慢慢開了口：「你倒是真心為朝廷著想，我試試能不能幫你這個忙吧。」

深夜，義成信北京分號裡，祁子俊和袁天寶正在票號後面的掌櫃房裡算帳，袁天寶飛快地撥著算盤珠子，發出清脆悅耳的聲音。袁天寶問：「黃大人答應了？」祁子俊得意地說：「他沒法不答應。」袁天寶憂心忡忡地說：「可他到哪兒去弄這麼一大筆銀子？」祁子俊說：「當然是戶部的銀庫。只不過直接當餉銀發出來，他個人撈不到一文好處，隨便換個名目，就有白花花的銀子進帳，黃大人自然覺得划算。」袁天寶心事重重：「我總覺得不合適。」祁子俊說：「咱們要的是錢，錢是從哪兒來的，咱們管不著。您給我算算，三個月下來能有多少利？」袁天寶嘴裡念叨著，飛快地撥著算盤珠子。袁天寶說：「頭三個月，不虧本就算好的，利都讓黃玉昆給撈走了。」祁子俊說：「不在乎立馬能掙多少，錢可以慢慢掙。有了協餉這塊金字招牌，以後誰都願意跟咱們做生意。」袁天寶問：「少東家，咱非得玩這個懸嗎？」祁子俊說：「袁掌櫃，您呀，心思得活著點。」

袁天寶默默地打開櫃子，把一摞帳冊搬到祁子俊面前，說：「這是票號的全部帳簿，請您過目。我想跟您告個長假。」祁子俊大吃一驚：「這是從何說起啊？」袁天寶說：「票號的生意大了，我有點兒支應不過來。」祁子俊忙說：「從今天起，您的工錢翻一倍，每年四百兩，年底再拿一份紅利。」袁天寶情急地辯解：「少東家，我不是為了錢，我是看著您走鋼絲，又幫不上忙，心裡起急，我不能眼瞅著老東家辛辛苦苦創下的名聲毀在我袁天寶手裡。」祁子俊說：「不管您要不要，這錢鐵定是您的了。袁叔，您當我不明白自己是在走鋼絲啊，可是，這產業不能傻守著，得讓它比我爹在世的時候更興旺。票號裡人不少，可真能信得過的沒有幾個，這節骨眼上，您不幫我誰幫我？」

袁天寶半晌無語。片刻，搖搖頭說：「票號裡只剩下三萬兩現銀，支撐不了多少日子，要是有個風吹草動，就得崩盤。」祁子俊說：「您只管照我說的辦，天塌下來有我頂著，再說了，天也沒那麼容易塌下來。」

祁子俊又來到黃玉昆府上。黃玉昆坐在太師椅上，聞著鼻煙，看來興致不錯。祁子俊在黃玉昆面前仍是站著，一副誠惶誠恐的樣子。黃玉昆說：「今天找你來有好事。你不是想見王爺嗎，眼下就有個機會。我有個姪女，要盤個戲園子。王爺就好這個，到時候把王爺請來，正好見機行事。」祁子俊忙說：「那敢情好。賢姪女的事，我也應當效點力。」黃玉昆說：「她人就在這兒。」黃玉昆轉身對僕役說：「讓玉兒來見見祁公子。」

僕役答應了一聲，走了出去。很快，傳來一陣輕快的裙裾窸窣聲。祁子俊忽然覺得眼前一亮，只見潤玉款款地出現在眼前，比從前又多了幾分成熟和嫵媚。他又驚又喜，連忙迎上去。潤玉卻像不認識似地，矜持地斂衽為禮。潤玉淡淡地說：「公子好。」祁子俊喜不自禁：「姑娘好。」黃玉昆說：「我還有些公務要辦，你們年輕人的事，自己商量。玉兒，跟祁公子別客氣，他是個大能人。」

黃玉昆走了，屋裡只剩下了祁子俊和潤玉。潤玉語含譏諷地說：「祁公子還看相嗎？」祁子俊說：「我哪會看什麼相，上回只是為了逗潤玉姑娘開心罷了。」潤玉話裡有話：「原來祁公子就會拿人開心呀。」

祁子俊急道：「潤玉姑娘，我對你從來可都是真心實意的。上回你跟我不辭而別，我心裡就一直惦記著你，走到哪兒都惦記，你的聲音、模樣老在我眼前晃啊晃啊，吃不好，睡不香……」

潤玉惱火地打斷祁子俊的話：「我是你什麼人，你惦記我幹什麼？」祁子俊假裝打自己的嘴巴，邊打邊說：「該死，潤玉姑娘是什麼人，是王母娘娘身邊的仙女。祁子俊是什麼東西，花果山的一隻小猴子，竟然膽大包天，敢惦記潤玉姑娘，別說惦記，連提這倆字兒都不應該。潤玉姑娘，你聽了這話，趕緊去洗洗，千萬別髒了耳朵。」潤玉忍不住回嗔作喜：「誰知道你哪句話是真，哪句話是拿人開心。」祁子俊懇切地說：「潤玉姑娘，你一個姑娘家在京城闖盪，少不了有為難的地方。眼下我手裡正有點閒錢，擱著也是擱著，不如你拿去盤戲園子使，以後我聽戲不花錢就得了。」潤玉道：「這個，就不勞祁公子費心了。我已經把菊兒胡同的老宅賣了，足夠盤戲園子的了。」

幾天後，在潤玉盤下的戲園子門口，黃玉昆正在指揮幾個自家的僕役把牌匾掛到門楣上，儼然半個主人的樣子，牌匾上是黃玉昆親手題寫的「春草園」三個大字。潤玉站在下面看著，倒像是客人。祁子俊也跟在一旁。

黃玉昆望著牌匾說：「……太靠下了，往上提一寸，再往右邊來點兒。」僕役問：「行了嗎？」黃玉昆說：「好，就這樣。」祁子俊說：「潤玉姑娘，你看黃大人題的這幾個字，既有米南宮的俊邁沉著，又有趙子昂的輕靈秀逸，還暗含著王羲之的雄奇多變，真是不著一字，盡得風流啊。」黃玉昆回頭斥道：「滿口胡言，我學的是柳公權。」

祁子俊機靈地回道：「對，對，我還沒說完呢，前邊說的這幾家，都是外表上能看出來的，真正統領全局而又深藏不露的，是柳公權的風骨遒勁，但是，黃大人又自成一家，別開生面。」潤玉只是微笑不語。祁子俊又說：「潤玉姑娘，這幾個字的潤筆，少說得給五千兩。」黃玉昆道：「分文不取。」

此時，春草園戲園已經修葺一新，臺柱上寫著一副對聯。上聯是「炎涼世態，重重演出，漫道逢場作戲」，下聯是「古今人情，細細看來，管教拍案驚奇」，橫匾上寫著「風雅猶存」。潤玉緊隨黃玉昆走進戲園，祁子俊在不遠處跟著。潤玉感激地說：「世伯，您的恩德讓我怎麼報答啊？」黃玉昆說：「玉兒，我跟你爹共事多年，情同手足，要提報答倆字兒，可就遠了。」黃玉昆走進正對著戲臺的包廂，仔細檢視著裡面的一切，親手摸摸氈墊的軟硬，還坐到上面試了試。黃玉昆問：「都準備什麼吃食了？」潤玉答道：「有時令瓜果，還有炒栗子，薩其馬，艾窩窩，豌豆黃，玫瑰餅，芙蓉糕。」黃玉昆提醒說：「王爺愛喝『蓮花白』。」潤玉忙說：「我這就讓人去準備。」黃玉昆點點頭：「妥當了。我到門口去候著王爺。」

已經到了下午。潤玉還在指揮戲班裡的人往繩子上掛行頭，忙得不可開交。祁子俊訕訕地隨著她四處轉悠，終於等到幾個夥計搬著衣箱離開了，趕忙湊上前去。

祁子俊討好地說：「戲班子裡的事門道兒真多，改天你教教我。」潤玉淡淡地說：「真想不到，祁公子還有這分雅興。」祁子俊說：「捧場也得會捧啊。」潤玉岔開話題：「瑞王爺能來，多虧了黃大人安排。」祁子俊從袖子裡伸出手，露出攥了很久的一小枚銅章，呵了口氣，在紙上印了一下。紙上顯出一個「俊」字的花押。祁子俊說：「我沒帶什麼賀禮。這是義成信給多年老主顧的信物，錢上有周轉不開的時候，拿著這小玩意兒，到義成信任何一家分號，見章如見東家本人。」潤玉輕描淡寫地說了句：「那就謝謝祁公子了。」潤玉接過銅章，漫不經心地放在化妝臺上。其實，她當然知道這小銅章的分量。這時，一個夥計風風火火地跑進來：「王爺來了。」

春草園戲園子門口，一臺華貴的大轎抬了進來。黃玉昆恭恭敬敬地迎著轎子進了戲園，等著瑞王爺下轎。瑞王爺在太監的攙扶下走出轎子，環顧著四周。

黃玉昆忙請安道：「我還怕您在皇上那兒忙，過不來呢。」瑞王爺故做姿態：「老啦，不中用了。皇上有恭王爺伺候著呢。」黃玉昆忙說：「雖說恭王爺跟當今皇上是親兄弟，可還不過是在軍機大臣上學習行走，真正的國家大事，還得靠王爺您拍板兒。」

瑞王爺不滿地說：「哼，一個乳臭未乾的毛孩子，就想跟我平起平坐。頭幾年他還給道光爺上奏折，說洋人用鴉片害咱們，咱們應當以其人之道，還治其人之身，往他們那兒輸出《紅樓夢》，讓他們都中毒，這樣大清國就能不戰而勝。你說幼稚不幼稚？」

黃玉昆連連點頭：「是幼稚了點。」黃玉昆邊說邊引著瑞王爺往裡走。臺下已經坐滿了看客，此時黃公子也悄悄溜了進來，坐在一個不顯眼的位置。黃玉昆引領瑞王爺走向戲園的包廂。潤玉和祁子俊都已經在包廂門口垂手等候。

黃玉昆拱手道：「王爺，請入席。」瑞王爺垂著眼皮問：「今兒個都有什麼？」黃玉昆答道：「是幾齣才禁演的戲，《長生殿》、《盤絲洞》、《寶玉探晴雯》。來的都是咱們親近的人，可也怕有人出去亂講。」

瑞王爺不以為然地說：「怕什麼，皇上都聽過，咱們聽聽也無不可。這聽戲還得到戲園子裡來。家裡的堂會，沒有叫好的，沒有捧角兒的，也沒聽蹭戲的，怎麼聽怎麼不是那個味兒。誰掛頭牌啊？」黃玉昆忙說：「在這兒候著呢。玉兒，來見過王爺。」潤玉走上前跪拜，落落大方地說：「民女叩見王爺。」瑞王爺用賞玩的目光上上下下地打量著潤玉，說：「起來吧。多大啦？」潤玉答道：「二十。」瑞王爺輕薄地嘆道：「好。容貌好，身段也好，不知將來哪個有福消受啊，哈哈。」黃玉昆趁機不露痕跡，像是隨口提起似地說：「王爺閒時多來走動走動。王爺，協餉的差事，是不是就交給義成信了？」瑞王爺心不在焉，不耐煩地擺擺手。他此刻的心思全在潤玉身上。他隨口答道：「你看著辦就行了。」黃玉昆又指著祁子俊說：「這就是義成信的少東家。」祁子俊趕忙上前施禮：「草民祁子俊叩見王爺。」瑞王爺淡淡地說：「你很能幹啊。」祁子俊說：「多蒙王爺垂愛。」

忽然有個太監慌慌張張地跑進來報道：「恭王爺來了。」瑞王爺和黃玉昆面面相覷。黃玉昆對瑞王爺說：「沒請恭王爺啊。他八成也不知道您在這兒。」瑞王爺大喝一聲：「改戲！」

正說著，恭親王已悠閒地步入包廂。在門口，他的目光偶然地落到了祁子俊身上，祁子俊也偷偷瞥了恭親王一眼。兩人目光相遇的一剎那，都認出了對方。祁子俊頓時緊張起來，恭親王卻不動聲色地走進包廂。

黃玉昆一見恭親王，趕忙心神不定地向恭親王行禮。恭親王笑容可掬地問道：「黃大人，有好戲也不跟我說一聲。」黃玉昆答道：「怕誤了正經事，沒敢打擾王爺。」恭親王說：「這下面坐的，盡是朝廷命官，看來都沒什麼正經事。是不是，黃大人？」黃玉昆不敢說是，也不敢說不是。

恭親王仍舊是一副輕鬆聊天的樣子，說：「黃大人，有個事兒得請教你。京城裡禁止女戲演出，是哪一年立的規矩？」黃玉昆結結巴巴地說：「康……康熙二十年。」

恭親王又問：「什麼時候解的禁？」黃玉昆嚇得汗如雨下。恭親王輕描淡寫地說：「到底是什麼時候，我怎麼記不起來了？」黃玉昆忙說：「卑職知罪。」

黃玉昆正手足無措，瑞王爺這時插話了：「這也難得黃大人一片苦心。王爺、貝勒們整天為國家大事操勞，消愁解悶的地方不是太多了，是太少了，那些老戲班兒、老面孔，大家都膩了，總得換點新鮮玩意吧。」

恭親王話裡有話說：「還是黃大人懂瑞王爺的心思。」瑞王爺又說：「我跟你講，為什麼要立規矩？為的是管著老百姓別想怎麼著就怎麼著，要是連立規矩的人都管住了，那不成了作繭自縛了？」

恭親王回答說：「對，您是立規矩的。」潤玉這時走上前來，單膝跪地，落落大方地向瑞王爺奉上紅色的戲折子。潤玉語聲清脆地說：「請王爺點戲。」瑞王爺接過戲折子，隨便看了看，就說：「我點個《青梅煮酒論英雄》，恭親王，你說怎麼樣？」潤玉又照樣向恭親王奉上戲折子，「請王爺點戲。」恭親王不接戲折子，說：「我點個《古城會》吧。」恭親王用眼睛盯著祁子俊問：「你也是戲班裡的？」瑞王爺代祁子俊回答說：「這是義成信的少東家。」恭親王說：「哦。聽說不少官員都在義成信有折子？」祁子俊忙解釋說：「不過是些夫人、小姐們的體己錢。」瑞王爺說：「我跟你們老東家打過交道，他是個明白人。老東家南征北戰，東擋西殺，掙下這分家產不容易，你們年輕人可別由著性子胡來。到頭來，金山、銀山折騰光了，連自己都賠進去。」祁子俊說：「王爺教導的是。」瑞王爺又意味深長地說：「得謙虛。你知道什麼叫謙虛，就是夾起尾巴做人，別太張揚了。」祁子俊賠著笑，不敢回話。恭親王的臉卻紅一陣白一陣，十分難看。正在尷尬之際，場上已經擺好了臺，三通鑼鼓響過，演出馬上就要開始了。這時，有一個夥計忽然高叫一聲：「瑞王爺放賞！」說著，滿滿一筐銅錢有如從天而降灑在舞臺上，接著，又是滿滿幾筐銅錢灑下來。舞臺上到處滾動著銅錢。瑞王爺看見此景，樂得心花怒放，大喊一聲：「好！」

黃玉昆趕忙不失時機地介紹：「這是義成信少東家對王爺的孝敬。」瑞王爺一蹺大拇指說：「場面上的事一點不含糊，這少東家可不一般，真是會做買賣。」恭親王陰陽怪氣地說：「應該看賞。」

瑞王爺譏諷道：「我是個窮王爺，兩袖清風，哪有恭王爺那麼大的氣派，動不動就拿祖宗的龍票賞奴才，我可沒什麼稀罕東西好賞。」瑞王爺說著說著，越來越激動，不住地咳嗽起來，一口痰堵在嗓子眼兒。他一抖袍袖，見袍袖中的袖狗(注)正張著嘴等著，便順勢將痰吐在狗嘴裡。

恭親王說：「這個就很稀罕，正好賞奴才。」瑞王爺冷冷地說：「只怕拿不出手。」恭親王說：「王爺賞的東西，不在值多少錢，在乎的是這分天高地厚的恩德。」瑞王爺說：「就依你。」瑞王爺說罷，朝一個太監耳語幾句。一個太監用黃絹托著小狗，朝站在包廂外的祁子俊走去，對祁子俊說：「祁子俊看賞！」祁子俊見太監走過來，慌忙跪倒在地，接過小狗說：「謝王爺恩典！」

小狗看看祁子俊，停了一下，忽然狂吠起來。包廂內外的人都笑了起來。恭親王滿足地壞笑著，黃玉昆迎合地乾笑著，內中就數瑞王爺的笑聲最為響亮。池座裡的人開始不知道發生了什麼事，等到明白過來，也都捧腹大笑起來。滿場的笑聲中，祁子俊羞慚而卑順地托著小狗退下去。但小狗似乎有點認生，掙脫了祁子俊的手，跳到地上，祁子俊趕忙去抓，又被小狗溜掉了。小狗

注　即北京狗，清代王公貴族的寵物，因為體積嬌小且性情溫和可以置於寬大的衣袖中，因此北京狗又稱做「袖狗」。

穿過池座，一直跑到戲臺上。祁子俊一路急急忙忙地追著小狗。人們笑得更響了。

臺上，小狗跟祁子俊玩開了追逐遊戲。而演員只當什麼事都沒發生一樣，依舊全神貫注地演戲。祁子俊從前臺追到後臺，眼見小狗要轉身往回跑，忽然被一人迎面抄起。祁子俊驚訝地看見，潤玉站在他的眼前。潤玉已經穿了戲裝，準備出場。祁子俊正要伸手接過小狗，潤玉卻奮力一擲，將小狗扔到臺下的井裡。

祁子俊愣住了。他第一次看到潤玉的眼神裡飽含著感情。這眼神說不出是責備，是鄙視，是同情，還是別的東西。祁子俊被這眼神深深地震撼著。潤玉離開了許久，他還愣愣地站在那裡。潤玉邁步登上舞臺。臺下的黃公子忍不住叫了個「碰頭好」。

天漸漸黑了下來，客人們早已經散去，只有祁子俊一個人還留在空蕩蕩的包廂裡。他已經喝得酩酊大醉，還在拚命往嘴裡灌「蓮花白」。

潤玉悄悄來到他的身邊，關切地看著他，沉默了片刻，潤玉說：「祁公子，人都走了。」祁子俊醉眼朦朧地仰起臉，望著潤玉，說：「你趕我走？」潤玉溫柔地說：「戲散了，該回家了。」祁子俊說：「回哪兒的家？我沒家。」潤玉說：「我讓人送你回票號。」祁子俊搖搖晃晃地站起來。口齒不清地說：「別管我。我在這兒想啊，想來想去……這歷朝歷代，怎麼總有人造反呢？」潤玉說：「戲裡講的都是官逼民反。」祁子俊嘆道：「順民難當啊。」潤玉輕輕地說：「可你只能當個順民。」祁子俊盯著潤玉看了半晌，點頭說：「你說得對，我只能當個順民。」

他一路踉踉蹌蹌地走出了戲園。

深夜，潤玉回到了自己的臨時住所。這是一間十分簡陋的住宅。桌子上擺好了熱氣騰騰的飯菜。潤玉從外面走進來時，雪燕忙上前去招呼。

雪燕道：「小姐，您怎麼這會兒才回來？」潤玉說：「戲園子裡有點事，耽誤了。這麼多好吃的？」雪燕笑著說：「都是您平時愛吃的。」潤玉洗了洗手，在桌旁坐下。兩人吃飯。沉默片刻，雪燕說：「這麼小的一間屋子，咱們倆住，真是怪擠的。」潤玉說：「比咱發配時強多了。」雪燕嘆了口氣說：「總盼著回京城，可沒曾想，回到京城，卻是這麼個樣子。」潤玉勸道：「先湊合一段日子，等咱們掙了錢就好了。」雪燕趁機說：「我有個遠房嬸子，一個人住著，想讓我搬過去，跟她就個伴兒。」潤玉愣了一下，想了想說：「也好，你先去住上一陣子吧。」雪燕忙說：「那我就去啦。」說著就站起身，拎起早已準備好的包袱。潤玉吃了一驚：「這麼著急幹什麼，飯也不吃了？」雪燕說：「吃飽了。老人家悶得慌，催著我趕緊過去。」雪燕說著就急急忙忙地朝門外走去。

潤玉望著她的背影喊：「路上當心點兒。」其實雪燕並沒有所謂的遠房嬸子，而是到了精忠廟的梨園公所。這是梨園公所司理給她安排好的住所。屋裡收拾得十分舒適。雪燕放下東西，朝站在門口的梨園公所司理扭過頭來。雪燕說：「真得好好謝謝您。」公所司理說：「雪燕姑娘，您住著舒坦，我心裡比什麼都高興。」雪燕說：「我先把這個月的房租給您。」公所司理忙說：「自家的房子，早一天晚一天的，沒什麼。」雪燕說：「總得給您啊。」

公所司理搖手道：「不急，不急。」停了一下又說：「我聽人說，黃大人最愛聽您的《武家坡》，而且，連瑞王爺都愛聽。」雪燕忍不住得意地說：「黃大人倒是提起過。」公所司理恭維道：「要論您的才藝，不比誰差，到哪兒都得掛個頭牌啊。」雪燕嘆一口氣說：「我總不能跟小姐去爭吧？」公所司理道：「說的是啊。您歇著，咱們回見。」公所司理向門外走去。雪燕一直把他送到門口。雪燕在門口若有所思地站了片刻。

夜晚，北京義成信票號，燈一盞盞地熄了。祁子俊穿過大廳，來到分號後院的掌櫃房裡。夥計們都走了，只有袁天寶還在這裡守候著。袁天寶歡喜地說：「恭喜少東家。家裡捎信來，少奶奶生了，是個公子。」

祁子俊好像沒有聽見似的，他帶著酒勁，只顧東翻西找，把東西弄得亂七八糟。袁天寶問：「少東家要找什麼？」祁子俊說：「龍票呢？」袁天寶打開櫃子，從裡面捧出一個紫檀木的匣子，外面裹著黃雲緞的包袱皮，在祁子俊面前打開，說：「少東家，這就是。」祁子俊看見裡面的龍票，迫不及待地一把抓在手裡，醉眼朦朧地觀看著。祁子俊叫道：「龍票！我有龍票！」他手裡抓著龍票，伏在桌上呼呼睡著了。袁天寶看看祁子俊，把門帶好，輕輕走了出去。

第二天，祁子俊捧著外裹黃雲緞包袱皮的紫檀木盒，畢恭畢敬地立在恭王府門前。高高站在臺階上的門官毫無表情，像是泥塑一般。祁子俊說：「煩請大爺給通報一聲。」門官看都沒有看他，仍是一副毫無表情的樣子。祁子俊說：「我有物件要還給王爺。」門官愛理不理地說：「王爺這會兒有事，等著吧。」祁子俊只好退到旁邊等待。

恭王府花園內，恭親王正在熬鷹。一隻快要成年的蒼鷹被鐵鏈牢牢拴住，但仍然顯得十分高傲，目光中充滿凶悍的野性，尖利的爪子憤怒地抓撓著腳下，鐵鏈被抖得嘩嘩作響。透過熬鷹專用的網圍，恭親王凝視著獵物。

這是在由「邀月臺」西坡下來的地方。恭親王身後是一座前廊後廈的正房，階下有兩行茂盛的海棠樹，旁邊是土石相間的假山和許多古槐。等候回事的屬下們在廊下站成一排，屏聲靜氣，沒人敢去打擾王爺。片刻，恭親王把一塊鮮肉舉到蒼鷹眼前。蒼鷹根本不屑去看鮮肉，猛地一剪翅膀，向天空衝去，恭王爺被蒼鷹掀起的罡風逼得後退了一步。但馬上，蒼鷹就重重地摔在地上，喘息著，發出一聲悲涼的長嘯。恭親王臉上掠過一絲冷笑。祁子俊仍在恭親王府門外耐心地等待著。

恭王府花園內，鷹和人的較量仍在繼續。恭親王的眼睛是血紅的，蒼鷹的眼睛也是血紅的。蒼鷹遍體鱗傷，身上淌著血，被飢渴折磨得筋疲力盡，但仍然十分頑強。它緊盯著網圍外面的鮮肉。恭親王顯出很有耐心的樣子。夜色降臨了。恭王府兩扇朱漆大門已重重地關上了。立在門外的祁子俊能看到的，就只剩下兩尊威嚴的石獅子。祁子俊不甘心地離開了。

恭王府花園的空地上點起了火堆，幾隻凶猛的藏獒吐著舌頭，在蒼鷹周圍逡巡著。鷹和人久久地對視著。剎那間，蒼鷹的眼神中忽然流露出一絲恐懼，一絲乞求，發出嗚咽般的低鳴。恭親王繞過網圍，果斷地將蒼鷹攬在懷裡，輕輕撫摸著。蒼鷹緊閉著眼睛，溫順地任由恭親王撫摸。屬下們齊齊地跪在地上，喊道：「恭喜王爺，鷹熬成了。」恭親王的目光從蒼鷹身上抬起，緩緩地移向遠處。

祁子俊無精打采地回到北京義成信分號，腋下夾著那個裝龍票的盒子。袁天寶忙上前稟道：「少東家，戶部的文書批下來了，我這就著手辦協餉的事。」祁子俊隨隨便便地把紫檀木盒丟在桌子上。他突然對眼前的一切感到一種前所未有的厭倦。祁子俊說：「你派人收拾一下，我明天就啟程回老家。」

幾天後，一輛豪華的騾車駛入停在太原的義成信當鋪門前。候在門前的夥計掀開皂布轎簾。祁子俊從車上下來，神氣活現地走進當鋪。祁子俊邁過門檻，掌櫃的從櫃檯後笑容滿面地迎上來。掌櫃的上前施禮：「少東家回來啦，一路上辛苦。」夥計們紛紛向祁子俊作揖。祁子俊朝大家拱拱手：「各位辛苦了！」祁子俊環顧四周，店裡只有一個顧客。夥計正當著顧客翻看一件藍布夾袍。聽見祁子俊的聲音，剛剛還在跟夥計爭價錢的顧客立刻打住話頭，趕緊從夥計手中接過當票和錢，低頭匆匆離開了。祁子俊看著顧客遠去的身影，心裡有些疑惑。

祁子俊問：「剛才這人看著有點眼熟，幹什麼的？」掌櫃的回答：「一個會考落榜的舉子，就住在街那邊的客棧裡，來當件舊夾袍，值不了幾個錢，磨嘰了半天。」「蘇文瑞！」祁子俊一拍大腿，猛然想起了他是誰。

第十四章

太原街道上人來人往，一派繁華熱鬧景象。馬車，騾車，吆喝著魚貫而行，叫賣聲此起彼伏。此時已是深秋，寒意襲人，蘇文瑞只穿著一件單衣，瑟縮著走在街道上。他路過一家生意興隆的飯館，在外面徘徊許久，看看寫在紅紙條上的菜譜，看看裡邊晃動的人影，再摸摸懷裡的銅錢，終於轉身走開了。他回到了自己住的那家破舊的小客棧，想躲開店老闆的目光，趕快回屋。但店老闆似乎專門在櫃檯前等著他。店老闆笑嘻嘻地問道：「蘇先生好啊！」蘇文瑞只好低聲下氣：「店老闆，這個月的店錢，您再容我幾天。」店老闆一反常態，說：「蘇先生，不忙，不忙。這兒有您的東西。」

他把一個包袱推到蘇文瑞面前。蘇文瑞打開包袱，裡面赫然是他當掉的那件藍布夾袍，此外，還多了一身嶄新的衣服、鞋帽。蘇文瑞大惑不解：「這是……」店老闆說：「義成信的夥計送來的，說是有位爺替您贖出來了。」蘇文瑞說：「您沒問問是誰，也好謝謝人家。」店老闆說：「問啦，人家不說。管他是誰，就當白撿的。」蘇文瑞搖搖頭：「那可不行，無功不受祿。」

傍晚，蘇文瑞來到太原義成信票號門口。他還是穿著那身舊藍布夾袍，站在當鋪門口，拿不定主意該不該進去，忽然看見祁子俊從裡面走出來，熱情地朝他打招呼。祁子俊說：「這不是蘇先生嗎，哪陣風把您給吹來了？」蘇文瑞忙掩飾道：「我隨便走走。少東家是從哪兒來？」「從京城辦事回來。」祁子俊答道。蘇文瑞感慨地說：「幾年沒見，少東家越發出息了，和老東家年輕時一個樣，廣結善緣。」祁子俊說：「您以後就管我叫子俊。您還沒吃飯吧？」蘇文瑞忙說：

「我做東，山珍海味不敢提，老酒一壺，麵筋豆腐還請得起。」祁子俊擺擺手說：「您跟我就甭見外了，哪能讓您出錢？咱們先把肚子填飽了，您再跟我一塊兒，找個地兒去散散心。」

酒足飯飽之後，祁子俊領著惴惴不安的蘇文瑞走進了一個名叫「怡紅院」的妓院。老鴇滿面春風地迎上前來。老鴇吆喝道：「喲，少東家，您可有段日子沒來了，姑娘們想您都想斷腸子了。」老鴇又衝樓上招呼道：「黛玉，寶釵，快來呀！」兩個打扮妖冶的妓女聞聲從樓上下來，一邊一個拉住祁子俊。祁子俊連連擺手：「得，今天就省了。就在你這兒洗個澡，借一宿乾鋪。」

兩個妓女轉身纏上了蘇文瑞。一位叫寶釵的拉著蘇文瑞的袖子說：「這位爺，少東家相好的太多，身子虛，您這麼棒，就別要乾鋪了吧。」另一位叫黛玉的也說：「是啊，一個人睡多沒意思。」蘇文瑞狼狽不堪地掙脫開去，連聲說：「乾鋪，我也是乾鋪。」祁子俊見狀，高聲喊道：「先給我們洗個澡吧。」

過了一會，祁子俊和蘇文瑞各自泡在一個裝滿熱水的大木桶裡。黛玉和寶釵捧著裝在托盤裡的洗澡用具，上前準備給他們擦澡。祁子俊看著蘇文瑞那副尷尬的樣子，又對兩個妓女擺擺手。祁子俊說：「行了，沒你們的事了，錢照付。」兩個妓女千恩萬謝地退了出去。

祁子俊從托盤裡拿起一塊香皀，放在鼻子下聞了聞。祁子俊對蘇文瑞說：「這是香胰子，洋玩意兒，只要用上一點，在身上一搓，泥啊，汗啊，就全沒了，身上滑溜溜的，頂頂舒服。您試試。」說著，他開始往身上抹香皀。蘇文瑞也學祁子俊的樣子，把香皀放在鼻子底下聞聞，然後試探著抹在身上。

水上漂著肥皀泡。蘇文瑞閉目仰頭靠著桶沿，感到十分愜意。祁子俊說：「忘了問您，在太原有什麼事要辦？」蘇文瑞長嘆一聲：「一言難盡啊。三入科場，三次落第，一事無成，半生潦倒，我是再也不動這個念頭了。」祁子俊說：「從小我就羨慕您的文章學問，誰不知道，縣裡那些中了舉人、進士的，都跟您討教過。」

蘇文瑞說：「科場上的文章，不需要真知灼見，越平庸越好，我明明知道這一點，可就是做不到，平庸也難啊。我這個窮秀才，三十來年寒窗苦讀，空懷報國之志，滿腹治國之策，可沒人賞識你，就永遠沒有出頭之日。」

祁子俊趁機說：「蘇先生，我有個不情之請。」蘇文瑞說：「儘管說。」祁子俊說：「我身邊正缺個出謀劃策的人，您要不嫌棄，就給我當個軍師，從今往後，咱們一起幹，有我吃的，就有您吃的。」蘇文瑞沉吟不語。祁子俊說：「您合計合計，不忙回話。」

蘇文瑞又長嘆一聲說：「天下熙熙，皆為利來；天下攘攘，皆為利往。子俊，你很聰明，但做生意，光聰明還不夠。鍋裡的肉就那麼多，人人都來搶，你要搶得多，得比別人有手段才成。商場如官場。有多少錢，有多大本事都不重要，最重要的是你認識誰。沒本事掙不了錢，光有本事也還掙不了大錢。做多大生意，需要多大的靠山，有了靠山，才能立於不敗之地。」祁子俊感慨道：「我父親想靠官，可是落了這麼個下場。」

蘇文瑞目光炯炯地盯著祁子俊，說：「令尊之死，不是因為沒有靠山，也不是因為靠山不夠大，而是因為靠得太死了。靠山再大，總有靠不住的時候。所以，不要靠哪一個人，要靠就靠整個官場。靠著一個人的時候，要隨時準備把他踢開，找更大的靠山。當官的是狼，百姓是羊，在羊群裡就免不了受禍害，最安全的辦法是跟狼呆在一起，只要把身邊的狼餵飽了，就平安無事，別的狼也不敢來找麻煩。只是到了這時候，你還得千萬記住，你是羊，不是狼。」祁子俊眼睛一亮，說：「您這幾句話，點撥得我心裡透亮了。真是聽君一席話，勝經十年商。」

不幾天，祁子俊帶著蘇文瑞一起回到山西祁縣老家。騾車停在祁家大院門口，祁子俊走下車。蘇文瑞還端坐在車裡。祁子俊吩咐車伕說：「送蘇先生回家。」祁子俊打量著自家的院子，老宅已經修整得煥然一新。他正在納悶是誰修好了院子，早有喬管家恭謹地迎上前來。

喬管家上前施禮道：「給少東家請安。」祁子俊問：「房子這麼快就修好了？」喬管家回道：「是知府楊大老爺派人修的。」祁子俊問：「老太太呢？」喬管家說：「在屋裡歇著呢，聽說您要回來，這幾天一直盼著，都沒歇晌。」祁子俊又問：「老太太的壽材預備了嗎？」喬管家答道：「正在選木材。」祁子俊吩咐說：「選好了，讓老太太親自過過目。」

祁子俊掀開門簾走進屋裡。祁老太太正盤腿坐在炕上抽煙。祁子俊膝蓋一屈，說道：「娘，給您請安。」祁老太太神情激動地說：「得啦，你回來就很好。」祁子俊拿出些綢緞，擺在老太太眼前，親熱地說：「娘，這都是我託人從杭州給您買來的。」祁老太太喜盈盈地說：「別在我這兒囉嗦了，快去看你媳婦、孩子去吧。」祁子俊卻站著不動，說：「我多陪您呆會兒。」

此時關素梅也已知道祁子俊回來了。她心神不定，又喜又憂，把屋子裡收拾得十分整潔。世禎低著頭，趴在關素梅的膝蓋上，片刻，抬起頭來，臉上帶著孩子特有的執拗。世禎說：「娘，他不是我爹。」關素梅耐心地勸道：「叔叔是你爹的親兄弟，跟爹是一樣的。」世禎固執地說：「不一樣。」關素梅生氣了：「世禎，怎麼連娘的話都不聽了？叫一聲爹還能屈了你不成？從小就這麼不懂事，長大了，娘還能指望得上你？」世禎不吭聲。

關素梅吩咐道：「聽話，啊？」這時，炕上的孩子哭了起來。關素梅正解開衣服給孩子餵奶，祁子俊走了進來。關素梅又驚又喜，急忙起身下地。祁子俊忙說：「你別動了。」關素梅驕傲地把孩子抱給祁子俊看，喜滋滋地說：「你看看，長得像誰？」祁子俊說：「像你。」關素梅說：「人家都說像你。抱抱吧。」祁子俊笨拙地接過孩子，孩子到了他懷裡，哇哇大哭起來。

關素梅責怪說：「看你這個爹，連孩子也不會抱。」她說著抱過孩子，哄了幾下，孩子在她懷裡又睡著了。關素梅問道：「給孩子取個什麼名？」祁子俊隨口說：「按著家譜，叫世禎吧。」說罷才注意到，世禎一直跟在關素梅旁邊。祁子俊打量著世禎說：「世禎又長高了。」關素梅望著世禎說：「這孩子，見了爹也不知道叫。」世禎怯生生地躲在關素梅身後，用一種奇怪的目光看著祁子俊。關素梅催促道：「世禎，叫啊。」世禎盯著祁子俊，始終叫不出口。祁子俊解圍道：「算啦算啦，別難為孩子了。」

夜晚，祁子俊和關素梅在臥室裡。關素梅勉強穿戴上祁子俊給她買來的衣服、首飾，照了照鏡子，又趕緊換下來。關素梅說：「買這些幹嗎，我一天到晚忙家裡的事，哪有閒心穿戴？」祁子俊說：「這是京城最時興的式樣。」

關素梅說：「不行不行，我穿著不成樣子。東西都漲錢，家裡上上下下人又多，憑我怎麼精打細算，這個月還是多花出一兩銀子。冬天烤火用的木炭又漲錢了，幸虧我早預備下了，一擔整整省了三十文。」

祁子俊漫不經心地聽著：「哦。」關素梅有些羞怯地說：「這些天世禎一直跟著我睡，今晚讓他回自己屋裡。」祁子俊沒有在意她的話，自顧自地穿上外出的衣服，說：「你先歇著，我還要出去辦點事。孩子滿月的時候，把親朋好友都請來，好好熱鬧熱鬧。」關素梅茫然地看著祁子俊的背影，胸中湧起一股隱隱的傷痛。

祁子俊來到縣城裡的一處戲園子。夜晚，舞臺上方懸著許多盞馬燈，臺上，正在演著一齣晉劇。祁子俊看得出了神，舞臺上的演員漸漸幻化成了潤玉，似乎自己也成了戲中人。幻覺中，潤玉看著他，眼睛裡閃著扔掉小狗後的那副神情，但更加專注，更加動情。

喬管家悄悄走到祁子俊身邊，低聲說：「少奶奶讓我到票號找您，關照說別讓您累著。」祁子俊說：「去回少奶奶，說這幾天事多，我就住在票號裡。」喬管家無可奈何地走開了。

第二天，義成信山西總號掌櫃房裡，祁子俊和蘇文瑞相對而坐，正在商議事情。

祁子俊說：「照票號的老規矩，東家和掌櫃是分開的，總號這裡，我爹一向是自己兼著的，我也不能破這個例。但我常年在外邊，這裡得有個主事的二掌櫃，我想請您出馬。」蘇文瑞頭搖得像撥浪鼓似的說：「子俊，你太高看我了，舞文弄墨的事我還成，這打算盤的事我就不在行了。」祁子俊說：「您不成還有誰成？」蘇文瑞說：「我給你保舉一個人，是你們家的遠房親戚，論輩分還比你長一輩。」祁子俊問：「您是說祁伯興？」蘇文瑞說：「正是。」祁子俊說：「人是不錯，但他在大恆盛幹得好好的，我岳父不可能放他。」蘇文瑞說：「他在那邊只是個檔手，你想想，哪有檔手不想當掌櫃的？人往高處走，只要他本人願意，關老爺也說不出什麼來。」祁子俊搖搖頭，又點點頭說：「我去試試吧。」

夜深了。祁子俊提著禮盒，來到祁伯興家，在外邊敲了敲門。裡面祁伯興的聲音問：「誰呀？」祁子俊忙答道：「九叔，是我。」

門開了。祁伯興看見祁子俊，顯得十分驚訝。祁子俊進了門，就要單膝跪下。祁子俊說：「九叔，給您請安了。」祁伯興趕忙把祁子俊扶起，說：「使不得，使不得。」又吩咐妻子：「快給少東家倒茶。」祁子俊說：「茶就不用了。」祁伯興說：「少東家是有什麼事吧？」祁子俊單刀直入說：「我就直說吧。義成信總號這邊缺個管事的，我想請您過去。」祁伯興沉吟一下說：「我倒沒什麼說的，但這事得問問關老爺。」祁子俊第二天就來到岳父關近儒家。關近儒聽著祁子俊講完，笑吟吟地看著他，說：「子俊，你好厲害，挖牆腳都挖到我這兒了。」

祁子俊不好意思地說：「要不是實在沒人，也不敢跟您提，您就多擔待著點。」

關近儒說：「可以。但是有一樣，祁伯興最多只能借給你，他人還得算大恆盛的人。」祁子俊高興得連連點頭：「就照您說的辦。」

小世祺滿月了。祁家辦起了滿月酒。院子裡搭起了喜棚。祁家上上下下都在忙碌著，一派喜慶景象，蘇文瑞忙不迭地在簿子上用蠅頭小楷落著禮帳。喬管家唱著禮單。喬管家唱道：「張老爺紋銀二百兩！」祁子俊正在接受祝賀，跟賀客們有一搭沒一搭地閒聊著。喬管家又唱道：「知州左大老爺銀錁子一對！」

蘇文瑞落下禮帳。喬管家又唱道：「知府楊大老爺玉如意一對！」幾個商人在酒席上議論紛紛。余先誠嘆道：「子俊可真給祁家掙足了面子，連知府都派人送禮來了。」張金軒說：「這算什麼，要是在京城，只怕連瑞王爺都要有個意思。」陳碧川說：「我也有所耳聞，子俊和王爺的關係不同尋常，出入王府如履平地。」張金軒又說：「你想想，祁家大院這麼痛快就還回來了，還修整如新，這裡邊名堂大了。」

正說著，見祁子俊舉著酒杯朝這裡走來，幾個商人趕忙站起身。祁子俊舉著酒杯說：「多謝各位。」陳碧川奉承說：「子俊，貴公子長得跟你一模一樣，天生的福相。」

祁家大院的另一邊，關素梅抱著孩子，被一群女賓團團圍住。太太、小姐們對孩子讚不絕口。世禎卻悶悶地跟在母親身旁，似乎並沒有受到歡樂氣氛的感染。他看見母親很投入地跟賓客們一起談著小弟弟，就悄悄地走開了。沒人注意到他。他穿過人群，從院裡走到屋裡。仍然沒有人注意他。他從懷裡掏出一本書，趴在炕上，捂著耳朵念起來。但歡樂的聲浪還是從窗外鑽進耳朵裡。他念不下去。

忽然，他聽見外面傳來一陣細碎的腳步聲，是他十分熟悉的腳步聲。母親的腳步聲。他準備迎著腳步聲出去，撲在母親懷裡，但不知為什麼，他轉過身，迅速躲進裝被子的衣箱。他透過衣箱縫看過去，看見母親焦急地搜尋著他，聽見母親低低地叫著他的名字。他盼著母親立刻就能找到他。但是沒有。母親的身影在門口消失了。他哭了。

關近儒來得有些晚了。他似乎對周圍的客人並不太在意，他注意的人只有一個，就是祁老太太。關近儒上前施禮：「親家，給您道喜。」祁老太太滿臉笑容：「同喜同喜。」

寒暄過後，關近儒挑了一個不太惹人注意的位置坐下。祁子俊發覺了岳父，趕緊迎上前來。祁子俊說：「爹，您看今天這事，辦得還行吧？」關近儒說：「你先應酬客人，回頭到家裡來一趟。」

祁子俊夜裡來到關家。關家的客廳裡陳設十分簡樸，牆上掛著一副對聯：經營不讓陶朱富，貨隨何妨子貢賢。關近儒示意讓祁子俊坐下。祁子俊顯得有些不安。關近儒說：「我找你來，就是想給你提個醒，這個滿月辦得太鋪張了些。」祁子俊說：「我不想委屈了素梅。」

關近儒說：「你的用意是好的。可想必你也明白，送禮的人多半不是衝著你，而是衝著你在京城那些關係來的。當年你爹之所以遭難，就因為跟大官走得太近了。殷鑒不遠，我不想看著你重蹈覆轍啊。」祁子俊不以為然：「我爹不過是遭人陷害。」

關近儒語重心長地說：「官商殊途，涇渭分明，商人的本分是經商，跟當官的保持距離為好。」祁子俊說：「爹，現在不同您年輕那會兒了，離開官，就辦不成事。」關近儒說：「不管什麼時候，總要腳踏實地。你要走捷徑，難免會踩進泥地裡，到時候深陷其中，不能自拔，後悔也晚了。」祁子俊有些不高興，說：「您的好意我心領了，可是生意場上，萬事利為先，要是不敢做刀頭舔血的事，充其量只能是小打小鬧。」關近儒耐心地勸道：「功自誠心，利從義來。有君子之商，有小人之商，區別全在一個『義』字。小人惟利是圖，不擇手段，君子義利並重，二者不可得兼時，寧可舍利而取義。」但祁子俊對岳父的話根本聽不進去。他說：「管他是利是義的，能掙點兒錢就不錯了。」

關近儒嘆道：「眼下各個商家都有些怨言，苛捐雜稅越來越重，近來又多了個釐金，朝廷規定逢百抽一，到了地方上就成了逢百抽二，真是讓人苦不堪言。」祁子俊不想再聽下去，就說：

「我來您這兒之前，知府大老爺差人來叫我過去，不知有些什麼事情。」關近儒只好說：「你只管去吧。」

深夜，祁子俊回到他和關素梅臥室。關素梅服侍祁子俊脫掉外衣，替他脫去鞋子，換上便鞋，然後坐在梳妝臺前梳頭。她剛剛洗過澡，故意沒扣好衣服。祁子俊卻沒有在意。他根本進入不了丈夫的角色。

片刻，關素梅將燈捻小了，走到床前。祁子俊已經睡著了。關素梅也躺下了。她睡不著，仰頭望著房梁。忽然，睡夢中的祁子俊把一條胳膊搭在她身上。關素梅緊緊抱住祁子俊的胳膊。但祁子俊翻了個身，胳膊從關素梅的擁抱中滑落出來，又呼呼睡著了。關素梅的淚水從臉頰上流下來。她把臉緊貼著枕頭，強忍著不哭出聲。

清晨，初升的太陽照著祁家後花園裡一湖寧靜的秋水。湖面上灑滿細碎的陽光。剛剛起床的關素梅透過臥室的窗子看到這一切，心中不由得又滿懷著希望。她正在洗臉，背對著祁子俊，洗得很慢。

祁子俊也起床了，正在穿衣服，他似乎對昨晚冷落關素梅感到了一些悔意。祁子俊走過去，從背後抱住關素梅，然後，拉著關素梅轉過身子，輕輕地撫摸著她的臉頰、頸項。關素梅閉上眼睛，期待著，已經是一種忘情的狀態。祁子俊的手繼續撫摸著。突然，屋外傳來世禎的一聲叫喊：「娘！」

祁子俊撫摸著關素梅的手突然停了下來。片刻，關素梅睜開了眼睛。只聽一聲門響，祁子俊已經消失得無影無蹤。祁子俊走到祁家前院門口。喬管家趕上來，交給他一封請柬。喬管家說：「少東家，關老爺請您午時到商會議事。」

早晨，祁子俊來到義成信山西總號。祁子俊走進票號的時候，等候多時的蘇文瑞迎上前來。祁子俊說：「蘇先生，中午商會有飯局，您和我一起去吧。」蘇文瑞說：「我聽到一點風聲，有些商家對朝廷加徵釐金不滿，想要推舉個挑頭的跟官府交涉。」祁子俊緊皺眉頭說：「誰願意出這個頭？」蘇文瑞說：「我估計，會有人打你的主意。」祁子俊問：「我？不繳這個狗屁釐金當然好，可也犯不上為這個跟官府鬧翻，斷了自己的前程。」蘇文瑞說：「所以最好的辦法，就是躲。」

中午，在義成信山西總號正廳，大恆盛錢莊掌櫃霍運昌正隔著櫃檯跟祁伯興講話。祁伯興對待霍運昌的態度十分客氣。霍運昌問：「少東家什麼時候能回來？」祁伯興含糊其辭：「這個我可說不好。」霍運昌湊近祁伯興，悄悄地咬著耳朵。霍運昌說：「你給我透個底，我回去好跟老東家交代。」祁伯興說：「我不是都給您說了嗎？」

霍運昌說：「祁伯興，你真行啊，你離開大恆盛才幾天啊，就成這樣了。」祁伯興平靜地說：「我現在是給義成信做事。」

就在此時，山西祁縣商會屋內已是人聲嘈雜。商人們或坐或立，三五成群，交頭接耳。關近儒坐在主持會議的位置。霍運昌滿頭大汗地來到他的身邊。關近儒問霍運昌：「人都來齊了嗎？」霍運昌說：「就缺義成信的祁子俊了。」關近儒皺著眉頭問：「怎麼回事？」霍運昌說：「已經催問過三次了，說是出去辦事，沒回來。」

關近儒想了想，說：「不等了。」他用木槌敲了一下桌子，說：「列位，現在開始議事。關於繳納釐金一事，雖然大家有些議論，但既然朝廷已經決定開徵，我以為，就應當按章繳納，這也是為國分憂之舉。至於繳納比例是否合理，我們可以用商會的名義，請官府酌情減免。」

余先誠說：「這點銀子對關老爺當然算不了什麼，我們小門小戶的可禁不起這麼勒索。」張金軒緊接著說：「是啊，簡直是要我們的棺材本兒。」陳碧川一拍桌子：「不能繳，就是不能繳。」場上一陣大亂。關近儒用木槌敲了敲桌子，大聲問道：「是否有人贊成繳納釐金？」在場的沒有一個人講話。關近儒說：「既然大家都不願意，關某也只好聽從大家的意思。眼下，當務之急是推舉出一個人來，帶領大家到太原知府衙門交涉，請求朝廷裁撤釐金。」余先誠說：「子俊最合適。有京城王爺的交情，別說太原知府，就是山西巡撫也得買帳。」

張金軒說：「可祁少東家在哪兒啊？」余先誠反問道：「你問我啊？」張金軒語帶譏諷：「祁少東家總不會因為不敢出頭，躲起來了吧？」陳碧川也說：「祁少東家是關老爺的乘龍快婿，也許關老爺知道他在哪兒。」大家面面相覷，都不做聲。關近儒不怒不躁，沉著地問：「還有誰能擔當此任？」眾人都附和著追問關近儒。關近儒說：「既然如此，關某有意擔當此任，不知列位意下如何？」霍運昌急忙悄悄拉了一下關近儒，說：「老爺，您不能出這個頭。」張金軒趕緊說：「關老爺德高望重，又是商會的值年董事，能親自出馬，自然最好不過。」關近儒拱拱手：「義不容辭。」余先誠憂心忡忡：「只怕結果難料啊。」關近儒說：「這種情勢下面，關某只能是知其不可為而為之。」余先誠感動地說：「有您領頭，我們一定緊密追隨，萬死不辭。」

祁子俊此時正和蘇文瑞坐著騾車在太原街道上閒逛。騾車裡，蘇文瑞正在閉目養神。祁子俊透過車窗看著外面，路上多了些巡邏的兵丁，氣氛比平時緊張了許多。祁子俊問：「蘇先生，您說究竟誰會出這個頭？」蘇文瑞沉吟道：「照我看，最有可能的是關老爺。」祁子俊說：「我擔心的就是這個。」騾車在一間客棧門前停了下來。

知府衙門前，關近儒正領著祁縣商會的同仁們為裁撤釐金請願。關近儒跪倒在衙門的臺階前，將一紙陳情狀高高舉過頭頂。關近儒高聲說道：「草民關近儒等拜見知府大老爺，懇求朝廷開恩，裁撤釐金。」眾商人在他身後跪倒一片，大聲附和道：「懇求朝廷開恩，裁撤釐金。」

知府衙門內，楊松林焦灼不安地在大堂走來走去。楊松林對李然之說：「讓他們先回去，就說本府一定把他們的要求向上面稟報。」李然之為難地說：「他們見不到大老爺就不肯走，衙門外人越聚越多，您是不是去安撫一下？」楊松林說：「這事本來朝廷就沒道理，讓我怎麼安撫？」李然之說：「也不能由著他們這樣鬧下去啊。」楊松林一咬牙：「調兵。」立即，一隊隊兵丁迅速跑過，將請願的商人團團圍住。李然之出現在門口。李然之大聲說：「知府大老爺有令，凡在府衙前聚眾鬧事者立即離開，違者嚴懲不貸。」

關近儒朗聲說：「為民請命，何罪之有？」來請願的商人個個群情激憤，紛紛擁向衙門口。余先誠大聲喊道：「我們不走！」其他商人也大喊：「請知府大老爺出來講話！」李然之厲聲威脅說：「只查辦為首挑動鬧事的，餘者一概不予追究。你們再這樣鬧下去，形同造反。」關近儒等人仍然跪在那裡。李然之喝道：「拿下！」關近儒巍然不動。幾個兵丁一擁而上，將關近儒綁了起來。另外的兵丁拳打腳踢，驅散請願的商人們。

祁子俊聽到關近儒被抓的消息時，正和蘇文瑞在太原一家客棧裡。他不知所措地用雙手狠狠抓撓著頭皮，著急地說：「我這老丈人真是的，這下好了，等著治罪吧。」蘇文瑞心生一計，對祁子俊說：「子俊，到你出馬的時候了。你去，向楊松林表示感謝。」祁子俊大惑不解：「謝什麼？」蘇文瑞說：「他發還你家老宅，你還沒當面謝過呢。」祁子俊帶著著禮物趕緊來到知府衙門。楊松林從祁子俊手中接過禮盒，說：「子俊，你真是周到。」祁子俊說：「讓您勞神了。」楊松林點頭說：「你年紀雖輕，對於進退得失卻清楚得很，不像關近儒那麼死心眼。」他頓了頓，又說：「你先去探望一下岳父大人吧。」

楊松林陪著祁子俊來到太原府大牢。牢頭打開一間昏暗的單人牢房。楊松林陪同祁子俊走進去。關近儒從地鋪上站起身。

關近儒問：「子俊，你怎麼來了？」祁子俊把一個包袱放在地鋪上，說：「我給您帶了點吃的、用的。」關近儒突然朝楊松林跪下，大聲說：「草民關近儒叩見知府大老爺，懇求朝廷開恩，裁撤釐金。」楊松林怒道：「都到這會兒了，還執迷不悟。」關近儒不卑不亢：「草民明白得很。」祁子俊著急地勸道：「岳父，您就低一低頭，把該交的釐金交上，咱們先出去，有什麼話以後再說。」關近儒毅然說：「決計不能交。眾人推舉我出來，對我寄予厚望，我若為了一己私利，苟且求全，將大家置於何地，又將我自己置於何地？」

祁子俊朝楊松林搖搖頭，表示毫無辦法。楊松林和祁子俊從牢房裡出來，楊松林送祁子俊走到門口。祁子俊說：「事先我再三勸阻。岳父也是被眾人挑動，出於無奈，還望大老爺網開一面。」

楊松林裝模作樣地說：「我實在是心有不忍，但這是上面的意思，我也沒有辦法。」他又轉身對李然之說：「回頭在縣衙裡騰間房，暫且讓關近儒搬過來住。」祁子俊忙道謝：「子俊感激不盡。」楊松林說：「咱們慢慢合計，想個萬全之策出來。」祁子俊滿心歡喜地走了。李然之小心地湊上前來。楊松林問李然之：「釐金收得怎麼樣？」李然之說：「抓了關近儒，商人們更加不滿，拒交釐金的越來越多。」楊松林惡狠狠地說：「挨個商家去收，凡是抗交的，一律抓起來。」

緊接著的幾天，許多抗交釐金的商人都被抓了起來。太原街道的一家店鋪裡，幾個捕快用枷鎖拴走了店鋪的主人。店鋪主人的妻兒老小哭喊著在後面追著。捕快又走進另一家店鋪。為首的捕快喊道：「該交的釐金，預備好了嗎？」店鋪主人倔強地說：「要錢沒有，要命只管拿去。」為首的捕快惡狠狠地嚷道：「拿了！」幾個捕快撲上去，抓了店鋪主人就走。店鋪裡又是一陣哭天搶地的呼喊。太原府大牢的牢房裡已經擠得水洩不通，嘈雜聲響成一片。獄卒又把一個商人推推搡搡地押進牢房。關近儒被押在一個單人牢房裡，他平靜地看著這一切。

大清早，祁縣城外大路上，一群農民用車子、擔子裝載著貨物，正從道路上經過。一道柵欄橫在路上，十幾個清兵從臨時搭建的一所小房子裡走出來，攔在他們面前。為首的清兵外委把總橫眉立目地看著他們。一個農民說：「老爺，我們都是良民，進城趕集去。」清兵外委把總喝道：「知道你是去趕集。奉知縣大老爺令，徵收釐金。你們都把東西放到旁邊去估價，一律按百分之二徵收。」另一個農民說：「老爺，我們指望著賣這點兒貨換些油鹽錢，也只有百分之二的利，您要是都徵走了，我們的生意就沒法做了。」外委把總蠻橫地說：「這個我不管，有什麼話，你跟知縣大老爺說去。」一個農民放下裝著紅棗的擔子，哀求說：「老爺，求求您，放我們過去吧，要不，少收點也行。」外委把總說：「甭廢話，你這些東西，交一吊錢出來。」

擔紅棗的農民也來了氣，高聲說：「你這不是明搶嗎?咱們找個地兒說理去。」外委把總眼睛一瞪：「就憑你，還想跟我說理?告訴你，老子就是理！」他說著，一腳踢翻了擔子，紅棗滾得滿地都是。外委把總猶自不依不饒：「今天不給你點顏色看看，你是不知道馬王爺三隻眼的厲害。來人，給我綁了。」幾個清兵走上前來，要綁擔紅棗的農民。另一個農民怒道：「清平世界，朗朗乾坤，你們橫行霸道，簡直連強盜都不如啊。」外委把總道：「放肆！連他一塊綁了！」被綁的農民掙扎著，與上前綁他的清兵扭打起來。他大聲罵道：「你們不給人活路，我跟你們拚了！」其他農民也一起大喊：「跟他們拚了！」外委把總跳著腳說：「反了，反了！都給我拿下！」農民們衝上來，掄起扁擔、鋤頭，與清兵廝打起來。清兵人數較少，漸漸處於下風。外委把總見勢不妙，扭頭要跑，幾個農民把他團團圍住。一個農民喊：「不能讓他跑了！」農民們把外委把總按在地上，狠狠地揍了一通。剩下的清兵都狼狽地逃走了。農民用火絨點燃了臨時關卡的房子。大火熊熊燃燒起來。外委把總躺在地上呻吟著，翻滾著。

農民們出了一口氣，收拾起東西，向回家的路上走去。他們感覺從未有過這樣的痛快，還有人大聲唱起了男女之間傳情達意的小調。農民們眼看就要回到了家門口，仍舊興致勃勃。突然，一隊官兵騎著馬，從後面包抄上來。農民們驚恐地四散逃跑。一個清軍軍官手起刀落，將一個老人砍倒在地。另一個年輕的農民也倒在血泊之中。官兵們狂笑著，縱馬追殺著農民。村口躺倒著一具具屍體。

太原府衙大堂裡，李然之正在向楊松林稟報，楊松林不安地踱著步子。李然之說：「稟大老爺，枷鎖已經不夠用了。」楊松林說：「再去做一批來。」李然之又說：「大牢裡也已經是人滿為患了。那些死去的村民的家屬，都聚在府衙前喊冤，驅趕不散。」楊松林沉吟著說：「這個亂子可不小！」李然之說：「只怕事情鬧大了，驚動了朝廷，就不好收場了。」楊松林嘆了一口氣說：「已經驚動朝廷了。」

瑞王府裡，一清早，瑞王爺正在吃著冰糖燕窩粥，黃玉昆行色匆匆地走進來，施禮道：「叩見王爺。」瑞王爺懶洋洋地說：「免禮。」黃玉昆說：「山西巡撫已經把商民抗交釐金的事奏上去了。皇上朱批，一文錢也不能少。」瑞王爺扔給黃玉昆一個信封，說：「你看看這個，楊松林的密報。」黃玉昆迅速展開信紙，看畢，驚詫地問：「楊松林要處死關近儒，殺一儆百？」瑞王爺怒道：「這個蠢貨，動不動就要殺人，以後誰還敢做生意？他根本就是拿屁股當官，不是拿腦子當官。」黃玉昆揣摸說：「王爺肯定已經是成竹在胸了。」瑞王爺緩緩地說：「這個爛攤子，還是留給恭親王去處置吧。你隨我四處走走，考察考察各地的鹽政。」

通往太原的通衢大道上，傍晚時分，行進著恭親王的隊伍，顯得威嚴而肅穆。恭親王端坐車內，神色凝重。一個隨從騎馬跑過來。隨從報道：「稟王爺，已經到了山西地界，是不是準備休息？」恭親王面無表情：「繼續趕路。」隨從道：「是！」

恭親王的隊伍經過太原街頭。沿途跪滿了無數民眾，其中大多是婦女、兒童和老人。人們高舉著申訴狀，轎子經過時，就都一起磕下頭去。恭親王只是從轎子裡看了一眼，就不再理會了。隊伍繼續前進。

太原府衙大堂裡，楊松林正在氣勢洶洶地對官吏們訓話。楊松林大罵：「一群飯桶！平日裡作威作福，真到有事就指望不上你們了！」眾官吏唯唯諾諾。

楊松林正要繼續罵下去，忽然愣住了，恭親王突然出現在眼前，身邊只有兩個隨從。楊松林趕忙退後跪倒。楊松林道：「叩見王爺。」眾官吏也都跪倒在地大呼：「叩見王爺。」恭親王並不理睬，只問：「釐金都徵上來了？」楊松林惶恐地答道：「奴才正在辦理。」他仍然跪在地上，頭也不敢抬起。恭親王怒道：「昏庸無能，誤國誤民。限你三天，三天之內不能平息事端，拿你是問！」楊松林大氣也不敢出：「奴才聽命。」

太原一家客棧，夜晚。祁子俊拿著一封剛剛收到的請柬，不解地給蘇文瑞看。祁子俊問：「楊松林要請我到他家裡，什麼意思？」蘇文瑞撫著臉頰說：「我看，他是想借你來平息眾怒。」祁子俊說：「我可不願意趟這道渾水。」蘇文瑞說：「你還非趟不可。」祁子俊不解地問：「為什麼？」蘇文瑞說：「不是衝著楊松林，是衝著恭王爺，這正是你在恭王爺跟前露臉的機會。」祁子俊興奮起來：「您有什麼高招？」蘇文瑞說：「捐官。」祁子俊突然醒悟，叫道：「好主意，我這就去求見恭王爺。」

祁子俊臨走之前轉過身來，對蘇文瑞說：「蘇先生，要是這條道行得通，我也給您捐個官。」但蘇文瑞只是淡淡一笑：「我早已沒有這個興趣了。」

恭親王行轅裡，恭親王正站在窗前，神情專注地看著外面的街道。恭親王自言自語地吟道：「下簾猶覺餘寒重，多少哀鴻泣路隅。」許久，他才慢慢轉過身子，似乎才剛剛看見一直在等候著的祁子俊。恭親王緩緩地問：「太原府的道路，為什麼只有丁字路口，沒有十字路口？」祁子俊從容答道：「聽說是老輩子的人為了提醒後代，世上的路總有盡頭，到了盡頭就必須拐彎。所以，晉商最講究『靈活』二字。」恭親王感興趣地問：「你就給我說說晉商怎麼做生意吧。」

祁子俊說：「商人做事，都是利字當頭，沒有好處的事絕不會有人願意幹。就說釐金這事，要是換個法子，改成讓商人出錢捐官，大家都得點利，問題自然就解決了。」

恭親王臉上漸漸顯出笑容，他點點頭說：「瑞王爺沒看錯，你真是不一般，國家大事都能讓你當生意做了。」祁子俊說：「朝廷該得的錢一文不少，商人得了官位，又體面，兩不吃虧。」恭親王問道：「商人們都能願意嗎？」祁子俊胸有成竹：「我去說服他們。」恭親王說：「太史公說，三晉多權變之士，此言不虛。就依你之言，暫行捐納，緩交釐金。你先去跟楊松林稟報一聲。他是瑞王爺的奴才，總得賞他個臉。」

太原府衙大堂裡，恭親王正板著面孔，盯著楊松林。恭親王問：「事情進展如何？」楊松林答道：「商人們都願意捐錢買個官當，只有領頭的關近儒死活不肯。不過，祁子俊是他女婿，願意替他出這分錢。」恭親王好奇地說：「這個關近儒，我倒要見一見。」

恭親王饒有興趣地打量著鐵窗後面的關近儒。恭親王問：「你就是關近儒？」關近儒沉靜地說：「是。」恭親王說：「你領頭抗交釐金，藐視王法，罪過不輕啊。」關近儒昂然面對：「徵收釐金，與民爭利，無異於竭澤而漁，草民懇請朝廷開恩裁撤，正是為了大清的基業生生不息，永世昌盛。」恭親王說：「有令婿替你捐納，你出來領個官位，也好讓太原府對上面有個交代。」關近儒說：「草民以為，無論從商為官，都是報國之途。草民有自知之明，無能為官，也不願為官，深望王爺體恤。」恭親王轉身準備走開，他對楊松林說：「其罪當治，其忠可嘉。」

知府衙門裡，原先監禁關近儒的廂房成了臨時捐納房，人頭攢動，熱鬧非凡。牆上貼著一張大幅告示，上寫：限捐五十名。幾個兵丁在維持秩序，但似乎越維持越亂。商人們紛紛向前擁擠著，全沒了平日的斯文。張金軒趁亂擠到臺案跟前，原先排在他前面的余先誠十分不滿。陳碧川說：「你急我也急，總有個先來後到啊。」張金軒汗流滿面：「這會兒管不了那麼多了，誰擠得上去誰先來吧。」祁子俊遠遠地站在一旁，無奈地看著大家，卻發現站在臺案裡側的楊松林正在向他招手。

一個兵丁喝道：「讓開讓開！」幾個兵丁推推搡搡地分開一條路，引領著祁子俊從容不迫地走進去。楊松林把祁子俊引到後面的耳房，拿出頂戴、官服，悄聲說：「都給你預備好了。」祁子俊說：「這是一萬兩的銀票。還有這個，是給我岳父捐的。」祁子俊從楊松林手裡接過頂戴、官服，又說：「改日自當重謝。這次知府大老爺當機立斷，力挽狂瀾，就連恭王爺也要另眼相看。」楊松林酸溜溜地說：「還不是多虧了你。」祁子俊問：「真的就限五十名？」楊松林詭祕地笑笑：「官有的是，越是限制，搶著來捐的就越多，這道理你還不明白。」

第十五章

關近儒被放出來，回到家中。祁子俊趕忙來看望岳父。在關近儒家堂屋裡，關近儒正在與祁子俊聊天，兩人正聊到這次抗釐金風波。祁子俊低頭小口喝著茶，盡量不顯出得意的樣子。

關近儒說：「子俊，這次的事情，多虧了你從中斡旋。」祁子俊說：「您能平安回家，比什麼都強。」關近儒從懷裡掏出一張銀票，放在祁子俊面前，說：「保我出來的花銷，還是由我來出。」祁子俊著急了：「您這不是寒磣我嗎？」關近儒正色道：「親戚是親戚，生意是生意。」

這時，管家張財急匆匆地跑進來。張財急切地說：「老爺，不知出什麼事了，來了一大群人，眼看要到門口了。」關近儒對祁子俊說：「你先坐著，我出去看看。」他從容地站起身朝外走，祁子俊連忙跟了出去。

兩人走到關近儒家門口。關近儒全家上上下下不知發生了什麼事，都驚慌失措地擁來。只見一隊人馬浩浩蕩蕩地在門前的照壁前停下，為首的楊松林大模大樣地走下藍呢轎子，身後的隨從抬過一塊匾。

楊松林宣道：「恭王爺賜匾，著關近儒謝恩。」關近儒不知其然，仍不卑不亢地說道：「謝王爺恩典。」關近儒邊說邊行了一肅、一跪、三叩首的大禮，全家人也都隨著他行禮。楊松林的隨從揭開金匾上包著的黃緞子，上面赫然寫著四個大字：公忠體國。眾人皆又驚又喜。只有關近儒平靜如常。他緩緩陪著楊松林走進堂屋。關近儒施禮道：「知府大老爺，請。」

兩人分賓主坐下。僕人給楊松林奉上蓋碗茶來，關近儒繼續喝著自己那碗沒喝完的茶。祁子俊垂手侍立在關近儒身旁。

楊松林說：「幾日不見，關老爺倒是硬朗了許多。」關近儒不冷不熱地答道：「託知府大老爺的福，還走得動。大老爺有何見教？」楊松林說：「恭王爺親題匾額，足見恩澤不淺。關老爺急公好義、公忠體國，確是聲名遠播，不要說本府，就連恭王爺也佩服三分。」關近儒淡淡地說：「急公好義是關家的祖訓，至於說這公忠體國幾個字，請稟告王爺，關某實在是擔當不起。」楊松林說：「關老爺果然是謙謙君子。此次造訪之前，巡撫大人特別關照，要將商會的值年董事改為固定的常任董事，每年不再更換。」關近儒說：「這倒是件好事。只是關某年事已高，擔任值年董事尚且心有餘而力不足，早已有意辭去，這常任董事一職，萬望知府大老爺另擇賢者擔任。」

楊松林等的就是這句話，正好有了順水推舟的機會，忙說：「我想保舉子俊接任此職，不知關老爺意下如何？」祁子俊在一旁急切地連連擺手：「萬萬使不得。」關近儒看了祁子俊一眼。關近儒說：「子俊，既然這是知府大老爺的意思，你就別再推辭了。」祁子俊忙說：「岳父，知府大老爺這是趕著鴨子上架啊。」楊松林笑道：「子俊，這也是恭王爺的意思。」

恭親王此時正在他的行轅向一個師爺口授寫給咸豐皇帝的奏折，師爺飛快地做著筆錄。恭親王口述：「稟報皇上，山西抗捐之事已經澈底平息，各級官吏辦事勤勉有加，請上諭明令賞賜。另外，我有意讓其他各省倣傚此種做法，請皇上的示下。」師爺寫完，呈上奏折說：「請王爺過目。」恭親王最後看了一遍，在奏折上蓋好印章吩咐道：「火速將奏折送往京城。」師爺答應一聲，用火漆封好奏折，然後倒著退下。恭親王長長地舒了一口氣，突然又喊道：「等等。」師爺連忙站住，問：「王爺有什麼吩咐？」恭親王慢悠悠地問：「久聞山西的名吃當中有個『頭腦』，哪家飯館最地道？」師爺說：「要說地道，還得屬老字號『清和元』。」恭親王惋惜地說：「可惜，這次沒有時間去吃了。」

祁子俊告別岳父，回到祁家大院。騾車停在院子門口。祁子俊一身輕鬆地走下車來，趕忙去看望祁老太太。他走進祁老太太的屋子，看見祁老太太正側對著窗戶坐在炕頭上，貼身丫鬟寶珠正跪在後面給她捶背，一副溫順的樣子。祁子俊掀開門簾走進來，祁老太太聞聲扭過臉來。

祁老太太問：「你岳父那邊的事都消停了？」祁子俊垂手答道：「都消停了。」祁子俊站在一旁不再講話。祁老太太看出祁子俊有話要說，就對寶珠擺擺手，對寶珠說：「你先下去吧。」

寶珠垂著眼簾，倒退著走了出去。估摸寶珠走遠了，祁子俊才坐在炕沿上，對祁老太太說：「娘，跟您商量點事。」祁老太太說：「什麼大事，你自己做不了主？」祁子俊說：「我想求求您，把寶珠收下作個乾女兒。」祁老太太不解地說：「這我倒沒想過。」祁子俊說：「寶珠這丫頭性子隨和，知道體貼人，蘇文瑞這把年紀還是孤身一人，身邊缺個人照顧。要是您能把寶珠認下，再許配給蘇先生，名分上好聽些。」祁老太太點頭笑道：「這倒是件兩全其美的好事，就依著你。」祁子俊乖巧地說：「前幾天有人薦了一個丫頭來，模樣挺俊，挺勤快，回頭給您帶來看看，讓她來代替寶珠吧。」祁老太太笑咪咪地說：「就這麼著吧。」

祁子俊從老太太屋裡走出來，看見喬管家站在抄手遊廊下，等著回事。祁子俊問：「老太太的壽材，準備好了沒有？」喬管家說：「正要請您去看。」喬管家帶著祁子俊來到一個跨院，進了裡面的正房。房間裡擺放著一口快要完工的棺材。喬管家說：「老太太說柏木就很好，不准太破費了。」祁子俊仔細地撫摸著棺材，說：「老太太的事不能含糊了，再多來幾遍漆。」

祁老太太的棺木漆好後，舉行了一個慶賀儀式。那天，祁家大院裡鞭炮齊鳴。做好的棺材被抬到了院子裡面，上面貼了一個大紅的「喜」字。親友們都攜帶著禮品前來慶賀。禮品的種類五花八門，有斗米斗麥、丈二紅布、白酒、白麵、點心等等。祁子俊忙不迭地招待客人。

這時，關素梅把寶珠叫到自己屋裡，把打算將她許配給蘇文瑞的事告訴她。寶珠作出一副害羞的樣子。關素梅問：「你倒是願意不願意呀？」寶珠笑嘻嘻地說：「少奶奶看著行，就行。」關素梅點點頭：「回頭我去問問你爹娘的意思。」寶珠急忙說：「他們也是聽少奶奶的意思。」

不一會，祁老太太端坐在椅子上，收寶珠為義女。寶珠盈盈地拜下去行禮。等寶珠起來時，大家都走上前去道賀。祁子俊連連拱手：「恭喜老太太，得了這麼好的一個閨女。」祁老太太嘆了一口氣說：「我這一輩子就缺個閨女。你哥哥要是還活著……」

祁子俊怕勾起老太太傷心，趕忙把話頭岔開，說：「蘇先生那頭已經說好了，寶珠的爹娘也應承下來了。您看，要不就挑個好日子，趕緊把事兒辦了吧。」祁老太太：「先找個算命先生，看看他們倆八字兒合不合。要是沒什麼妨礙，就辦了吧。」祁子俊忙說：「已經合過了，沒妨礙。我的意思是不能委屈了寶珠，一切都照親生閨女的樣子辦。」幾天後，寶珠嫁給了蘇文瑞。

這天晚上，關素梅獨自一人在臥室裡，祁子俊還沒有回來。世禎拿著一本捲起來的書，走進關素梅的臥室，看見只有關素梅一個人，顯得十分高興。世禎說：「娘，您聽我背書吧。」關素梅說：「這麼晚了，明天再說吧。」世禎撒嬌說：「就今天。」關素梅無可奈何地：「好，你背吧。」

世禎翻到要背的那頁，然後把書遞給關素梅，認真地背起來：「驃騎將軍為人少言不洩，有氣敢任。天子嘗欲教之孫、吳兵法，對曰：『顧方略何如耳，不至學古兵法。』天子為治第，令驃騎視之，對曰：『匈奴未滅，無以家為也。』由此上益重愛之……」世禎的聲音清脆動人，但關素梅心事重重，根本沒聽清他背的是什麼。世禎覺察出關素梅心不在焉。

世禎失望地說：「您根本沒聽。」關素梅掩飾說：「娘在聽嘛。」世禎想起自己來的目的，忙說：「娘，今晚我跟您睡。」關素梅說：「這麼大了，哪能總跟娘睡？以後娶了媳婦，總不能還跟娘睡吧？」世禎認真地說：「我不娶媳婦。」世禎不由分說，已經跳上了炕，躺下了。世禎不知不覺睡熟了。自鳴鐘報響了晚上十點整。關素梅看看炕上的世禎，小心地抱起他，向世禎自己屋子走去。素梅吃力地把世禎放在炕上，拉過一床被子，小心翼翼地給世禎蓋上，然後吹滅油燈，輕輕地走出去。

關素梅回到自己臥室，格外認真地鋪著床，把枕頭拍鬆，擺放得平平整整，每一條褶皺都不放過。最後，她從櫃子裡拿出一床新做的合歡被，滿懷期待地打量著。正在這時，祁子俊推門走了進來，步態中帶著一些酒意。

關素梅看著祁子俊，臉上泛起笑容，她連忙扶祁子俊在炕上坐下。關素梅嗔怪說：「瞧你醉的這樣子，喝不了就別逞能，又不是你娶媳婦。」關素梅把一盆洗腳水放在祁子俊眼前，然後坐在梳妝臺前卸妝，不時回過頭來看祁子俊一眼。關素梅說：「也不知他們倆合得來合不來……」祁子俊腦子正在別處，聞言才回過神來，問：「你說什麼？」關素梅說：「我是說蘇先生和寶珠。」

祁子俊說：「眼下最要緊的，是寶珠趕緊給蘇先生生個兒子，有了這一宗，別的什麼都好辦。不孝有三，無後為大。別看蘇先生不說，這事兒他可急著呢。」關素梅抿著嘴笑道：「這都是你們男人的心思。」她見祁子俊洗完腳，就端著水盆，朝外面走去。關素梅走回屋裡，祁子俊已經酣然入睡了。關素梅只好脫下衣服，輕手輕腳地在祁子俊身邊躺下。黑暗中，她聽著祁子俊的呼吸聲，心中忽然湧起一陣衝動。她把手放在祁子俊赤裸的胸膛上，輕輕地向下撫摸著。

其實這時，祁子俊已經醒了，但還是閉著雙眼。他一動不動地感覺著關素梅的手，心中也有一股激情在衝撞著他。但很快，他的情感就被嫌惡代替了。他翻了個身，避開了關素梅的愛撫。

關素梅愣愣地看著祁子俊的脊背，片刻，躡手躡腳地爬起來，拿起梳妝臺上的一杯水。偶然地，她看見了鏡子中自己的臉。這是一張過早地顯露出歲月侵蝕痕跡的臉，顯得暗淡無光。她突然對自己的臉感到一陣厭惡，猛地把手裡的茶杯朝鏡子擲去。鏡子被砸得粉碎。第二天清早，祁子俊正手裡拿著簸箕和掃帚，彎腰打掃著地上的碎玻璃。關素梅從屋外走了進來，靜靜地注視著祁子俊。祁子俊沒有抬頭，只是在打掃玻璃。他打掃得十分仔細。

新婚的蘇文瑞早晨一睜開眼睛，立刻發現身邊的床鋪空了。他睡眼惺忪地坐起身，四下裡尋找著寶珠的身影，似乎還沒有從昨天的好夢中醒來。

蘇文瑞吟道：「春宵苦短日高起，從此君王不早朝。」寶珠笑吟吟地來到他的面前：「快起來吧，早點都給你準備好了。」蘇文瑞伸了個懶腰，準備穿鞋下地，問道：「吃什麼啊？」寶珠說：「昨天酒席剩的東西，夠咱們吃上十天八天了。對啦，那個櫃子的鑰匙在哪兒？」

蘇文瑞這才發現，寶珠已經把整個屋子仔仔細細地收拾了一遍，有些衣物還放在外邊沒有收好，眼前這個櫃子是她惟一沒有打開而又最想打開的。蘇文瑞猶豫著。寶珠張開手等著。

寶珠說：「人都是你的人了，還有什麼不放心的？」蘇文瑞只好把鑰匙交了出去。寶珠打開櫃子，看看藏在裡面的錢，感到十分滿意，隨手把鑰匙拴在褲腰帶上。寶珠說：「鑰匙還是放我這兒保險，你們男人有了錢，就容易有二心。」

三天後，蘇文瑞新婚夫妻回門。祁家大院正堂，地上鋪好了紅氈子，祁子俊夫婦分別從蘇文瑞和寶珠手裡接過禮盒。蘇文瑞和寶珠跪下，向祁老太太行禮。寶珠說：「娘，給您磕頭啦。」祁老太太喜不自禁地拉過寶珠的手，上上下下地瞧了又瞧。祁老太太說：「這一開了臉，人顯得更俊了。」寶珠不好意思地笑道：「瞧您說的。」祁老太太對蘇文瑞說：「寶珠這孩子挺懂事吧？」蘇文瑞連連點頭：「嗯，還是老太太有眼力。」祁子俊忙說：「那當然。」祁老太太揮揮手：「你們老爺們兒去忙吧，讓我們娘兒幾個說會子話。」

祁子俊和蘇文瑞沿著院子中間的通道邊走邊說話。祁子俊說：「現在南邊最繁華的要數上海，咱們在南京、杭州、常州都有了分號，我想在上海也開個分號。」蘇文瑞說：「那一定要有個得力的人。」祁子俊說：「掌櫃的人選，我已經有主意了。最要緊的是操盤的檔手，得要熟門熟路的當地人才好。朋友推薦了一個，上海恆順祥錢莊的徐六。據說這徐六對恆順祥忠心耿耿，好幾家錢莊去挖，都沒能把他挖走。」蘇文瑞點頭說：「咱們要找就得找這樣的人。」祁子俊停住腳步：「等騰出空來，我親自到上海去一趟。」

上海繁華地區一個臨街的理髮鋪。理髮鋪門口貼著一副對聯，上面寫著「磨礪以須問天下頭顱有幾，及鋒而試看老夫手段如何」。店內，蕭長天正半躺半坐在椅子上，等待修面，臉上捂著一塊熱毛巾。剃頭師傅拿著剃刀走過來，給蕭長天臉上塗滿肥皂。

剃頭師傅小聲說：「先生，裕豐洋行那邊都安排好了。」蕭長天問：「那個叫席慕筠的姐妹什麼時候到？」剃頭師傅答道：「她從香港啟程，少說也得十來天。」蕭長天說：「等不及了，我自己先去跟洋大班談談。洋行裡那個狗通事，想坑咱們的錢，真是可恨。」剃頭師傅狠狠地說：「要是沒有這幫假洋鬼子，洋鬼子也不會那麼張狂。」蕭長天問：「存放在鋪裡的那批火藥，什麼時候運走？」剃頭師傅近乎耳語：「今天晚上。」蕭長天囑咐道：「翼王已經催了幾次。多派幾個人押運，一定要小心，絕不能讓清妖搶走。」剃頭師傅說：「是。」剃刀沿著蕭長天的臉頰刮下來，蕭長天微微閉上眼睛。蕭長天嘆道：「了不得，不得了。」剃頭師傅忙問：「先生是什麼意思？」蕭長天說：「我是說，成功了便了不得，失敗了便不得了。」

上海裕豐洋行設在一座氣勢恢宏、工藝精湛的羅馬式建築裡，門口掛著「裕豐洋行」的招牌。人高馬大的印度門衛「紅頭阿三」一身筆挺的制服，耀武揚威地守在大門口，手裡牽著一隻德國牧羊犬。旁邊立著一塊牌子，上寫：華人無西人陪同不得入內。

蕭長天焦急地等候在門口。

洋行通事（買辦）從裡面走出來，趾高氣揚地邁著四方步，一副十足的「假洋鬼子」相。蕭長天忙問：「怎麼這麼半天才出來？」洋行通事神氣地說：「Follow me。」蕭長天莫名其妙地看著他。洋行通事傲慢地說：「在後邊跟著我，別出聲。」

他們走進裕豐洋行大堂。洋行通事讓蕭長天在椅子上坐下。蕭長天問道：「你帶我到這兒來幹什麼？我要見你們大班。」洋行通事說：「洋大班哪能說見就見？他最次跟上海道臺是一個等級的，你見上海道臺能那麼容易？有什麼事跟我說就行了。」蕭長天還是說：「我要見你們大班。」洋行通事拿腔捏調地說：「洋大班的schedule排得滿滿的，這不，今天下午consul（注）要召見他，你跟我說是一樣的。」蕭長天一下站起，說：「那我改日再來。」洋行通事忙說：「好好，我帶你去。」

蕭長天和洋行通事一起進入銀行大班哈特爾的辦公室。哈特爾是個英籍富商。辦公室裡的陳設十分豪華，全部是桃花心木的西式家具。哈特爾請蕭長天坐在沙發上，自己坐在皮轉椅上，拿出一支雪茄煙叼在嘴裡。

哈特爾說：「很高興能再次見到你，你的才能給我留下了深刻的印象。今天咱們就坐下來，仔細談談生意的細節。」洋行通事卻對蕭長天這樣翻譯：「他說一會兒要出去辦事，只有一刻鐘的時間，剩下的問題由咱倆仔細協商。」蕭長天信以為真，就說：「好，我就說得簡短點。」

洋行通事對哈特爾翻譯蕭長天的話說：「他說一會還要出去辦事，只能就主要的問題跟您交換一下意見。」

哈特爾顯得有些不大高興，冷淡地說：「好，隨他的便。」洋行通事對蕭長天說：「他說我是他最得力的助手。」蕭長天說：「我這次來，就是為了上次說過的購買兩千枝洋槍的事。」洋行通事對哈特爾如實翻譯出了這句話。哈特爾注意地聽著。蕭長天又說：「我發現，您這位最得力的助手，擅自提高了每枝槍的價格，而這筆錢又沒有到您的手裡，我倒要問問哈特爾先生，對這件事情是怎麼看待的。」洋行通事若無其事地對哈特爾說：「他說咱們給他報的價格太高了。」哈特爾勃然大怒：「豈有此理，我賣的東西絕對貨真價實。」洋行通事轉臉對蕭長天說：「你瞧他生氣了吧？他說就是那個價，他絕對信任我。」蕭長天對哈特爾說：「我想咱們倆都上當了。」洋行通事對哈特爾翻譯說：「他說您如果不降價，他就不打算要這批槍了。」哈特爾氣憤地說：「我認為你根本就沒有誠意，再見。」說著，做出一個送客的姿勢。蕭長天只好站起來，問：「怎麼回事？」洋行通事得意地說：「這還不明白，跟洋人做生意，就得低著點頭。」洋行通事送蕭長天走到外邊。蕭長天問：「你把我的意思給他說明白了嗎？」洋行通事假裝氣憤的樣子，說：「我說你這人可真是的，怎麼連自己人都信不過呢。」

上海到底是上海，不愧是一個展示洋氣的地方。路上不時可以看到外國女人袒胸露背的大幅廣告，街道兩旁是琳琅滿目的絲綢鋪、煙茶鋪、洋紗鋪、理髮鋪、糕點鋪、鐘錶鋪、紅木家什鋪。這天，祁子俊也來到上海。祁子俊坐在黃包車上，看得眼花繚亂，心裡直後悔這個眼界開得太晚了。黃包車在恆順祥錢莊門口停了下來。

早晨，恆順祥錢莊裡的夥計都在忙碌著。有夥計叫了一聲：「徐六！」正要給顧客兌錢的徐

注 consul：領事。

六抬起頭。夥計說：「掌櫃的有請。」徐六趕忙對顧客說：「這位爺，您先等一下，我去去就來。」徐六來到錢莊內室，忐忑不安地站在掌櫃的面前。掌櫃的對徐六說：「你跟我說的那個事，不好辦。」徐六哀求說：「求求您高抬貴手，再支給我一個月的工錢。」

掌櫃的做出為難的樣子說：「不是我不給你這個面子，是恆順祥有這個規矩，工錢最多只能預支倆月，你預支了仨月的工錢，已經算是破例了。要是再支，我不好跟東家交代。」徐六說：「我在恆順祥幹這麼多年了，要不是趕在節骨眼上，說什麼我也不會張這個口。」掌櫃的頭搖得像撥浪鼓一樣：「你別讓我為難。話又說回來了，咱們開錢莊的，不是還有這個便利嗎？你儘管到櫃上去借。」徐六氣憤地說：「要不是發愁還不上利錢，我跟哪兒不能拆借啊？」

徐六垂頭喪氣地走回櫃檯，但一站在顧客面前，立刻恢復了常態，收票、數錢，手法嫻熟，乾淨利落。祁子俊不知什麼時候走了進來，站在旁邊看得呆住了，差點叫出好來。一個癟三湊到徐六跟前。他的名字叫王阿牛。王阿牛說：「徐六，跟你說個事。」徐六不耐煩地揮揮手：「別在我這兒搗亂。」王阿牛板著個臉說：「是正經事。」徐六不信：「你能有什麼正經事？」說著，徐六把幾枚銅錢塞在王阿牛手裡：「去去，找個地方喝茶去吧。」等王阿牛拿著錢離開，祁子俊才走到櫃檯跟前。徐六忙問：「您辦什麼？」祁子俊打量著徐六，態度閒雅：「你是徐六？」徐六困惑地說：「是。」祁子俊低聲說：「咱們借一步說話。」

中午，祁子俊請徐六來到一個飯館裡。桌子上已經擺好了酒菜：一罈女兒紅，一碗魚翅，一盤獅子頭，一盤滷鴨，另外還有幾樣時令小菜。祁子俊慇勤地請徐六入席，徐六滿懷疑慮，不肯坐下去。

徐六小心地說：「這位爺，我跟您素不相識，您這是……」祁子俊不急不忙地說：「交個朋友。」徐六著急地說：「您先說為什麼，不明白的飯我吃不下去。」祁子俊說：「那我就打開天窗說亮話。我是山西義成信票號的東家。」徐六肅然起敬，豎起大拇指說：「義成信，這個。」祁子俊乾脆地說：「我打算在上海開個分號，找個挑大梁的檔手。恆順祥那邊，一個月給你多少錢？」徐六臉色一變：「我學徒就在恆順祥，是吃著恆順祥的飯長大的，幹到現在，離不開了。謝謝您的好意，告辭了。」他拱拱手，頭也不回地離開了。

祁子俊看著那一桌子的菜肴，心中油然產生了一股對徐六的敬意。祁子俊從飯館裡面走出來，隨便坐上了一輛黃包車。車伕問：「先生去哪兒？」祁子俊反問：「你們上海錢莊裡的人，平時喜歡到什麼地方去？」車伕說：「要說錢莊裡人去得最多的地方，要算裕和茶館。」祁子俊說：「好，就去裕和茶館。」

裕和茶館裡果然人氣很旺，頗是熱鬧。祁子俊走進茶館，還沒在凳子上坐穩，掌櫃的就趕忙點頭哈腰地湊過來。

掌櫃的問：「大爺，您要點什麼？」祁子俊儼然十分內行：「來一壺明前的『獅』字龍井。要用急火燒水，水剛一開就把茶葉放進去，立刻端上來，不能用滾開著半天的水，也不能用落了滾的水，明白嗎？」掌櫃的頗為佩服：「好勒，一切照您的吩咐。」

祁子俊仔細打量著茶館裡的人。人們三三兩兩聚在一起，或談生意上的事，或隨便閒聊。很快，恆順祥錢莊裡的那個王阿牛就出現在他的視線裡。王阿牛在人群中跟這個拱拱手，又跟那個賠賠笑臉，但似乎沒人願意搭理他。

很快，掌櫃的來了。掌櫃的說：「您的茶來了。」祁子俊問：「那人是幹什麼的？」

掌櫃的隨口說道：「一個吃白食的。人倒沒什麼壞心眼，就是又饞又懶。原先也在錢莊裡，上海大大小小的錢莊差不多都幹遍了，後來實在混不下去了，就靠打秋風過日子。這不，又到這兒來撿不要錢的茶來了。」祁子俊說：「你讓他過來。」掌櫃的走過去，悄悄拉了拉王阿牛的衣袖：「那位爺叫你呢。」王阿牛立刻小跑著來到祁子俊身邊，朝祁子俊拱了拱手：「在下王阿牛，願意聽您差遣。」祁子俊點點頭，示意讓王阿牛坐下，王阿牛一副受寵若驚的樣子。

祁子俊對掌櫃的說：「掌櫃的，再添個碗。」說著，便把自己的茶碗推到王阿牛面前，給他倒了一碗茶。王阿牛捧著茶碗，顧不得燙，很快就「吸溜吸溜」地喝了個精光，嘴裡不停地咂著滋味。祁子俊又給他倒了一碗茶。

王阿牛說：「這是上等的『獅』字龍井，好多年沒喝過了。我不白喝您的茶，有事您儘管吩咐。」祁子俊輕描淡寫地說：「我跟你打聽個人。」王阿牛說：「只要是我知道的。」祁子俊問：「恆順祥徐六，你認識嗎？」王阿牛忙說：「您算是找對門了，他跟我學徒時是師兄弟。這人幹活是沒的挑，就是脾氣不好，死倔。」祁子俊說：「我想跟他交個朋友。」王阿牛胸脯一拍，說：「找他的事找我也行，只要他能幹的我就能幹。」祁子俊笑了笑，說：「我還是先找他吧。」

王阿牛說：「眼下他正煩著呢。兒子不爭氣，欠了一屁股的賭債，讓人給告了，下在大牢裡，媳婦氣得病在炕上起不來，好幾個月了，吃了多少服藥也不見效。」祁子俊忙問：「欠了多少錢？」王阿牛一仰脖子：「多啦，三十多兩銀子呢。」祁子俊問：「債主你熟嗎？」王阿牛立刻來了精神：「熟，都是打小一塊長大的。」祁子俊又問：「衙門裡你有認識的人沒有？」王阿牛說：「有，我小舅子就在衙門裡混事由。」祁子俊掏出一塊銀元寶放在桌上，問：「這錢還賭債夠了吧？」王阿牛眼睛一亮：「哪用得了那麼多啊。」

祁子俊說：「你到衙門裡打點打點，讓他們趕緊把人放了，剩下的歸你，事情辦成以後，還有一份犒勞。你再去找個大夫，要上海最好的，需要多少，一切費用都從我這兒出。」

王阿牛直嚷嚷：「您就瞧好吧。」說著，氣昂昂地往外走，走了沒有幾步，又轉回身來。祁子俊不解地看著他。王阿牛說：「我……我再來碗茶喝。」

夜晚，昏暗的菜油燈照著徐六家。家裡沒有幾件家具，所有生活用品都是破破爛爛的，看上去沒什麼值錢的東西。徐六老婆病懨懨地躺在床上。徐六滿面愁容，端著一碗粥走過來。徐六老婆只看了一眼，就扭過臉去。徐六老婆說：「我心裡堵得慌，吃不下去。」徐六勸道：「好歹總得吃點東西。」

這時，忽然響起一陣「砰」的叫門聲。徐六驚問：「誰呀？」王阿牛在外面喊：「六哥，是我，開門！」

徐六不情願地站起身，打開門。他愣住了。王阿牛身後站著他的兒子，還有一個衣冠楚楚的陌生人。兒子急切地跑進屋裡，對著徐六老婆喊道：「娘！」

徐六老婆又驚又喜，猛地坐起來，緊緊抱住兒子。母子二人抱頭痛哭。王阿牛指著那個衣冠楚楚的人說：「別忙著哭了，先讓大夫給瞧病吧。」徐六趕忙把大夫讓進屋裡，一家人又是讓座，又是沏茶，忙得不亦樂乎。大夫在凳子上坐定，手搭在徐六老婆的脈搏上。大夫說：「沒什麼大問題，吃幾劑藥就好了。」說罷，轉身伏在桌子上開藥方。徐六感激地對王阿牛說：「兄弟，當哥哥的該怎麼謝你啊。」王阿牛擺擺手：「別謝我，我就是跑跑腿，後邊有個財神爺呢。」

裕和茶館裡，祁子俊正在喝茶。隨著一陣樓梯聲，王阿牛帶著徐六一家從樓梯走上來。徐六緊走幾步，「撲通」一聲跪在祁子俊面前。徐六說：「恩公，請受徐六一拜。」

徐六老婆和兒子也都跪在地上。祁子俊趕忙扶起徐六，連聲說：「快請起來。別提什麼恩不恩的，朋友之間幫個忙，算不了什麼。」徐六說：「有您這樣的朋友，我徐六就算沒白活一世。從今往後，只要您有事，我徐六不怕為您兩肋插刀。」

祁子俊見大功告成，心情舒暢。他走出茶館，坐上停在面前的黃包車。祁子俊問：「上海有什麼好玩的地方？」車伕說：「有個新開張的『世外桃源』，據說是不錯。」

車伕把祁子俊拉到了「世外桃源」。這是一個中西合璧的新式花園，在題名為「煙波小築」的地方有一幢洋房，房前是草坪、鮮花、綠樹、池水，荷花掩映，松竹搖曳，奼紫嫣紅，滿園芬芳。

一個西洋魔術師正在表演戲法。魔術師把匕首插進胸膛，倒在地上，大家正驚恐萬狀的時候，魔術師忽然一躍站起來，朝大家摘下帽子鞠躬。祁子俊看得入了迷，為了看得更清楚些，索性站到了凳子上。

天色漸漸晚了。夕陽西下時，這裡成了上海妓女爭奇鬥勝、大出風頭的地方。男人到這裡來看女人，女人到這裡來看妓女，各種新奇裝束讓人大飽眼福。

在一個名為「鴛鴦廳」的地方，進門處有幾張桌子，幾個妓女分占一席，錦簇花團，脂香粉膩。妓女們旁若無人地大聲說笑著，跟熟客打著招呼。祁子俊恍然到了夢中。

祁子俊挑了一張桌子坐下。同桌的妓女看了看他那身土裡土氣的打扮，立刻下了逐客令。妓女用上海話說：「勞駕你到別處坐坐，這裡有人。」祁子俊聽不懂她的話，但從語氣和眼神裡能明白她的意思，就坐到另一張桌子旁邊。那張桌子邊的妓女也用上海話說：「勞駕，這裡也有人。」祁子俊走開了。兩個妓女還在他身後大聲議論。

祁子俊從來沒有感覺過像今天這樣受到冷落。他離開了鴛鴦廳，漫無目的地走著，來到一個題詩壁前，看見上面題了不少文人雅士的詩文。祁子俊忽然來了興致，找人討來筆墨，大大地寫下「祁子俊到此一遊」幾個字，寫過後，把筆往地上一扔，心情頓覺暢快了許多。

船來船往的黃浦江上一片繁忙。一艘渡船橫穿過黃浦江，駛到對岸。船工把纜繩拴在岸邊的木樁上。

席慕筠一身富家小姐打扮，拎著一隻皮箱，隨著人流走到岸上。蕭長天站在等候親友的人群中，注視著席慕筠。他是來接席慕筠的。幾天後，蕭長天和席慕筠等在洋行門口。蕭長天還照往常一樣，一襲灰色的竹布長衫，席慕筠仍舊是富家小姐打扮。蕭長天說：「這回有了你，就再也不怕上當了。」

上次那個洋行通事走到門口，發現多了個陌生人，一臉不滿的樣子。洋行通事問：「這是什麼人？」蕭長天答道：「這是舍妹，剛剛到上海來。」洋行通事吩咐道：「一會兒到了洋人那兒，千萬別亂說亂動，洋人規矩大，動不動就發火，連官家都怕他們，可得小心點。」蕭長天不急不躁地說：「您吩咐得是。」

哈特爾辦公室裡，蕭長天和席慕筠坐在沙發上。蕭長天說：「我想接著談上次沒談完的生意。」

洋行通事翻譯說：「他願意按照以前談好的價格買兩千枝槍。」哈特爾說：「我恐怕滿足不了他的要求。兩天前，大英帝國要求所有商行不賣槍給任何清朝政府以外的人，防止軍火流到太平天國手裡。」洋行通事說：「我們做生意為的是賺錢，管他買家是誰。」

哈特爾說：「不，不，我的朋友，這是個原則問題。沒有清朝政府的合作，我們就沒法繼續賺錢，大英帝國也沒法得到《南京條約》裡規定的好處。在目前戰爭形勢尚未明朗的情況下，我們必須嚴守中立。」

洋行通事和哈特爾毫無顧忌地講著英語。席慕筠悄悄對蕭長天咬了咬耳朵。哈特爾看了她一眼。

席慕筠向蕭長天耳語著。蕭長天站起身來，義憤填膺，神色冷峻。蕭長天說：「《南京條約》是你們用堅船利炮逼著腐敗無能的清朝皇帝簽訂的，條條都是英國的權利，中國的義務。靠著條約裡面的十三條，你們霸占了香港，在中國肆意妄為，用鴉片毒害中國人的身體和靈魂，昧著良心，行不仁之事，發不義之財。太平天國無論過去、現在還是將來，都不會承認它。如果有朝一日，太平天國得了天下，絕不會給英國一文賠款，一寸土地。你們可以住在中國，但只能老老實實地服從天朝的律法，否則就只有滾回家去。」

哈特爾迷惑不解地問：「他說什麼？」蕭長天對洋行通事說：「說給他聽。」洋行通事支支吾吾地不敢翻譯。蕭長天厲聲喝道：「說給他聽！」洋行通事看著哈特爾，仍然不敢翻譯。席慕筠站起身，緩緩地走到哈特爾面前。

席慕筠朗聲道：「我來翻譯給你聽吧。」哈特爾和洋行通事都用驚詫的目光看著她。

祁子俊在一家高級客棧房間裡。祁子俊換了一身時髦的洋紗服裝，帶上墨晶眼鏡，把自己打扮得比上海人還像上海人。最後，他穿上一雙皮鞋，踩在地上試了試，走起路來有些不太自然，但他很快就習慣了。他大搖大擺地出了門，準備出去瀟灑一番。他坐上黃包車，準備出發。拉車的還是前面出現的那個車伕。

車伕問：「您這回去哪兒？」祁子俊大搖大擺地問：「上海還有新鮮地方？」車伕說：「要說新鮮的，還得屬照相館。」

祁子俊來到一家照相館。照相館的招牌上貼著一個妓女的照片。照片下是一首小調：春季裡相思豔陽天，我的郎呀做客在天邊。拍一個照兒寄郎看，手執蘭花朵朵鮮。郎呀請看奴的雪白臉，可比去年圓。

祁子俊看著這地方覺得新鮮，但又不敢貿然進去。一個穿著馬褲呢西裝的洋人探出頭招呼他。洋人說：「哈囉。」祁子俊大惑不解：「什麼？」洋人指指祁子俊，又指指照片，很有耐心地解釋著：「照相，你，放在上面。」祁子俊搖搖頭，不懂他的意思。洋人又連比帶畫：「進來看看就明白了。」

祁子俊小心地跟著洋人走進去，正趕上裡面有一個人在取照片。洋人拿出照片，又放在取照片的人旁邊比了一下，照片上的人和真人一模一樣。祁子俊恍然大悟。

祁子俊好奇地說：「你們洋人還真有邪的，怎麼把人就放上去了？」洋人生拉硬拽地把祁子俊拖進照相室，強按著祁子俊坐在一張太師椅上。祁子俊東瞅瞅西望望，感覺既新奇又恐懼，他看到身後有一扇通往外面的小門，才多少放下心來。

祁子俊說：「你可別跟我玩花樣，你們洋人那點心思我都明白。」洋人笑笑，說：「別害怕，我不會害你的。」

祁子俊有生以來第一次坐在煤氣燈下，覺得渾身不自在，一緊張就有了尿急的感覺。祁子俊說：「不行，我得方便方便。」洋人說：「等一等。」祁子俊說：「不行，我急著呢。」洋人說：「再等等，一分鐘就好。」

祁子俊說：「看你還是個好洋人的分上，就讓你照一次，就一次，你可別得寸進尺，別想把我的魂勾走。」洋人說：「看這裡，別眨眼。」舊式鎂光燈「砰」地一閃，毫無準備的祁子俊嚇了一跳，條件反射地跳起來，奪門出去，落荒而逃，任憑洋人在身後怎麼叫喊都無濟於事。

第十六章

祁子俊因被洋人給他照相而嚇得拔腿便跑，尿憋得厲害，急於找一個地方解下包袱。他跑進上海一個小弄堂，跑得滿頭大汗，終於看到拐角處有一個馬桶。祁子俊跑到馬桶前，解開褲子，臉上頓時顯出一副身心舒泰的樣子。

忽然，身後的一扇小門開了，席慕筠從裡面走了出來，蕭長天在她身後把門關上。席慕筠腋下夾著一本香港英國倫敦布道會主辦的漢文時事月刊《遐邇貫珍》。席慕筠正好撞見撒尿的祁子俊，厭惡地扭頭匆匆離開了。

但是，祁子俊的目光卻被席慕筠牢牢吸引住了。席慕筠裝束新奇，儀態落落大方，她那豐滿的胸部、富於曲線美的身材，頓時讓祁子俊有了一種秀色可餐的感覺。他不緊不慢地跟在席慕筠身後，目不轉睛地盯著她。

席慕筠繼續向前走，到了路口向右拐，祁子俊追了上去。席慕筠回頭看看，露出警覺的目光，祁子俊趕忙裝出正在看別處的樣子。

席慕筠走進了一座教堂。教堂裡，管風琴奏出低沉、渾厚的聲音，祭壇上擺放著香爐，裡面冒出縷縷青煙。一個高鼻深目的牧師正站在祭壇前，主持領聖餐的儀式，教堂裡的氣氛顯得莊嚴、肅穆。

祁子俊跟著席慕筠走進教堂。他坐在後排的位置，莫名其妙地看著眼前的景象，眼睛搜尋著剛才見過的那個年輕女子。牧師依次從教徒們面前走過，席慕筠站在領聖餐的隊伍裡。大概是為了湊熱鬧，祁子俊也站到了領了聖餐的隊伍中。他張開嘴等著，牧師把聖餐放進他的嘴裡。

牧師說：「這是主耶穌的聖體，阿門。」祁子俊嘗了嘗，似乎感覺味道不錯。他抬頭看見了耶穌受難像，就「撲通」一聲跪下，「咚咚咚」連磕了三個響頭。旁邊的教徒趕忙拉他起來。教徒說：「不要這樣。」祁子俊說：「不這樣哪行，洋神仙也是神仙啊。」祁子俊站起身，發覺不見了席慕筠的身影。他趕忙追到教堂門口。席慕筠已經消失在人流中。祁子俊回到義成信上海分號。「義成信」的牌匾已經掛在了一處剛剛租下的鋪面的門楣上，外面，有幾個工匠正在油漆門窗。祁子俊正要走進票號，忽然，他又發現了剛才從眼皮底下消失的席慕筠，不禁一陣竊喜。他停住腳步，專注地盯著席慕筠，想看看她到底是幹什麼的。席慕筠似乎也注意到了祁子俊。終於，席慕筠消失在對面的理髮鋪裡。

祁子俊等了一會兒，不見女子出來，便跟著走進了對面的理髮鋪。剃頭師傅忙迎上前來。剃頭師傅問：「您是剃頭還是修面？」祁子俊隨口答道：「剃頭，也修面。」

祁子俊四處搜尋著，年輕女子已經消失得無影無蹤。他看見有一扇小門通往後堂，斷定席慕筠就在裡面。剃頭師傅一面警覺地打量著祁子俊，一面備著剃刀。祁子俊不敢冒失，只好老老實實坐下來剃頭修面。

義成信上海分號裡面，這幾天正在忙著粉刷房子，作為正廳的房子裡已經擺上了櫃檯。王阿牛也跟著忙前忙後。徐六引領著祁子俊四處觀看著。幾個夥計正坐在櫃檯上聊天，看見祁子俊進來，趕忙跳下來，躲到一旁。

徐六問祁子俊：「這鋪面是不是有點太大了？我尋思著，剛剛開辦，攤子不要鋪得太大才好。」祁子俊說：「不大，我還嫌小呢。太侷促了，有什麼本事都施展不開。票號的鋪面，一定要夠大，夠氣派。你記著，做生意就是做場面，場面做得越大，生意就越紅火。」祁子俊說著敲敲一面牆壁。徐六忙說：「這是夾壁牆，碰上個兵荒馬亂的，也好躲一躲。」

他們一邊說著話，一邊走出鋪面。義成信的鋪面，正在祁子俊常去的那家理髮鋪的對面。理髮鋪裡不時有人進進出出。祁子俊總有意無意地注視著。

這天，祁子俊又獨自一人走進理髮鋪。裡面只有幾個夥計在聊天，見祁子俊進來，就都打住話頭，好奇地看著他。剃頭師傅走上前來。剃頭師傅不動聲色地問：「您是剃頭還是修面？」祁子俊說：「閒著沒事，隨便坐坐。」祁子俊的目光掃過屋子，不禁感到有些失望，他希望見到的年輕女子不在這裡。祁子俊冒冒失失地問：「您這兒，有沒有堂客（注）來？」剃頭師傅沒好氣地回答：「絕對沒有。」祁子俊說：「那天我明明看見有個女的進來。」剃頭師傅一口否認：「您八成是看花了眼，我們這塊，都是清一色的老爺們兒。」

祁子俊不再言語，心中仍然滿懷疑問，就揀了一把椅子坐下。他又問：「您是哪兒的人？」

剃頭師傅說：「揚州人。」

祁子俊注意到，剃頭師傅的臉上有一道深深的疤痕。他隨口說道：「這天底下的剃頭師傅，就數揚州的手藝最好。您知道為什麼？想當年大清入關，兵丁在揚州殺了十天，留髮不留頭，剩下的就都成了剃頭師傅。」

剃頭師傅說：「您說錯了，剃頭師傅手藝最好的，是天津衛的寶坻縣。兵丁在揚州殺了十天，就因為揚州人不怕死。」祁子俊不以為然：「還是怕死的人多。我說，您門口這副對聯寫得好，大氣，有把天下人都不放在眼裡的氣魄。」

剃頭師傅手顫了一下，險些在祁子俊臉上劃出一道口子，臉上的疤痕變得扭曲了。他突然把剃刀放在祁子俊的脖子上。兩個夥計闖過來，一把抓住祁子俊的胳膊。

剃頭師傅喝道：「別動，動一動就要你的命。」幾個夥計不由分說，將祁子俊拖到理髮店的後堂，按在地上，一陣拳打腳踢。祁子俊跪在地上，磕頭如搗蒜，以為遇見了土匪綁票的。祁子俊用山西話嚷道：「大爺饒命，大爺饒命，我沒錢，家裡窮得都揭不開鍋了，就身上這件衣服值點錢，您拿去吧。」剃頭師傅在一旁抱著胳膊說：「說吧，你到底是幹什麼的？」祁子俊胡亂回道：「我……我就是個吃白食的。」剃頭師傅說：「吃白食的，老到這兒來幹什麼？」祁子俊說：「我看見有個姑娘，長得挺俊，到這店裡來了，以為是這店裡人，就想來看看。」剃頭師傅又問：「你問門口的對聯是什麼意思？」祁子俊仍用山西話回答：「我就是沒話找話。」剃頭師傅和幾個夥計交換了一下眼色，認為祁子俊講的是實話。一個夥計說：「大哥，就是個小混混，放了他吧，別惹麻煩。」剃頭師傅踢了祁子俊一腳：「你走吧，以後別再沒事找事。」

祁子俊狼狽不堪地往外走，正迎面碰上剛剛踏進理髮鋪的席慕筠。席慕筠好奇地打量著他。祁子俊早已沒有了獵豔的情致，趕緊捂著臉，低下頭往外走去。

很快，理髮鋪門口新換了一副對聯，上面寫著「少年落拓雲中鶴，陳跡飄零雪裡鴻」。祁子俊遠遠地看著對聯，再也不想進去了。

山西祁縣的大恆盛錢莊正在進行年終結算。六十四名夥計正襟危坐，同時撥打著算盤，宛如一個算盤陣。算盤珠子發出的聲音清脆悅耳，而又富有整齊的韻律和節奏。

掌櫃房裡，關近儒端坐在圈椅上，雙目微闔，像是睡著了。錢莊掌櫃霍運昌抱著一本帳簿走到關近儒面前。霍運昌小聲說道：「關老爺，總帳已經算出來了。」關近儒立即睜開眼睛，雙目炯炯有神。關近儒問：「帳面上的情況怎麼樣？」霍運昌答道：「我大概估算了一下，有五六萬

注　此指女客，舊俗男子稱為「官客」，婦女稱為「堂客」。

兩銀子的盈餘。」關近儒又問：「該交的稅錢都刨出去了嗎？」霍運昌說：「都刨出去了，跟您說的是淨利。少是少了點，可這世道，大家的日子都不好過，咱們能弄成這樣，也就算不錯了。」頓了一頓，又問：「關老爺，那分本錢怎麼辦？」關近儒說：「還是照老規矩，結清紅利，把紅利轉入下一年的本金。」霍運昌說：「是。」

祁家大院，關素梅也在布置新年的裝飾。她盤腿坐在炕上聚精會神地剪著窗花，剪刀輕快、靈活地動作著，臉上一副嫻靜而又有所期盼的神情。剪好的窗花擺了滿滿一炕，圖案有「花開富貴」、「萬事如意」、「吉慶有餘」、「龍鳳呈祥」等等，張張活靈活現，玲瓏剔透，韻味十足。關素梅把手裡剪好的窗花小心地展開，還放到窗戶格子上比了比，顯得十分滿意。這是一幅「金童玉女大拜年」的圖案。

祁家大院外，一聲悠長的叫賣在深深的巷子裡迴響著。小販拖長聲調吆喝著：「賣糖瓜勒……」一群孩子在祁家大院門口奔跑追逐著，世禎也在孩子們中間，他已經有八九歲了。世祺大約一歲半的樣子，穿得十分臃腫，站在門前，手裡拿著糖瓜，吃得津津有味。

一個十來歲的大孩子貪饞地看著世祺手裡的糖瓜。大孩子說：「世祺，給我吃一口吧。」世祺大方地把糖瓜遞給大孩子，沒料到大孩子把糖瓜整個塞到了嘴裡。世祺哇哇大哭起來。世禎趕忙跑過來，護著弟弟說：「你幹嗎搶他的糖瓜？」大孩子說：「是他自己給我的，跟你有什麼關係？」世禎氣憤地說：「他是我親弟弟，你敢欺負他，我就揍你。」大孩子向其餘的孩子做了個鬼臉，說：「敢情他是你親弟弟，我怎麼不知道啊。」眾頑童附和著說：「是啊，我們怎麼不知道啊。」大孩子又說：「你跟他是一個媽嗎？你跟他是一個爸嗎？」

眾頑童叫道：「世祺爸，世禎爸，親哥倆，兩個爸，一個媽，兩個爸，一個媽……」世禎氣得兩眼圓瞪：「我揍不爛你們！」說著朝頑童們衝過去，眾頑童一哄而散，可還在遠處拍手叫罵著：「世禎是個拖油瓶，拖油瓶，拖油瓶，拖油瓶！」

關素梅站在院子裡看著這一切，內心難過，卻默默無語。世禎朝賣糖瓜的走過去，掏出錢來，又買了一個糖瓜，遞給世祺。

世祺擦乾眼淚，抬頭看見正在朝這裡走來的祁子俊，連忙跑了過去，喊道：「爹！」祁子俊大聲應著：「哎。」他高興地摩挲著世祺的頭髮，世祺三下兩下爬到祁子俊身上，又騎在他的脖子上。關素梅也走過去，對世祺說：「你爹剛回來，別去累他。」世祺從祁子俊身上撲到關素梅懷裡，把頭試探地湊向關素梅乳房的地方。關素梅疼愛地拍了世祺一下，嗔道：「都多大了，還吃奶？」世祺撒嬌地說：「就吃一口。」關素梅無奈，只好解開衣襟。世祺貪饞地把頭紮向母親的乳房。這一切，都被世禎默默地看著。

除夕夜。祁家大院屋裡已擺好了年夜飯，一家人正等著入席，蘇文瑞和寶珠也在其中。祁老太太一手拉著寶珠，一手拉著關素梅，坐在了首席。

祁老太太笑咪咪地說：「今兒個都是家裡人，沒那麼多講究，就讓這倆閨女挨著我坐。」祁子俊笑道：「好，就照您的意思辦。」祁子俊和蘇文瑞坐在下首，世禎挨著關素梅，世祺坐在祁子俊腿上。祁老太太點頭嘆道：「以前的年夜飯是我張羅，自打素梅過了門，就都是素梅張羅，這一大家子人，裡裡外外的，不容易啊，平日裡吃飯都不得清閒，今天好容易吃個團圓飯，你就多吃點。」祁老太太一邊說，一邊給關素梅夾菜。

關素梅笑應道：「媽，我吃不了那麼多。」說著，又把碗裡的菜夾給世禎。喬管家這時悄悄走到祁子俊身邊，對祁子俊說：「少東家，給親戚們拜年的禮都備下了，一會兒您過過目吧。」祁子俊說：「家裡的事，跟少奶奶說就行。」關素梅趕忙說：「我去看看，別出了差錯。」說罷起身走了出去。

擺放禮盒的屋子裡，各色禮盒上都拴著寫著名字的紅籤，喬管家拿著冊子，陪著關素梅仔細地清點著禮品。

關素梅看看說：「給寶珠的禮盒裡，比別人多放一對銀錁子。」喬管家忙說：「我這就去辦。」

年飯已經吃得差不多了，桌子上剩下的都是殘羹剩菜，幾個僕人正在收拾杯盤碗筷。祁老太太朝眾人擺擺手，說：「你們都下去吧，有子俊一個人陪我就行了。」

大家都退了下去。祁老太太盤腿坐在炕上，微微閉著眼睛，似乎感到有些疲倦。祁子俊坐在炕沿上。祁老太太問：「子俊，你是屬虎的？」祁子俊奇怪了：「媽，您怎麼了，連我屬什麼都記不清了？」祁老太太慢慢說道：「你屬虎，素梅屬狗，命相上不該有什麼衝撞。」祁子俊心裡不自在：「我跟素梅……不是挺好的？」祁老太太說：「素梅的樣子，一天比一天瘦，可真讓人心疼啊。我屋裡還有些人參，你拿去給素梅補補身子。」祁子俊說：「您用您的，回頭我再讓人給她買。」祁老太太望著祁子俊的眼睛說：「你要是虧待了素梅，可對不起你哥哥。」一聽到「哥哥」倆字，祁子俊便低下頭去，不再講話。

祁老太太又說：「你爹年輕的時候，也荒唐過，可後來經過點事，對外邊的女人就都不放在心上了。哪個相好的都是一陣子熱乎，長久不了，能守著過一輩子，到了那一天埋在一個墳堆裡的，還得是夫妻。」

除夕之夜，關素梅在燈下繡著鞋墊。鞋墊上繡了一朵美麗的梅花。不知怎麼的，她感到有點緊張，像是等待自己的新婚之夜。自鳴鐘報響了十二點整。隨著一陣不緊不慢的腳步聲，祁子俊走了進來。

祁子俊隨口問道：「這麼晚了，你還沒睡？」關素梅笑道：「今年我想正正經經地守個歲兒。」祁子俊不以為然地說：「那是小孩子們幹的事。」

關素梅揭開裹了幾層的包袱皮，又掀開蓋在上面的碗，端過一碗麵條，輕聲說：「我煮了一碗你最愛吃的莜麵，用雞湯做的臊子，還熱著呢。」祁子俊高興地說：「我還真有點餓了。」他接過麵條吃了幾口，點頭說道：「味兒不錯。我在外邊的時候，就想這口兒，可是吃不上。」關素梅問道：「京城那麼大的地方，就沒個賣麵的？」祁子俊說：「有是有，可味兒不對。」關素梅關切地說：「京城票號那邊，要是太忙了，就多雇幾個人，你別拚死拚活的，回頭累壞了。」祁子俊說：「你怎麼忽然關心起票號的事來了？」頓了頓又說：「家裡多虧了有你照應，不然的話，我在外邊也踏實不下來。吃的方面，別盡省著，也得補補才好。」

關素梅躊躇著，呼吸變得沉重起來，最後終於鼓足了勇氣。她低下頭，含羞說：「老太太說，想讓咱們再要個孩子。」祁子俊冷淡地說：「一家子上上下下的事，加上世禎和世祺兩個，夠你操勞的了，你身子又不好，我怕你吃不消。」他的態度顯得有些不太自然。關素梅又一次低下頭，小聲說：「老太太想再要個孫女。」祁子俊不耐煩了：「眼下煩心的事太多，等過了這一陣子吧。」關素梅過了好一會才明白他的意思，不禁神情黯然。祁子俊又說：「票號的夥計們想一起鬧一鬧，我去照應一下，你早點歇著吧。」

飯莊裡，義成信票號的夥計們一邊喝酒，一邊大呼小叫，猜拳行令，蘇文瑞正在跟黑娃猜拳。

黑娃大聲吆喝道：「哥倆好啊，三星照啊，四喜財啊，五魁手啊……」蘇文瑞輸了，喝下滿滿一杯酒。祁子俊走了進來，朝大家拱拱手，說：「各位，辛苦一年了，我在這兒給大家拜個早年。」夥計們齊聲說：「東家辛苦。」大家忙著讓座，請祁子俊坐在上首，但祁子俊不肯。祁子俊說：「要說對咱們票號功勞最大的，還得說是蘇先生，應該請蘇先生坐在上首。」夥計們又齊聲說道：「對，請蘇先生坐上首。」夥計們起著哄，強行把蘇文瑞拉到上首的位置。黑娃說：「蘇先生，上首這個位子可不是那麼好坐的，誰坐這兒誰付帳。」另一個夥計也說：「對，蘇先生，咱們在一起時候也不短了，從來沒見您請過客。」夥計們用酒杯敲著桌子，一陣起哄：「蘇先生請客！」蘇文瑞尷尬地說：「以後，以後一定請。」黑娃調皮地問：「您的錢是不是都交到櫃上了？」大家一陣哄笑。祁子俊忙解圍道：「別拿蘇先生開心，今兒個還是我做東。飯莊掌櫃跟我是老交情，專門為了咱們才沒歇業，大家好好樂一樂。大家都放寬心，今年年夜飯的雞，沒雞頭。」

大家一陣歡呼，有人還用酒杯敲起了桌子。蘇文瑞感到不解，悄悄拉了拉身邊的夥計問：「吃雞沒雞頭，大夥兒高興個什麼勁兒啊？」

一個夥計說：「您不知道，這是票號的規矩，年夜飯必須有一道菜是雞，要是沒有雞頭，大家皆大歡喜，要是端上雞來，雞頭衝著誰，誰就得捲鋪蓋回家。」蘇文瑞恍然大悟：「哦。」祁子俊又說：「大家忙了一年，我這裡有一點小意思。」說著，掏出一摞紅封套，先給了蘇文瑞一個，然後依次發給夥計們。

除夕深夜，蘇文瑞喝得醉醺醺的回到家中，使勁打門。寶珠答應了一聲，一邊穿著衣服，一邊給他開門。

寶珠嗔怪道：「抽風啊，門都讓你打爛了。」蘇文瑞站在屋子當中，一副男子漢大丈夫威風凜凜的樣子，大聲說道：「把錢櫃鑰匙拿出來。」寶珠翻著白眼問：「幹什麼？」蘇文瑞說：

「不用你管！」

寶珠明白了蘇文瑞的意思，立刻抽抽搭搭地哭了起來，手指著蘇文瑞數落開了：「蘇文瑞，我給你看家守業，累死累活，容易嗎？你還有什麼不順心的？大過年的，你不讓我順心……」

蘇文瑞被她鬧得無可奈何，只好敗下陣去：「行了行了，鬧什麼！」寶珠見大獲全勝，就跑到跟前，撒嬌地摟住蘇文瑞的脖子，親了一下：「人家等了你一晚上，到這會兒才來。」蘇文瑞板著面孔不理她。寶珠使勁拉著蘇文瑞的手。寶珠挑逗地說：「來呀！」蘇文瑞只好跟著她上了炕，兩隻靴子不知怎麼就掉到了地上。

關素梅好不容易才等到祁子俊回來。可祁子俊一倒在炕上，很快就鼾聲如雷。關素梅睡不著，心中湧動著躁動不安的情緒。她的手搭在自己的胸部，忽然產生了一種罕有的興奮感。她緩緩地撫摸著自己的身體，眼睛在黑暗中閃爍著奇特的光采。

大年初一早晨，關素梅站在大堂屋子中央，僕人們環列在屋子裡。僕人們齊聲喊道：「給少奶奶拜年！」關素梅笑道：「大夥兒勞累一年了，我替老太太、少東家，在這裡向大夥兒道一聲辛苦！」關素梅說著，拿起一個托盤，走到大夥兒面前，把上面放著的紅封套依次發下去。最先得到紅封套的是喬管家。喬管家深深一揖：「謝少奶奶！」關素梅臉上帶著謙和的笑容，還了一禮說：「應該謝你才是。」一個僕人嘆道：「少奶奶真是太周到了！」屋裡蕩漾著一片歡聲笑語，氣氛十分融洽。

初二回門。祁家的騾車停在關近儒家院子門前，祁子俊和關素梅帶著兩個孩子走下車，世禎搶先跑進了院子，世祺磕磕絆絆地跟在後邊。關近儒家大堂裡，關近儒把兩個紅封套分別遞給世禎和世祺，兩個孩子高高興興地跑了出去。關近儒和祁子俊對坐喝茶。關近儒說：「子俊，有個事你得在京城給我辦一下。」祁子俊說：「您交代吧。」關近儒說：「你幫我收五千斤茶葉，讓駝隊運到綏芬河，後邊的事你知道該怎麼辦。」祁子俊感到奇怪：「您一向不都是收武夷山的茶葉嗎？」關近儒嘆口氣說：「『捻子(注1)』在安徽作亂，長毛打下了武漢三鎮，武夷山的茶葉運不到武漢，安徽、浙江的茶葉也收不上來，只好在京城想想辦法。」祁子俊說：「從京城收茶葉，價錢本身就貴，再運過去，這一路上關卡林立，又是正稅，又是商稅，十有八九要虧本。」關近儒說：「虧本的事情也要做。」祁子俊不解地說：「您這是何苦呢？」關近儒說：「苦是苦了，但總比失信要好。」祁子俊說：「要是從朝廷押解南方稅銀的官道走呢？」關近儒說：「就是這條官道被切斷了。別的路盜賊出沒，早就沒人敢走了。」祁子俊說：「這麼說，連朝廷的稅銀都沒法押解到京城了？」他陷入了沉思，突然眼前一亮，但隨即就抑制住內心的興奮，說道：「我想起一件要緊事，得回票號一趟。」關近儒勸道：「吃過飯再走吧。」祁子俊忙說：「我得趕快走，讓素梅和孩子們留下吃飯吧。」

祁子俊沿著抄手遊廊(注2)匆匆往外走，卻看見關家驥在西廂房外朝他招手，連連喊著：「姐夫，到我屋裡坐坐。」祁子俊回道：「我有要緊事。」關家驥說：「什麼要緊事，也不在乎這一會兒啊。」他強行把祁子俊拉進自己的臥室。關家驥的臥室裡，擺著各式各樣的西洋鐘表，桌子上還攤放著鐘錶零件。祁子俊笑著說：「家驥，你把閒錢全花這上頭了。」關家驥說：「咳，就是玩唄。姐夫，你能借我錢兒嗎？」祁子俊問：「守著這麼大的錢莊，還能讓錢給難住了？」關家驥嘆一聲說：「老頭子死心眼，我去櫃上拿錢，也得付利息。」祁子俊問：「要多少？」關家驥說：「借多了怕還不上，就一百兩。」祁子俊痛快地從懷裡掏出一張銀票，遞給關家驥。關家驥高興了，又說：「姐夫，閒著沒事，咱們擲會兒骰子怎麼樣？」祁子俊連連搖頭：「時候不早了。」關家驥忙說：「就擲一會兒。」說罷把鐘錶零件掃到一邊，拿出一把牙籤，在兩人面前各放了十根，說：「一人十根，一根頂十兩銀子。我先來。」

關家驥和祁子俊分別擲了一次骰子。祁子俊贏了。關家驥把一根牙籤放在祁子俊面前。兩人再次擲骰子，這一次，祁子俊輸了。他把一根牙籤放在關家驥面前。以後，祁子俊就一直輸了下去，很快，眼前就沒了牙籤。關家驥又在兩人跟前各放了一根牙籤。關家驥說：「最後一把，一根頂一百兩。」

兩人都屏心靜氣，擺出一決雌雄的架勢。這一次，仍然是祁子俊輸了。關家驥得意地說：「姐夫，你做生意還可以，擲骰子的功夫可差了點。」祁子俊搖頭道：「咳，今天真是邪門兒了。」關家驥忙說：「這回借的一百兩，連同上回借的一百兩，咱們算是兩清了。」祁子俊恍然大悟，但也只是笑笑，不以為意，說道：「我該走了。」說罷起身出屋。

關近儒家院子裡，關素梅在院子裡看著兩個孩子玩耍。世禎把一個綵球扔出去，讓世祺去追，等世祺快要拿到綵球，他又把綵球撿起來，扔到更遠的地方。關家驥滿面笑容地朝關素梅走來，喊道：「姐姐！」

關素梅問：「家驥，爹不是說要讓你押貨去關外嗎？」關家驥悄聲說：「我就說鬧病，躲啦。爹讓我幹的，全是苦差命使。」關素梅責怪他說：「真有你的，不辛苦哪能掙到錢？」關家驥說：「話可不是這麼說，你看姐夫，到京城轉上一圈，大把大把的銀子就往懷裡揣，這才叫做生意。你看咱爹，就守著他那點老玩意兒，腦筋太死。」關素梅不以為然：「咱爹有咱爹的主

注1　即捻匪。舊時燒「油捻紙」為一種民間習俗，傳說可以驅除疾病、災難；地痞無賴往往以買「油捻紙」為名強迫鄉民捐獻，故稱為捻子。之後更發展成組織性的盜匪集團，山東、江蘇、湖北、安徽、河南都屬捻匪的活動範圍。

注2　大四合院建築為彰顯氣派所設置的左右環抱式走廊。

意。」關家驥說道：「你可得好好伺候著點兒姐夫。才多大年紀，他就是當朝四品了，早晚得戴上紅寶石的頂子，穿上黃馬褂，到時候，你就是誥命夫人，鳳冠霞帔，有你風光的。」關素梅不感興趣地說：「只怕我沒有那樣的好命。」關家驥說：「你聽我的，沒錯……」

只聽關近儒在屋裡咳嗽了一聲，說：「素梅，你來一下。」關素梅忙應道：「爹，我這就來。」關近儒屋子裡，關素梅不安地站在關近儒跟前，盡量作出輕鬆的樣子。關近儒問道：「聽人說，子俊最近經常出去吃花酒。」關素梅惶惑地答道：「我不知道。」

關近儒緩緩說道：「年輕夫妻，免不了有磕磕碰碰的地方，你比子俊年長，凡事讓著點。子俊也不是個不懂事的孩子，就拿『鰲金』這事來說，折衝樽俎，上上下下交口稱讚。你媽過世得早，家驥不成器，你這個樣子，比他更讓我擔心。」

關素梅心裡並不好受，岔開話頭說：「弟弟這一陣子倒是老老實實地在家呆著了。」關近儒嘆道：「那是因為我不給他錢，讓他沒法到外邊去鬼混。」

大恆盛錢莊正廳，一清早，關家驥就站在櫃檯外邊，胳膊肘支在櫃檯上，跟櫃檯裡面的霍運昌說話。霍運昌問：「少東家，您要這麼多銀子幹什麼？」關家驥沒好氣地說：「你就甭管了，該多少利我給你多少利。」霍運昌不情願地給關家驥開銀票。一個夥計探了探頭，說：「東家來了。」關家驥慌忙說：「我趕緊走。霍掌櫃，這事你可千萬別跟我爸說。」霍運昌說：「這麼多錢，我不能不說。」關家驥氣哼哼地說：「隨你。」他一溜煙似地從後門走了。

關近儒進來，在掌櫃房坐下。學徒奉上茶來，然後退下。關近儒呷了一口茶。霍運昌說：「少東家從我這裡拿了五千兩的銀票。」關近儒怒道：「他要這麼多錢幹什麼？」霍運昌說：「打了借據的。我怕當中有什麼事，跟您說一聲。」關近儒眉頭緊鎖。

霍運昌停了一停，說：「聽人說，少東家在外邊養了一個唱的。」

關家驥果然在外面包養了一個姘婦。這天，他的姘婦戴滿了珠寶花翠，正張羅著酒席。關家驥興高采烈地在幾個狐朋狗友們面前抖著銀票，但並不急於拿出去。狐朋狗友們眼巴巴地盯著關家驥手裡的銀票。

關家驥說：「要捐就捐個像模像樣的官，你看人家太原府的楊大老爺，得像那樣，這官才不算白做。以後發跡了，別忘了當哥哥的。」狐朋狗友甲忙奉承道：「那是自然。」狐朋狗友乙說：「大哥您偏心眼，就只想著他一個，也借給我點啊。」狐朋狗友們都跟著起哄。

關家驥得意忘形：「要借錢，早說啊。別忘了你大哥是開錢莊的，多了不敢說，拿個十萬二十萬的，就跟玩似的。」狐朋狗友乙連連點頭：「那是。」關家驥拿出一張已經寫好的借據放在桌上，神氣地說：「在這上面畫押吧。」狐朋狗友甲顫了一下，說：「大哥，我打聽了一下，找別的錢莊借錢，都是一分利，您這上面寫的一分四厘，是不是多了點？」關家驥眼睛一瞪，立刻要收起銀票，說：「你找別的錢莊去吧。」狐朋狗友甲忙說：「您別當真啊，我跟您就是這麼一說。」關家驥說：「錢莊裡的規矩是一分利，可是就憑你，誰借給你啊？這點利錢算什麼，大哥是催著你上進，趕緊把錢撈回來。」狐朋狗友甲連連稱是：「大哥教訓得是。」

夜深了，關家驥還在他姘婦這裡。他打著檀板，姘婦抱著琵琶，剛剛唱了一支小調。狐朋狗友就一齊喝采：「還是來您最拿手的《烏龍院》。」

姘婦念白道：「三郎，你好啊。」關家驥也念白道：「我好，啊——大姐，你可好？」姘婦念白：「我呀，我好。」

關家驥叫板，起唱。他正在興高采烈的時候，突然「砰」的一聲，門被撞開了，幾個家丁闖進門來，分別把守在屋子周圍。關近儒臉色鐵青，背著手走了進來。狐朋狗友們一哄而散，關家驥的姘婦也嚇得趕快溜走了。關家驥膽戰心驚地在父親跟前跪下。關近儒把兒子一腳踢翻。關近儒喝道：「捆起來！」夥計們推著被五花大綁的關家驥回到關近儒家。關家驥悄聲對一個夥計說：「快去把我姐姐找來。」

關近儒跟在後面走進屋裡，手裡拿著關家驥畫了押的那張借據，氣得渾身直抖，大喝：「拿家法來！」一個夥計拿來了籐條，另外幾個夥計把關家驥捆在凳子上。關家驥偷偷向夥計使眼色，示意讓他們手下留情，夥計會意，也就敷衍了事地打了幾下。關家驥假裝很痛的樣子：「哎喲！」關近儒一把奪過籐條，猛地狠抽下去。關家驥真的痛得大叫出來：「哎喲！」關近儒狠狠地說：「你越喊，我下手越狠。你說說，今天這事怎收場。」關家驥忙說：「我去把錢要回來。」關近儒又是一鞭子。關家驥痛得厲害，又不敢大聲喊出來，只好小聲呻吟著。關近儒罵道：「沒廉恥的東西，你已經借給人家了，怎麼能要回來？你去，帶著他到錢莊，重新立一張借據，按照錢莊放錢的規矩，該多少是多少。」關家驥忙應道：「是。」關近儒又說：「大恆盛的規矩，不明不白的錢不存，不明不白的錢不賺，從小就教你，都白教了，今天打你，就是要讓你記住！」

夜晚，關近儒獨自坐在屋裡，仍然在生悶氣。關素梅急急忙忙地走進來，小心地問道：「爹，家驥又惹您生氣了？」關近儒嘆道：「真真是個不肖子孫。」關素梅勸道：「也許，您對弟弟管得太嚴了點兒。」關近儒說：「嚴加管教尚且如此，要是放任自流，還不知是個什麼樣子。」想了想，又說：「一會兒你拿點白藥，給他上上。」關家驥臥室裡，關素梅舉著燈，細心地給關家驥脊背上藥，關家驥痛得齜牙咧嘴。關家驥帶著哭腔說：「姐，你要是早點趕過來，我也不會受這麼大的罪。」關素梅說：「都怪你自己不好，把爹的教訓當耳旁風。你現在不小了，該知道怎麼做人了。」關家驥說：「咱這個爹呀，沒法兒說。自打一生下來，他就給我準備好了一個模子，只能照著那模子長，出一點圈兒都不行，擱誰身上誰受得了啊？」關素梅勸道：「爹是為了你好，才對你特別上心。」關家驥咧著嘴說：「我巴不得他別對我上心。哎喲！」

祁縣一家茶館。幾天後，關家驥一瘸一拐地走進茶館。狐朋狗友們都在等著他。關家驥把借據放在桌子上，說：「按手印吧。」狐朋狗友甲看看借據，立刻眉開眼笑。一個說：「我說您不能跟我要那麼高的利啊，原來從前您是跟我鬧著玩啊。」另一個說：「不是做兄弟的給您戴高帽，您就是懷才不遇，有朝一日您要是掌握了錢莊，跺跺腳，整個太原府就得亂顫。」

關家驥被捧得不知天高地厚，臉上又露出得意之色，吹起牛來：「要想做大事，就得龍門能跳，狗洞能鑽。怎麼連茶都沒預備？來一壺上好的旗槍，茶錢記我帳上。」

義成信山西總號，夜晚，夥計們都已經回家了，只有蘇文瑞還留在票號裡。他把身上的一點散碎銀子放在櫃子裡，仔細地上了鎖。忽然響起一陣輕輕的敲門聲。蘇文瑞納悶地打開房門，看見站在門口的是關素梅。

蘇文瑞忙問：「少奶奶，您怎麼來了？」關素梅故作隨便地說：「我打這兒路過，看見裡面亮著燈，就過來看看。」蘇文瑞說：「我正準備回去。」關素梅卻在桌子旁邊坐下，對蘇文瑞說：「蘇先生，您也坐呀。」蘇文瑞坐下。他已經感覺到了關素梅要對他說什麼。關素梅問：「我想問問您，子俊在外邊是不是有人了？」關素梅直勾勾地逼視著蘇文瑞。蘇文瑞躲避著她的目光。

蘇文瑞說：「您可不能這麼想。」關素梅又問：「您照直說，有還是沒有？」

蘇文瑞沉默著。他知道，其實她心裡什麼都明白，但他無論如何不能把實情從自己嘴裡吐出來。關素梅輕輕嘆了一口氣：「您不說我也明白，其實我根本就不該問您。」蘇文瑞開解道：

「少奶奶，您現在要什麼有什麼，家裡外邊、孩子大人都挺好，您還有什麼不順心的？」

關素梅嘆一口氣，說：「我是沒什麼不順心的。我還能有什麼不順心的？自己心裡的苦，只有自己知道。這些日子，我跟子俊說話，他總是心不在焉。」

蘇文瑞只好說：「子俊操心的事，太多了。」關素梅幽幽地說：「我心裡只有他，可他根本就沒把我放在心上。他就像個影子似地在我跟前晃啊晃啊，我抓不住他。」蘇文瑞勸道：「我看他就是有點粗心，有人跟他提個醒就行了。」關素梅說：「我不知道那個女人是誰，我也不想知道，他在外邊有多少女人我也不在乎，只要他對我好就行。我就想要個真正的家，要他好好跟我過日子……」她哽咽著，再也說不下去了。蘇文瑞不好說什麼，只說：「您的心別太重了。」關素梅說：「我弄不明白他的心思……我連自己的心思都弄不明白，這樣的日子，什麼時候是個頭啊？」蘇文瑞說：「您多想想孩子，想想以後的日子。」關素梅說：「有時候就想，過一天算一天吧。他不在身邊的時候還好過些，那些日子雖然難熬，但總有個盼頭，他一回來，盼頭也就沒了。」蘇文瑞說：「少東家心眼不壞，對您更是一百分的敬重。」關素梅說：「您知道女人最難過的是什麼時候嗎？就是身邊明明有個人，可是還不如沒有。」她的眼淚不住地流下來。

關素梅走後，蘇文瑞正準備鎖門離開，卻看見祁子俊的騾車來到近前。祁子俊問：「蘇先生，我到處找您都找不到，琢磨著您可能在票號沒走，還真猜著了。」蘇文瑞忙說：「進屋說話吧。」祁子俊說：「不啦，我送您回家，咱們路上聊。」他請蘇文瑞先坐上騾車。騾車在路上顛簸著。祁子俊說：「我在路上碰見素梅了。」蘇文瑞說：「子俊，素梅心裡委屈，可又沒人能說。」祁子俊說：「我知道她挺不容易的。她要是像別的女人那樣，要這要那的，我也好辦，可她從來都沒要過什麼。」蘇文瑞說：「那您就更應該多加體諒了。」祁子俊嘆聲說：「我知道，我不該這樣對她，可是我也沒錯啊。」蘇文瑞也嘆道：「唉，實在是不能沒有女人，可有了女人又是個煩。」

祁子俊轉移了話題：「蘇先生，咱們說正事兒吧。我今兒個跟老丈人聊天，說起朝廷在南邊的稅銀押解不過來的事，我忽然有了個主意，咱們義成信要是能把匯兌『京餉』這宗買賣接下來，可是一本萬利啊。我想聽聽您的意思。」

蘇文瑞沉默有頃，說：「子俊，我以前一直不明白，為什麼你能辦的事，別人就辦不到，今天，我終於想明白了。」祁子俊問：「您想明白什麼了？」蘇文瑞說：「看來這經商和吟詩作文一樣，靠的是一個『悟』字。你能辦到別人辦不到的事情，憑的就是這分悟性。」祁子俊說：「您要是覺得可以，我立刻就動身去北京。」

當夜，祁子俊回到家，跟素梅說了這層意思。關素梅驚詫不已地望著眼前的祁子俊：「正月十五還沒過，就又要走？」祁子俊避開素梅的眼睛說：「生意不等人啊。」關素梅默默地從櫃子裡拿出一個包裹，解開，裡面是幾身嶄新的衣服，幾副繡了梅花的鞋墊，還有一個繡著「龍鳳呈祥」圖案的荷包。關素梅說：「你一出去就是好幾個月，閒下來別忘了給家裡寫封信，報個平安。這些衣服有春、秋天穿的，有夏天穿的，荷包裡有避瘟散、薄荷錠和蟾蜍錠，到天熱的時候能派上用場。」

祁子俊說：「我跟你商量個事。世禎這孩子有點拘謹，將來怕沒法在場面上混，我想帶他到京城去一趟，見見世面。」關素梅高興地說：「那敢情好。」

第二天，素梅來到世禎臥室，告訴世禎祁子俊準備把他帶到京城。世禎倔強地一扭頭：「我不去！」關素梅勸道：「你爹是為了你好。京城有許多好吃的，好玩的，還能看西洋景。」世禎鼓著嘴說：「他就是不想讓我跟你在一起。」關素梅責備道：「這孩子，你怎麼能這麼想？」世禎說：「他愛帶誰去帶誰去，我就跟媽在一起。」

祁子俊一個人走了。元宵節的晚上，祁縣縣城裡一片熱鬧景象，寺廟、店鋪、民宅門口都是張燈結彩，響徹著歡聲笑語。一隊孩子打著各式各樣的燈籠，從街巷裡逶迤穿過。

祁家大院門前也掛起了燈籠，但院子裡靜悄悄的。清冷的月光下，荷花池裡，枯敗的荷花、荷葉被凍在冰層裡。

關素梅在燈下一針一線地繡著鞋墊，克制著難以忍受的寂寞。屋裡很安靜，自鳴鐘滴答滴答地走著。碩大的座鐘立在那裡，好像比平時更加顯眼，聲音也好像比平時更加清晰。遠處不知有人喊了聲什麼，夾雜著一陣笑聲，關素梅側起耳朵諦聽著。什麼都沒有發生，一切又都歸於平靜。關素梅把鞋墊塞到枕頭底下，沉沉地進入了夢鄉。

睡夢中的關素梅好像聽見外邊有人喊了一聲：「少東家回來了！」關素梅看見祁子俊笑吟吟地朝她走過來，身後跟著一大群花枝招展的女人。女人們圍住她團團羅拜，一齊叫她「姐姐」，她有些不知所措。倏然間，那些女人就變了臉，伸出尖尖的指甲，朝她吐唾沫，抓她的臉。她嚇得大叫起來：「子俊，子俊，快來救我！」她突然醒了，滿臉是汗，緊緊捂著胸口，感覺心在怦怦地跳。她伸手摸摸，身邊的炕是空的，冷的。屋子裡的自鳴鐘正好響到午夜兩點鐘。關素梅摸索著點上油燈，愣愣地坐在炕上，腦子裡還縈繞著夢境。她在半明半暗的燈光下，緊緊地抱著枕頭。關素梅喃喃自語著：「我連個好夢都做不了嗎？」

第十七章

關素梅心中滿懷淒苦，按捺不住，終於找來寶珠，一吐心中鬱悶。關素梅在屋中走來走去，不時嘆一口氣，搖一搖頭。寶珠關切地看著她。關素梅問：「寶珠，你說說，我該怎麼辦？」寶珠吞吞吐吐地說：「我從來沒經歷過這種事，說不好。」關素梅說：「我嫁給他，心裡就只有他，可是，我在他心裡連一個角落都占不了。我總想著以德報怨，有朝一日能感動他，可是，我換來了什麼？」寶珠勸道：「少奶奶，我勸您一句，別把少東家這些事放在心上，男人都是這樣，你別理他還好些，你越在意，他就越上勁。」關素梅說：「我怎麼能不在意呢？要擱在別人身上，早就鬧得滿城風雨了。」寶珠寬解道：「全家上下，都誇您是個好媳婦。」

關素梅點頭苦笑道：「是啊，我是個好媳婦，可沒人知道，我這個好媳婦當得有多難受。我哄不好他，也改不了他，只能假裝不明白他的心思，還得想盡一切辦法讓他高興，可他呢，偏跟我擰著勁兒，變著法兒的讓我不高興。我在自己家裡，感覺卻像是寄人籬下。」寶珠說：「少奶奶，您別這麼想。」

關素梅問：「我為什麼要那麼遷就他？」她望著眼前虛幻的空間，好像在看著一個與現實完全不同的世界，漸漸地，眼圈泛出紅色，繼而淚水撲簌簌地流了下來。寶珠趕緊拿了一塊手帕，遞給關素梅。關素梅忽然下定了決心似地說：「我受夠了。既然我抓不住他，我就跟著他。」寶珠說：「總不能少東家走到哪兒，您就跟到哪兒吧？」關素梅果斷地說：「用不著到處跟著，我就跟他到京城去。」她又加重了語氣說：「對，說去就去。」寶珠說：「您再合計合計，我總覺得有些不好。」關素梅眼睛直愣愣地說：「我打定主意了。你去吧，今天這事兒，別跟任何人提起。」寶珠點點頭：「我知道。」她退了下去。

寶珠走後，關素梅好不容易才回過神來。她走到鏡子前，認真地打扮著自己。她給臉上撲了些粉，又抹了些胭脂，極力想要去掉剛剛哭過的痕跡。當關素梅走出臥室的時候，臉上的憂傷和愁苦似乎全都煙消雲散，代之以一副和藹可親的樣子。一個女人挎著籃子，迎著關素梅走了過來。她掀開蓋在上面的布，露出裡面滿滿一籃紅雞蛋。

女人喜滋滋地說：「少奶奶，我兒媳婦生了個大胖小子……」關素梅臉上立刻露出笑容，說道：「大喜啊！」女人說：「同喜，同喜！」說著，遞上裝雞蛋的籃子。關素梅拿了一個雞蛋說：「這我可得吃一個。」女人說：「您多拿幾個吧。」關素梅說：「一個就行了。」說著，剝開雞蛋皮，又說：「回頭你去喬管家那兒，按例領一份賞錢。」女人高興地說：「謝少奶奶！」

蘇文瑞家，夜晚。寶珠把素梅要去北京的決定告訴蘇文瑞，一臉焦灼的神色，催促著蘇文瑞想辦法。蘇文瑞卻有些不以為然。蘇文瑞說：「我看，少奶奶不過是說說而已。她一個婦道人家，從沒出過門，京城那麼遠，哪兒能說去就去了？」寶珠著急地說：「是真的，今兒個下午就張羅著叫黑娃給準備車子。」蘇文瑞問：「老太太知道嗎？」寶珠說：「還不知道。」蘇文瑞說：「這麼說來，還真是個事兒。」寶珠說：「你別看少奶奶平時好性子，可真要認準的事，誰也攔不下。」蘇文瑞說：「少奶奶要真去了京城，少不了得鬧一場，子俊面子上怕不太好看。」寶珠說：「你趕快想個法子，勸勸少奶奶啊。」蘇文瑞說：「要勸，也只能你去，我勸像什麼話？」寶珠說：「我要能勸得住，還用得著跟你說嗎？也許老太太能攔住她。」

祁老夫人臥室。祁老夫人躺在炕上，一副病懨懨的樣子。寶珠正把一個拔火罐吸在祁夫人頭上，然後，用手指輕輕敲了敲。寶珠慇勤地問：「老太太，您感覺是不是好點兒了？」祁老夫人說：「一拔上就輕鬆多了。」寶珠說：「我不該跟您說，讓您著急上火。」祁老夫人嘆口氣：「再著急，也比蒙在鼓裡強。原想著對倆人都好，沒想到成了這個樣子。素梅心裡難受，我比她還難受。」寶珠說：「現在，也只有您出面，才能攔下少奶奶。」祁老夫人搖搖頭說：「我不能去。這事兒，說到底，都是子俊的不是，我沒法說兒媳婦一個不字兒。」寶珠說：「少奶奶要真去了，家裡、外邊都得亂套。」

祁老夫人閉著眼說：「小倆口兒的事，讓他們自己去處理吧。」祁家前院，關素梅正看著黑娃收拾車輛。黑娃對素梅說：「您坐上試試。」關素梅坐到車上，試了試座位的舒適程度，感到非常滿意。黑娃又說：「少奶奶，出門在外，比不得在家裡，辛苦著呢。」關素梅不以為然地說：「我能吃苦。」說著，關素梅從車上下來，正要往回走，忽然看見祁老夫人朝這裡走來。素梅忙喊了一聲：「娘！」祁老夫人看著關素梅，又看看黑娃，欲言又止。沉默片刻。關素梅似乎在等著祁老夫人發問，但祁老夫人卻沒有問。關素梅輕聲但語氣堅決地說：「我想上京城，去看看子俊。」祁老夫人說：「你想去就去吧，省得心裡總記掛著。」稍頓又說：「路上要多加小心。」關素梅點點頭：「我知道。」

接下去，兩人都不知該說些什麼，忽然，關府的管家張財慌慌張張地跑來了。張財對素梅喘著氣說：「少奶奶，老爺有請。」關素梅疑惑地問：「什麼事？」張財說：「老爺這兩天脾氣不太好，我也沒敢問。」

關素梅望望祁老夫人。祁老夫人對素梅說：「你去吧。」

素梅急匆匆回到關家。關近儒面沉似水，嚴厲地看著站在眼前的關素梅。關近儒問：「聽說你要去京城？」關素梅點點頭：「嗯。」關近儒又問：「我倒要問問，你去了以後打算怎麼辦？」關素梅搖頭說：「這個，我還沒想過。」關近儒說：「你雖然是個女孩子家，可書念的一點也不少。你說說看，歷朝歷代的名媛淑女，有哪一位幹過這等事？」關素梅低頭不語。但關近儒早已看穿了她的心事，說道：「主婦守分安命，家門才能和順。你婆婆在外面總說你賢德，你若真個做出不賢德的事來，讓我這張老臉往哪兒擱？」關素梅痛苦地說：「我也是迫不得已，才想到走這一步，即便有什麼錯，也不在我身上。」關近儒話說得語重心長：「我找你來，就是要讓你好好想想，你自己身上有沒有錯。子俊年輕，難免會做出些荒唐事，你比他年長，凡事要忍耐三思，把持住自己，多讓著他點兒，不能想做什麼就做什麼。你是祁家的媳婦，也還是關家的閨女，你的一言一行，都關係到兩家的聲譽。」關素梅兩眼含淚，嘴唇顫抖地說：「再這麼過下去，早晚有一天我得發瘋。」關近儒心疼她，但還是說：「我知道你心裡委屈，但你再委屈，也不能做出有失體統的事，何況子俊的事業正在如日中天的時候，你切不可拉他的後腿。」關素梅說：「爹，我不是小孩子了。」關近儒說：「在我面前，你永遠都是。」

關素梅傾訴著：「您說的這些，我都懂，可您想過沒有，您閨女是個大活人，不是擺在那兒供人瞻仰的泥胎。我不求祁子俊發多大的財，幹多大的事，只求他跟我好好過日子，就這麼一點兒要求，他都做不到，我可以忍耐些，再忍耐些，可是，人家要是根本沒把你放在心上，我忍辱負重、委曲求全，還有什麼用處？」關素梅越說情緒越激動。關近儒卻擺了擺手，說：「還是那句話，平心靜思，多想想自己的不是。」關素梅倔強地說：「我沒覺出自己有什麼不是的地方。」關近儒勃然作色：「素梅，你記著，只要我活著，就不允許你做這樣的事！」

關素梅臉色發白，充滿怨艾地看了父親一眼，說道：「我膩煩透了。您教我讀了那麼多書，可從沒告訴過我，活著是一件多麼累人的事。」關近儒說：「沒有一個人能輕輕鬆鬆地活著。日子過得太優裕了，反倒容易生出是非來。要是把你放在窮苦人家，整天為衣食操勞，也就沒有這許多想法了。」關素梅控制住自己的情緒。沉默了一會，她對父親說：「爹，我知道我該怎麼做。」關素梅告別父親，回到祁家大院。她在自己臥室裡沉思片刻，毅然背起包袱，朝門口走去。走到門前的時候，她停了下來，握著門把手，胸脯劇烈地起伏著。她還在猶豫著該不該出去。最後，她退回來，和衣倒在床上，無聲地抽泣著。

京城的元宵節比起祁縣更加熱鬧，舞龍燈的、耍把式賣藝的、擺攤賣小吃的擺滿了整條街道。但祁子俊根本無心去看這些。他到達京城後的第一件事就是去潤玉的戲園子。現在，他剛剛從騾車上走下來。

祁子俊對跟來的人說：「把行李先給我送到票號。」他自己手裡提著一個點心匣子，躊躇滿志地走進潤玉的戲園子。潤玉的春草園裡，舞臺上正在演出《臥龍弔孝》，潤玉扮演諸葛亮，羽扇綸巾，唱得聲情並茂。潤玉唱道：「嘆周郎曾顧曲風雅可羨，嘆周郎論用兵孫武一般……」

臺下，手巾把兒凌空飛舞，茶房提著茶壺，在觀眾中間穿梭往來，添茶續水。

祁子俊提著點心匣子走到後臺，又穿過衣箱間裡掛著的一排排戲裝，逕直走到臺口。他看見黃公子站在臺口，手扳臺欄，目不轉睛地盯著臺上。祁子俊上前招呼：「黃公子好。」黃公子卻並不理會他，仍舊用手在腿上打著板眼，陶醉在潤玉的唱腔中。這時，潤玉已經唱罷。她走下臺，朝祁子俊略一點頭，說道：「不知祁公子大駕光臨，有失遠迎，當面恕罪。」黃公子忙上前搶著說：「妹妹，我跟你說句話。」他拉著潤玉的手，把潤玉帶到一旁，接著說：「妹妹，你真稱得上是『文武崑亂不擋』（注），一下午又是《定軍山》，又是《臥龍弔孝》，尤其今天這『把子』活兒，絕了。」潤玉笑笑說：「我是從『和春班』偷的藝。」兩人正說著，祁子俊被冷落在

注　指文、武戲，崑曲、亂彈（各地聲腔）等等各行均擅長。

一邊。這時，他們看見了已經化好妝準備上臺的雪燕。她扮的是《易鞋記》裡的韓玉娘。

雪燕對潤玉叫道：「小姐。」潤玉說：「雪燕，現在沒什麼小姐了，你就叫我的名字吧。」雪燕說：「我叫您范老闆得啦。」潤玉又笑笑說：「隨你。」

雪燕說：「范老闆，我跟您商量點事兒。以後唱《武家坡》的時候，能不能我掛頭牌呀？」潤玉稍稍愣了一下，點點頭，說：「行。」雪燕高興地說：「太謝謝您啦。」她說著，叫了一聲板，走到臺上。雪燕在臺上演唱著「夜紡」一段。臺下叫好聲不斷。梨園公所司理坐在包廂裡，聽得聚精會神。

潤玉繼續朝後臺走去。祁子俊和黃公子緊隨其後。黃公子一邊走，一邊喋喋不休地對潤玉講著，根本不給祁子俊插嘴的機會。黃公子說：「妹妹，你的嗓子，夠得上穿雲裂石，但還缺點餘音繞梁的味兒。」潤玉說：「《臥龍弔孝》這齣戲，我是新學的。」黃公子得意地說：「我說呢，你聽聽你唱的。」他學潤玉唱道：「嘆周郎曾顧曲風雅可羨，」他又說：「這句還可以，」又唱：「嘆周郎論用兵孫武一般，」說：「這句就欠了點兒，人家程長庚程老闆是這麼唱的，」又學唱：「嘆周郎論用兵孫武一般，」又問：「你聽出毛病在哪兒來了吧？」潤玉耐心地說：「世兄說得有理，下回我一定改過來。」

趁著黃公子沾沾自喜的工夫，祁子俊終於找到了說話的機會：「潤玉姑娘，我來的時候，特地繞道從太古過來，給你帶了些太古餅來，又酥又軟，你先嘗一塊，呆會兒別空著肚子上臺。」黃公子搶白祁子俊：「飽吹餓唱，連這個都不懂，你還捧角吶。」

潤玉來到戲園子化妝間。白灰牆上隨處可見藝人抹的彩色，也夾雜著一些不完整的臉譜。桌子上擺著水墨硯臺和盛化妝油彩的瓶瓶罐罐。潤玉對著鏡子，開始卸妝。潤玉對黃公子說：「世兄，麻煩你幫我到前面官座兒照應一下，今兒個有官面兒上的人來查戲，我怕夥計們伺候不好，得罪了他們。」黃公子只好答應一聲：「哎。」他不情願地走了。潤玉依舊在卸妝，從鏡子裡看著祁子俊。潤玉問祁子俊：「你到京城來，又有大買賣了？」祁子俊說：「只是剛有那麼個由頭，八字還沒一撇呢。」潤玉說：「你要辦的事，還能有辦不成的？」祁子俊搖搖頭：「這回難說，我想把匯兌『京餉』這宗買賣接下來，這事只怕連黃大人都做不了主。」潤玉說：「那就得去託靠王爺了。祁公子，怕什麼，你拍馬屁的功夫是一流的啊。」祁子俊有些尷尬：「潤玉姑娘，你盡拿我開心。」他頓了頓，又說：「上回的事，謝謝你。」潤玉明白他指的是什麼，就說：「有什麼好謝的。」祁子俊說：「要不是你把狗給扔了，我這臉真沒地方擱了。」潤玉說：「我氣不過的是，這些王爺們，仗著自己是皇上的親戚，就拿人不當人。」祁子俊讚嘆道：「你這分膽量，這分見識，我真是打心眼裡敬佩。」潤玉淡淡地說：「我一個小女子，做事情也說不出許多道理來，只是怎麼想就怎麼做。」祁子俊說：「天下的男人，能有你這分胸襟的，只怕也沒幾個。」

潤玉笑笑說：「又瞎說了。說真格的，你不去辦正經事，老往戲園子跑什麼？」祁子俊望著潤玉，傻傻地說：「我就是想看看你。」潤玉臉紅了：「我有什麼好處，值得你大老遠的跑來看。」祁子俊說：「我心裡想的，甭管說沒說出來，你都明白。」潤玉情不自禁笑出了聲：「就為這？」祁子俊十分用勁地點頭：「就為這。還有，你沒跟我說過假話。」潤玉反問道：「你怎麼知道？我跟你說的，要都是假話呢？」祁子俊肯定地說：「那世上就沒有人說真話了。」

潤玉被深深地觸動了。她在鏡子裡捕捉到了祁子俊的眼神，她知道他說的是真心話。但也就在同時，她的心裡冒出另一個念頭——她父親是受祁家牽連而死的。潤玉的臉一下子變得冷冷地：「我說真話假話，跟你有什麼相干，跟世上人有什麼相干？」

潤玉態度突如其來的改變讓祁子俊有些不知所措，他不解地問：「潤玉姑娘，我到底哪句話說錯了？」潤玉生硬地說：「你都對，錯的是我。」她的聲調變得冷如冰霜。祁子俊著急了：「這是從何說起呢？剛才還好好的，怎麼一下子就這樣了，我怎麼得罪你了，就是死，你也得讓我死個明白啊。」潤玉做出不耐煩的樣子說：「什麼死啊活啊的，有完沒完？」祁子俊還想說：「潤玉姑娘，你聽我說一句話……」

潤玉索性不再理他了。這時，黃公子興沖沖地走進來。黃公子老遠就報功：「妹妹，擺平了。查戲的都是老交情，還說啦，明兒個專門來看《群英會》，點名要你的魯肅。」潤玉顯出一副高興的樣子：「好啊，這正是我拿手的。」黃公子得意地說：「我當然得讓他點你拿手的戲。」潤玉說：「世兄費心了。」

黃公子發現祁子俊和潤玉兩人像是鬧了彆扭的樣子，就更來了精神，忙說：「妹妹，今兒晚上我請你去新豐樓，那兒新來了個揚州廚子，做的蟹粉獅子頭，甭提多地道了。」祁子俊在一旁，既迷惑不解，又十分懊惱，只得垂頭喪氣地走了。祁子俊回到義成信北京分號，掌櫃房裡，袁天寶正在跟祁子俊交代帳目。袁天寶說：「這一陣子咱們的生意特別好，前些日子，有幾個大戶來存銀子，庫裡一下子增加了二百多萬兩。」

祁子俊感到奇怪：「什麼人這麼闊氣？」袁天寶說：「神神祕祕的，說不清是什麼來路，八成是哪個大官的贓款。」祁子俊想了想說：「管他呢，照單全收。錢都放出去了嗎？」袁天寶答道：「放出去了。那些從咱們這兒領餉銀的兵丁，等不到發餉，就提前來預支了，這麼一來，咱們又多得了一分利息，整個票號的錢全都盤活了。」祁子俊說：「你給我開一百八十萬兩的銀票，十萬一張。」袁天寶吃驚地問：「少東家是急用？」祁子俊說：「從前欠戶部的銀款是一百七十萬兩，再加十萬兩的利息。」袁天寶忙說：「少東家，恕我說一句，這錢不是非還不可，要還也用不著現在就還。」

祁子俊果決地說：「一定要還，現在就還。只有還上這筆銀子，才有可能拿到匯兌『京餉』的生意。要是能爭取到這筆生意，花多大的代價都值。」袁天寶有些擔心：「少東家有幾成把握？」祁子俊想想說：「大概也就五六成。」袁天寶勸道：「為了一件沒多大把握的事，花這麼多冤枉錢，實在是不划算。」祁子俊搖搖頭說：「捨不得孩子套不住狼。誰讓世道變了呢，天下不太平，也就沒法靠太平時的方法掙錢。」袁天寶又勸道：「少東家，這是咱的身家性命，您可得好好掂量掂量。」但他還是把一摞銀票放在了祁子俊面前。

第二天，祁子俊躊躇滿志地走進黃玉昆府上。他心裡還在盤算著怎麼說服黃大人，卻看見了一副奇異的景象：黃玉昆正指揮著幾個僕人伐一棵枝葉茂盛的老槐樹。祁子俊上前問道：「黃大人，您這是……」

黃玉昆說：「最近諸事不順，老是有什麼地方覺得不對勁，想來想去，是這棵樹不好。」祁子俊納悶地問：「這樹怎麼了？」黃玉昆問：「這樹栽在院子當中，四面是牆，中間是『木』，這不是一個『困』字嗎？」他連連搖頭：「不好，不好。」祁子俊說道：「黃大人，要是我說，您這是多慮了。這棵樹栽在院子當中是不錯，周圍都是牆也不錯，可您這院子裡還有門吶，『木』在門中，這不是一個『閑』字嗎？」一席話說得黃玉昆豁然開朗。黃玉昆臉上露出了笑容。他說：「想不到我這點彆扭讓你給解了。」又對僕人們說：「你們幾個停下吧，樹不用伐了。子俊，裡邊請。」倆人在黃府正堂落座。祁子俊恭恭敬敬地呈上一沓銀票，說：「以前欠下的所有債務，義成信都全力承擔。這是歸還戶部本利的一百八十萬兩銀票，請您過目。」黃玉昆並沒有顯出特別高興，說起話來打著官腔，仍是戒備十足的樣子：「你為朝廷辦事盡心盡力，戶部理應嘉獎。」祁子俊說：「義成信的規矩，是『信』字當先，對朝廷交辦的事情，更不能壞了這個『信』字。」黃玉昆不動聲色地問：「你不會是為了這一件事來的吧？」

祁子俊坦率地說：「長毛作亂，朝廷在南方的稅銀無法押解進京，而義成信在全國有大小幾十家分號，正可以為朝廷效力，無論何處上繳的稅銀，都可以由義成信在京城匯兌。」黃玉昆瞪大眼睛說：「你的胃口挺大呀，就怕你吃得下，消化不了。」祁子俊忙說：「戶部的例費是少不了的，瑞王爺和您這裡，也會有一分孝敬。」黃玉昆矜持半晌，意味深長地看了祁子俊一眼，沉吟半晌，慢悠悠地說：「我倒是無所謂。此事雖說在祖制上沒有先例，但也未嘗不可作為特例處置。難得你總想著為朝廷分憂解難，看來，老夫在識人這一項上，眼力還是不錯的。」

祁子俊大喜：「有勞黃大人費心。」黃玉昆又說：「此事關係重大，不可操之過急，我先去探一探瑞王爺的口氣。」

夜晚，瑞親王身著便服，正在別院接待黃玉昆。這裡布置得還算雅致，屋裡掛著「含清齋」的匾額，也是出自黃玉昆的手筆。

黃玉昆恭恭敬敬地說：「王爺，義成信歸還了全部本銀，統共是一百七十萬兩，全在這兒。」瑞親王接過那沓銀票，禁不住喜上眉梢，但畢竟是王爺，總是沉得住氣，隨手將銀票放在一旁的桌子上。瑞親王說：「玉昆，匯兌京餉的事，你再給我說說。」黃玉昆忙說：「義成信的祁子俊有個主意，說可以由他的票號代轉朝廷在南方的稅銀。」他嘴裡說著，眼睛不時地瞟一眼那沓銀票。瑞親王說：「這也是為朝廷分憂之舉啊。你快快用戶部的名義上奏，作為緊急公事處置。」黃玉昆答道：「卑職也是這個意思。只是請王爺看看，還有沒有什麼不妥之處。」

瑞親王點點頭：「我看可以，去辦吧。」他似乎已經忘了黃玉昆此行的目的，走到一個櫃子跟前，說：「最近我得了個好物件，給你開開眼。」說著，從櫃子裡拿出一本冊頁，打開給黃玉昆看，裡面是畫師臨摹的西洋名畫，大多是些裸體畫，第一幅就是意大利畫家波提切利的《維納斯的誕生》。瑞親王拉著黃玉昆湊到燈前，拍了拍冊頁。瑞親王得意地說：「西洋春宮，怎麼樣，頭一回見吧？」黃玉昆忙說：「是，跟咱們這邊不太一樣。」他敷衍著，眼睛仍然不時地瞥一眼那沓銀票。瑞親王又說：「你瞅瞅這西洋娘兒們，畫得多細緻啊，連頭髮絲兒都看得清清楚楚。你拿回去鑒賞鑒賞？」黃玉昆說：「謝王爺。」瑞親王擺擺手：「行啦，你趕快去準備奏折，明天早朝就呈上去。」瑞王爺擺出端茶送客的架勢，黃玉昆到了不得不走的時候，但他仍然惦記著那沓銀票。他心有不甘地再問道：「王爺還有什麼吩咐？」瑞王爺像是剛剛想起似地，從桌子上隨便拿了一張銀票，遞給黃玉昆，輕描淡寫地說：「差點忘了。你拿著這個，其餘各家該得的由我親自去送，事情已經這樣了，大家就落個辛苦錢吧。」黃玉昆不管心裡有多少不願意，也只好揣起銀票走了。

恭王府花園，午後。雖然已是初春，花園裡還是一副殘冬的景象，榆、柳、槐樹上仍是光禿禿的，園子裡最多的海棠樹也顯得沒有生機。

從「靜含太古」門看進去，是一座太湖石峰。那隻已被恭親王馴服的蒼鷹此刻正站在太湖石上，翹首等待恭親王餵食。恭親王拿著一隻盛著羊肉的托盤，慢條斯理地給蒼鷹餵食。黃玉昆恭恭敬敬地站在恭親王旁邊，等待回事。恭親王只顧給蒼鷹餵食，似乎黃玉昆根本就不存在。黃玉昆臉上一副誠惶誠恐的樣子。過了好半天，恭親王似乎才想起旁邊還有個黃玉昆，但也只是隨便看了他一眼。

恭親王問：「黃大人，你看這隻鷹還說得過去吧？」黃玉昆小心地回答：「卑職對這個實在是外行。」

恭親王這才慢慢說道：「你那個讓民間票號匯兌京餉的折子，軍機處議過了，反對的人不在少數，認為有違祖訓，稅銀向來都是解現進京，從無民間票號匯兌官銀一說。上諭讓我來復議，我也只好勉為其難了。黃大人，你有何見教？」黃玉昆說：「自皇上登基以來，四海祥和，國泰民安，士農工商，無不深感皇恩浩蕩。王爺深謀遠慮，體察民情，德披四海，福澤萬家，此誠天下之幸，社稷之幸，屬下皆以能夠親耳聆聽教誨為榮。」恭親王不耐煩地說：「你說的這一大篇話，我聽著怎麼沒有一句有用？」黃玉昆忙說：「卑職學陋才淺，還望王爺經常教訓。」

恭親王問：「我問你，你對匯兌京餉這件事，到底是個什麼主張？」黃玉昆低頭垂手說：「卑職惟王爺馬首是瞻。」恭親王說：「你認為交給哪家票號辦理合適？」黃玉昆含糊地說：「這個，卑職還沒有成算。」恭親王說：「你不妨提幾個出來備選。」

黃玉昆試探著說：「義成信曾經為朝廷辦過協餉之事，似乎可在考慮之列。」恭親王明白了他的意思，便說：「朝廷的生意，也不能都讓義成信一家包辦了。」黃玉昆忙說：「王爺明鑒。」

過了兩天，祁子俊熟門熟路地來到黃玉昆宅第門前，朝守門的家丁打躬作揖：「有勞大爺給通報一聲，就說祁子俊求見。」家丁說：「黃大人身體欠安，一概不見。」祁子俊說：「我有要緊事，得面見黃大人。」家丁眼睛望著天：「不管什麼事都不行，黃大人正在靜養，今天早朝都沒去。」祁子俊看看院子裡的影壁，只好走了。

潤玉春草園戲園子後臺裡演員們正在化妝，準備上演的是《武家坡》。扮薛平貴的是潤玉，扮王寶釧的是雪燕。

潤玉說：「雪燕，我上場的時候你別死盯著我，王寶釧在寒窯外邊，看見來了個陌生男人，不能用那種眼神。」雪燕敷衍地答道：「知道啦。喲，黃公子，你來啦！」

黃公子把一個精緻的箱子放在化妝臺上，得意地打開，展示著裡面各種各樣的油彩。黃公子討好地對潤玉說：「妹妹，瞧瞧我給你帶什麼來了？真正的英吉利貨。」演員們聞聲都圍了過來，這個也要試試，那個也要抹抹。黃公子身子護住油彩盒：「別動別動，讓我妹妹先來。」雪燕滿懷妒意：「就知道你妹妹！」說著，撥開黃公子的手，搶著用手指抹了一點油彩。潤玉並不稀罕：「我覺著還是用咱們自個兒的東西舒坦。」雪燕卻說：「是好用。」又似乎不經意地問：「黃公子，黃大人怎麼總沒過來？」黃公子反問道：「你想他啊？」雪燕一抿嘴：「呸，見面一句正經話都沒有。」黃公子笑嘻嘻地說：「他要是來了，我不就來不成了嗎？」

正說著，祁子俊走了進來。黃公子的臉一下子拉了下來，他故意去拉著潤玉：「妹妹，你就試試，也不枉我跑一趟。」潤玉礙不過情面，只好用指尖挑了一點油彩。雪燕說：「黃公子，你到這邊來。」她把黃公子拉到一個角落裡，悄聲說：「我這兒有一瓶玫瑰露，是到宮裡伺候玩藝兒時皇上賞下來的，我用也是白糟蹋，你給黃大人帶過去。」黃公子輕浮地說：「甭給他了，我用就得了。」雪燕厲聲說：「你敢！」

戲班子裡的人見祁子俊來了，都知趣地走開，各幹各的事，好給潤玉和祁子俊一個單獨說話的機會。潤玉問祁子俊：「事辦成了？」祁子俊說：「別提了，黃大人杜門謝客。」潤玉說：「那也不會所有人都不見啊。」祁子俊說：「我去了好幾次，都給擋在外邊了，是不是成心躲我啊？」潤玉說：「你見了他屁顛屁顛的，他有什麼好躲？要躲也是躲什麼不好惹的大人物。」祁子俊點頭嘆道：「說的是吶。這可讓我難辦嘍，瞎忙活了半天，回頭別鬧個竹籃子打水一場空。」

這裡，黃公子好歹打發走了雪燕，趕忙朝潤玉走過來。潤玉靈機一動，對黃公子說：「世兄，聽說你最近得了兩隻黃雀，祁公子想見識見識。」黃公子樂顛顛地說：「好說，今兒個就帶你去賞鑒賞鑒。我那可不是一般的黃雀，是真正的臨江黃雀，臨江黃雀，天下第一。」祁子俊傻乎乎地問：「我怎麼沒聽說過？」黃公子得意了：「你沒聽說過的多著呢。端硯、徽墨、洛陽花、建州茶都號稱天下第一，這些你聽說過吧？江陰河豚、金山鹹豉、興化子魚，也是天下第一，諒你也不知道。還有一個，京師女子也是天下第一。」潤玉啐道：「說著說著就沒正經了。」黃公子忙說：「我可不是瞎說，這都是在論的。妹妹，要論起京師女子，你當屬第一。」雪燕又趕過來了：「黃公子，你再來一下。」黃公子叫道：「唉呀，怎麼又來了？」雪燕沒好氣地說：「讓你過來就過來，我還能吃了你啊？」她強把黃公子拽到一旁。

祁子俊感激地對潤玉說：「潤玉姑娘，你真是幫了我一個大忙。」潤玉並不領情：「是你自己死乞白賴要見黃大人的，我可沒幫你什麼。」

黃玉昆府上。黃公子引著祁子俊走進院門，讓他站在迴廊下等候：「你在這兒等著，我給你拿去。」黃玉昆正在院子裡打太極拳。他看見祁子俊，臉上微微顯出詫異的表情。祁子俊忙上前請安：「黃大人，聽說您身體欠安，總沒機會來問候。」黃玉昆冷冷地說：「倒也沒什麼大不了的。這幾天手腳老是冰涼，我想來想去，覺得『閑』也不好，那棵樹還是有點兒礙眼。」祁子俊這才注意到，庭院當中的那棵老槐樹最後還是被伐掉了。祁子俊問：「匯兌京餉的事，有眉目了嗎？」黃玉昆說：「有人說了，朝廷的生意，也不能都讓義成信一家包辦了。」祁子俊忙說：「我還不是為朝廷分憂嘛。」黃玉昆說：「恭王爺眼下是皇上跟前的紅人，這事得他點頭才算。」祁子俊說：「該孝敬的，義成信肯定照規矩辦。只是到現在，我也摸不清恭王爺的底細，不敢輕舉妄動。」

黃玉昆說：「不要說你，就連我也摸不清他的底細，這就是他的過人之處，不像瑞王爺，就那麼點嗜好，誰都清楚。此人年紀輕輕，能得到皇上的重用，不單因為是親兄弟的緣故。我看這件事，少不得要繞個彎子。」

祁子俊說：「恐怕又得勞動黃大人了。」黃玉昆搖搖頭：「我是不出面的好。不管恭王爺心裡有多少算計，現在總還得買瑞王爺的帳。」祁子俊面露難色：「一下子說動倆王爺，這可太難了。」

黃玉昆輕輕點撥：「瑞王爺常去春草園看戲，潤玉姑娘在王爺面前說得上話。辦得下來辦不下來，就要看你的造化了。」祁子俊恍然大悟：「多謝黃大人指點。」

黃公子此時下正提著鳥籠子，興致勃勃地從屋裡走出來，看見祁子俊跟黃玉昆告了辭，要往外走，就氣哼哼地追上去，說：「嘿，敢情你不是來看黃雀的啊。」

清早，北京內城城牆下，潤玉獨自一人，正對著城牆根兒吊嗓。她喊了幾聲，又試著唱了幾段。潤玉唱道：「嘆周郎曾顧曲風雅可羨，嘆周郎論用兵孫武……」她發覺不對，又重新唱：「嘆周郎論用兵孫武一般，知我者先生，怕我的是曹瞞，斷腸人吶難開流淚眼，只落得……」

祁子俊已來了多時，他站在潤玉身後，如醉如痴地望著她。潤玉發現了祁子俊：「是你？」

祁子俊掩飾著說：「我出來遛個早兒。」潤玉笑笑說：「你住宣武門，都遛到地安門來了？」祁子俊只好說：「心裡悶得慌，就走得遠了點，可巧看見你在這吊嗓，忍不住看了一會兒。」潤玉說：「你成天錦衣玉食，不是飯局就是茶會，有什麼悶的。」祁子俊嘆氣說：「這些天真是煩透了。黃大人不辦正事，也沒一句實在話，盡跟我打太極拳，一會兒讓我求瑞王爺，一會兒讓我求恭王爺，我要是能跟王爺攀得上交情，還用得著他嗎？」

潤玉瞥了他一眼，心裡一下明白了他的意思，便說：「二月二龍抬頭，兩位王爺都點了我的堂會，恭王府點的是《雁門關》裡的楊延輝，瑞王府點的是《文昭關》裡的伍子胥。」

祁子俊說：「兩個王爺，得罪哪一個都不行，可你也沒有分身術啊。」潤玉淡淡地說：「我都不去。」祁子俊替她著急：「那怎麼能成。」潤玉不緊不慢地說：「二月二是百花生日，我想請兩位王爺來賞花，到時候你也過來。」祁子俊喜出望外，連連點頭：「那是一定。我用車送你回去吧。」潤玉冷冷地說：「不用了，我喜歡自己走走。」祁子俊呆呆地看著她遠去的背影。

潤玉獨自一人沿著狹長的胡同走著，她路過菊兒胡同，盡量把腳步放得慢些。經過她家老宅的時候，禁不住停了下來。只見兩扇大門緊緊地關閉著。潤玉的眼睛溼潤了。

二月二這天，既是龍抬頭的日子，又是百花會。潤玉請兩位王爺一起來賞蘭花。戲臺上下、包廂內外擺滿了不同品種的蘭花，萬紫千紅，爭奇鬥豔。恭親王和瑞親王坐在包廂裡尋常聽戲的位置，相對飲酒。潤玉和祁子俊在一旁小心地伺候著。

瑞王爺咂著酒的滋味：「這酒不同尋常啊。」潤玉回道：「王爺，這是用蘭花釀的酒。」瑞王爺說：「我說呢，回味無窮。」恭親王轉頭對祁子俊：「祁少東家，最近生意怎麼樣啊？」祁子俊忙說：「託王爺的福，還好。」

潤玉乖巧地說：「那邊還有幾盆花，是按照古法培植的，兩位王爺若有雅興，不妨隨小女子去看看。」

瑞王爺興致勃勃地說：「好，就去看看。」潤玉領著兩位王爺來到戲臺前。這裡擺放的數盆蘭花清新淡雅，與園子裡的其他蘭花相比，別具一番情致。恭親王站在花盆前，頻頻點頭。恭親王說：「這是越王蘭。傳說當年越王勾踐臥薪嘗膽，在渚山腳下廣種蘭花，就是這個東西。」

祁子俊忙說：「我就說了吧，史書上光提臥薪嘗膽這一節，種花的事就沒說，您想想，他一個王爺，要是周圍沒點好玩的東西，怎麼過得下去啊。」

這話對瑞親王的胃口。他哈哈大笑：「有理，有理。」

潤玉也禁不住笑了。恭親王卻白了祁子俊一眼，說：「信口開河。瑞王爺，藉著良辰美景，賞心樂事，咱們在這兒來個聯句，您看如何？」瑞王爺微閉著眼睛，說：「好。我年長幾歲，就先起個頭。」他脫口吟道：「莫訝春光不屬儂，一香已足壓千紅。」

恭親王接著吟道：「正是美人無俗韻，清風徐灑碧琅玕。」恭親王吟罷，對祁子俊說：「祁少東家，你接下去吧，接不下去，罰酒三大杯。」恭親王用不屑的目光看著祁子俊，沒想到祁子俊卻不假思索地脫口而出：「蘭花不是花，是我眼中人。難將手中筆，寫出此花神。」恭親王心裡暗暗吃驚，卻說：「明明是七言，偏讓你改了五言，也罷，就算你勉強過關。」

瑞王爺對潤玉說道：「潤玉姑娘，你也聯兩句。」潤玉忙說：「王爺跟前不敢放肆。」恭親王微笑道：「但說無妨。」

潤玉笑笑，落落大方地說：「那我就獻醜了。」她略一思索，吟道：「奼紫嫣紅總是春，百花枝上綴精神。自從折取春蘭後，更不用贈與別人。」瑞王爺讚道：「好，聯得貼切。」潤玉說：「王爺過獎了。」祁子俊機靈地說：「要說詠蘭花，我覺得還是恭王爺的詩寫得最好——婀娜花姿碧葉長，風來難隱古中香。不因紉取堪為佩，縱使無人亦自芳。」恭親王忍不住喜形於色：「哦，想不到你還知道這個。」

祁子俊說：「世人只知道王爺是治世能臣，對於王爺在詩詞歌賦上的功力卻不甚了了，其實王爺的詩文才真正算得上是前無古人，後無來者。我早有意將王爺的詩文刊刻出來，供各方瞻仰，不知王爺意下如何？」恭親王就勢說：「你既有此意，就去辦好了。」祁子俊忙說：「謝王爺恩典。」

瑞親王轉過話頭說：「戶部的黃玉昆病了，多日未曾上朝，倒要派個人去探視探視才好。」恭親王別有深意地說：「我看，不妨讓祁少東家辛苦一趟，說不定黃大人見了祁少東家，病就霍然而愈了。」瑞親王趁機對祁子俊說：「聽見沒有，恭王爺對你信任有加，你可不能有負重託啊。」恭親王點頭嘆道：「瑞王爺，祁少東家的眼光和手段都不得了，天下商人之中，恐怕無人能出其右，區區小事，您就不用多囑咐了。」

瑞親王說：「你說的是，我倒多慮了。」恭親王轉對潤玉：「潤玉姑娘，你可曾養過君子蘭？」潤玉答道：「回王爺，小女子今日是第一次聽說。」

瑞親王也說：「連我也沒聽說過，還有個君子蘭。」恭親王隨口說道：「去年有個德國人送了我一盆，冬天裡挺好，不知怎麼的，到了夏天就死了。」

祁子俊回到義成信北京分號，趕緊找來袁天寶：「你帶上銀子，把全城的君子蘭都給我買下來。」

袁天寶滿臉疑惑：「這君子蘭是個什麼花？」祁子俊說：「我也沒見過。你去打聽吧，特別是多跟洋人打聽，不管多少錢一盆，都要。」

恭親王本人喜愛的私家別業叫鑒園。與敕建的恭王府相比，鑒園顯得更為親切，更像平常百姓中的富裕人家。庭院共有三進，每後一進比前一進地基顯得高些。

這天，祁子俊帶著他滿城搜羅到的君子蘭來到恭親王的鑒園。王府的僕役們張羅著從車上卸下一盆盆君子蘭，在院子各處擺放著。祁子俊破例穿上了官服。他有些不習慣，整理了好一會兒，最後把袖子放下來，又整了整帽子，才由差官帶著，穿過碧紗櫥，走進恭親王的居處。

從恭親王居處的窗戶望出去是後海，再往遠處是西山。牆上鑲著一面與牆同樣大小的鏡子，躺在床上，就可以從鏡子裡飽覽湖光山色。恭親王正歪在檀木大床上看書。

祁子俊施禮道：「叩見王爺。」恭親王坐起來，放下手裡的書。這是一本《明夷待訪錄》。

祁子俊留心著恭親王的每一個動作。恭親王淡淡地說：「戶部的奏折，我已經向皇上『報可』了。」

祁子俊忙說：「多謝王爺。」恭親王又說：「匯兌京餉的事，是你的主意吧？」祁子俊說：「是我按著瑞王爺和黃大人的意思謀劃的。」

恭親王鼻子裡「哼」了一聲，說道：「瑞王爺、黃大人，黃大人、瑞王爺，對自己的事向來比對朝廷的事上心。」恭親王用犀利的目光掃了祁子俊一眼，祁子俊不由得哆嗦了一下，不敢出聲。

恭親王說：「水至清則無魚。依照目前的局面，看來也只有用這個辦法了。義成信每年多了上千萬兩銀子的流水，實力足以稱雄江南，普天之下的商人，再不會有人敢小看義成信了。」祁子俊說：「離開王爺的教導，我也只能是一事無成。」

恭親王點點頭：「其實，戶部未嘗不可自己來辦，可是，誰讓朝廷裡沒有你這樣的人材呢？」祁子俊不敢輕易張口，生怕哪句話說錯了。

恭親王嘆道：「曹孟德說，生子當如孫仲謀，我說是，生子當如祁子俊。」祁子俊大功告成，喜不自禁地往外走，經過鑒園抄手遊廊的時候，忽然聽見有人低聲叫他「少東家」。祁子俊循聲望去，見廊簷下站著一個小伙子，生得眉清目秀，他一眼就認了出來，那是三寶。

祁子俊吃驚地說：「三寶！你怎麼在這兒？」三寶忙上前來，小聲說道：「自打您出事以後，我就四處奔波，去年又回到京城來了，託了不少人，總算在王府謀了個差事。唉，官差不自由啊，哪像當年跟您的時候……」

祁子俊打斷他的話問道：「王爺知道你跟過我嗎？」三寶搖搖頭：「王府那麼大，王爺連我是誰都不知道。我現在專門跟著九格格。」祁子俊問：「哪個九格格？」

三寶說：「就是當年跟您爭玉碗的那個小丫頭。」祁子俊心中一動：「哦。」三寶說：「九格格還是喜歡到處亂跑，可苦了我們這些下人了，整日裡沒個閒。她還經常往宮裡去，聽說當今的貴妃娘娘特別喜歡她。」祁子俊囑咐三寶：「過後我再來看你，別跟人提見過我的事。」三寶忙說：「您不吩咐我也知道。」

第十八章

這一天，祁子俊又到春草園看望潤玉。剛回到義成信北京分號，一走下馬車，眼前的景象就讓他大吃一驚。票號門前不知什麼時候排起了長龍。群情洶湧，人聲鼎沸。大家拚命往前擠著，有人高聲叫喊著：「快給我們兌銀子！」「兌不出來我們就去告官！」「義成信到底有沒有信用？」

祁子俊趕忙走到掌櫃房。袁天寶正心急火燎地來回踱步。祁子俊問：「怎麼回事？」袁天寶著急地說：「少東家，您回來得太好了。上午有人來提走八萬兩現銀，剛吃過午飯又有人提走了五萬兩。我覺著不對勁，明顯是有人成心擠兌。」

祁子俊沉吟道：「咱們沒得罪過什麼人啊。派人去查查，看看是誰在搗鬼。」袁天寶說：「我讓人查過了，提出去的錢都流進了一家叫『利永昌』的錢莊，新開張的，沒人知道底細。保不齊有同行看著咱們生意興旺眼紅，想聯合起來擠垮咱們。」

祁子俊神情凝重：「看樣子來頭不小。庫裡還有多少現銀？」

袁天寶說：「滿打滿算，不超過五萬兩。」祁子俊說：「告訴夥計們，把速度放慢，一天之內，提取的現銀不能超過五萬兩，另外，趕快到跟咱們生意有關係的票號拆借一些，不管利錢，借的越多越好。」

袁天寶點點頭：「我這就讓人去辦。」祁子俊說：「你先出去吧，我想想該怎麼應付。」

好不容易挨到傍晚，門口還擠著很多人。阿城慌慌張張地上著門板，一邊說：「時辰已到，明天再兌。」

人們漸漸安靜下來，有人離開了。但幾個儲戶議論紛紛。一個年老的儲戶憂心忡忡地說：「明天能不能兌出銀子來，難說啊。」

這是一個飽經風霜、衣著寒酸的老人，看上去一副知書識禮的樣子。這時，又有一個年輕儲戶擠過來插話，他一身富貴氣，看上去像個暴發戶。年輕儲戶說：「聽說義成信快要倒閉了。」

一個手藝人模樣的儲戶忙問：「你聽誰說的？」年輕儲戶肯定地說：「千真萬確，票號裡銀子都快光了。」年老儲戶嘆口氣說：「唉，咱們這些小門小戶的，指望著這點錢養老，萬一票號真倒閉了，可怎麼活啊。」手藝人模樣的儲戶趕忙說：「今兒個我就不走了，在這兒等到明天開門。」年老儲戶也說：「對，我也不走了。」他們在地上坐了下來，這時，一些原先離開的儲戶也紛紛回來了。

義成信北京分號掌櫃房裡，祁子俊剛寫好兩封信。他粘好信封，從桌子前站起來。袁天寶愁眉苦臉地站在祁子俊面前，說：「費了九牛二虎之力，只拆借了不到十萬兩，晚飯過後陸續能送過來。」

祁子俊靈機一動，說：「袁叔，找幾個可靠的人，到郊外運上十幾車石頭，裝成是押送銀子，明天早上開門以後過來，一定要仔細，千萬不能露出馬腳。」袁天寶恍然大悟，忙說：「我親自去。」

祁子俊又拿出兩封信交給袁天寶：「這兩封信，務必在晚飯前送出去，一封送到恭王府，交給一個叫三寶的下人；另一封送到黃大人府上，少不得要請黃大人出馬了。」

袁天寶問：「黃大人會幫這個忙嗎？」祁子俊胸有成竹地說：「肯定會。義成信要是垮了，那一百八十萬兩的銀票，他找誰兌去？」袁天寶閉著眼睛喃喃自語：「老天爺保佑義成信吧。」祁子俊說：「我在票號等著，看看到底是誰，能掀起這麼大的風浪。」

第二天清晨，天漸漸地亮了。義成信北京分號門口，小儲戶們東倒西歪地睡在票號門前，有的靠在一起，有的縮成一團。祁子俊在門外逡巡著，冷眼看著這一切。還沒等票號夥計摘下門板，儲戶們「呼啦」一聲就圍了上去，爭著往裡面擠。幾個夥計在維持秩序。

阿城喊道：「排好隊，一個一個地進去。」那個年老的儲戶也費力地擠過人群，走進票號。

祁子俊親自站在櫃檯前，身邊只站著阿城。祁子俊對老人家和藹地問：「老人家，是家裡有急用嗎？」年老儲戶說：「家裡是有點用處。」祁子俊說：「您要是有急用，票號還可以再貸給您點兒。老主顧了，利不利的都無所謂。」

阿城對年老儲戶介紹說：「這是我們少東家，親自來伺候您了。」年老儲戶看了祁子俊一眼，似乎受了感動，就說：「也不怎麼急，只是聽說義成信快垮了，大家都急著把錢提出去，我就跟著來了。」

祁子俊笑笑說：「這個您就多慮了。您看看這個。」祁子俊拿出那個裝著龍票的盒子，小心地取出龍票。年老儲戶一見龍票，頓時兩眼變得熠熠生輝。年老儲戶驚嘆道：「龍票！」祁子俊笑了笑：「您真識貨。」

年老儲戶很激動：「一百萬吶。我小時候聽老家兒說過這東西，可還是頭一回見，你真讓我開眼了。」祁子俊望著老人家說：「您還怕義成信兌不出銀子來嗎？」年老儲戶忙說：「不怕，不怕，看見這個，我心裡就有底了。」

祁子俊裝模作樣地說：「哦，光顧說話，差點忘了，得給您兌銀子。」年老儲戶搖著手說：「不兌了，我就把錢存在這兒！」祁子俊感激地說：「有您這樣的老主顧，義成信就垮不了。」

年老儲戶轉身走到門口，激動地對著大家叫喊：「龍票！義成信有龍票！朝廷的錢都存在義成信！」大家紛紛圍住他，想問清楚是怎麼回事。

這時，義成信票號裡面，一個年輕儲戶橫眉立目地站在櫃檯前，把銀票往桌子上一拍，大聲說道：「兌銀子。」祁子俊看了一眼銀票，從從容容地說：「八萬兩。您這是大戶，請到後邊坐一坐，喝口茶。」

年輕儲戶蠻橫地說：「廢話少說，趕快給我兌，把銀子交割清楚，給我送家去，老子還有要緊事呢。」祁子俊也來了氣，強忍著不發作出來，他轉頭對阿城說：「給他兌。」

這裡正鬧得不可開交，袁天寶率領著十幾輛大車來到票號門前，車裡的東西顯得沉甸甸的。剛兌完銀子的年輕儲戶正好從裡面走出來。恰好這時，最前面的一輛大車上蓋的氈子被風吹起了一角，露出了裡面滿滿一車元寶。年輕儲戶狐疑地盯著大車，走過最後一輛車的時候，裝做不小心絆了一下的樣子，手扶在車上，順勢掀開了蓋在車上的氈子。裡面還是白花花的元寶。

儲戶們立刻傳開了：「義成信運銀子來了！」「十幾車元寶！」「我說義成信有的是錢吧，著什麼急呢！」有的儲戶離開了，門口的人漸漸少了。

祁子俊剛剛送走了一個顧客，抬起頭時，看見眼前站著兩個人，其中一個是不久前離開的年輕儲戶，樣子明顯是個跟班，面對祁子俊的是一個風流儒雅的年輕公子，手裡拿著一把古色古香的扇子。祁子俊悄悄對阿城說：「正主兒來了。」

阿城轉身向後邊走去。年輕儲戶對著阿城喊道：「別走啊。」阿城笑笑說：「我去解個手，馬上就回來。」年輕儲戶哼了一聲：「也不怕你跑了。」

年輕公子冷冷地打量著祁子俊，輕輕搖著扇子，扇面上是一幅意境悠遠的山水畫。這是鄭親王的二貝勒。二貝勒傲慢地問：「你是祁子俊？」

祁子俊不卑不亢地迎著他的目光：「在下正是。」二貝勒點點頭說：「很好。你知道京城有個『利永昌』嗎？」祁子俊說：「沒打過交道。」二貝勒說：「不忙，都是一家人，以後打交道的時候多著呢。」祁子俊問：「這話怎麼講？」二貝勒睨著眼睛說：「義成信就要變成『利永昌』的分號了。」

祁子俊哈哈大笑：「我沒聽錯吧？」

二貝勒搖著扇子說：「錯不了。」祁子俊反問：「憑什麼？」二貝勒說：「就憑這個。」他慢慢在櫃檯上攤開一張銀票：二百萬兩。他得意地望著祁子俊說：「請吧。兌不出銀子來，義成信就得改個招牌。」年輕儲戶也在一旁幫腔：「我勸你還是放聰明點，跟著我們東家幹，也落個大樹底下好乘涼。」

祁子俊不急不躁，反而笑笑說：「只怕沒那麼容易。」祁子俊的鎮定自若讓二貝勒感到有些心虛。他正拿不定主意採取什麼辦法對付祁子俊，忽然看見黃玉昆從裡面走出來。黃玉昆朝二貝勒拱拱手，說：「二貝勒好。」

二貝勒暗暗有些吃驚：「黃大人好。哪陣風把您給吹來了？」黃玉昆說：「皇上明令褒獎一批商戶，義成信協辦旗餉，替朝廷分憂，自當列在首位。」說著，他展開了一張戶部的公文。

二貝勒刁難說：「既然義成信受了戶部的褒獎，那兌銀票的事，就更應該照規矩辦了。」黃玉昆慢悠悠地說：「戶部只不過是例行公事，其實是王爺的意思。」

二貝勒說：「我聽說，這一陣子瑞王爺不大管事了，可有這麼回事？」黃玉昆說：「您搞錯了，是恭王爺。」二貝勒頓時緊張起來，但仍然不甘心認輸，他將信將疑地問：「祁少東家什麼時候跟恭王爺攀上交情了？」黃玉昆說：「祁少東家跟恭王爺是莫逆之交，您看，這不王爺又來請祁少東家過府議事了？」

果然幾個穿著恭王府號衣的家丁不知什麼時候已經站在屋子裡，為首的正是三寶。三寶用抱怨的語氣對祁子俊說：「祁少東家，您到底什麼時候動身，讓王爺這麼乾等著，我們回去可怎麼交差啊。」

祁子俊忙說：「我這就去。」又朝大家拱拱手：「黃大人，還有這位爺，少陪了。」恭王府家丁們簇擁著祁子俊走向後堂。黃玉昆也趁機說：「二貝勒，卑職也告辭了。」二貝勒掂量再三，只好揣起銀票，帶著年輕儲戶悻悻地走出門。

年輕儲戶還不甘心：「二貝勒，您看清楚了，真是恭王爺的人？」二貝勒沮喪地說：「沒錯，真是恭王爺的人。想不到，這祁子俊還真是個人物。可惜咱們謀劃了這麼長時間，竟然落了個功敗垂成。」

時近中午。義成信北京分號後院，祁子俊和袁天寶正拱手跟恭王府的家丁們道別。祁子俊連連拱手：「有勞了，改天我做東，請各位吃飯。」他從袁天寶手裡接過一包銀子，交給三寶，說：「這一點點銀子，算不上謝，就是給各位當個茶錢。」

三寶說：「您這是幹什麼……行行，那我們就不客氣了。」三寶帶著家丁們走了。三寶他們剛走，黃玉昆背著手，不緊不慢地走到後院。

祁子俊忙上前致謝：「黃大人，今天這事多虧了您……」

黃玉昆搖搖手說：「大家彼此照應嘛。子俊，你真是智勇雙全，讓老夫都不得不佩服三分，連恭王府的人都能調度。」黃玉昆的話裡還有幾分酸溜溜的味兒。

祁子俊忙解釋說：「不過是平日裡幾個吃吃喝喝的朋友，有事一叫就來。」黃玉昆說：「這事無論如何不能傳到恭王爺耳朵裡。告辭了。」祁子俊說：「我送送您。」黃玉昆說：「不要送，也盡量不要讓人知道我到這兒來過。」

祁子俊思忖著說：「就怕二貝勒亂說。」黃玉昆搖搖頭說：「他吃了個啞巴虧，不會說出去的。」

黃玉昆走了。祁子俊看著袁天寶，感慨萬千。祁子俊說：「看來這龍票真能逢凶化吉，遇難呈祥啊，以後出門的時候也得帶著它。」

突然阿城喊了一句：「祁少東家，恭王爺有請。」說著，一個王府的差官出現在祁子俊面前。祁子俊一下愣了，嚇得目瞪口呆。

祁子俊忐忑不安，換上官服來到南海子麋鹿苑。只見幾個家丁牽著馬匹在草地上等候著。恭親王一身打獵時穿的勁裝，看著身穿官服，惶恐不安地朝他走來的祁子俊，不禁哈哈大笑。恭親王說：「沒想到吧？沒什麼正事，今天天氣不錯，請你出來散散心。你給我送了那麼多君子蘭，還沒謝過你呢。」

祁子俊稍稍放下心來，說：「一點小意思，不足掛齒。」恭親王說：「快去把你這身打扮換下來吧，等會兒打獵的時候，行動起來多有不便。」說罷一個差官捧著一身打獵的服裝站在祁子俊面前。祁子俊在樹林子深處換好打獵的服裝，笨拙地騎上馬，朝恭親王走去。恭親王已經騎在馬上了，姿態英武瀟灑。

恭親王取笑說：「祁少東家，你這騎馬的本領可差了點。」祁子俊不由得不佩服：「王爺騎馬倒是一等一的高手。」

恭親王得意地說：「我大清先祖得天下於馬上，子孫後代最要緊的一件事，就是不能忘本。打天下容易，坐天下難。你看看隋、唐、宋、元、明這幾代，亡國之君哪個不是驕奢淫逸，貪圖享受，說穿了就是倆字兒：忘本！」祁子俊連連點頭：「王爺教訓得極是。」

恭親王說到興頭上，意猶未盡，喊道：「來人吶。」差官忙應：「奴才在。」

恭親王說：「你把『戒忘本』這仨(注)字兒刻在一個元寶上，給祁少東家帶回去，讓他的子孫後代牢牢記住。」祁子俊慌忙下馬，跪倒在地上：「謝王爺恩典。」

恭親王一揚手說：「起來吧。」說著將一枝來福槍扔給祁子俊。恭親王說：「今天咱們玩個洋的。」說完，恭親王雙腿一夾馬腹，馬飛跑起來。恭親王縱馬馳騁，祁子俊策馬跟在後邊。一頭麋鹿進入了他們的視野。恭親王和祁子俊舉槍瞄準。恭親王對祁子俊說：「祁少東家，開槍呀！」

祁子俊開了一槍，沒有打中。恭親王氣定神閒地扣動扳機。麋鹿應聲倒在地上，鮮血汩汩流出，仍在掙扎著。恭親王和祁子俊勒馬停在麋鹿面前。祁子俊讚道：「王爺真是好槍法。」片刻後稍作休息。恭親王把馬交給隨從。祁子俊跟在恭親王身後，朝休息用的房子走去。恭親王走上臺階的時候，忽然朝祁子俊扭過頭來，似乎漫不經心說：「祁少東家，我有個事跟你商量商量。」祁子俊忙說：「王爺儘管吩咐。」

恭親王說：「外有洋夷蠶食，內有長毛作亂，國無寧日啊。我想仿照明朝的舊制，挑選八旗裡的精銳，建立一個神機營，來守衛紫禁城，只是正在籌備當中，預算裡沒有這筆開銷，國庫裡一下子拿不出這麼多銀子來。」祁子俊爽快地說：「王爺說個數目。」

恭親王說：「也用不了很多，先期有個三五十萬兩的，就能應付了。」

祁子俊有苦難言，但也只好打腫臉充胖子，立刻說道：「沒的說，國家有事，自當盡一分力量。」祁子俊一回到北京義成信票號分號，就囑咐袁天寶準備三十萬兩的銀票，給恭親王送去。

祁子俊還有一個心事。他掛牽著潤玉為盤戲園子忍痛賣掉的老宅。一天，他來到菊兒胡同，正準備向一位坐在家門前晒太陽的老者打聽路，卻意外地發現，老人正是前幾天來過票號的年老儲戶。祁子俊說：「是您吶，老人家。」

老人也認出了祁子俊，忙應道：「少東家，真是巧哇！您這是去哪兒？」祁子俊問：「您在這兒住有年頭兒了吧？」

老人說：「敢情！打我爺爺那會兒就住這兒，我起小兒是在這兒長大的。」祁子俊又問：「您認識一位潤玉姑娘嗎？」老人說：「潤玉？您說的是從前戶部范大人的女兒？」

祁子俊大吃一驚，恍然大悟：「潤玉是范大人的女兒？怪不得……」老人說：「世事無常啊。我打小看著她長大，家裡愛得跟掌上明珠似的，現在可倒好，唱上戲了。這范大人，不知是犯的什麼事，死得不明不白的。」祁子俊半晌說不出話來。老人好奇地問：「您認識范大人的姑娘？」

祁子俊喃喃地說：「啊，我聽過她唱戲。哪處是范大人家的宅子？」老人指指說：「旁邊那個門兒就是，現在已經不姓范嘍。」祁子俊說：「您知道主人是誰嗎？」老人說：「沒見過，房子一直空著。我替您打聽打聽。」

祁子俊連連道謝：「謝謝您勒。」祁子俊百感交集地站在緊閉著的大門前。這時老人正拉住一個經過的鄰居，問道：「你知道范大人的姑娘把宅子賣給誰了嗎？」鄰居說：「知道，太知道了。」祁子俊終於把想問的都問清楚了。

春草園戲園裡，下午，正在演戲。潤玉正在舞臺上演出，還是那齣《臥龍弔孝》。潤玉韻味十足地唱著：「嘆周郎曾顧曲風雅可羨，嘆周郎論用兵孫武一般……」

戲園子後臺，祁子俊等待著潤玉，臉上顯出若有所思的神情。潤玉走回後臺，看見祁子俊，

注　北方方言。此指三個，其後不必接量詞。

臉上卻是一副淡淡的神情。她不冷不熱地問道：「你來了？」祁子俊說：「我是專門來謝你的。」

潤玉說：「沒什麼可謝的。要謝，也用不著謝我，什麼恭王爺啊，瑞王爺啊，黃大人啊，還不夠你謝的？」祁子俊發自肺腑地說：「潤玉姑娘，我祁子俊是個知道好歹的人，那班大人物只不過是想從我這兒撈到好處，只有你幫我，不是為了得到好處。」潤玉笑笑：「那就更用不著謝了。」

祁子俊掏出一把鑰匙，放在潤玉手裡，一字一頓地說：「我把菊兒胡同的房子給你買回來了，算是我的一點心意。」潤玉看著那把鑰匙，心裡一陣激動，但她還是把鑰匙還給了祁子俊：「祁公子，這分謝禮太重了，我擔當不起。」祁子俊著急地說：「潤玉姑娘，從前的事……」潤玉打斷他的話：「從前根本沒有什麼事。」祁子俊忙說：「我說的是上輩的事……」

潤玉冷冷地說：「上輩的事，用不著跟我說了。行了，我該上臺了。」祁子俊只好說：「我過些天再來看你。」

潤玉淡淡地：「你想辦的事都辦成了，還是不用來了吧。」她換了《武家坡》的行頭，重新回到舞臺上。

祁子俊一個人呆在後臺，陡然感到一陣涼意。他看見桌上放著一顆戲珠，上面刻著潤玉兩個字，就悄悄藏在身上，想了一下，還是把老宅鑰匙掛在潤玉平時化妝對著的牆上，然後轉身快快離開。那把鑰匙孤零零地掛在牆上。

祁子俊回到祁縣縣城，已是天色向晚。他的騾車通過城門洞，又經過顯得有些破舊的縣衙。透過縣衙敞開的大門，可以看見裡面牌匾上「親民堂」三個楷書金漆大字。車上，黑娃問祁子俊：「少東家，先回家還是先回票號？」

祁子俊想了一下說：「去蘇先生家。」祁子俊輕車熟路地走進蘇文瑞家，蘇文瑞和寶珠連忙給他讓座、倒茶，黑娃抱著兩大罈汾酒，在後面跟了進來。寶珠問：「您這是幹什麼？」

祁子俊說：「寶珠，今兒晚上你去跟素梅就伴兒，讓蘇先生陪我聊聊，行嗎？」寶珠笑著說：「那有什麼不行的？以後我改住您家，您住這兒得了。」祁子俊也笑著說：「我巴不得呢。」

寶珠恨道：「你們這些男人啊，個個都沒良心。」蘇文瑞說：「別口沒遮攔了，快去吧。」寶珠跟在黑娃後面走了。祁子俊說：「蘇先生，今天咱們是一醉方休。」

夜裡，一罈汾酒已經喝光了。祁子俊把空酒罈放到腳下，又把另一罈酒端到桌上。蘇文瑞攔著祁子俊，不讓他給自己倒酒：「子俊，我有些不行了。」祁子俊推開蘇文瑞的手。他也明顯帶了幾分醉意。祁子俊說：「喝，一定得喝，喝完了，咱們出去鬧一場。『手持一枝菊，調笑兩千石。』沒錯吧？我老丈人最愛念叨這兩句。」

蘇文瑞說：「錯是沒錯，可那是李白，咱們這些俗人做不到。」祁子俊說：「喝酒總能做到吧？」蘇文瑞說：「喝酒就更比不上古人了。」

祁子俊說：「蘇先生，您倒是說說，這王爺和老百姓究竟有什麼不一樣？」蘇文瑞說：「吃喝拉撒睡，自然都是一樣的。只有一宗，老百姓做事有對的時候，有錯的時候，王爺永遠都是對的。」

祁子俊一拍桌子：「說得太好了。」他又喝乾了一杯酒，說：「一百八十萬兩，白花花的銀子，一陣風兒似的，沒了，全流進王爺腰包裡了。咱們一年到頭吃苦受累，逢人打躬作揖，可人家呢，只要打開錢匣子等著就行了。咱們這是為誰辛苦為誰忙啊？」

蘇文瑞勸道：「一定要心平氣和。盜賊分贓，官吏分肥，自古就是如此。就拿楊松林來說，官不算小吧，一年的俸祿不過千把兩銀子，不說全家的花費、排場，就連給上峰送禮都不夠。他能不貪嗎？要不，『陞官發財』這倆字兒怎麼總連在一起呢，當官是為了發財，發了財就想當更大的官。」

祁子俊問：「您說，這些當官的就都不怕王法？」蘇文瑞說：「王法對的是平民百姓。還有一節，咱們大清的王法就像塊包袱皮兒，不想用的時候，揣在懷裡藏著，天大的事，就當沒發生一樣；想用的時候拿出來，迎風一晃，任你什麼事，都能裝進去。」祁子俊嘆了口氣：「夏天有『冰敬』，冬天有『炭敬』，逢年過節送禮，大人、孩子過生日送禮，婚喪嫁娶送禮，分內應得的好處，一文不少他們的。可這些當官的，實在是太貪了，該得的要抓在手裡，不該得的也惦記著。」蘇文瑞嘆道：「其實，皇上不怕當官的貪，反倒惟恐當官的不貪。就是這點能貪的好處，才讓官員們挖空心思，一層層地往上爬，他們對皇上也就更加忠心。說句不怕殺頭的話，官員貪，皇上也貪，滿朝文武想的是同一件事。就是這個『錢』字兒，把他們串到一起了，所以，能貪之於為官，是題中應有之義。」祁子俊說：「您說得對，這當官的，沒一個不貪，只不過各有各的貪法。平日裡我沒少報效國家，可到頭來，還時不時地勒索你一通。瑞王爺吧，銀子揣兜裡了，跟拿自己家裡的一樣，這也就罷了，你恭王爺要辦什麼神機營，這是朝廷的事，憑什麼讓我出錢啊？」蘇文瑞問：「你答應了？」

祁子俊長嘆一口氣：「出唄，不出可怎麼行啊？」蘇文瑞開導說：「子俊，你雖然跟官員們打過些交道，可還沒真正學會怎麼跟他們打交道。」

祁子俊搖搖頭說：「眼下我最為難的就是這個了。」

蘇文瑞說：「跟他們在一起的時候，你總是膽戰心驚的，生怕哪點做錯了得罪他們。可是我跟你講，這些當官的，也都賤著呢，你越哈著他，他越把你看得半文不值。索性你挺直腰桿，放大膽子，就當是在做生意，公平交易，誰也不欠誰的，誰也不比誰矮一截。要說誰矮一截，也是他們。你得學會玩他們，讓他們巴結你，想從你這兒分一杯羹。」祁子俊心裡一亮：「聽您這麼一說，我算是透澈了。」

蘇文瑞問：「大澈大悟了？」祁子俊說道：「談不上什麼大澈大悟，我只不過明白了一件事，當官和當婊子其實是一回事，跟官場上的人打交道，跟逛窯子沒什麼兩樣。」

蘇文瑞大笑起來，指著祁子俊，半天沒透過氣來，好容易才說道：「自古以來，書裡、戲文裡，講的都是忠、孝、節、義這幾個字。忠、孝、節、義好不好？好，可得是對誰。對親戚朋友、街坊鄰里、士農工商、盜賊乞丐，都能講忠、孝、節、義，可惟獨在官場上不能講。要是在官場上講了忠、孝、節、義，小則四處碰壁，大則身敗名裂。」祁子俊煩悶頓消，情緒高漲起來：「來來，喝酒，喝酒。」

當晚寶珠果然來到關素梅家，和關素梅一起做著針線活兒，兩個女人並肩坐在炕上，聊得正起勁。關素梅把一些花樣子拿給寶珠看。

關素梅說：「這是牡丹，這是月季，這是芍藥，都挺好看的。」寶珠說：「我看還是您那個梅花最好，回頭也給我個樣子。」

關素梅說：「我是繡熟了的，你剛開始要是繡這個，肯定不成樣子。」

寶珠說：「我逗您呢。您當我不知道您的心思，是讓少東家走到哪兒都惦記著您。」關素梅被她說得有些不好意思，辯解道：「我是想起什麼繡什麼，哪有那麼多講究？」

寶珠說：「這些老爺們兒，沒一個不讓人生氣的，可話又說回來了，身邊要是沒這麼個人，您想生氣都不知道跟誰生去。少奶奶，我看少東家對您還是挺好的，衣裳、首飾的，沒少給您添。」關素梅說：「好多衣服都穿不上，你要是喜歡就拿去。」

寶珠說：「少東家大方，不像我們那口子，就知道死守著錢。您可得把他拴緊點兒。」關素梅連忙岔開話頭：「我看你這些天胖了不少。」

寶珠說：「是胖了，特別能吃。我身上的有倆月都沒來了。」關素梅關切地問：「怕是懷上了吧？」寶珠喜滋滋地說：「誰知道呢。」關素梅說：「我看像。過些天讓老太太給你瞧瞧，看看是閨女還是小子，老太太看得可準呢。」

深夜，寶珠已經睡著了，輕聲打著鼾，關素梅躺在炕上，翻來覆去地睡不著。最後，她只好穿鞋下地，披上一件衣服。關素梅輕手輕腳地打開門。門發出「吱呀」一聲響，關素梅看了寶珠一眼。寶珠仍在睡著。

空蕩蕩的院子裡，黑魆魆的，死一般的寂靜。關素梅站在院子中央，深深地吸了一口氣。她穿過一個院子，又穿過一個院子，步子邁得輕飄飄的，像是在夢遊之中。她看見了祁子俊的騾車。

那匹騾子還拴在車上，像是剛剛被她驚醒了。她輕輕地撫摸著騾子的鬃毛，把臉貼在騾子頭上，悄聲說：「你跟過祁家兩輩子人，風裡雨裡的，家裡的事比誰經過的都多。往後，你好好地伺候子俊，別總在外邊，多帶他回家來。」騾子似懂非懂地看著她。

關素梅說：「我跟你說的都記住了嗎？我知道你通人性。」她心裡備感淒涼。

祁縣縣城裡，關家驥正沿著街道匆匆走著，經過從前的外宅時，他趕緊低下頭，加快了腳步。他差點撞到一個人身上，抬頭一看，正是從前的姘婦擋在路上，他只好賠出笑臉。

姘婦說：「怎麼著，打我這兒過都不敢進來了？」關家驥說：「我有要緊事。」姘婦兩手把腰一叉：「虧你還是個老爺們兒，這麼大的人了，拿你爹的話當聖旨，自己就沒個主意，可惜我白跟你好了一場。」

關家驥禁不住她一激，立刻抖擻起精神，神氣地說：「誰沒主意？」關家驥和姘婦一起走進屋裡。關家驥急不可耐地去脫姘婦的衣服。姘婦作出許多宛轉嬌啼的聲音，撩得關家驥更是心旌搖盪。姘婦的衣服一件件落到地上。第二天，天已大亮，倆人還沒有起床。此時，一縷陽光從窗戶縫透進來。風吹打著窗戶格子，發出「劈劈啪啪」的聲音。

關家驥醒了，飛快地穿好衣服，把一塊約莫四五兩的銀子放在炕頭，說：「這點銀子你先用著，過幾天得了空我再來。」姘婦裹著被子，坐在炕上瞪著他：「你急什麼？」

關家驥說：「我真是有事，知縣大老爺昨天就要見我。」

關家驥來到祁縣縣衙後宅。知縣吳國棟朝走進屋裡的關家驥拱拱手。關家驥一副受寵若驚的樣子。

吳國棟說：「失迎失迎。關少東家，最近一向可好？」關家驥忙回禮：「有勞大老爺動問，還說得過去。」

吳國棟把關家驥讓到賓客的位置，關家驥斜籤著坐下。吳國棟說：「有這麼個事。我盤算著，縣衙年久失修，已經破敗不堪，將來萬一有哪個大人物路過這裡，看上去不像個樣子，所以，我打算把門臉好好修一修，順便拓寬門前的道路，把衙門後面的監獄遷得遠遠的。整個一條街，都蓋上店鋪，讓所有商家搬到那兒去做生意。這樣，既有利可圖，面子上又風光。」關家驥問：「可縣衙後面還有不少民宅吧？」

吳國棟說：「讓他們統統搬走，那還不是本縣一句話的事？工程所需的款項，我打算找上面要一部分，再讓商家出一部分，只是前期動工之出，需要一筆款子來啟動，找你來，就是籌劃這個事。」關家驥獻計道：「這錢要是讓祁子俊出，還不是九牛一毛的事？」

吳國棟說：「祁子俊是祁子俊，有了好事，我哪回不是先緊著你？你算算，前期墊付六十萬兩，用不了一年，本、利就都能回來，少說得看一半的利。到時候，咱倆平分。」關家驥想想說：「知府楊大老爺那裡，也得有一分孝敬吧。」

吳國棟說：「給他個千兒八百的就行了，不然的話，他還以為咱們從中得了多少好處呢。」關家驥問：「這中間會不會有什麼麻煩？」吳國棟佛然作色：「你信不過我？」關家驥忙說：「信得過，信得過。」吳國棟說：「既然信得過本縣，就趕快去籌辦吧。」

關家驥回到關近儒家，和父親一起吃晚飯。桌子上的飯菜十分簡單，只有一葷、一素、一湯。關近儒細嚼慢咽地吃著，關家驥吃得味同嚼蠟，但也只好硬著頭皮吃下去。

關近儒說：「家驥，咱們在雲南的藥廠已經準備就緒，就等著擇吉開張了，可那邊還缺個主事的人。我想讓你過去，歷練歷練，將來也好當家做主。」關家驥說：「雲南那邊的事，在當地找個人得了。眼下，我手裡有一宗大買賣，脫不開身。縣太爺想修門臉兒，在這麼多商家當中，惟獨相中咱家了。要是把這宗買賣接下來，三年之內，您就不用幹別的了。」關近儒不以為然：「我沒那麼大的奢望，也不想把自家的生意跟官府攪在一起。」

關家驥著急地說：「您就信我一回，成不成？」關近儒說：「這不是信不信你的事。當年你曾祖棄官從商，就是因為看透了官場的腐敗，生意上從不跟官府往來。你祖父雖曾中過舉人，但既不做官，也不巴結官府，講求的是以義制利，內儒外商。咱們關家的前輩，是把經商視作修身、齊家、治國、平天下的另外一條道路。這一點，你務必牢牢記住。」

關家驥嘴巴一撇：「那套玩意不過是說給外人聽的，真靠它去做生意，還不賠死？您看看我姐夫，不費什麼勁兒，每年就進個百八十萬的，人家那才真叫做生意。」關近儒搖搖頭說：「子俊的事，我早就說過他，雖然外面看著風光，內裡的隱憂卻不小。」關家驥說：「什麼隱啊憂啊的，姐夫就是有氣魄，有膽量，哪有您這樣的，好端端的買賣送上門來，別人求之不得，您還往外推。」關近儒說：「別說那麼多了。許多事情，你得親身吃點苦頭才會明白。你回去收拾收拾東西，明天就動身。」關家驥推脫說：「雲南……我有點水土不服。」

關近儒直視著關家驥：「你乾脆就不想去，對不對？」關家驥狡辯說：「我不是不想去，明明能守著家門口掙大錢，幹嗎非得跑那麼老遠？」關近儒生氣地說：「你要不去也可以，從明天起就不用回家了，什麼時候想通了，再回來。」

祁家大院飯廳，傍晚，一家人正圍在桌前吃飯。關素梅抱著兩歲多的世祺，餵他吃飯。世禎一邊吃飯，一邊津津有味地看著一本《西遊記》。

祁子俊問：「老太太怎麼了，說是身子不太爽快？」關素梅說：「沒什麼，就是不想吃東西。」世祺說：「我也不想吃。」關素梅問：「那你想吃什麼？」世祺歪著腦袋想了一下，說不上來。世禎闔上書，逗弟弟說：「你乾脆吃唐僧肉得啦。」世祺信以為真：「我要吃唐僧肉！」祁子俊哈哈大笑，說道：「兒子，唐僧肉都是妖精才吃的，你吃了不也成妖精了？」世祺任性地說：「我就要吃唐僧肉！」祁子俊哄著世祺：「唐僧肉在鍋裡蒸著，還沒熟，不能著急。你看看，爹這兒有個好玩藝兒。」他從懷裡掏出一個元寶。兩個孩子一齊看過去。

世祺問：「這是什麼？」祁子俊說：「這是王爺賞給咱們家的東西，好好拿著，別弄丟了。」世祺拿著元寶走了，但不久就丟下元寶，跑到外面去玩了。關家驥探頭探腦地走進來。祁子俊問：「家驥，還沒吃吧？一塊吃點兒。」關家驥說：「姐夫，我跟我姐說點事。」關素梅隨著關家驥走了出去。

祁子俊大聲地問：「唐僧肉來了，誰吃？」沒聽見世祺答應，祁子俊就起身向門外走去。屋裡只剩下世禎一個人。他拿起元寶看了看，不屑地丟在原處。

祁家大院一棵大樹下，關家驥愁眉苦臉地站在關素梅面前。

關素梅說：「爹讓你去，你就去唄。」關家驥皺著眉說：「哎喲，雲南那苦地方，你又不是不知道，諸葛亮七擒孟獲，就是在那兒，能去嗎？」關素梅心疼弟弟：「要不，你先在這兒住一陣子。」關家驥說：「你求求姐夫，給我找個差事。」關素梅為難地說：「我從來不過問生意上的事。」

關家驥哀求道：「我的好姐姐，我求求你了，我給你跪下磕頭……」他說著就要跪下。關素梅忙說：「得了得了，我試試看。聽他們在下邊議論，說是上海的分號快要開張了。」關家驥眼睛一亮：「要是能去上海，我就算燒高香了。」

這裡，祁子俊還正在四處尋找世祺，迎面碰上了關素梅。祁子俊問：「看見世祺了嗎？」關素梅說：「沒有。」頓了頓又說：「家驥讓我爹給趕出來了。」祁子俊說：「家驥年紀不算小了，還是那麼不著調。」關素梅說：「我擔心他這麼混下去，真變成二流子了。他想求你，讓他去上海。我想，自己家裡人，總還信得過。」祁子俊思忖著說：「上海那邊倒是還缺個人。不過，家驥……我總有點不放心。」關素梅說：「家驥雖然沒挑過大梁，但從小長在錢莊裡，看也看會了。」

祁子俊蹙著眉頭，沉吟半晌。這時，他的目光正好與關素梅相遇，他看見關素梅的眼神裡流露著深切的期盼，就不再猶豫，說道：「那就讓他去試試吧。他人呢？」關素梅高興地連忙說：「在外邊等著呢，我叫他過來。」堂屋裡，祁子俊正在向關家驥叮囑著，關家驥頻頻點頭。祁子俊說：「到了那邊你就是掌櫃的了，做一切事情都要持重，不能失了身分。」關家驥說：「是。」祁子俊又說：「上海是個花花世界，千萬不可荒唐，有事多同徐六商量。」關家驥點頭：「是。」祁子俊說：「每個月，一定要寫封信，把分號的詳細情況報過來。」關家驥連連點頭：「是。」祁子俊問：「你怎麼就會說『是』呀？」關家驥說：「姐夫吩咐的，沒有不是的道理。」

正說著，世祺不知從哪裡蹦了出來，他也跟著學舌：「是。」大家都笑了起來。

祁家大院裡，喬管家陪同祁子俊通過甬道，巡視著各個院落，看著門口的楹聯。南院的楹聯寫著「求名求利需求己，惜衣惜食緣惜福」，橫匾是「招財進寶」。北院的楹聯寫著「富貴貧賤總難稱意，知足即為稱意；山水花竹無恆主人，得賢便是主人」，橫匾是「懷抱古今」。家祠的楹聯上寫著「子孫賢，族將大；兄弟睦，家之肥」，橫匾是「多子多福」。祁子俊看得頻頻點頭：「這裡不用大動，只把家祠修一下就可以了。」

祁子俊帶著喬管家繼續巡視，走到北面一片較大的院落。祁子俊看了看說：「這裡一定要擴建，搭個戲臺出來，以後逢年過節的，就能在家裡聽戲了。」喬管家點頭說：「照您的吩咐。」祁子俊說：「土木之工，不可擅動。只是宗祠嘛，倒要好好修一修。」

一條油光光的青石板路直通祁家宗祠，宗祠門楣上寫著「祁氏宗祠」幾個字。道路兩旁古樹參天，枝葉相連。祁子俊帶著喬管家和幾個長者沿著道路走來，一個風水先生走在祁子俊身邊，手裡拿著羅盤。一位長者說：「這次多虧了子俊出力，真稱得上是光宗耀祖啊。」另一位長者也說：「是啊。子俊，族中的義學已經荒廢多年，可否借此機會重新振興起來，讓族中的貧寒子弟能有書念。」祁子俊爽快地說：「當出的錢，我一定會出。」長者說：「老朽就代大家謝謝你了。」祁子俊連連拱手：「這我可擔當不起。」

幾個人一邊說著，一邊走進宗祠。祁子俊連連搖頭，說：「房子太侷促，陳設也太過寒酸，跟我們這樣的大家族極不相稱。」那位長者說：「多年來族人一直有意重修，只是心有餘而力不足啊。」祁子俊點頭說：「氣派要大，一定要大，從後面再擴出十幾畝地來。」

喬管家說：「可後面就是王家的祠堂了。」祁子俊不以為然：「讓他們遷個地方，多給他們些銀子就是了。整個祠堂都用院牆圍起來，大堂要五間，臺階要五級，東西兩側各要三間，南面要兩道正門，東西兩側各開一個門。」

喬管家吃驚地說：「這可是朝廷裡三品以上官員的規格。」祁子俊不以為然地說：「稍微出點格也沒關係，誰有工夫追究這些?祖宗的事，一定要辦好。」另一位長者奉承道：「子俊已經是正四品了，比知府大老爺還略高些，升到三品，也是指日可待的事。」

祁子俊更加得意：「門口的牌樓，做得再高些才好看。」風水先生忙說：「萬萬不可。祁家老輩子在這裡豎起牌樓，並非是為了榮耀，牌樓豎在這裡，可使氣聚不散，行之有止，但又不能高過大堂，有道是，前低後高，子孫英豪。院子兩側的房子，西面又要比東面高些，這又有個說法，叫做東低西高，玉帶纏腰。」祁子俊連連點頭：「有道理。」風水先生又說：「正門入口要留個天井，下雨的時候，讓雨水直接落進來，可以藏風得水，使財如泉湧，綿綿不絕。」祁子俊說：「就這麼辦，選個黃道吉日，開工吧。」

那位長者說：「子俊，我們幾個老朽在一起商量了一下。自從祁老東家過世後，族長這個位子，就一直空著，須得要一個德能兼備者擔當。長房的子彥已經故去，我們有意把你推舉出來，務請千萬不要推辭。」祁子俊也覺得當仁不讓，就爽快地說：「既然是各位老人家的意思，那我就恭敬不如從命了。」

第十九章

關家驥躊躕滿志，來到上海義成信分號。此時上海已被太平天國的軍隊團團圍住。城裡整天可聽到震耳欲聾的槍砲聲。但義成信上海分號門前，仍高高地掛起了寫著「信記」的大紅燈籠。夥計們一律身著藍色竹布長衫，恭恭敬敬地站在正廳。關家驥正在給夥計們訓話。

關家驥拱拱手，神氣活現地說：「各位爺們兒，少東家千里迢迢派我來上海主事，是看得起我，我能不能給少東家長臉，就看各位捧不捧場了。票號裡的規矩大家都清楚，不用多說了，今天在這裡，我再來個約法三章：第一，不許喝酒；第二，不許抽鴉片；第三，不許賭博。但凡違反，一律辭退。」

夥計們相互交換著眼色。正說著，一個夥計滿頭大汗地跑進來。關家驥皺著眉頭問：「怎麼回事？」夥計上氣不接下氣地回答：「回掌櫃的，我家裡突然出了點急事……」關家驥說：「開張第一天就來遲了，罰三個月的工錢。」夥計們面面相覷。

夜晚，關家驥百無聊賴地在街頭徜徉。一個街頭下等妓女湊到關家驥身旁。妓女拉扯著關家驥：「大爺，進來玩玩吧。」關家驥目不斜視，昂然走開。

義成信對面的那家理髮鋪。從理髮鋪打開著的門望出去，義成信票號門前人來人往，看上去生意十分興隆。蕭長天若有所思地注視著票號。這時，席慕筠輕盈地走進理髮鋪。理髮鋪後堂，蕭長天和席慕筠正在商量事情，兩人都盡量壓低了聲音。前面的店堂不時響起迎來送往的嘈雜聲。

蕭長天問：「你注意過對面的票號沒有？」席慕筠說：「好像生意滿興隆的。」

蕭長天說：「不止如此。我探聽了一下，義成信還兼給清妖協辦軍餉。」席慕筠沉吟道：「能做這種生意的商家，除了跟妖頭的關係非同一般之外，還得規模大，信譽好。」

蕭長天問：「不錯。以往我們用現銀採買軍需物品，多有不便之處，既然清妖能用，我們何不也用票號來匯兌銀兩。」席慕筠想了想說：「我們的銀兩跟清妖的銀兩存在一起，是不是太冒險了？」

蕭長天說：「一般人覺得冒險的地方，才真正安全。」席慕筠點點頭：「我去試探試探再說吧。」蕭長天說：「好，我正有此意。」

席慕筠換成了富家小姐打扮，儀態萬方地走進票號，後邊跟著一個拎著包裹的僕人。正在聽徐六講話的關家驥忽然覺得眼前一亮，目光不由自主地追隨起席慕筠來，再也聽不下去夥計講些什麼了。僕人把包裹重重地放在櫃檯上，打開，裡面都是白花花的元寶。

席慕筠大大方方地說：「存在櫃上。」徐六麻利地數錢，開具銀票。席慕筠問：「這銀票在南京能兌嗎？」

徐六恭恭敬敬地呈上一張寫有各家票號的名單，說：「能，南京有我們的分號。不只義成信的分號，這單子上寫著的任何一家票號，都能兌出銀子來。」席慕筠又問：「我在外地存的銀子，在本地能兌嗎？」

沒等徐六開口，關家驥已經走了過來，接口說道：「也能。」他又壓低嗓音問：「這位小姐，您是不是有大宗交易要辦？」

席慕筠輕描淡寫地說：「是有一些。」關家驥慇勤地說：「我是這家掌櫃的。到時候您來找我，我親自給您辦。」席慕筠說：「銀子還要等些時候才能運到。」關家驥說：「什麼時候都行，我在這兒隨時恭候。」

夜晚，掌櫃房裡，徐六把一個帳本遞給關家驥，說：「掌櫃的，今天的流水帳全在這兒，請您過目。」關家驥只是隨便翻了翻，就放在了一旁：「很好。」徐六問：「掌櫃的還有什麼吩咐嗎？」關家驥說：「沒事了，你早點回去歇著吧。」

徐六正收拾東西準備離開。關家驥躺在房裡的一張美人榻上，懶洋洋地伸展著四肢，忽然像想起什麼似地，一骨碌坐了起來，說道：「你們上海這地方可真夠有意思的，窯子不叫窯子，非叫個什麼『書寓』。」

徐六答道：「『書寓』是有身分的人去的地方，裡邊的姑娘叫『先生』，一般就是陪陪酒，唱唱曲，賣藝不賣身。也有下等的堂子、花煙間，在路上拉客的野雞，還有西洋來的『鹹水妹』。」

關家驥好奇地問：「這書寓裡都說什麼書啊？」徐六說：「隨您喜歡聽什麼。我沒去過，也說不上來。」關家驥說：「要是這樣的話，去瞧瞧倒也沒什麼，你說是吧？」徐六搖搖頭：「總還是不去的好。」

關家驥不甘寂寞，夜晚仍在外面閒逛。他悠閒地哼著小調，來到了上海最著名的紅燈區——寶善街。這裡沿路走過去都是上等妓院，門口並不見有妓女出來拉客，只能隱約看見裡面晃動著一個個妖嬈的身影，門前掛著「群玉書寓」、「暗香書寓」、「蘭榭書寓」等等紅燈。關家驥看著一家寫著「影梅書寓」的紅燈，覺得名字起得高雅，便身不由己地走了進去。立馬就有人出來招呼。影梅書寓裡，關家驥坐在床上，正在聽「先生」唱蘇州評彈。「先生」唱得聲情並茂，關家驥聽得如醉如痴。一曲終了，「先生」放下琵琶，坐在關家驥身邊。

關家驥如痴如醉說：「你這書唱得真是地道，讓人聽了還想再聽。」「先生」說：「大爺要是喜歡，我就天天唱給您聽。」關家驥問：「那以後我就常來了？」「先生」妖嬈地說：「天天這時候等著您。喲，燕窩粥快涼了，我端給您喝。」說著，端著燕窩粥，偎在關家驥身上，讓關家驥就著碗喝了幾口。關家驥身子漸漸酥軟起來，緊緊摟住「先生」的腰肢，「先生」就勢倒在關家驥懷裡。

祁子俊出資改建祁氏祠堂已快竣工，只剩下最後的院牆還沒修完。小工忙著推運磚土砂石，木匠、泥瓦匠忙得不亦樂乎。祁子俊穿著厚厚的棉袍，巡視著建築工地。院子裡的樹木都是光禿禿的，沒有一絲生機。一個泥瓦匠正在砌牆。他細細地打磨著上面帶有花紋的牆磚，冷得不時停下呵呵手。

正在這時，蘇文瑞拿著兩封書信走來，交給祁子俊說：「都是今天才到的。」祁子俊拆開一封書信，匆匆瀏覽了一遍，說：「上海分號的信上說，從開張到現在，已經收進了八十萬兩銀子，放出了七十萬兩，家驥幹得不錯。」他拆開另一封信，不禁皺緊了眉頭：「南京分號報告，長毛大舉出動，沿江而下。朝廷在江浙一帶的稅銀悉數押在南京，形勢不妙啊。」蘇文瑞也憂心忡忡：「武漢三鎮丟了，要是守不住安徽，南京就危在旦夕了。」這時，一個票號夥計又送來了一封信：「少東家，南京分號又來信了。」

祁子俊趕快拆開信。祁子俊說：「長毛圍困安慶，安徽大部已經投降了長毛。日期只差一天，這麼快？」他沉吟片刻，說：「蘇先生，用我的名義給家驥寫信，上海票號自即日起只收不放，命他火速趕往南京，立即撤號，將全部稅銀轉往上海！」義成信上海分號裡一片忙碌景象，幾個夥計正在給關家驥準備出門的行裝，把箱子搬到外面的車上。關家驥準備上車的時候，忽然看見了席慕筠，眼睛裡立刻放出了異采。席慕筠問：「您這是要出遠門？」

關家驥忍不住誇耀說：「長毛要攻打南京，得把那邊的分號撤回來。我這也算是臨危受命。別看我們票號人不少，真到有事的時候，能頂得起來的就沒幾個了。」

席慕筠說：「我正好要去南京辦點錢上的事，到時候還得去麻煩您。」關家驥說：「不麻煩，不麻煩，只是得趕快。」

此時的南京城裡暫時還很平靜。義成信南京分號門口，白天，幾個孩子一邊做遊戲，一邊誦著流行的民謠。孩子們唱道：「一隻蝴蝶飛過牆，東南萬里血花傷。太平天子朝元日，南北分疆作戰場……」

南京街道上，一輛豪華的騾車出現在南京街頭，扮作富商模樣的蕭長天從車上走下來，席慕筠跟在後面，扮成他的家眷。剃頭師傅帶著幾個夥計在車前迎候。

剃頭師傅說：「先生，咱們住的客棧，就在義成信斜對面。」蕭長天點點頭：「很好。兄弟們都到了嗎？」剃頭師傅說：「已經到齊了。」

蕭長天對席慕筠說：「你照咱們商量好的去辦，一定要把他們穩住，再派幾個人在門口盯著，要是他們想溜的話就動手，人可以走，但銀子得留下來。」夥計們把大大小小的箱子搬進客房。剃頭師傅打開一個個箱子，裡面藏的都是整箱的火藥。

蕭長天說：「天朝的人馬預計在正月二十八九的樣子，就能到達南京城下，攻城前幾天，咱們先鬧起來，讓城裡的清妖不得安寧。」

自此，義成信南京分號前面，每天都有幾個穿便裝的太平軍士兵在票號門前蹓躂。這天，席慕筠來到票號。

關家驥把席慕筠讓進掌櫃房。席慕筠拿出一張銀票，放在桌上，說道：「這是五萬兩，原先存在協同昌錢莊的，我想改存在您這兒。」關家驥趕快拿起說：「我這就讓人去辦。」席慕筠又說：「另外……」她猶豫著，一副想說又不想說的樣子。關家驥說：「您還有什麼吩咐，我們肯定都能辦好。」

席慕筠說：「還有三百多萬兩的現銀，正陸續從蘇、杭運過來……算了，我還是讓人存在別處得了。」

聽到「現銀」兩個字，關家驥立刻來了精神。他忙說道：「您就存在我們這兒，沒錯。這兵荒馬亂的年頭，像我們這樣講信譽的商家已經不多了。」席慕筠皺著眉說：「只是還需要三五天的時間。」關家驥說：「我死活等您。」席慕筠露出擔憂的神色：「現在這個形勢，太讓人擔心了。」

關家驥忙說：「有什麼擔心的，不就是幾個長毛嘛，憑他們，還破得了南京城？」席慕筠說：「好吧，就依你。」

關家驥又說：「這筆銀子您暫存在義成信。過些天，有一個新票號就要開張，名字叫『義利通』，『義利通』在南京、上海、山西、北京都要建分號，名聲很快就會蓋過義成信。」席慕筠將信將疑：「您說的這家新票號信譽可靠嗎？」

關家驥拍著胸脯說：「比義成信更可靠，因為東家就是我。」他浮想聯翩，彷彿他的遠大抱負即刻就要實現。席慕筠說：「我就是認您，您走到哪兒，我就把銀子存到哪兒。」關家驥熱血沸騰：「咱們一言為定。」

義成信南京分號掌櫃房裡，關家驥大模大樣地坐在南京分號掌櫃的位置上，錢廣生反倒站在一旁。錢廣生說：「我已經定好了車輛和鏢局，準備正月二十六啟運，人和銀子同時出發，無論如何也能趕在長毛到達南京城之前離開。」

關家驥說：「慌什麼，再等個三五天，還有一筆大買賣要送上門來。」錢廣生說：「不能再等了，少東家吩咐，務必速速撤回。」關家驥下巴一揚：「這裡是我說了算。」錢廣生堅持說：「再等就來不及了。」

關家驥不耐煩地反問道：「你是盼著長毛打下南京城怎麼的？」錢廣生說：「少東家的吩咐您不能不聽。」關家驥說：「兵書上說，將在外，君命有所不受。」

夜晚的南京街道上，一群身著便裝的太平軍士兵陸陸續續從客棧走出來，向四面八方散去。剃頭師傅把一個箱子放在鬧市區的地上，點燃引信。一個太平軍士兵點燃火種。又一個太平軍士兵點燃火球，扔進一戶人家的院子。剎那間，城裡到處都燃起了火光。大人叫，孩子哭，響成一片，夾雜著接連不斷的喊聲：「長毛進城啦！」

此時，義成信南京分號裡，關家驥張皇失措地抄起隨身的行李，急急忙忙地往外走。錢廣生帶著幾個夥計，迎著他走過來。

錢廣生問：「關掌櫃，您這是去哪兒？」關家驥慌慌張張地說：「趕緊逃命，不跑就來不及啦。」錢廣生忙問：「這撤號的事……」

關家驥說：「顧不得那麼多了，小命要緊。」他狼狽地跑了出去。一個夥計問錢廣生：「掌櫃的，咱們怎麼辦？」錢廣生鎮定地說：「咱們就守在這裡，緊閉大門，暫時休業，再派個人去山西，請少東家的示下。」

這天，南京城牆已經被火藥炸出了一個巨大的缺口，太平軍士兵從缺口衝進城裡。城牆上飄揚著幾面巨幅方形黃綢旗幟，分別是紅字綠邊的「太平天國左輔正軍師東王楊」、紅字黑邊的「太平天國後護右副軍師北王韋」、紅字藍邊的「太平天國左軍主將翼王石」，旗幟大小依次遞減。

這是咸豐三年二月初十，太平軍攻占了南京。南京街道，白天空無一人，家家戶戶門窗緊閉，都在門口貼了「順民」的字樣。

錢廣生打開票號大門，看看四周無人，也在門上貼了一個斗大的「順」字。但是，太平天國的士兵還是衝進了義成信南京分號。一個太平軍士兵用鋼刀押著錢廣生，另外幾個太平軍士兵舉著火把，蕭長天走在最後。他們沿著一條幽暗的通道，來到了分號的地下銀庫門前。

錢廣生哆嗦著打開鎖。兩扇鐵門打開，裡面是擺放得整整齊齊的稅銀。蕭長天臉上露出滿意的笑容。

祁氏宗祠已經修好了。冬天，一場大雪過後，屋簷上的積雪慢慢地融化著，落到地上。新落成的祁氏宗祠。祠堂門口寫著一副對聯：孝悌淵源傳家有道，詩書根柢繼世永昌。

這天，祁氏宗祠舉行祭祖典禮。鼓樂齊鳴。守祠人站在門口查核族人帶來的宗譜，核實後方准入內。祁子俊身穿四品官員的禮服，正要走進祠堂，蘇文瑞忽然慌慌張張地跑來，在他耳邊低聲說了幾句什麼。祁子俊臉色一變，跟著蘇文瑞匆匆離開。

祁子俊走進祁家大院，站在廊下等候的徐六趕緊走上來，剛要施禮，祁子俊朝他擺擺手，說道：「快說說是怎麼回事。」

徐六說：「關掌櫃自己從南京逃出來了，南京分號連人帶錢，盡數陷在長毛手中。」祁子俊問：「關家驥呢？」徐六說：「他不敢來見您，躲在上海分號，就讓我來了。」祁子俊恨道：「這個上不了臺盤的東西，我早該想到。」

蘇文瑞說：「現在說什麼都晚了，只能再想辦法。」祁子俊心急如焚：「別的都好說，就是朝廷的稅銀……」

這時，喬管家走進院子。喬管家問：「少東家，那邊的宗正問您，祭祖大禮什麼時候開始。」

祁子俊說：「我馬上就去。徐六，你先到後邊休息。蘇先生，您跟我一起去祠堂，幫我照應著點，別亂了規矩。祭祖的事，該怎麼辦還怎麼辦。」

祁氏宗祠裡祭祖大典已經開始。祠堂裡香燭通明，地上早鋪滿了紅氈，牆上掛著祁家列祖列宗的畫像，案上擺放著神主，有趣的是，裝龍票的盒子也被供奉在香案上。

祁伯興高喊：「祭拜祖宗！」

樂曲聲中，祁子俊衣冠整肅、神色泰然地焚帛(注)奠酒，行禮後退下。

眾人簇擁著祁老太太來到正堂上，按照父左子右、男東女西的次序排列好。供品從門外傳送進來，先是送到長房長孫世禎的手中，世禎傳給關素梅，關素梅傳給祁老太太，最後由祁老太太雙手捧在供桌上。祁老太太拈香下拜，大家跟在後面一齊跪下去。

祁氏宗祠門前已擺好了桌子，有一人一桌的，有兩人一桌的，有四人一桌的，有八人一桌的，也有站著的。蘇文瑞指揮祠堂工役把上供的果品、胙肉按人頭平均分配。祁子俊陪著族中的長者，神色自若，談笑風生。

祁子俊鎮定自若主持完白天的祭祖大典，夜晚卻在祁家大院內心急如焚。他焦慮地在屋裡踱來踱去，蘇文瑞靜靜地坐在一旁。片刻，祁子俊在蘇文瑞面前停住腳步，像是突然下定了決心。

祁子俊說：「蘇先生，事到如今，只有我親自到南京走一趟。」蘇文瑞忙說：「我隨你一起

注　舊時中國祭祖有焚帛（燒綢緞）風俗，意即供奉祖先衣飾布料。

去。」祁子俊搖搖頭：「太過危險，您就不必了。」蘇文瑞說：「哪兒的話。士為知己者死，我能眼睜睜地看著你一個人去冒險嗎？」祁子俊感動地點點頭：「那就一起去吧。」

祁家大院門口，祁子俊和蘇文瑞已坐在車裡，趕往南京。騾車穩穩地行駛著，正好路過宗祠門口。

祁子俊突然喊道：「等等！」車伕叫了一聲「吁」，停下騾車。祁子俊跳下車，匆匆忙忙地走進祠堂。蘇文瑞和車伕都莫名其妙地望著他。過了一會兒，祁子俊才從裡面出來，手裡捧著那張龍票。祁子俊說：「差點忘了這個寶貝。」他把龍票揣到懷裡，跳上騾車。

一路上餐風露宿，終於來到了南京城下。夜色深沉，城門緊閉，不時傳來打更的梆子聲。城牆上，幾個太平軍士兵來回走動著。祁子俊和蘇文瑞匍匐在城牆下，等太平軍士兵走出視線，才悄悄地從被炸開的缺口溜了進去。祁子俊說：「咱們在這兒分手，您找個地方住下，我去票號，明天一早，咱們在鼓樓碰面。」

蘇文瑞說：「我跟你一起去。」祁子俊說：「還是我自己去吧。萬一出點什麼事，我回去沒法跟寶珠交代。再者說，我要是落到了長毛手裡，您在外邊，還能替我想想辦法。」蘇文瑞囑咐道：「子俊，記住，要是遇見長毛，保全自己的最好辦法就是不動。」

祁子俊從懷裡掏出龍票，塞進靴子裡，匆匆說：「您放心吧。」微弱的月光下，祁子俊沿著一條昏暗的小巷，躡手躡腳地走著，轉眼來到義成信南京分號的後門。分號後門緊閉著。周圍靜悄悄的，沒有一個人影。他看看周圍，推了推門，門是鎖著的。

祁子俊往手上吐了口唾沫，爬上牆頭。一隻貓叫了一聲，「嗖」地跑開了。

院子裡漆黑一片。祁子俊跳到院子裡，看看四周沒有動靜，逕直走向掌櫃房。房門虛掩著。

祁子俊正要進去，突然，幾支長矛在黑暗中從各個方向伸出來抵住了他。眼前亮起一盞油燈，照出穿著各色號衣的太平軍士兵。祁子俊驚恐萬狀地打著哆嗦。

祁子俊被關在太平軍監獄。夜晚，祁子俊睡不著。他躺在乾草鋪成的地鋪上輾轉反側，周圍的呼嚕聲此起彼伏。一滴雨水從天花板落到他的臉頰上。他摸了摸自己的臉，似乎為自己還活著感到慶幸。過了一會兒，他感到有些餓了，於是，懷著一絲希望在乾草中摸索著，終於找到了幾顆稻粒。他高興地把稻粒放到嘴裡，細細地嚼著。

不知過了多長時間，他終於迷迷糊糊地睡著了。

早晨，睡夢中的祁子俊猛地驚醒了，感到自己被人狠狠地踢了一腳。他奇怪地看看四周，過了一會兒才明白自己是在什麼地方。他最先看見的是一雙黑色的靴子。祁子俊慢慢抬起頭來，看見眼前站著一個太平軍的卒長。祁子俊認出來了，他正是從前南京理髮鋪裡的剃頭師傅。

祁子俊好奇地問：「你不是剃頭的嗎？」剃頭師傅陰惻惻地說：「從前管剃頭，現在管砍頭。」

祁子俊不由得倒吸了一口涼氣。

又是一個早晨，祁子俊被太平軍士兵押著，走過一條長長的走廊。他看見許多商人跪在地上用白灰畫出的圓圈裡，面對著牆，喃喃地背誦著什麼，由於聲音嘈雜，聽上去不甚清楚。每人跟前放著一隻碗，碗上有一雙筷子。太平軍士兵威風凜凜地檢查商人們背誦的情況。一個商人舉手示意，太平軍士兵朝他走了過去。商人仍舊跪在地上，開始背誦，原來，他背的是〈天父上帝醒世詔〉。

商人流利地背道：「三星共照日出天，禾王作主救人善。爾們認得禾救饑，乃念日頭好上天。人字腳下一二三，一直不出在中間……」太平軍士兵對商人背誦的情況感到滿意，朝他點了點頭。商人拿著碗筷，千恩萬謝地走出白圈，來到盛飯的大桶跟前。火伕給他盛了多半碗稀粥，商人還想多要點，但火伕的目光嚇得他趕快退到了旁邊。

終於，祁子俊也得到了吃飯的許可。他向盛粥的大桶走去。就在這時，他驚訝地看見了蘇文瑞。蘇文瑞朝他幾乎察覺不到地點點頭。早晨，祁子俊和商人們一起坐在牆根下晒太陽。一個太平軍士兵走過來，一路用腳踢著商人們。

太平軍士兵喊道：「起來，快去聽講道理。」

商人們在地上跪了一片，聽著剃頭師傅的訓話。剃頭師傅站在一個精雕細刻的紅木繡墩上，講得唾沫橫飛：「你們都背會了，『黃金財寶是名頭，為人修善不用愁』。天父天兄，天王東王諸神，自從拜降以後，想穿的有穿的，想吃的有吃的，活著要什麼有什麼，死後升入天堂，享不盡的清福。天下所有的金銀財寶，都歸天王、東王所有，全都應該解歸聖庫。你們當中，還有誰私藏金銀沒交上來？」

商人們都不吱聲。剃頭師傅的眼睛在人群中搜尋著，他用手指了指一個低著頭往後躲的商人：「你，過來！」商人見無法再躲了，只好戰戰兢兢地走上前去。

剃頭師傅說：「把金銀交出來吧。」商人苦巴巴地說：「家裡所有的金銀，都交到聖庫了。」剃頭師傅說：「不給你點顏色看看，你是不會交出來的。來人，給我重打兩千大板。」

商人突然跪下，抱住剃頭師傅的大腿：「老爺，求求您，開開恩，別打我。」剃頭師傅陰狠狠地笑道：「銀子呢？」商人突然轉過身去，揪住了祁子俊：「他有銀子沒交出來，他是義成信的少東家，他最有錢……」

剃頭師傅走過去，微笑著，打量著商人，突然拔出劍，一劍刺穿了商人的胸膛。商人不明白地瞪著眼，半天才倒下去。剃頭師傅拔出劍，輕輕「哼」了一聲：「心虛才會獻媚。你們都給我聽著，不脫妖氣，斬首不留。」

兩個太平軍士兵拖著商人的屍體，丟到一旁。

剃頭師傅又說：「給你們半天時間，到了午時，要是還不把金銀交出來，一律斬首。」商人們心驚膽戰地散開了。

監獄裡，橫七豎八擠滿了被太平軍抓來的商人。幾個被太平軍士殺死的商人的屍體也無人收殮，丟在地上。一個年老的商人偷偷溜到一個死去商人的屍體前，從他的頭髮裡摸出幾塊金子。他正想揣起來，忽然聽到一個低沉的聲音。是祁子俊。他橫眉怒視：「放回去。」

年老的商人猶豫著，估量著祁子俊，還想把錢揣起來。祁子俊罵道：「你是真夠精的，連死人的主意都敢打？」

年老的商人仍在猶豫。祁子俊把頭轉向剃頭師傅，同時朝年老的商人比畫了一個殺頭的手勢。年老的商人無奈地把金子放了回去。蘇文瑞悄悄走過來，小聲說：「子俊，須得格外小心才好。」祁子俊壓低了嗓門：「我看明白了，先死的總是最怕死的人。你要是不怕死，他殺你也沒用。」

直到中午都沒有商人主動交出銀子。剃頭師傅大發雷霆，命令把商人們統統押往法場殺頭。商人們被繩子串成一排，走在街道上，有不少人在路旁圍觀。剃頭師傅騎著高頭大馬，走在隊伍旁邊。

剃頭師傅喝道：「放著天福不享，自尋死路，真是鬼迷心竅。」十幾個太平軍士兵手持鬼頭大刀，在法場上雄赳赳地站成了一排。商人們被押過來，見到這個陣勢，當時就在地上跪倒一片。

一個商人搗蒜一樣磕著頭：「我交錢，我交錢……」剃頭師傅冷笑道：「現在想交錢也晚了，午時三刻一到，開刀問斬。」

跪在行刑的劊子手前面的一批商人，嚇得魂飛魄散，一個商人尿溼了褲子，身體下邊的地上溼了一片。突然，一個傳令兵馳馬來到法場。傳令兵喊道：「春官丞相開恩，再給一次機會。所有商人，一概押回監牢，誠心悔罪，將金銀財寶上交聖庫，如有不從者，立即斬首示眾！」

太平天國監獄裡，早已被嚇得魂不守舍的商人們紛紛把金銀財寶放在地上，很快就聚成一堆。只有祁子俊在一旁冷眼觀看。不知什麼時候，剃頭師傅來到祁子俊身邊。他走起路來沒有一點聲響。

剃頭師傅問：「你怎麼不交金銀？」祁子俊說：「所有金銀都讓你們拿去了，沒什麼可交的了。」

剃頭師傅用充滿敵意的目光看著他，冷冷地說：「說瞎話對你沒好處。要想保住腦袋，就得學乖點。你勾結清妖的事，我們都知道了。」祁子俊眼睛一抬：「既然你都知道了，還問我幹什麼？」

剃頭師傅陰陰一笑：「今天我殺了三十五個清妖，再增加一個，也沒什麼。」祁子俊面不改色：「我倒不在乎去湊個數。」剃頭師傅感到奇怪：「我還是第一回看見嘴這麼硬的人。」

祁子俊心裡打著哆嗦，表面上卻咬緊牙關，滿不在乎地說：「一天能殺三十五個人的主兒，我也是第一回看見。」

剃頭師傅說：「你這是自討苦吃。」他的臉色變得十分難看。他狠狠地在祁子俊肚子上打了一拳，祁子俊痛得彎下腰去，摀住了肚子。剃頭師傅喝道：「帶下去，跟清妖關在一起，候斬！」兩個太平軍士兵推推搡搡地把祁子俊帶走了。

關押著被俘了清兵的太平天國監獄裡，夜晚，犯人們都在熟睡，祁子俊也輕輕地打著鼾。隨著牢門發出的一陣「吱吱呀呀」的聲音，剃頭師傅悄悄潛入牢房，手中握著一把匕首，眼睛死死地盯著祁子俊。匕首在幽暗的牢房裡閃著寒光。剃頭師傅內心激烈地鬥爭著，過了好一會，才悻悻地離開。等他走遠了，祁子俊才睜開眼，抹了一把頭上的冷汗。

牢房外，剃頭師傅沿著走廊來到外邊，後面跟著一個舉著火把的太平軍士兵。太平軍士兵問：「您怎麼不動手？」

剃頭師傅狠狠地說：「我倒是想給他來個痛快，可春官丞相聽說抓住了義成信的東家，再三叮囑得留著他。」太平軍士兵說：「殺了他，屍首往外一扔，人不知鬼不覺。」剃頭師傅說：「回頭春官丞相怪罪下來，咱倆都得玩兒完。」

南京鼓樓前，太平將士們正把搜繳來的所謂妖書付之於火海。一堆大火熊熊地燃燒著，幾個太平軍士兵還在不斷地把書扔進火堆裡。蕭長天站在「太平天國春官正丞相蕭」的三角形黃綢旗幟下，監督著這一切。一個士兵漫不經心地往火堆上添了一本書。蕭長天忽然看見那是一本《神奇祕譜》，便顧不得火燒，急忙伸手將書搶了出來。

蕭長天說：「這本《神奇祕譜》可不是妖書。」他翻著書頁，欣喜若狂，自語著：「洪熙元年坊刻……太古神品……〈廣陵散〉、〈梅花三弄〉、〈瀟湘水雲〉，我找了你這麼多年……」他珍愛地把書揣在懷裡。一輛牛車滿載書籍來到火堆前。一個太平軍士兵跪在蕭長天面前。士兵說：「稟春官丞相，又收繳了一批妖書。」

蕭長天走到車前，拿起書翻閱著，挑出一些放到旁邊的空地上，說：「《傷寒雜病論》不算妖書；《齊民要術》也不是妖書，這《桃花扇》是反清復明的，就更算不得妖書了。」很快，他撿出的書就在地上擺了很高的一摞。

山西祁縣祁家大院，風和日麗。世禎坐在門墩上，正在教世祺念詩，兩人手裡各拿著一個精緻的麵刺蝟。

世禎教一句：「鵝，鵝，鵝，曲頸向天歌。」世祺跟著念：「鵝，鵝，鵝，曲頸向天歌。」世禎接著念：「白毛浮碧水。」世祺跟著念：「白毛浮碧水。」世禎念：「紅掌蕩清波。」世祺跟著念：「紅掌蕩清波。」關家驥神色慌張地走進院子，問世禎：「你媽呢？」

世禎答：「在廚房。」世禎把刺蝟貼在臉上，似乎是想試試夠不夠扎。世祺也學著哥哥的樣子，把刺蝟貼在臉上。

廚房裡瀰漫著濃重的水蒸氣。關素梅正一手托著盤子，一手從籠屜裡往外拿蒸好的麵點，準備擺放在桌上涼透，她動作麻利，根本感不到燙。兩個丫鬟在旁邊打下手。桌子上，整齊地擺放著各式各樣形態畢肖的小動物麵點，有河豚魚、蝙蝠、刺蝟、肥豬、老鼠拉木掀。

關家驥出現在門口：「姐！」關素梅聞聲扭過頭來，詫異地問：「家驥，你怎麼回來了？」

關家驥神色張皇：「姐夫出事了！」

關素梅心頭一緊，眼前一黑，手中的盤子落在地上，摔得粉碎。

祁家大院正堂，關家驥正在給關素梅講述事情的經過，喬管家垂手侍立一旁。關素梅失魂落魄地問：「你怎麼知道的？」關家驥說：「我眼看見長毛一隊隊進城，見人就殺，趕緊逃到了上海。後來，有南京分號的夥計也跑到上海，說親眼看見姐夫給關在大牢裡了。」

關素梅強打精神說：「先別聲張，派人再去打聽打聽，這事無論如何不能讓老太太知道。」

祁縣商會會所，白天，幾個商人圍坐在一起，議論紛紛。余先誠說：「祁子俊的事，你們聽說了嗎？」張金軒說：「真是人為財死，鳥為食亡啊，這個祁子俊也真是，好端端的，非要去自投羅網。」陳碧川點點頭：「朝廷的稅銀丟了，也是掉腦袋的事。」張金軒又說：「據說是跟朝廷的官員押在一起候斬，人要是還活著，興許就有救。」陳碧川說：「長毛的心思，誰能揣摩得準？只怕希望不大。」他又對余先誠說：「先公，你在上海的分號，也要趕緊撤回來才是。」余先誠點點頭：「我已經派人去了。」

祁縣縣城茶館裡，白天，幾個閒人也聚在一起議論祁子俊的事。關家驥坐在離他們不遠的位置上，豎著耳朵諦聽著。

這時，一個衙役走到關家驥身邊：「關少東家，知縣大老爺有請。」

關家驥隨衙役來到縣衙二堂。吳國棟故作關切地望著關家驥，顯出一副十分惋惜的樣子說：「子俊正當英年，慘遭不測，真是可惜啊。」

關家驥也嘆道：「死生有命，這也是沒有辦法的事。」吳國棟別有用心地說：「偌大的家業，驟然間失去了主事的人，只怕從此難於運籌了。」關家驥說：「這個嘛，大老爺倒不必擔心，自會有英雄豪傑出來收拾殘局。」左公超慫恿說：「祁子俊兒子年幼，關老爺不會染指別人家的生意，能出來主持大計的，當然非你這個舅老爺莫屬了。」關家驥說：「還要看我姐姐的意思。」

吳國棟說：「你姐姐當然信任你啦。家驥，這樣一來，對咱們議過的重修縣衙之事，興許有些好處。」關家驥心領神會地點點頭，說道：「承蒙知縣大老爺這麼看得起我，家驥豈敢不效犬馬之勞？」

祁家大院，一個貼身丫鬟攙著祁老太太走出屋門。幾個僕人站在院子裡，悄聲議論著，看見祁老太太，就都趕緊走開。祁老太太看著僕人們，臉上浮現出疑惑的表情。

祁老太太問：「他們這是怎麼了？」丫鬟說：「我也不知道。」關家驥這時也走進院子，在甬道上與喬管家打了個照面。

喬管家忙問道：「關少爺好。」關家驥說：「怎麼這兩天沒見你？」喬管家說：「忙著鬧家務呢，祖上留下的一塊田產，幾個兄弟跟我爭，一直鬧到了公堂上，最後破費了不少銀子才了事。」

關家驥嗔怪道：「你怎麼不早說？這點小事，我到了衙門裡，就是一句話的事。」喬管家嘆惜著說：「我哪敢輕易麻煩您？唉，祁家這回算是完了。我們這些當下人的，以後的日子還不知怎麼過呢。」關家驥意味深長地說：「有我在就完不了。你在祁家的日子也不淺了，一直沒有個發跡的機會。以後，我要是常住總號這邊，上海分號那邊須得有個人照應。」

喬管家立刻領會了關家驥的意圖，忙表態說：「您出來主事，我是一百個贊成。」關家驥拍了一下喬管家的肩膀說：「辦不到的事，我向來是不會說的。放心，後邊有知縣大老爺給我戳著呢，好歹也要創出個事業來。」

喬管家說：「只要您吩咐下來，我一定照辦。」關家驥小聲說：「眼下，子俊的事，動靜要鬧得再大點才好。」

喬管家心領神會：「這事，只有讓老太太知道了，才能熱鬧起來。」關家驥說：「你儘管去辦，出了事情有我頂著。」

祁老太太來到祁家宗祠，正在祖宗牌位前拈香默禱，一個貼身丫鬟站在旁邊服侍。忽然，門口浩浩蕩蕩地來了一大群人，有旗牌執事，吹鼓手，做法事的僧、道。店鋪夥計送來了紙人、紙馬、紙錢、紙元寶，捧著白布，最後，還抬進來一口棺材，進來後，就七手八腳地布置起靈堂來了。

祁老太太驚問：「這是誰死了？」喬管家作出一副悲痛的樣子說：「少東家沒了。」祁老太太大驚失色：「怎麼沒人跟我說？」

喬管家說：「起先沒準信，不敢告訴您。有人親眼看見，少東家讓長毛殺了，腦袋掛在旗桿上示眾。」祁老太太喃喃地說道：「子俊，你就這麼……」她兩眼愣愣地望著前邊，一口氣沒上來，直挺挺地倒向地上，丫鬟趕忙上前扶住。

喬管家喊道：「快救老太太。」僕人們一陣忙亂，又是掐人中，又是噴冷水，半天，祁老太太總算甦醒了過來。

關素梅此時慌慌張張地從後院跑過來，一把抓住老太太的手。急喊道：「娘，娘，您怎麼了？」

祁老太太半晌才說出來：「子俊……」關素梅強裝笑臉說：「子俊沒事，挺好的。」祁老太太指指靈堂，說：「你別再瞞我了。」關素梅對旁邊的丫鬟說道：「快扶老太太進屋休息。」祁老太太被扶進去了。關素梅又氣又急地撕扯著掛在牆上的白布帳幔，怒喝道：「誰讓弄的？」喬管家心虛地說：「是關少爺吩咐的。」

關素梅悲憤地問：「家驥？他在哪兒？」喬管家說：「馬上就到。」正說著，關家驥走了進來，一副忙得不可開交的樣子。關家驥說：「姐，知府、知縣都要來弔唁，家裡不能連個靈堂都沒有。」關素梅氣憤地問：「誰跟你說子俊沒了？」關家驥一副清白的樣子說：「知縣大老爺說的，還能有錯？姐，你別太過哀傷了，自己的身子要緊，姐夫沒了，你要是有個好歹，孩子們可怎麼辦啊？」

關素梅氣得直發抖，指著棺材，半天才說出話來：「活不見人死不見屍的，你弄這麼個東西來幹什麼？」關家驥辯解說：「屍首怕是回不來了。姐夫是有品級的官員，少不得要弄個衣冠塚。姐，你怎麼連我都信不過，親弟弟還能害你？」關素梅心亂如麻，六神無主，心中對祁子俊的生死不明不白，只好暫且聽憑這個弟弟折騰。

祁老太太在聽到祁子俊已死的消息後，水米不進，病倒在床。關素梅竭盡全力，悉心照顧。她在廚房給祁老太太做一碗拉麵。她站在案板面前，全神貫注地做著。

關素梅端著熱氣騰騰的湯麵，站在祁老太太跟前。祁老太太躺在床上，氣息微弱，兩眼暗淡無光地看著房頂。關素梅柔聲說道：「娘，您吃點吧。」祁老太太搖了搖頭。關素梅勸道：「那您喝口熱湯吧。」她盛了一匙麵湯，放在嘴邊吹了吹，又嘗了嘗，小心地送到老人嘴裡。麵湯順著祁老太太的嘴角流了出來。

第二十章

南京街道上，一座從前的富商宅第，現在成了春官丞相府。門楣上用黃紙紅字寫著條幅：「太平天國春官正丞相蕭館」，兩扇門上各畫了一頭大象。門兩旁貼著黃綾紅字的對聯，上面寫著「王者命自天誰敢化蛇當道，英雄居此地何妨捫虱談兵」。

席慕筠一襲素黃袍，足蹬方頭素紅靴，風帽上繡著「太平天國殿右拾貳檢點席」的字樣，步履從容地走進丞相府。席慕筠跪在地上向蕭長天行禮，正在看書的蕭長天放下手中的書。這是一本戚繼光的《練兵實紀》。

蕭長天親切地說：「坐吧，以後大可不必有這套繁文縟節。」席慕筠答道：「謹遵丞相吩咐。」蕭長天說：「有件事情非你去辦不可。」席慕筠注意地傾聽著。

蕭長天說：「清妖在天京南北各紮下一座大營，擺出要跟咱們一決雌雄的架勢，天王深感憂慮。不過，照我看來，這兩座大營的旗兵、綠營兵倒不足多慮，咱們真正的對手是曾國藩。」

席慕筠問：「曾國藩是什麼人？」蕭長天說：「說起來，不過是個丁憂的侍郎，但他憑著這本《練兵實紀》編練出來的湘勇，實在是不可小視。咱們吃過他的大虧，最主要的原因，是他的人馬配備了洋槍。」席慕筠恍然大悟：「您留著義成信的少東家，就是為了這個吧？」蕭長天笑了笑，說：「咱們這些人，攻城掠地可以，舞文弄墨也可以，但在生意經上，還是差了一截子。」席慕筠點頭說：「我明白，您是想讓他為咱們去採辦洋槍。」蕭長天說：「這事只能你一個人知道。你去，悄悄地把他帶到這裡，免得招惹是非，傳到不該知道的人那裡，弄不好倒成了罪過。」

席慕筠來到太平天國監獄，在一間空屋子裡等待著。一個太平軍士兵押著祁子俊走進來。席慕筠一眼就認了出來，這是上海理髮鋪裡遇見過的小混混，不禁大為驚詫。席慕筠問：「原來是你！你就是義成信的少東家？」祁子俊也認出了席慕筠。他有些難為情，但還是硬著頭皮，嘴上不肯服軟，說道：「不是我還能是你？」席慕筠微微一笑：「真是人不可貌相。」

席慕筠把祁子俊祕密帶到春官丞相府。桌上已經擺好了酒席。祁子俊看著豐盛的飯菜，舔舔乾裂的嘴唇，使勁嚥下了一口唾沫。

蕭長天示意讓祁子俊坐下，他的態度顯得十分和藹可親，但實在有些過分和藹了。蕭長天說：「都說義成信的少東家在生意場上如何了得，沒想到我們早就打過交道了。」祁子俊也說：「我也沒想到，一個賣鴉片的，竟有那麼大的來頭。」兩人都笑了起來。

蕭長天拱手道：「這桌酒席權當是給祁少東家壓驚，請。」他給祁子俊倒滿了酒。兩人喝乾了杯中酒之後，祁子俊毫不客氣地吃了起來。蕭長天說：「既然是老朋友，我就打開天窗說亮話了。」

祁子俊只顧吃菜，吃得津津有味，滿嘴都是食物，含含糊糊地說：「只管說。」蕭長天說：「我想把你放出來。」祁子俊不驚不喜，只說道：「好啊，我吃過飯就回去收拾東西，不過，我還有個同鄉，也請您開恩一塊放了吧。」

蕭長天說：「可是，你得答應我一件事。」祁子俊正色道：「我只答應能做到的事。」蕭長天說：「天朝準備採買一批洋槍，想請你出馬。你給清妖辦事，按律當斬，要能辦好這件事，不但可以免罪，還可以得到獎賞。」蕭長天用期待的目光看著祁子俊，沒想到祁子俊的頭搖得像個撥浪鼓一樣。

祁子俊說：「絕對不行。不答應您，就我一個人掉腦袋，算不了什麼，要是答應了您，我全家老小的性命就都保不住了。」蕭長天不禁有些佩服：「你在商人裡邊，還真算是條漢子。」祁子俊說：「丟了稅銀，回去也是個死，早死晚死，在哪兒死，還不都一樣？再說，朝廷……」

蕭長天更正道：「清妖。」祁子俊忙改口：「是，清妖。清妖對我不薄，我祁子俊不能做忘恩負義的事。只可惜不能奉養老母了，有什麼辦法，忠孝不能兩全嘛。」祁子俊心裡打著哆嗦，但仍然裝作滿不在乎的樣子。他信口說來，說得越來越起勁，甚至有些洋洋得意。他的腔調惹惱了蕭長天。蕭長天的臉色變得越來越陰沉。

蕭長天說：「那我只有公事公辦了。」祁子俊搖頭晃腦地說：「我的小命兒捏在您手心裡，什麼時候想拿，隨您的便。」他頓了頓，又說：「我一路走過來，看見相府的旁門貼著一副對聯，只有上聯，上面寫著『明中秋月暗，暗中秋月明，好教我不明不暗』，說是對出下聯有賞。我琢磨了一頓飯的工夫，總算把下聯給想出來了：『長頭髮日短，短頭髮日長，試問你誰短誰長』，您看能領到賞錢嗎？」

蕭長天氣得臉一陣紅一陣白，喝道：「你這是公然影射天朝長不了，又是一條死罪。」祁子俊冷笑道：「文字獄都是清妖造的孽，天朝聖明，怎麼也搞這種名堂？」蕭長天無言以對，只好對手下的人說：「把他押下去！」

山西祁縣祁家大院裡，關素梅強撐著精神料理著家業。無奈弟弟關家驥老糾纏著她，要替姐姐管這分家業。這天，關家驥又跟到關素梅臥室，耐住性子勸說著關素梅。關素梅低著頭，極力想要把精神集中到手中繡著的鞋墊上。

關家驥說：「姐，我跟你說了多少遍，這產業全是祁家的，我連一根稻草都不會碰。」關素梅眼都不抬：「我從來沒說過你惦記祁家的產業。」關家驥說：「我是替你著想。你平日裡大門不出二門不邁的，對外邊的事一點都不明白。世上人心險惡，各種各樣的壞人都在算計你。姐夫沒了，這麼大的家業，總得有個說話算數的人啊。」

關素梅定了定神說：「子俊沒死。」關家驥說：「全縣都傳遍了，人家親眼看見的，子俊給砍了頭，首級掛在旗桿上示眾，還能有假？」關家驥說：「我就是不相信子俊會死。」

夜晚，關素梅獨自一人在臥室裡。她慢慢地打開櫃子，把剛剛做好的鞋墊放了進去。裡面是滿滿一櫃子鞋墊，每個鞋墊上都繡了一朵梅花。門開了。她看見寶珠挺著肚子出現在眼前，心頭一悸，禁不住流下了眼淚。寶珠輕聲喊道：「少奶奶！」

關素梅再也忍不住心中的悲痛，喊了一聲：「寶珠！」說著，兩個女人緊緊地抱在一起。關素梅感到寶珠的眼淚落在了自己的臉頰上。關素梅勸道：「寶珠，你別哭，快別動了胎氣。」寶珠說：「我不哭，我不哭。」她卻哭得更響了。

山西義成信票號裡，關家驥在掌櫃房裡見到了祁伯興，祁伯興正在低頭打著算盤。關家驥寒暄道：「二掌櫃，忙啊。」

祁伯興頭也不抬地說：「沒辦法，少東家不在，好多事情我只能硬著頭皮幹。」關家驥巴結說：「子俊沒了，總號裡的事全靠您了。」祁伯興不冷不熱地問：「您有什麼事嗎？」

關家驥清了清嗓子，想吸引祁伯興的注意力，說道：「票號的規矩，東家和掌櫃的都是分開的，這子俊也真是的，守著您這麼個大能人，非要自己兼著總號掌櫃的。」祁伯興說：「我是個幹事的，該管的我管，不該管的我不管。」

關家驥試探地說：「老太太的意思，想讓我把這個攤子頂起來。」祁伯興將信將疑：「老太太的病怎麼樣了？我昨天去看，她還沒精神說話。」關家驥說：「今天好多了。我姐回了幾件事，她都應承下來了。總號大掌櫃這個位置，我打算跟我姐說，就交給您了。」

祁伯興終於抬起頭，盯著關家驥，半晌才說：「這個，我倒從來沒想過。」關家驥忙說：「我替您想著呢。」祁伯興又把頭低下了：「您的心意我領了。」

關家驥頓時有了一種大功告成的感覺，又往祁伯興跟前湊了湊。說道：「掌櫃的，現在各個分號的財產，加起來總共有多少？」

祁伯興冷冷地瞥了關家驥一眼：「該說的我說，不該說的，掉了腦袋我也不能說。」關家驥掩飾道：「我就是隨便問問。我也是票號裡的人，關心一下，總是應該的。我圖什麼呀，全是為了您好。」祁伯興不再理會他，重又低下頭去打著算盤。突然，一個夥計跑進來，嚇得面如土灰，喊道：「二掌櫃，不好了，來了一隊官兵。」

祁伯興問：「怎麼回事？」他說著就站起身，關家驥跟著他一同來到院子裡。票號各處的門口都站了兵勇，手持刀槍，一個個威風凜凜。

一個官吏宣道：「奉知府大老爺令，特地前來保護義成信總號，以免盜賊趁火打劫。」

幾天後，楊松林帶著大小一干官員前來為祁子俊弔喪。關家驥引領著楊松林等一干大小官員走進祁家大院。現在，他儼然是一家之主的樣子。僕人們穿著孝服侍立在道路兩旁，從大門口一直排列到家祠門前。喬管家帶著身穿孝服的世禎、世祺上前迎接。世禎、世祺兩個孝子跪在地上，對前來弔唁的官員們磕頭。

幾個衙役將一副輓聯懸掛在靈堂裡，上面寫著「明德濟世，炳清操如日月；經天緯地，張英風於古今」。祁家祠堂裡香煙繚繞，白幔低垂，桌上擺著香燭，靈牌上寫著「皇清誥授諫議大夫候補正四品銜祁子俊之靈位」。

楊松林站在靈牌前，手捧一紙祭文，裝腔作勢地高聲念著：「吁嘻兮！俊公頌聲載路，豐碑是刊。不意干戈突起，差池烽火。英年早殞，鴻業未竟。死得其所，烈有餘氣。嗚呼！俊公高風亮節，卓絕千古。棄余往矣，茫如墜川，實深哀痛。想遺弓而在望，悲牙琴之猶存。林雖不才，敢效申胥泣血秦庭，誓學伍員鞭屍荊郢，掃妖氛於江左，還宇內之清平。遙望就義之地，愴然低回，淚如雨下，音容杳然，精魂可悲，哀哉哀哉。伏惟尚饗。」念畢，楊松林親自在靈位前奠酒，焚燒紙錢。

祁家大院裡，弔唁的官員們都已散去，只有楊松林還在隨著關家驥四處巡視，楊松林仔細撫摸著門上的獸銜銅環、廊下的漢白玉石雕、酸枝雕花窗，臉上流露出不勝豔羨的神情。楊松林說：「連窗欞都是紅木的，整個山西，恐怕就只有祁家。」

關家驥忙奉承道：「當年多虧了您親自主持，為祁家修繕宅院，這分恩德，我們一家老小沒齒不忘。」

楊松林慢悠悠地說：「為祁家修繕老宅，我確是傾盡了全力。這事情恍然就在眼前，想不到如今已經物是人非了。」他連連搖頭，深深地嘆了一口氣。兩人經過一個穿心過廳，漸漸走到深處的院落，眼前就是北院的正房。

關家驥說：「以後知府大老爺有用得著的地方，儘管吩咐。」楊松林淡淡地說：「我個人倒沒什麼。只是手下的人跟著我這麼多年，都是兩袖清風，未免太苦了些，我想讓他們能有些進項，聊補生計，這樣才好養廉啊。」關家驥忙說：「義成信就此奉上五股乾股，您看如何？」

楊松林似笑非笑地說：「我們這些人雖說官不大，但畢竟是吃朝廷俸祿的，在商家持有股份，總有些不太妥當。」關家驥馬上心領神會：「義成信每年都有分紅，每股的紅利是一萬四千兩銀子，我決意每年拿出十股的紅利來孝敬府衙，股份不在您的名下，但紅利自會按時奉上。」

楊松林微微點頭：「沒想到關少爺比起子俊更勝一籌啊。也難怪，子俊結交的都是王爺啊、尚書啊，我們這些人在他眼裡算不了什麼。」關家驥說：「大老爺前程無量，還望以後多加提攤。只是祁家這麼大的產業，人多嘴雜，眼下我雖然在這兒頂著，到底少個名分。」

楊松林問：「我自有道理。你速速去給朝廷寫個遺疏，有兩位王爺在朝裡，少不得追贈個二三品的官職，你在祁家就是頭功一件。我再讓人擬個遺言，就說子俊臨終時託付你主持大計。有我出面，大概也就沒人追究真偽了。」關家驥趕忙跪下去磕頭：「多謝大老爺。」楊松林笑笑：「都是自家人，就不必如此多禮了。」

關家驥感恩戴德：「事成以後，家驥還會有一分孝敬。」正說著，沒留神一個瓜子皮打到了臉上。關家驥正想發作，抬頭卻看見寶珠站在高臺階上，倚著門框，不斷從嘴裡吐著瓜子皮。寶珠已經明顯是個孕婦了。她從眼角冷冷地瞟著關家驥和楊松林，神氣裡帶著一絲憤怒，又帶著一絲輕蔑。

楊松林問道：「這是什麼人？」關家驥低聲說：「以前是老太太的丫鬟。」他賠著笑臉對寶珠說：「寶珠姑娘，我方才只顧跟知府大老爺說話了，沒瞧見你，多有得罪。」寶珠翻著白眼說：「我不過是個粗使丫頭，哪能放得進舅老爺眼裡？」

關家驥說：「我正和大老爺商議，怎麼把姐夫的後事辦得風光些。」寶珠冷冷地說：「哼，我說怎麼這麼著急來搶孝帽子啊，敢情是打上了財產的主意。」楊松林怒道：「你這是什麼意思，本府還能有侵吞祁家產業的打算不成？」寶珠說：「您心裡怎麼想的，我可不知道。知府大老爺在上，小女子多有冒犯，萬望恕罪。」她裝模作樣地深深一福。

關家驥氣哄哄地說：「既然姐姐把家事託付給我了，就由我做主，用不著寶珠姑娘教訓。」寶珠也來了氣，雙手叉腰，一副什麼都不怕的樣子：「你甭跟我端舅老爺架子，要爭財產也輪不到你，姑奶奶還沒說話呢。」關家驥惱羞成怒：「你是哪一門子的姑奶奶？」關家驥朝寶珠吹鬍子瞪眼，氣焰十分囂張。他萬萬沒有想到，身後響起了一個非常平靜但又不容置疑的聲音。是關素梅。

關素梅說：「她是老太太的螟蛉義女，自然是祁家的姑奶奶。」關家驥和楊松林十分尷尬，只好訕訕地走了。

天近黑了。寶珠正在跟關素梅告別。寶珠說：「少奶奶，我回去了。」關素梅細心地說：「我讓人用車送你吧。」

寶珠說：「不用啦，沒那麼嬌氣。老人家都說，多走動走動好。」寶珠大搖大擺地走出了院子。喬管家在後面看著她，從廊下一直追到門外，喊道：「寶珠姑娘！」寶珠回過頭問：「幹什麼？」

喬管家說：「你真打算爭財產啊？」寶珠喝道：「爭個屁！老太太和少奶奶都待我不錯，我能做那分沒良心的事？」喬管家說：「你就不怕得罪他們？關少爺還好說，楊大老爺可是父母官啊。」

寶珠說：「我雖然是個女流之輩，可就是看不慣這班混帳東西做的事。」喬管家感嘆道：「人人都說你是把家虎，敢情大家都錯了。」寶珠理直氣壯地說：「我男人的錢，我把著，別人家的錢，我犯不著惦記！」

祁老太太臥室，一個年老的醫生正在給祁老太太診脈。祁老太太面色蠟黃，一動不動地躺在炕上。關素梅站在一旁，神色十分焦慮。醫生診完脈，一聲不響地走了出去。

醫生走到祁家大院正堂，正在開藥方。關素梅關切地看著醫生。喬管家站在一旁。醫生說：「照眼下這個樣子來看，吃幾劑藥，也只是略盡人事而已。少奶奶，依老朽之見，還是趕緊準備後事吧。」

關素梅心情沉重地說：「不過幾天的工夫，怎麼就成這樣子了？」醫生說：「老太太這病是憂憤滯中、鬱氣傷肝所致，要是放在年輕人身上，還沒多大妨礙，只是老人家本來身體就虛，先前的醫生亂用補藥，反而使病症深入臟腑，一天重似一天，現在已是形在神散，只怕熬不了多少日子了。」關素梅問：「您說就沒個辦法了？」

醫生搖搖頭：「老朽已是無能為力了。」關素梅把醫生送出門口，回轉身來，對喬管家沉下臉來：「誰讓你找這麼個人來？」

喬管家分辯道：「這可是全縣最好的大夫。」關素梅說：「趕快派人去太原，不管花多少錢，一定要請到最好的大夫，不行就上京城請御醫。」喬管家說：「是。」

關素梅坐下，在桌子上鋪開一張信箋寫了起來。

祁老太太臥室，關素梅端著藥碗，盛了一匙藥，端到祁老太太嘴邊。祁老太太朝兒媳無力地擺了擺手。祁老太太吃力地喘息著：「你別太勞累了。我怕是沒多少日子了，這個家，以後就靠你一個人操心了。」關素梅強笑道：「大夫說，您的病沒有多大妨礙。」

祁老太太說：「我自己身上的病，自己知道。唉，子俊到底是怎麼回事啊？」關素梅忙說：「子俊來信了。」

祁老太太睜開眼睛，露出喜悅的光芒，問道：「子俊來信了？」關素梅點點頭：「本來想等您吃完藥再說的。」

關素梅極力掩飾著憂傷，從懷裡掏出折疊得十分整齊的一封信，仔細地展開。關素梅說：「我念給您聽：母親大人，兒自離膝下，輾轉至寧，頗費周折，所幸南京分號全部銀錢一毫無損。兒現已離寧至京，蒙皇上差遣，在京城公幹，不日即將返家，萬勿掛念，切切。不孝男子俊頓首。」

祁老太太將信將疑：「真是子俊的信啊，信封呢？」關素梅說：「在我屋裡，回頭我給您拿去。」

祁老太太拿過信，充滿感情地抱在胸前。她用感激的目光望著關素梅，說：「有個事我說給你，回頭告訴子俊，一定要照辦。我死之後，出殯的時候，讓世禎給我摔喪駕靈，他是長房長孫。」

北京黃玉昆府門前，白天，一乘青呢小轎停了下來。只見潤玉輕盈地從轎子上走出來。早有僕人站在轎子前伺候。僕人說：「潤玉姑娘，黃大人在裡面等著呢。」

潤玉隨僕人走進院子，卻看見黃大人穿上了黃馬褂，一身外出的打扮，迎著她走過來。潤玉忙上前施禮：「給世伯請安。」黃玉昆笑笑說：「免了吧。玉兒，今日天氣清和，春光明媚，我想讓你隨我出去走走，散散心。」潤玉說：「一切聽世伯吩咐。」

黃玉昆帶著潤玉來到北京西郊一座荒廢的私家園林。不知哪朝哪代，這裡也曾經有過美輪美奐的雕梁畫棟，現在卻只剩下一片斷壁頹垣，房屋東倒西歪，門窗殘缺不全，瓦礫中星星點點地開放著無名的野花，空地上還種了些玉米、高粱，但從屋頂上僅存的幾片琉璃，院子裡幾根稀稀落落的金鑲碧竹，乾涸的小河中的石舫，還可以想見昔日的繁華。從這裡可以清晰地看見霧靄繚繞的西山。

黃玉昆帶著潤玉在這座廢園裡轉來轉去，從殘破的屋裡回到了院子裡。黃玉昆說：「玉兒，你看這塊地方怎麼樣？」潤玉說：「『不道碧山常淡掃，一層殘柳一層雲。』說的就是這裡吧？」黃玉昆點頭：「不錯。」

潤玉說：「咱們一路走過來，沿途有蔚秀園、承澤園、朗潤園、熙春園，這麼多官宦人家把別墅建在這裡，都是看中了這裡風水好、風景好。」

黃玉昆得意地說：「春則鳥語花香，夏則晴雲碧樹，秋則亂葉飄丹，冬則積雪流素，將來歸隱林泉，這實在是個好去處。」

潤玉忙說：「朝廷正在倚重世伯，您這個意思，未免太早了些。」黃玉昆說：「高處不勝寒吶。眼下，我只想著能有這麼塊地方，種種桑菊，養養雞鴨，過點無憂無慮的日子。」潤玉說：「只怕皇上不會答應。」

黃玉昆發著牢騷說：「皇上是聽恭王爺的。做官，說穿了無非就是三條：關好自己的門，管好自己的人，辦好自己的事。我哪一條做得不如別人？幾天前，上諭下來了，給戶部委派了八個侍郎，說是為了體諒我身體欠佳。你說說，我這個尚書還怎麼幹？」

潤玉傷心地說：「我父親在世的時候，也總說要歸隱山林，要是早做到了，也不至於落那麼個結果。」黃玉昆嘆道：「當年你父親與我在戶部共事，兩人戮力同心，配合默契，瑞王爺對我們兩人，無不言聽計從。現在可倒好，動輒得咎，越是盡心，就越是出錯。」潤玉心事重重：「我父親的冤情，不知何時才能得以昭雪？」

黃玉昆說：「其實就是王爺一句話的事，但究竟能不能昭雪，還得根據眼下的形勢來定。」潤玉說：「父親在朝裡為官多年，終日詩酒會友，高朋滿座，可一旦獲罪，滿朝文武，那麼多朋友，竟沒有一個人站出來說句話，真讓人心寒吶。」

黃玉昆心虛地說：「要不是事發突然，大家豈有不幫忙之理？」潤玉說：「父親到底因何獲罪，我到現在還是不明白。」黃玉昆勸道：「你年紀尚幼，有些事情就是不能太明白了。」

潤玉沉吟道：「照我父親的性格，絕不可能畏罪自殺，任何事情，他都會對天下人有個交代。」黃玉昆附和道：「此事真不可解……」潤玉追問道：「您是他的頂頭上司，對事情的來龍去脈應當清楚。」

黃玉昆支支吾吾：「這，這……此案是瑞王爺親自過問的，還派親隨跟你父親一道去祁縣，當時我也在嫌疑之列，自然無法插手，整個過程就只有瑞王爺一個人清楚。」潤玉輕輕說：「這樣說來，世伯倒是受了不少連累。」

黃玉昆擦擦額頭冒出的汗，忙說：「這倒是沒什麼。我看，事情已經過去了，再去翻陳年舊帳，萬一惹惱了王爺，以後的事情倒不好辦了。」

潤玉若有所思地望著眼前的一片空地，喃喃自語著：「我父親背著這麼個罪名，在地下也不得安心啊。」

潤玉回到春草園戲班。這天，戲園子後臺，一片忙碌景象。演員們有的在練功，有的在吊嗓。雪燕也在吊嗓，唱的是《易鞋記》裡韓玉娘「夜紡」一段的唱腔。

潤玉從她身邊走過時，雪燕滿懷醋意地盯著她。雪燕酸溜溜地說：「范老闆，黃大人最近總請你出去啊。」潤玉不經意地答道：「也就一兩次。」

雪燕語帶譏諷：「你真有福氣，能讓黃大人相中，不知有多少人羨慕你呢。什麼時候過門，我們也好準備分子錢呀。」潤玉頓時沉下臉來：「別信口胡言。黃大人是我父執，只不過最近心情不好，讓我陪他出去散散心。」

雪燕陰陽怪氣地說：「有什麼害臊的，你也不是千金小姐了，用不著擺什麼身價，能去給人做小，就是最好的歸宿。」潤玉氣惱地說：「你願意去自己去，可別扯上我。」潤玉不再理會她，逕自走開。

雪燕衝著潤玉的背影做著怪臉：「還以為自己怎麼著呢，不就是個戲子嘛，賤貨！」

潤玉走到後臺自己的衣箱前坐下，滿懷心事地看著鏡子中的自己。祁子俊送給她的那把鑰匙仍然孤零零地掛在牆上，似乎從來沒有動過。

雪燕終於找到了自己向上攀附的機會。夕陽西下的一個黃昏，曾經載過潤玉的那頂青呢小轎停在什剎海邊的垂柳下。雪燕探出頭來，向四周張望了一下。過了一會兒，一頂高級官員乘坐的綠呢大轎停在不遠處的另一棵樹下。抬轎的都是穿著號衣的衙役。雪燕從小轎出來，扭著腰肢鑽進大轎。轎夫們抬走了青呢小轎。

一天清早，雪燕還沒起床，門外就傳來敲門聲。雪燕從床上爬起來，慢騰騰地穿上外衣，懶洋洋地朝門口走去。雪燕問：「誰呀？」是梨園公所司理。他答道：「是我。」雪燕打開門，問道：「大清早的，你有什麼事？」公所司理討好地說：「我請姑娘去看個地方。」

不一會，公所司理帶著雪燕來到一處戲園子。戲園子門楣上掛著「廣興園」的金字牌匾。雪燕跟著公所司理走進戲園子，頗感興趣地四處打量著。雪燕說：「呵，誰家的戲園子？還真氣派。」

公所司理說：「我新近盤下來的，您瞧瞧，全都收拾好了，就等著挑個黃道吉日開張了。眼下，班子裡也有幾個名角，但還缺個挑大梁的人物，雪燕姑娘要是肯賞臉的話……」

雪燕假惺惺地說：「我離不開春草園。」公所司理說：「姑娘在那邊幹得雖然好，可永遠只能排在第二，到了這邊，您就是第一。」雪燕又裝模作樣地說：「我不在乎什麼第一第二的。」

公所司理勸道：「那是您仁義。可話又說回來了，眼下您早就不是范家的丫鬟了，想去哪兒，還不是您自己說了算？再說啦，您現在是角兒，開銷大，春草園一年才給您十兩銀子，夠幹什麼的？」雪燕不語了。

公所司理又說：「到了我這邊，別的不說，一年下來，少說給您這個數。」他伸出兩個手指頭。又說：「您合計合計，等想明白了，給我個話兒。」

春草園戲園子今天上演的戲是《貴妃醉酒》。瑞王爺又來看戲。舞臺上，兩個演員正在演出《貴妃醉酒》。扮演楊貴妃的演員將高力士的帽子戴到自己頭上時，卻不慎落在臺上。楊貴妃趕忙示意高力士撿起來。高力士會意，撿起帽子，拍打了兩下，仍遞給楊貴妃，嘴裡還著補了一句念白：「瞧您都醉成這樣了，可得小心著點。」

包廂裡，瑞王爺心不在焉地看著臺上的表演，卻不住地瞟著身邊的潤玉，緊盯著她的領口、袖口，以及一切可以暴露出肌膚的地方。潤玉小心地給王爺倒上茶：「王爺，請慢用。」

瑞王爺趁機拉了拉潤玉的手，挑逗地說：「潤玉姑娘，你是越來越水靈了。」潤玉只得逢場作戲：「王爺，您有空多來坐坐，戲園子裡少了您這樣的行家，還真不行。」瑞王爺又把潤玉往跟前拉了拉，肉麻地說：「我有幾天不來，還總記掛著你。」

潤玉不動聲色輕輕掙脫開瑞王爺，斂衽垂手在一旁侍立，說道：「王爺能來，是我們的榮幸。」

瑞王爺端起蓋碗茶，吹了吹上面漂浮的茶葉，慢慢地呷了一口，感嘆說：「你對我還跟從前一樣。可是，那些朝廷命官，到我那兒去的人越來越少了。想想他們吧，一個個飽讀詩書，世承皇恩，竟不如你一個唱戲的。」

潤玉趁機說：「潤玉幼承庭訓，也識得幾個字。家父有言，人活一世，做人是第一件要緊事，而做人首要的就是『忠』、『義』二字。我想，父親既是如此訓教我，自己諒也不會做出什麼不忠不義的事情。我父親的案子當中會不會有什麼冤情，還望王爺明察。」

一聽潤玉提起范其良，瑞王爺的興致頓時煙消雲散，只問：「黃玉昆最近是否來過？」潤玉說：「黃大人倒不常來。」瑞王爺別有用心地說：「黃玉昆這人平日裡挺好，可一到了緊要關頭，心裡就只有自己了。他是你父親的頂頭上司，當年的事，他要是肯出來保一下，你父親何至如此啊。」

現在，潤玉心裡對父親的疑案已經明白了大半，但表面上還裝做若無其事的樣子，說道：「王爺，下邊該《易鞋記》的折子了，我到後臺去照應一下。」潤玉穿過一排排的掛在架子上的戲裝，向衣箱間走去，卻見黃公子笑嘻嘻地迎上前來，說道：「妹妹，上回拿來的油彩用完了嗎？」

潤玉應付說：「還多著呢，就雪燕一個人愛用，別人都不怎麼用。我只是覺得西洋油彩裡邊的紅色挺正，用過兩次。」黃公子忙說：「以後我就專給你買紅色。人家光紅色，就有十幾種。」潤玉說：「世兄別再破費了。」

黃公子苦惱地說：「妹妹，你老讓我弄不明白，我對你可是真心實意的。」潤玉岔開說：「世兄，下邊還有戲，我得去照應一下。」

黃公子一下子不知道該說什麼才好，驀地想起此行的目的，說道：「妹妹，聽說祁子俊死了。」

潤玉正要離開，猛然收住腳步，以為自己聽錯了，只問道：「你說什麼？」黃公子說：「祁子俊去南京轉移票號裡的銀子，讓長毛……」他做了一個砍頭的姿勢，接著說：「連個整屍首都沒留下來。」

潤玉緊緊地揪住一件青衣的行頭。這是《易鞋記》中韓玉娘穿的「富貴衣」。半晌說：「你說的可是真的？」

黃公子著急地說：「妹妹，你怎麼就不信我呢？我什麼時候騙過你？」那件被潤玉緊緊抓住的行頭慢慢地落在地上。潤玉喃喃地說：「他不是壞人啊，怎麼會遭受這樣的飛來橫禍？」

潤玉心中無限的渴望突然變成了巨大的悲傷，黃公子卻毫無覺察，還在喋喋不休地議論著：

「要說這祁子俊也真是的，為了幾個臭錢就把命搭上了，不值啊。妹妹，你平日裡對他再好都沒用，他眼裡除了錢還是錢，『商人重利輕別離』嘛。說來說去，他祁子俊有什麼呀，不就是能把王爺拍得團團轉嗎？我反正是不會去幹這種事的。以後，有我在你身邊，什麼事都不用擔心。妹妹，咱倆可得多親近些。」

黃公子正陶醉在對未來的憧憬之中，沒想到眼前的潤玉臉色勃然一變。潤玉說道：「誰跟你是『咱倆』？黃公子，你要聽戲只管聽，別拿我們窮唱戲的尋開心！」潤玉說完，頭也不回地走了。

黃公子愕然呆立在那裡。

潤玉走進後臺衣箱間，裡面一片雜亂。潤玉的目光掃了一下，見別的演員都已經化好妝了，只有雪燕還穿著便裝，不緊不慢地梳著頭，潤玉忍不住說：「雪燕，就差你了，趕快上妝吧。」

雪燕慢斯條理地說：「班主，我想跟你商量點兒事。」潤玉心裡有事，說道：「什麼要緊事啊？回頭再說吧，先顧臺上。」雪燕板著臉說：「臺上得顧，肚子也得顧。我跟著你唱戲也不少日子了，這分兒錢是不是也該漲點兒了？」潤玉忍住說：「先上場，以後再說行不行？」雪燕說：「不說明白了，這戲沒法兒演啊。」

潤玉解釋說：「你也知道咱們的狀況，最近一直不怎麼上座兒，等到了年底，我一定給大家想辦法。」雪燕冷笑一聲說：「你這一說就奔年底去了，我這肚子可等不起啊。誰不知道，兩位王爺常來捧場，賞錢還少得了？」

潤玉耐心說道：「王爺來看戲，不但沒有一點進項，還得往裡搭錢，你又不是不知道。」雪燕又說：「王爺不捨得花錢，祁少東家可是挺捨得花錢的。」

潤玉正色說：「人家有錢是人家的，咱們憑自己的玩藝兒吃飯，管人家幹什麼？」雪燕一翻白眼：「你是不用管，到時候自有大把大把的金元寶、銀元寶進來，我們跟著你，都喝西北風啊？」潤玉惱火了：「也沒見你餓著啊。」

雪燕一摔梳子：「打今兒個起，姑奶奶不伺候了！」潤玉也來了氣：「隨便你怎麼樣吧。」

雪燕說：「好，有你的，今天這出《易鞋記》，我看你們誰行！」她氣沖沖地拂袖而去。潤玉極力壓住胸中的怒火，盡量把聲音放得平緩些。潤玉對其他演員說：「還有沒有想走的？都一塊兒說出來。」

大家面面相覷，沒有人吱聲。

老琴師忙說：「潤玉姑娘，我們跟著您。」

潤玉點點頭：「那就好，以後誰也不許再犯刺兒。」她轉臉對老琴師說：「您看我能上去頂一陣嗎？」老琴師安慰說：「您的本錢不錯，能唱乙字調，我看成。」潤玉一拱手：「全仗您給託著。」

老琴師說：「您甭說見外的話。幹咱們這行的，就得魚幫水，水幫魚。」潤玉豪爽地說：「好，給我上妝，拿『富貴衣』來！」

春草園戲園子裡，看座兒的夥計端著蓋碗茶走到觀眾中間，收著茶錢，看蹭戲的知趣地躲到一邊。三通鑼鼓響過，場內漸漸安靜了下來。

舞臺上，大幕緊閉。潤玉在幕後叫板：「我韓玉娘好命苦哇！」她唱的是二黃導板：「耳邊廂又聽得初更鼓響……。」

這是《易鞋記》中的「夜紡」一場。臺下的觀眾一片叫好。

隨著一陣鑼鼓經，大幕徐徐拉開。臺上只擺著一張桌子。潤玉頭戴銀泡（注），身穿灰色的「富

注　銀或鍍銀製成，旦角的主要頭飾。

貴衣」，手扶紡車，面對孤燈，接著唱散板、回龍、慢板、原板。臺下，幾個觀眾交頭接耳地議論著。一個觀眾說：「今兒個怎麼換人了？」另一個觀眾說：「這潤玉姑娘還真行。」

前一個說：「真是冰雪聰明啊。人家說文武崑亂不擋，她這老生能改了青衣，不簡單。」臺上，潤玉繼續演唱著：「我雖是女兒家頗有志量，全不把兒女情掛在心旁。我也曾勸郎君高飛遠揚。」哭：「程郎啊，」接著唱道：「又誰知一旦間改變心腸……」道白：「難道說他把我忘得乾乾淨淨了麼？」又唱道：「到如今害得我異鄉飄盪。恨只恨負心郎把我遺忘，到如今看破了紅塵萬丈，留下這清白體……」她的嗓子越來越高亢激越，但唱到最高處時，卻突然失聲。

臺下一陣騷動。幾個演員忙機靈地上臺救場。

戲園子後臺，演員們關切地圍著潤玉，有人給她遞上茶來。潤玉喝了一口茶，指指自己的嗓子，痛苦地示意已經說不出話來了。

人們漸漸散去，剩下潤玉愣愣地對著掛在牆上的鑰匙出神。只有老琴師守候在她的身邊。老琴師說：「潤玉姑娘，您別太生氣了，聽說雪燕現在是跟黃大人在一起，千萬別跟這路人一般見識。」

潤玉滿懷感激地望著老琴師。包廂裡，瑞王爺從瞌睡中驚醒過來了，問道：「怎麼回事？」小太監回道：「潤玉姑娘不知怎麼的，嗓子突然啞了。」瑞王爺一皺眉頭：「真掃興。」

這時，老琴師站在臺上，正朝臺下的觀眾抱拳施禮。老琴師說：「各位老少爺們兒，出了點兒意外，暫且由學徒伺候各位一段玩藝兒。」

臺下響起喝倒采的聲音，有人叫喊著要退茶錢。老琴師沉著地搬過一把椅子，在舞臺中央坐下，開始賣力地拉著京劇曲牌〈萬年歡〉，然後是〈夜深沉〉，再然後是〈哭皇天〉。不管臺下鬧得多響，老琴師依舊是氣定神閒，彷彿對一切喧囂和騷亂渾然不覺。

潤玉在一種難以言說的心情中終於取下了祁子俊掛在後臺牆上的那把鑰匙，在月光中來到自家老宅。潤玉站在家門口，掏出鑰匙，打開大門。在周圍的寂靜中，開門聲出奇地刺耳。月光如水，映出她窈窕而孤單的身影。

潤玉慢慢走進宅院，點亮一盞油燈。她端起油燈，走到那幅「慎獨」的條幅面前，盯著條幅看了一會兒，毅然決然地扯下條幅。

第二天，潤玉來到義成信北京分號。潤玉走到櫃檯面前，看著袁天寶，張了張嘴，又覺得有些難於啟齒。袁天寶忙問：「您有什麼吩咐？」潤玉問：「您是掌櫃的？」袁天寶答：「是。」潤玉說：「我想借點銀子。」袁天寶問：「多少？」潤玉說：「一百兩。」袁天寶問：「誰給您擔保？」

潤玉掏出很久前祁子俊送給她的那枚小章，呵了一口氣，在手心印了一下，然後給袁天寶看。袁天寶點點頭，吩咐夥計：「取一百兩銀子來，要成色最好的上海豆規。」潤玉望著袁天寶，欲言又止。袁天寶問：「您還有什麼吩咐？」潤玉終於問：「你們少東家最近怎麼沒過來？」袁天寶嘆了口氣：「都說是死在長毛手裡了。這兵荒馬亂的，也沒個準信，真讓人揪心啊。」潤玉黯然神傷，沒有再說一句話，轉身準備離開。

袁天寶喊道：「小姐，您的銀子還沒拿呢。」潤玉漫不經心地：「哦。」她轉過身來，對袁天寶投以感激的一笑，但笑容裡卻包含了太多的苦澀。袁天寶想對她笑笑，但沒笑出來。

此時在南京的太平天國監獄走廊，剃頭師傅正帶著祁子俊沿著幽暗的通道走來，進了一個寬敞、明亮的房間，然後陰沉著臉，退了出去。

蕭長天正坐在桌子旁邊等候著祁子俊。席慕筠站在一旁。蕭長天面帶微笑說：「祁少東家，請坐。」祁子俊不坐，說道：「要還是買洋槍的事，丞相大人就不用再說了。」席慕筠說：「坐下來聽聽，對你沒有壞處。」

祁子俊問：「我早就說過了，一家老小，比我一個人的性命值錢。」蕭長天說：「所有的麻煩，天朝都替你考慮周全了，絕不會把這事洩露出去。我說話算數。」

祁子俊終於嘿嘿一笑，說：「就怕你說話算不了數。買洋槍，好哇，先得有銀子啊，即便有了銀子，我總不能一個人馱著去上海吧？洋槍洋炮都能買，但有一樣，先得讓義成信開張，把我的錢如數還回來。」說著，他解開腰帶，取下隨身攜帶的算盤，飛快地撥拉起來。祁子俊說：「義成信南京分號庫存現銀二十三萬八千兩，銀票合計一百一十七萬五千兩，朝廷稅銀四百二十六萬兩，共計六百六十七萬三千兩。這些錢收不回來，一切免提。」

祁子俊的坦率讓蕭長天感到既憤怒，又欣賞。席慕筠望著祁子俊，漸漸對他產生了興趣。蕭長天笑道：「嘴是痛快了，可要當心腦袋呀。」從語氣上可以聽出來，他並不是說說而已。

席慕筠說：「我原先以為，義成信的少東家得有多大的胸襟和氣魄，現在一看，原來是個死心眼兒。」祁子俊說：「你激我也沒用。」席慕筠說：「我幹嗎要激你？命是你自己的，明擺著，跟天朝合作才能保住命，對抗下去，只有死路一條。」

祁子俊問：「你是想救我嗎？」席慕筠說：「沒人能救你，只有你自己才能救自己。」祁子俊說：「問題是，我根本就不想救自己，所以，說什麼都沒用。」蕭長天喝道：「不用跟他再廢話了。」他憤怒地轉身離開，席慕筠只好跟了出去。

監獄走廊上，蕭長天一邊走，一邊餘怒未消地對席慕筠講話：「我要讓他後悔都來不及。」席慕筠點點頭說：「我看，他也的確是不可救藥了。」蕭長天說：「甘心自棄，執迷不悟，妖氣太重。」席慕筠想了想說：「上次他提起過，有個同鄉跟他關在一起……」

第二十一章

蘇文瑞莫名其妙地從太平天國的監獄被放出來。他跟著一個太平軍士兵走進一家民居。這是一個優雅寧靜的小院子，屋裡的桌上已擺好了豐盛的酒菜。

太平軍士兵對蘇文瑞客客氣氣地說：「先生，請慢用。」蘇文瑞困惑不解地看了看太平軍士兵，問道：「是誰請客？」太平軍士兵說：「不知道，我只是奉命行事。」

蘇文瑞就不再問。他在桌旁坐下，給自己倒了一杯酒，很享受地呷了一口。太平軍士兵退了出去。酒足飯飽之後，蘇文瑞躺在寧式床上，拉過被子，蒙頭大睡起來，太平軍士兵站在門外把守著。

到了晚上，仍然是一桌酒席。太平軍士兵擺好碗筷，就退了出去。蘇文瑞坐在桌前又吃又喝，看上去食欲很好。忽然，外面有人咳嗽了一聲。蘇文瑞不去理會，繼續吃菜。這時，蕭長天悄悄地推門進來。

蘇文瑞並不起身，反而將杯中酒一飲而盡。蕭長天毫無怪罪之意，在蘇文瑞對面坐下，給自己倒了一杯酒，也是一飲而盡，然後，仔細打量著蘇文瑞。蕭長天說道：「在下蕭長天，身居天朝春官丞相之職，久仰蘇先生大名，今日難得一見，實在是三生有幸。」

蘇文瑞不卑不亢：「蘇某不過是個落第的秀才，蕭丞相折節下士，讓蘇某慚愧得緊。」蕭長天說：「在下與蘇先生同是科場失意之人，惟一可以自負的，是沒有清妖官場上那麼多的壞習氣。讀書人只是意氣第一，功名、禮法之類，倒都不必太放在心上。」

蘇文瑞點頭說道：「蕭丞相詩中有『不策天人在廟堂，未造乾坤有主張』的佳句，當年魏徵投奔唐高祖時寫的『縱橫計不就，慷慨志猶存』，怕也不過如此。」

蕭長天高興地說：「過獎，在下哪裡敢跟古人相比。」

蘇文瑞說：「自古來都是成者王侯敗者賊，誰能說您有朝一日就不是垂拱而治的千古賢相呢？」蕭長天說：「人生相逢，最難的是知己。蘇先生，在下有意請你出山，一展未伸之志。」蘇文瑞搖頭道：「可惜蘇某早已淡泊於功名利祿之事了。」

蕭長天說道：「清妖竊據天下已久，皇帝無德，世風日下，朝無善政，野多遺賢，貪官甚於強盜，酷吏無異虎狼。我天王起義金田，斬邪留正，援救蒼生，使百姓安居樂業，共享太平。天王求賢若渴，量才錄用，大功大封，小功小賞，三四年後，大家就都是開國勳臣。這正是千載難逢的良機，大丈夫借此建功立業，將來也好博得個封妻蔭子，衣錦還鄉，名垂青史。蘇先生何不就此棄暗投明，與在下共同輔佐天王，建立不世之勳？」

蘇文瑞怦然心動，但仍然不形於色，只說道：「蘇某臂無縛雞之力，寄身祁少東家門下，每日所想的無非是柴米油鹽，就算有建功立業之心，怕也無建功立業之力。」蕭長天又說：「外面人都說，祁子俊對蘇先生言聽計從。」

蘇文瑞擺擺手：「多是謬傳，我只不過是經常與祁少東家談論世道人心而已。」蕭長天說：「如果蘇先生能勸說祁子俊投效天朝，便是奇功一件。」蘇文瑞沉吟一下，緩緩說道：「承蒙丞相看得起，蘇某願意一試。」蕭長天臉上掠過一絲難以覺察的笑容。

太平天國監獄，白天，還是蕭長天曾與祁子俊見面的那間屋子。蘇文瑞坐在祁子俊對面，臉上微笑著，心中卻有些忐忑不安。在祁子俊面前，他從來沒有過這樣的不自信。蘇文瑞說：「子俊，事情到了這一步，不答應只有死，答應下來，也許還有活路。」祁子俊不以為然：「刀壓脖子讓我辦事，我才不伺候呢。」

蘇文瑞壓低聲音說：「不過是權宜之計而已，用不著太較真兒，何妨先答應下來，再圖良策。」祁子俊搖搖頭：「還是等有了良策再說吧。」

蘇文瑞說：「子俊，你過去可不是這樣。聽我一句勸，光棍不吃眼前虧。」祁子俊冷冷地說：「這回，我誰的話都不聽。」

一陣短暫的沉默過後，蘇文瑞重新找到了話頭，說道：「隋朝末年，山西文水有個木材商人武士彠，傾囊扶助李淵起兵滅隋。後來李淵得了天下，武士彠官至工部尚書，封應國公。子俊，你這一著要是走對了，將來也少不得有王侯之位。」

祁子俊翻了翻白眼：「我不是武士彠，洪秀全也不是李淵。」

蘇文瑞說道：「眼下大清腐敗透頂，生靈塗炭，天朝登高一呼，各省百姓響應風從。天朝人馬取柳州，克武昌，復揚州，奪鎮江，攻無不取，戰無不勝，眼下又在運籌北伐，得天下是遲早的事。」祁子俊直言道：「大清的氣數未必就到了盡頭。我倒勸您別打這個主意，牛金星、宋獻策跟著李自成起事，都沒落著什麼好結果。」

蘇文瑞被他說中了心事，未免有些尷尬，只好說：「我不過是說說而已，主意還得你來拿。」

春官丞相府裡，席慕筠正以同樣的耐心勸說著蕭長天。蕭長天氣道：「我說怎麼樣，他就是軟硬不吃，橫豎一副死豬不怕開水燙的勁頭。」席慕筠說：「據我所知，這個祁子俊一向靈活善變，他能給清妖辦理協餉、代轉稅銀，絕非等閒之輩。」

蕭長天說：「本事越大，留著他給清妖辦事，就越是個禍害。最後再去問他一次，要是還不答應，只有殺了他了事。」席慕筠說：「殺他容易，可沒有洋槍，打起仗來，咱們總也占不了上風。」

蕭長天沉吟半晌，說道：「後來派到上海去的人怎麼說？」席慕筠說：「派出去的幾撥人，都空著手回來了。」

蕭長天冷笑一聲說：「這個祁子俊要的價太高。他也不想想，錢已經全部充到天朝的聖庫裡了，怎麼可能還給他？」席慕筠說：「一定要還給他。他是商人，最看重的是公平交易，也許，咱們的條件讓他覺得太不公平了。依我看，這事不能急，只能緩，不如就放了他。」蕭長天搖頭說：「這可不是好玩的，出了亂子，你我都吃不了兜著走。」

席慕筠說：「既然此人不同尋常，也就不能用尋常的方法對付他。」蕭長天還在猶豫：「這未免有些冒險。」席慕筠肯定地說：「願以性命擔保。」

蕭長天一愣，半晌說道：「軍中無戲言。」席慕筠說：「我想跟您打一個賭。」蕭長天問：「賭什麼？」席慕筠笑笑說：「如果我輸了，情願提頭來見。如果我贏了，只有一個小小的請求。」蕭長天眉毛一動：「嗯？」席慕筠望著掛在牆上的一支玉簫，輕聲說：「您教我吹簫。」

蕭長天笑了笑說：「多年不吹，怕有些生疏了。不過，祁子俊倒是一筆不錯的買賣。只是這麼大的事，最後還得由東王決斷。」

這天，祁子俊從監獄裡放出來了。他走出監獄，終於看到了一個陽光和煦的春天。他在陽光下伸著懶腰，感到特別愜意。祁子俊看見，席慕筠正在門外等他。

席慕筠拱手說：「恭喜祁少東家，解除牢獄之災。」祁子俊懶洋洋地說：「有什麼可喜的？明天說不定又得關進去。」

他回頭看了看監獄，揶揄說：「你看，在這兒呆長了，我還真有點捨不得走呢。」席慕筠把祁子俊帶到她的住處。祁子俊跟在席慕筠身後，走進她的房間，饒有興趣地打量著房間裡富於現代感的陳設。

桌子上鋪了一塊很大的繡花桌布，下面綴著長長的流蘇，上面擺放著地球儀、指南針、放大鏡等新奇的東西。祁子俊隨手拿起指南針，看了看，放回桌上，但很快又拿起來，愛不釋手地擺弄著。

席慕筠介紹說：「這是指北針，指針總對著北邊。」祁子俊說：「我當是什麼新鮮東西呢，小時候我就玩過。可是，這東西雖然咱們早就有了，到底不如人家做得精巧。」他忽然又對桌上的地球儀發生了興趣，問道：「這又是什麼玩意兒？」席慕筠說：「這叫地球儀，上面標著世界上所有的地方。瞧，這是咱們中國。」

祁子俊好奇地問：「山西在哪兒？」席慕筠說：「山西太小了，沒法標出來。」祁子俊說：「肯定搞錯了，山西那麼大，絕對應該有。有沒有大英國？」他當然希望大英國也不在上面。席慕筠轉了一下地球儀，指給他看。

席慕筠說：「瞧，大英國在這兒，周圍全都是海。」祁子俊不屑地說：「指甲蓋大的地兒，就敢跟咱們拔份兒？」他覺得不可思議，但地球儀實在讓他太感興趣了，他忍不住又轉了幾圈，不服氣地說道：「我也有個稀罕東西，給你見識見識。」

席慕筠看著他從靴子裡摸索出一張紙，在桌子上攤平，就說道：「什麼破玩意兒，髒乎乎的還往外拿。」祁子俊得意地說：「不懂吧？這叫龍票。這可是個好物件，可以逢凶化吉，遇難呈祥。你看，這回不又躲過了一劫？」

但席慕筠對龍票似乎不感興趣，她說：「清妖的東西，我才不稀罕呢。」祁子俊說：「清妖也有好東西，要不是為了那些好東西，你們天王造哪門子反啊？」席慕筠正言道：「天王起兵金田，斬邪留正，除暴安民，為的是讓天下百姓都過上太平、富裕的日子。」祁子俊說：「不就是要改朝換代嘛。」

席慕筠說：「不光是改朝換代。天朝要建立的，是一個新天新地新世界，大家有田同耕，有飯同食，有衣同穿，有錢同使，無處不均勻，無人不飽暖。」

祁子俊聽得似懂非懂，但聽得很認真。他愣愣地看著席慕筠，一時想不出該怎麼回答，但席慕筠身上那股超凡脫俗的氣質對他有著強烈的吸引力。他點頭說道：「你說的是挺好，大家都一樣，什麼都不用愁，缺錢的時候，到聖庫去領就得了。」

席慕筠高興地問：「你明白了？」祁子俊又說：「可聖庫的錢是打哪兒來啊？再說，要是都平均了，沒人想著多掙錢，這人不就越變越懶了？」

席慕筠說：「普通百姓男耕女織，含辛茹苦，到頭來還為溫飽發愁，你花的力氣比他們小，得到的好處卻比他們大得多，這就不平均。」

祁子俊說：「可我也沒偷沒搶，我經營票號，一樣得付出辛苦啊。」席慕筠說：「世界上的錢就那麼多，你多得了，別人只有少得。不平等是一種罪惡。」

祁子俊一翻白眼：「你還不如直接說我有罪得了。」席慕筠認認真真地說：「在上帝面前，我們都是罪人。」祁子俊說：「你的意思，是不是讓我把票號裡的錢拿出來，分給大家？」席慕筠微笑著說：「差不多。」祁子俊問：「那我家裡人吃什麼？」席慕筠說：「吃你自己應得的那一份。」

祁子俊費力地思索著，最後還是搖搖頭：「根本行不通。我把票號裡的錢分給大家，可也不是人人都會做買賣啊。這人啊，就是因為老想著要比別人過得好，才有奔頭，要是都平均了，誰還想著去掙錢呢？再者說了，大家一樣了，去掙誰的錢啊？」

席慕筠開導說：「不勞而獲是一種罪惡，金錢本身就是一種罪惡。」祁子俊困惑不解，把頭搖得像撥浪鼓：「不明白，還是不明白。」他更加費力地思索著，喃喃自語：「看來這上帝的事，我還真得好好琢磨琢磨。」

席慕筠又好氣又好笑：「好啦好啦，不跟你說了。」祁子俊還在較勁：「你不跟我說，我不就更不明白了嗎？」席慕筠說：「跟你說也白搭。你腦子這麼木，還總胡攪蠻纏。」

兩人正說著話，忽然外面傳來一陣雜沓的腳步聲和說話聲。祁子俊大驚，趕忙鑽到桌子底下。原來是那個剃頭師傅站在席慕筠面前，臉上掛著難以捉摸的笑容。他現在改穿了福王府的號衣。剃頭師傅問道：「剛才說的事，貞人想清楚了嗎？」席慕筠鎮定地說：「想清楚了。」

剃頭師傅又問：「幾時隨我去福王府啊？」席慕筠挺了挺胸：「我壓根就不打算去。」

剃頭師傅說：「這不太好吧，你是國兄相中的人……」他一邊說，一邊靠近席慕筠。祁子俊忽然想起，龍票還放在桌子上，急忙想要收起來，又怕被剃頭師傅發現。

席慕筠也想起了龍票，頓時緊張起來，極力要擋住剃頭師傅的視線。剃頭師傅似乎要轉過身去，但祁子俊剛伸出手，就感覺剃頭師傅正在走向桌子，趕忙縮回手來。剃頭師傅朝桌子走過去，席慕筠想要擋住他，但已經來不及了，便急中生智，裝作不小心的樣子，撞翻了花架上的一盆花。

剃頭師傅聞聲扭過臉去，席慕筠趕忙蹲下身子收拾打碎的花盆。等席慕筠收拾好花盆，再去看桌上時，那張龍票已經不見了。席慕筠這才鬆了一口氣。席慕筠冷冷地說：「我從來沒想過去當什麼王妃，今後也不會有這個念頭。福王府裡佳麗無數，不缺我一個。」

剃頭師傅笑道：「貞人何必把話說得太絕呢？福王身邊佳麗是不少，但還沒有一個洋學生，缺什麼想什麼，這也是人之常情啊。」他終於走到桌子旁邊，原來，他是想轉動一下地球儀。他撥弄了一下地球儀，說道：「人吶，心眼得活著點兒。你看我，上午還伺候蕭丞相呢，下午就伺候起福王來了，想想吧，伺候誰不是伺候啊？」席慕筠雙手抱胸，說道：「你願意伺候誰就伺候誰，跟我無關。」

剃頭師傅威脅說：「你這麼說，就有點不識相了。國兄能抬舉你，想要殺你，也是易如反掌，別的不說，抓你個私藏妖物的罪過就足夠了。」他又轉了一圈地球儀。席慕筠不動聲色：「你告訴國兄，我沒那分福氣，隨他怎麼處置。」

剃頭師傅氣狠狠地說：「那我只好照直稟報了。」席慕筠冷冷說道：「除非來殺我，否則，你也不用再來了。」

剃頭師傅只得灰溜溜地走了，席慕筠在他身後猛地摔上門。

祁子俊從桌子下爬了出來，邊拍打著身上的灰塵，邊說：「你看，說著說著就來了吧。平均，平均，軍營裡連夫妻都不能住一起，可福王身邊已經有那麼多老婆了，還嫌不夠。」

席慕筠皺著眉說：「你別胡說八道。」但祁子俊說得更起勁了：「我看你們這平均，也就是在老百姓裡平均平均。當官的有魚有肉，老百姓光喝稀粥。清妖是挺壞的，可不限制吃魚吃肉，也不限制娶多少老婆，天朝可倒好，娶多少老婆，得按照官位大小來定，這能叫平均嗎？」

席慕筠真生氣了：「你有完沒完？」祁子俊說：「照我看，你們天朝這兒，說的都挺好，可辦事的路數，跟清妖差不多。」他現在已經習慣了，並且有點喜歡上了「清妖」這個字眼兒。

祁子俊見席慕筠心情真的不好，就改口說：「那就說說你想聽的吧。第一，買洋槍得給錢。」席慕筠點點頭：「買洋槍的錢，肯定一文不差地給你。」祁子俊說：「現在就要。」席慕筠說：「沒問題。」祁子俊又說：「第二，得讓義成信開張，把票號所有的錢都還回來。」席慕筠說：「義成信可以開張，但必須算作天朝下屬的銀號。」

祁子俊說：「屬不屬的你們說了算，只要還叫義成信就行。我說的第二條怎麼樣？」席慕筠說：「可以答應你。」祁子俊說：「你可得記住了，是所有的錢，包括清妖的稅銀。」

席慕筠嗔道：「你別得寸進尺。」祁子俊眼睛一翻：「這是起碼的條件。拿不回來稅銀，說什麼都沒用，腦袋上頂著雷，這活兒擱你身上，你也不幹。」

席慕筠搖搖頭說：「別的可以答應你，稅銀這一項絕對不行。」祁子俊說：「那這買賣就沒法做。」

席慕筠不慌不忙地說：「據我所知，義成信的銀錢流通一向是北存南放，現在，整個南方都在天朝掌握之中，事實上，你已經無生意可做，少則一年，多則三年，義成信只有等著倒閉的分兒。」

祁子俊久久地沉默不語。半晌，才喃喃自語說：「要麼倒閉，要麼殺頭，兩樣我都不想。」他似乎想起了什麼，說道：「我該走了。」席慕筠情急地喊道：「你不能這麼就走！」

祁子俊說：「我就說吧，你們放我，全是假的，只要我還在南京城裡，小命就捏在你們手心裡。別說那麼多了，乾脆把我押回去算啦。」他賭氣地把雙手反剪起來，做出讓席慕筠捆綁的姿態。

席慕筠略一沉吟，打開抽屜，拿出一條長四寸、寬八寸的洋布，上面用墨寫著「關憑」兩個字，還蓋著春官丞相的印章。席慕筠說：「這是『關憑』，拿著它隨時可以出城。該說的都跟你說了，要走要留，悉聽尊便。」

祁子俊愣了一下，但很快就揣起「關憑」，朝席慕筠一抱拳：「多謝了。青山不改，綠水長流，後會有期。」他大步流星地走了出去。

席慕筠望著祁子俊的背影，心中莫名湧起一股悵惘的感覺。她發了一會兒呆，毫無目的地收拾著桌子上的東西。她只有準備到蕭長天那裡領罪了。

桌子上的東西很快就收拾整齊了，但她似乎覺得還不夠完美，又把地球儀和指南針重新擺放了一下。最後，她輕輕地嘆了一口氣，在桌子旁邊坐下，打開墨盒，展開信箋，準備靜下心來，寫一封家書。

突然，「砰」的一聲，門開了，祁子俊急匆匆地走了回來。祁子俊認認真真地說：「我又想了想，還是別辜負你的一番心意。」席慕筠笑了，禁不住流出了眼淚，長長地舒了一口氣，說：「我到底沒看錯人。」

祁子俊又說：「我只聽你的。那個什麼蕭丞相的安排，我可不聽。」席慕筠笑道：「那不是一樣嗎?連我都得聽他的。」

祁子俊連連搖頭：「不一樣，太不一樣了。」席慕筠來到春官丞相府，正在對蕭長天講述事情的經過，蕭長天臉上露出滿意的神色。

蕭長天說：「好，儘管答應他。買到洋槍以後，所有銀錢，包括清妖的稅銀，一律奉還。」席慕筠又說：「祁子俊直言不諱地說，我們查封所有商號的做法，無異於殺雞取卵。他建議讓各家店鋪重新開張，使商業照常流通，不致阻礙。」

蕭長天說：「我也是這樣想的。靠劫掠商家豪門充實聖庫，總非長久之計。天朝要得天下，首先必須得人心。我這就去稟奏東王。你還有什麼事?」席慕筠望著牆上的那隻玉簫，含笑不語。蕭長天恍然大悟，拍拍自己的腦門，連聲說：「認賭服輸。你什麼時候來學，我都奉陪。」

蕭長天穿戴好官服，準備出門，但見席慕筠還沒有要離開的意思，就止住腳步。席慕筠望著蕭長天，欲言又止。蕭長天明白她的意思，說道：「福王謀娶的事，我都知道了。他又派人來我這裡說項，我給他吃了個軟釘子。」

席慕筠悲憤地說：「慕筠懷著滿腔熱血，投奔到義旗之下，只想著報效天朝，洗滌乾坤，萬萬料不到會有這種事。」蕭長天寬解道：「天王率眾兄弟風雲際會，共創義舉，解民倒懸，光復中華一統，是萬世不朽的偉業，但其中也難免泥沙俱下，有貪婪卑鄙之徒從中謀私。福王是天王的兄長，大家都知道他霸道，但也沒人能奈何得了他。不過，這終是極少數驕橫佞幸之徒所為，切不可因此心灰意冷，以後還當同仇敵愾，激昂奮發，在外面，還須以揚天朝之威德為第一要務。」

席慕筠點點頭：「我知道。」蕭長天又說：「雖是如此，總要盡快給你找個婆家才好。」

席慕筠搖搖頭說：「我是打定主意不嫁人的。」蕭長天道：「傻話，男大當婚，女大當嫁，這是亙古不變的道理。不過，為眼前之計，你不妨先出去躲一陣子。祁子俊到上海去採買洋槍，接貨、運貨的事，正需要一個可靠的人。」

這些日子，太平軍占領下的南京城市井恢復了繁榮的生機，到處是一片欣欣向榮的景象，各家店鋪張燈結彩。街頭，賣河鮮的、賣小吃的、賣花的、算命的攤子比比皆是，叫賣聲不絕於耳。

義成信也重新開張了。義成信南京分號的夥計爬上梯子，重又掛出了「信記」的大紅燈籠。幾個夥計張羅著把行李搬上騾車。收拾停當之後，蘇文瑞和祁子俊坐了上去。

騾車走過南京郊外。透過車窗望出去，道路兩旁的水稻鬱鬱蔥蔥，已經長得十分茂盛，稻田裡晃動著農民勞作的身影。蘇文瑞問：「子俊，採買洋槍之事，你有沒有成算？」

祁子俊說：「什麼成算啊，走一步看一步吧。我到現在都不明白，他們怎麼就認準了我能買到洋槍呢？」蘇文瑞說：「他們是欣賞你的才幹。」

祁子俊搖頭說：「隔行如隔山，我能開票號，也不是什麼生意都會做。」蘇文瑞說：「不管什麼生意，總有相通之處。」

祁子俊說：「問題是，洋人只賣槍給官府，咱們總不能去刻個官府的大印吧？這可倒好，買不成也得買，不買，稅銀就拿不回來。」蘇文瑞說：「到時候只能隨機應變了。子俊，你跟洋人打過交道嗎？」

祁子俊說：「交道是沒打過，可是我尋思著，洋人也是人，只要是人，就有辦法對付。」

不幾日，他們就來到上海。在義成信上海分號正廳，身著清朝五品官員服色的湘軍大員何動初正在櫃檯前與徐六軟磨硬泡。

徐六說：「掌櫃的不在，這麼大的事，我可做不了主。」何動初說：「國家正在危急存亡之秋，你們商家也應當盡一分力量。」徐六說：「我們是給人家當夥計掙飯吃的，管不了那麼許多。」

何動初威脅道：「率土之濱，莫非王臣，這個道理你不會不懂吧？」徐六說：「報效朝廷也不是我們一家的事，您再去問問別的票號吧。」何動初悻悻地離開了。徐六望著他的背影說：「哼，想打義成信的秋風，沒那麼容易！」

正在這時，祁子俊和蘇文瑞回到票號。祁子俊在票號門前與何動初打了個照面，但彼此都沒有注意。何動初繼續往前走，又看見從車上下來的蘇文瑞。兩人一下子就認出了對方。

蘇文瑞有些驚訝：「何年兄！」何動初也招呼道：「蘇年兄！」兩人互相施禮，頓時都有一種他鄉遇故知的感覺。何動初說：「多年不見，蘇兄風采依舊不減當年啊。」

蘇文瑞說：「哪裡哪裡，馬齒徒增，一事無成。何兄看起來倒是英姿勃發，氣宇軒昂。《同年齒錄》上，你是不是還長我一歲？」

何動初說：「正是正是。蘇兄現在哪裡高就？」蘇文瑞說：「我現在幫助義成信票號的祁少東家做點雜事。何兄你呢？」

何動初說：「眼下，愚弟在兵部曾國藩曾大人幕中聽候差遣，到上海來，是專門為了採買洋槍一事。」他頗感興趣地問：「你剛才說，你給義成信的祁少東家做事？」

蘇文瑞說：「是啊。」何動初問：「祁少東家現在何處？」蘇文瑞說：「剛才進去的就是。」何動初興奮不已：「真是踏破鐵鞋無覓處，得來全不費功夫，正要你這麼個人來引薦。」

這時候，蘇文瑞心中也已有了主意，他就勢說道：「何需兄驅使，豈敢不效犬馬之勞？」

何動初忙說：「蘇兄想必是深受祁少東家器重，這事就全都仰仗你了。」何動初與蘇文瑞邊走邊說，進了票號正廳。何動初又說：「眼下，湘勇急需大批洋槍，但籌餉實在是太困難了，所以，曾大人囑我斟酌情形，便宜行事。我想來想去，只有讓票號暫行墊付一條路可走，可跑了幾家，都是無功而返。」

看見何動初在蘇文瑞陪同下去而復返，櫃檯裡面的徐六顯得十分驚訝。何動初瞟了他一眼，面有得意之色。

義成信上海分號掌櫃房裡，祁子俊聽完何動初的講述，顯出一副拿不定主意該怎麼辦的樣子。蘇文瑞朝祁子俊使了個眼色，說：「曾大人有言，患難所以開聖，憂勞所以興國。少東家，這樁事情，正是以身報國的良機啊。」

祁子俊明白了蘇文瑞的意圖，稍一沉吟，立刻裝出疾言厲色的樣子說：「您這話未免太過迂腐了。買槍當然不是問題，但其中卻是危險重重。這一，洋人心機叵測，難免上當受騙；這二，長毛虎視眈眈，保不準要趁火打劫；這三，湘勇之於朝廷，不過是權宜之計，並非正規軍隊，到時候如果朝廷不認帳，我只能自認倒楣了事。如果最後票號的錢都打了水漂，我總不能跟您要吧？」兩人迅速地交換了一下眼色。

何動初忙道：「斷斷不會有這等事。我們只是銀錢上一時周轉不開，朝廷的事，怎麼會不講信用？」祁子俊卻說：「我最擔心的，就是朝廷不講信用。別人不講信用，我還有地方說理，朝廷不講信用，我跟誰說理去？如今的世道，多一事不如少一事，我看還是算了吧。」

蘇文瑞假裝勸道：「少東家，我等世受皇恩，絲毫未報，眼下國家有事，豈有作壁上觀的道理？」祁子俊仍舊不動聲色，說：「我是生意人，只知道趨利避害。」

蘇文瑞又說：「長毛作亂，百姓不安於業，商賈不安於途，天下安危繫於東南，切不可為了蠅頭微利，就壞了關乎忠義名節的大事。自家與國家，孰輕孰重，還望少東家三思啊。」祁子俊面有難色地：「風險太大，義成信小本經營，實在是冒不起這個險。」他端起茶杯，作出一副送客的架勢，表示已經沒有什麼可談的了。

何動初著急地說：「少東家此言差矣。誠如蘇先生所言，長毛之亂流禍無窮，危及朝廷，但真正遭殃的是天下百姓。倘若天下人都以為這只是朝廷的事，採取袖手旁觀的態度，任憑長毛猖狂，則不出數年，江山易色，屍橫遍野，血流成河，試問少東家，覆巢之下，焉有完卵？少東家也算是朝廷官員，萬一落在長毛手中，就只有引頸受戮，家財萬貫，頃刻間灰飛煙滅，到那時，只怕悔之晚矣。」

祁子俊沉吟不語，好像是被這一番頗具縱橫家風範的言詞打動了。何動初察言觀色，頗為自己能打破僵局而沾沾自喜，趁勢又是一番高談闊論。何動初一看好像有希望，更說得來勁：「曾大人有濟世之才，如今備受皇上器重。曾大人選賢任能，惟才是舉，就以區區而論，不過是一介才疏學淺的書生，初到幕中，就蒙曾大人奏保為正五品的兵部郎中，委以重任。以少東家的才幹，倘若能助曾大人一臂之力，將來補個參議、道臺的實缺，不過是易如反掌的事，這可是揚名聲，顯父母，名垂萬世的偉業啊。」

祁子俊慢慢道：「你說的倒是有些道理。」何動初忙問：「少東家答應了？」

祁子俊勉勉強強說：「如果曾大人能夠把此事全權委託給義成信，我倒是願意為朝廷盡點綿薄之力。」何動初難以掩飾得意之色，急切地說：「我馬上就回客棧裡，去取蓋好關防的空白公文，由我做主，將採買洋槍之事全權授予義成信。」

生意談成了，祁子俊一反剛才的無精打采，頓時變得神采飛揚：「請您上覆曾大人，國家有難，我祁子俊身為大清臣民，責無旁貸，即使肝腦塗地，也在所不惜。」

義成信上海分號門口，蘇文瑞與何動初依依惜別。蘇文瑞似乎還怕不夠牢靠，又特別叮囑了一番：「事情已然辦成，何兄怎樣謝我？」何動初說：「不才回去之後，便即刻稟報曾大人，請求為蘇兄奏保一個官職，如何？」蘇文瑞說：「有勞何兄多費心了。」何動初說：「一言為定。你可得替我盯緊祁少東家，千萬不能反悔啊。」蘇文瑞點頭：「那是。」他看著何動初坐上車，臉上浮起一絲笑意。回到義成信上海分號掌櫃房，祁子俊和蘇文瑞相顧一笑。

蘇文瑞得意地說：「子俊，這齣《群英會》，我演得怎麼樣？」

祁子俊一拍蘇文瑞肩膀：「妙極了。雖說我們倆比不上諸葛亮和周瑜，這位何先生卻如蔣幹，演得實在是好。」兩人哈哈大笑。

上海一家客棧裡，蘇文瑞正倚在床上看書，祁子俊無所事事地解著九連環。祁子俊無聊地問：「蘇先生，您看的什麼好書？」蘇文瑞闔上書給他看封面，上面寫著《海國圖志》。蘇文瑞說：「咱們要跟洋人打交道，對洋人的事不能一無所知。魏默深的這本書，講的是西洋各國方方面面的事情，說得透徹無比，尤其是倡導『師夷之長技以制夷』，確實不同凡響。」

祁子俊問：「什麼叫『師夷之長技以制夷』？」蘇文瑞說：「就是先從洋人那裡學來東西，反過頭來再去對付洋人。」祁子俊說：「這倒是個頂好的主意。」

祁子俊這天來到裕豐洋行接洽洋槍生意。他在門口等得已經不耐煩了，才看見洋行通事慢悠悠地從裡面走出來，態度傲慢地朝他招招手。洋行通事說：「OK，跟我進去吧。」洋行通事引領著祁子俊通過走廊。

洋行通事說：「我做了這麼多年生意，就數這回最難辦。要不是我死說活說，別說五千枝槍，一枝槍你都買不到。」祁子俊忙說：「放心，肯定少不了你的辛苦錢，數目你連想都想不到。」

哈特爾現在變成了一個中國通。他的辦公室裡全部換成了中式家具，進門處擺著香案，上面供著一尊金光閃閃的財神爺。祁子俊走進門時，哈特爾朝他拱了拱手，招呼道：「吃了？」

祁子俊好笑地答道：「吃了，吃了。你們洋人也信這個？」祁子俊目不轉睛地看著財神爺。哈特爾說：「在中國做生意，就得拜中國的神。請坐吧。」

祁子俊坐在沙發上，眼睛還在盯著財神像，臉上顯出若有所思的樣子。哈特爾點燃一支雪茄，慢慢吐著煙圈，說：「你知道，根據大英帝國外交大臣的指示，所有軍火生意都要在領事館備案。」

祁子俊取出一張信箋，洋行通事趕忙接過來，在哈特爾桌上展開。這是一紙公文，上面印著「欽命幫辦團防查匪事務前任禮部右侍郎關防」的長方形印。哈特爾點點頭，說：「這不過是例行公事而已。你們中國人總愛說，朝裡有人好做官，你能得到這樣的全權委託，看來跟兵部曾大人的關係不淺啊。」

祁子俊笑笑：「也沒什麼，不過是時常在一起喝喝酒，聽聽戲而已。」哈特爾點點頭：「哦。不過，我事先聲明，只有全部款項到了之後才能發貨。」祁子俊忙說：「我隨身帶銀票來了。」

哈特爾搖搖頭說：「我要的是現銀。」祁子俊說：「只要是義成信的銀票，不管什麼時候、什麼地方都可以兌成現銀，我們中國人做生意，講的是信譽。」

哈特爾放肆地大笑起來，說：「我欣賞你的信譽，但是，非常遺憾，你必須用現銀支付槍款，除非把現銀存入大英帝國的銀行裡。我不相信任何中國的錢莊。」祁子俊說：「義成信是一家票號。」

哈特爾輕蔑地說：「不管錢莊還是票號，對我來說都一樣的。銀子不到，一枝槍都沒有，就這麼簡單，明白嗎？」祁子俊有些惱火，但只好答應下來：「好吧，我答應你。」

祁子俊回到義成信上海分號掌櫃房，把一沓文件交給何勳初。

祁子俊說：「這是提貨單，一式三聯，三月初六下午提貨，記著，一定要按我告訴你的時間去，千萬不能晚了。」何勳初說：「我們要的是五千枝槍，這單子上怎麼只有兩千五百枝？」祁子俊說：「另外一半正從海上往這邊運，你別著急，差不了幾天的事。」

何勳初又說：「曾大人對於全權委託給民間票號辦理這一節，總有些不放心。」

祁子俊生氣道：「這個曾大人怎麼疑神疑鬼的，乾脆，還是讓他自己來得了。」何勳初嘿嘿一笑，說：「曾大人不知道有個義成信，但是知道少東家您，我一提您，他立刻就放下心來，還稱讚我辦事有方。」

祁子俊不相信：「你這是信口開河吧，曾大人怎麼會知道我？」何勳初說：「豈止是知道，他對您幹過的幾件大事瞭如指掌。協發旗餉這事是您幹的吧？匯兌京餉這事是您幹的吧？」他又神祕地說：「曾大人還知道您和王爺的關係非同一般。」

他的話使祁子俊的神情越來越驚異。祁子俊問：「我從來沒聽說過這個曾大人，以前他在哪兒當差？」

何動初說：「京城。曾大人二十四歲中舉人，二十八歲點翰林，除了戶部，剩下五個部的侍郎，他一個人全兼著，你說，他是不是好生了得？」祁子俊驚訝地說：「看來，這個曾大人還真有點門道。」

何動初剛剛走出票號，席慕筠就從後面的密室閃身出來。席慕筠說：「拿來吧。」祁子俊故意問道：「什麼？」席慕筠說：「提貨單呀。」

祁子俊說：「你容我喘口氣。」他從抽屜裡取出另一沓提貨單，交給席慕筠，說：「三月初六上午提貨。」

三月初六上午，席慕筠來到上海碼頭的一處軍火倉庫。一輛叉車載著裝槍的木箱，緩緩地提升起來。十幾輛馬車整齊地排列在倉庫裡面，化裝成搬運工人的太平軍士兵正在把裝槍的木箱搬上車。席慕筠身著清朝六品官員服色，神色從容地看著叉車駛向裝運槍支的馬車。祁子俊站在她身邊。一個英國軍官站在旁邊監督。

軍火倉庫門前，幾個荷槍實彈的雇傭兵，神色嚴峻地守衛在倉庫門前。忽然，遠遠地出現了另一隊人馬。何動初帶領著一隊湘軍、十幾輛馬車，正浩浩蕩蕩地朝這裡走來。站在門口望風的太平軍士兵趕忙跑進倉庫。

望風的太平軍士兵神色緊張地朝席慕筠走來，在她身邊低聲說了幾句。席慕筠對祁子俊說：

「不好，湘軍的人來了。」祁子俊驚道：「怎麼搞的，他們不應該這會兒來啊。」

這時，何動初帶著車隊已經來到軍火倉庫門口。院子門口的雇傭軍士兵接過提貨單看了看，就拉開了鐵柵欄。何動初一擺手，示意讓車隊進入。

軍火倉庫裡，祁子俊和席慕筠還在商量對策。祁子俊急得團團轉。祁子俊抓耳撓腮地說：「想個什麼辦法呢？」

席慕筠果斷地說：「無論如何不能讓他們進來，要不就露餡了。」祁子俊說：「你們快點裝貨。我先去擋他們一陣。」

軍火倉庫門前，何動初大搖大擺地走在車隊最前面，眼看到了倉庫門前，忽然，門開了，祁子俊出現在他的面前。何動初滿面笑容地問：「祁少東家，早啊。」

祁子俊說：「說好了下午提貨，現在還沒到晌午，你怎麼提前好幾個時辰就來了？」何動初說：「您再三叮囑別晚了，我想還是您說得對，此事宜早不宜遲。」祁子俊說：「那也用不著這麼早啊。」

何動初說：「湘潭吃緊，曾大人催我火速回去覆命，我是心急如焚啊。祁少東家，咱們快去提貨吧。」祁子俊說：「我跟你說，現在不能去。跟洋人辦事啊，說好什麼時候，就得什麼時候，不能晚了，早了也不行。」

何動初著急了：「我去求求他們，給他們下跪都成，就是得趕快把槍提出來。」正說著，英國軍官從裡面走了出來。英國軍官問：「發生什麼事了？」

沒等祁子俊說話，何動初就舉起了提貨單。英國軍官接過提貨單，隨便看了一眼，說道：「噢，原來你就是收貨人。剩下的槍已經準備好，等著運輸，請跟我來吧。」

祁子俊猜出了他的意思，急中生智，趕忙把何動初拉到一旁，說道：「這個洋人特別好客，他非要請你去吃飯。」

何勳初搖搖頭：「還是先辦正事吧，辦完事我請他吃飯。」祁子俊勸道：「他好心請你，你不去，不是太不給面子了嗎？」祁子俊說著從英國軍官手裡拿過提貨單，指指他，又指指何勳初，比畫了一個吃飯的姿勢，然後又指指提貨單。英國軍官明白了，臉上露出了笑容。

英國軍官說：「你們難道現在不準備提貨了嗎？」祁子俊忙對何勳初說：「他說這頓飯一定得他請客，不過，你們倆都別爭了，這頓飯還是我請。趕快走吧。」他一手拉著何勳初，一手拉著英國軍官，朝外面走去。何勳初將信將疑：「祁少東家還懂洋文？」

祁子俊掩飾說：「我都能聽懂，就是說不出來。」何勳初佩服道：「那也不簡單啊。」祁子俊大聲招呼著：「弟兄們一路辛苦了，都一起去吧。」

祁子俊帶著何勳初和英國軍官離開後，席慕筠帶著滿載槍支的車輛，從容不迫地離開了倉庫，她臉上掛著輕鬆的微笑。湘軍的車輛靜靜地停放在倉庫門前。

第二十二章

席慕筠帶著太平天國送洋槍的車隊邐迤行駛到了蘇州河北岸的閔行鎮，正要經過橋梁的時候，忽然發現一隊綠營兵把守在橋上，領頭的是一個把總，穿著七品武官的服色。這裡現在成了臨時稅關。清軍把總喝道：「停下！」車隊只好停下了。席慕筠跳下車，朝清軍軍官走去。

清軍把總問：「你們是幹什麼的？」席慕筠從容說：「奉兵部侍郎曾大人令，押運貨物。」

清軍把總一揮手：「檢查！」幾個清軍士兵走上前去，檢查著車輛上的貨物。一個清軍士兵報告：「報告把總老爺，車上全都是洋槍。」

清軍把總對席慕筠說：「拿出港證來。」席慕筠問：「什麼出港證？」

清軍把總說：「所有洋貨經過本關，一律要憑已經繳納完關稅證明的出港證，否則視同走私。」席慕筠說：「繳納關稅是裕豐洋行的事，與我們無關。」清軍把總說：「洋行仗勢欺人，逃避關稅，也不是一天兩天的事了，裕豐洋行就是一個逃稅的大戶。沒有出港證，就抓你個走私軍火的罪過！」席慕筠冷笑道：「你這麼大的威風，應當對洋人去耍。」

清軍把總惱羞成怒：「今天老子就要跟你耍耍。來人，把貨給我扣下！」清軍士兵一擁而上，將車輛團團圍住，太平軍士兵也都抄起武器，跳下車，護住車輛，雙方劍拔弩張。

席慕筠輕蔑地笑笑說：「扣貨可以，耽誤了軍機大事，曾大人怪罪下來，拿你是問。」雙方僵持不下，清軍把總正拿不定主意該怎麼辦，忽然響起了一個慢吞吞的聲音：「曾大人再受皇上的器重，也不能不顧王法呀。」說著，從橋頭的一間小屋裡，慢悠悠地走出一個穿著便服的中年男子。這是上海道臺吳健彰。

席慕筠冷靜地說：「前方戰事吃緊，急需這批軍火，你們卻在這裡橫加阻撓，是何居心？」清軍把總斥道：「上海道吳大人在此，不得放肆！」

席慕筠靈機一動，忽然有了主意，忙上前施禮：「卑職叩見吳大人。」吳健彰說：「免禮。」

席慕筠說：「既然是吳大人有命，我即刻就派人去取出港證。」

吳健彰點點頭：「很好。」他又對清軍把總說：「給他一匹快馬，速去速回。」清軍把總牽過一匹馬來。席慕筠掏出一支自來水筆，在提貨單收貨聯的背面迅速寫下了幾行英文，交給一個太平軍士兵，低聲說：「趕快去找祁子俊。」太平軍士兵答應一聲，立即策馬疾馳而去。

吳健彰對席慕筠說：「曾大人和我是故交，你且過來，我有話要跟你說。」席慕筠只好隨著吳健彰走進臨時關稅屋裡。

吳健彰用指甲挑了一點避瘟散，放在鼻孔中，輕輕吸了幾下，才說：「今年的天氣熱得有點太早了。」席慕筠敷衍著：「是早了些。」吳健彰問：「湘潭戰局究竟如何？」

席慕筠答道：「雙方相持不下，各有死傷。」吳健彰問：「你在曾大人帳下幾年了？」席慕筠說：「卑職是今年才到曾大人那裡。」吳健彰說：「四五年沒見了，見到曾大人，一定代我致意。」

席慕筠說：「是。」吳健彰說：「說來都是為了國家。既然朝廷委了我個江海關監督的差事，徵收進口關稅，我也不能不盡職盡責。眼下走私氾濫，尤其是洋貨，如果不嚴加查辦，恐怕國將不國了。請上覆曾大人，如有得罪之處，還望多多原諒。」說著，他走到窗前，推開窗戶。透過窗戶望出去，橋頭不知什麼時候站了黑壓壓的一群清軍，所有太平軍士兵都被繳了械，集中到一起。

席慕筠大吃一驚，扭過頭來，憤怒地盯著吳健彰。吳健彰笑笑說：「現在，就請你隨我到道臺衙門去一趟，把該辦的事情都辦妥當，吃過飯再走不遲。」他面露得意之色。

席慕筠的臉色先是憤怒，但很快就變得平靜下來：「我最好還是現在就走。」吳健彰臉上顯出詫異之色：「難道本官請不動你？」他的神色很快就發生了變化。一隻黑洞洞的槍口正對著他的腦袋。他轉過臉來，看見了一個英軍軍官，後面是十幾個雇傭軍士兵。

英軍軍官說：「讓他們離開。」吳健彰聽不懂他說的是什麼，但肯定明白他的意思。

英軍軍官用槍抵著吳健彰走到外面。清軍士兵一見道臺大人落在洋人手裡，呼啦一聲圍上來，舉著武器步步逼近。雇傭軍士兵齊刷刷地舉起槍，拉開槍栓。雙方對峙著。英軍軍官沒有再說什麼，只是把槍口又往吳健彰頭上頂了頂。吳健彰猶豫片刻，最後還是擺了擺手。無力地說道：「放行！」

把總還在問：「吳大人……」吳健彰仍舊只是擺了擺手。把總只好說：「是。」

車輛徐徐地從橋上通過。席慕筠調皮地說：「吳大人，見到曾大人，我一定代您致意。」吳健彰氣得吹鬍子瞪眼，但也無可奈何。英軍軍官一直等到車輛完全通過後，才把槍拿開。

一天，祁子俊正無聊地坐在上海義成信掌櫃房裡。桌上擺了許多洋火盒，其中很多都是空的。這時，席慕筠悄然而至。

祁子俊抬起頭來，略感驚奇地看著飄然而至的席慕筠。她一身富家公子打扮，手拿折扇，顯得風流儒雅。

祁子俊驚喜地問：「你怎麼又來了？」席慕筠說：「你不想讓我來啊？」

祁子俊忙說：「想，想，你要有一陣子不來，我心裡就發慌。」席慕筠笑著說：「我給你送錢來了，夥計們正在卸銀子。」

祁子俊說：「上次的槍，還欠著湘軍兩千五百枝呢。」席慕筠略帶頑皮地朝祁子俊笑笑，說：「這回一塊補上。天朝要七千五百枝，正好湊一萬枝。」

還是裕豐洋行的軍火倉庫。席慕筠正在指揮太平軍士兵把第二批槍支裝上馬車。洋行通事站在遠處，一邊看著裝車，一邊跟祁子俊說話。

洋行通事說：「祁少東家，那點辛苦錢，我到現在可還沒見著呢。」祁子俊說：「放心，少不了你的。現在，槍款都是票號墊付的，等湘軍的槍款一到，我就給你。」

洋行通事問：「那得等到什麼時候？」祁子俊笑著拍拍他的肩膀：「耐心點兒，用不了多少日子。」

哈特爾把雙腳搭在辦公室桌子上，正在抽雪茄煙。洋行通事謙卑地站在他的身旁。

洋行通事說：「祁子俊求見。」哈特爾懶洋洋地說：「讓他進來吧。」洋行通事說：「倉庫裡的人跟我說，每次交貨都是前後兩撥人來取，兩撥人從來不照面。我懷疑，這裡邊是不是有什麼名堂？」

哈特爾想想說：「祁子俊有官方的正式委託書，不應該有什麼問題。」洋行通事搖搖頭：「難保他不從中謀私。中國人的事，我可太知道了。」哈特爾臉上頓時疑雲滿布。

祁子俊進來了。哈特爾手裡拿著一把裁紙刀，正在拆一個信封。他從信封中抽出一張紙，這是他最新收到的提貨單存根聯。他從公文夾裡又取出了幾份提貨單的存根聯，遞給祁子俊，說：「祁先生，我這裡有個東西，想請你看一下。」祁子俊接過提貨單，心中明白了幾分，但臉上卻毫無表情。

哈特爾問：「第一票貨，提貨時間是三月初六，上、下午各提走一半；第二票貨，四月初四提走一批，四月初五又提走一批。我想請你解釋一下，為什麼同一票貨要分兩次提走？」

祁子俊顯得十分輕鬆地回答：「這太簡單了。同一票貨，一半分給湘勇，一半分給江南大營，一個在衡州，一個在南京，兩個地方的人，怎麼可能約好了一起來提貨？」哈特爾想想確有些道理，但仍然疑慮重重，就說：「我想親自見一見兩家貨主。」

祁子俊斷然說：「絕對不行。生意上的事，你們洋人也得照規矩來，需要見的人，我自會帶你去見，不需要見的人，無論如何你也不能見。」

哈特爾說：「我這個賣主，想見見買主，也在情理之中吧？」祁子俊連連搖頭：「錯，錯，錯。買賣買賣，就是買了再賣，要是你直接交道了下家，我還掙誰的錢去？」哈特爾啞然。

祁子俊好不容易打消了哈特爾的疑慮，來到軍火倉庫。幾個太平軍士兵正在把最後一箱洋槍裝上馬車，其餘車輛都做好了啟程的準備。

祁子俊和席慕筠站在一旁，輕聲交談著。這次，席慕筠換了一身中式裝束，看上去像是一個典型的江南少婦。

席慕筠小聲說：「要是路上沒什麼耽擱，端午節以前肯定能用上這批洋槍。這回，你可是給天朝立了大功。」祁子俊問：「功不功的倒沒什麼，只是稅銀的事……」

席慕筠肯定說：「到時一定奉還。」祁子俊朝太平軍士兵一示意：「起運！」

大門慢慢打開。太平軍士兵牽引著車輛正要依次出門，卻見哈特爾突然出現在門口。祁子俊一愣，但立刻就鎮定下來，迎著哈特爾走過去，臉上一副很不高興的樣子，說：「我跟你說過，不能壞了規矩，你也答應了，怎麼不講信用？」

哈特爾說：「我只是路過這裡，順便查看一下倉庫的庫存情況，並非有意打擾。」他走近運輪車輛，目光在押車的太平軍士兵身上轉來轉去，極力想看出些破綻來。

祁子俊對太平軍士兵說：「沒你們的事，快點趕路，天黑了碰見土匪就麻煩了！」一個太平軍頭領答應了一聲，招呼車輛啟程。但哈特爾仍然擋在門口。

祁子俊生氣地說：「你是不是非要直接交道下家？」哈特爾忙說：「不不不，實在沒有這個意思。」

他有些尷尬地讓開路，車輛徐徐通過大門。哈特爾仍不死心，目光在倉庫裡搜尋著，忽然落到了席慕筠身上，覺得眼熟，但又想不起來在哪裡見過，問道：「那位是誰？」

祁子俊靈機一動，趕忙招呼席慕筠：「來來，見過哈特爾先生。」他對哈特爾介紹：「這是敝眷。」席慕筠深深一福，然後就裝做害羞的樣子，垂下眼睛。

祁子俊說：「小地方人，沒見過世面，你別在意。」他湊近哈特爾的耳朵，低聲說：「我一個在上海，身邊總得有個人啊。」

哈特爾點頭會意，但心中仍然存著幾分疑問，試探著說道：「寶眷好像在哪裡見過。」祁子俊搖搖頭：「不可能，她這是頭一回到上海來。」他轉過臉對席慕筠說：「你見過這位先生嗎？」

席慕筠搖搖頭。祁子俊又對哈特爾說：「不怪你，誰都有個認錯人的時候。我還有事，咱們改日再敘。」他拱拱手，哈特爾卻緊緊抓住了他，說道：「今日難得一見，咱們一起吃頓便飯，我請客。」他的目光不時地瞟一眼席慕筠。祁子俊推脫道：「我真的有事。」

哈特爾說：「我現在明白了，你們中國人這樣說的時候，只是為了表示客氣。這次，無論如何要聽我的安排。你不去，就是不給我面子。」祁子俊無奈，只好隨他走了，席慕筠跟在後邊。

他們來到一家番菜館。哈特爾文雅地用叉子捲起麵條，送到嘴裡。祁子俊叉起盤子裡的一塊肉，放進嘴裡，覺得實在難以下嚥，但出於禮貌，還是嚥了下去。祁子俊問：「你們在英國就吃這個？」

哈特爾笑笑：「這是意大利菜，比我們英國菜好吃多了。」祁子俊說：「這麼難吃的東西還覺得好吃，你們英國人這日子過得可真不怎麼樣，要是有碗刀削麵，還不都把你們饞死？」

哈特爾笑了笑，眼睛看著正在吃蝸牛的席慕筠，問道：「夫人覺得味道怎麼樣？」

祁子俊急忙岔開他的話：「我說，你在中國日子也不短了，有沒有個相好的，嗯？」哈特爾搖著頭：「沒有。」

席慕筠假裝沒聽懂哈特爾的問話，繼續吃著蝸牛。她吃得很專心，發出極大的響聲，惹得餐館裡其他的客人都朝她看。但席慕筠繼續吃著，似乎一點也不感到難為情。哈特爾又對席慕筠說：「你是不是認識……」

祁子俊趕緊打斷他的話：「這跑馬場到底是怎麼回事，我一直都不明白，今天正好有工夫，你給我仔細講講。」席慕筠費力地用刀叉分割著牛排，把一塊好端端的牛排攪得亂七八糟，還不小心打翻了一杯葡萄酒。番菜館的侍者趕忙跑過來幫助收拾。

祁子俊怒形於色：「你看你看，就是小家子氣，一到場面上就不行了。」哈特爾狡黠地對席慕筠說：「夫人，我敢肯定你聽得懂我說的話。」

祁子俊問：「有沒有餃子，讓他們給上一盤來。」哈特爾說：「有，不過是奶酪餡的，味道有點特別。」祁子俊說：「是餃子就行。」他又招呼侍者：「來盤餃子。」哈特爾仔細觀察著席慕筠，終於忍不住了，直截了當問道：「夫人是否跟一位先生到裕豐洋行來過？」

席慕筠心中一沉，正不知該如何回答，祁子俊突然大喊大叫起來。祁子俊醋意十足地罵道：「有你的，拿我的錢出去倒貼小白臉啊！」

席慕筠做出一副委屈的樣子：「這可是冤枉好人吶。我平日裡專心伺候你，別說跟別的男人一起出去，壓根就沒單獨見過別的男人。」

祁子俊提高了聲音喊道：「洋先生說的話，還能假得了？你還有臉喊冤吶，看來今天不教訓教訓你，你就不跟我說實話！」說著說著，祁子俊索性從椅子上站了起來，舉手要打席慕筠，哈特爾趕忙伸手攔住他。

哈特爾說：「祁先生，中國人都說，當面教子，背後教妻，不能在別人面前打老婆。」

祁子俊忙氣哄哄地說：「我信你的話。還真得謝謝你，要不是你提醒我，哪天把小白臉勾搭到家裡，謀害親夫，我死都死不明白。」他說得煞有介事，席慕筠聽他一說，更來了勁頭。

席慕筠哭道：「天地良心，我什麼時候幹過對不起你的事？這要是傳出去，讓我沒法活啦。」她掏出手絹，一把鼻涕一把淚地大哭起來。一對正在吃飯的外國夫婦不滿地朝這邊看了一眼，起身匆匆離開了。哈特爾十分尷尬，趕忙連連作揖，只想盡快把事情平息下去，連忙說：「對不起，是我不好，我認錯人了，害得夫人傷心，真對不起。」祁子俊仍然對席慕筠不依不饒：「回去再跟你算帳！」

回來的路上，祁子俊和席慕筠坐在馬車裡，議論著剛才的事。

席慕筠說：「虧你想得出來，說什麼謀害親夫，哪兒跟哪兒的事啊。」祁子俊笑道：「要不說得邪乎點，能騙過他去嗎？」

席慕筠嘆道：「這個洋人挺不簡單的，一年多以前我見他的時候，他連一句中國話都不會說。」祁子俊說：「這不算完，我擔心他以後還會來試探。」

席慕筠沉思片刻，終於下定了決心：「最好的辦法是，你搬來和我住在一起。」祁子俊吃驚得張大了嘴巴：「啊？」

席慕筠忙解釋說：「你別胡思亂想。你既然跟他說我是你的外宅，總得裝得像點兒，中國女人最注重名節，絕不會在光天化日之下跟別的男人住在一起。只有這樣，才能打消他的疑慮。」

祁子俊猶豫著：「可是……」

席慕筠說：「西式旅館裡有一種蜜月套房，一個大套間，裡面有兩個房間，關起門來各不相擾。」祁子俊點點頭：「噢。」

祁子俊和席慕筠一起果然搬進了一個西式旅館的蜜月套間。席慕筠正在較小一間屋子的衛生間裡對著鏡子梳頭。從鏡子裡可以看見侍者拎著東西走進來。祁子俊跟在後面，好奇地四處打量著裡面的設施。侍者放下東西，仍然站在旁邊不走。祁子俊揮揮手：「行了，沒你的事了。」侍者滿臉賠笑，但仍站在那裡不走。

祁子俊對席慕筠奇怪地說：「這洋客棧規矩也太大了，讓他走他都不敢走。」席慕筠告訴他：「他這是等著讓你給小費呢。」

祁子俊問：「難道說，掌櫃的不給他工錢？」席慕筠說：「這是洋客棧的規矩，多少得給一點。」說著，她關上了衛生間的門。

祁子俊極不情願地摸出一小塊銀子，放在侍者手裡。侍者說：「謝謝老爺。」他終於走了。衛生間的門開了，席慕筠走出來的時候，換上了一身頗有現代感的裝束，看上去利落、清爽。她剛剛洗過澡，頭髮披在肩上，赤著腳在房間裡走動著，身上散發著一種新鮮的魅力。祁子俊目不轉睛地看著她。席慕筠發現祁子俊在注視自己，顯得有些不好意思，朝他粲然一笑。她在祁子俊面前第一次產生了一種少女的羞澀感覺。

席慕筠問：「你覺得我穿這身衣服不好看？」祁子俊點點頭：「挺好。」稍頓又說：「我尋思，中國人跟洋人做生意老是吃虧，說到根子上，就是不懂洋人的事。所以，我想請你給我講講。」席慕筠問：「你想聽什麼？」

祁子俊說：「咱們中國是禮儀之邦，就先從禮上講起吧。」席慕筠說：「先說最基本的。洋人見面，首先要握手，表示友好。」

祁子俊問：「怎麼個握法？」席慕筠示範道：「就這樣。」她大大方方地伸出手來。祁子俊卻遲疑起來。

祁子俊好奇地問：「男人跟女人也握手？」席慕筠說：「也握。有時候，人家的太太還會伸出手來，讓你吻一下。」

祁子俊覺得不可思議，感嘆道：「這洋人可真是的啊。」他試探著握住席慕筠的手，握了一會，甚至還想試著吻一下，但終於沒有這個勇氣。

席慕筠說：「這是一種禮節，跟咱們請安、作揖一樣。」祁子俊說：「可是，畢竟這男女授受不親啊。」

席慕筠說：「各個地方風俗習慣不同，沒什麼大驚小怪的。行了，用不著握那麼長時間。」她把手抽了回來。祁子俊又問：「上次那個哈特爾給咱們喝的什麼東西，好多種顏色的水兒摻一塊，味道怪裡怪氣的。」

席慕筠說：「那叫雞尾酒，咱們自己也可以調。我看看這裡的酒夠不夠用。」她把吧檯上的酒瓶挨個看了一遍，說：「不太夠。不過，這家洋客棧的酒很不錯。」她在祁子俊面前放了三隻杯子，給每隻杯子都倒了一種酒。

祁子俊傻眼了，問：「是一個一個地喝，還是三個摻一塊喝？」席慕筠笑著說：「這是朗姆酒，糖蜜釀的。你嘗嘗三杯酒有什麼不一樣。」祁子俊逐個嘗了一口，搖搖頭說：「都不好喝，喝不出來有什麼不一樣的。」

席慕筠依次品嘗著三隻杯子裡的酒，說：「這是新英格蘭朗姆酒，勁兒最大，不能多喝；這是爪哇朗姆酒，調雞尾酒用的；這杯深色的是牙買加朗姆酒，味道最香，少說在橡木桶裡藏過八年以上。」

祁子俊聽呆了，他望著席慕筠：「你怎麼知道得這麼多？」席慕筠說：「我在香港的酒吧裡給人打過下手，多少知道一點。」

一天，祁子俊又帶著席慕筠到「德和居」飯莊吃晚飯。飯店招牌上寫著顏體楷書「德和居」三個字，分外醒目。走到裡面，可以看見飯莊的規模很大，有四五套環境幽雅的四合院。祁子俊和席慕筠剛剛跨進院門，掌櫃的就滿臉堆笑地迎上前來，問道：「祁少東家，您常坐的雅間，給您留著呢。」他把祁子俊和席慕筠讓進坐北朝南的一間屋子。

燭光搖曳。榆木擦漆的桌椅顯得古色古香的，桌上擺著幾樣精緻的本地特色小菜。

祁子俊問：「我一直想問問，你這洋文是怎麼學的呢？」席慕筠沉思道：「我小時候，有個英國女傳教士在廣州開了一所女子學堂，學堂裡只講英文和數學兩門課。有十幾個女孩子報了名，可到了開學那天，就只去了我一個人。雖然只有一個學生，傳教士仍然教得十分認真，三年以後，才有別的女孩子敢去上學。」

祁子俊嘆道：「你膽子真夠大的，要是我也不敢去。」席慕筠搖頭說：「不是我膽子大，是因為傳教士提出了一個條件，每上一天學，能領到一碗米。我如果不去上學，家裡的弟弟妹妹們就連碗稀粥都喝不上。」

祁子俊說：「要是在我們老家，你這個年齡的女人，早就有一大幫孩子了。」席慕筠微微低頭看著燭光，很快就抬起頭來，說：「父母曾經給我定了一門親事，快到出嫁的時候，我聽說那個男人比我大十幾歲，死活也不答應，就讓他們去退親。」祁子俊心中似有所動，忙問：「他們去了嗎？」

席慕筠嘆道：「沒有。於是，我一個人跑到了香港。那個男人我從來沒見過。後來聽人說，英國人攻打虎門時，他在炮臺上戰死了。那一仗真是慘烈，幾千人陣亡，後來，清妖……」

祁子俊趕緊攔住她：「噓……」席慕筠看看周圍沒有人注意，繼續說了下去：「清妖跟英國人簽了《南京條約》，那些人就都算白死了。」

祁子俊說：「這些事，聽著真夠氣人的。」席慕筠說：「還有一件事更氣人，上次哈特爾賣給咱們的洋槍，其中一大半都是次品。」

裕豐洋行哈特爾的辦公室裡。「啪」的一聲，祁子俊把一枝洋槍摔在哈特爾的辦公桌上。哈特爾用一種奇怪的眼神看著祁子俊，因為從來沒有一個中國人曾經對他這樣做過。他想要發作，但終於忍住沒有發作。哈特爾問：「你這是什麼意思？」

祁子俊怒道：「看看你賣給我的這些破爛貨，全是次品，竟敢要我二十兩銀子一枝！」他拉了拉槍栓，槍栓是生鏽的，根本拉不開。這枝槍雖然乍看上去還像那麼回事兒，但托盤加工得十分低劣，槍口也銼得十分粗糙，螺絲上得敷衍了事，經過祁子俊剛才的一摔，有些螺帽掉了下來，槍身的連接處都鬆開了。很明顯，這是一枝經過翻新的舊槍。

哈特爾自知理虧，但還想狡辯：「槍是有點小毛病，但也犯不上發那麼大火呀。我認為，制止戰爭的最好辦法，就是讓殺人武器派不上用場。」

祁子俊喝道：「胡說！你根本就是怕我們有了洋槍，就能對付你們洋人了。」

哈特爾只好低聲下氣：「祁先生，你能不能小點聲音，不然我手下的雇員還以為發生了什麼大事。」祁子俊提高了調門：「這事還小哇？你不趕快給我解決，我到工部局去告你，讓全世界的人都知道裕豐洋行不講信譽。」

哈特爾忙說：「這都是手下人辦事不力，您給我半個月的時間，一定全部給您換成最新、最好的。」從現在開始，他對祁子俊的稱呼改成了「您」。祁子俊說：「你給我聽著，限你三天，把新槍給我準備好，多一天都不行！」說完，祁子俊就揚長而去。

祁子俊回到旅館，正對席慕筠講述剛才的經歷，兩人都覺得十分痛快。

席慕筠說：「清妖跟洋人打了這麼多年交道，從來沒有一個人敢像你這樣。」祁子俊說：「做生意嘛，不能讓他牽著你的鼻子走，得讓他跟著你轉。哎，有個事我還要問你呢，洋人怎麼總說『耶是、耶是』的？」

席慕筠笑道：「不是『耶是』，是『YES』，就是點頭同意的意思。」祁子俊自作聰明地說：「你一說我就明白了，跟中國話一個樣，就是調兒聽著彆扭。」正說著，忽然響起了敲門聲。祁子俊走過去打開門。洋行通事站在門口，點頭哈腰的，雙手奉上一份請柬。洋行通事說：「哈特爾先生邀您明天中午前去赴宴，請務必賞光。」祁子俊漫不經心地拿過請柬。

洋行通事又說：「洋槍已經準備妥當，等候提貨。哈特爾先生再三致歉。」祁子俊點點頭：「知道了。」

洋行通事轉身要走，但祁子俊把他叫住了。洋行通事問：「您還有什麼吩咐？」

祁子俊說：「差點忘了給你辛苦錢了。」他隨隨便便地把一枚制錢放在洋行通事手裡。洋行通事感到自己受了極大的侮辱，但也只得忍氣吞聲，說：「謝謝。」

祁子俊和席慕筠應邀來到一幢花園別墅。風和日麗。全部身著白色西裝的樂手們正在演奏一支歡快的曲子，進門處拉起了一條橫幅，上面用中、英兩種文字寫著「歡迎祁子俊先生」。一個英國僕役掀開車簾。祁子俊和席慕筠從騾車上下來，昂首闊步地走進去。祁子俊手裡拎著一隻沉重的方形箱子。

一位英國紳士正在吻哈特爾夫人的手。哈特爾看見了祁子俊，趕忙撇下那位紳士，挽起夫人，朝祁子俊和席慕筠走過來。哈特爾說：「對不起。」哈特爾穿著燕尾服，哈特爾夫人穿上了晚禮服，渾身珠光寶氣，兩人的穿著都十分考究。哈特爾恭恭敬敬地欠身施禮：「歡迎光臨……」

他腦子裡斟酌著應該用哪個字眼兒，過了片刻才想出來：「……寒舍。」哈特爾夫人面帶微笑，看著祁子俊，不知該如何問候，祁子俊卻大方而禮貌地拿起哈特爾夫人的一隻手，輕輕吻了一下，說：「願意為您效勞。」

哈特爾和夫人都驚奇不已。哈特爾說：「請吧。從這座別墅建成到現在，還沒有一個中國人受到如此隆重的接待。」祁子俊故意傲慢地說：「你們英國人雖然槍做得不錯，但在禮節上還得跟中國人學。一會兒要是有時間的話，我給你們好好講講。」

哈特爾正在向祁子俊介紹來賓：「這是怡和洋行總裁Winton先生，這是海寧洋行總裁Conrad先生，這是大英帝國駐上海全權公使兼商務監督文翰男爵，這是今天我們最尊貴的客人，來自印度殖民地的Duncan公爵。」祁子俊彬彬有禮地和來賓一一握手，不過，樣子顯得有些誇張。

綠草如茵，姹紫嫣紅。花園中央有一座噴泉，雕塑成酒樽的形狀，水從酒樽的邊沿潺潺流出。哈特爾陪同祁子俊，哈特爾夫人挽著席慕筠，朝已經擺好的露天餐桌走過去。哈特爾夫人熱情地講著，席慕筠神情茫然，假裝一句都聽不懂。

餐桌上擺著豐盛的菜肴，杯子裡已經倒好了香檳。祁子俊端起一杯香檳，喝了一口，馬上就吐在地上。祁子俊說：「這什麼玩意兒啊，甜不甜酸不酸的？」席慕筠壓低嗓音說：「這叫香櫝，宴會上經常喝這個。」

祁子俊一個勁兒地晃著腦袋，朝洋行通事招招手。洋行通事滿臉困惑地走過來。洋行通事問：「您有什麼吩咐？」祁子俊說：「給我拿朗姆酒來。」洋行通事感到莫名其妙，但也只好答應了。洋行通事小跑著走開了。

餐桌旁邊，賓客們津津有味地品嘗著菜肴，只有祁子俊挑來揀去，找不出什麼可吃的東西。哈特爾親自握著一瓶朗姆酒，朝祁子俊走過來。哈特爾說：「真對不起，不了解您的口味。請您嘗嘗，這是我們最好的酒。」

他親自給祁子俊倒了一杯酒。祁子俊喝了一小口，裝模作樣地咂著滋味，說道：「你這牙買加朗姆酒可真地道，少說在橡木桶裡藏了八十年。」哈特爾聽得眼珠都直了。半晌才說：「祁先生真是行家，這酒是一七七六年牙買加出產的，一直用橡木桶裝著，藏在英格蘭的酒窖裡。」接著又回頭對洋行通事說：「真是不可思議，就連好多真正的酒鬼都嘗不出這酒的年頭來。」哈特爾一邊走開，一邊還在驚嘆不已。

席慕筠拿過祁子俊喝過的酒杯，嘗了一口，也感到吃驚：「我都喝不出來這酒有多少年了，你怎麼說得那麼準，讓那個洋人都傻了。」

祁子俊笑道：「我看顏色比咱們上回喝的還深些，他又說是家裡最好的，就在後邊加了個十。」席慕筠強忍著不笑出聲來。

哈特爾帶著祁子俊參觀他的住宅。這是一幢巴羅克風格的建築，內部陳設十分豪華，鋪著名貴的波斯地毯。沿著旋轉樓梯走上去，就到了哈特爾的書房。裡面，靠牆整齊地擺放著一排落地書櫃。哈特爾十分得意地向祁子俊展示他的藏書。哈特爾說：「這些是各國最新出版的有關商業、法律和文學的書籍。坦率地說，我多少有點語言天分，除了我的母語之外，我還會說法語、德語、意大利語和西班牙語，漢語是我學會的第六種語言。從我學會說漢語開始，我就有點喜歡上中國了。」說著，他向房間的另一側走去。

哈特爾又說：「不過，您剛才看到的那些西文書，實在算不了什麼，真正有價值的東西在這裡。」他拉開一道紫紅色天鵝絨的簾子。簾子後面是十幾個中式書櫃，裡面全部是他搜羅來的善本書。哈特爾得意地說：「這一套是明朝時監刻的《二十一史》，世上已經不多見了。」

哈特爾又隨隨便便地拿起了一本，驕傲地說：「這本《顏氏家訓》雖然看上去沒有什麼，但它是真正的宋刻本，只花了五兩銀子就買下了。這本《李長吉文集》也是宋刻本，是我花了大價錢從天一閣主人手裡買下的。但最珍貴的，還是這本《東坡寫經》，大概稱得上是真正的海內孤本。」祁子俊說：「你這些東西總共值多少錢？我全部買下來。」

哈特爾哈哈大笑：「我一本都不賣。因為這才是我真正喜歡做的生意，也是我最成功的生意。這些都是無價之寶，可惜中國人不懂得愛護。」

祁子俊覺得哈特爾的話有些道理，但嘴上卻不肯服軟，說：「我們自己的東西，願意怎麼著就怎麼著，用不著你來教訓。」哈特爾聳聳肩，只有表示遺憾了：「我們還是談點乏味的事情吧。那批舊槍什麼時候給我們退回來？」

祁子俊說：「大清朝燒了你們幾箱鴉片，就讓我們賠兩千七百萬兩銀子，那幾枝破槍，就當是賠款吧。」哈特爾情急地：「絕對不行，如果拿不到錢，董事會非得解雇我不可，請您體諒我的難處，一切為了咱們長期的友誼著想。如果我的損失太大了，以後的生意就沒法做下去了。」

祁子俊故作大方地說：「為了咱們的友誼，我就給你些錢作為補償，按五兩銀子一枝買下來。」哈特爾忙說：「萬分感謝。我什麼時候能拿到這筆補償？」

祁子俊拍拍箱子：「錢我都帶來了。」他打開隨身帶來的箱子，裡面是一尊純金製作的地球儀。上面只標了兩個國家，分別在東、西兩個半球：中國和大英帝國，前者比實際更大些，後者比實際更小些。

祁子俊說：「你回去之後，把這個擺在桌子上，時時刻刻記住，所有事情都是為了咱們長期的友誼。」哈特爾高興地說：「Yes。」

哈特爾興奮地舉著地球儀來到客人們中間，炫耀地說：「這是中國商人送給我的禮物。」客人們傳看著地球儀，一個個驚嘆不已。

趁周圍沒有人的機會，洋行通事悄悄來到祁子俊身邊，輕聲說：「有件事情。Winton先生，就是對面那個花白鬍子的老頭，也想跟您做洋槍生意，每枝槍比裕豐洋行的報價少二兩銀子。」祁子俊奇怪地問：「你不是給裕豐洋行做事嗎，怎麼又跟那個老頭搭上關係了？」

洋行通事說：「Winton想讓我到他那兒去幹，薪水比這邊每年多五兩銀子，另外，每筆生意都有提成。我只告訴您一個人，您可別跟任何人講。」祁子俊說：「放心，我不會跟任何人講的。」

洋行通事又說：「剛才我說的事情，請您認真考慮一下。」祁子俊點點頭：「我會考慮的。」說完，他轉身就朝哈特爾走去。洋行通事緊張地看著祁子俊，感到一陣恐慌，但又不敢叫住他，心中懊悔不已。

祁子俊來到餐桌前。哈特爾趕快嚥下嘴裡的食物，用餐巾擦了擦嘴。祁子俊朝哈特爾舉了舉酒杯：「乾杯！」哈特爾說：「一點點。」兩人都只喝了一小口。哈特爾關切地問：「祁先生吃得還習慣嗎？」

祁子俊說：「下回你跟廚房說說，東西倒是挺好，可就是都做得半生不熟的。」哈特爾笑著說：「噢，這是我們的飲食習慣。」

祁子俊隨口說：「這習慣可不怎麼好。」他頓了頓，又說：「我想再跟你做一筆買賣，購買一萬枝洋槍。」

哈特爾大喜過望，臉上立刻露出笑容：「我們保證按時交貨，質量一定讓您信得過。」祁子俊說：「質量我是放心了，可是價錢上覺得有點不合適。」

哈特爾忙說：「我們給您出的已經是最低的價格了。」但祁子俊根本不理會他，只說：「每枝槍十五兩銀子，怎麼樣？」

哈特爾大搖其頭：「這個價格肯定做不下來。」

祁子俊冷淡地說：「哦，既然肯定不行，就不必勉強了。」他把目光投向獨自站在一旁，注視著他們談話的Winton。Winton舉起酒杯，朝他笑了笑，祁子俊也報之一笑。哈特爾立刻就明白了。他想了想說：「不過，我還可以再考慮一下。」一陣稀稀落落的掌聲過後，祁子俊站到了來賓們的正前方。

祁子俊用了生平最高的嗓音說道：「列位，你們大老遠的來到中國，不能光做買賣，得學點真本事回去。我們老祖宗的東西太過深奧，沒有十年八年的學不出名堂，今天我給你們講點簡單的，說說這個『禮』的問題。大家都是朋友，我們盡地主之誼，讓你們住在這兒，你們偷偷賣點鴉片，大清朝寬宏大量，也就不深究了。不過，」他清了清嗓子，「按照《南京條約》，大清朝把香港割讓給你們了，可是，大英國也得講個禮尚往來，你們有三個島，應該割讓一個給中國。」

英國商人們不知他講的是什麼，禮貌地鼓起掌來。掌聲十分熱烈，英國公使文翰也在鼓掌。

哈特爾趕忙湊到文翰身邊，把祁子俊的話翻譯給他聽。

哈特爾說：「他說《南京條約》是不平等的，要求咱們割讓一個島給中國。」文翰不再鼓掌了，樣子顯得十分生氣。商人們交頭接耳議論起來。祁子俊繼續講著：「你們回去，切記要奏明皇上，把條約好好改改。」

英國領事生氣地打斷他的話：「《南京條約》是雙方政府簽過字的，怎麼能隨便亂改？」

祁子俊說：「我是當朝四品官員，連我都不知道這件事，可見是偷偷摸摸辦的，不能算數。」人群中一陣大亂，Duncan公爵站了起來，朝祁子俊揮舞著拳頭：「你侮辱了大英帝國，我要跟你決鬥！」

突然，響起了兩聲清脆的槍響。一群手持武器的人包圍了草坪，為首的是一個四十多歲的精壯漢子，這是上海小刀會的一個首領。所有的別墅保安都已經被繳了械，集中監押在一起。

小刀會首領喊道：「小刀會在此，募集軍餉，有敢違抗者，格殺勿論！」祁子俊早已跑回到人群中。祁子俊問席慕筠：「小刀會是幹什麼的？」席慕筠說：「具體的我也說不清楚，只聽說他們給蕭丞相寫過信，想歸順天朝。」

在小刀會眾兄弟的逼迫下，英國商人們不得不把自己身上的財物放到地上，Duncan公爵也在其中。一個小刀會兄弟正用刀逼著哈特爾把錢交出來。祁子俊腦子裡飛快地盤算著，忽然眼睛一亮，邁步朝小刀會首領走去。

席慕筠擔心地喊道：「回來！你去幹什麼？」祁子俊回頭看看她說：「我去跟他們商量商量。」

祁子俊若無其事地繼續走著。兩把鋼刀突然攔在他的面前，但祁子俊只管走，鋼刀只好撤了回去。祁子俊轉眼就來到了小刀會首領的面前。

小刀會首領喝道：「你是幹什麼的？」祁子俊壓低嗓音說：「奉天朝蕭丞相之命前來辦事。」他露出藏在袖子裡的一塊腰牌，上面寫著「太平天國春官正丞相蕭」。小刀會首領肅然起敬。

小刀會首領忙施禮道：「不知天朝兄弟駕臨，多有冒犯，還請海涵。我們懇求歸順天朝的事，究竟結果如何？」祁子俊小聲說：「蕭丞相正在向天王奏稟此事，究竟天王能否欽准，還要看你們在這邊幹得怎麼樣。」

小刀會首領說：「有勞天朝兄弟替我向蕭丞相致意。」祁子俊又說：「今天我在這裡有要緊事。以後什麼時候來募餉都隨你們，但今天不行。」

小刀會首領面有難色：「兄弟是奉了劉麗川首領之命，眼下急需銀錢。」祁子俊斷然說：「一切照我說的辦。」他突然提高了嗓音，說道：「今天來的，都是我請來的大英帝國有頭有臉的人，你們在這裡一味胡鬧，成什麼體統！」

小刀會首領馬上裝做小心的樣子說：「是。這些日子弟兄們實在是太素了，不然的話，也不會出此下策。」祁子俊說：「錢上有什麼麻煩，儘管跟我說好了。」他隨手掏出一張銀票，放在桌子上：「五千兩，夠不夠？」

小刀會首領說：「足夠了。」祁子俊喝道：「那還不快走？還等什麼？」小刀會首領一拱手：「多謝了。」他又朝弟兄們一揮手：「撤！」